Tucholsky  Wagner  Zola
  Turgenev  Wallace
    Twain  Walther von der Vogelweide
        Weber           Freiligrath   Friedrich II. von Preußen
 Fechner              Kant    Ernst              Frey
    Fichte Weiße Rose  von Fallersleben    Richthofen  Frommel
              Engels    Fielding  Hölderlin
  Fehrs     Faber      Flaubert  Eichendorff  Tacitus  Dumas
                                Eliasberg                Ebner Eschenbach
  Feuerbach   Maximilian I. von Habsburg  Fock    Eliot   Zweig
                      Ewald                                    Vergil
           Goethe        Elisabeth von Österreich      London
 Mendelssohn  Balzac    Shakespeare      Dostojewski      Ganghofer
            Lichtenberg  Rathenau      Doyle      Gjellerup
    Trackl  Stevenson    Tolstoi    Hambruch
  Mommsen       Thoma         Lenz    Hanrieder   Droste-Hülshoff
  Dach       Verne   von Arnim  Hägele    Hauff      Humboldt
       Reuter
   Karrillon    Garschin  Rousseau   Hagen    Hauptmann      Gautier
         Damaschke   Defoe        Hebbel     Baudelaire
                      Descartes          Hegel   Kussmaul   Herder
Wolfram von Eschenbach        Dickens  Schopenhauer  Rilke   George
     Bronner   Darwin  Melville      Grimm Jerome
          Campe       Horváth  Aristoteles               Bebel   Proust
  Bismarck   Vigny        Barlach  Voltaire  Federer     Herodot
              Gengenbach          Heine
    Storm  Casanova      Tersteegen       Gilm   Grillparzer   Georgy
             Chamberlain  Lessing   Langbein         Gryphius
   Brentano                             Lafontaine
    Strachwitz   Claudius   Schiller    Schilling   Kralik  Iffland  Sokrates
          Katharina II. von Rußland   Bellamy            
                         Gerstäcker   Raabe    Gibbon    Tschechow
   Löns   Hesse   Hoffmann      Gogol          Wilde    Gleim   Vulpius
      Luther  Heym  Hofmannsthal   Klee  Hölty  Morgenstern         Goedicke
         Roth    Heyse  Klopstock                  Kleist
  Luxemburg                      Puschkin    Homer
                La Roche                  Horaz    Mörike        Musil
    Machiavelli         Kierkegaard   Kraft   Kraus
  Navarra  Aurel   Musset                                        Moltke
                      Lamprecht  Kind  Kirchhoff   Hugo
    Nestroy  Marie de France             
                              Laotse    Ipsen   Liebknecht
    Nietzsche   Nansen                                    Ringelnatz
          Marx     Lassalle   Gorki    Klett   Leibniz
  von Ossietzky   May
                       vom Stein  Lawrence                 Irving
    Petalozzi
       Platon   Pückler                          Knigge
       Sachs  Poe        Michelangelo          Kock    Kafka
              de Sade  Praetorius      Liebermann          Korolenko
                          Mistral       Zetkin

Der Verlag tredition aus Hamburg veröffentlicht in der Reihe **TREDITION CLASSICS** Werke aus mehr als zwei Jahrtausenden. Diese waren zu einem Großteil vergriffen oder nur noch antiquarisch erhältlich.

Symbolfigur für **TREDITION CLASSICS** ist Johannes Gutenberg (1400 — 1468), der Erfinder des Buchdrucks mit Metalllettern und der Druckerpresse.

Mit der Buchreihe **TREDITION CLASSICS** verfolgt tredition das Ziel, tausende Klassiker der Weltliteratur verschiedener Sprachen wieder als gedruckte Bücher aufzulegen – und das weltweit!

Die Buchreihe dient zur Bewahrung der Literatur und Förderung der Kultur. Sie trägt so dazu bei, dass viele tausend Werke nicht in Vergessenheit geraten.

# Schloss Hubertus

Ludwig Ganghofer

# Impressum

Autor: Ludwig Ganghofer
Umschlagkonzept: toepferschumann, Berlin

Verlag: tredition GmbH, Hamburg
ISBN: 978-3-8472-9831-1
Printed in Germany

Rechtlicher Hinweis:
Alle Werke sind nach unserem besten Wissen gemeinfrei und unterliegen damit nicht mehr dem Urheberrecht.

Ziel der TREDITION CLASSICS ist es, tausende deutsch- und fremdsprachige Klassiker wieder in Buchform verfügbar zu machen. Die Werke wurden eingescannt und digitalisiert. Dadurch können etwaige Fehler nicht komplett ausgeschlossen werden. Unsere Kooperationspartner und wir von tredition versuchen, die Werke bestmöglich zu bearbeiten. Sollten Sie trotzdem einen Fehler finden, bitten wir diesen zu entschuldigen. Die Rechtschreibung der Originalausgabe wurde unverändert übernommen. Daher können sich hinsichtlich der Schreibweise Widersprüche zu der heutigen Rechtschreibung ergeben.

Ludwig Ganghofer

# Schloß Hubertus

Roman

# Erstes Buch

## 1

Schwül und dunstig lag der heiße Nachmittag über dem Bergwald. An den Buchen rührte sich kein Blatt, an den dunklen Fichten schwankte kein Wipfel.

Aus der Tiefe des Tales klang zuweilen ein verschwommener Laut herauf – die schwere Luft erstickte jeden Ton zu einem unbestimmten Geräusch. Sonst keine Stimme des Lebens, kein Vogelruf im Bergwald. Nur manchmal ein leises Rascheln, wenn ein dürrer Zweig durch die Blätter fiel.

In dieser Stille ein leichter Schritt. Auf dem tiefer liegenden Pfad, zwischen sonnigem Laubwerk, schimmerte ein weißes Gewand.

»Gundi?«

Der fragende Ruf klang durch den stillen Wald wie der Ton einer silbernen Glocke. Dann ein perlendes Lachen. An einer Wendung des Pfades erschien eine schlanke Mädchengestalt in duftigem Sommerkleid. Hut und Fächer flogen ins Moos, und zu Füßen einer riesigen Buche, die mit weitgespannten Ästen den Platz überschattete, ließ sie sich niedersinken. Leuchtend hob sich die weiße Gestalt mit ihren feinen Linien aus dem grünen Grund; unter dem Saum des Kleides lugten die schmalen Füßchen hervor, deren zierliche Schuhe von den scharfen Steinen des Bergpfades übel gelitten hatten; zwischen dem kurzen, fein gefälteten Ärmel und dem hohen blaßgelben Lederhandschuh zeigte sich ein schmaler Streif des rosigen Armes; unter raschen Atemzügen, von denen sie jeden wie eine Erquickung zu genießen schien, hob und senkte sich die junge Brust. Gleich einer Blume, die in der Sonne dürstet, hing das Köpfchen auf die Schulter; ein schmales, edles Gesicht, nun freilich glühend wie Purpur, umrahmt von aschblondem Haar, dessen losgesprungene Löckchen sich schimmernd um die Stirne kräuselten; darunter zwei große blaue Augen, lichter als das Blau der Veilchen, dunkler als die Bläue des Himmels und staunend, strahlend in heiterer Lebensfreude.

Als sie den Schatten gesucht, war es diesen lachenden Augen entgangen, daß an dem Stamm der Buche ein Täfelchen befestigt hing, ein »Marterl«. Das verwitterte Bild mit der halb erloschenen Schrift erzählte, daß an dieser Stelle vor Jahr und Tag der Tod ein Leben zerbrochen habe. Hier ruhte sie, lächelnd und träumend in ihrer Jugend und Schönheit. Und die Erde, auf der sie ruhte, hatte Blut getrunken.

Gewannen die dunklen Schatten, die den Ort umschwebten, Macht über die junge Seele? Das Lächeln schwand von den Lippen des Mädchens, der Frohsinn ihres Gesichtes verwandelte sich in sinnenden Ernst. Ihre Augen blickten ziellos durch eine Bresche des Waldes hinunter in die Tiefe, in der zwischen steilen Ufern der schöne Bergsee gebettet lag, umwoben von Dunst und Sonnenglast. Der glatte Spiegel des Wassers war anzusehen wie straff gespannte, schimmernde Seide.

Da flog es dunkel über den See. Ein schwerer Wolkenball hatte sich vor die Sonne geschoben, die schon nahe dem Grat der westlichen Berge stand. Und das ganze Bild der Landschaft war plötzlich verwandelt. Es schien, als hätte der See sich emporgehoben aus der Tiefe, sein Glanz und Schimmer war erloschen, wie ein riesiger Smaragd, tiefgrün und düster, dehnte sich die wellenlose Flut zwischen den steilen Felsenufern, die näher gerückt erschienen und schwermütige Farben zeigten. Trüber Schatten dämmerte, ein sachtes Flüstern erhob sich in den Blättern, die Wipfel und Zweige der Fichten begannen zu schwanken, und wie eine Unglückskunde den sorglosen Schläfer weckt, so flog ein rauschender Windstoß durch den Wald. Dann wieder Stille. Nur fern aus den Lüften klang noch ein murrender Hall.

Die Einsame blickte scheu umher, hinunter auf den See, den schon ein feines Netz von Linien überkräuselte, und empor zum Himmel, der sich rasch mit Gewölk zu umziehen begann. Ihre Stimme hatte sorgenden Klang, als sie gegen den Pfad hinunterrief:

»Tante Gundi?«

Ein ächzender Laut war die Antwort. Aus der Senkung des Pfades tauchte eine rundliche Gestalt hervor. Ein schillerndes Seidenkleid von altmodischem Schnitt umzwängte die ausgiebigen Formen der ältlichen, mehr als wohlgenährten Dame. Den Strohhut hatte sie am

Gürtel befestigt, und während sie mit den Händen das Kleid gerafft hielt, trug sie den Sonnenschirm unter den Arm geklemmt. Die zu einem Nest geschlungenen Zöpfe hatten sich gegen das linke Ohr verschoben, und ihr tiefes Schwarz stach gegen die ergrauende Farbe der glatt über die Schläfe gescheitelten Haare sehr bedenklich ab. Das hochgeborene Fräulein Adelgunde von Kleesberg schien auch sonst mit Toilettenkünsten sehr vertraut; das verrieten die schwarzen Striche über den kleinen, hurtigen Augen und der weiße, flaumige Teint der gepolsterten Wangen. Das war nun freilich eine Kunst, die sich wenig schickte für eine Wanderung durch den steilen Bergwald. Die reichlichen Perlen, die der Erschöpften von der Stirne sickerten, hatten Furchen durch den weißen Teint gezogen, und wo dieser Perlen Weg gegangen war, glühte eine dunkelrote Linie der erhitzten Haut durch den Puder.

Der Anblick, den die alternde Dame bot, rechtfertigte das Lachen, mit dem sie von ihrem harrenden Schützling empfangen wurde.

»Tante Gundi, wie siehst du aus!«

Fräulein von Kleesberg schien eine wütende Entgegnung auf der Zunge zu haben, aber Erschöpfung und Atemnot benahmen ihr die Sprache. Sie ließ den Sonnenschirm fallen und sank mit einem Seufzer in das Moos. Da verwandelte sich die heitere Laune des Mädchens in Erbarmen.

»Armes Tantchen! Nun mach' ich mir wahrhaftig Gewissensbisse!«

»Kitty! Du bist ein Ungeheuer!« Fräulein von Kleesberg keuchte noch was von »Narretei«, von »Hitze« und »schattigem Park«, von »Schaukelstuhl« und »verwünschten Bergen«, von »Eigensinn« und »kindischer Ungeduld«. Dabei zerrte sie das Taschentuch hervor, um Stirn und Wangen zu trocknen; als sie das Tüchlein sinken ließ, glich ihr brennendes Vollmondgesicht einer Palette, auf der man Weiß und Rot und Schwarz in konfusen Mischungen durcheinandergerieben hatte.

Mühsam unterdrückte Kitty das Lachen. »Wie kannst du mir böse sein, weil ich Papa eine Stunde früher sehen wollte. Seit vier Monaten, seit der Hahnenjagd, hab' ich ihn nicht mehr gesehen. Und denk' nur, die Freude, die es ihm machen wird, wenn ich ihn so überrasche, mitten im Bergwald –« Ihre Worte erloschen unter einem dumpfen Rauschen, das den Wald durchzog. Sie warf einen

Blick zum Himmel; dort oben sag es schon bedrohlich aus. Spähend blickte sie zur Höhe des Waldes und sagte kleinlaut: »Lange kann Papa nicht mehr ausbleiben. Hier müssen wir mit ihm zusammentreffen. Er hat keinen anderen Weg, um vom Jagdhaus herunter an den See zu kommen.«

Auch Gundi Kleesberg schien das dumpfe Rauschen, das über den Wald gefallen, nicht geheuer zu finden und vergaß alle Müdigkeit. »Herr du mein Gott im Himmel, da kommt ein Gewitter! Fort! Nach Hause!«

»Tantchen, ich bitte dich –«

»Nein! Ich bleibe keine Sekunde mehr!« Mühselig raffte Gundi Kleesberg sich auf und jammerte: »Ich hab' es mir gleich gedacht, daß bei dieser Narrheit so was herauskommt!« Stöhnend hob sie ihren Sonnenschirm von der Erde und trippelte hastig davon, jeden unsicheren Tritt mit leisem Aufschrei begleitend.

In Mißvergnügen blickte Kitty ihr nach, unschlüssig, ob sie folgen sollte. Ein rollender Donner entschied ihren Zweifel. Sie warf noch einen sehnsüchtigen Blick empor durch den wogenden Bergwald und rief mit glockenheller Stimme: »Papa!« Nur das Rauschen des Windes gab ihr Antwort. Schon wollte sie gehen; da fiel ihr Blick auf das Martertäfelchen an der Buche. Neugierig bog sie einen überhängenden Zweig beiseite. Mit ländlicher Kunst war auf dem Täfelchen eine waldige Berggegend abgebildet; ein grün gekleideter Mann, die Büchse im Arm, lag ausgestreckt auf der Erde, und über seiner Stirn schwebte ein rotes, von einem Schein umzogenes Kreuzlein. Unter dem Bilde stand in verwaschener Schrift zu lesen:

»Hier an dieser Stelle wurde Anton Hornegger, Gräflich Egge-Sennefeldischer Förster, am heiligen Johannistag erschossen aufgefunden.

Böse Tat ist hier geschehen,

Und der Mörder ist entflohn,

Gottes Aug' hat ihn gesehen,

Gottes Zorn erreicht ihn schon!

      R.I.P.

Wanderer, ein Vaterunser!«

Unwillkürlich bekreuzte sich Kitty. Ein leises Grauen kam ihr aus dem Gedanken, daß sie hier geruht hatte, auf dieser Erde, die getränkt war mit dem Blut eines Ermordeten. »Tante Gundi!« stammelte sie und fing zu laufen an.

Hinter ihr rauschte der Bergwald, und über das finstere Gewölk leuchtete der Schein des ersten Blitzes, der sich in der Ferne entlud.

Eine Minute, und Kitty hatte Tante Gundi eingeholt, die der erste Blitz um das letzte Restchen ihrer Fassung brachte. Wie eine Verzweifelte beteuerte sie, daß ihr Leben eine grausame Qual, daß sie nur zum Elend geboren wäre. Eine Lungenentzündung war das Gelindeste, was sie für sich als Ende dieses »neuen Unglücks« prophezeite, in das sie »wieder einmal aus blinder Liebe« hineingerannt wäre.

Kitty schwieg und half nach Kräften, um diesem ausgewachsenen Häuflein Jammer den Niederstieg auf dem unbequemen Wege zu erleichtern. Nur einmal, als Tante Gundis Klagelied sich in scheltende Gereiztheit gegen die »Anstifterin des Unglücks« verwandelte, bracht Kitty ihr Schweigen: »Ich habe dir doch gesagt: bleib du zu Hause und laß mich allein gehen!«

Auch im Stadium hochgradiger Verzweiflung vergaß Adelgunde von Kleesberg nicht, was sie ihrer Stellung schuldig war. Zürnend hob sie das brennende Gesicht und erklärte: »Eine Gräfin Egge-Sennefeld in deinem Alter geht nicht allein.«

Schmollend verzog Kitty das Mäulchen. »Ach was, hier im Gebirge, in Papas eigenem Walde!« Und nach kurzem Schweigen fügte sie bei: »In meinem Alter? Siebzehn Jahre! Wie alt muß man denn werden, um allein gehen zu dürfen?«

»So alt wie deine Mutter war, als sie ihre eigenen Wege ging.«

Nein, Tante Gundi sagte das nicht; es blieb in ihren Gedanken; sie sagte nur: »Ich hoffe, daß d u dieses Alter niemals erreichen wirst!«

Kitty fand nicht Zeit, über den Sinn dieser unverständlichen Wendung nachzudenken. Die ersten schweren Tropfen fielen klatschend auf die Blätter. Ohne ein ausgiebiges Bad schien das Abenteuer nicht ablaufen zu wollen. Kitty faßte die Gundi Kleesberg, die jetzt dem Weinen näher war als dem Schelten, energisch unter den Arm, um sie in rascheren Gang zu bringen. An einer Biegung des Pfades jubelte sie: »Wir sind gerettet!«

Zwischen Büschen schimmerten die grauen Bretter einer Scheune, die im Winter zur Fütterung des Hochwildes diente. Hundert Schritt seitwärts durch den Wald, und das schützende Dach war erreicht, ehe das Unwetter begann. Die Scheune war von drei Seiten geschlossen. Da hatten die beiden Flüchtlinge auch den Sturmwind nicht zu fürchten, der den schwer fallenden Regen in schiefen Strähnen über den Berghang peitschte. Erschöpft sank Adelgunde von Kleesberg auf ein Restchen Heu, das vom Wildfutter des letzten Winters noch verblieben war; das Gesicht drehte sie gegen den finsteren Winkel, um die Blitze nicht zu sehen. Kitty hatte rasch ihre gute Laune wiedergefunden. »Das ist lieb von Papa, daß er so zärtlich für seine Hirsche sorgt – und für mich, wenn ich zufällig in den Regen komme!« Sie lauschte.

Was war das? Eine Stimme? Dazu noch eine singende! Und eine jener Weisen, wie sie in den Bergen heimisch sind. Nun erblickte Kitty den Sänger. Geradeswegs kam er den steilen Bergwald heruntergestürmt, den Schutz der Hütte suchend. Es war ein Jäger in grauer Lodenjoppe und kurzer Lederhose, die Büchse hinter dem Rücken, in den Händen den Bergstock, den er klirrend zwischen die Steine stieß, um sich auf dem abschüssigen Hang hinwegzuschwingen über Felsbrocken und gestürzte Bäume. Mit großen Augen sah Kitty ihm entgegen und wußte nicht, ob sie mehr über die eiserne Kraft dieses Burschen staunen sollte oder über den sorglosen Mut, mit dem er bei jedem Sprung um Hals und Glieder spielte.

Jetzt hatte er die Hütte erreicht. Ohne die Damen zu gewahren, trat er unter das vorspringende Dach. Gewehr und Bergstock lehnte er an die Bretterwand, schüttelte sich, daß die Tropfen von der Joppe flogen, und während er das grüne Filzhütl abnahm, um das Wasser fortzuschleudern, das sich in der hohlen Krempe angesammelt hatte, lachte er: »Sakra noch amal, jetzt hätt mich aber 's Wetter bald erwischt!«

Bald erwischt? Er troff vor Nässe am ganzen Leib. Dabei trug er den aus grobem Loden geschnittenen Wettermantel sorgfältig gerollt zwischen den Riemen des Rucksackes. Für sich selbst hatte er nicht gesorgt; aber das blaue Taschentuch hatte er um das Schloß der Büchse gebunden, damit die Waffe von der Nässe nicht leiden möchte. Lachend blickte er hinaus in das Strömen und Gießen. Die lichtbraunen Haare, die sich sonst in widerspenstigen Ringeln durcheinanderkräuselten, klebten ihm feucht und glatt an Stirn und Schläfen, ein hübsches, männliches Gesicht umrahmend. Aufgezwirbelt saß ein braunes Bärtchen über dem lachenden Mund. Hell und offen blitzten die Sterne seiner dunklen Augen in die Welt, und ihr froher Blick milderte den Ernst der Stirne.

Ein greller Blitz fuhr über den Bergwald hin, der Donner schmetterte, und aus dem Schuppen klang Tante Gundis Wimmerschrei.

Der Jäger spitzte die Ohren. »Mir scheint, da hör ich wen?« Rasch griff er nach Bergstock und Büchse und trat in die Hütte.

Kitty erkannte ihn. »Aber das ist doch unser Franzl!«

Der Jäger machte verblüffte Augen. »Mar' und Joseph! Gnädigs Fräuln! Ja, wie kommen denn Sie daher?«

»Das Gewitter überraschte uns. Ich wollte Papa erwarten.«

»Da hätten S' lang warten dürfen! Der Herr Graf kommt heut nimmer runter.«

»Kommt nicht?« Ein Schatten flog über Kittys Züge. »Er weiß doch, daß ich gestern in Hubertus eingetroffen bin. Ich habe heut früh den alten Moser mit der Nachricht zur Hütte hinaufgeschickt.«

»Ja, der Herr Graf hat 's Briefl kriegt.«

»Und kommt nicht?« Kitty fragte erschrocken: »Papa ist krank?«

Franzl lachte. »Aber Fräuln Konteß! Unser Herr Graf? Und krank? Der reißt Bäum aus mit seine sechzig Jahr. Ah na! Dem fehlt kein Haarl net!«

»Aber weshalb kommt er nicht? Es muß ihm doch Freude machen, mich wiederzusehen.«

Betroffen schaute Franzl in Kittys Augen; der Klang ihrer Worte brachte ihn aus seiner fröhlichen Ruhe. »Aber freilich,« stammelte er, »gwiß freut er sich! Aber gwiß!«

Kitty stand schweigend; ihre Finger knitterten an den Blättern des Fächers.

»Aber schauen S', Fräuln, deswegen müssen S' Ihren Hamur net verlieren!« tröstete Franzl. »Der Herr Graf hat halt an sakrisch guten Gamsbock im Wind. Sie wissen ja, wie er is. Da laßt er net aus, bis der Bock sein Kügerl net droben hat.«

»Ein Gemsbock!« Kittys Augen füllten sich mit Tränen.

»Aber Fräuln Konteß!« Franzl nahm den Hut ab und kraute sich hinter dem Ohr. »Ich kann ja nix dafür!« Nun hörte er aus der Tiefe des Schuppens ein leises Gewimmer. »Was is denn?« Er trat näher. »Jegerl, 's alte Fräuln!« Gundi Kleesberg hielt das Gesicht tief eingedrückt in das Heu, und Franzl suchte die Wimmernde aufzurichten. »Fräuln! Um Herrgotts willen! Was haben S' denn? Is Ihnen was gschehen?«

Die Kleesberg stöhnte: »O Gott, o Gott, dieses entsetzliche Gewitter!«

Nun mußte der Jäger lachen. »Aber sind S' doch gscheit! Dös hört schon wieder auf. In die Berg kommt so was gschwind, aber lang dauert's net. Da, es wird schon aber bißl lichter im Gwölk!«

Zögernd richtete Tante Gundi sich auf. Im gleichen Augenblick fuhr nahe bei der Hütte ein Blitz herunter; aller Grund schien verwandelt in Flammen, und Erde und Luft erzitterten unter einem rasselnden Donnerschlag. Ächzend warf Gundi Kleesberg sich wieder über das Heu; auch Kitty wich mit einem leisen Aufschrei in die Tiefe der Hütte zurück.

»Macht nix!« lachte Franzl. »Is schon gschehen!«

Mit diesem letzten Schlag hatte das Unwetter sich ausgetobt. Es folgten nur noch schwache Blitze, die matt hinleuchteten über das wogende Gewölk und einen sanft verrollenden Donner weckten.

Während Franzl unter geduldigem Trösten neben der Kleesberg stehenblieb, trat Kitty unter das Vordach der Hütte hinaus und trank in tiefen Zügen die würzige Luft, die den Wald durchhauchte. Die Wolken klüfteten sich, helles Licht floß über Berg und See, und der Regen versiegte. In sachten Stößen strich der Wind durch die Bäume und schüttelte die Tropfen von allem Gezweig.

Rings um die Hütte hatte sich eine breite Pfütze gebildet, und überall auf dem Berghang sprudelten die Regenbäche.

»Da wird sich der Heimweg hart machen,« meinte Franzl, »wie, zeigen S' amal her, gnädigs Fräuln, was haben S' denn für Schucherln an?«

Kitty hob das Kleid und streckte das Füßchen vor.

»Da schaut's schlecht aus!« jammerte Franzl. »Hundert Schritt in so einer Nässen, und 's Schucherl fallt Ihnen wie Zunder vom Füßl.«

Sorgenvoll betrachtete Kitty den überschwemmten Grund. »Aber wie kommen wir nach Hause?«

»Gar net schlecht! Passen S' nur auf!« Franzl zog den Wettermantel aus dem Bergsack und warf die Büchse hinter den Rücken. Dann rollte er den Mantel auseinander und schlang das weiche Tuch mit scheuer Achtsamkeit um Kitty. Gleich einer grauen Mumie stand sie von den Schultern bis zu den Füßen eingehüllt, und wie sie das Köpfchen reckte, um Kinn und Wangen aus den Falten des Mantels frei zu bekommen, war sie einem Schmetterling zu vergleichen, der aus der Puppe schlüpfen will. Noch ehe sie recht begriff, was mit ihr geschehen sollte, hatte Franzl sie auf seine Arme gehoben wie ein Kind, dessen Last er kaum zu spüren schien. Lächelnd ließ sie ihn gewähren; dann plötzlich stammelte sie: »Aber was geschieht mit Tante Gundi?«

»Alles der Reih nach!« erwiderte Franzl.

Jetzt wurde Gundi Kleesberg lebendig. Händeringend kam sie und schwor die heiligsten Eide, daß sie um alles in der Welt nicht allein bliebe in diesem »gräßlichen« Wald.

Franzl tröstete: »Wölfe und Bären gibt's net bei uns, und die Mäus haben noch nie an Menschen anpackt. Bleiben S' nur schön da, bis ich wiederkomm! Ich trag 's gnädig Fräuln nunter ins Kapuzinerhäusl, da kann's warten unter Dach, bis a Schiffl kommt. In zehn Minuten bin ich wieder da.«

Während die Kleesberg wie eine Niobe jammerte, trat er hinaus in den Wald und wanderte mit sicherem Schritt davon. Als eine steilere Stelle kam, blickte er lachend zu Kitty auf und sagte: »Es geht schon! Meine Füß haben Augen im Wald und eiserne Zähn zum Beißen! Tun S' Ihnen net fürchten, gnädigs Fräuln!«

Lächelnd schüttelte Kitty das Köpfchen, schob eine Hand aus den Falten des Mantels heraus und nahm den Strohhut ab; der Wind, der ihre Wangen umwehte, tat ihr wohl; träumend blickte sie in den stiller werdenden Wald, und ihre Züge nahmen einen sinnenden Ausdruck an: »Sag' mir, Franz – der Förster Anton Hornegger, das war dein Vater?«

»Ja, gnädigs Fräuln! Wie kommen S' jetzt da drauf?«

»Ich bin dort oben bei der Buche gewesen. Das war ein schweres Unglück für dich und deine Mutter!«

Franzl antwortete nicht gleich. »D' Mutter hat's freilich schwer verwunden, und 's Unglück hat aus ihr an alts und stills Weiberl gmacht. Ich, mein Gott, ich war selbigsmal noch a kleiner Bub, der net recht verstanden hat, was er verliert. Jetzt weiß ich, was dös heißt, kein Vater nimmer haben. Manchmal kommen so Sachen über ein', wo man kein Rat nimmer weiß, und wo jeder andere Bursch zum Vater geht und fragt. Wen frag denn ich? D' Mutter will ich net veralterieren mit meinen Sorgen. Sonst hab ich kein Menschen net.« Die Worte waren ruhig gesprochen; dennoch klang aus ihnen etwas empor wie aus dem Schacht eines Brunnens.

Herzlich hingen Kittys Augen an dem Gesicht des Jäger. »Man weiß noch immer nicht, wer es getan hat?«

»Nix! Net der gringste Verdacht! Aber leben tut er schon noch, derselbig! Und wann mich unser Herrgott liebhat, führt er mich amal zamm mit ihm.« Kitty fühlte den Arm erzittern, der sie umschlungen hielt. »Und wenn der Strich, der bei der Rechnung gmacht wird, weg geht über mich – auf so was muß unsereiner gfaßt sein alle Tag. So is halt 's Jägerleben in die Berg. Da gehst im Wald umanand und denkst an nix. Und hinter die Bäum steht einer drin. Und auf amal, da kracht's. Und aus is's! Wenn's sein muß, in Gotts Namen! Tust halt den letzten Schnaufer, schaust noch amal auffi zu die höchsten Wänd, machst deine Lichter zu, und bhüt dich Gott, du schöne Welt! Ich denk mir, so hat's mein Vater gmacht. Wer weiß, leicht mach ich's ihm nach amal.«

Die Sonne war über die Seeberge schon hinuntergesunken; nun lugte sie aus einem tiefen Talspalt wieder hervor, und der goldige Schein, den sie warf, durchleuchtete das von Tropfen glitzernde Laub und wob einen wundersamen Schimmer um die feuchten Stämme. Die kleinen Vögel des Waldes waren lebendig geworden und huschten umher; doch ihr Gezwitscher erlosch unter einem dumpfen Rauschen, das vom nahen Seeufer einhertönte.

Kitty schien kein Auge zu haben für die leuchtende Schönheit des Bergwaldes. Was sie gehört hatte, gab ihr zu denken.

»Franz? Du hast von Sorgen gesprochen. Was für Sorgen sind das, die du hast?«

Ein heftiges Wort schien dem Jäger auf der Zunge zu liegen. Doch er schüttelte den Kopf. »Ah, nix! So Jagergschichten halt!«

»Kann ich dir helfen?«

Wieder schüttelte er den Kopf und sah dankbar zu ihr auf.

Nun lächelte sie, und der Schelm erwachte in ihren Augen. »Bist du verliebt?«

Franzl lachte. »Das ging mir grad noch ab! Ich muß mich eh schon giften gnug.«

Sie schlug ihn leicht mit dem Fächer auf den Mund und lachte mit ihm.

Nun war der ebene Grund erreicht, und Franzl stand ratlos. Der Wetterbach, der hier in den See mündete – in trockener Zeit ein Bächlein, das mit einem Schritt zu übersetzen war – hatte sich in einen tobenden Gießbach verwandelt, der in einem nahen Felsenwinkel aus steiler Höhe niederstürzte und mit schäumenden Wellen über das grobe Steingeröll wegrauschte. Von dem Stege, der sonst über das Bett des Baches führte, war keine Spur mehr zu sehen; seine Balken mochten weit draußen schwimmen im See. Und hinüber mußten die beiden, der Zugang zum See war ihnen abgeschnitten, da der Gießbach zur Linken hart an eine steil in den See abfallende Felswand lenkte. Jenseits des Baches lag eine sanft ansteigende, mit alten Ahornbäumen bestandene Grasfläche, die sich vom Seeufer zwischen dem Bach und einer verwitterten Felswand bis zur Schlucht des Wasserfalles emporhob. Über die Wipfel der

Bäume herüber lugte das Türmlein einer Eremitage, die an die Felswand angebaut war.

Sehnsüchtig schaute Kitty dort hinüber und streifte mit besorgtem Blick die schäumenden Wellen. Franzl hatte den Ausweg schon gefunden: eine gestürzte Fichte, die den Bach überbrückte. Rasch entschlossen schritt er auf den Baumstamm zu. Kitty sträubte sich, als sie seine Absicht erkannte. Franzl lachte. »Tun S' Ihnen net fürchten, gnädigs Fräuln! Über so a Bäuml geh ich weg in der stockfinstern Nacht. Lassen S' mir nur den Hals schön frei.« Kitty verstand ihn kaum, das Rauschen des Wassers übertönte seine Worte. Und nun hatte er die luftige Brücke schon betreten. Sicher, wie auf ebener Erde, schritt er über den schwankenden Stamm. In Kitty erwachte die Angst; der Anblick des schießenden Wassers machte sie schwindeln. Stammelnd schlang sie die Arme um den Hals des Jägers. Unter diesem Ruck drohte Franzl das Gleichgewicht zu verlieren. »Lassen S' mein Hals aus!« mahnte er; nur noch angstvoller umklammerte sie ihn; und da begann er auf dem schwankenden Stamm zu laufen. Schon war er bis auf wenige Schritte dem Ufer nahe, da glitt ihm auf dem nassen Baum der Fuß aus. Von Kittys Lippen flog ein Schrei. Im Wanken wagte Franzl den Sprung ans Ufer. Glücklich erreichte er den festen Grund, doch die Bürde, die er trug, raubte ihm beim Aufsprung das Gleichgewicht, und er drohte sich rücklings zu überschlagen. In diesem Augenblick griffen zwei fremde Arme helfend zu und rissen den Stürzenden auf sicheren Grund. Kitty war einer Ohnmacht nahe. Sie fühlte nur, daß sie aus Franzls Armen glitt, und als sie die Augen öffnete, lag sie an der Brust eines jungen Mannes, und neben ihr stand Franzl, lachend, aber mit blassem Gesicht.

In Verwirrung richtete Kitty sich auf. Schwer wie Blei lag ihr die überstandene Angst in allen Gliedern. Sie mußte den Arm ergreifen, den der junge Fremde ihr bot. Was er sagte, konnte sie bei dem Rauschen des Wassers nicht verstehen. Den besten Weg über trockene Plätzchen suchend, führte er sie zur Eremitage und ließ sie auf die Steinbank niedersinken, die neben der Tür in die Mauer des kapellenartigen Häuschens eingelassen war.

Halb aus Bruchsteinen, halb aus dicken Baumklötzen gefügt, mit niederer Tür, zwei kleinen Fenstern und einem zierlichen Glockentürmchen über dem Rindendach, lehnte sich die Klause an die graue Felswand. Unter dem vorspringenden Dach war an den Balken des Firstes eine rote Marmortafel befestigt, die in verblaßter Goldschrift die Worte trug: »Hier wohnt das Glück.«

Wer hatte die Klause erbaut? Wer diese Inschrift angebracht? Und wie reich mußte jenes Glück, das hier erblüht war, gewesen sein, da jene, die es genossen, den Drang empfunden hatten, ihren Dank in Stein zu meißeln. Das Flecklein Erde, das diese Hütte trug, schien wie geschaffen, um ein verschwiegenes Glück vor dem Blick der Menschen zu bergen. Vom rauschenden Wildbach, vom weiten See, den das Gezweig der Bäume verschleierte, und von ragenden Felswänden umgrenzt, schob sich das kleine, samtgrüne Tal in das Herz des Berges, wie ein feines Kämmerchen inmitten eines riesigen Palastes, versteckt und abgeschieden, geschmückt mit allen Reizen der Natur.

Frischer und würziger hauchte nach dem vertobten Gewitter die reine Bergluft, saftiger leuchtete alles Grün an Busch und Bäumen. Hell glitzerten die über alle Felsen niederrinnenden Wasserfäden, und in buntem Feuer leuchteten die vom Dächlein der Klause fallenden Tropfen.

Nun erlosch der rote Sonnenschein, und alle Farben der Umgebung dämpften sich wie von einem zarten Schleier überzogen.

## 2

Kitty vermochte noch immer kein Wort zu sprechen; die Hände im Schoß und ohne Bewegung saß sie auf der Steinbank und sah dem Jäger nach, der den Wetterbach schon wieder überschritten hatte.

Auch der junge Fremde schwieg. Er stand neben der Bank und betrachtete forschend den gesenkten Mädchenkopf, als möchte er diese feingeschwungenen Linien und die schimmernden Töne des gewellten Haares in sein Gedächtnis prägen. Hätte nicht der Feldstuhl, die zusammengeklappte Staffelei und der Malkasten, der an der Mauer im Trockenen lag, den Beruf des jungen Mannes bezeichnet – schon dieser prüfend gleitende Blick und die schlanken Hände hätten den Künstler verraten. Er mochte einige Jahre über zwanzig zählen; seiner Jugend widersprach die stille Schwermut der dunklen Augen und der gereifte Ernst des schmalen, herb geschnittenen Gesichtes; glatt legte sich das kurze Braunhaar über die Stirn und mischte sich an den Schläfen mit dem schattigen Flaum des jungen Bartes, der sich um Wangen und Lippen kräuselte. Dieser Mund mit dem strengen Zug, in dem sich Kraft und Entschlossenheit verriet, war doch sanft geschwellt und hatte ein mildes, verträumtes Lächeln. Das Gesicht war nicht schön zu nennen, aber dieser Mund und diese Augen fesselten. Der hager aufgeschossene Körper war unausgeglichen, jugendlich eckig; dazu eine leicht vorgeneigte Haltung, wie sie nachdenklichen Naturen eigen ist; dennoch war die Gestalt nicht übel anzusehen; der leichte graue Sommeranzug, so bequem er saß, hatte modischen Schnitt, die Wäsche war wie Schnee, die weiße Seidenkrawatte tadellos geknüpft. Man merkte an ihm keine Spur von jener bei jungen Künstlern häufigen Vorliebe für das Nachlässige, aber auch keinen Zug vom Stutzer; er schien für seine äußere Erscheinung zu sorgen, weil es die Art eines wohlerzogenen Menschen ist, sich gut zu kleiden.

Je länger er niederblickte auf das liebliche Bild des Mädchens, desto wärmer wurde der Glanz seiner Augen; er schien eine Freude zu genießen: die Freude des Künstlers an jener Schönheit, die noch unberührt ist von der rauhen Hand des Lebens und einer Blütenknospe am Morgen gleicht.

Als hätte Kitty diesen Blick empfunden, so hob sie plötzlich die Augen. Das fremde Gesicht verwirrte sie, und dennoch hielt die stumme Sprache dieser Züge ihren Blick gefangen; das war eines von jenen Gesichtern, die auch ohne Worte von trüber Zeit erzählen.

Ihre Verwirrung schien ansteckend zu wirken. Verlegen suchte der junge Künstler nach Worten, und endlich brachte er die Frage heraus, ob sie den Schreck des kleinen Abenteuers völlig überstanden hätte.

Da fand sie ihre heitere Laune; lachend nickte sie und reichte ihm die Hand. »Ich danke Ihnen! Sie haben mich vor einem unangenehmen Bad behütet. Der Wetterbach hat heut seine böse Stunde. Das hätte übel für mich ausfallen können.« Sie rührte die Schultern, als empfände sie ein leises Grauen; doch gleich wieder lachte sie und erzählte vom Gewitter, vom Unterschlupf in der Wildscheune und von dem glücklichen Zufall, der »unseren guten Franzl« als Retter in der Not geschickt. Drollig schilderte sie den »kopflosen Schreck«, der sie befallen, als der Jäger den schwankenden Baum betrat. »Und ich hätte mir doch sagen müssen, daß ich sicher bin! Ich kenne doch unseren Franzl!« Sie unterbrach sich und blickte auf. »Wie waren Sie denn eigentlich so flink bei der Hand?«

»Das hab' ich meinem Fleiß zu danken. Ich bin schon seit dem Morgen hier und habe gearbeitet.«

»Gearbeitet?« Sie schien den Sinn dieses Wortes nicht zu verstehen. Da gewahrte sie die Geräte des Künstlers. »Ach, Sie malen!« Dem respektvollen Staunen, mit dem sie ihren jungen Retter betrachtete, war es anzumerken, daß vor ihren Augen ein lebendiger Künstler nicht viel geringer wog als einst in vergangenen Zeiten vor dem Blick des Burgfräuleins der tapfere Ritter, der den Drachen überwand. Neugierig spähte sie nach dem Leinwandrahmen, der gegen die Mauer gelehnt stand.

Der junge Maler schien nicht eitel zu sein; sonst hätte er diesen Blick zu deuten gewußt. »Auch mich hat das Gewitter überrascht, mitten in der besten Arbeit,« erzählte er, »und ich mußte eine Stunde hier unter der Tür sitzen. Aber es war herrlich, so hineinzuschauen in den Zorn der Natur. Sie ist immer schön, ob sie lächelt oder grollt, fast schöner noch in ihrem Zorn als in ihrem Frieden. Wenn ich sie so toben sehe, fühl' ich auch, daß ich ihr in solchen Augenblicken näher komme als in sonniger Stunde. In der Sonne steht sie vor mir wie ein Geheimnis in bunten Kleidern. Im Sturme seh' ich die Riesin, wie sie vor meinem Blick die Hülle zerreißt. Ich spähe ihr in das wildpochende Herz, und mir ist, als flösse in mich etwas über von ihrer Kraft.« Er sagte das ruhig, wie man selbstverständliche Dinge äußert.

Kitty blickte zu ihm auf mit großen Augen.

Er begegnete diesem Blick, und leichte Röte schlich über seine schmächtigen Wangen. »Als es vorüber war, hörte ich den Wildbach kommen. Und da lief ich hinunter. Es war prachtvoll anzusehen, wie das harmlose Wasserschlänglein in wenigen Minuten sich zum brüllenden Ungeheuer auswuchs. Und wie ich so stehe, seh' ich Sie plötzlich drüben aus dem Wald hervorkommen, auf dem Arm des Jägers. Das war ein so köstliches Bild, daß ich es mit ein paar Strichen zu fassen suchte.« Er griff an seine Taschen. »Wo hab' ich denn nur –?« Nun erschrak er. »Ach du lieber Himmel!« und mit langen Beinen sprang er zum Wildbach hinunter.

Verblüfft sah ihm Kitty nach; kaum war er zwischen den Bäumen verschwunden, da huschte sie auf den Leinwandrahmen zu, hob ihn von der Erde und machte sonderbare Augen, als sie die begonnene Studie sah. Etwas Außerordentliches hatte sie zu entdecken erwartet. Statt dessen sah sie ein Wirrsal noch nasser Farbenflecke, die sich flimmernd durcheinanderschlangen und den Vorwurf des Bildes kaum erkennen ließen: die Felswand in greller Sonne und zu ihren Füßen die Klause, übergossen von den Lichtern, die durch das Gezweig der Bäume fielen. Ein Kennerauge hätte gestaunt über die Kraft und Kühnheit, die sich in diesem raschen Erfassen einer malerischen Stimmung verriet. Kitty aber stellte sehr enttäuscht die Leinwand wieder gegen die Wand. Zu ihrem weiteren Ärger gewahrte sie noch, daß sie mit den behandschuhten Fingern in die nasse Farbe geraten war. »Pfui!« murrte sie und säuberte die Fingerspitzen an der Balkenwand.

Kaum saß sie wieder auf der Steinbank, als er vom Ufer heraufgestiegen kam, in der Hand ein graues Buch, das er mit dem Taschentuch abwischte. »Es ist glücklicherweise sehr günstig gefallen, als ich es fortwarf, um die Hände frei zu bekommen!« sagte er lächelnd. Dann schlug er das Buch auf und reichte es ihr.

Ein Laut freudiger Überraschung glitt beim Anblick des Blattes von Kittys Lippen. Wohl waren die beiden Figuren nur mit flüchtigen Strichen gezeichnet, aber jede Linie saß, und das kleine Bildchen hatte warmes Leben und bestrickenden Reiz.

Glücklich blickte Kitty zu dem Künstler auf. »Ist das wirklich so hübsch gewesen – wie hier?«

Er sah sie an. »Das da, das ist ja gar nichts. Das ist Asche. Was ich gesehen habe, war Licht, Farbe, etwas ganz unbeschreiblich Schönes.« Die Augen schließend, rührte er mit den Fingern an die durchsichtigen Lider. »Aber hier sitzt es, fest! Und ich weiß, ich bring' es heraus.«

Rauschend kam der Abendwind über die Felsen niedergezogen; die Äste der Bäume schwankten und schüttelten die Regentropfen ab.

Erschrocken deckte Kitty den Arm über das Skizzenbuch, denn ein paar große Tropfen, wie Tränen, waren auf das Blatt gefallen. Und als der Wind die Bäume wieder zauste, sprang Kitty auf und flüchtete mit dem Buch in die Klause.

Der junge Mann folgte ihr, und da saß sie schon an dem roh gezimmerten Tisch und tupfte achtsam mit dem Handschuh die auf das Papier gefallenen Tropfen fort. »Es hat nichts geschadet!« versicherte sie lachend und hielt das Buch schief gegen das Licht des Fensters. »Man sieht nur noch ein wenig die feuchten Flecke.« Wieder vertiefte sie sich in die Betrachtung des Bildchens; dann begann sie im Skizzenbuch zurückzublättern; ein paar Studien hatte sie bestaunt, als sie plötzlich aufblickte und verlegen fragte: »Darf ich denn?«

Er nickte lächelnd und trat an ihre Seite. Das Licht, das durch Tür und Fenster fiel, hatte in dem geschlossenen Raum schon einen Schleier der beginnenden Dämmerung.

Ein seltsame Stimmung webte zwischen den Mauern und erzählte von erlöschenden Erinnerungen. Neben dem Tische standen nur zwei plumpe Holzbänke in dem kahlen Raum; doch es war ihm anzumerken, daß er in vergangener Zeit einen freundlicheren Anblick geboten hatte. Die Decke war noch von einer zart geblumten Tapete bedeckt; aber das Regenwasser, das durch die Lücken des Daches gedrungen, hatte häßliche Flecken gebildet. Auch an den Wänden hingen noch Streifen der Tapete, mit Hunderten von Namen bedeckt. Wer hier im Lauf der Jahre vor Sonne oder Regen Schutz gesucht, Sommergäste, Touristen, Jäger, Sennerinnen, Almbauern und Schiffer, alle hatten den Drang empfunden, ihre Namen an diesen geduldigen Wänden zu verewigen. Viele Namen standen paarweise, von einer Herzlinie umschlungen. Hatten die Träume, die aus diesem Zeichen redeten, sich erfüllt? Oder war das Leben über sie hinweggerollt wie die glättende Eisenwalze über den Kies der Straße? Von manchem, der vor Jahr und Tag seinen Namen an diese Wand geschrieben, mochte nichts anderes mehr übrig sein als nur der Name.

Inmitten dieser toten Vergangenheiten klang Kittys helle Stimme, ihr Lachen und die Freude, mit der sie jede Skizze begrüßte, deren Modell sie erkannte. Bald fand sie eines ihrer Lieblingsplätzchen am See, eine Straße oder ein Häuschen des Dorfes, bald wieder Köpfe und Gestalten, die einen fremd, die anderen ihr wohlbekannt. Mehrere der Skizzen waren mit dem Namen des Künstlers gezeichnet: Hans Forbeck. Kitty blätterte weiter. Flüchtige Wolkenstudien, Baumschläge und Gebirgsveduten wechselten mit Skizzen, deren wirre Linien sie nicht verstand: Bilderideen, mit ein paar hastigen Strichen festgehalten.

Wieder wandte Kitty eines der Blätter. Und erschrocken stammelte sie: »Wie traurig!«

»Die Stubenarbeit eines Regentages!« sagte er leise, fast entschuldigend.

Die Zeichnung des Blattes war sorgfältiger als die der anderen Skizzen, die graue Arbeit des Stiftes mit zarten Farbtönen überhaucht. Eine öde, fast unabsehbare Heide, dürr und kahl; der Himmel ist mit schwerem Gewölk bedeckt, durch dessen spärliche Klüfte kaum eine matte Helle quillt, wie eine Ahnung des verschleierten Lichtes. Über die Heide führt ein rauher Steinpfad, von niederem Dorngestrüpp umwachsen. Und auf dem Pfade liegt, halb zur Erde gesunken, mit aufgestütztem Arm und das entkräftete Haupt gegen die

Schulter geneigt, die Gestalt einer Genie, todmüde und schmerzverloren, in Lumpen gehüllt, mit zerzausten Schwingen.

Kitty hob die Augen. »Herr Forbeck?« Schüchtern sprach sie seinen Namen aus. »Was soll das vorstellen? Das Unglück?«

»Nein.« Er zögerte. »Meine Kindheit.«

Nun verstand sie, was aus seinem Gesicht beim ersten Anblick zu ihr gesprochen hatte. Ein leises Zucken ging um ihren Mund. Sie mußte der eigenen Kindheit denken. Auch ihrer Kindheit hatte die Liebe gefehlt, die Liebe der Mutter. Vor dreizehn Jahren war ihre Mutter in der Fremde gestorben – auf einer Reise, hatte man ihr gesagt.

Sie senkte die Augen auf das Blatt. »Wie traurig das ist!« Zwei Tränen rannen ihr langsam über die Wangen.

Mit unbehilflichem Lächeln wandte Forbeck sich ab und trat unter die offene Tür.

Leise schwankten die Zweige der Bäume; der Fall der Tropfen, der von ihnen niederging, begann schon zu versiegen. Auch das Rauschen des Wetterbaches schien sich bereits zu dämpfen; aber der Lärm seiner Wellen war noch immer laut genug, um die beiden Stimmen zu übertäuben, die vom jenseitigen Ufer herüberklangen.

Franzl hatte die Kleesberg glücklich durch den Wald heruntergebracht. Das war ein hartes Stück Arbeit gewesen, um so härter, da Franzl zur Stütze für seinen jammernden Schützling nur den einen Arm frei hatte; unter dem andern Arme schleifte er ein schweres Brett, das er von der Wildscheune losgerissen hatte, um über den von Felsblöcken durchsetzten Wildbach einen Steg zu bauen. Während Gundi Kleesberg in Verzweiflung die Hände rang, ließ er das Brett vom Ufer gegen den nächsten Felsblock fallen. Er trat auf den improvisierten Steg hinaus und schaukelte sich, um die Festigkeit des Brettes zu prüfen und Tante Gundis Mut zu erwecken. »So, Fräuln, kommen S' nur!« lachte er. »Da schauen S' her!« Er schaukelte sich, daß das schwingende Brett die schießenden Wellen fast berührte. »Dös Brettl, dös tragt Ihnen leicht, da dürften S' noch a paar gute Pfündln mehr haben!«

»Nein, nein, nicht um die Welt!« kreischte Gundi Kleesberg und streckte wehrend die Arme, als sollte sie mit Gewalt in den sicheren Tod geschleift werden. »Lieber bleib ich die ganze Nacht!« Während ihr die Tränen der Angst über die Schlotterwangen kollerten, schrillte ihre Stimme: »Kitty! Kitty! Du Ungeheuer!« Zu allem Jammer erwachte in ihr noch ein neuer. »Wo ist sie denn? Ich sehe sie nicht!«

»Sie wird halt mit dem jungen Herrn Maler im Kapuzinerhäusl sein.« Franzl streckte die Hände. »Also weiter, Fräuln, kommen S'!«

Er hatte Tante Gundi beruhigen wollen. Aber der Schreck, den ihr seine Worte einjagten, sprach aus ihren weit aufgerissenen Augen. Keuchend rang sie nach Luft. »In der Klause? Mit einem –«  Da ging ihr schon wieder der Atem aus. Aber ihre Angst hatte plötzlich alle Komik verloren. »In der Klause? Das ist gerade der richtige Platz! Als hätten wir nicht schon genug an jenem ersten –« Versagte ihr die Stimme, oder verschluckte sie ein Wort, das nicht über ihre Lippen kommen durfte? »Nein! Nein! Und wenn es mein Leben kostet! Das will ich verhindern!«

Tante Gundi richtete sich auf wie eine Löwin, die ihr Junges verteidigt. Und als wäre die stille, friedliche Klause ein Abgrund der Gefahr, aus dem sie das ihrer Obhut anvertraute Mädchen erlösen mußte, so stürzte sie auf das Ufer zu und klammerte sich an die Hände des Jägers. Kaum hatte sie das Brett betreten, kaum fühlte sie dieses bedenkliche Schaukeln, kaum sah sie unter ihren Füßen das schießende Wasser, da war es wieder vorbei mit ihrem Löwenmut. Aber Franzl hielt fest. Da gab es kein Zurück mehr. Ihre Seele mit einem Stoßgebetlein dem Herrn empfehlend, stieß Tante Gundi einen klagenden Schrei aus und schloß in Schwindel die Augen.

Trotz des rauschenden Lärmes, den der tobende Bach erhob, klang dieser Schrei bis zur Klause.

Forbeck lauschte. Aber da hörte er hinter sich einen Ausruf fröhlicher Überraschung. »Köstlich! Jeder Zug! Dieser Mund! Dieses Zwinkern im Auge! Als stünde er vor mir, wirklich und wahrhaftig!« So sprudelten Kittys Worte. »Herr Forbeck! Wie kommen Sie zu diesem Bild?«

Was Kittys Jubel erweckt hatte, war das Brustbild eines alten Jägers mit geflickter Joppe und mürbem Filzhut, auf dem eine geknickte Spielhahnfeder saß.

»Nicht wahr, ein famoser Kerl, dieser alte Waldbär!« sagte Forbeck, der Kittys Freude nicht völlig zu begreifen schien. »Ein Typus von Jäger und Bauer! Echter Volksschlag. Sehen Sie nur diese knochige Stirn an, diesen Falkenblick im Auge, diese Adlernase und den gewalttätigen Mund! Was da in jeder Linie liegt an Kraft und rücksichtsloser Derbheit! Und dieser zausige weiße Bart! Das ist unglaublich charakteristisch. Der Alte muß einen Zorn haben wie der Sturmwind, und dann fährt er wohl mit seinen schwieligen, sonnverbrannten Fingern in diesen Bart und zerrt –« Forbeck verstummte. Die Sache mochte ihm nun doch etwas sonderbar erscheinen, denn Kitty lachte, daß ihr die Tränen kamen.

»Köstlich! Aber wie sind Sie denn zu diesem Bild gekommen?«

»Ich machte vor einigen Tagen eine Bergpartie, und da ist mir der Alte in der Nähe einer Sennhütte in den Weg gelaufen. Er stach mir gleich in die Augen, und so bat ich ihn, mir eine Stunde zu sitzen.«

»Und das hat er getan?«

»Natürlich! Er schien riesig geschmeichelt, als ich ihn ›Herr Förster‹ titulierte. Und er wußte wohl auch, daß ich es nicht umsonst verlangte.«

Kitty schien von einer Ekstase heiterer Laune befallen. »Und Sie wissen nicht, wer das ist? Wirklich nicht?« Vor Lachen vermochte sie kaum weiterzusprechen. »Das ist doch mein Papa!«

Forbeck trat verblüfft zurück. Er begriff nicht. Wie kam dieser alte »Waldbär« – vielleicht war er doch kein gewöhnlicher Waldaufseher, wie sein Äußeres vermuten ließ, sondern wirklich ein wohlbestallter Förster – aber wie kam ein schlichter Förster zu einer solchen Tochter mit diesem zierlichen Wuchs und diesem holden Gesichtchen – und noch mehr: zu einer Tochter in so vornehm gewählter Kleidung, mit schwedischen Handschuhen und dem eleganten Schuhwerk. Dieses Kleid und was dazu gehörte – das wog den halben Jahresverdienst eines Försters auf! Da schoß ihm der Gedanke durch den Kopf: eine Theaterprinzessin? Er wußte nicht, warum er diesen Gedanken so unangenehm empfand, fast wie einen

Schmerz. Aber nein! Er durfte nur in diese strahlenden Augen blicken, auf diesen kindlichen Mund, um den sinnlosen Einfall wieder zu verwerfen. Dadurch wurde die Sache für ihn noch unbegreiflicher. Der alte »Waldbär«, den er dort oben gefunden – d e r war echt! An dem war nicht zu zweifeln! Das Rätsel war dieses Mädchen.

Schon wollte Forbeck eine Frage stellen, da ließen sich vor der Klause hastige Schritte vernehmen. Es wurde finster in der Tür, und Gundi Kleesberg stolperte über die Schwelle. »Kitty –« Nun sah sie den jungen Maler – das Licht des Fensters fiel hell auf sein Gesicht – und Gundi Kleesberg taumelte an die Wand, erschrocken wie vor dem Anblick eines Gespenstes.

Verwundert blickte Forbeck auf die ihm fremde Dame, und Kitty stellte ihr Lachen ein. »Tantchen? Was ist dir?«

Gundi Kleesberg schien sich zu erholen.

»Aber so sprich doch! Was ist dir?«

»Nichts, nichts! Wer ist – dieser Herr?«

»Herr Maler Forbeck!« stammelte Kitty, während der junge Mann sich verbeugte. Um über den unbehaglichen Augenblick hinüberzukommen, faßte Kitty das Skizzenbuch. »Tante Gundi, ich muß dir was zeigen, was Herr Forbeck gezeichnet hat, du wirst Augen machen –«

Die Kleesberg hatte beim Klang dieses Namens, den sie noch nie in ihrem Leben gehört, erleichtert aufgeatmet. Scheu ließ sie die Augen an dem jungen Mann emporgleiten und schüttelte den Kopf.

»Tantchen, sieh doch!«

Beim Klang dieser Stimme war Gundi Kleesberg plötzlich ihrer Stimme mächtig. Mit dem Zorn einer Furie schoß sie auf Kitty zu, umklammerte ihre Hand und schüttelte sie, daß das Skizzenbuch zu Boden fiel. »Laß das! Und komm! Das ist kein Ort für dich!« Über Forbecks Gesicht flog brennende Röte. Dann hob er schweigend das Buch von der Erde.

»Aber Tante?« stammelte Kitty verlegen.

»Komm!« In ungestümer Hast zog die Kleesberg das junge Mädchen zur Tür hinaus.

Kitty Lippen zuckten. »Aber Tante Gundi! Herr Forbeck –«

»Komm!« Gundi Kleesberg hielt fest und suchte so schnell als möglich aus der Nähe der Klause zu kommen.

»Aber Tante, ich bitte dich! Herr Forbeck hat mich doch gerettet! Was muß er denken von mir!«

»Komm nur!« Tante Gundi schlug einen bei ihrer Schwerfälligkeit überraschenden Sturmschritt an. Das Staunen machte Kitty verstummen. Seit jenem Tag, an welchem Adelgunde von Kleesberg aus dem Stift gekommen war, um sich in eine sehr weitschichtige »Tante« zu verwandeln und die Obhut über das junge mutterlose Mädchen zu übernehmen – seit jenem Tage bis zu dieser Stunde hätte Kitty niemals ahnen mögen, daß in diesem »fleischgewordenen Schaukelstuhl« – wie Graf Egge das alte Fräulein getauft hatte – eine so wieselflinke Beweglichkeit verborgen läge. Kitty meinte ein Wunder zu sehen. Halb schmollend, halb lachend, ließ sie sich von Tante Gundi weiterziehen. Einmal blickte sie wohl über die Schulter zurück, aber die Klause war schon hinter der Felswand verschwunden.

Da kam auch Franzl vom Seeufer hergelaufen und rief: »Ich hab a Schiffl!«

»Gott sei Dank!« Gundi Kleesberg verhielt den stürmischen Schritt. Ihre Kräfte waren zu Ende.

# 3

Langsam glitt der Nachen über den stillen See, der unter den sinkenden Schatten des Abends in tiefgrünen Farben spielte. Hinter dem Schifflein lagen die den halben See umziehenden Berge mit ihren schwarzen Fichtenwäldern, mit den grauen Wänden und den grünen Almen in der Höhe, auf denen noch helle Sonne lag. Am Ufer, dem der Nachen entgegensteuerte, sah man einen belebten Gasthof und eine Reihe weißer Villen, aus deren einer die Solfeggien einer herrlichen Altstimme und die Töne eines Flügels erklangen. Hinter den roten Dächern der Villen dehnte sich ein welliges Gelände mit den zerstreuten Häuschen und Gehöften des Dorfes. An ihre Gärten schloß sich, von einer roten Mauer umzogen, ein weitgedehnter Park, über dessen kugelige Ulmenwipfel sich das Dach und die Türmchen von Schloß Hubertus erhoben.

Von den Insassen des Nachens achtete niemand der Schönheit dieses Bildes, das nach dem reinigenden Gewitterregen in seinen Farben so frisch und so neu erschien, als wäre es eben jetzt aus der Hand des Schöpfers hervorgegangen. Der alte Schiffer führte, im Spiegel des Bootes stehend, in gleichmäßigem Takt das Ruder; Franzl, der auf dem Schnabel des Schiffes ein nicht sehr bequemes Plätzchen gefunden, wischte mit dem Ärmel die Rostflecken von dem Lauf seiner Büchse; und Kitty saß, dem Stiftsfräulein den Rücken kehrend, in schmollendes Brüten versunken. Plötzlich erwachte sie. Franzl hatte sie leis auf das Knie getippt und flüsterte: »Schauen S' das alte Fräuln an!« Kitty blickte über die Schulter zurück und erschrak vor dem kummervollen Anblick, den Tante Gundi bot. Breit lag ihr das rote Doppelkinn auf dem schwer atmenden Busen, tiefe Furchen kreuzten die Mundwinkel, und über die welken Wangen, von denen auch die letzte Spur der Schminke geschwunden war, kollerten dicke Perlen. Waren es Schweißtropfen oder Tränen? Wohl beides zugleich. Aus dem zerfallenen Gesichte redete die Sprache eines tiefen, bedrückenden Schmerzes.

Das fühlte Kitty, und im Augenblick war ihr Groll vergessen. Hurtig schwang sie die Füßchen über das Brett und faßte die Hände des Fräuleins. »Tante Gundi! Was hast du?«

Die Kleesberg sah mit verstörten Augen auf, als hätte man sie bei einer bösen Tat ertappt. »Laß mich, du –« Sie wandte mit einem übelgelungenen Versuch von Würde das Gesicht und blickte krampfhaft ins Wasser, um ihre Tränen zu verbergen.

Kitty schwieg. Mit scheuer Sorge hingen ihre Augen an Tante Gundi, und im stillen begann sie sich Vorwürfe zu machen. Sie wußte sich freilich keiner anderen Sünde zu zeihen als der einzigen, daß sie in der begreiflichen Ungeduld, nach langer Trennung den Vater um eine Stunde früher zu sehen, die erste Ursache zu dem für Gundi Kleesberg so übel verlaufenen Abenteuer gegeben hatte. An allem anderen war sie schuldlos. Alles andere war gekommen – sie wußte selbst nicht wie!

Knirschend fuhr der Nachen an das Ufer. Kaum hatte die Kleesberg festen Fuß unter sich, und kaum gewahrte sie die Gruppen der Schiffer und Sommergäste, da hatte sie ihre verlorene Fassung wiedergefunden. Der Seewirt, der die zum Schloß Hubertus gehörige Fischerei in Pacht hatte, kam gerannt, um den »gnädigen Damen« seine Aufwartung zu machen. Kitty reichte ihm freundlich die Hand, Gundi Kleesberg rauschte an ihm vorüber, mit dem Aplomb einer Königin, deren Würde mehr in die Breite ging als in die Höhe.

Franzl schwang die Büchse auf den Rücken und wanderte davon. Bald verstummte hinter ihm der Lärm des belebten Ufers, und zwischen Haselnußstauden ging sein Weg über stille Wiesen. Ein paar hundert Schritte trennten ihn noch von seinem Haus. Nun führte der Fußweg gegen einen hohen Zaun, bei dem ein paar rohgezimmerte Stufen den Überstieg erleichterten; und drüben lag ein schmaler, von zwei tischhohen Bretterplanken eingefaßter Pfad.

Da hörte Franzl über den Zaun her eine Männerstimme – sie redete jene zweifelhafte Bauernsprache, die der Jäger manchmal in den Sennhütten von jungen Touristen zu hören bekam – und ihr erwiderte eine zornige Mädchenstimme: »Aus'm Weg, du!«

Neugierig drückte Franzl die Haselnußzweige auseinander und gewahrte einen kniemageren Touristen, dessen Rucksack, Joppe und Lederhose an diesem Tage wohl zum erstenmal die Berge erblickt hatten; quer in den Händen hielt er einen wahren Baum von Bergstock, mit dem er einem jungen, schmucken Mädel den schmalen Pfad verlegte.

»'s Zollheben is 'n alter Brauch,« erklärte der kühne Wegelagerer in seinem zweifelhaften Dialekt, »und drum sog i dir, du saubers Diandl, du kommst mir nit ummi, eh du nit dein Zoll zahlt hast.«

»Gehst aus'm Weg?«

»Nit um die Welt. Da müßt ich woltern erscht von dein süßen Göscherl mein Bussarl haben! Und wann du's nit gern gibst –«

Da griff das Mädel mit zwei gesunden Fäusten zu. »Wart, dir gib ich a Bußl, du Zibebenkramer!« Zuerst machte der Bergstock einen Purzelbaum, dann sein Besitzer; die morsche Bretterplanke krachte, und hinter ihr verschwand der besiegte Ritter, daß für eine kurze Weile nur noch seine frisch genagelten Schuhe zu sehen waren.

Das Mädel wischte die Hände über die Hüften, näherte sich dem Überstieg, hörte das Gelächter des Jägers und gewahrte über dem Zaunrand sein braunes Gesicht mit den lustigen Augen, die in Wohlgefallen an ihr hingen.

Franzl erkannte sie nicht, sie mußte eine Auswärtige sein. Das gestrickte braune Leibchen, das die Brust und die runden Arme knapp umschloß, und die weiße Halskrause – das war fremde Tracht. Aber woher auch immer, sie war in einer Luft gewachsen, die gesund und sauber macht. Und wie gut der halbverrauchte Zorn zu ihrem frischen, sonnverbrannten Gesichte stand, zu den blaugrauen Augen und der festen Stirn, über der die blonde Haarkrone sich so bedenklich verschoben hatte, daß die schweren Zöpfe zu fallen drohten.

Der erste Blick, den sie auf den Jäger geworfen, war kein sonderlich freundlicher gewesen. Sie schien eine neue Wegsperre zu befürchten. Doch sein Lachen wirkte ansteckend, und sie lachte mit.

»Madl! Den hast bös auszahlt.«

»Wie's ihm ghört hat! So a Grashupfer! Aber z'erst, da bin ich a bißl erschrocken.«

»Hättst kein Kummer net haben brauchen. Wann's gfehlt hätt, wär schon ich bei der Hand gwesen.«

Sie nickte ihm freundlich zu. »Vergeltsgott! Aber es hat's net braucht. Der hat net amal 's Schneidergewicht. Den muß man mit Schmalz einreiben, daß er fett wird. Wo is er denn?« Sie guckte über die Schulter; als sie den Pfad noch immer leer sah, meinte sie besorgt: »Er wird doch nit ungut gfallen sein?«

»Gott bewahr! Grad rappelt er sich in d' Höh!«

Hinter der geknickten Bretterplanke erschien der grasgrüne Spitzhut mit der trauernden Hahnenfeder.

»No also!« Mit diesem Wort schien die Sache für sie erledigt. An dem Gezweig eine Stütze suchend, stieg sie auf die Kante des Zaunes, faßte die Hand, die ihr der Jäger reichte, und sprang zu Boden.

»Bhüt dich Gott, Jager!« grüßte sie lächelnd.

»Bhüt dich Gott auch!«

Sie schritt davon, und Franzl sah ihr betroffen nach. Nun plötzlich, an ihrem Lächeln, war ihm etwas aufgefallen; er mußte sie schon einmal gesehen haben.

Nach wenigen Schritten blieb sie stehen und sah sich um. Die Augen der beiden trafen sich, und eines schien dem andern sagen zu wollen: »Mir scheint, ich müßt dich kennen!«

Aber sie schwiegen, und das Mädel ging; hinter den Haselnußstauden verschwand es; nur ein paarmal leuchtete zwischen dem Grün noch die weiße Schürze.

Franzl schob von hinten den Hut in die Stirn; das tat er immer, wenn er zu denken hatte. Dann stieg er über den Zaun und folgte dem eingeplankten Pfad. Hinter den Brettern sah er den traurigen Ritter stehen, der ratlos einen handbreiten Riß in seiner neuen Lederhose musterte. Lachend streckte Franzl die Hand über die Planke und klopfte ihn auf die Schulter. »Ja, Manndl, bei uns kosten die Busserln Hosenfleck! In der Stadt sind s' billiger.«

Nach kurzem Weg erreichte der Jäger sein Heimwesen, ein freundliches Haus mit frisch geweißter Mauer und grünen Fensterläden, Hofraum und Garten mit Sorgfalt gepflegt, der ganze Besitz von einem hohen Staketenzaun umschlossen. Als Franzl das Pförtchen öffnete, erhob sich von einem der Gartenbeete ein alte Frau mit stillen Augen und weißem Faltengesicht, das von dem grauen, tief in die Schläfe gekämmten Haar wie von einer verblaßten Haube umrahmt war.

»Grüß dich Gott, Bub!«

»Grüß Gott, Mutter! Wie geht's allweil?«

»Es tut's. Und dir? Is dir's allweil gut gangen am Berg?«

»Am Berg? Da droben geht's eim allweil gut!« lachte Franzl.

Seine Mutter schien ein feines Ohr zu haben. Dieses Lachen klang nicht wie sonst. Und die Liebe in Menschen, die Unglück erfuhren, ist immer furchtsam. Forschend hingen die Augen der Försterin an ihrem Sohn. »Franzl? Hat der Herr Graf wieder gscholten? Oder fangt der Schipper seine scheinheiligen Gschichten wieder an?«

»Gott bewahr! Nix, gar nix! Mußt dir denn allweil Sorgen machen, wo keine sind?« Er faßte die Hand der Mutter und streichelte die welken Finger. »Geh, du Sorgenhaferl, du alts!«

Die Horneggerin, wenn einmal eine Sorge in ihr wach geworden, war so leicht nicht wieder zu beruhigen. »Warum kommst denn heim? Mitten unter der Woch?«

»Treiber muß ich bstellen, der Herr Graf will riegeln. Und was ich fragen will, Mutter – is bei uns net grad a Madl vobeigangen?«

»Ja. Warum fragst? Hast es nimmer kennt? Bist doch mit ihr in d' Schul gangen! Die Bruckner-Mali!«

»Die Maaali?« Der Name hing ihm an der Zunge wie ein zehnsilbiges Wort. Daß er aber auch die Mali nicht gleich erkannt hatte! Als Kinder waren sie unzertrennlich gewesen, bis im Försterhaus das blutige Unglück Einkehr hielt, vor vierzehn Jahren. Da war der Bub durch Wochen nicht von der Seite der Mutter gewichen; und als er eines Abends die kleine Freundin wieder suchte, war sie verschwunden. Eine ältere Schwester, die in eine weit entfernte Ortschaft geheiratet, hatte das Mädel zu sich genommen. Und jetzt war die Mali wieder heimgekehrt? Sie hatte sich sauber ausgewachsen! Und weshalb sie gekommen war, das meinte Franzl zu erraten. Dem Bruckner, ihrem Bruder, war das Weib gestorben, er hatte drei Kinder, Not und Krankheit in der Stube. Da waren ihm zwei gesunde Arme zur Hilfe mehr als nötig. Und daß die Mali zwei feste Arme besaß, davon hatte Franzl sich vor einem Viertelstündchen zur Genüge überzeugt – er und noch ein anderer!

»Die Mali! Jetzt is dös gar die Mali gwesen!« Mit vergnügtem Schmunzeln schüttelte Franzl den Kopf und folgte der Mutter ins Haus.

Der Abend sank, und aus den Wiesen begann ein dünner Nebel zu dampfen, der sich gleich einem weißen Schleier über die Haselnußstauden aller Pfade legte. –

Noch vor Einbruch der Dämmerung hatten auch Kitty und Tante Gundi das Parktor von Schloß Hubertus erreicht. Auf dem ganzen Wege hatten sie kein Wort miteinander gewechselt. Als aber Gundi Kleesberg die Hand nach der Torklinke streckte, verstellte ihr Kitty den Weg.

»Tante Gundi? Bist du mir böse?«

»Ach, Kind!« Die Kleesberg umschlang mit beiden Armen das Mädchen und küßte ihm die Wange so zärtlich, wie nur eine bekümmerte Mutter ihr Kind zu küssen vermag. »Wie kann ich dir böse sein? Ich hab' dich lieb. Und habe nur dich. Wir beide brauchen uns. Ich bin deine Mutter, du bist mein Kind!«

Sie betraten den Park, und klirrend fiel hinter ihnen das hohe, schmiedeeiserne Tor ins Schloß. Es hallte unter den Bäumen, und ein ungestümes Flattern und Gerüttel ließ sich vernehmen.

Eine breite Allee, von alten Ulmen halb überdacht, führte in gerader Linie zum Schlosse. Blumenduft und Heugeruch erfüllten die Luft. Inmitten der Allee weitete sich ein großes Kiesrondell, auf dem sich ein mächtiger, aus Eisenstangen und grobem Drahtgeflecht gebildeter Käfig erhob. Er barg die sieben Steinadler, die Graf Egge im Laufe mehrere Jahre als halbflügge Vögel aus ihren Nestern gehoben. Während Kitty und Tante Gundi vorüberschritten, begann im Käfig ein grauenhafter Spektakel. Gleich schwarzen Schatten huschten in der Dämmerung die aus ihrer Ruhe aufgescheuchten Adler durcheinander; fauchend und mit gellenden Schreien warfen sie sich gegen das Drahtgeflecht und rüttelten an ihrem Kerker; unter dem Klatschen der Flügelschläge hörte man das Knirschen des Drahtes, wenn die scharfen Fänge in das Flechtwerk griffen.

Tante Gundi beeilte sich, an dem Käfig vorüberzukommen. »Eine merkwürdige Liebhaberei, das!« grollte sie. »Dieser Aasgeruch, mitten zwischen den Rosenbeeten! Pfui!«

Kitty schwieg; diese Vögel waren eine Freude ihres Vaters, eine lebendige Trophäe seines kühnen Jägermutes.

Aus dem Schlosse fiel schon der Lichtschein einzelner Fenster in die Allee. Nun zeigte sich ein weiter, fein besandeter Platz mit Blumenbeeten, exotischen Gewächsen und einer plätschernden Fontäne, von deren hohem, gleich mattem Silber leuchtendem Strahl ein feiner Staubregen gegen die finsteren Bäume dampfte. In der Tiefe des Platzes erhob sich Schloß Hubertus, eine Mischung von gotischem Kastell und moderner Villa. Man sah es auf den ersten Blick: hier wohnte ein großer Jäger vor dem Herrn. Über jedem Fenster war ein mächtiges Hirschgeweih an der Mauer befestigt – eine Sammlung, anzusehen wie eine riesige, die Geweihbildung aller Hirschgattungen demonstrierende Wandtafel; hier hing der konfuse Hauptschmuck des lappländischen Renntiers, die wuchtige Schaufel des schwedischen Elchs, der stämmige Schlag der böhmischen Wälder, das Zentnergeweih des amerikanischen Wapiti, der Urhirsch aus der Bukowina, das massige Kronengeweih des Bakonyerwaldes, die gefingerte Schaufel des Dambockes, der weichlich gezeichnete Hauptschmuck des gefütterten Parkwildes und das schlanke, schön verästelte Geweih des stolzen Edelhirsches der deutschen Berge. Jede dieser Trophäen hatte Graf Egge auf seinen Jagdreisen mit der eigenen Kugel gewonnen, unter jedem der Geweihe war ein weißes Täfelchen angebracht, auf dem die Heimat des Hirsches und der Tag verzeichnet standen, an dem das Wild gefallen.

Jetzt verschleierte tiefe Dämmerung diese stolze Jägerchronik, und wie ein Gewirr von dürren Ästen starrten die hundert Enden aus der Mauer.

Lichtschein fiel aus der offenen Tür über die steinerne, von wildem Wein und Jerichorosen umrankte Veranda, zu der drei breite Stufen emporführten.

Als Kitty und Tante Gundi die Veranda betraten, kam ihnen ein junger Diener entgegen, der sich besorgt erkundigte, ob die Damen nicht ins Gewitter geraten wären.

»Nein, Fritz,« sagte Kitty, »wir kommen trocken nach Hause. Wo ist mein Bruder?«

»Der Herr Graf arbeiten in seinem Zimmer.«

Durch einen breiten Flur, dessen Wände von den Steinfliesen bis zur Decke mit Jagdtrophäen aus aller Welt bedeckt waren, eilte Kitty zur Treppe. Auch hier im Treppenhaus wie in den Korridoren des oberen Stockes hing Geweih neben Geweih an allen Wänden.

Kitty öffnete eine Tür und schob das Köpfchen durch den Spalt. »Stört man nicht?«

»Komm nur!« erwiderte eine ruhige Männerstimme.

Das matte Licht einer mit chinesischem Schirm bedeckten Studierlampe füllte den nicht allzu großen, einfach möblierten Raum. Bücher, Zeitungen und Broschüren lagen, da es an Schränken fehlte, überall umher, auf dem Tisch, auf allen Stühlen. Der große Schreibtisch war von einem Ringwall dicker Bände umzogen, so daß für Lampe, Tintenzeug und Aktenmappe nur ein kleiner Raum verblieb. Man glaubte sich in dem Zimmerchen eines fleißigen Studenten zu befinden, der vor dem Examen steht. Aber Graf Tassilo, Kittys ältester Bruder, hatte die Schuljahre längst hinter sich.

Er nahm den Schirm von der Lampe und erhob sich: eine schlanke, vornehme Gestalt mit einem energischen Kopf, einem scharfgeschnittenen Gesicht und einem Knebelbart, wie König Ludwig II. ihn zu tragen pflegte. Die Härte der Züge, die Tassilo vom Vater hatte, wurde gemildert durch den ruhigen Glanz der Augen, die den Augen der Schwester glichen. Man konnte lesen in diesem Gesicht und Blick: da steht ein Mensch, der mit sich im klaren ist und weiß, was er will; eine starke, zähe, an Arbeit und Selbstbeherrschung gewöhnte Natur mit warm fühlendem Herzen. Aber es mochten schwere Kämpfe gewesen sein, in denen er das sichere Gleichgewicht seines Lebens gewonnen; das verriet die tiefgeschnittene Furche zwischen den Brauen. Graf Tassilo stand im dreißigsten Jahr, doch hätte man ihn wohl um einige Jahre älter geschätzt.

Herzliches Wohlgefallen leuchtete beim Anblick der Schwester aus seinen Augen. Wie das lichte Figürchen auf ihn zugeflattert kam, das war auch, als wehte ein frischer Frühlingshauch in die ernste Stube. Kitty umschlang den Bruder. »Guten Abend, Tas!«

Lächelnd hielt er sie fest und streichelte ihr Haar. »Nun? Ist Papa gekommen?«

Sie hob wie in unbehaglichem Empfinden die Schultern.

Ein Schatten ging über das Gesicht des Bruders. Er gab die Schwester frei und ließ sich nieder. »Ich hätt' es dir voraussagen können. Aber ich wollte deine Freude nicht stören. Möglich wär' es ja doch gewesen –«

»Nein, ganz unmöglich!« fiel Kitty ein, als hätte sie das Bedürfnis, ihren Vater zu verteidigen. »Er konnte nicht kommen, absolut nicht! Franzl hat es mir gesagt. Weißt du, Tas, da droben steht irgendwo ein ganz fabelhafter Gemsbock. Papa m u ß ihn haben!«

»Natürlich! Ein Gemsbock!« Als wollte er über das Thema wegkommen, sagte er mit veränderter Stimme: »Ich habe mich gesorgt um dich. Wo wart ihr, als das Wetter kam?«

»Droben im Wald, trocken und sicher, in der Wildscheune.« Sie begann zu erzählen und fand ihre Laune wieder. Drollig schilderte sie Tante Gundis Verzweiflung, das Erscheinen des Jägers und ihren Niederstieg zum Wetterbach – »ganz à la Paul et Virginie!« Dann verstummte sie, als wäre das Abenteuer zu Ende. Lächelnd beugte sie sich über den Schreibtisch und begann in den aufgeschlagenen Akten zu blättern. »Und du, Tas? Du hast natürlich wieder mit den Ellbogen zwei Löcher in deinen Schreibtisch gebohrt und den herrlichen Abend versäumt. Über was grübelst du schon wieder?«

»Ich sammle das Material zu einer Verteidigung.«

»Wohl ein sehr interessanter Fall?«

»Für mich, gewiß.«

»Um was handelt es sich? Um einen Unschuldigen?«

»Nein, Kind, um einen Gewohnheitsdieb.«

»Aber Tas!« Erschrocken hingen Kittys Augen an dem ernsten Gesicht des Bruders. »Wie kannst du dich mit einem solchen Menschen befassen? Du! Mit einem gemeinen Verbrecher!«

»Ein Verbrecher? Ja. Aber noch mehr ein Kranker. Ich hoffe, daß er zu heilen ist.«

»Davon laß nur Papa nichts merken.«

»Er sorgt dafür, daß mir die Gelegenheit fehlt.«

»Wenn er es aber doch erfährt, was wirst du ihm sagen?«

Tassilo streifte mit der Hand über Kittys Scheitel. »Nichts.«

»Ja, Tas, das wird wohl das beste sein. Widerspruch verträgt er nicht. Und ich bin überzeugt, daß er dir die letzte Geschichte vom Frühjahr noch immer nicht vergessen hat. Es war aber auch ein netter Streich!«

»Meinst du?«

»Ein Graf Egge-Sennefeld! Und verteidigt einen auf frischer Tat ertappten Wilddieb! Na, erlaube mir, Tas –«

Er klopfte sie mit beiden Händen auf die Wangen und sagte, wie man zu einem Kinde spricht: »Dir erlaube ich alles.«

Ein Diener erschien in der Tür: der Tee stünde bereit.

Tassilo nahm einige Zeitungen vom Schreibtisch und reichte seiner Schwester den Arm.

Das Speisezimmer lag zu ebener Erde; ein großer, wenig behaglicher Raum, dem es anzumerken war, daß er die längste Zeit des Jahres leer stand. In der Mitte der lange Tisch, mit grünem Tuch überspannt und nur zur Hälfte weiß gedeckt. Auf jeder Seite der Flurtür stand eine altertümliche Kredenz, und geschnitzte Holzbänke mit verblaßten Kissen zogen sich rings um die Mauern. Wände und Decke waren mit gebräuntem Lärchenholz getäfelt. Die Luft des Zimmers hatte einen leisen Geruch, der an die Apotheke erinnerte; er ging von den hundert präparierten Vögeln aus, die den Schmuck der Wände bildeten; dazwischen abnorme Rehgehörne und in silberne Zwingen gefaßte Eberzähne; an der Decke hingen, mit ausgebreiteten Schwingen, gegen zwanzig Adler, die sich sacht bewegten: von den zwei großen Moderateurlampen, die auf der Tafel standen, stieg die erhitzte Luft in die Höhe und staute sich unter den Flügeln. Eine offene Seitentür ließ in ein finsteres Zimmer blicken, darin die polierte Brüstung eines Billards funkelte.

Als Kitty auf der Tafel nur zwei Gedecke sah, fragte sie: »Fritz, wo ist Tante Gundi?«

»Das gnädige Fräulein haben sich zurückgezogen und haben Siphon und Eispillen verlangt.«

»Ach du Barmherziger! Jetzt hat sie wieder ihre Migräne!« Kitty lief davon.

Als sie nach ein paar Minuten zurückkehrte, berichtete sie kleinlaut: »Sie hat sich eingesperrt. Die Arme!«

Tassilo schien nicht zu hören; er hatte sich bereits bedient, und während er mit der Rechten in langsamen Pausen den Teelöffel oder die Gabel führte, hielt er mit der Linken die Zeitung unter die näher gerückte Lampe. Erst als Kittys Teller klapperte, schien er die Rückkehr der Schwester zu bemerken und wollte die Zeitung aus der Hand legen.

»Lies nur, Tas!«

»Wenn du erlaubst, ich finde untertags keine Zeit dafür.« Eifrig vertiefte er sich wieder in den unterbrochenen Artikel.

Eine stille Viertelstunde verrann. Kitty erhob sich. »Du arbeitest wohl nach Tisch?«

Tassilo zögerte mit der Antwort, und eine feine Röte erschien auf seiner Stirn. »Später, ja! Und du?«

»Was soll ich machen? Du hast Arbeit und Tante Gundi Migräne. Ich krieche ins Nest. Gute Nacht, Tas!« Sie küßte ihn, blieb vor ihm stehen und sagte seufzend: »Tas, du bist alt geworden.«

»Meinst du?« Er lächelte, seltsam verträumt. »Ich bin der Meinung, daß meine Jugend erst begonnen hätte.«

Kitty lachte gezwungen. »Das ist riesig komisch! Jugend hat Rosengeruch. Du riechst nach Akten. Armer Tas! Na, gute Nacht!«

Sie wollte gehen; der Bruder faßte ihre Hand und hielt sie fest; seine Augen hatten Glanz, und ein bekennendes Wort schien auf seiner Zunge zu liegen; doch er lächelte wieder. »Gute Nacht – du Kind!«

Kitty schlich davon, bummelte durch den Flur, an dessen Wänden die wirren Schatten der vielen Geweihe leise zuckten, und stieg über die Treppe hinauf. Seufzend öffnete sie die Tür ihres Zimmerchens, tappte in die Finsternis und machte Licht. Der kleine Raum hatte ein freundliches Ansehen, ohne zu verraten, daß hier die

Tochter eines Edelmannes wohnte, dessen Besitz nach Millionen zu zählen war. Graf Egge, der auf seinen Jagdreisen und Pirschgängen, wenn es eine seltene Beute zu machen galt, das Nachtlager auf blanker Erde nicht scheute, hatte auch seine Kinder nie verwöhnt; nur zur Hälfte aus Überzeugung, zur andern Hälfte aus einer Eigenschaft, für welche Sparsamkeit das mildeste Wort ist. Er knauserte in allen Dingen, die nicht die Jagd betrafen; seine drei Söhne hatten knapp bemessene Apanagen, aber seine Hirsche Winterfutter in Hülle und Fülle: aus Franken ließ er das saftigste Kleeheu kommen, aus Ungarn den besten Mais, aus der Maingegend die fettesten Kastanien.

Die billigen Stoffe für Kittys Stübchen, das man im vergangenen Sommer für den flügg gewordenen Klostervogel eingerichtet hatte, waren wohl aus der nächsten Stadt verschrieben; aber die Möbelgestelle hatte der Boottischler des Seewirtes angefertigt; und der Zauner-Wastl, der Dorfsattler – der übrigens den Ruf eines Universalgenies genoß und im Schloß Hubertus als eine Art Faktotum verkehrte – hatte die Polsterung übernommen. Die Sache war gar nicht so übel ausgefallen. Der weiße Leinenplüsch mit den mattblauen Streifen machte sich gut zu dem farblos polierten Lindenholz; dazu die lichte Tapete; das Stübchen sah aus wie frisch aus der Wäsche gekommen. Die Dielen waren blank, ohne Teppich; nur vor dem Bett lag eine graue Hirschdecke. Der Tisch, die Kommode, zwei Etageren und alle sonstigen verfügbaren Plätzchen waren dicht angeräumt mit zierlichem Kram, mit Kolonnen von Photographien in blinkenden Rähmchen, über die das größere, mit französischer Widmung beschriebene Bild der *Soeur supérieure* hinausragte wie die Hirtin über die kleine Herde.

Kitty wollte das offene Fenster schließen. Draußen plätscherte die Fontäne, und das steigende Mondlicht fiel schon über die Baumwipfel. Sinnend blickte Kitty hinaus in dieses Gewirr von finsteren Schatten und dämmerigem Licht; statt das Fenster zu schließen, ließ sie sich auf einen Sessel sinken und lehnte sich mit beiden Armen über das Gesimse. Vor ihren träumenden Augen spann sich der Mondschein immer weiter, die Konturen des Laubwerkes mit einem schleierhaften Dunst überziehend. Die Nähe verschmolz mit der nebeligen Ferne in einen einzigen blaßgrauen Ton, so daß die weite Fläche der Wipfel mit den an den Park sich schließenden Wiesen und Wäldern fast anzusehen war wie eine von mattem Zwielicht überwobene unabsehbare Heide.

Vor Kittys Gedanken belebte sich das Bild: verschwommen hob sich aus der Dämmerung ein verschlungener Pfad, rauh von Steinen, umwachsen von niederem Dorngestrüpp; und zwischen den Dornen lag entkräftet die Gestalt einer Genie, mit schmerzvollen Zügen, in Lumpen gehüllt und mit zerzausten Schwingen.

»Wie traurig!« zitterte es leis von Kittys Lippen. Sie war so tief in diese Erinnerung versunken, daß sie den Schritt nicht hörte, der unter ihrem Fenster langsam über den Kiesgrund ging und in der Ulmenallee verklang.

# 4

Graf Tassilo verließ den Park und wanderte auf der mondhellen Straße dem Dorf entgegen.

Nach einer Viertelstunde erreichte er den See. In weitem Kreise leuchteten die Fenster aller Villen. Auf der von Windlichtern erhellten Terrasse des Wirtshauses waren einige Tische mit Sommergästen besetzt, und am Ufer standen ein paar junge Burschen und Mädchen unter halblautem Geplauder beisammen. Sie verstummten bei Tassilos Ankunft; einer der Burschen rannte davon, verschwand in der Schiffshütte, und man hörte das Klirren einer Kette und das Gepolter eines Bootes, das aus der schwarzen Hütte tauchte und am mondhellen Ufer anlegte: ein zierlicher Nachen, die Bänke mit Polstern belegt, der Steuersitz von einem geschnitzten Geländer umgeben. Der Knecht stieg aus, und Graf Tassilo übernahm die Ruder.

Die weite Seebucht quer durchschneidend, glitt der Nachen einer Villa entgegen, aus deren Garten sich eine weiße Steintreppe zum Wasser senkte. Als der Kahn sich näherte, klang eine leise Stimme: »Tassilo? Du?«

»Ja, Kind!«

Der Nachen legte an, und Graf Tassilo erhob sich, um die schlanke Gestalt des Mädchens zu umfangen, das ihn auf der Treppe erwartet hatte.

»Anna?« fragte eine andere Frauenstimme von der Villa her. »Willst du nicht den Mantel nehmen?«

»Nein. Die Luft ist so lind und warm wie in der Sonne!« Von Tassilo gestützt, bestieg das Mädchen den Nachen, ließ sich im Spiegel nieder, schob das Boot von der Mauer ab und faßte die Schnüre des Steuers.

Von kräftigen Ruderschlägen getrieben, rauschte der Kahn dem tieferen See entgegen; im Mondlicht funkelten die Tropfen, die von den Rudern fielen, und hinter dem Steuer verblieb im dunklen Wasser eine leuchtende Furche.

Eine Weile schwiegen die beiden; dann sagte Tassilo: »Verzeih' mir, daß ich dich warten ließ! Bist du nicht ungeduldig geworden?«

»Ich habe schon gefürchtet, daß ich dich heute nicht mehr sehen würde. Aber nun bist du ja gekommen!« Die warme melodische Stimme klang in der Nachtstille wie leiser Gesang.

»Ich war nicht Herr meiner Zeit. Seit gestern ist meine Schwester in Hubertus.«

Die Antwort zögerte. »Ich weiß –«

»Das macht dir Sorge? Nein, Anna, sei ruhig! Wie alles andere kommt, ich weiß es nicht. Aber meine Schwester wirst du im Sturm gewinnen. Sie schwärmt für dich. Und sie soll auch die erste sein, die es erfährt. Endlich muß ja doch gesprochen werden, die Entscheidung ist nicht länger aufzuschieben. Ich will nicht, daß man im Dorfe anfängt, über dich zu klatschen.«

Eine Hand legte sich auf die seine. »Ich danke dir.«

»Aber Kind!« Er küßte die weißen Finger und faßte die Ruder wieder. »Ich liebe dich und will, daß auch die andern dich ehren, wie du es verdienst. Deshalb muß diese schiefe Stellung ein Ende nehmen. Ich habe einen Entschluß gefaßt. Dieser Tage kommen meine Brüder für eine Woche nach Hubertus, und ich vermute, daß uns Papa, um sich das Wiedersehen zu erleichtern, in die Jagdhütte bestellen wird. Diese Gelegenheit will ich benützen. Wie Robert und Willy sich dazu stellen werden, weiß ich nicht. Aber mit ihnen werde ich rasch ins klare kommen. Mein Vater freilich –«

»Du fürchtest?«

»Furcht?« Er beugte sich über die Ruder und sah mit glücklichem Lächeln in das schöne Mädchengesicht. »Nein, Anna! Aber bang ist mir. Nicht vor den Kämpfen, die meiner warten, denn ich weiß, daß ich sie überstehen werde. Mir ist nur bang vor dem unverdienten Glück, das über mich herfallen wird.« Eine Hand schloß ihm die Lippen.

Es wurde still im Boot, die Ruder schleiften, und mit sachtem Plätschern glitt der Nachen an einer steil aus dem Wasser ragenden Felswand vorüber. Der Kessel der Berge öffnete sich, einer riesenhaften Grotte vergleichbar und überflutet von allem Zauber der sommerlichen Mondnacht. Nun der schwebende Anschlag einer wunderbaren Altstimme. Wie der klingende Traum einer Glocke, so zitterte die Fülle dieser herrlichen Töne hinaus in das Schweigen der Nacht – Schumanns »Lied der Braut«. Und wie dieses Lied gesungen wurde, das war mehr als nur die Gabe einer vollendeten Künstlerin; es war Gesang, in dem sich alles Denken und Fühlen, die ganze Seele eines liebenden Weibes erschöpfte.

»Laß mich ihm am Busen hangen,

Mutter, Mutter, laß das Bangen,

Frage nicht: Wie soll sich's wenden?

Frage nicht: Wie soll das enden?

Enden? Enden soll es nie!

Wenden? Noch nicht weiß ich, wie!

Laß mich ihm am Busen hangen!

Laß mich!«

Wie ein verlorener Klang aus weiter Ferne hallte das Echo der letzten Worte von den steinernen Wänden der Berge. Dann tiefes Schweigen. Und jetzt, über den See herüber, ein schriller, langgezogener Ruf, ein zweiter und wieder einer.

Tassilo richtete sich auf. »Das ist bei der Klause. Wahrscheinlich ein Tourist, der sich auf dem Heimweg verspätet hat. Wir müssen ihn holen, wenn der Arme nicht bis zum Morgen da drüben in dem Steinwinkel sitzen soll!« Er faßte die Ruder und begann mit aller Kraft zu ziehen. Noch ehe sich das Boot der Mündung des Wetterbaches näherte, konnte Tassilo im Mondlicht schon die wartende Gestalt unterscheiden. Unter dem Nachen knirschte der Sand, und vom Ufer ließ sich mit verlegener Heiterkeit eine Stimme vernehmen: »Ich danke Ihnen, daß Sie sich meiner erbarmen. Sonst hätte ich mit einem nicht sehr behaglichen Nachtlager vorliebnehmen müssen.« Der Fremde trat an das Boot heran, und im klaren Mondschein erkannte Tassilo den jungen Künstler, dem er im vergangenen Winter bei den gemütlichen Abenden der Münchener Allotria häufig und immer gern begegnet war.

»Forbeck? Sie?«

»Graf Egge!«

Lachend reichten sie sich die Hände.

»Wahrhaftig, eine liebe Überraschung! Sagen Sie mir nur, Forbeck, wie kommen Sie plötzlich hierher? Oder wohnen Sie schon länger am See?«

»Seit vierzehn Tagen.«

»Und das erfahr' ich erst heut? Wie schade! Wir wollen das Versäumte nachholen, nicht wahr? Und nun sagen Sie mir, welcher Zufall hat Sie hier festgenagelt wie den seligen Robinson auf seiner Insel?«

»Ich habe den ganzen Tag bei der Klause gearbeitet und hatte mir für sieben Uhr abends ein Schiff bestellt. Der Seewirt scheint vergessen zu haben, oder –«

»Und da hat mich die Vorsehung zu Ihrer Erlösung auserwählt? Also vorwärts, reichen Sie mir Ihre Siebensachen! So! Und nun kommen Sie!« Als Forbeck den Nachen bestiegen hatte, hielt Graf Egge den Arm um die Schulter des jungen Mannes gelegt und wandte sich an seine Begleiterin. »Erlaube mir, Anna, hier stelle ich dir, bei allerdings mangelhafter Beleuchtung, meinen jungen Freund Hans Forbeck vor.« Tassilo zögerte, bevor er den Namen der jungen Dame nannte: »Fräulein Herwegh.«

Ein leiser Laut der Überraschung war die einzige Antwort, die Forbeck zu finden wußte; auch die stumme Verbeugung mißglückte in dem schwankenden Boot, das sich aus dem Sand zu lösen begann. In gerader Fahrt ging es den Villen entgegen. Kein Wort wurde gesprochen. Graf Egge ruderte ungestüm, und Fräulein Herwegh saß über das Geländer geneigt und ließ die Fingerspitzen über das dunkle Wasser streifen. Sie schien es wie eine Erlösung zu begrüßen, als der Nachen endlich vor der Steintreppe der Villa hielt. Hastig erhob sie sich, und von Forbeck mit raschem Gruß sich verabschiedend, verließ sie das Boot. Tassilo folgte und reichte ihr den Arm. Im schwarzen Schatten der Bäume verschwanden sie, und Forbeck hörte ihre leisen Stimmen. An der Villa ging eine Tür, und Graf Egge erschien wieder bei der Landungstreppe. »Wo wohnen Sie, lieber Forbeck?«

»Dort drüben hinter den Villen, in einem Bauernhäuschen, wo ich eine Stube mit gutem Licht gefunden habe. Aber wenn Sie gestatten steige ich beim Seewirt ab.«

Tassilo stieß das Boot von der Mauer. »Hoffentlich finden wir beim Seewirt noch offen, und wenn es Ihnen recht ist, leiste ich Ihnen noch ein Stündchen Gesellschaft.«

»Aber ich bitte, Herr Graf!«

»Keine Förmlichkeiten! Wenn es schon ein Titel sein muß, sagen Sie: Doktor!«

Forbeck lächelte. »Das geht mir auch leichter von der Zunge.«

Das Ufer war erreicht. Auf der Terrasse des Wirtshauses brannten noch einige Lichter; die Tische standen leer; ein letzter Gast schäkerte zum Abschied mit der drallen Kellnerin.

Tassilo und Forbeck schritten über den mondhellen Landeplatz der Treppe zu. Plötzlich verhielt Graf Egge den Fuß. »Herr Forbeck! Diese unerwartete Begegnung mit Fräulein Herwegh scheint Sie überrascht zu haben. Ich möchte jeder Mißdeutung vorbeugen.«

»Sie kränken mich!« erwiderte Forbeck ernst. »Ich kenne S i e , Herr Doktor, und weiß, daß Fräulein Herwegh nicht nur eine gefeierte Künstlerin ist, sondern auch eine Dame, die keine Mißdeutung zu befürchten hat.«

»Ich danke Ihnen für dieses Wort. Und nun hab' ich doppelte Ursache zu sprechen, obwohl ich Sie aus zwingenden Gründen um Ihr Schweigen bitten muß. Sie sind der erste, der es erfährt. Fräulein Herwegh ist meine Braut.«

In herzlicher Bewegung streckte Forbeck die Hand. »So darf ich auch der erste sein, der Sie beglückwünscht.«

»Glück! Ja, Forbeck! Was sich ein Menschenherz an Glück nur träumen kann, das hab' ich gefunden. Und ich danke für Ihren Wunsch, denn ich weiß, er kommt aus ehrlichem Herzen. Es hat mich immer zu Ihnen hingezogen, Sie sind ein tüchtiger Mensch, und ich möchte den glücklichen Zufall festhalten, der uns heute zusammenführte. Wir wollen gute Freunde sein!«

Mit festem Druck umspannten sich ihre Hände; dann betraten sie die Terrasse.

Margaret, die Kellnerin, begrüßte wohl den »gnä Herrn Grafen« mit aller Dienstbeflissenheit, aber ihrem müden Gesicht war es anzumerken, daß ihr die beiden verspäteten Gäste keine Freude bereiteten. Die Auskunft, die sie zu geben wußte, war wenig tröstlich: die Küche geschlossen, das Faß auf der Neige. Forbeck mußte sich mit kaltem Braten begnügen, aber dazu fand sich eine gute Flasche Rheinwein. Das Gähnen überwindend, stäubte Margaret die Brotkrumen vom Tischtuch und zog sich in einen dunklen Winkel der Terrasse zurück, wo sie nach wenigen Minuten in unbequemer Stellung die bleischweren Lider schloß.

Über See und Ufer flimmerte der Mondschein, sacht rauschten die Bäume im lauen Wind, und mit dem Gewisper des Laubes mischte sich das leise Geplätscher des Wassers, das gegen die Pfähle der Schiffshütten schwankte und die angeketteten Boote bewegte.

Forbeck erzählte von dem Ergebnis seiner vierzehntägigen Studien. »Dieser Bergwinkel ist die reine Goldgrube. Und jetzt liegen noch zwei Wochen vor mir. Professor Werner soll Augen machen, wenn er meine Mappe sieht.«

»Ich wundere mich nur, daß er Ihnen so lange Urlaub gab!« sagte Tassilo lächelnd. »Er hängt an Ihnen wie der Baum an seinem besten Ast.«

Forbecks Augen leuchteten. »Werner liebt mich, mit dem Herzen des Künstlers, weil er an meine Begabung glaubt, weil er hofft, daß ein Teil seines Könnens in mir weiterleben wird. Das ist für mich ein glühender Sporn. Aber es bedrückt mich auch manchmal mit Angst. Wenn er sich täuschte in mir!«

»Aber Forbeck! Wie kommen Sie auf solche Gedanken? Gerade das Vertrauen, das Werner auf Sie gesetzt hat, sollte Ihnen Selbstbewußtsein geben. Er hat scharfe Augen für alles, was Talent heißt. Bei Ihnen ist er seiner Sache sicher.«

»Das halte ich mir manchmal vor und habe dann wieder Mut und Kraft. Aber jeder von uns, der es ernst meint mit seiner Kunst, kämpft den ewigen Kampf mit dem Drachen des quälenden Zweifels. Wenn meine Zweifel recht behielten, das wäre ein Unglück auch um Werners willen. Das wäre ein Riß in seinem Leben, ich beginge damit ein Verbrechen an ihm, noch schlimmer als Verrat und Undank eines Kindes. Er ist mir doch wirklich wie ein Vater. Was ich kann, was ich bin, alles verdanke ich ihm! Als ich noch Eltern hatte, war ich ein verlorenes Geschöpf. Unter seinen Händen bin ich ein neues Menschenkind geworden. Er darf und soll sich in mir nicht täuschen!«

»Da glaub' ich eher, daß Sie noch mehr erfüllen werden, als Werner sich von Ihnen verspricht!« Mit Wohlgefallen ruhte Tassilos Blick auf dem jungen Manne. »Aber er hätte Sie jetzt nicht von seiner Seite lassen sollen! In Ihnen sprudelt die Gärung. Ich kenne das. Ich hab' es jahrelang durchgemacht, bis ich die Ruhe fand. Aber ich war immer gewöhnt, allein mit allem fertig zu werden. Das ist bei Ihnen nicht der Fall. Sie hatten immer den erfahrenen, treuen Freund bei der Hand. Da mag jetzt in der Einsamkeit etwas in Ihnen erwacht sein, etwas Neues, halb noch Unbewußtes –«

»Etwas Neues?« Nachdenklich schüttelte Forbeck den Kopf.

»Es ist so. Das rumort jetzt in Ihnen, und unwillkürlich fühlen Sie, daß Ihnen Werner fehlt mit seinem Rat und seinem beruhigenden Lächeln.«

»Sie kennen dieses Lächeln? Nicht wahr, das ist merkwürdig! Wenn er so lächelt, das redet wie ein Buch.«

»Eine Kunst, die sich bitter lernt! Es war gewiß keine heitere Geschichte, hinter der ihm nichts anderes verblieb als dieses Lächeln. Werner ist Junggeselle geblieben, er muß eine schwere Enttäuschung erlebt haben.«

Forbeck lehnte sich tief atmend zurück. »Nein, das glaube ich nicht. Er ist völlig aufgegangen in seiner Kunst. Hätte er geliebt – ein Mann wie er wäre nicht getäuscht worden. Er ist einer von jenen Seltenen, die man lieben muß, heiß und treu!«

Eine Pause entstand.

»Wo ist Werner jetzt?« fragte Tassilo.

»In München. Er macht die letzten Striche an seinem Bild für die Berliner Ausstellung. Herrgott, wird d a s wieder eine Arbeit! Ich glaube, er hat mich nur fortgeschickt, weil ich ganz verzagt wurde, sooft ich vor dieser Leinwand stand. Gestern schrieb er mir. Er hofft in vierzehn Tagen fertig zu sein. Dann kommt er, und wir reisen.«

»Wohin?«

»Italien!« Es war aus Forbecks Augen zu lesen, was er mit diesem einen Worte sagen wollte.

Tassilo lächelte. »Sie kennen Italien noch nicht?«

»Nein! Und wenn ich mir denke, daß ich in vier Wochen dort unten sitze – sehen Sie mich nur an: ich muß die Fäuste auf die Rippen drücken, denn ich glaube, mir geht bei diesem Gedanken die ganze Bude da drin aus dem Leim. Und ich weiß nicht – es kommt mir vor, als hätte ich diese brennende Erwartung noch nie so gewalttätig empfunden wie heute, gerade jetzt!« Er sah hinaus in das Geflimmer der stillen Mondnacht. »Es ist doch möglich, daß Sie recht haben: mit dem Neuen! Für unsereinen ist so was immer wie ein großes Ereignis, wie eine Offenbarung: ich habe heut ein Bild gefunden! Keine Studie, kein Motiv, nein, ein Bild!« Er griff mit den Händen in die Luft und schloß die Finger, als wollte er gewaltsam fassen, was ihm vor der Seele stand. »Ein Bild! Unglaublich schön! Wenn ich das fertigbringe, wie ich es sehe, dann wird Werner mich küssen. Das hat er noch nie getan. Über ein ›Brav, mein Junge!‹ oder über einen Klaps auf die Schulter ist er in seiner Anerkennung noch nie hinausgekommen. Aber wenn ich d a s fertigbringe, d a s ! Dann, ja!«

»Sie machen mich neugierig. Wo haben Sie den Vorwurf gefunden?«

»Da drüben, wo Sie mich in Ihr Boot nahmen, bei der Klause. Schon die Felswand mit dieser stein- und holzgewordenen Romanze! Das allein ist schon eine Hochzeit von Farbe und Stimmung.« Forbeck gewahrte in seinem Eifer den Schatten nicht, der über Tassilos Züge ging. »Und dazu dieser ganze Rahmen, diese Luft, die Natur in einem Augenblick, in dem sie sich mit ihren stärksten Mitteln in Szene setzt! Aber ich kann Ihnen nicht schildern, was ich meine. Dazu reichen Worte nicht aus. Es war wie ein Wunder. Schon als das Gewitter begann – dieses nervöse Gezitter von Licht und Schatten, halb noch blendender Glanz, halb schon ein stumpfes Erlöschen aller Farben. Und nun mitten hinein in dieses ängstliche Gefunkel aller Töne der erste Windstoß und der erste Regenguß, zerrissen in graue flatternde Schleier und Bänder – ein Bild, ein Bild! Und dazu fällt mir noch die einzig mögliche Staffage wie vom Himmel herunter. Das heißt, was ich gesehen habe, reicht für sich allein nicht aus, so schön es war! Es wäre für sich allein nicht verständlich. Aber ich weiß bereits, was ich dazuwerfe.«

Mit beiden Händen machte Forbeck freien Platz vor sich und begann mit dem Finger unsichtbare Linien auf das Tischtuch zu zeichnen. »Hier, zwischen der Klause und dem Wetterbach, den ich näher gegen die Klause rücke, damit der Baum, der sich über den Bach geworfen, die Mitte des Bildes bekommt – hier also, hier auf dem Rasen – wissen Sie, Doktor, so ein saftiges Grün, aus dem jede andere Farbe herausspringt wie ein Licht – hier auf dem Rasen denk' ich mir ein konfuses Häuflein Menschen, Sommergäste und Schiffer, mitten im lustigen Picknick. Und da kommt nun das Gewitter, plötzlich! Wie das alles aufspringt, rennt und stolpert, um die Klause zu gewinnen, halb in Lustigkeit und halb in Angst! Wie da die Farben und Linien durcheinanderwirbeln! Und drüben über dem Wetterbach kommt eine kleine Touristengesellschaft über den steilen Weg heruntergehastet, Männer und Frauen –«

»Ich sehe das Bild!« fiel Tassilo ein, »wie es lebt und redet!«

»Ein paar von den Leuten stehen schon am Ufer des Wildbaches, ratlos – nirgends eine Brücke, nur dieser einzige Baum! Es fängt schon zu gießen an. Nur hinüber! Aber wie! Und sehen Sie, Doktor, hier ist der Baum, und da hab' ich einen Jäger, eine Figur, wie von Gott am Sonntag erschaffen. Das ist der einzige, der Hilfe weiß, freilich nur Hilfe für eine einzige: für ein junges Mädchen. Und dieses Mädchen, Doktor! Das ist Jugend, Frühling! Und das wird der Kern in meinem Bild: hier, auf dem schwankenden Baum mein Jäger, bei jedem Schritt mit dem Stürzen kämpfend und auf seinem Arm das Mädchen, das zwischen Lachen und Angst den Hals des Jägers umklammert – ein Bild, Doktor, ein Bild! Aber das sehen Sie nicht aus meinen Worten, das muß ich Ihnen zeigen –«

Forbeck zerrte die Lederriemen auf, mit denen seine Malgeräte zusammengeschnürt waren, und legte das Skizzenbuch aufgeschlagen vor Tassilo hin.

»Sehen Sie! Nur ein paar Linien für mein Gedächtnis – aber man fühlt doch, was da an malerischem Reiz herauszuholen ist. Und das setz ich mitten in mein Bild. Sehen Sie, dieses Köpfchen, dieser zarte Schwung in der Halslinie! Und wie dieses Kleidchen fließt, ganz weiß! Das wird in meinem Bild das stärkste Licht. Die Hauptsache.«

Lächelnd hob Tassilo die Augen zu dem glühenden Gesicht des jungen Künstlers. »Und das haben Sie heut gesehen? Das da?« Er tippte mit dem Finger auf das Blatt.

»Wahrhaftig! Und da begreifen Sie doch, daß sich das entzückende Bild dieser beiden Menschen an meine Seele hängen mußte wie mit Klammern! Ich seh es noch immer! Freilich, wenn erst die richtige Arbeit beginnt, wird es mit meinem Gedächtnis nicht mehr klappen. Ich muß die beiden wiederhaben, wenn auch nur für einige Stunden! Der Jäger ist mir sicher. Aber dieses Mädchen –« Forbeck zögerte. »Es muß mit diesem Mädchen eine merkwürdige Bewandtnis haben. Ich verstehe verschiedenes nicht.« Nachdenklich strich er mit der Hand über die Stirne und sprach dann hastig weiter. »Aber vielleicht können Sie mir raten. Sie müssen doch das Dorf und seine Leute kennen, also auch dieses Mädchen?«

»Ich glaube fast.«

»Ihr Vater ist hier ansässig, ein Förster oder Waldaufseher.«

Tassilo lachte. »Waldaufseher?«

»Ich hab' ihn irgendwo da droben kennengelernt. Ein Typus! Ein ganz origineller Kauz!« Forbeck blätterte im Skizzenbuch. »Sehen Sie, das ist er!«

Tassilo betrachtete das Blatt. »Ja! Aufs Haar getroffen!« Dann hob er die Augen. »Mein Vater!«

»I h r Vater a u c h !« stotterte Forbeck. »Der Mann in dieser abgeschabten, geflickten Joppe hat doch ausgesehen wie –«

»Mein Vater findet ein Vergnügen daran, auf der Jagd so echt auszusehen wie der ärmste seiner schlecht bezahlten Jäger.«

Forbeck griff sich an den Kopf. »Das muß ein Irrtum sein! Ich hab' ihn doch auch sprechen hören. Den da! Und er hat auch den Taler genommen, den ich ihm für die Sitzung gab.«

»Das sieht ihm ähnlich! – Ja, Forbeck, daran ist nichts zu ändern, das ist mein Vater. Ihr Jäger ist unser braver Hornegger-Franzl. Und das ›starke Licht‹, die ›Hauptsache‹ – nicht wahr, so sagten Sie doch? – das ist meine Schwester Kitty.«

Forbeck griff nach der Stuhllehne, Bestürzung in Blick und Zügen.

»Weshalb erschrecken Sie?« fragte Tassilo verwundert. »Ach so, ich verstehe! Sie denken an Ihr Bild und fürchten, daß Ihnen meine Schwester einen Strich durch die schönen Pläne machen könnte? Vorerst keine unnütze Sorge, lieber Freund! Ich kann Ihnen zwar keine Zusage geben, aber ich will mit meiner Schwester sprechen. Ihr Bild m u ß gemalt werden, Professor Werner soll seine Freude haben.« Tassilo erhob sich. »Margaret!« Er wandte sich wieder an Forbeck. »Erlauben Sie, daß ich bezahle, als Revanche für den Taler. Mein Vater hat sich einen Scherz auf Ihre Kosten gemacht. Ich vermute, daß er mit Ihrem Taler seinen Büchsenspanner beglückte.«

Forbeck nickte zerstreut und schnürte mit zitternden Händen seine Geräte zusammen.

Schweigend verließen sie die Terrasse und schritten in den Mondschein hinaus.

»Warum sind Sie plötzlich so still geworden?« fragte Tassilo.

»Ich? Still? Eigentlich hab' ich Ursache, froh darüber zu sein, daß sich dieses – dieses originelle Mißverständnis auf so einfache Weise gelöst hat. Ich glaube, die Sache hätte mir zu denken gegeben. Aber jetzt – ich bitte Sie nur, mich bei Ihrer Schwester zu entschuldigen, wenn ich vor ihr vielleicht in etwas unpassender Weise über – über den Kopf in meinem Skizzenbuch gesprochen haben sollte.«

»Mein Vater h a t einen Kopf, der sich mit feinen Strichen nicht schildern läßt. Auch scheint meine Schwester die Sache nicht ernst genommen zu haben, sonst hätte sie mir gegenüber nicht geschwiegen. So was gleicht man persönlich am leichtesten aus. Wollen Sie morgen in Hubertus mit uns speisen? Ohne jede Förmlichkeit. Um ein Uhr. Und nun gute Nacht für heute! Wir haben verschiedene Wege.«

Während Tassilo sich entfernte, blieb Forbeck wie angewurzelt auf der gleichen Stelle. »Was hab' ich denn nur?« Er schob den Hut zurück und wanderte langsam durch die stille Nacht. Immer hastiger wurde sein Schritt, fast wie Flucht, so daß ihm der Schweiß auf der Stirne stand, als er das Bauernhaus erreichte, in dem er wohnte. Eine Stimme weckte ihn aus seinem Brüten.

»Guten Abend, Herr!«

Von der Hausbank erhob sich die magere Gestalt eines Bauern, hemdärmelig, in kurzer Lederhose und mit nackten Füßen. Er mochte ein paar Jahre über vierzig zählen. Der Mondschein fiel über das harte, von tiefen Furchen durchrissene Gesicht, ließ im schwarzen Bart die ergrauten Haare wie silberne Fäden schimmern und gab den Augen einen scharfen Glanz.

Die offene Haustür gähnte schwarz, und nur ein matter Lichtschein drang aus den kleinen, vom vorspringenden Dach überschatteten Fenstern. Aus der Stube hörte man das Weinen eines Kindes und den Gesang einer linden Mädchenstimme:

»Schlaf, Kindele, schlaf,

Da draußen gehn die Schaf,

Die schwarzen und die weißen,

Die tun mein Kindele beißen,

Schlaf, Kindele, schlaf,

Da draußen gehn die Schaf.«

Das Liedchen fing immer wieder von vorne an und nahm kein Ende.

»Guten Abend, Herr!« wiederholte der Bauer, als Forbeck an ihm vorüber wollte.

»Sie sind noch auf, Bruckner? So spät?«

»Ich hab auf Ihnen gwart'.«

»Auf mich? Weshalb?«

Was der Bauer sagen wollte, schien ihm schwer von der Zunge zu gehen. »Müssen S' es net verübeln! Beim Einzug is ausgmacht worden, daß die ander Hälft vom Zins am End vom Monat zahlt wird. Aber wie's halt geht. Es schaut a bißl knapp aus bei mir. Was

Kranks im Haus, dös reißt am Geldsack grad so wie am Herzen. Und da möcht ich halt bitten –«

»Gerne, lieber Bruckner! Kommen Sie nur mit hinauf, dann machen wir die Sache gleich ab.«

»Vergeltsgott, Herr!«

Der Bauer schien wie verwandelt, sprang in die Haustür, und als Forbeck die Schwelle betrat, hatte Bruckner schon die Kerze angezündet, die für den Heimkehrenden auf der Treppe stand. Er nahm dem Maler den Studienkasten ab und leuchtete mit erhobener Kerze über die Treppe hinauf.

Sie betraten eine geräumige, frisch geweißte Stube, deren habe Decke schräg gegen die Mauer fiel. Was Forbeck zur Wahl dieser Wohnung bewogen hatte, war nur das große Fenster gewesen, das fast die ganze Firstwand einnahm – hier hatte durch Jahre ein junger Holzschnitzer gewohnt. Neben dem Fenster stand eine Staffelei, die Forbeck vom Dorftischler hatte fertigen lassen. Ein paar Ölskizzen hingen an der Mauer, unter ihnen auch der charakteristische Kopf des Hausherrn mit tiefroten Gewandtönen um die Schultern, so daß man eine Apostelstudie zu sehen glaubte.

»Nur einen Augenblick, lieber Bruckner!« sagte Forbeck, nahm dem Bauer das Licht ab und trat in die anstoßende Kammer. Als er zurückkehrte, drückte er zwei Banknoten in Bruckners Hand.

»Aber Herr –« Der Bauer sah die Scheine an. »Da haben S' Ihnen verschaut um zwanzg Markln.«

»Das ist für den nächsten Monat. Ich bleibe. Ganz bestimmt!«

Der Bauer schloß die Faust über den knisternden Zetteln. »Das Stüberl taugt Ihnen, gelt?«

»Ja, Bruckner!«

»Seit d' Schwester daheim is, haben S' auch Ihr Sach schon in der Ordnung. D' Mali is a richtigs Leut.«

»Und wie geht es Ihrem Kind?«

Bruckners Stirn bekam dicke Runzeln. »Ich glaub', es schaut wieder besser aus! Es können doch net allweil die Dreschflegel über ein' herfallen. Ja, Herr, mei' Suppen hat saure Brocken ghabt im heurigen Sommer. Z'erst mei' gute Alte, Gott hab s' selig! Und kaum hat man d' Wachskerzen nimmer grochen im Haus, da fangt mir 's Kindl an!« Er stierte zu Boden, während er mit den Zehen einen Holzsplitter niederdrückte, der sich aus der Diele sträubte. »Nix für ungut halt! Und Vergelts Gott für alles!« Leise klappten seine nackten Sohlen, als er zur Tür ging.

Die hölzerne Treppe knarrte, und aus der Stube herauf klang das leise Weinen des Kindes und Malis singende Stimme:

»Schlaf, Kindele, schlaf,

Dein Vater is a Graf,

Dein Mutterl is im Himmelreich,

Schaut eim lieben Engel gleich,

Schlaf, Kindele, schlaf,

Dein Vater is a Graf!«

Forbeck schloß die Tür und riß das Fenster auf. Ein kühler Hauch floß in den schwülen Raum und machte die Kerze flackern.

## 5

Ein Morgen in Duft und Sonne. Der Himmel ohne ein Wölklein, über den Bergen noch blaue Schatten, doch alle Häuser des Dorfes schon im goldenen Frühglanz. Die letzten Nebel kräuselten sich über die Wälder empor und zerrannen in der Luft. Vor allen Gehöften gackerten die Hühner, und auf dem Telegraphendraht, der am Haus der Horneggerin vorbeiführte, saßen in langer Reihe die alten und jungen Schwalben mit leisem Gezwitscher.

Franzl, zur Bergfahrt gerüstet, stand bei den Blumenbeeten und pflückte von den brennroten Nelken. Dann drückte er sich schmunzelnd zum Gatter hinaus und wanderte flink davon.

Er hatte, bevor es wieder zu Berge ging, noch ein Geschäft im Dorf. Sechs von den sieben Treibern, die Graf Egge verlangte, hatte er noch am vergangenen Abend bestellt, den letzten mußte er noch ausfindig machen. Franzl, weil er immer an die Mali denken mußte, dachte an den Bruckner. Der hatte freilich noch nie als Treiber gedient. Der alte Moser, Graf Egges abgedankter Büchsenspanner, munkelte sogar, daß der Bruckner in früheren Jahren »gegangen« wäre – das sollte heißen: als Wildschütz. Aber es war wohl nur ein Gerede; der alte Moser schwatzte gern, und was Bauer hieß, war ihm verdächtig. Franzl war überzeugt, daß man dem Bruder der Mali unrecht tat. Er meinte einen besseren Treiber nicht finden zu können als den Bruckner, dem es in seiner jetzigen Lage wohl auch willkommen sein mußte, ein paar Mark zu verdienen. Dennoch zögerte Franzl, als er das Bruckneranwesen erreichte. Der Hof war leer, die Haustür geschlossen. Hinter der Scheune ließ sich klingender Dengelschlag vernehmen. Franzl spähte nach den Fenstern, und als er da was Weißes flimmern sah, stieß er flink das Zauntürchen auf, klopfte ans Fenster und drückte das lachende Gesicht an die Scheibe. »Guten Morgen, Mali!«

»Jeh, mir scheint gar, der Franzl!« klang es in der Stube.

»Freilich! Kennst mich jetzt? Ich selber bin gestern auch völlig blind gwesen. Erst d' Mutter hat mir's gsagt. Und da hab ich mir gleich denkt, ich muß meiner Schulkameradin an guten Einstand in der Heimat wünschen. Geh, trau dich a bißl aussi zu mir!«

Die Haustür öffnete sich, und Mali trat in die Sonne heraus; mit den Armen hielt sie ein geblumtes Kissen umschlungen, aus dem das wackelige Köpfchen eines Kindes hervorlugte: ein welkes Gesichtl mit müden Augen und einem farblosen Mündchen, um dessen Winkel schon die Bitternis des Lebens gezeichnet war. Franzl aber sah nur das Gesicht des Mädels, das mit keiner Spur die durchwachte Nacht verriet. Langsam reichten sie sich die Hände und sahen sich schweigend in die Augen, als spräche zu jedem aus dem Blick des anderen die Erinnerung der längst verflossenen Kindheit und der guten Freundschaft, die einst ihre jungen Herzen verbunden hatte.

Franzl fand zuerst die Sprache: »Mali! Nobel hast dich ausgwachsen!«

»Geh! Du!« schmollte das Mädel. »Aus dir, scheint mir, is der richtige Schwefler worden.«

»Ich sag, was wahr is! Ganz heiß wird mir, wann ich dich anschau und sag mir: dös is mei' Mali!«

Das Mädel machte große Augen: »D e i ' Mali? Du redst dich leicht!«

»Is doch wahr, daß wir zwei allweil zammghalten haben wie der Vogel und d' Federn! Bis wir grupft worden sind alle zwei.« Aus dem Gesicht des Jägers schwand der lachende Frohsinn. »Aber jetzt bist ja wieder da!« In Franzls Augen ging die Sonne wieder auf. »Und gar net begreifen kann ich's, daß ich dich gestern net gleich wiederkennt hab. Schaut dir ja 's liebe Kindergsichtl noch allweil aus die Augen aussi.«

»Und die deinigen sind noch allweil die gleichen Haselnußkern!« sagte Mali lächelnd.

»No also, nachher stimmt ja alles! Da fangen wir gleich die alte Kameradschaft wieder an. Und schau,« Franzl nahm den Hut ab und löste die Nelken aus der Schnur, »da hab ich dir zum Einstand gleich was mitbracht.«

Malis Wangen brannten, als ihr der Jäger das Sträußchen reichte. Sie wollte die Nelken ans Mieder stecken. Da streckte das Kind verlangend die Ärmchen aus dem Kissen und griff mit den bleichen Fingerchen nach den roten Blüten. Mali hatte nicht das Herz, dem kranken Kind die kleine Freude zu stören. »Gelt, Nettele, schöne Blümerln!« plauderte sie zärtlich. »Und alle ghören dem Netterl, alle!« Die Händchen des Kindes zupften und rissen an den Blüten, daß die roten Flocken zu Boden fielen. Mali wurde unruhig. »Gelt, Franzl, bist net harb?«

»Aber geh, was redst denn!« In herzlichem Erbarmen hingen Franzls Augen an dem welken Gesichtchen des Kindes. »Dös arme Hascherl!«

»Der Doktor meint, 's Herzl wär schwach. So a Kindl, so a guts! Wenn nur i c h ihm was geben könnt vom meinigen, ich hab eh so an Brocken in mir drin, der allweil schlögelt wie net gscheit!« Um dem Kinde das Spiel mit den Blumen zu erleichtern, setzte Mali sich auf die Hausbank; und während das Netterl in den Blüten wühlte, plauderte sie mit dem Kind und glätte ihm die dünnen, gesträubten Härchen.

Schmunzelnd betrachtete sie der Jäger. »Dös schaut sich gut an: du als jungs Mutterl!«

Sie guckte so drollig erschrocken zu ihm auf, daß er lachen mußte. Und da schalt sie: »Tu net so laut! Unser Stadtherr droben schlaft noch. Der kann's heut brauchen. Was er ghabt haben muß? Die ganze Nacht is er auf und ab marschiert über der Decken.«

Franzl sah zu dem großen Fenster hinauf. Da hörte er hinter sich ein leises Klirren, und als er sich umwandte, sah er den Bruckner stehen, in der einen Hand die gedengelte Sense, in der anderen den Hammer. Die Gestalt des Bauern war gebeugt, und mißtrauisch musterte er den Jäger. »Was suchst denn du bei uns?«

»Grüß dich Gott, Bruckner! An Treiber tät ich brauchen für acht Täg. Hast net Lust? Der Graf zahlt net schlecht, vier Markln für'n Tag.«

»Ich? Und treiben? Wie fallt dir denn so was ein?« Die Furchen im Gesicht des Bauern verschärften sich. »Oder hat dich der Schipper geschickt?«

»Der Schipper?« Franzl schien die Frage nicht zu begreifen. »Gott bewahr! Bist mir schon selber eingefallen. Also? Magst?«

»Na!« Bruckner prüfte die Schneide der Sense und ging auf die Haustür zu.

»No, no, no! Ich hab mir halt denkt, es könnt dir a bißl Verdienst net zwider sein.«

»Ja, Lenzi,« fiel Mali ein, »sei gscheit! Dreißg Markln sind net von Holz!«

»In Ruh laß mich!« Der Bauer trat auf die Schwelle, musterte den Jäger über die Schulter und sagte grob: »Willst noch was?«

Franzl bekam einen roten Kopf, blieb aber ruhig. »Red, wie d' magst, ich nimm dir nix übel.« Er wandte sich ab und strich mit der Hand über das Köpfl des Kindes. »Bhüt dich Gott, Mali! An andersmal!« Mit dem Ellbogen die Büchse rückend, ging er davon.

Mali sah den Bruder an. »Aber Lenzi? Was hast denn?«

Langsam trat der Bauer auf die Schwester zu. »Was willst denn du mit dem Jagerischen da?«

»Warum denn? Was is denn?«

»Gelt, du! Da fang mir nix an! Es könnt mir net taugen.«

Mali erhob sich und schlang den Polster um das Kind, aus dessen kraftlosen Händchen die Nelken zur Erde fielen. »Ich will dir was sagen, Lenzi! Bei der Schwester hab ich's net schlecht ghabt. Aber aufs erste Wörtl, daß mich der Bruder braucht, hab ich den Kufer packt. Deine drei Kinder sollen net merken, daß ihnen d' Mutter fehlt. Im übrigen hab ich meine ausgwachsenen Jahr und bin freund, mit wem ich mag. Was gegen den Franzl hast, da frag ich net drum. M i r war der Franzl mein Kamerad. Und dös weißt, Lenzi: so bin ich allweil gwesen, daß ich meine Sachen net versauen laß.« Sie drückte das Kind an sich und ging am Bruder vorüber ins Haus.

In ratloser Bestürzung sah ihr der Bauer nach. Wie von einer Schwäche befallen, tappte er zur Hausbank hin und ließ sich niedersinken.

Vom Nachbargehöft herüber klang die Stimme Franzls, der einen jungen Burschen anrief. In ihm fand der Jäger den Treiber, der noch zu bestellen war. Und nun ging's den Bergen zu, hinauf zur Jagdhütte, in der Graf Egge am liebsten hauste, weil sie mitten im besten Gemsrevier gelegen war.

Franzl hatte einen fünfstündigen Marsch vor sich, zuerst durch Buchenwälder, in deren Laub schon gelbe Blätter leuchteten, dann durch dunklen, kühlen Fichtenwald und über breite Almen. In einer Sennhütte rastete Franzl und löffelte zu bescheidenem Mittagsmahl eine Schüssel Milch. Dabei fand er Gesellschaft.

In die Hütte trat ein junges Mädel, das hübsche, runde Grübchengesicht von der Hitze gerötet. Ihr schmuckes, zur Üppigkeit neigendes Figürchen in der halb städtischen Kleidung ließ erkennen, daß sie gute Freundschaft mit dem Spiegel hielt. Das schwarze Haar war nicht in Zöpfe geflochten, sondern zeigte eine »Frisur«. Das grüne Lodenhütchen, das sie in der Hand trug, war mit Bergblumen besteckt, und ein Sträußlein Alpenrosen war an die Spitze des Bergstockes gebunden. Sie schien den Jäger nicht ungern zu gewahren. Während sie Hut und Stock auf die Holzbank legte, grüßte sie mit einem zutraulichen Wink ihrer schwarzen Augen.

»Grüß Gott, Lieserl!« nickte Franzl und löffelte weiter.

Die alte Sennerin, die beim Herdfeuer stand, drehte das Gesicht über die Schulter; der neue Gast schien ihr nicht zu gefallen. »Wo kommst denn her?« brummte sie.

»Man muß net allweil an der Maschin sitzen. Luftschnappen muß der Mensch auch. D' Stubenluft taugt mir net. Jetzt bin ich auf der Bergpartie.«

»Geh?« fragte die Alte anzüglich. »Und ganz allein?«

»Ja, gelt, dös is schad!« Lieserl lachte, daß man zwischen den roten Lippen die kleinen blinkenden Zähne sah. »Es hätten sich schon a paar zur Begleitung anboten. Aber jeder paßt mir net. Ich bin anspruchsvoll.« Sie setzte sich an Franzls Seite, drückte den Arm an seinen Ellbogen und guckte in die Schüssel. »Hast alles aufschnabuliert? Gar nix hast übrig für mich?«

»Na, gar nix!« Franzl erhob sich und stellte die leere Schüssel auf die Bank.

»Was rennst denn? Bleib doch sitzen und laß a bißl plauschen!«

»Mir pressiert's.« Der Jäger griff nach seiner Büchse und ging.

»Bist a Feiner! Dös muß ich sagen!« schmollte Lieserl, während die Sennerin vergnügt vor sich hinkicherte. Dann lief die Alte dem Jäger nach. Hinter der Hütte holte sie ihn ein, laut in die Schürze lachend. »Die hast schön abfahren lassen! So eine! Ihr Vater muß rein nix wissen, und der Zauner-Wastl is doch sonst an ehrenwerter Mensch! Was d' Leut über dös Mädl alles reden! A solchene Unmoreulidätt, wie dös Mädl hat! Wirst sehen, es dauert net lang, und es kommt einer daher, so a städtischer Heuschniggl, mit dem sie sich a Ranzewuh geben hat!«

Franzl wurde verdrießlich. »Laß mich in Ruh, du alte Ratschen!«

»No ja, hab ich net recht? Und allweil muß sie's mit die Fremden haben. Es taugt ihr keiner von unsere Buben mehr, seit im letzten Sommer der junge Herr Graf a bißl mit ihr scharmiert hat. Dös Gansl, dös dumme, hat dran glaubt! Als ob die Herren Grafen fürs Zauner-Lieserl gwachsen wären!«

»Du!« Franzl wurde grob. »Mei' Herrschaft laß in Ruh!«

»Hab ich denn was über d' Herrschaft gsagt?« staunte die Alte unschuldig. »Ich red vom Zauner-Lieserl. Sie is ihm nachgelaufen wie 's Hundl dem Jager. Und glaubst mir's net, so schau, da kommt der alte Herr Moser, den kannst ja fragen.«

Aus einer Senkung des Almfeldes tauchte ein bejahrter Mann hervor, in abgetragener Jägerlivree, mit weißem Schnauzbart im roten Gesicht.

Franzl ging dem Alten entgegen. »Hat er ihn schon?«

Verschnaufend schüttelte Moser den Kopf und nahm den Hut ab; seine mit Schweißperlen besäte Glatze schimmerte in der Sonne. »Nix hat er! Und fuchsteufelswild is er, weil ihn der Gamsbock zum Narren hat. Hätt er m i r gfolgt, er hätt ihn schon lang! Aber natürlich, jetzt is der Schipper in Gnaden, und der alte Moser kann Brieferln tragen. Der Schipper! Ja, der Herr Schipper!«

Franzl wurde ernst, als er diesen Namen hörte. Nur um etwas zu sagen, fragte er: »Gehst heim?«

»Der Konteß muß ich a Brieferl nunterbringen, weil der Herr Graf net fort mag von der Hütten. Ich kann's ihm net verdenken. So a Trumm Bock mit solche Krucken hab ich meiner Lebtag noch net gsehen!« Der Alte wandte sich gegen die Berge. »Ich sag, er kriegt ihn net. Hätt er mir gfolgt! Aber der Herr Schipper natürlich! Der is der gscheitere. Und der alte Moser wird ausglacht. Es gibt kei' Grechtigkeit mehr auf der Welt!« Die Stimme des Alten zitterte.

»Tu dich net kränken!« tröstete Franzl. »Gnau hinschauen muß man, nachher kommt man drauf, daß alles mit Grechtigkeit verteilt is. Schau u n s zwei an: ich bin der jünger, dafür bist du der gscheiter, ich hab die mehreren Haar, dafür hast du die schönere Glatzen.«

Der Alte lachte. »Ja, Franzl, du haltst noch zu mir! Aber der Schipper – lassen wir's gut sein, ich will nix reden! Und tu dich nimmer verhalten, Franzl! Der Herr Graf hat eh schon gscholten, weil so lang ausbleibst.«

Franzl erschrak. »Bhüt dich Gott, Moser!« Er fing zu rennen an.

Die Sennerin, die den Schatten des Hüttendaches nicht verlassen hatte, machte vor dem alten Büchsenspanner einen Bückling. »Hab die Ehre, Herr Moser! Freuen tut's mich, daß der Herr Moser wieder amal zuspricht.« Zwinkernd deutete sie mit dem Daumen über die Schulter. »Gsellschaft haben wir, 's feine Lieserl ist da.«

»Was? Unser Lieserl? Ah, dös is aber lieb!« Der Alte trabte zur Hüttentür.

Die Sennerin kicherte. »Net schlecht! So an alter Stieglitz! Und geht auch noch auf d' süße Leimruten!«

Inzwischen hatte Franzl den Rücken des Almfeldes überstiegen und erreichte einen Lärchenwald. Der Weg war rauh, so daß dem Jäger bei seiner treibenden Eile der Atem in hastigen Zügen ging. Die Gedanken, die ihn drückten, sprachen aus seinen Augen. »Wie därf er denn schelten? Ich kann doch net fliegen!« Die kurze Rast in der Sennhütte war ihm doch nicht zu verdenken? Man wird sich auf einem fünfstündigen Marsch auch einmal niedersetzen dürfen? Und drunten hatte er doch den letzten Treiber besorgen müssen. Und es war nicht s e i n e Schuld, daß er den Gang zum Bruckner umsonst getan. Umsonst? Als Franzl zu diesem Gedanken kam, begannen seine Augen sich aufzuhellen. Jetzt hatte er an was anderes zu denken als an das Gewitter, das ihn in der Jagdhütte erwarten mochte.

Zerklüftetes Gestein begann sich über den Wald zu erheben, und der Fußpfad lenkte in eine enge Schlucht. Bald traten die Wände wieder auseinander, und vor dem Jäger lag ein breites Hochtal, in dessen Mitte zwischen Latschengebüsch und Zirbelkiefern das silbergraue Schindeldach der Jagdhütte leuchtete. Auf drei Seiten war das Tal umgeben von steilen Bergzinnen, während gegen die Seite, von welcher Franzl kam, sich ein Ausblick ins Weite öffnete; dort unten, in unsichtbarer Tiefe, lag der See, und drüben stiegen die Berge wieder auf, Gipfel hinter Gipfel, in immer zarterem Blau.

Als Franzl sich der Jagdhütte näherte, sah er zwischen den Latschen etwas blinken wie Goldschimmer. Einen Augenblick zögerte er, dann bahnte er sich durch die wirren Äste einen Weg und kam zu einer kleinen Blöße, auf der ein hohes Rohrstativ mit ausgezogenem Tubus stand. Vor dem großen Fernrohr, das gegen die Mitte einer rauhgeklüfteten Felswand gerichtet war, saß auf niederem Stein ein Jäger: Jochel Schipper, Graf Egges Büchsenspanner. Er trug die Tracht der Berge; was er am Leib hatte, war so grau verwittert, daß die regungslose Gestalt einem Felsblock ähnlich sah. Auch das Haar wie Asche; man konnte nicht unterscheiden: war es noch blond oder schon ergraut? Der Nacken von der Sonne so braun gebrannt wie die hageren Knie, über deren Kehlen sich fingerdicke Sehnen spannten. Als hinter ihm die Zweige rauschten, wandte er langsam das Gesicht. Man sah diesen Zügen die vierzig Jahre an. Die Stirne weiß, soweit der Hutrand sie beschattete, Nase und Wangen gebräunt. Die eine Seite des Gesichtes war dicht mit farblosem Bart bewachsen, die andere nur dünn behaart und mit veralteten Narben befleckt – vor Jahren einmal, im Rausch, war Schipper mit dem Gesicht gegen die glühende Ofenplatte gefallen. Seine Züge schienen wie versteinert; nur die Augen lebten, diese kleinen, grauen Augen, und sie hatten den scharfen Blick des Habichts.

»Wo steht der Bock?« fragte Franzl mit gedämpfter Stimme.

Flüsternd, kaum merklich die Lippen bewegend, erwiderte Schipper: »Sorg dich um den Bock net! Der kommt mir net aus'm Aug. Schau lieber, daß zur Hütten findst. Der Graf wartet schon lang. Ich hab ihm gsagt: du kannst net früher da sein. Aber weißt ja, wie er is!« Langsam wandte er das Gesicht zum Tubus, kniff das linke Auge zu und spähte mit dem rechten durch das Fernrohr.

Franzl schob schwer atmend den Hut in die Stirn und drückte sich durch die Büsche.

Nun sah ihm Schipper nach; ein dünnes Lächeln glitt um den schiefbärtigen Mund, und in den grauen Augen funkelte die Schadenfreude des Hasses.

# 6

Graf Egges Lieblingshütte zeichnete sich, von ihrer günstigen Lage abgesehen, nicht durch besondere Eigenschaften aus, am allerwenigsten durch Bequemlichkeit: ein kleines, rohgezimmertes Blockhaus mit winzigen Fenstern und so niederer Tür, daß Graf Egge, wenn er rasch aus der Hütte laufen und nach Gemswild ausspähen wollte, häufig mit dem Querbalken in unangenehme Berührung geriet. Die Folge war eine Beule auf der Stirn – oder wie die Leute in den Bergen sagen: ein »Dippel«. Statt den Zimmermann zu rufen und das Übel an der Tür bessern zu lassen, begnügte sich Graf Egge damit, der Hütte den Ehrentitel »Palais Dippel« zu verleihen.

Die Tür führte in die kleine Jägerstube, die zugleich als Küche diente, und aus der eine steile Leiter den Aufstieg zum Heuboden, zum Schlafraum der Jäger, ermöglichte. Neben der Küchenstube lag das »Grafenzimmer«, ein bescheidener Raum, dessen Decke und Balkenmauern mit Brettern verschalt waren; um die Ecke zwischen den zwei kleinen Fensterchen zog sich eine Holzbank; davor ein Tisch mit zwei dreibeinigen Sesseln und in der Ecke ein Kruzifix mit verblühten Almrosen. In der gegenüberliegenden Ecke stand der eiserne Ofen und daneben das Bett mit grauer Lodendecke und zerlegener Matratze, unter der die Heufäden hervorhingen; an der Wand ein plumper Schrank, ein Jagdkalender und ein Rechen mit Gewehren, mit Feldstecher, Fernrohr, Wettermantel und allerlei Riemenzeug. Der einzige Überfluß, der sich in diesem Raum gewahren ließ, bestand in einem Dutzend Paar Bergschuhen der verschiedensten Art, die frisch gefettet rings um den eisernen Ofen standen. Ein braun und schwarz getigerter Schweißhund lag auf dem Bett und ließ sich in seiner Nachmittagsruhe nicht stören, obwohl die zornige Stimme seines Herrn die kleinen Fensterscheiben des Stübchens zittern machte.

Noch ehe Franzl zu dem die Hütte umschließenden Stangenzaun gekommen war, hatte er diese scheltende Stimme schon vernommen. Neben der Tür sah er eine Büchse und einen Bergstock an die Balkenmauer gelehnt. Da war wohl ein Jäger aus einem anderen Jagdbezirk mit einem Anliegen zu seinem Herrn gekommen und hatte ihn zu übler Stunde angetroffen. Franzl konnte die Worte verstehen, die in der Stube hallten. Er zog die Brauen auf und kraute sich hinter dem Ohr: »Sakra! Heut raucht er keinen Guten, weil er stadtisch redt!« Franzl wußte aus Erfahrung: Wenn Graf Egge in der Jagdhütte hochdeutsch redete, stand der Barometer seiner Laune auf Sturm. Franzl zögerte. Sollte er eintreten oder das Ende des Gewitters abwarten, das sich in der Stube entlud? Er entschloß sich für das letztere und setzte sich auf die neben der Tür angebrachte Holzbank.

In der Stube klang die wuchtige Stimme des Grafen: »Das muß ein Ende nehmen. Oder ich verliere die Geduld. Dein Bezirk hat eine Lage, wie man sie schöner im ganzen Gebirg nicht findet. Da sollten die Rudel nur so umeinanderstehen. Und wie sieht es in Wirklichkeit aus? Daß einem grausen könnte! Mir scheint, du hast die Schußliste vom letzten Jahr schon völlig vergessen? Armselige drei Hirsche und sieben Gamsböcke, einer schlechter wie der andere! Glaubst denn du, das ist mir die sieben Zentner Salz und das ganze Winterfutter wert? Von deinem Gehalt schon gar nicht zu reden! Der ist ohnehin zum Fenster hinausgeworfen!«

»Aber ich bitt, Herr Graf,« stammelte eine scheue Stimme, »ich lauf mir bei Tag und Nacht schier d' Füß ab! Mein Bezirk liegt halt an der Grenz. Und drüben die Bauernjagd! Die Gams und 's Wildbret kann ich net anbinden, und was halt nüberwechselt, wird drüben niedergschossen. Wie soll ich denn da an Wildstand in d' Höh bringen? Da weiß ich mir wahrhaftig kein Rat nimmer.«

»Natürlich! Du hast eben andere Dinge im Kopf. Dein Bezirk wird schlechter von Jahr zu Jahr, und dafür soll ich dir noch den Gehalt aufbessern? Erlaub mir, Patscheider, das ist eine starke Zumutung!«

»Ich schau mich halt mit meine sechshundert Markln nimmer naus, Herr Graf! Sieben Kinder daheim –«

»Was geht denn das m i c h an? M u ß denn der Mensch sieben Kinder haben? Wärst du bei Nachtzeit fleißiger im Dienst gewesen, so hättest du mehr Gamsböcke im deinem Revier und daheim weniger Kinder.«

»Aber Herr Graf?«

Ein Faustschlag dröhnte auf die Tischplatte. »Fertig! Wir haben ausgeredet. Bring deinen Bezirk so weit, daß ich im Jahr sechs gute Hirsche und ein Dutzend Gamsböcke schieße, und ich bessere deinen Gehalt nicht nur um die fünfzig Mark auf, die du haben willst, sondern um volle zweihundert. Und jetzt kein Wort mehr. Nimm dich zusammen, Patscheider, ich sag es dir heut noch im Guten. Oder es sitzt übers Jahr ein anderer in deiner Hütte.«

Schweigen folgte diesen Worten; dann wurde die Stubentür geöffnet, schwere Tritte ließen sich hören, u im Eingang der Hütte erschien ein schwarzbärtiger Jäger mit bleichem Gesicht u verstörten Augen. Als er den Hornegger Franzl gewahrte, nickte er einen stummen Gruß.

In der Stube begannen die Saiten einer Zither zu klingen. Graf Egge liebte die Zither und spielte sie meisterhaft; sie war in den Mußestunden der Jagdhütte sein einziger Zeitvertreib und sein Heilmittel wider jeden Ärger.

Franzl legte die Hand auf Patscheiders Arm und fragte flüsternd: »Michel? Brauchst du was für daheim?«

»Vergeltsgott, Franzl, hast ja selber net viel übrig!« Patscheider atmete schwer und deutete über die Schulter. »Hast es ghört, was er verlangt? Sechs Hirsch und a Dutzend Gamsböck! Bei m i r ! Dös möcht unser Herrgott selber net zwegenbringen. Und der Graf versteht doch so viel von der Jagd, daß er's wissen m ü ß t ! Aber der Schipper hetzt halt! Der Herr Schipper!« Er griff nach seiner Büchse. »'s gscheiteste wär, man springet amal wo nunter über d' Wänd, nachher hätt man sei' Ruh für ewige Zeiten!«

»Aber Michel! Denk doch an deine lieben Leut daheim!«

Patscheiders Augen wurden feucht. »Ich sag dir's, Franzl, es wird mir hart! Ich renn mir d' Seel aus'm Leib. Aber von der Grenz müssen mich ja d' Lumpen überall sehen.« Er spähte nach dem Fenster und dämpfte die flüsternde Stimme noch mehr. »In vier Wochen haben s' mir drei Gams davon! Wenn ich's dem Grafen sag, der jagt mich zum Teufel. Jetzt muß ich schon lügen, wenn ich für meine Kinder dös bißl Brot erhalten will!« Er hob die Faust. »Aber soll's unser Herrgott geben, daß mir einer übern Weg lauft! Da gibt's an Unglück, Franzl!« Mit eisernem Griff umklammerte er den Lauf der Büchse und schritt ohne Gruß davon.

In der Stube sangen die Saiten der Zither einen heiteren Ländler, während Franzl bekümmert dem Jäger nachblickte. Als er ihn hinter den Latschenbüschen verschwinden sah, blies er die Backen auf, als könnte er sich den schwülen Druck, der auf ihm lag, von der Seele blasen wie einen Mund voll Pfeifenrauch. Dann knöpfte er die Joppe zu und trat in die Hütte. Langsam öffnete er die Stubentür und zog den Hut. »Grüß Gott, Herr Graf!« Der Hund auf dem Bette hob den Kopf und vergrub, als er den Jäger erkannte, die Schnauze wieder zwischen den Beinen.

Graf Egge saß hinter dem Tisch, hemdärmelig, in abgewetzter Lederhose und mit schiefgetretenen Filzpantoffeln. Ohne das Spiel zu unterbrechen, blickte er auf.

»Aaaah! Der Herr Hornegger! Schau nur, schau! Dös is ja wie der Wind gangen! Also, der Herr Hornegger is auch schon da!«

Dem Jäger schlug bei diesem Empfang das Blut ins Gesicht, und doch atmete er erleichtert auf, als er den breiten Dialekt hörte, der auf mildere Stimmung zu deuten schien. Er begann sich damit zu entschuldigen, daß ihn bereits beim Niederstieg ins Dorf die Begegnung mit der »gnädigen Konteß und dem alten Fräuln« aufgehalten hätte.

Ein Schatten des Unbehagens glitt über das Gesicht des Grafen. Er schob die Zither fort und erhob sich. »Bist du der Kammerdiener meiner Tochter, oder bist du mein Jäger?«

Franzl schwieg, denn er kannte die Wirkung, die jeder Widerspruch auf den Grafen zu üben pflegte.

»Aber natürlich, das ganze Jahr füttert man seine Leute, und wenn man sie braucht, sitzen sie weiß der Teufel wo! Wenn ich den Bock nicht bekomme, bist d u schuld! Seit acht Tagen sitz ich und warte mir die Seel heraus. Richtig, heute mittag steht der Bock, wo ich ihn brauche. Aber wo ist der Herr Hornegger? Ja, der Herr Hornegger! Der schlaft sich schön aus. Der läßt sich gemütlich Zeit, damit er keinen Schuhnagel verliert. Und der Graf kann warten. Der kann sich den Bock in der Wand drin anschauen und kann sich die Gelbsucht an den Hals ärgern.« Graf Egge trat dicht vor den Jäger hin. »Hornegger!« Er betonte jede Silbe: »Wenn ich den Bock nicht bekomme, dann spukt's in der Fechtschul. Dann waren wir die längste Zeit gut Freund miteinander, und ich könnte sogar vergessen, daß der beste Jäger, den ich je gehabt habe, dein Vater war.«

Nun konnte Franzl nicht länger schweigen. Seine Gestalt reckte sich. »Herr Graf! Ich hab den einzigen Ehrgeiz, daß ich dem Vater nachschlag. Und ich glaub, ich hab dazu noch allweil den richtigen Willen mitbracht. Wenn ich heut was versäumt hab, bitt ich um Entschuldigung. Ich gsteh's ein, ich hätt flinker wieder heroben sein können. Aber so harte Wort hab ich deswegen net verdient.«

Das freimütige Bekenntnis schien den Unmut des Grafen schon zu beschwichtigen; aber die letzte Wendung versalzte die Suppe wieder. »Das ist doch eine unerhörte Keckheit! Soll ich mir vorschreiben lassen, wie ich mit meinen Leuten reden muß? Und w a s hast du nicht verdient? Du bist noch lang nicht Jäger genug, um zu begreifen, was du mir angetan hast.« Die Wände hallten vom Zorn dieser Stimme. »Neunhundertvierzehn Gamsböck hab ich in meinem Revier geschossen. Aber kein einziger ist drunter wie der in der Wand da droben! Der Bock ist mir ein Vermögen wert. Sechs Jahr lang kenn ich ihn schon und wart auf ihn. Heut hätt ich ihn haben können. Aber der Herr Hornegger –«

Da wurde die Tür aufgerissen, und Schipper stürzte in die Stube. »Herr Graf! Der Bock steht am richtigen Fleck! Wenn der Franzl sei' Sach jetzt in der Ordnung macht, muß der Bock am Wechsel herspringen auf den schönsten Schuß!«

Bei Graf Egge war plötzlich aller Zorn verraucht. Fieberndes Aufregung befiel ihn wie einen jungen grünen Jäger, in dem noch das leidenschaftliche Feuer brennt. Im Nu hatte er die Bergschuhe an den Füßen, und während ihm Schipper die Riemen band, wußte er vor Erregung an der abgeschabten und geflickten Joppe, die ihm Franzl reichte, kaum die Löcher für die Arme zu finden. Mit zitternden Händen stülpte er das verwitterte Hütl über die weißen Haare, packte die Büchse und den Feldstecher und eilte zur Stube hinaus.

»Die Tür, Herr Graf!« wollte Franzl noch warnen. Aber man hörte schon den dumpfen Schlag. Das »Palais Dippel« hatte seinem Namen wieder einmal Ehre gemacht. Graf Egge vergaß in seiner Hast den üblichen Fluch und drückte nur die Hand an die Stirne, während er rasch das Latschendickicht zu gewinnen suchte. Franzl und Schipper folgten.

Als sie die Blöße erreichten, wo der Tubus stand, warf Schipper einen Blick nach der bereits im Schatten der Nachmittagssonne liegenden Felswand und sagte flüsternd: »Er steht noch am gleichen Fleck. Schauen S' ihn an, Herr Graf!«

Graf Egge legte die Büchse ab und spähte durch den Tubus. Es stieg ihm heiß ins Gesicht, und er schob den Hut zurück. »Herrgott! Herrgott! Is d a s ein Bock! Hundertmal hab ich ihn schon angschaut, und allweil reißt's mich wieder.« Er atmete tief. »Kinder! Wenn d a s jetzt gut ausfallt –« Er nahm sich nicht die Zeit, das Versprechen, das er geben wollte, in Worte zu fassen. Vor allem schob er die Patronen in seine Doppelbüchse. Dann wurde mit leisen Stimmen Rat gehalten.

Inmitten der hohen, langgestreckten Felswand stand der Gemsbock, dem freien Auge nur wie ein winziges Figürchen erscheinend; kaum merklich bewegte er sich äsend auf einer vorspringenden Kuppe hin und her; manchmal hob er den Kopf, um auszuspähen über das Latschental. Vielleicht hatte er auch die Jäger schon gewahrt? Aber er war es gewöhnt, tief unter ihm in den Tälern diese kleinen lebendigen Pünktlein schleichen zu sehen, die sich Menschen nennen; vielleicht wußte er aus Erfahrung, daß sie seine Feinde waren; doch er schien sich in seiner schwindelnden Höhe sicher zu fühlen. Von den tiefer liegenden Almen herauf klang der Jodelruf einer Sennerin – lange stand der Gemsbock unbeweglich und äugte in die Ferne; dann begann er wieder sorglos zu äsen, während ihm zu Füßen im Versteck der Latschenbüsche um sein Leben gerechnet wurde.

Unter dem südlichen Abfall der Wand sollte Graf Egge seinen Stand nehmen, Franzl von der nördlichen Seite her in die Felsen steigen, um den Gemsbock gegen den Stand zu treiben. Wohl führten von der Stelle, wo der Bock sich aufhielt, zwei Wechsel aus der Felswand, der eine niederwärts gegen den Wald, der andere gegen den Grat empor.

»Aber es kann net fehlen!« meinte Schipper. »Wenn der Franzl sei' Schuldigkeit tut, m u ß der Bock auf'm unteren Wechsel kommen!«

»Also, Franzl, was meinst du?« fragte Graf Egge und hing gespannt an dem Gesicht des Jägers.

Franzl schwieg eine Weile und spähte zu den Felsen hinauf, dann schüttelte er den Kopf. »Herr Graf! Herr Graf! Es kann gut gehen, aber es muß net. Ich kenn den Bock, ich weiß, wie er is, und ich fürcht schier, eh ich den Bock ins Treiben bring, machen ihn die andern Gams lebendig, und da nimmt er den oberen Wechsel an.«

»Die andern Gams?« fragte Graf Egge erschrocken. »Wo?«

»Da droben stehen s', drei Stück beinander!«

Franzl deutete mit dem Bergstock nach den Gemsen, die sein scharfes Auge entdeckt hatte. Schipper schoß einen wütenden Blick auf ihn und nagte an der Lippe.

Langsam wandte sich Graf Egge nach ihm um. »Aber Schipper!« Die beiden Worte klangen nicht freundlich.

Der Jäger lächelte. »Ja glauben S' denn, Herr Graf, ich hab die Gams net gsehen? Die machen uns nix. Im Gegenteil. Die springen gegen die Latschen runter, und der Bock muß nach – dös heißt, wann der Franzl in der richtigen Höh einsteigt.«

Graf Egge fuhr mit beiden Händen in den Bart und zerrte. Die gute Laune war ihm vergangen. »Am liebsten ging ich gleich wieder heim in d' Hütten. Denn eh ich den Bock net sicher hab, fang ich nix an mit ihm. Sonst is er beim Teufel für den ganzen Sommer!«

Schipper wurde Feuer und Flamme. »Aber Herr Graf! Jetzt haben S' den Bock im Sack und wollen ihn wieder auslassen.«

Wieder begann die flüsternde Debatte, und Graf Egge führte sie mit einem Ernst wie ein Feldherr den Kriegsrat am Abend vor der Entscheidungsschlacht. Nach langem Schwanken und Zögern entschied er sich, die Jagd zu wagen. Seine Bedenken waren nicht völlig beschwichtigt, aber die Leidenschaft brannte in ihm. »Also, Franzl, weiter!«

Der Jäger zögerte, sein Gesicht war bleich. Er wußte, daß es böse Stunden setzen würde, wenn die Sache mißlang. Obwohl er nicht mißtrauisch war, regte sich doch in ihm ein Instinkt der Vorsicht. »Ich bitt, Herr Graf, ich möcht bei d e m Bock nix verfehlen. Sagen S' mir genau den Weg, den ich machen muß.«

»Aber Franzl!« fiel Schipper ein. »Halt den Herrn Grafen doch nimmer auf! Dös liegt auf der Hand, wie man da steigen muß.«

Graf Egge lächelte; die Vorsicht des Jägers gefiel ihm. »Recht hat er! Er will sich für alle Fäll den Buckel sauber halten. Also paß auf!« Mit umständlicher Genauigkeit beschrieb er den Weg, auf welchem Franzl in die Felswand steigen und dem Gemsbock die Höhe abgewinnen sollte. »Hast du verstanden?«

»Ja, und ich mach kein andern Schritt.« Franzl zog den Hut. »Weidmanns Heil, Herr Graf!«

Sie trennten sich; noch einmal blieb Franzl stehen. »Ich bitt, Herr Graf, verlieren S' die Geduld net! Ich hoff, daß ich den Bock herbring, aber lang wird's dauern. Mein Weg hat schlechte Plätz, und ich darf beim Steigen kein Laut net hören lassen, wenn ich die andern Gams bis zur richtigen Zeit halten will.«

Sein Herr nickte ihm freundlich zu. »Das Sitzen verdrießt mich net. Wenn er nur kommt!«

Nach verschiedenen Seiten schlichen sie durch die Büsche davon. Graf Egge und Schipper hatten einen halbstündigen Weg, bis sie den Stand erreichten. Im Schutz eines Latschenbusches nahm der Graf seinen Platz auf einem Stein; Schipper drückte sich hinter seinen Herrn, zog das Fernrohr auf, legte das Ledertäschchen mit den Patronen auf seinen Schoß und lud die Reservebüchse. Auf hundert Schritt vor ihnen stieg die Felswand auf, aus der ein Gemswechsel über Klippen und Grasbänder gegen die Latschen herunterführte. Jener Teil der Wand, in dem der Bock und die anderen Gemsen standen, war durch eine vorspringende Steinrippe verdeckt, doch sah man in der Ferne die steilen Kuppen, über welche Franzl seinen Weg zu nehmen hatte.

Kühler Schatten und tiefes Schweigen ringsumher; nur zuweilen schwamm durch die stillen Lüfte der verlorene Klang einer Almglocke aus dem sonnigen Tal herauf.

Eine Stunde verrann. Graf Egge rührte sich nicht. Nur manchmal fühlte er mit dem Daumen, ob die Hähne der auf seinem Schoße ruhenden Büchse auch wirklich gespannt waren. Schipper spähte nach den fernen Kuppen der Felswand. »Jetzt steigt er ein!« flüsterte er. Wie ein kleiner dunkler Strich, der sich langsam bewegte, war Franzls Gestalt im grauen Gestein zu erkennen. »Aber ich weiß net, er steigt mir aber bißl z'langsam.«

»Ganz richtig steigt er!« zischelte der Graf. »Er mag außer Dienst ein junger Schüppel sein, aber wenn's ernst wird, ist Verlaß auf ihn. Da ist er sein ganzer Vater.« Keine Antwort kam; doch Graf Egge hörte, wie Schipper hinter ihm den schweren Atem durch die Nase blies. »Schnauf net so laut!« Nun war Stille.

Franzls Gestalt verschwand in den Schluchten der Felswand, und wieder verrann eine halbe Stunde. Dann tönte, noch weit entfernt, das dumpfe Gepolter fallender Steine.

»Die anderen Gams!« flüsterte Graf Egge. Fester spannten sich seine Hände um die Büchse, und brennend hingen seine Augen an dem Felszacken, auf dem der Bock erscheinen mußte. Von Minute zu Minute verschärfte sich die Spannung seiner Züge, aus dem erstarrten Gesichte wich der letzte Tropfen Blut, die herbgeschlossenen Lippen färbten sich bläulich, und immer heißer flackerte das Feuer seiner Augen. Was aus diesem Gesicht herausfunkelte, war nicht die helle, frohe Lust am Jagen, nicht die stolze Männerfreude, die das edle Weidwerk bietet. Es war eine wilde, verzehrende Leidenschaft, die im Verlangen und Genießen weder Maß noch Schranke kennt, den ganzen Menschen an Leib und Seele erfaßt wie die Flamme das dürre Holz, in ihm das Gefühl für jeden anderen Wert des Lebens erstickt, ihn immer nur das eine sehen und begehren läßt, das ihn berauscht und niemals sättigt, das ihn selbst zerstört und andere mit ihm! Und wie das Mal eines Gezeichneten brannte auf Graf Egges Stirn die rote Beule, die ihm der Balken der Hüttentür geschlagen.

»Herr Graf, da kommt er!« lispelte Schipper.

Die Gestalt des Wildes tauchte aus dem Gestein. Graf Egge hob die Büchse nicht. »Das ist ein anderer. Ich will den meinigen.« So leis diese Worte gesprochen waren, das Tier hatte sie vernommen. Mit gestrecktem Halse stand es und äugte auf die beiden Jäger nieder; sie saßen regungslos, und die Gemse erkannte in den zwei grauen Klumpen die Menschen nicht. Langsam begann sie über den Wechsel herabzuziehen. Da krachte fern in der Felswand ein Schuß, das prasselnde Gepolter fallender Steine ließ sich hören, und rings über alle Wände rollte das Echo. Die erschreckte Gemse machte ein paar ziellose Sprünge im Gestein, und Graf Egge verlor seine Ruhe; ein Zittern befiel seine Hände, und in bebendem Zorn raunte er durch die Zähne: »Schlecht geht's! Das war ein Schreckschuß, der Bock nimmt den oberen Wechsel an. Hol dich der Teufel, Schipper! Ich hätt dem Franzl folgen sollen. Jetzt komm ich um meinen Bock. Die anderen Gams haben alles verdorben.«

Die Worte waren laut geworden, und nun erkannte die Gemse ihren Feind. Mit wilden Sprüngen suchte sie einen Weg in das höhere Gestein; sie fand kahle Felsen, mußte sich wenden u kam in sausender Flucht über den Wechsel heruntergestürmt.

»Wart, Bestie, du sollst mir büßen!« zischte es von Graf Egges Lippen. Er hob die Büchse – nicht, um als Jäger das Wild zu erbeuten, sondern um seinen Zorn an dem Tier zu kühlen, das ihm die ersehnte Freude verdorben und durch seine vorzeitige Flucht vor dem treibenden Jäger den erwarteten Bock gewarnt hatte.

Der Schuß krachte, und im Feuer stürzte die Gemse. Während sie verendend noch mit den Läufen schlug, kamen zwei andere Gemsen in voller Flucht über den Wechsel herunter, eine Geiß mit ihrem Kitz.

Graf Egge streckte die Hand nach rückwärts. »Gib her!«

»Aber Herr Graf? A Kitz?« stotterte Schipper.

Sein Herr stampfte mit dem Fuß. »Gib her, sag ich!« Mit zornigem Ruck faßte er die Reservebüchse – zwei Schüsse – und die Geiß lag verendet am Boden, während das klagende Kitz mit zerschmettertem Rückgrat in die Latschenbüsche kroch und auf dem Geröll eine rote Bahn zurückließ. Noch war das Echo der beiden Schüsse nicht verhallt, da tönte von der Höhe der Felswand ein klingender Jauchzer.

»Herr Graf, der Bock muß kommen!« stammelte Schipper, der die Bedeutung dieses Rufes erkannte. Er griff nach der abgeschossenen Büchse und reichte seinem Herrn das frisch geladene Gewehr. Ein Zittern befiel den Grafen, sein Atem ging schwer, und in kalkiger Blässe erstarrte sein Gesicht, während sein Blick emporflog über den Wechsel. Da fühlte er ein Zupfen an seiner Joppe und hörte die wispernde Stimme des Jägers: »Da droben steht er! Grad über Ihnen! Schießen S'! Schießen S'!«

Hinter dem Felszacken mußte der Bock den gewohnten Wechsel verlassen haben und stand, hoch über den beiden Jägern, in einer breiten Steinrinne, eine stolze, kraftstrotzende Tiergestalt, deren selten schöner Hauptschmuck sich mit zwei schwarzen, scharf gekrümmten Linien von dem grauen Felsen abhob.

Graf Egge saß wie versteinert.

»Herr Graf, so schießen S' doch!« zischelte Schipper. »Der Schuß is verteufelt weit, gute zweihundert Gäng. Aber wenn S' net schießen, is der Bock dahin für den ganzen Sommer!«

Graf Egge konnte die Waffe nicht heben, das Fieber begann ihn zu schütteln.

»Aber Herr Graf! Herr Graf!«

Der Gemsbock pfiff und setzte mit hoher Flucht über die Wasserrinne. Ein paar Sprünge noch, und er mußte verschwinden. Da ging ein Ruck durch die Gestalt des Grafen, und die Büchse flog an seine Wange. Schipper hob das Fernrohr, um die Wirkung des Schusses zu beobachten, und kaum hatte er das Wild im Glas, da krachte der Schuß. Der Gemsbock wankte, doch nur einen Augenblick, dann verschwand er hinter zerklüftetem Gestein.

»Hat ihn schon!« lachte Schipper. Er warf das Fernrohr zu Boden, faßte den Bergstock und sprang durch die Büsche davon, um hinter der Biegung der Felswand den Bock noch einmal zu sehen und die Richtung seiner Flucht beobachten zu können.

Graf Egge war aufgesprungen, in der Hand die rauchende Büchse. Er starrte nach der Stelle, wo der Bock gestanden, und lauschte, doch er hörte nichts als die Sprünge des Jägers, die sich immer weiter entfernten. »Er m u ß die Kugel haben!« murmelte er, stellte schwer atmend die Büchse nieder und griff mit der Hand an seine Stirn. Wohl lag das seltene Wild noch nicht, das ihm seit Wochen schlaflose Nächte bereitet hatte, aber Graf Egge war seiner Kugel sicher; der Sturm seines Blutes und die Spannung seiner Nerven begannen sich zu lösen, fast wie Schwäche befiel es ihn, und nun plötzlich fühlte er auch den Schmerz der Beule an seiner Stirn. Sein Blick streifte die zwei verendeten Gemsen; die zuerst gefallene war ein guter Bock, daneben aber lag die Muttergeiß, und hinter den Latschen rührte sich noch immer das todwunde Kitz. Graf Egge wandte sich ab. Ihn ekelte vor der unweidmännischen Arbeit, die er im Zorn geliefert, und dieses Gefühl verdarb ihm die Freude des letzten Schusses.

Inzwischen hatte Schipper die Biegung der Wand erreicht. Hoch in den Felsen sah er den Gemsbock langsam vorüberziehen und wieder im Gestein verschwinden. Schipper sprang eine Strecke weiter und sah, daß der Bock sich talwärts wandte, ein Zeichen, das den tödlichen Schuß verriet. Auf einer vorspringenden Platte blieb der Gemsbock mit hängendem Kopfe stehen und begann zu schwanken; seine Läufe brachen, einen letzten Sprung noch versuchte er, dann taumelte er über den Rand der Felsen hinaus und stürzte, ein rostbrauner Klumpen, durch die Luft herunter. In einem Latschenbusch verschwand er und lag so gut versteckt, daß den Jägern das Suchen schwer geworden wäre, hätte Schipper den Bock nicht fallen sehen. Hastig stieg er zu der Latsche hinauf, denn er wußte, daß klingender Dank zu verdienen war, wenn er seinem Jagdherrn diese Beute brachte. Nun erreichte er sie, und die Augen wurden ihm groß, als er das selten schöne Gehörn betrachtete. Graf Egge hatte kein ähnliches in seiner reichen Sammlung. Schipper schätzte, daß ein Sammler für dieses Krickel tausend Mark und darüber geben würde. Zwei rote Flecken erschienen auf seinen fahlen Wangen. Schon streckte er die Hand, um den Bock aus der Latsche zu ziehen. Da tönte fern in der Felswand die rufende Stimme Franzls, und Schipper hörte, wie Graf Egge dem Jäger die Weisung hinaufschrie, nicht weiter vorzugehen, sondern den Abstieg gegen die Hütte zu nehmen.

Ein böses Lächeln glitt über Schippers Mund. »Mir tausend Mark! Und dem andern an festen Tritt auf'n Magen, den er spüren soll!« Er zerrte das Messer aus der Tasche, schlug dem verendeten Wild das Krickel mit der Hirnschale aus dem Kopf und warf das Gehörn in weitem Schwung über das Latschenfeld. Mit funkelnden Augen spähte er nach der Stelle, an der es fiel, dann glitt er lautlos über die Felsen hinunter und suchte laufend den Rückweg. Als er die Biegung der Wand erreichte und aus den Latschen hervorkroch, sah er unerwartet den Grafen vor sich, der auf einem Felsblock saß und mit beiden Händen das rechte Schienbein rieb.

»Schipper? Was is mit dem Bock?«

Der Jäger konnte nicht gleich Antwort geben; im Schreck versagte ihm die Stimme. Er drückte die Fäuste auf die Brust, als hätte der rasche Lauf ihn atemlos gemacht. »Der Bock, Herr Graf? Den hab ich mit keim Aug mehr gsehen. Aber sorgen S' Ihnen net! Da kann nix fehlen. Der hat den Schuß mitten auf'm schönsten Fleck. Ganz gnau hab ich mit'm Spektif den Einschuß gsehen, kurz hinterm Blatt. Der liegt keine hundert Schritt vom Platzl, wo er gstanden is. Soll ich gleich naufsteigen?« Schipper konnte diese Frage ohne Sorge stellen, denn er wußte die Antwort seines Herrn voraus.

»Aber Schipper! Wo hast du deinen Verstand? Hat der Bock den richtigen Schuß, so liegt er mir gut bis morgen. Ist der Bock nur krank, so treibst du ihn wieder auf, und wir können ihn suchen, zwei, drei Tage lang. Nix da! Laß du den Bock in Ruh bis morgen!« Stöhnend faßte Graf Egge nach seinem Bein.

»Was is denn?« fragte Schipper wie in Sorge.

»Mein Bock hat mir keine Ruh lassen, ich hab dir nachsteigen wollen, und da hat's mir auf einmal im Haxen einen Riß gegeben. Und jetzt spür ich im Knochen einen ganzen Ameisenhaufen. Mir scheint, die verfluchte Gicht fangt wieder an.«

»O Mar und Joseph! Aber sehen Sie's, Herr Graf, weil S' mir net folgen und keine Unterhosen tragen wollen! Jetzt haben S' Ihnen wieder verkühlt.«

»Laß mich aus, du Lapp!« brummte Graf Egge. »Ich und Unterhosen! Und müßt mich ja rein vor mir selber schenieren.«

»Schenieren oder net! Gleich morgen schreib ich dem Moser a Briefl nunter, daß er Ihnen wollene Unterhosen raufschickt.«

»Das wird sich hart machen. Ich hab keine Unterhose im ganzen Vermögen. Hab meiner Lebtag noch keine gebraucht.«

»Jetzt muß eine her! Ich tu's nimmer anders! Soll halt der Moser beim Kramer a halbs Dutzend kaufen!«

»Was?« Graf Egge erhob sich. »Du tust dir leicht mit ander Leut ihrem Geld! Ein halbes Dutzend! Den schau an! Ein Paar is genug! Aber was ich sagen will – die Gschicht mit der Kitzgeiß steigt mir in d' Nasen und verdirbt mir die ganze Freud an meinem Bock.«

»Aber Herr Graf! Es ist ja nur in der Wut gschehen! Und für so an Bock, wie der is, kann man sich schon a bißl Ärger gfallen lassen.«

Graf Egges Miene heiterte sich auf. »Hast recht! Wenn ich an die Kruck denk, die der Bock droben hat, vergeß ich alles. Die kriegt ein silbernes Schildl! Und nachher sperr ich sie erst noch in die eiserne Kasse. So eine hab ich noch nie erwischt, und so eine krieg ich auch meiner Lebtag nimmer!« Schmunzelnd blinzelte er zu der Felswand hinauf. »Gelt, Böckerl, lang hat's dauert mit uns zwei? Jetzt hast du doch den kürzern zogen!« Er blickte in Schippers Gesicht und vergnügt lachten die beiden einander an. »Aber die Gschicht mit der Kitzgeiß is mir zwider. Wie steh ich denn vorm Hornegger da!«

Schipper zögerte mit der Antwort. »Wann der Herr Graf befehlen? Der Franzl brauchet ja nix z'wissen davon.«

»Hast recht, du Gauner! Verräum die alte Mutter, daß kein Mensch mehr was findt von ihr. Da komm her!« Graf Egge griff in die Tasche und zog ein rotledernes Beutelchen hervor, wie es die Bauern führen, wenn sie zu Markte gehen. Er drückte ein Goldstück in Schippers Hand. »Halt 's Maul! Da hast ein Pflaster.«

»Vergelts Gott, Herr Graf! Aber was sagen wir dem Franzl wegen die vier Schuß?«

»Drei auf den ersten Bock und zwei davon gfehlt, in Gottesnamen!«

»Sie, Herr Graf? Und fehlen? Dös wird der Franzl schwerlich glauben. Es tät auch dem gnädigen Herrn Grafen an Abbruch in seiner Jägerehr.«

Graf Egge lachte zufrieden. »Du Teufelskerl! Du denkst aber doch an alles! So studier dir halt was Feineres aus!«

Schipper wußte eine bessere Ausrede flink zu finden; und als er ging, um den in der Nähe des Standes liegenden Gemsbock auszuweiden und die Geiß mit ihrem Kitz für ewige Zeiten in einem Steinloch verschwinden zu lassen, trat Graf Egge den Heimweg zur Jagdhütte an. Während des ganzen Weges beschäftigte ihn der Gedanke an das herrliche Krickel, das ihm der kommende Morgen bescheren mußte – nebenbei aber auch die schmerzende Stelle auf der Stirn und das leise Gekribbel in seinem Knie und Schienbein.

79

# 7

Graf Tassilo war am Morgen nicht zum Frühstück erschienen.

Als Kitty nach ihm fragte, hieß es, ihr Bruder wäre zeitig ins Dorf gegangen und noch nicht zurückgekehrt. So blieb die Kleesberg ihre einzige Gesellschaft, eine sehr stille. Tante Gundis Augen hatten übernächtigen Glanz, und bei der gemessenen Würde, mit der sie den Schinken schnitt und in das krachende Butterbrötchen biß, tat sie zuweilen einen Atemzug, der wie ein Seufzer klang.

Nur langsam belebte sich das Gespräch. Dabei wurde das Abenteuer beim Wetterbach mit keiner Silbe mehr erwähnt, als wäre in ihnen beiden jede Erinnerung bereits erloschen. Nach dem Frühstück brachte Kitty einen Spaziergang in Vorschlag.

Tante Gundi war einverstanden. »Wohin?«

Kitty überlegte. »Die Hauptsache ist ein guter ebener Weg, damit du dich nicht ermüdest. Ich meine ins Dorf? Da siehst du doch auch ein bißchen Menschen. Das wird dich zerstreuen.«

Gundi Kleesberg schien aus diesen Worten etwas herauszuhören, was ihr mißfiel. Sie legte würdevoll das Haupt zurück und erklärte: »Nein! Wir gehen nach der Waldschwaige.«

»Wie du willst! Auch kein übler Weg!«

Zur Waldschwaige, einer zu Schloß Hubertus gehörigen Meierei, führte aus einem Winkel des Parkes ein für den Verkehr der Sommergäste gesperrter Waldpfad. Graf Egge war den Touristen nicht gewogen; sie liefen ihm in Wald und Berg häufig zur Unzeit in die Quere; die harmlose Freude, die sie am Singen und Jodeln fanden, und ihre Vorliebe, auf steilen Gehängen Steine zu lösen, rührten in ihm die Galle des Jägers auf; er machte sie für manchen mißglückten Pirschgang verantwortlich, ließ im kahlen Gestein der höheren Berge die roten Merkzeichen der Touristensteige von den Felsen abkratzen und sperrte im Wald jeden Pfad, an dem er Eigentumsrecht besaß, mit der Inschrift: Verbotener Privatweg, herrenlos umherlaufende Hunde werden erschossen.

So durfte Tante Gundi sicher sein, auf dem Weg zur Waldschwaige keinem Menschen zu begegnen als höchstens einem Holzarbeiter oder einem Knecht der Meierei.

Es war ein stiller Spaziergang. Die Kleesberg schwieg beharrlich; sie schien mit ihren Gedanken beschäftigt und hatte keinen Blick für die Morgenschönheit des Waldes. Kitty wurde der krampfhaften Anstrengungen, ein Gespräch in Gang zu bringen, schließlich müde und begann Unterhaltung für sich allein zu suchen. Sie wanderte bald zur Rechten, bald zur Linken in den von Lichtern durchzitterten Wald hinein und pflückte, was sie an Blumen fand. Dabei summte sie mit halblauter Stimme ein Liedchen, und manchmal stand sie still, mit beiden Armen den Wirrwarr der gepflückten Blumen umschlingend, tief atmend, die Wangen glühend, mit träumendem Lächeln.

Es war ein prächtiger, von zierlichen Grasrispen umschlossener Strauß, den sie nach Hubertus brachte, als sie mit Tante Gundi gegen zwölf Uhr in das Schloß zurückkehrte. Während die Kleesberg in der Veranda Atem schöpfte, eilte Kitty in das Speisezimmer, um den Tisch mit ihren Blumen zu schmücken. Da sah sie auf der Tafel vier Gedecke aufgelegt. Ein Gast in Schloß Hubertus? Kitty flog zur Treppe und traf mit der Kleesberg zusammen. »Tante Gundi? Wir haben einen Gast?«

»Einen Gast? Wen?«

»Ich weiß nicht!« Mit wehenden Fahnen ging's über die Treppe hinauf in Tassilos Zimmer. »Aber Tas, wer kommt denn heute?«

Tassilo erhob sich vom Schreibtisch. »Einer meiner Freunde: Maler Forbeck.«

Kitty starrte den Bruder an, so verblüfft, als hätte er die Ankunft eines chinesischen Würdenträgers verkündet. Und während zarte Röte ihr Gesichtchen überhuschte, stammelte sie: »Merkwürdig! Du bist mit ihm befreundet? Wann und wo hast du ihn denn kennengelernt?«

»Im vergangenen Winter, bei Professor Werner.«

»Werner? Professor Werner? Das ist doch wohl der berühmte Maler, für den die Gundi so riesig schwärmt! Und – der andere? Der ist wohl auch schon sehr berühmt?«

»Jedenfalls auf dem besten Weg, es zu werden. Aber du kennst ja Herrn Forbeck?« Gundi Kleesberg erschien auf der Schwelle und horchte beim Klang dieses Namens betroffen auf. »Du hattest ja gestern abend mit ihm so etwas wie ein kleines Abenteuer?«

Kitty machte große Augen. »Das weißt du auch schon?«

»Natürlich!« Tassilo zupfte sie am Ohrläppchen. »Du merkwürdiger Spatz, warum hast du mir denn das verschwiegen?«

»Ich habe das gar nicht für so wichtig gehalten.« Sie begegnete dem Blick des Bruders und geriet ein wenig aus der Fassung. »Aber ich vergesse ganz –« Damit wollte sie die Flucht ergreifen.

»Wohin?«

»Aber Tas! Sieh mich doch an! Ich kann doch nicht so bei Tisch –« Nun gewahrte sie die Kleesberg, die mit verstörtem Sorgenantlitz bei der Tür stand. »Hast du schon gehört, Tante Gundi? Das ist doch komisch! Jetzt speist er heute bei uns!« Lachend flog sie aus der Stube.

Da löste sich bei der Kleesberg die Erstarrung. Sie rauschte zum Schreibtisch. »Tassilo! Was machen Sie denn nur? Diesen Menschen bringen Sie uns auch noch ins Haus!«

Tassilo trat verwundert zurück.

»Haben Sie denn nicht gehört? Gestern hatte sie mit ihm ein Abenteuer! Gerettet hat er sie! Gerettet! Wissen Sie denn nicht, was das heißt für ein junges Mädchen? Ihr Retter! Und zu allem Unglück auch noch ein Künstler! Wenn S i e nicht wissen, was das bedeutet, i c h weiß es!« Gundi Kleesberg rang die Hände, und es fehlte nicht viel, so wäre sie in Tränen ausgebrochen.

Nun verstand Tassilo. »Ach so?« Er schüttelte den Kopf und lächelte. »Sie machen sich überflüssige Sorgen. Es wäre übel bestellt um Erziehung und Charakter meiner Schwester, wenn jede Begegnung mit einem jungen Mann für sie eine Gefahr bedeuten würde. Beruhigen Sie sich –«

»Nein! Ich beruhige mich n i c h t . Sie ist schon Feuer und Flamme für sein Genie. Das ist immer der Anfang. Ich kenne das. Und daß sie schon zu verschweigen anfängt, haben Sie wohl nicht bemerkt? Und daran denken Sie wohl gar nicht: daß dieses verwünschte Abenteuer bei der Klause spielte. Was bei dieser Klause anfängt, m u ß ein Unglück werden.«

»Fräulein von Kleesberg!« Aus Tassilos Gesicht war alle Farbe gewichen.

»Ich kenne meine Pflicht. Ich will nicht verantwortlich sein, wenn das Haus, in das Sie heute das Feuer tragen, lichterloh zu brennen beginnt. Gott bewahre das arme Kind vor solchemeinem solchen Unglück!« Nun kamen ihr die Tränen. »Ein kurzer Traum, ein paar Tage Glück und Jubel und dann dieses Namenlose, dieses ganze zerstörte Leben!«

»Aber Tante Gundi!« Freundlich legte Tassilo die Hand auf ihren Arm. »Sie waren gestern leidend und haben sich noch immer nicht erholt. Es ist doch keine Ursache vorhanden, von solchen Ungeheuerlichkeiten zu sprechen. Was Herr Forbeck von meiner Schwester will –«

»Er will? W a s will er?« Die Kleesberg ließ das Batisttuch sinken, mit dem sie die Augen getrocknet hatte.

»Malen will er sie, als Hauptfigur in einem großen Bild.«

»Malen!« stammelte Gundi, als hätte sie verstanden: ermorden. »Malen? Das wäre das Wahre! Das kenn' ich!«

»Gut also! Ich war vielleicht ein wenig unvorsichtig, als ich Forbeck in dieser Sache meine Hilfe zusagte. Aber er war so begeistert für seine Idee, so glücklich –«

»Glücklich? Natürlich! Unglücklich soll er auch schon sein! Das kommt noch früh genug.«

Tassilo suchte dieser Hartnäckigkeit gegenüber ratlos nach Worten. »Sie haben da doch auch ein wichtiges Wort mitzusprechen. Wenn Forbeck seinen Wunsch äußert, können Sie eine unverfängliche Ausflucht gebrauchen –«

»Gott sei Dank! Wenn es dabei nur auf mich ankommt, dann ist die Sache schon erledigt. Malen! Eh ich d a s erlaube, eher sterb' ich!«

Die Tür wurde geöffnet, und Fritz brachte eine Karte.

»Hans Forbeck!« las Tassilo. »Ich lasse bitten.«

Die Kleesberg wollte sich fluchtartig entfernen. Tassilo hielt sie zurück. »Tante Gundi! Machen Sie keine Torheiten! Das sieht schon bald so aus, als hätten Sie Angst, daß S i e sich in ihn verlieben könnten.«

»Solche Scherze möcht' ich mir verbitten!« erklärte die Kleesberg; aber ihre Hilflosigkeit schien größer zu sein als ihre Entrüstung.

Forbeck erschien, das weiße Hütchen in der Hand, in hellgrauem Beinkleid und schwarzem Sakko. Er verbeugte sich etwas hölzern vor Fräulein Kleesberg, die nach Würde rang, und ging auf den Grafen zu. Als Tassilo in diese klaren Augen blickte, auf diese redliche Stirn, löste sich in ihm auch der leise Keim von Sorge wieder, den Tante Gundis sonderbare Ahnungen geweckt hatten. Herzlich faßte er die Hand des jungen Künstlers. »Grüß' Gott, lieber Forbeck! Erlauben Sie, daß ich Sie bekannt mache: Hans Forbeck – Fräulein von Kleesberg, die mütterliche Freundin meiner Schwester.«

Forbeck verbeugte sich. »Ich glaube, ich hatte bereits gestern das Vergnügen, allerdings so flüchtig –« Er stockte.

Nun mußte Tante Gundi sprechen, und es gelang ihr. »S e h r flüchtig, allerdings! Ich war in so großer Sorge um das Kind, wir wurden vom Unwetter überrascht, das Kind ist sosehr disponiert für Erkältungen, und ich hoffe, Sie haben es nicht als Unhöflichkeit ausgelegt – ich mußte das Kind so rasch wie möglich nach Hause bringen.«

»Aber bitte, gnädiges Fräulein! Ihre Befürchtung hat sich hoffentlich nicht bestätigt?«

»Nein, Gott sei Dank! Und da ist es mir angenehm, daß ich so rasch Gelegenheit finde, Ihnen für den Ritterdienst zu danken.«

Sie bot ihm die Hand, und als er sie erfaßte, begann sie wieder zu zittern und hing mit verlorenem Blick an seinen Zügen. Dieser Blick befremdete ihn, und Tassilo fragte erschrocken: »Tante Gundi?« Fräulein von Kleesberg schien einer Ohnmacht nahe, und Forbeck stammelte: »Gnädiges Fräulein, ist Ihnen nicht wohl?«

»Doch, doch, es ist nur – ich habe gestern –«

»Für Fräulein von Kleesberg ist das Abenteuer nicht so glücklich ausgefallen wie für meine Schwester,« fiel Tassilo ein, »die Folge war eine Unpäßlichkeit, die noch immer nicht ganz behoben ist.«

In Forbeck regte sich ehrliche Sorge. »Ach, das bedaure ich aber!«

»O bitte, ich selbst habe kein Erbarmen mit mir, meine Migräne, das ist immer ein dreitägiger Kampf mit dem Drachen!« versuchte Tante Gundi zu scherzen. »Aber nun bitt' ich zu entschuldigen, ich habe so spät erfahren, und die Pflicht der Hausfrau –« Ein verstörtes Lächeln, und sie rauschte zur Tür.

Im Flur drückte sie die Hände an die Schläfen, als stünde sie vor einem unlösbaren Rätsel. Wie eine Schlafwandlerin suchte sie ihr Zimmer und wollte die Tür öffnen, die in Kittys Stübchen führte; sie war versperrt. »Ja, Tantchen, nur einen Augenblick, gleich bin ich fertig!« Fräulein von Kleesberg ließ sich vor dem Spiegel nieder, um die Spuren zu verdecken, die ihre Tränen durch das blühende Wangenrot gezogen hatten.

Kitty erschien auf der Schwelle, frisch wie ein Frühlingsmorgen, in einem weißen Tenniskleid, das sie zum erstenmal trug, eine Rose an der Brust. Heiter klatschte sie die Hände zusammen: »Ach, sieh nur Tantchen, du machst dich ja a u c h  schön!« Die Kleesberg murrte ein paar unverständliche Worte, während Kitty hinter ihren Sessel trat. »Ist er schon da?« fragte sie, obwohl sie im Flur seinen Schritt gehört hatte, seine Stimme.

»Natürlich! Solche Leute fürchten immer die Suppe zu versäumen.« Gundi Kleesberg tauchte mit dem Anschein größter Seelenruhe die Quaste in die Puderbüchse. »Ich hab' ihm auch in deinem Namen ein paar freundliche Worte für den kleinen Dienst gesagt, den er dir gestern geleistet hat. Die Sache ist erledigt. Sei immerhin artig und höflich gegen ihn. Man muß solche Leute nicht gleich bei der ersten Gelegenheit die unausfüllbare Kluft empfinden lassen, die zwischen uns und ihnen liegt.«

»Ich werde gegen ihn so artig als möglich sein, schon d i r  zuliebe.«

»Mir zuliebe?«

»Tas hat mir gesagt, daß er der Lieblingsschüler jenes Professors wäre, weißt du, jenes berühmten Mannes, für den du so riesig schwärmst.«

»Werner?« Gundi Kleesberg, aus deren Hand die Puderquaste gefallen war, wandte das Gesicht mit weit geöffneten Augen.

»Das freut dich?« fragte Kitty, während sie lauschend zur Tür blickte.

Draußen gingen Schritte vorüber, und man hörte die Stimme Tassilos, der seinen Gast auf die merkwürdigsten der Geweihe aufmerksam machte, von denen die Flurwände starrten. Drunten im reich geschmückten Vorhaus nannte Tassilo die Heimat der exotischen Trophäen, an die sich manch ein waghalsiges, um Gesundheit und Leben spielendes Abenteuer seines Vaters knüpfte.

»Diese tausend Trophäen hat Ihr Vater selbst erbeutet?« fragte Forbeck erstaunt. »Wie ist das möglich? Ihr Vater ist wohl nicht mehr jung, aber auch ein hundertjähriges Leben kann doch neben Beruf und Arbeit nicht so viel Muße bieten –«

»Muße? Mein Vater kennt keine Muße in seinem Beruf. Seine Arbeit, sein einziger Lebensberuf ist eben die Jagd. Er ist sechzig Jahre, mit fünfzehn Jahren hat er angefangen. Da läßt sich was leisten.«

Forbeck blickte auf, vom herben Klang dieser Worte betroffen. »S i e sind k e i n Jäger?«

»Nein! Ich hatte wohl Freude an der Jagd, aber ich hab' sie mir abgewöhnt. Es ist nicht überall Sitte, so zu jagen, wie es m i r Vergnügen macht. Anders behagt es mir nicht. Wer nicht ein Handwerker der Jagd ist, wie der diensttuende Jäger, der sollte an der Jagd doch besseren Wert entdecken als den Nervenreiz, den der Kampf zwischen menschlicher List und tierischer Schlauheit gewährt. Für meinen Geschmack liegt der edelste Reiz der Jagd in der innigen Berührung mit der Natur, die sich auf einsamen Gängen vor uns öffnet wie ein mystisches Buch. Da liest man Wunder über Wunder. Dieser Größe gegenüber lernt man erst sein eigenes Menschenmaß richtig einschätzen. Man fühlt sich immer kleiner und kleiner. Diese Erkenntnis hat nichts Bedrückendes, nichts Demütigendes. Im Gegenteil, man kommt zu Klarheit und Ruhe, wird allen spekulativen Unsinn los und verwandelt sich selbst in ein Stücklein gesunder

Natur. Man sagt sich: So klein bist du, aber den Raum, den die Natur deinem Persönchen zugewiesen, mußt du ausfüllen, also nütze dein Leben und freue dich seiner!« Die Falte auf Tassilos Stirn war verschwunden. Er nahm den Arm seines Gastes; nach wenigen Schritten blieb er vor einer Tür stehen. »Das muß ich Ihnen zeigen: das Allerheiligste meines Vaters.«

Forbeck erwartete irgendein weidmännisches Märchen zu sehen und machte verblüffte Augen, als er über die Schwelle trat. Eine kleine, weiß getünchte Stube mit gescheuerten Dielen, das Fenster ohne Vorhänge. Die ganze Einrichtung bestand aus einem eisernen, mit grauen Loden bedeckten Bett, einem alten, mit schwarz gewordenem Leder bezogenen Lehnstuhl und einer großen, eisernen Kasse. An den Wänden hingen, dicht bei der Decke beginnend, gegen tausend Gemsgehörne, eines neben dem anderen, Reihe unter Reihe, so daß von den weißen Wänden kaum noch ein tischhoher Streif über den Dielen frei war. Rings um den Fuß der Wände standen Bergschuhe nebeneinander, mehr als hundert Paar, von feinem Staub überschleiert. Der Geruch des gefetteten Leders lag schwer in der Stube.

»Wenn mein Vater die Jagdhütte verläßt, um in Schloß Hubertus ein paar Tage auszuruhen, dann wohnt er in dieser Stube. Sie umschließt, was ihm am meisten Freude macht. Auf diese Schuhe ist er stolz, er selbst hat die Art ihres Eisenbeschlags erfunden, für jede Bergformation eine andere Gattung. Wir haben einen Schuster im Dorf, der fast ausschließlich für meinen Vater arbeitet und dabei eine große Familie ernährt – die Sache hat also auch ihren guten Zweck. Und hier in diesem Eisenkasten hält Papa eine andere Freude verschlossen. Er hat eine Vorliebe für ungefaßte Edelsteine, namentlich für Saphire und Rubinen. Diamanten liebt er nur in spindelförmigem Schliff. Es gibt Leute, zu denen er so viel Vertrauen hat, daß er sie zuweilen einen Blick hinter das eiserne Türchen werfen läßt. Wir Kinder haben diese Schätze noch nie gesehen. Aber sein Büchsenspanner erzählt Wunder von dieser Sammlung. Das ist auch der einzige Mensch, der das Zutrauen meines Vaters so sehr genießt, daß er jeden Monat einmal die Gemskrucken von der Wand nehmen darf, um sie zu reinigen. Sie stammen von den Gemsböcken, die Papa auf seinen eigenen Bergen rings um Hubertus geschossen hat. Sein größter Stolz! Er hat es auch weit gebracht.

Vor dreißig Jahren, als er das Jagdrecht von den Bauern übernahm, schoß er im ersten Sommer nur vierzehn Böcke, jetzt bringt er es jährlich auf hundert und darüber! Das ist doch ein Erfolg, er die Arbeit eines ganzen Lebens lohnt? Nicht?«

Scheu blickte Forbeck zu Tassilo auf, der diese Worte mit unveränderlichem Lächeln vor sich hingesprochen hatte und nun schwieg. Forbeck fühlte sich von einem kalten Hauch berührt, als schliche das Gespenst des Hauses an ihm vorüber. Nur um das Schweigen zu brechen, fragte er: »Der Büchsenspanner, von dem Sie sprachen, ist das jener Franzl von gestern?«

»Gott bewahre! Der Hornegger-Franzl ist ein braver, tüchtiger Bursch. Der Jäger, den ich meine, das ist ein ehemaliger Holzknecht. Vor etwa dreizehn Jahren ist er meinem Vater unter den Treibern als besonders verwegen aufgefallen. Papa machte ihn zum Jäger und vor einigen Jahren zu seinem Büchsenspanner und Geheimrat. Wenn Sie auf Ihren Ausflügen einem Jäger begegnen, dessen Blick Ihnen das Blut ins Gesicht treibt – das ist er. Mein Vater schwört auf diesen Menschen. Mir hat seine unvermeidliche Gesellschaft die Freude an der Jagd verdorben. Ich greife nur noch zur Büchse, wenn ich befohlen werde. Und Papa befiehlt nicht oft. Er schießt seine Gemsböcke lieber selbst. Und es ist sein einziger Wunsch, so lange zu leben, bis er den leeren Streif an der Wand da noch ausgefüllt hat. Hoffentlich befriedigt das Schicksal diese heißeste Sehnsucht seines Daseins! Ich wünsch' es ihm von Herzen.«

Auf dem Dach des Schlosses läutete eine Glocke.

»Kommen Sie! Die Tischglocke.«

Sie verließen die »Kruckenstube«. Im Billardzimmer – einen Salon gab es in Hubertus nicht – fanden sie Gundi von Kleesberg und Kitty. Die schwüle Stimmung, die Forbeck in den letzten Minuten empfunden hatte, verschwand, als ihm Kitty entgegentrat.

»Ich freue mich sehr, Sie bei uns zu sehen.«

Er faßte ihre Hand, brachte aber kein Wort heraus. Tante Gundi wurde unruhig; zum Glück erschien in diesem Augenblick der Diener unter der Tür, und die Kleesberg rauschte auf das Pärchen zu: »Darf ich bitten?« Da war sie schon wieder in neuer Verlegenheit; die Ordnung, in der man zu Tisch gehen sollte, schien ihr Sorge zu machen. Ratlos blickte sie auf Tassilo und winkte mit den Augen. Sie fand unerwartete Hilfe. Forbeck trat auf Tante Gundi zu und reichte ihr den Arm. Das machte sie so verwirrt, daß sie auf seine Frage, ob ihr Befinden sich bereits gebessert hätte, eine ganz verdrehte Antwort gab.

Kitty nahm den Arm des Bruders. »Was sagst du? So was von Höflichkeit!« Kichernd drückte sie die Wange an seine Schulter.

## 8

Nach dem Diner wurde auf der offenen Veranda der Kaffee eingenommen. Die Blätterschatten der Jerichorosen und wilden Reben, deren Laub sich schon zu röten begann, zitterten über dem weißen Tisch, und draußen plauderte die Fontäne mit funkelndem Tropfenfall. Während Gundi Kleesberg die Schalen füllte, bot Tassilo seinem Gast die Zigarrenkiste und bediente sich selbst; dann ließ er sich in den geflochtenen Sessel fallen, ohne seiner täglichen Gewohnheit zu folgen und nach den Zeitungen zu greifen, die Fritz auf den üblichen Platz gelegt hatte. Das gewahrte Kitty und sprang auf. »Kommen Sie, Herr Forbeck, ich zeige Ihnen was, das müssen Sie sehen.« Sie gingen zum Teich, und Forbeck folgte. »Sehen Sie, die riesigen Forellen! Die jüngeren wurden erst heuer eingesetzt, aber die größeren haben wir schon vier Jahre. Sehen Sie die ganz große hier: Die kennt mich, weil ich sie füttere. Sehen Sie nur, jetzt kommt sie schon!« Lockend streckte sei die Hand und flüsterte, ohne Forbeck anzusehen: »Ich bitte, sagen Sie meinem Bruder ein Wort, er ist unglücklich, wenn er seine Zeitungen nicht lesen kann.«

Forbeck nickte lächelnd und beugte sich über den Rand des Teiches; im grünlichen Wasser, zwischen Blättern und Algen, sah er ein schimmerndes Spiegelbild, ein sonniges Gesichtchen, das der vorfallende Rand der weißen Mütze bis über die Augen beschattete.

»Sehen Sie nur, wie die Große die Kleinen verjagt!« lachte Kitty mit lauter Stimme und flüsterte wieder: »Wenn Tas seine Zeitung hat, kommt Tante Gundi auch dazu, mit Ihnen zu plaudern. Bei Tisch waren Sie ja nur für Tas vorhanden. Das hat Tante Gundi nervös gemacht. Ja, Sie haben auch Tante Gundi stark vernachlässigt.«

»Verzeihen Sie!« flüsterte Forbeck und blickte in die Augen des Spiegelbildes, das unter dem Fall verirrter Tropfen verschwamm, um gleich wieder aufzuleuchten.

»Verzeihen? Erst müssen Sie Ihre Sünde wieder gutmachen. Und sprechen Sie mit Tante Gundi über Professor Werner, sie schwärmt für ihn.« Die Stimme hebend, schritt sie am Rand des Teiches entlang. »Nein, wie das komisch ist! Sehen Sie doch, da schwimmt sie mir richtig nach!« Sie gewahrte, daß die Kleesberg auf der Veranda erschien. »Ja, Tantchen, wir kommen schon!«

Forbeck erwies sich folgsam. Als sie wieder um den Tisch saßen, löste er seine erste Aufgabe mit Erfolg; Tassilo sträubte sich nicht lange, und während er eines der Blätter entfaltete, machte Forbeck sich an seine zweite Aufgabe und fragte Fräulein von Kleesberg, ob sie die Ausstellung im Münchener Glaspalaste besucht hätte.

»Gewiß!« nickte Tante Gundi, ohne von der Stickerei aufzublicken, an der sie zu arbeiten begonnen.

»Wir waren nur zwei Tage in München,« fiel Kitty ein, »und da waren wir dreimal im Glaspalast. Tante Gundi konnte sich nicht satt sehen. Sie versteht sehr, sehr viel von Kunst.«

»Aber Kind!«

»Das ist doch die Wahrheit!« Kitty wandte sich an Forbeck. »Gegen Mittag kamen wir in München an, von Würzburg. Wir waren seit dem Frühjahr bei Onkel Benno auf Eggeberg zu Besuch. Um halb ein Uhr waren wir daheim in München, um zwei Uhr schon im Glaspalast. Tanti Gundi konnte es kaum erwarten.«

Noch tiefer beugte die Kleesberg das Gesicht über die Stickerei. »Ich habe viele Jahre im Stift gelebt. Und das war nach langer Zeit wieder die erste Ausstellung, die mir zu sehen vergönnt war.«

»Darf ich fragen, was Ihnen am besten gefiel?«

Tante Gundi zählte die Stiche; dabei zitterte die Nadel in ihrer Hand. »Das ist schwer zu sagen. Wir haben eine große Menge herrlicher Bilder gesehen –«

Kitty fuhr mit einer Frage dazwischen. »War in der Ausstellung auch ein Bild von Ihnen, Herr Forbeck?«

»Ja.«

»Ach, wie schade! Das müssen wir übersehen haben.«

Gundi Kleesberg warf ihr einen mißbilligenden Blick zu und sagte entschuldigend: »Es hing wohl in einem der Säle, für die uns keine Zeit mehr blieb. Ich bedaure wirklich –«

Forbeck lächelte. »Da haben Sie nicht viel verloren.«

»Na, nur nicht so bescheiden,« fiel Tassilo ein, »Ihr Bildchen ist eine famose Arbeit. Sogar Werner war zufrieden, und das will viel sagen.«

Die Kleesberg zerrte an dem Seidenfaden, der sich im Stoff verfangen hatte. »Professor Werner ist Ihr Lehrer, Herr Forbeck?«

»Ja, gnädiges Fräulein! Und s e i n Bild, das die Perle der Ausstellung ist, haben Sie doch gewiß gesehen?«

Die Antwort zögerte. »Ich glaube mich zu erinnern.«

»Aber Tante Gundi! Wie kühl! Vor dem Bild warst du Feuer und Flamme, so bewegt, so ergriffen! Und jetzt kannst du sagen: Ich glaube mich zu erinnern.«

Herzlich hingen Forbecks Augen an der Kleesberg. »Ich verstehe Sie, gnädiges Fräulein! Was man in weihevoller Stunde empfand, verschließt man wie einen kostbaren Schatz. Es hat mir Freude gemacht, von der Wirkung zu hören, die Werners Bild auf Sie übte. Er hat Tausende von Verehrern. Aber es ist für mich immer ein Feiertag, wenn ich Menschen kennenlerne, die ihn ganz verstehen. Das macht uns Werner nicht immer leicht. Nun gar dieser ›Spätherbst‹, den Sie in München gesehen haben! Das ist für die Menge ein versiegeltes Buch. Nur ein stilles, landschaftliches Motiv. Aber was redet aus diesen Farben!«

Tante Gundi hatte die Arbeit sinken lassen und blickte lauschend vor sich hin.

»Ich hab' es an mir selbst empfunden, wie dieses Bild zu ergreifen vermag mit seinem Ernst und seiner träumenden Schwermut. Es war eine von Werners Lieblingsarbeiten. Er hat das Bild ohne Vorlage der Natur gemalt. Und doch diese überzeugende Wahrheit! In früheren Jahren muß er dieses Motiv einmal in Wirklichkeit gesehen haben. Solche Natur erfindet man nicht. Und ich glaube, daß sich für ihn an diese landschaftliche Szenerie eine teure Erinnerung knüpft. Er hat eine Vorliebe für dieses Motiv, das sich mit veränderten Zügen auf verschiedenen seiner Bilder findet.«

Gundi Kleesberg rührte die Nadel wieder, mit den Augen so nahe bei der Arbeit, als wäre sie kurzsichtig.

»Eines seiner ältesten Bilder hat mit dem ›Spätherbst‹ eine auffallende Ähnlichkeit. Und doch, welcher Unterschied! Damals der heiße, leidenschaftliche Kampf mit dem Vorwurf, auch noch die unsichere Hand, die unter dem Sturm der Seele zittert, ihn nicht in Linien zu bannen vermag. Und jetzt die abgeklärte Ruhe, die freie Beherrschung des Stoffes, der sich äußerlich kaum veränderte. Aber nach innen ist alles vertieft, alles klingt zusammen in Harmonie. Das ist Wirklichkeit, zum Kunstwerk erhoben. Und die Entwicklung dieses Motivs, von jenem ersten Versuch bis heute – ich möchte fast sagen: das ist wie eine Biographie Werners.« Forbecks Stimme wurde warm. »Was einmal lebt in ihm, das hat festen Halt. Sein Herz ist wie eine bessere Welt. Da gibt es kein Vergehen, nur immer ein schöneres Werden. Das gilt nicht nur von ihm als Künstler. So ist er auch als Mensch. Wer das Glück hat, ihn kennenzulernen, muß in Liebe zu ihm aufblicken.«

Aus den Augen der Kleesberg fielen zwei schwere Tropfen auf die Arbeit. Schweigen trat ein, und man hörte nur das Plätschern der Fontäne. Diese plötzliche Stille weckte Tassilo aus seiner Lektüre; er blickte verwundert auf und ließ die Zeitung sinken. Kitty atmete tief, als wäre mit Forbecks Schweigen ein fesselnder Bann von ihr gewichen; und nun bemerkte sie die nassen Augen der Kleesberg. »Tante Gundi?«

»Was ist denn los?« fragte Tassilo.

Gundi Kleesberg hob das Gesicht; durch den weißen Puder liefen zwei dunkle Furchen. Sie sagte leis: »Das hat mich sehr ergriffen. Wie Herr Forbeck an seinem Lehrer hängt, das ist schön.« Ihre scheuen Augen streiften den jungen Künstler; auch noch zwei andere Augen hingen an ihm, groß und glänzend.

Forbeck wurde verlegen. »Sie setzen auf meine Rechnung, was nur ein Verdienst Werners ist. Wenn Sie ihn kennen würden –«

»Hast du ihn noch nie gesehen?« fragte Kitty.

»Nein!« Und zögernd, während sie ihre Arbeit wieder aufnahm, fügte Gundi Kleesberg hinzu: »Ich gestehe – da ich ihn als Künstler sosehr verehre, würde es mich lebhaft interessieren –«

»Ach so? Ihr habt wohl die ganze Zeit von Werner gesprochen?« sagte Tassilo, streifte den langen Aschenstengel von der Zigarre und wandte sich an Tante Gundi. »Wenn Sie neugierig sind: stellen Sie sich Herrn Forbeck um fünfundzwanzig Jahre älter vor, und Sie haben ungefähr einen Begriff, wie Werner aussieht.«

»Diese Ähnlichkeit ist auch Ihnen aufgefallen?« fragte Forbeck, erfreut über Tassilos Worte.

»Schon damals, als ich Sie kennenlernte. Ich hab' auch schon mit Werner darüber gesprochen. Das ist eine merkwürdige physiologische Erscheinung.«

Gundi Kleesberg hob den ängstlichen Blick. »Sie sind mit Professor Werner verwandt?«

Tassilo lachte. »Aber dann wäre ja die Sache sehr einfach und natürlich.«

Nun wurde auch Kitty neugierig. »Das ist aber doch ein seltsamer Zufall.«

»Das ist kein Zufall!« sagte Forbeck. »Vor Jahren bestand diese Ähnlichkeit nicht. Sie hat sich erst während meines Zusammenlebens mit Werner ausgebildet. Wir haben Nachforschungen angestellt, ob nicht doch unsere Familien irgendwie in verwandtschaftlicher Beziehung stünden. Aber nicht die geringste Spur war zu entdecken, obwohl wir die Kirchenbücher seiner und meiner Heimat bis zurück in die Zeit unserer Urgroßväter durchstöberten. Werner ist Oberfranke, ich bin ein Allgäuer Schwabe. Von unseren Familien saß jede in ihrem heimatlichen Dorf, mit einer Verwandtschaft, die über fünf Stunden im Umkreis nicht hinausreichte. Nein. Diese Ähnlichkeit hat andere Gründe.«

In Forbecks Augen war ein träumendes Leuchten.

»Ein Zufall hat mich in Werners Weg geführt, er glaubte Begabung in mir zu erkennen und nahm sich meiner an. Nun darf ich seit Jahren mit ihm leben wie der jüngere Bruder mit dem älteren. Werner hat mein Können gebildet, mein Denken und Empfinden geweckt. Er hat in geistigem Sinne aus mir ein Stück seiner selbst gemacht. Bei diesem jahrelangen, innigen Zusammenleben mußte es doch so kommen, daß ich auch äußerlich von ihm annahm, und daß mein völliges Aufgehen in ihm, mein Anschmiegen an seine geistige Überlegenheit und der Ehrgeiz, mit dem ich ihm nachstrebe, sich auch in meinen Zügen ausprägen mußte.«

Kitty schüttelte das Köpfchen. »Ist denn so was möglich?«

»Gewiß!« erklärte Tassilo. »Du hast den lebendigen Beweis vor dir. Unser äußerlicher Mensch in seiner Entwicklung ist nicht nur von dem Rindfleisch abhängig, das wir zu Mittag verspeisen. Auch von allem, was uns durch Kopf und Herz geht. Diese Erscheinung zeigt sich häufig bei Mann und Frau, die in glücklicher Ehe leben. Sie beginnen auch äußerlich einander ähnlich zu werden, wie Bruder und Schwester fast.«

»Aber Tas! Soll das ein Beweis sein? Herr Forbeck ist mit Professor Werner doch nicht verheiratet!«

Nun lachten sie alle. Sogar Tante Gundi konnte bei dem drolligen Ernst, mit welchem Kitty das herausgeplaudert hatte, ein Schmunzeln nicht unterdrücken. Während sie noch lachten, brachte Fritz einen Brief für Tassilo. Er schien die Schrift der Adresse zu erkennen und öffnete hastig; als er las, wurde er wieder ruhig. »Der Bote soll warten, ich will Antwort schreiben.« Er legte die Hand auf Forbecks Schulter. »Sie verzeihen –«

Kitty erhob sich. »Tas? Du hast doch hoffentlich keine unangenehme Nachricht bekommen?«

»Nein.« Tassilo vermied den Blick der Schwester. »Einer meiner Klienten, der im Seehof abgestiegen ist, fragt mich in einem –in einer Prozeßangelegenheit um Rat. Entschuldige!« Er trat ins Haus.

Auch Gundi Kleesberg hatte sich erhoben und schlug einen Spaziergang durch den Park vor. Kitty hatte andere Pläne, die sie auch durchzusetzen wußte. Wenige Minuten später war auf dem geschorenen Rasen das Netz gespannt, und während Tante Gundi mit ihrer Arbeit im Schatten einer Ulme saß, flogen auf der Wiese die weißen Bälle. Forbeck zeigte dabei so zweifelhafte Fähigkeiten, daß ihm Kitty lachend zurief: »Na, hören Sie, Herr Forbeck, hoffentlich malen Sie sehr viel besser, als Sie Tennis spielen. Sonst sieht es mit der Unsterblichkeit schlecht aus.« Es war aber auch zuviel verlangt, daß er seine Augen bei Ball und Stellung haben sollte, während drüben über dem Netz das sonnige Figürchen flatterte, lachend, von jungem Leben sprühend, glühend von der Freude am Spiel, Liebreiz in jeder Bewegung. Neben aller Anmut verriet sich in dem behenden Mädchenkörper auch eine gesunde Kraft. Scharf und sicher spähten die Augen, wenn der Ball geflogen kam. Die geschulte Hand führte den Schlag, wenn auch mit scheinbarer Leichtigkeit, doch mit so ausgiebigem Druck, daß der Ball flinker zurückflog, als er gekommen war. Der Verlust auf Forbecks Seite wuchs und wuchs, während mit jedem Fehlschlag, den er machte, Kittys Vergnügen am Spiel sich steigerte. Fast schien es ihr ein grausames Behagen zu bereiten, den minder geschulten Partner alle Schikanen und Finten des Spiels empfinden zu lassen. Sie machte ihn springen, daß ihm der Atem zu versagen drohte. Das Erscheinen des Dieners, der mit einem Brief für Kitty kam, unterbrach das Spiel.

»Für mich?« staunte sie und streifte die zerzausten Löckchen aus der heißen Stirne. »Schreibt denn heute die ganze Welt an uns? Zuerst an Tas und jetzt an mich?«

»Den Brief hat der alte Moser gebracht.«

»Von Papa?« Das Racket schwirrte ins Gras, und Kitty flog auf den Diener zu. Während sie den Brief erbrach, ging Fritz zu Fräulein von Kleesberg: Moser wäre mit Aufträgen vom Herrn Grafen gekommen und hätte mit ihr zu sprechen. Tante Gundi eilte ins Haus – ein Auftrag Graf Egges war für ihren Kopf immer ein Wirbel von Schreck und Ängstlichkeit.

Kitty hatte den Brief, der in den groben Zügen einer schweren Hand geschrieben war, schnell zu Ende gelesen – was Graf Egge seiner Tochter nach langer Trennung zu sagen hatte, erledigte sich in wenigen Zeilen. Sie mußte sich abwenden, um vor Forbeck ihre Enttäuschung zu verbergen. Aber er hatte ihre schmerzliche Bewegung gewahrt und folgte ihr zur Bank.

Während sie den zerknüllten Brief in der Tasche begrub, verstand sie die sorgende Frage in Forbecks Augen. »Ach, gar nichts von Bedeutung. Ich hatte mich nur sosehr auf Papa gefreut. Er hat noch immer keine Zeit für mich.« Seufzend ließ sie sich auf die Bank sinken und bohrte die Fußspitzen in den weißen Kies.

In Forbeck erwachte die Erinnerung an alles, was er in Graf Egges Kruckenstube gehört und empfunden hatte, und wieder fühlte er jenes beklemmende Frösteln. Während dieses Schweigens tönte von den Bergen ein murmelndes Rollen, wie schwacher Donner aus meilenweiter Ferne – es war der verschwommene Widerhall der Schüsse, die Graf Egge auf die Gemsen abgegeben hatte. Kitty hob die feuchten Augen und spähte hinauf ins Blau. »Das war geschossen! Vielleicht hat er ihn jetzt?« Sie sprang auf und drückte die Hände über die Schläfen, als möchte sie ihre Unruhe gewaltsam bezwingen. Sogar ein Lachen versuchte sie. »Kommen Sie, Herr Forbeck, wir beide wollen uns nicht stören lassen. Spielen wir weiter!« Sie wollte zum Tennisplatz; als sie an Forbeck vorüberhuschte, verfing sich die Leinenspitze ihrer flatternden Schärpe an einem Knopf seines Ärmels. Es knackte. »Ach Gott!«

Forbeck wollte die Gefangene befreien, doch seine Hand zitterte, und statt die Fadenschlinge zu lösen, verwirrte er sie noch mehr. Eine Weile ließ ihn Kitty lächelnd gewähren; endlich schob sie seine Hand beiseite. »Sie entwickeln eine Geschicklichkeit, daß es rührend ist. Lassen Sie mich machen, Sie haben ja auch nur eine Hand frei. Aber bitte, stillhalten!« Sie begann mit ihren schlanken, rosigen Fingerchen an den Fäden zu nesteln, aber die Sache ging nicht so leicht. Um genauer zu sehen, neigte sie das Gesicht, und Forbeck fühlte auf seiner Hand ihren warmen Atem. »Das ist aber doch –« Nun wurde sie ungeduldig. »Ich soll wohl gar nicht mehr von Ihnen loskommen?« Sie hob den Kopf, um die Löckchen zurückzustreichen, die ihr über die Augen gefallen waren, und da sah sie den schwermütigen Ernst seiner Züge und begegnete seinem Blick. Sie lachte wie verwundert, aber es flog ihr auch eine brennende Röte über die Wangen. Hastig faßte sie mit der einen Hand die Spitze, mit der anderen Forbecks Ärmel, und was in Güte nicht hatte gelingen wollen, gelang mit Gewalt. »Na also!« Sie eilte hinter das Netz und hob ihr Racket aus dem Gras. Schon nach wenigen Schlägen schüttelte sie den Kopf. »Es freut mich nicht mehr. Kommen Sie, Herr Forbeck, ich zeige Ihnen lieber den Park.« Während sie an seiner Seite dem weißen Kiesweg folgte, brach sie eine Gerte und zupfte die Blätter davon. »Erzählen Sie mir etwas! Was Sie wollen! Von Professor Werner. Oder von Ihnen selbst. Haben Sie denn schon einmal so ein ganz großes Bild gemalt?«

Forbeck mußte lächeln; aber kein anderes Thema wäre ihm willkommener gewesen. Es währte nicht lange, und er war im besten Fahrwasser und steuerte geradeswegs auf die Gewährung des

Wunsches zu, der ihm seit Stunden auf der Zunge brannte. Seine Wangen bekamen Farbe, die Worte sprudelten ihm von den Lippen. Was am verwichenen Abend vor Tassilo aus der erregten Künstlerseele herausgewirbelt war, wohl schon beseelt und lebendig, doch wirr und noch schwankend in den Formen, das hatte während der ruhelosen Nacht und bei der am Morgen mit heißem Eifer begonnenen Arbeit an Klarheit und festem Willen gewonnen. Vor der Seele des lauschenden Mädchens entstand das Bild, wie Forbeck es zu schildern wußte, in farbiger Schönheit. Solange er von seinem Werke sprach, war Feuer in seinen Worten. Alles an ihm redete mit, die Augen, die Hände, der ganze Mensch in seiner Glut, und die Lauschende fühlte sich erfaßt von dieser reinen und schönen Flamme. Als es aber darauf ankam, daß Forbeck seine Bitte aussprechen sollte, versagte ihm die Stimme.

Kitty verstand. Strahlend blickte sie zu ihm auf und legte die Hand auf seinen Arm. »Und Tas, sagen Sie, weiß schon davon? Und er ist einverstanden?«

Forbeck nickte.

»Und Sie glauben wirklich, daß das so eine ganz riesige Sache wird – so was sehr, sehr Schönes?«

»Glauben? Der Glaube wäre Hochmut. Aber ich fühl' es in mir.«

»Und ohne mich geht es absolut nicht?«

Er schüttelte den Kopf.

»Aber dann muß ich doch! Wann wollen wir denn anfangen?«

Durch die Bäume hörte man Gundis angstvolle Stimme. »Kind? Kind? Wo bist du denn?«

»Hier!« klang der helle Gegenruf. »Kommen Sie! Jetzt besprechen wir die Sache gleich mit Tante Gundi.« Auf der Suche nach ihr kamen sie zum Schloß; als Kitty am Zimmer ihres Bruders das Fenster offen sah, rief sie hinauf: »Tas? Bist du noch immer nicht fertig?«

Tassilo erschien am Fenster, die Feder in der Hand. »Ein paar Minuten noch.«

»Eil' dich! Wir haben etwas sehr, sehr Wichtiges miteinander zu besprechen.« Da war sie schon um die Ecke verschwunden.

Tassilo setzte sich wieder an den Schreibtisch. Als er nach einer Weile den Brief beendet hatte und über die Treppe herunter kam, erhob sich im Flut der wartende Bote von einer Bank. Tassilo übergab ihm die Antwort und sagte leis: »Meinen Gruß an die Damen. Und sagen Sie, wenn ich es ermöglichen kann, so komm ich noch früher.« Er trat auf die Veranda und umschritt das Haus. Auf dem Rasen sah er Kitty und Forbeck in eifrigem Spiel, heiter und lachend. Auf der Bank saß Gundi Kleesberg, die sich ungestüm erhob, als Tassilo um die Hausecke tauchte; erregt rauschte sie auf ihn zu, umklammerte seinen Arm und zog ihn gegen die Veranda. »Helfen Sie mir, ich bitte Sie um Gottes willen, Sie müssen mir helfen!«

»Was ist denn geschehen?«

»Ich kann es mir gar nicht erklären, wie es möglich war,« stammelte sie, »aber denken Sie, ich habe eingewilligt, daß er sie malen soll.«

Tassilo lachte. »Aber Tante Gundi!«

Sie blickte kummervoll zu ihm auf. »Er war so glücklich, so begeistert.«

»Das sind zwei Gründe, die Sie heute mittag nicht gelten lassen wollten. Und jetzt –«

»Jetzt müssen S i e es verhindern! Sie müssen!«

»Ich? Meine Zusage hat er seit gestern schon. Die kann ich nicht zurücknehmen. Ich hatte mich ganz auf Sie verlassen. Na, Tantchen, Sie sind ein netter Held! Wo bleibt denn der Löwenmut, mit dem Sie Kitty verteidigen wollten?«

»Ich weiß nicht!« stammelte sie hilflos. »Aber das darf nicht geschehen, unter keiner Bedingung! Sie müssen ein Machtwort sprechen! Sie müssen! So hören Sie doch: wie sie zusammen lachen und sich freuen! Es hat sie alle beide schon gepackt – wie ein Rausch.«

Tassilo wurde ernst. »Wenn es so wäre, dann käme jedes Machtwort zu spät, und gerade ich hätte das letzte Recht, ein solches zu sprechen.«

»Das versteh' ich nicht.«

»Haben Sie noch ein paar Tage Geduld, und Sie werden verstehen, was ich meine.«

Sie schüttelte in Verzweiflung seinen Arm. »Aber wenn nun wirklich geschieht, was ich fürchte – und seit ich ihn heute kennenlernte, zweifle ich überhaupt nicht mehr – sie m u ß sich in ihn verlieben! Sie muß! Was dann? Und wenn ich schon nicht von ihm spreche – der arme Mensch rennt doch auch mit Siebenmeilenstiefeln in sein Unglück hinein – aber Kitty! Ihre Schwester! Was dann?«

»Dann wird sie vor eine Wahl gestellt sein, die dem einen leicht und dem anderen schwer wird: Mut und Glück oder Feigheit und Elend.« Er schritt dem Rasen zu, von welchem Kitty dem Bruder in übermütiger Laune einen Ball entgegenschleuderte.

Gundi Kleesberg stand wie versteinert.

Eine Stunde später wanderte Tassilo mit Forbeck dem Dorf entgegen; Kitty hatte ihnen bis zum Parktor das Geleit gegeben und war dann, ein Liedchen summend, im Schatten der Ulmen zurückgewandert. Eine Weile folgten die beiden schweigend der Straße. Dann sagte Tassilo: »Das ist ein bedeutungsvoller Tag für uns beide. Sie kommen zu Ihrem Bilde, das dem Klang Ihres Namens Flügel geben soll, und ich habe heut die Würfel fallen lassen, die über meine Zukunft entscheiden. Sie haben wohl in den Zeitungen gelesen, daß Fräulein Herweghs Vertrag mit dem ersten September zu Ende geht. Seit einem halben Jahr bemüht sich die Intendanz um die Verlängerung des Vertrages. Anna schob die Entscheidung immer hinaus. Nun hat man ihr heut die Pistole eines dringenden Telegrammes auf die Brust gesetzt, und Anna muß Farbe bekennen, daß sie den Vertrag nicht mehr zu erneuern gedenkt. Morgen wird es schon in allen Zeitungen stehen, und mein liebes München wird etwas zu raten haben.«

»Fräulein Herwegh wird der Bühne entsagen?« fragte Forbeck mit dem Ton ehrlichen Bedauerns. »Eigentlich ist es ja selbstverständlich. Aber es ist für die Kunst ein schwerer Verlust.«

»Ein um so größerer Gewinn für mein Glück. Anna ist eine echte Künstlerin. Hätte sie ohne die Bühne nicht leben können, ich hätte auch in das gewilligt, obwohl mit schwerem Herzen. Aber sie hat mir das große Opfer aus freier Entscheidung gebracht. Ich will es ihr danken mein Leben lang. Am ersten September ist Anna frei. Einen Tag später soll sie schon wieder gebunden sein. An mich!« Tassilo blieb stehen. »Dann hab' ich keinen Wunsch mehr an das

Leben.« Er lächelte. »Nur an den Zufall hätt' ich noch eine Bitte: daß er meinem Vater am Morgen des Tages, an dem ich mit ihm sprechen will, eine Strecke von zehn oder zwölf Gemsböcken bescheren möchte. Das könnte meinen Vater in eine Laune bringen, in der er mir alles zu verzeihen imstande wäre. Hat er schlechte Jagd, so steht mir eine böse Stunde bevor.«

Sein ruhiger Blick suchte die Felsgipfel der Berge, die in der sinkenden Sonne mit rotem Glanz übergossen waren.

## 9

Um die gleiche Stunde, als alle die steilen Wände in greller Abendhelle leuchteten, kehrte Graf Egge von der Jagd, die ihm nach wechselnden Aufregungen schließlich doch den heißersehnten Schuß gewährt hatte, müd' ins Palais Dippel zurück. Der gewaltsame Nervenreiz der überstandenen Erregung blieb nicht ohne Rückschlag auf seinen sechzigjährigen Körper. Er schleppte den schmerzenden Fuß, als hätte er Blei im Schuh. Und die brennende Beule auf seiner Stirn hatte sich so weit ausgewachsen, daß er Hut nicht mehr sitzen wollte.

Vor der Hütte lehnte Graf Egge Büchse und Bergstock an die Wand und ließ sich auf die Hausbank nieder.

In den Latschen klirrte ein Schritt, und ehe Franzl noch völlig aus den Büschen tauchte, klang schon seine Stimme: »Ich gratuliere, Herr Graf!«

»Verschrei nix, du Lalle du!« rief Graf Egge lachend zurück. »'s Kügerl hat er droben, aber liegen tut er noch allweil net.«

»Was? Dös glaub ich Ihnen aber doch net recht, Herr Graf! Wenn's bei Ihnen schnöllt, nachher liegt doch 's Sach. Den Bock braucht man bloß aufklauben morgen in der Fruh. Da kann ich deswegen doch gratulieren. Aber was war denn mit die drei anderen Schuß?«

»Auf den ersten Bock hab ich geschossen in der Wut, weil ich glaubt hab, der gute kommt nimmer.«

»Da schau, ich hab mir's aber gleich denkt!« Franzl trat durch den Zaun; die Haare klebten ihm an der Stirn, und in glitzernden tropfen rann ihm der Schweiß über den Hals; die Ärmel seiner Joppe waren von grauem Schutt überstäubt, die Hände zerschunden und die nackten Knie fleckig von getrocknetem Blut. »Aber die zwei anderen Schuß?«

»Was sagst! Was mir der Schipper da für Sachen macht! Auf den ersten Schuß springt mir der Gamsbock weg mit der Kugel auf'm Blatt. Schießt ihm der Schipper noch zweimal nach! Ich hab rein gmeint, ich muß ihm die Ohrwascheln aus'm Grind reißen!«

Franzl fand nicht gleich eine Antwort und sagte zögernd: »Die zwei Schuß hätten 's Millihaferl bald umgworfen.« Er schöpfte Atem. »Aber weil nur alles gut gangen is! Und passen S' auf, die Kruck wenn S' morgen sehen! So eine hat meiner Lebtag kein Bock net droben ghabt.« Er stellte die Büchse an die Mauer, nahm den Hut ab und fuhr mit dem Ärmel über die nasse Stirn. »Verteufelt hart is die Gschicht gangen.«

»Hast du schlechten Weg in der Wand gehabt?«

Franzl lachte. »Meine Fingernägel kann ich suchen. Und Haut und Haar hab ich auch in der Wand drin lassen, daß man sich a Pfeifl voll anzünden könnt!«

Graf Egge erhob sich und klatschte zufrieden die beiden Hände auf die Schultern seines Jägers. »Gut hast du alles gemacht! Jetzt wünsch dir was!«

Franzls Augen strahlten vor Vergnügen. »Ich brauch nix! Weil nur Sie den Bock haben, Herr Graf! Aber wenn S' schon was übrigs tun wollen, so erlauben S' halt, daß ich mir nach'm Essen a Flaschl Bier raufhol. In mir drin spür ich was wie 's reine Schmiedfeuer.«

Der bescheidene Wunsch schien die gute Laune des Grafen noch zu steigern. »Ja, Franzl, die Flasche sollst du haben, die hast du verdient. Und jetzt geh und fang zu kochen an. Da kommt der Schipper schon mit dem ersten Bock.«

Franzl trat in die Hütte, und Graf Egge folgte, um die Joppe abzulegen und die schweren Bergschuhe gegen die Filzpantoffel zu vertauschen. Dann nahm er einen naßkalten Bund um die Stirn, zündete er in der dämmerigen Stube die Hängelampe an und stimmte die Zither.

Schipper brachte den Bock und hängte ihn unter dem vorspringenden Dach mit den Krickeln an einen hölzernen Zapfen. Ohne Gruß trat er in die Küche, streifte die Schuhe von den Füßen und schleuderte sie in einen Winkel. Franzl, der schon beim flackernden Feuer stand und den Teig zum Schmarren rührte, sah über die Schulter. »Heut kommst aber ungut heim?«

Ein Fluch war die Antwort. Erst nach einer Weile fragte Schipper: »Hat der Herr Graf schon erzählt, was ich angestellt hab?«

Franzl sagte begütigend: »Gscheit war's freilich net, und die zwei Schuß hätten viel verderben können. Aber schau, es is doch alles gut ausgangen. Da mußt dich net ärgern!«

»Gleich vergiften könnt ich mich.« Schipper hob die Stimme, daß man seine Worte in der Stube hören mußte. »Die zwei Schuß vergißt mir der Herr Graf so bald net! Grad dem Himmel kann ich danken, daß der ander Bock noch kommen is. Der muß die Kugel auf'm schönsten Fleck haben. Ich glaub, er liegt schon lang verendet in der Wand droben. Da brauchst morgen in der Fruh nur dem Wechsel nachsteigen, so mußt schnurgrad an den Bock hinrennen.« Schipper trat in die Grafenstube.

Vorsichtig goß Franzl den Teig in die Pfanne, in der die heiße Butter zischte. Und während er die brodelnde Speise überwachte, lauschte er auf das sentimentale Volkslied, das in der Stube von Graf Egge mit großem Gefühlsaufwand, mit Tremolo und süßen Flageolettönen gespielt wurde. Leise summte Franzl die Worte des Liedes mit, und ein verträumtes Lächeln spielte um seinen Mund. Er hatte, als er durch die Felswand gestiegen war, auf den steilen Graskuppen eine Menge blühender Edelweißstauden entdeckt. Nun meinte er, daß sich ein Sträußchen der weißen Sterne an Malis Kammerfenster nicht übel ausnehmen würde. Da müßte man nur wissen, welches Fenster das richtige wäre. In Gedanken umwanderte Franzl das ihm wohlbekannte Haus – aber merkwürdig: aus jedem Fenster guckte das finstere Gesicht des Bruckner.

In der Stube verstummte das Zitherspiel. Schipper deckte den Tisch. Das war kurze Arbeit: ein kleines Stück blaugefärbter Leinwand wurde ausgebreitet und drei zinnerne Löffel darauf gelegt. Hinter dem Ofen hob Schipper das Falltürchen der Kellergrube und holte einen schon zu Ende gehenden Laib Brot herauf.

»Nimm gleich eine Flasche Bier für den Franzl mit!« rief Graf Egge, der sich auf die Matratze gestreckt hatte und den Schweißhund als lebendige Wärmflasche für seine Füße benützte.

»E i n e nur, Herr Graf?«

»Is lang schon gnug!«

Franzl erschien, in der einen Hand die dampfende Pfanne, in der anderen ein kleines rußiges Brettchen, das er in die Mitte des Tisches legte, als Untersatz für die Pfanne.

Graf Egge erhob sich. Stehend, mit gefalteten Händen, wurde der Abendsegen gesprochen, wie in einer Bauernstube. Nach dem Amen sagte der Graf: »Guten Abend miteinander!« Und die Jäger antworteten: »Guten Abend, gnädiger Herr Graf!« Dann schoben sie sich hinter den Tisch; in der zugesicherten Ecke saß Graf Egge, Schipper zu seiner Rechten, Franzl zur Linken. Den Löffel in der Hand, mit aufgestütztem Arm, warteten die Jäger, bis der Graf den ersten Bissen genommen hatte; dann griffen auch sie zu, und einträchtig löffelte das Kleeblatt die grobe, fette Kost aus der Pfanne.

Als das Mahl zu Ende war, trug Schipper die Pfanne in die Küche und brachte für seinen Herrn einen Maßkrug voll Wasser, in das Graf Egge einen Schluck Enzian goß, »damit 's Schmalz im Magen net rebellisch wird«, wie er sagte. »Wer rauchen will, kann 's Pfeifl anzünden. Du, Franzl, mach dir dein Bier auf!«

Schmunzelnd, mit feierlicher Umständlichkeit, entkorkte Franzl die Flasche und goß ihren Inhalt vorsichtig in eine hölzerne Bitsche – eine Flasche Bier bedeutete in Graf Egges Jagdhütte soviel wie auf einem bürgerlichen Tisch eine Flasche Champagner, im Staatsbetrieb ein hoher Orden.

Bald dampften die Pfeifen, und Graf Egge griff zur Zither. Die blauen Wölklein kräuselten sich um die Hängelampe, und beim schwirrenden Klang der Saiten kehrte eine behagliche Stimmung in der kleinen Stube ein. Spielte Graf Egge eine schmachtende Volksweise, so mußte Stille herrschen; stimmte er einen lustigen Ländler an, so wurde geplaudert und gelacht, und die Jäger schlugen mit den schweren Holzpantoffeln den Takt. Schließlich kamen die Schnaderhüpfel an die Reihe. Mit erstaunlicher Virtuosität pfiff Graf Egge das Zwischenspiel und sang ein Gesetzlein. Und so lustig weiter. In seinem Gedächtnis war ein reicher Schatz von Schnaderhüpfeln aufgespeichert, und wenn er in vergnügter Stunde das Türchen öffnete, flogen die kleinen vierzeiligen Lieder aus, eins nach dem anderen, wie die Bienen aus ihrem Stock. Er selbst unterhielt sich dabei am allerbesten und bot in seiner saftigen Laune einen Anblick, der auch einen anderen erheitern mußte: hemdärmelig, um den grauen Kopf die weiße Binde und darunter das vom Lachen rote Gesicht mit dem zitternden Bart und dem lustigen Faltenspiel um die zwinkernden Augen. Wer ihn zu solcher Stunde sah, konnte auch mit der schärfsten Menschenkenntnis nicht höher raten als auf einen pensionierten Förster, auf einen gutmütigen, kreuzfidelen Alten, der in Gesellschaft jüngerer Kameraden die Erinnerung an vergangene Zeiten aufgefrischt und ein Schöpplein über den Durst getrunken hatte.

Es war späte Nacht geworden, als Schipper endlich mahnte: »Herr Graf, es is Schlafenszeit. Morgen heißt's in aller Fruh den Bock suchen.«

Graf Egge nickte und wollte die Zither beiseitestellen. »Aber halt, ich muß meim Böckerl noch eins singen zur guten Nacht!« Schmunzelnd begann er wieder zu spielen, zog die Brauen auf und besann sich. Nun sang er:

»Viel Jahr lang hat er mich ghieselt,

Und hat mich gföppelt und gnarrt,

Zletzt war ich halt dengerst der Schläuchre,

Hab 's richtige Stündl derwart!

Und 's richtige Stündl hat gschlagen,

Und 's Büchserl hat sakerisch kracht,

Und 's richtige Kügerl is gflogen –

Mein Böckerl, ich wünsch dir gut Nacht!«

Mit einem Jauchzer, der einem Hüterbuben Ehre gemacht hätte, schloß Graf Egge das Spiel. »So! Jetzt legen wir uns schlafen! Herrgott, ich glaub, daß ich die ganze Nacht von nix anderem träum als von meiner Kruck.«

Sie erhoben sich, Franzl als der erste. Er spürte die schweren Wege des Tages in allen Knochen, wünschte seinem Herrn gute Nacht und verließ die Stube. Mit eingekniffenen Augen sah ihm Schipper nach und lächelte.

Kaum hatte Franzl hinter sich die Tür geschlossen, so hörte er Schipper mit lauter Stimme sagen: »Heut muß er müd sein, der

Franzl! Er hat sich verteufelt plagt. Und gut hat er's gmacht, dös muß ich selber sagen. Da müssen S' ihm morgen schon die Ehre lassen, Herr Graf, daß er den Bock aufhebt und die Krucken bringt.«

»Ja, heut bin ich zufrieden mit ihm. Heut war er sein ganzer Vater.«

Franzl fühlte, wie ihm das Blut in die Wangen stieg. Er hätte sich für die schwere Mühe des Tages keinen besseren Dank gewünscht als diese Worte seines Jagdherrn. Und daß auch Schipper einmal gut von ihm redete und ihm die verdiente Jägerehre gönnte, das freute ihn doppelt. Schipper hatte sich nicht immer als sein Freund erwiesen und hatte ihm bei Graf Egge schon manche bittere Suppe eingebrockt. Weshalb? Das hatte Franzl sich nie erklären können. Einmal war er hart mit Schipper aneinander geraten, und damals hatte ihn aus diesen grauen, kalten Augen etwas angeblickt, das ihn betroffen machte. Aber weshalb sollte Schipper ihn hassen? Franzls ehrliche Natur wehrte sich gegen einen solchen Gedanken. Und so blieb ihm für Schippers ungute Art nur die eine Erklärung: Ich bin der jüngere, und er fürchtete, daß ich ihn einmal von seinem Platz verdrängen könnte, wie er selbst vor einigen Jahren den alten Moser aus seiner Stellung hinausgedrückt hatte. Aber Graf Egges Büchsenspanner zu werden, war Franzls letzter Ehrgeiz. Er war zu sehr mit Leib und Seele Jäger, um Sehnsucht nach dem »Stubendienst« zu empfinden, der bei Graf Egge seine »bösen Mucken« hatte. Er hing mit seinem ganzen Herzen an Wald und Bergen, am freien Wandern und Steigen. Vielleicht hatte Schipper nun endlich eingesehen, daß er in dem jüngeren Kameraden keinen Nebenbuhler zu fürchten hatte. So meinte Franzl. Anders wußte er sich die anerkennenden Worte Schippers, die er soeben gehört hatte, nicht zu erklären.

Ihm war bei diesem Gedanken, als fiele ihm ein Gewicht von der Seele. Dieser schleichende Zwist hatte ihm oft die Freude an seinem Berufe vergällt, ihm Verdruß und Sorgen in Fülle bereitet. Das war nun zu Ende, und freundlicherer Zeiten mußten kommen. Aufatmend trat er ins Freie, um vor dem Schlafengehen noch einen Trunk frischen Wassers zu nehmen. Friedliche Nachtstille lag um die Hütte her. Der Mond war hinter die Berge gesunken, und zahllos funkelten die Sterne am stahlblauen Himmel. Als Franzl vom Brunnen zurückkehrte, sah er eine Sternschnuppe mit langem Feuerschweif durch die Luft sausen und in Funken zerstieben. Er stammelte ein paar Worte, noch ehe die Erscheinung erlosch. Dann lachte er »Sakra, Mali, jetzt hab ich mir aber was Schöns gwunschen!« Er trat in die Hütte und stieg in glücklicher Stimmung über die Leiter zum Heuboden hinauf. Behaglich streckte er die müden Glieder in das weiche Heu.

Als drunten die Tür ging, schlummerte Franzl schon so fest, daß er auch nicht erwachte, als Schipper sich an seiner Seite ins Heu warf.

Stille Stunden verrannen.

Schipper, der einen Schlaf hatte wie eine Katze, wurde mehrmals wach. Es ging schon gegen Morgen, als er aus der Stube des Grafen herauf ein Geräusch vernahm. Lautlos erhob er sich und glitt über die Leiter hinunter. Eine halbe Stunde später rasselte in der Küche der Wecker, und Franzl erwachte. »He, Schipper, auf, der Wecker is gangen!« Als er keine Antwort hörte, griff er nach rechts und links ins Heu. »Wo bist denn, Schipper?« Erschrocken sprang er auf. »Um Gotts willen! Ich kann doch net verschlafen haben?« Ein Blick auf die Fensterluke beruhigte ihn; draußen graute kaum der Tag. Er griff nach seiner Joppe und stieg in die Küche hinunter, auf deren Herd ein kleines Feuer flackerte. Schipper kam aus der Grafenstube, ein Leintuch in der Hand.

»Was is denn?« fragte Franzl.

Schipper drückte das Leintuch in eine irdene Schüssel und stellte sie über das Feuer. »Heut hat er an schiechen Hamur. In der Nacht hat ihm träumt, daß er den Bock net kriegt. Und wie er aufwacht, is ihm der ganze Fuß steif gwesen. Mach nur, daß d' weiter kommst, und schau, daß der Bock bald da is! Da wird ihm gleich wieder besser. Ich muß ihm warme Tücher machen und muß ihm den Haxen frottieren. Mir scheint, 's Zipperl fangt wieder an.«

»Mein Gott, der arme Herr!« Franzl rannte zum Brunnen, um sich zu waschen. Er dachte nicht an das Frühstück und war mit Büchs und Bergstock schon davongerannt, noch ehe das Tuch in der Schüssel warm wurde.

Als er den Platz erreichte, auf dem Graf Egge geschossen hatte, begann der helle Tag. Der Wand zu Füßen fand er über dem groben Geröll die roten Spuren auf drei getrennten Stellen. Kopfschüttelnd betrachtete er die Schweißfährten, die ihm unerklärlich waren. Er grübelte nicht lange, sondern begann über den Wechsel anzusteigen. Nach langem Suchen fand er in der Steinrinne den Platz, wo der kapitale Bock im Augenblick des Schusses gestanden hatte. Abgeschossenes Haar und noch feuchter Schweiß bezeichnete die Stelle. Franzl atmete erleichtert auf; die lichte Farbe des mit kleinen Bläschen durchsetzten Schweißes verriet den tödlichen Lungenschuß. Ruhig stieg Franzl weiter; er konnte den Weg, den das Wild genommen, nicht verfehlen; zur Linken war der Absturz, zur Rechten die glatte Wand; auch machte es ihm keine Sorge, als schon nach kurzer Strecke die Schweißfährte zu Ende ging – der Bock mußte wenige Minuten nach dem Schuß verendet sein und konnte keine hundert Sprünge mehr gemacht haben.

Franzl stieg und stieg, kam von Rinne zu Rinne, von einer Scharte zur andern. Nichts. Befremdet stieg er zurück, begann wieder von Anfang an zu spüren und spähte bei jedem Schritt hinunter auf das offene Kiesfeld, auf dem er das Wild, wenn es vom Wechsel in die Tiefe gestürzt wäre, sofort hätte entdecken müssen.

Zwei volle Stunden waren ihm bei nutzloser Arbeit vergangen, als er den Grafen mit Schipper, der den Hund an der Leine führte, durch die Latschen gegen die Felswand steigen sah.

Schon von weitem schrie Graf Egge: »Hornegger? Was is denn?«

Und Franzl, mit vor Aufregung heiserer Stimme, rief aus der Wand herunter: »Da kenn ich mich nimmer aus, Herr Graf! Der schönste Lungenschweiß, aber weit und breit kein Bock net!«

»Was! Ah, das wär net übel! Mir scheint, da muß ich selber nauf!« Graf Egge legte die Büchse ab und zappelte über das Geröll empor, als wären plötzlich alle Schmerzen in seinem Knie geschwunden.

Schipper lief ihm nach und faßte seinen Arm. »Aber Herr Graf! Was machen S' denn! Sie! Und da naufsteigen! Mit Ihrem Fuß!«

»Laß aus! Fuß hin oder her, es gibt keine Wand, in die ich um so einen Bock net naufsteig. Wenn der junge Lapp da droben den Verstand verliert, muß ich selber suchen. Laß aus!« Graf Egge riß sich los und begann erregt über den Wechsel emporzuklimmen. Schweigend folgte ihm Schipper mit dem Hund.

Droben in der Steinrinne trafen sie mit Franzl zusammen. Ohne auf ihn zu hören, ließ Graf Egge sich vor der Rotfährte aufs Knie, musterte den Schweiß und jedes abgeschossene Haar. Als er sich aufrichtete, nickte er beruhigt. »Der Bock muß liegen. Schipper! Laß den Hund aus!«

»Aber Herr Graf!« mahnte Franzl. »In er Wand laßt man doch kein Hund aus! Der Hund is hitzig. Wenn er abfallt?«

An Graf Egges Schläfen schwollen die Adern. »Laß den Hund aus!« Er trat zur Seite, um Platz für Schipper zu machen, der den Hund auf die Rotfährte setzte und die Leine löste.

Winselnd nahm Hirschmann die Fährte an und verschwand hinter der Scharte. Franzl wollte folgen, aber Graf Egge schrie ihn an: »Laß mich voraus!« Sie stiegen zur Scharte hinauf, Schipper als der letzte. Als der Wechsel eben wurde, sahen sie den Hund wieder zurückkommen, mit suchender Nase. Das war ein gutes Zeichen, und Graf Egge lachte: »Natürlich! Der Bock liegt drunten. Und dort muß er abgefallen sein.« Er deutete auf den Hund, der bei einer vorspringenden Steinplatte hielt und die Nase winselnd über den Fels hinausstreckte. In fieberndem Eifer, kläffend und mit trippelnden Füßen suchte der Hund einen Weg in die Tiefe.

»Packen S' den Hirschmann, Herr Graf!« schrie Franzl. Im gleichen Augenblick verlor der Hund auf der abschüssigen Platte den Halt; er versuchte noch einen Sprung, überschlug sich und stürzte in die Tiefe. Man hörte einen dumpfen Klatsch. Franzl wurde dunkelrot im Gesicht, doch er schwieg.

»Dös macht ihm nix!« meinte Schipper. »Es ist net hoch nunter.«

Da hörten sei ein Winseln des Hundes, dann seinen hellen Standlaut.

»Er hat den Bock!« rief Graf Egge. »Nur hinunter jetzt, hinunter!«

Schipper klomm in ungestümer Hast über die Scharte; Franzl wollte ihm folgen, doch Graf Egge rief ihn zurück – beim Abstieg versagte ihm der schmerzende Fuß, und er brauchte einen Helfer. Während die beiden durch die Steinrinne langsam niederstiegen, erreichte Schipper den Latschenbusch, in welchem Hirschmann an der starren Wildleiche zauste. Mit einem Faustschlag trieb Schipper den

Hund zurück, faßte einen Steinbrocken und rieb damit die zerhackte Hirnschale des Bockes, daß sie frisch zu schweißen begann.

Schwer atmend trat Graf Egge, von Franzl gestützt, aus der Steinrinne auf den kiesigen Hang heraus. Da hörte er hinter der Biegung der Felswand die erschrockene Stimme seines Büchsenspanners: »Mar' und Josef!«

Diese Worte ließen nichts Gutes ahnen. »Schipper?« Als keine Antwort kam, setzte Graf Egge sich in Trab. »Herrgott, der Bock wird sich doch die Kruck net abgefallen haben!«

»Ja, Herr Graf, mit der Kruck is was passiert!« klang die Stimme Schippers.

Stolpernd rannte Graf Egge über das Geröll; als er die Biegung der Felswand erreichte, sah er Schipper auf dem Kieshang stehen, und hinter dem Jäger lag der Bock. »Aber so red doch! Was is denn?«

Scheu zog Schipper den Hut, mit einer Trauermiene, als hätte er einem Leichenbegängnis beizuwohnen, und seine Stimme zitterte: »Ich trau mir's gar net sagen, Herr Graf! Dem Bock is mit'm Messer die Kruck abgeschlagen.«

Graf Egge rührte nur die Lippen, doch er brachte kein Wort heraus; sein Gesicht war weiß wie Kalk geworden, und auf der fahlen Stirn sah man die Stelle der geschwundenen Beule als einen blaugrünen Fleck. Auch Franzl hatte vor Schreck die Sprache verloren. Wortlos standen sie alle drei um den Bock herum und guckten die frisch blutende Stirnhöhle an.

Endlich sagte Schipper: »Da droben in der Latschen is er glegen. Da hat der Franzl vom Wechsel aus net hinsehen können. Und gelt, Franzl, vom Wechsel bist ja net wegkommen?«

»Ich? Kein Schritt!«

»Freilich, es hätt auch net viel gholfen. Der Hund hat ja rein auf den Bock auffifallen müssen, daß er ihn findet. Aber gelten S', Herr Graf, gelten S', hätten S' mir gfolgt gestern abend, und hätten wir den Bock gleich gsucht. Vielleicht wär er zum ausmachen gwesen, und 's Malör wär net gschehen. Weil S' aber auch gar nie folgen wollen und allweil 's eiserne Köpfl aufsetzen. Ich kann mir's gar net anders denken: einer von die Hüterbuben muß der ganzen Jagd zugschaut haben –«

»Aber geh,« fiel Franzl ein, »die Hüter sind ordentliche Leut.«

Schipper verlor die Ruhe. »Es muß aber doch einer gwesen sein! Wo is denn die Kruck? Wer hat s' denn davon? Der Lump, der gottvergessene, hat von weitem den angschossenen Bock in der Wand drin gsehen. Und kaum sind wir in der Hütten gwesen, is der her, der Tropf, und hat schön heimlich gwart, bis der Bock abigfalln is.«

»Du Schafskopf! Bist du blind?« Das war hochdeutsch; Graf Egges Lippen zitterten vor Wut, und seine Augen funkelten. »So sieh doch her! Die Schale schweißt noch, und der Schnitt ist frisch.«

Betroffen beugte sich Schipper über den Bock. »Meiner Seel!« Blitzschnell glitten seine Augen an Franzl hinauf, und Graf Egge gewahrte diesen Blick. »Dös hab ich vor lauter Schreck net beobacht! Da kann ja 's Malör erst heut in der Fruh gschehen sein?« Wieder hefteten sich seine kalten grauen Augen auf den Kameraden.

Franzls Gesicht verlor unter diesem Blick alle Farbe. »Aber Schipper, wie kannst denn so was reden! Wie's Tag worden is, bin ich ja schon dagwesen, und unter meine Augen hat's doch wahrhaftiger Gott net gschehen können!«

Ratlos hob Schipper die Arme und ließ sie wieder fallen. »Da hat der Franzl wieder recht. Ich weiß nimmer, was ich denken soll.«

Graf Egge hielt die Augen auf Franzl geheftet und fragte mit schmalen Lippen: »Hornegger? Was hast du? Ist dir übel? Du siehst aus wie ein Gestorbener?«

»Aber Herr Graf! Man wird mir halt außen anmerken, wie mir inwendig z'mut is.« Franzl würgte mühsam jedes Wort hervor. »Ich weiß doch, was Ihnen die Krucken gilt. Und ich bin außer Rand und Band, ich spür kein Tropfen Blut nimmer.« Die Stimme erlosch ihm.

»Dös is doch begreiflich,« nickte Schipper, »mir selber is gradso, in jedem Augenblick siedheiß und wieder eiskalt. Um Gotts willen, Herr Graf, was machen wir denn?«

»Macht, was ihr wollt!« Graf Egge ging mit wankendem Knie auf einen Felsblock zu und ließ sich nieder. »Hier sitze ich und stehe nicht wieder auf, eh ich nicht die Kruck in meiner Hand habe.

Macht, was ihr wollt! Die Kruck muß her!« Zwei rote Flecken brannten auf seinen Wangen. »Und wenn ich umsonst warte, seid ihr um euren Dienst! Alle beide!«

Schipper erbleichte. »Aber Herr Graf, was kann denn ich dafür?«

Franzl hatte kein Ohr für den merkwürdigen Nachdruck, mit welchem Schipper das »ich« betonte. Er legte die Hand begütigend auf den Arm seines Kameraden. »Geh, der Herr Graf meint's net so. Es redt halt der grechte Unmut aus ihm raus. Wer die Krucken gsehen hat, wie ich gestern beim Treiben, der begreift am End alles. So was soll man verlieren müssen!« Langsam wandte Graf Egge das Gesicht, als er diese Worte hörte, und musterte forschend den jungen Jäger vom Kopf bis zu den Füßen. »Komm, Schipper, mit'm Jammer is nix gholfen. Jetzt müssen wir uns rühren. Heut in der Fruh kann's net gschehen sein, entweder gestern spät am Abend oder heut in der Nacht. Spring du zur Mitterkaseralm abi, ich lauf zur Hochalm ummi. Von die Hüterbuben war's keiner, da leg ich d' Hand ins Feuer. Aber es kann ja sein, daß d' Sennleut auf'n Abend an verdächtigen Kerl gwahrt haben. Probieren wir's halt.« Franzl griff nach seiner Büchse und sprang in die Latschen.

Schipper stand unschlüssig; sein graues Gesicht hatte einen Stich ins Grüne; endlich wandte er sich und ging ohne Büchse davon. Mit schlagenden Armen kämpfte er sich durch die wirren Büsche, und als er außer Hörweite seines Herrn war, fluchte er leise vor sich hin: »Himmel Sakrament, die Gschicht geht schief!«

Da hörte er einen gellenden Jauchzer, dann Franzls jubelnde Stimme: »Herr Graf! Herr Graf! Die Kruck! Ich hab die Krucken gfunden!«

Schipper stand wie versteinert, während droben bei der Wand die vor Erregung heisere Stimme seines Herrn klang: »Her damit! Her damit!«

Schipper rannte durch die Latschen zurück, und als er den offenen Kieshang erreichte, sah er Franzl, das schwarze Krickel in der erhobenen Hand, über das Geröll hinaufstürmen. Nun versuchte auch er einen Jauchzer und schlug die Hände über dem Kopf zusammen. »Meiner Seel, es is wahr! Ja weil nur die Kruck da is! Gott sei Lob und Dank!«

Als Franzl seinem Herrn das Krickel reichte, war er so atemlos, daß er kein Wort herausbrachte. Aber seine Augen leuchteten, und unter schnappenden Atemzügen lachte sein ganzes Gesicht.

Mit zuckender Hand hatte Graf Egge das Krickel erfaßt; die Freude trieb ihm das Blut in die Stirn, und seine Augen hingen an dem Gehörn wie an einem unbezahlbaren Schatz. »Herrgott und alle Heiligen, ist d a s eine Kruck! Über tausend hab ich drunten hängen. Keine zweite wie die!« Mit zitternden Fingern maß er die Spannenlänge des Gehörns; dann hastig, als hätte er einen neuen Verlust zu befürchten, schob er das Krickel unter die Joppe und schloß die Knöpfe. Suchend blickte er umher: »Wo ist der Hund?«

»Hirschmann! Hirschmann!« kreischte Schipper und pfiff durch die Finger. Der Hund blieb verschwunden. »Entweder is er durch und jagt, oder er is heim in d' Hütten. D' Hauptsach is, daß die Kruck da is!«

Endlich vermochte Franzl zu sprechen. »Gott sei Dank! Ich hab glaubt, ich muß aus der Haut fahren vor lauter Freud, wie ich durch d' Latschen durchspring, und es blitzt mir auf einmal die Kruck ins Gesicht – einghakelt in an Astl, wie mit der Hand dran hinghängt! Jetzt soll mir a Mensch sagen, wie die Kruck da eini kommt in d' Latschen!«

»Ich glaub schier, dös begreif ich!« lachte Schipper. »Der Lump, der miserablig, wird 's Kurasch net ghabt haben, daß er die Kruck mit in d' Sennhütten nimmt. So hat er s' in d' Latschen einighängt und hat sich denkt, er holt s' wieder, wann der erste Spektakel vorbei is! So a Wunder! Daß grad der Franzl die Krucken gfunden hat! Dös is schon merkwürdig.«

Mit langsamen Augen betrachtete Graf Egge die beiden Jäger und sagte kalt: »Ja, das ist wirklich merkwürdig!« Er wandte sich ab und stieg über das Geröll hinunter.

Erschrocken sah Franzl ihm nach. Schipper schüttelte den Kopf und sagte. »Franzl? Was is denn dös? Der Herr Graf wird doch um Gottes willen net glauben, daß d u ...« Er sprach nicht aus, was er sagen wollte; aber es stand in seinen Augen zu lesen.

Franzl erblaßte. Mit heiserem Laut warf er die Büchse auf das Geröll, sprang auf Schipper zu und schlug ihm die Fäuste um die Kehle. »Du! Dös Wort nimm zruck!«

»Schipper!« klang die scharfe Stimme Graf Egges von den Latschen her. Franzl ließ die Arme sinken und taumelte. »Schipper! Her zu mir! Und du, Hornegger, mach deinen Dienst!«

Einen brennenden Blick des Hasses warf Schipper auf seinen Kameraden, dann ging er mit aschfahlem Gesicht auf seinen Herrn zu und sagte ruhig: »Ich bitt, Herr Graf, was soll mit dem Bock gschehen?«

Graf Egge machte eine heftig abweisende Geste mit der Hand. »Laß ihn liegen! Heut kommen die Treiber. Sie sollen den Bock unter sich aufteilen, ich will kein Haar mehr von ihm sehen.« Er griff an die Joppe, unter der er das Krickel verwahrt trug, und suchte den Heimweg zur Hütte.

Schipper holte die beiden Gewehre und folgte seinem Herrn. »Ich bitt, Herr Graf, Sie haben's ja selber gsehen – und jetzt muß ich schon sagen: dös tut kein gut mehr mit'm Franzl und mir! Wir zwei können von heut an nebenanander nimmer bleiben. Entweder –«

Da wandte sich der Graf und brüllte: »Halte dein Maul!«

Nicht diese Worte machten den Jäger verstummen, sondern der drohende Zorn, der ihm aus den Augen seines Herrn entgegenblitzte. Schweigend schritt er hinter dem Grafen her, die eine Büchse auf dem Rücken, die andere über der Brust. Die Hände krampfte er um den Bergstock, daß die Finger weiß wurden, nagte an der farblosen Lippe und blies den Atem durch die Nase. Als er sah, daß Graf Egge mit dem rechten Fuß immer vorsichtiger aufzutreten begann, kniff er die Augen ein und lächelte boshaft vor sich hin.

## 10

Graf Egge und Schipper waren schon längst in den Latschen verschwunden, und noch immer stand Franzl auf dem gleichen Fleck, totenbleich, an allen Gliedern zitternd. Verstört betrachtete er die starre Wildleiche, aus deren zerhacktem Haupt die blutumronnenen Augäpfel hervordrangen; dann hob er die Büchse vom Geröll und faßte den Bergstock. Kaum hatte er sich durch die ersten Büsche gewunden, da hörte er ein leises Winseln und fand im Schatten einer Latsche den Schweißhund, der an einer blutenden Schenkelwunde leckte. »Richtig, jetzt hat dös arme Hundl auch sein Treff dabei kriegen müssen!« Der Zorn ballte ihm die Fäuste. »Dös is ja nimmer Jagd, dös is ja Metzgerei!«

Der Hund hatte den Kopf gehoben. Franzl ließ sich nieder und wollte die Verletzung untersuchen; da schnappte der Hund nach seiner Hand, doch e biß nicht, sondern hielt nur mit den Zähnen die Finger des Jägers fest. Franzl zog die Hand nicht zurück und streichelte mit der anderen den Kopf und Nacken des Hundes. »Aber Hirschmanndl, geh, wie magst denn schnappen nach mir! Schau, Alterl, wir zwei, wir sind heut gleich schlecht wegkommen, du und ich!« Da gab Hirschmann die Hand des Jägers frei und schüttelte die Ohren. Willig ließ er an seine Wunde rühren und stieß nur, wenn die fühlenden Hände seine Schmerzen mehrten, die Nase winselnd an den Arm des Jägers. Die Wunde war tief gerissen und zog sich über den ganzen Schenkel. Mit dieser Verletzung hatte der Hund noch seine Pflicht erfüllt und das tote Wild verbellt. Zärtlich kraulte Franzl ihm die Ohren. »Ja, Hirschmanndl, hast schon recht! Man muß oft Unrecht leiden. Aber sei' Sach muß man in Ordnung machen, sonst is man um kein Granl besser als die andern!« Er nahm den Hund auf die Arme und tat ein paar Schritte, als wollte er den Weg zur Jagdhütte suchen. Kopfschüttelnd hielt er inne. »Na! Jetzt net! Ich könnt mich net zruckhalten. Z'erst muß ich mich auslaufen, daß mir der Zorn vergeht.« Er schlug den Weg nach der eine halbe Stunde entfernten Hochalm ein.

Unter dem Gewicht des Hundes waren ihm die Arme steif geworden, als er die Hütte erreichte. In der Kammer wurde Hirschmann auf den Kreister gebettet, und die Sennerin brachte dem Jäger, was er nötig hatte, um die Wunde zu vernähen und ein Heftpflaster aufzulegen. Während Franzl schor und nähte und kleisterte, hielt die Sennerin unter endlosem Geschwatz den Kopf des Hundes fest. Zum Schluß der nicht sonderlich kunstvollen Operation wurde die Außenseite des Pflasters noch mit Pfeffer eingerieben. Das hatte seinen Zweck; denn kaum war Hirschmann aus den Händen der Sennerin erlöst, da wollte er sein gewohntes, schmerzstillendes Heilmittel versuchen und an der Wunde lecken; die Sache hatte ihre Bitternis; verdrossen schüttelte er den Kopf und schlenkerte die brennende Zunge. Das war drollig anzusehen; die Sennerin kreischte vor Vergnügen, und sogar Franzl brachte ein müdes Lächeln zuwege. Er streichelte den Hund, reichte der Sennerin die Hand und ging. Winselnd hob Hirschmann den Kopf, als er den Jäger verschwinden sah. Vor der Hütte nahm Franzl seine Büchse von der Bank und gewahrte mit Schreck den Schaden, den sie gelitten hatte, als er sie auf das Geröll geworfen. Ein echter Jäger, pflegte er seine Waffe in tadellosem Zustand zu halten. Und wie sah sie nun aus! Der polierte Schaft von splitterigen Rissen durchzogen, die sonst so spiegelblanken Läufe fleckig und zerkratzt, und von einem der beiden Hähne war der Hammer abgebrochen. »Der Hund, mein Büchsl und ich! Gut schauen wir aus alle miteinander!«

Über die offenen Almen schritt er dem Bergwald zu. Stunde um Stunde rannte er umher, von dem unklaren Wirrsal seiner Gedanken und seines Zornes erfüllt, und tat mechanisch seinen Dienst. Alle Hauptwechsel des Rotwildes besuchte er, alle Salzlecken und Suhlen, zählte die Fährten der jagdbaren Hirsche und kritzelte die Zahlen in sein Taschenbuch. Als die Sonne über Mittag stand, begann er durch den Bergwald wieder emporzusteigen gegen die kahlen Wände, um mit der Schattenzeit die Gemsreviere zu erreichen. Ehe der Wald ein Ende nahm, wollte er eine Weile rasten. Neben dem Steig, der zu den Mitterkaseralmen führte, ließ er sich auf einen vom Sturm geworfenen Baumstamm nieder. Als sein müder Körper ruhte, suchte er auch das Gewirbel in seinem Kopf zur Ruhe zu bringen und begann die Ereignisse des verwichenen Abends und der Morgenstunden zu überdenken.

Das Ergebnis dieser Gedanken mehrte nur seine Unruhe. Er war gewiß so unschuldig wie der lichte Tag. Aber er fühlte: eine Reihe von Zufällen sprach wider ihn, und er wußte, wie mißtrauisch Graf Egge in allen Dingen war, welche die Jagd betrafen. Daß der ungerechte Verdacht seine Stellung bedrohte, daran dachte er nicht. Er fühlte nur den brennenden Makel, der auf seine Jägerehre gefallen war. Und die selten schöne Krucke wog ja auch schweres Geld – das war wie versuchter Diebstahl! Er griff sich mit beiden Händen an die glühende Stirn. »Herrgott im Himmel! Was tu ich denn?«

Wieder begann er zu grübeln. Er sagte sich: Hat Graf Egge diesen Verdacht einmal empfunden, so wird er ihn auch nicht eher wieder aufgeben, ehe nicht der Täter gefunden ist. Franzl preßte das Gesicht in die Hände. Tag um Tag nun sollte er umherlaufen mit diesem drückenden Gewicht auf seiner Brust, keinen Blick mehr sollte er zu dem Gesicht seines Herrn erheben dürfen, ohne fühlen zu müssen, daß der andere im stillen denkt: Du bist ein Dieb! Er m u ß t e den Menschen ausfindig machen, der es getan! Aber wie? Es war ihm schon völlig unerklärlich, wann der Diebstahl begangen wurde, und weshalb das Gehörn in den Latschen hing. Die Erklärung, die Schipper so flink bei der Hand gehabt hatte, war leeres Geschwätz. – Schipper? – Schipper? – Franzl brachte seine Gedanken nicht mehr los von diesem Namen. Aber was ihm wider Willen durch die Sinne fuhr, erfüllte ihn mit Ingrimm gegen sich selbst. »Ich muß a schlechter Kerl sein, weil ich dem Kameraden zutrauen kann, was ich von mir selber abwehren will.«

Schon wollte er sich erheben, als von rückwärts zwei warme Hände seine Augen umschlossen. Franzl meinte, das könnte nur die Sennerin vom Mitterkaser sein, doch er war nicht aufgelegt zum Raten. Unwillig befreite er seinen Kopf. Als er die Augen hob, versagte ihm vor freudigem Schreck beinah die Stimme.

»Mali!«

Lachend ließ das Mädel sich neben dem Jäger nieder. »Gelt! Da schaust?«

Er wußte sich kaum zu fassen. »Wie kommst denn du auf amal daher?«

»Vom Mitterkaser komm ich.« Sie zog das weiße Tuch vom Kopf, das sie zum Schutz gegen die Sonne umgebunden hatte. »Heut in der Fruh – mein Bruder is schon fort gwesen in der Holzarbeit, gar net weit da drunten hat er sein Schlag – heut in der Fruh kommt unser alte Nachbarin ummi zu mir und jammert, sie hätt ghört, daß ihr Madl im Mitterkaser droben verkrankt wär.«

»D' Sennerin?«

»Ja. Und d' Nachbarin is ganz ausanand gwesen vor lauter Sorg. Hab ich halt gsagt: Tu mir aufpassen auf meine Kinder, so spring ich nauf und bring dir Botschaft.« Mali lachte. »'s Madl is schon wieder kreuzfidel. A paar Tag hat's Magenweh ghabt. Ich glaub, sie hat am letzten Fasttag z'viel Schmelznudeln verschluckt.«

»Unser Herrgott soll ihr die nächste Schüssel gut anschlagen lassen! Dös hat d' Sennerin verdient um mich. Lieber hättst mir in keiner Stund in Weg laufen können als heut. Da muß sich der Herrgott rein denkt haben: Heut braucht er an Trost!«

Schon der Klang seiner Stimme hatte sie befremdet, und als sie sah, wie blaß er war, erschrak sie. »Ums Himmels willen, was is denn?«

Er atmete schwer. »So Sachen halt, weißt – ich kann net reden davon.«

»Ah, da schau!« Energisch faßte Mali seinen Arm. »Ein' z'erst erschrecken bis in d' Seel und nachher den Heimlichen spielen! Ich bin dei' alte Kamerädin. Jetzt redst auf der Stell!«

Franzl schüttelte den Kopf.

»Paß auf, Franzl!« Mali schob ihren Arm unter den seinen. »Bsinnst dich noch auf den selbigen Tag, wo wir als Kinder miteinand gut Freund worden sind? Weißt es nimmer, wie ich hinter der Hecken gsessen bin und gweint hab? Und wie mir d' Handln niederzogen hast, und ich hab's kaum rausbracht, daß mir der Nachbarbub mein Dockerl[1] genommen und die Zöpf halb ausgrissen hat. Kein Wörtl hast gsagt und bist davon. Und bist neben meiner wieder aussigschloffen aus der Hecken, 's Gwand zerrissen und käsweiß im Gsicht. Und mein Dockerl hast in der Hand ghalten und hast mich anglacht: ›Du! Den hab ich fest verdroschen!‹ Freilich, 's Dockerl hat kein Kopf nimmer ghabt.«

Franzl nickte. »Den hat er abigrissen in der Wut, wie er gmerkt hat, daß er die Docken wieder hergeben muß!«

---

[1] Puppe.

»Und weißt noch, wie dich hingsetzt hast neben meiner? Und daß ich nimmer weinen soll, hast den ganzen Sack voll Haselnussen vor mir ausgleert. Und alle harten hast mir aufbissen.« Herzlich rüttelte Mali seinen Arm. »Und schau, heut hab ich d i c h hinter der Hecken gfunden. Sei gscheit und sag mir alles! Und wenn's von alle Nussen die härteste wär – Franzl, ich hilf dir beißen.«

Da konnte er nimmer schweigen. Mit jagenden Worten begann er die Geschichte der verwichenen Stunden zu erzählen. Er schalt und jammerte nicht. Aber die Kränkung, die er an seiner Ehre erfahren, redete aus seinen Augen. Schweigend lauschte Mali. Als er erzählte, wie Schipper den Verdacht gegen ihn ausgesprochen, fuhr es ihr in Zorn heraus: »So was von Kamerad! Respekt! Und Schipper heißt er?« Sie grübelte vor sich hin, als würde eine Erinnerung in ihr lebendig. »Schipper? Is dös a Verwandter vom selbigen Schipper, der früher Holzknecht gwesen is?«

»Es is der nämliche.«

»Und der is Jager jetzt? – No, da dank ich! Da hast an noblen Kameraden! Ganz gut bsinn ich mich drauf, daß der Vater selig allweil schelten hat müssen auf'n Bruder, weil er Freundschaft mit'm Schipper ghalten hat, der ihn zu alle Lumpereien hätt verführen mögen. Wenn der deinige der nämlich is, nachher glaub ich schon gleich, daß er die Krucken selber gstohlen hat.«

Franzl wehrte erschrocken: »Na, Mali, so was därfst net sagen!«

»Sei's, wie's mag. Du bist unschuldig. Und so an Verdacht darfst net auf dir sitzen lassen!« Malis Augen blitzten. »Da brauchst den Gauner net erst ausfindig machen. Wer Augen hat wie du, braucht kein andern Beweis als sein ehrlichs Gsicht! Jetzt machst in Ordnung dein Dienst. Und auf'n Abend stellst dich hin vor dein Grafen und sagst ihm alles ins Gsicht, gradso, wie du's mir gsagt hast, und gradso, wie mich, so schaust ihn an mit deine Augen. Da muß er dir glauben. Und jetzt halt dich nimmer auf! Und meintwegen sollst nix versäumen im Dienst.« Sie hob die Büchse hinter dem Baum hervor und reichte sie dem Jäger. »Da hast dei' Kugelspritzen! Was wir gredt haben, bleibt unter uns. Und jetz mach weiter! Bhüt dich Gott!«

Mit der Büchse hatte Franzl auch Malis Hand gefaßt. »Ganz aufgricht hast mich wieder. Vergeltsgott tausendmal!«

Die Hände der beiden lagen eine Weile ineinander. Dann fragte da Mädel: »Du, Franzl?«

»Was?«

»Hast vielleicht du mit meim Bruder auch was ghabt? An Streit oder so was?«

»Ich? Gott bewahr! Warum fragst denn?«

Sie schien verlegen zu werden. »No weißt, weil er gestern so ungut zu dir gwesen is.«

»Haben halt d' Sorgen aus ihm rausgredt. Was macht denn 's Netterl?«

»D' Nacht heut is gut gwesen. Mit Gotteshilf wird sich 's Kindl doch wieder in d' Höh machen. Grad recht, daß d' mich dran mahnen tust. Jetzt fang ich aber 's Hupfen an.« Lachend nickte sie dem Jäger zu, und dann hetzte sie flink über den Steig hinunter.

Franzl sah ihr nach, bis sie verschwunden war. Dann spähte er durch die leis rauschenden Wipfel, als möchte er am Himmel die Stelle suchen, an der in der Nacht die Sternschnuppe erloschen war.

»Lichtl da droben, du hast net glogen!«

Er stieg durch den Wald hinauf und erreichte die offenen Almen. Fern am Waldsaum, in der Tiefe der Almfelder, gewahrte Franzl zwei Männer; er meinte einen Büchsenlauf blinken zu sehen und zog das Fernrohr auf.

Schipper war es – mit einem Treiber, der den von Graf Egge am verwichenen Abend erbeuteten Gemsbock auf dem Rücken trug.

Kurze Zeit, nachdem der Graf mit seinem Büchsenspanner die Jagdhütte erreicht hatte, waren die von Franzl bestellten Treiber eingetroffen. Graf Egge kümmerte sich nicht um ihre Ankunft. Er wanderte in der Stube zwischen den engen Wänden auf und nieder und rastete nur zuweilen für einige Minuten, um unter grübelnden Gedanken das Krickel, das mit der blutigen Hirnschale auf dem Tisch lag, zu betrachten, oder um den rechten Fuß auf einen Stuhl zu heben und mit beiden Händen das schmerzende Bein zu frottieren. Als Schipper die Tür öffnete, um nach den Befehlen seines Herrn zu fragen, schrie ihn Graf Egge an: »Ruh will ich haben!« Mit einem Fußtritt schlug er dem Jäger die Tür vor der Nase zu.

Wartend, unter leisem Geplauder, saßen die Männer vor der Hütte, während Schipper in der Küche die Gewehre putzte. Nach zwei Stunden rief Graf Egge den Rottmeister der Treiber in die Stube: »Heute wird nicht mehr gejagt. Einer von euch tragt den Bock, der draußen hängt, nach Hubertus hinunter, die andern sollen machen, was sie wollen. Morgen früh um fünf Uhr seid ihr bei der Hütte.« Er trat zur Tür. »Schipper! Du machst deinen Dienst! Und das Gams unter der Wand da drüben soll fort!« Ein Augenzwinkern des Grafen schickte den Rottmeister zur Stube hinaus. Dann krachte die Tür ins Schloß.

Mit langem Gesicht stand der Mann in der Küche und fragte flüsternd: »Was hat er denn heut?«

»Geht's dich was an?« knurrte Schipper und zeigte ein Gesicht, als hätte er Galle auf der Zunge. Einige Minuten später war er wegfertig und wanderte mit den Männern über das Latschenfeld gegen die Wände.

Graf Egge stand am Fenster und sah ihnen nach, bis sie verschwunden waren. Dann ging er in die Küche und schürte Feuer an, um die Hirnschale des Krickels auszukochen. Eine volle Stunde saß er auf dem Herdrand und wandte keinen Blick von dem sprudelnden Wasser, aus dem die schwarzen Haken des Gehörns hervorragten. Als sich die Stirnhaut von den Knochen gelöst hatte, schabte er mit geduldiger Sorgfalt die letzte Muskelfaser von dem weißen Bein und trug das Krickel in die Sonne, damit die Schale trocknen und bleichen möchte. Die Hände im Schoß, saß er neben dem Gehörn auf der sonnigen Hüttenbank und musterte immer wieder mit zärtlich-stolzen Augen die schöne Trophäe. Es währte eine halbe Stunde, bis in der heißen Sonne die letzte Spur von Feuchtigkeit an der bleichen Hirnschale verdunstet war. Graf Egge trug das Krickel in die Stube, holte Feder und Tinte zum Tisch und malte in zierlicher Schrift das Datum der Jagd, die ihm die seltene Beute beschert hatte, auf das weiße Bein. Während er über die nassen Schriftzüge blies, um sie rascher trocknen zu machen, betrat ein alter Mann mit untertänigen Verbeugungen und halb atemlos die Stube – der Postbote.

Es war ihm anzumerken, daß er den weiten, mühseligen Weg vom Dorf herauf mit manchem Seufzer begleitet hatte. Die Sendung, die er brachte, hatte ihn wohl mit ihrem Gewicht nicht gedrückt, und dennoch atmete er erleichtert auf, als er das winzige, mit vierzehntausend Mark bewertete Kistchen in Graf Egges Hände legte.

»Setz dich! Ich will in deiner Gegenwart nachsehen, ob alles in Ordnung ist.«

Graf Egge zog das Messer aus der Lederhose und sprengte den kleinen Holzdeckel. Eine in Watte gehüllte Schachtel kam zum Vorschein, und als Graf Egge sie öffnete, flammten seine Augen in Freude. Auf einem mit schwarzem Samt überzogenen Brettchen waren, in vier Reihen übereinander, ungefaßte, in absonderlichen Formen geschliffene Saphire und Rubinen mit feinen Silberdrähten angeheftet. Durch das Fenster fiel die Sonne auf die Steine, und das funkelte und gleißte in schönen Farben. Der Juwelier schien den Geschmack seines Kunden getroffen zu haben. Zufrieden musterte Graf Egge die Sendung. Rasch überflog er den Begleitbrief und zählte die Steine mit tippendem Finger. »Stimmt!« Er unterschrieb den Postschein und reichte ihn dem Boten. »Alles in Ordnung.«

Der Alte erhob sich. »Bhüt Ihnen Gott, Herr Graf!« Bei der Tür blieb er zögernd stehen, als wäre die Sache für ihn noch nicht erledigt. Graf Egge hatte sich schon wieder in die Betrachtung der Steine vertieft. »Ich bitt, Herr Graf,« fragte der Alte kleinlaut, »haben S' kein Auftrag nunter? Oder sonst was?«

Ohne aufzublicken, schüttelte Graf Egge den Kopf.

Verdrossen schlich der Alte davon. Vor der Hütte blieb er stehen und schielte nach dem Stubenfenster. »Fünf Stund bis da rauf! Da wären a paar Maß Bier net z'viel gwesen!«

Als er das Almfeld erreichte, wurde er von Schipper und dem Treiber überholt, der auf dem Rücken den Bock und in der Hand ein blutfleckiges Bündel trug, das seinen Anteil an der unter die Treiber verteilten Gemse enthielt. Der alte Postbote vermochte mit den beiden nicht Schritt zu halten und blieb zurück.

Am Saum des Bergwaldes – hier hatte Franzl aus weiter Ferne das Paar beobachtet – trennte sich Schipper von seinem Begleiter.

»So! Und vergiß die Botschaft an Moser net. Er soll die Unterhos für'n Grafen gleich kaufen und soll dir s' mitgeben.«

Der Mann folgte dem Steig, und Schipper wandte sich seitwärts in den Wald; als er allein war, knirschte er einen Fluch durch die Zähne.

Auf einem stark begangenen Wildwechsel fand er die frische Spur eines genagelten Schuhes. »Da is er gwesen!« murmelte Schipper und spie auf die Fährte. Nun folgte er dem Wege, den Franzl genommen hatte; die stille Hoffnung, die ihn dabei leitete, erfüllte sich nicht; er kam zu keiner Salzlecke, bei der die Spur jenes anderen Fußes fehlte.

»Wie gnau er heut sein Dienst gmacht hat! Als hätt er schmecken können, daß ich ihm nachsteig!«

Bald erreichte er den zum Mitterkaser führenden Pfad und sah neben einem gestürzten Baum ein weißes Kopftuch auf der Erde liegen. Er hob es auf, und während er das Tuch noch in der Hand hatte, klangen Schritte auf dem tieferen Steig.

Mali erschien, mit den Augen suchend. Als sie den Jäger sah, blieb sie betroffen stehen; kaum gewahrte sie den Fund in Schippers Hand, da sprang sie auf ihn zu und entriß ihm das Tuch. »Her damit! Dös Tüchl ghört mein!«

»Oho! Bei dir geht's aber gschwind!« Zwinkernd betrachtete Schipper das Mädel. Das Ergebnis dieser Musterung schien ihm zu behagen. »Wer bist denn du? Dich kenn ich ja gar net.«

»Wenn dich d' Neugier gar so plagt, ich bin die Bruckner-Mali.«

»Waaas? Die Mali? Ah, da legst dich nieder! Seit wann bist denn du wieder daheim?«

Die Frage überhörend, ließ Mali die Augen mit einem nicht sehr freundlichen Blick über die Gestalt des Jägers gleiten. Sie verzog den Mund. »Du mußt der Schipper sein?«

»Freut mich, daß d' mich wiederkennst. Und gut hat dir der Aufenthalt bei der Schwester angschlagen. Bist allweil a saubers Kind gwesen. Als Madl bist noch säuberer worden.«

Mali lachte. »Ui jegerl! Komplimenten macht er! Die muß ich dir schon zruckgeben. Du bist schon selbigsmal a schiecher Kerl gwesen. Jetzt schaust noch grauslicher aus!« Ohne Gruß ging sie davon.

Schipper wußte nicht recht, sollte er lachen oder sich ärgern. Er entschloß sich für das erstere, und je länger er der Davonschreitenden nachblickte, desto freundlicher wurden seine Augen wieder. »Die is grob. Aber verteufelt sauber. Hat Holz am Ofen. Für dös Madl könnt ich Dummheiten machen!« Mali verschwand in der Tiefe des Steiges. Und Schipper kalkulierte unter dünnem Lächeln: »Dem Bruckner sei' Schwester? Dös trifft sich net schlecht. Mit'm Bruckner könnt man a Wörtl reden.« Während er weiterschritt, drehte er noch einmal das Gesicht und blickte schmunzelnd über den Pfad. Durch den Wald herauf hörte er Malis Bergstock klirren.

Sie hatte Eile. Häufig kürzte sie die Wendungen des Pfades und nahm ihren Weg in gerader Richtung talwärts durch den Wald. Als sie das tiefere Gehölz erreichte, hörte sie über den Berghang her den Hall wuchtiger Axtschläge. Da drüben arbeitete ihr Bruder. Unschlüssig blieb Mali stehen. Am Morgen hatte sie den Bruder aufgesucht und ihm versprochen, auf dem Rückweg wiederzukommen. Aber sie hatte viel Zeit verloren – und das kleine Netterl, meinte sie, würde schon mit Schmerzen auf sie warten. Die eigentliche Ursache, weshalb sie jetzt, nach der Begegnung mit Franzl, dem Bruder nicht gern gegenübertrat, wollte sie sich selbst nicht eingestehen. Damit er wüßte, daß sie bereits auf dem Heimweg wäre, höhlte sie die Hände um den Mund und schickte einen langgezogenen Ruf in den Wald.

Die Axtschläge verstummten, und Bruckner gab Antwort; er hatte die Bedeutung des Rufes verstanden. Während Mali davoneilte, klangen wieder die Beilhiebe, und es hallte das Krachen eines stürzenden Baumes durch den weiten Bergwald.

Bruckner arbeitete, bis der Abend zu dämmern begann; dann machte auch er sich auf den Heimweg. Die Joppe um die Schultern tragend, die Axt mit dem Eisen in die Armbeuge eingehenkt, wanderte er zwischen den Bäumen. Der weiche Moosgrund dämpfte den Hall seiner Schritte.

Plötzlich stand er wie angewurzelt. Er hatte einen Hirsch gewahrt, der aus der Tiefe des Waldes emporgestiegen kam und die Almen suchte. Bruckners Hände begannen zu zittern, während er, an einen Baum gedrückt, mit funkelnden Augen jede Bewegung des Wildes verfolgte. Der Hirsch merkte die Nähe des Menschen nicht und zog in sorgloser Ruhe zwischen den Bäumen aufwärts, bald hier ein Kraut, bald dort ein paar Gräser von der Erde zupfend. Weißblinkend hoben sich die Spitzen des stattlichen Kronengeweihs vom finsteren Grün des abendlichen Waldes ab. Immer näher kam der Hirsch dem Baum, hinter welchem Bruckner stand; der Bauer faßte mit langsam gleitender Hand den Stiel der Axt. Nun stand das Wild vor ihm, kaum zehn Schritt weit. In jähem Schwung holte Bruckner mit der Axt zum Wurf aus. Ehe das Beil noch flog, machte der Hirsch erschrocken einen Satz und äugte gegen den höheren Waldhang; das währte nur einen Augenblick, und in sausender Flucht verschwand er zwischen dem Gewirr der Stämme, während die Beilschneide hallend in eine Fichte schlug.

Bruckner keuchte. »Allweil packt's mich wieder!« Er hob die Joppe auf, die ihm von den Schultern geglitten war, und ging zu der Fichte, um das Beil aus dem Holz zu reißen. Da hörte er hinter sich ein leises Lachen. Er wandte das Gesicht, und kalkige Blässe rann über seine Stirn, als er den Jäger erkannte.

Langsam, immer lachend, kam Schipper näher. »Du? Was machst denn da?«

Bruckner zog schweigend die Joppe an.

»Ja, Lenzi! A harts Stückl: so an Prügelhirsch anschauen müssen und kein Büchsl net haben? Mit der Axt macht sich so was schlecht. Seit wann hat dich denn der Wildteufel wieder beim Krawattl?«

Bruckner nahm die Axt in den Arm; seine Stimme klang heiser. »'s ganze Blut in mir drin wird rebellisch, so oft mir a Stückl Wild über'n Weg lauft. Aber mein Schwur hab ich ghalten bis zum heutigen Tag.«

»Ja, ja, ich glaub dir schon!« Schipper schmunzelte. »Und wenn's drauf ankäm – so weit die Gschicht m i c h angeht, ich tät vielleicht reden lassen mit mir.«

Der Bauer maß den Jäger mit hartem Blick. »Dir könnt man so was zutrauen! Dir!«

»Wir zwei sind alte Spezi. Unser Freundschaft hat festen Halt. Wenn's wieder schnackeln tät bei dir, m i c h brauchst net fürchten. Der Franzl halt! Der versteht kein Spaß.« Immer leiser wurden Schippers Worte. »Der hat was an ihm, wie sein Vater gwesen is.«

Eine Weile standen die beiden Aug' in Auge.

Dann legte Schipper lachend die Hand auf Bruckners Schulter. »Du! Da droben hab ich die' Schwester troffen. Die gfallt mir. So eim Madl z'lieb wär mir net amal der Umweg über'n Pfarrer z'weit.«

Bruckner richtete sich auf. »Dös geht aber gschwind bei dir.«

»Ja, wie bei die guten Hirsch!«

»Schau, dös Madl macht ja die ganzen Jager rebellisch!« höhnte der Bauer. »Gestern der ander. Und heut schon du! Da tut mir d' Wahl weh.«

»Der ander?« fuhr es über Schippers Lippen. Dann fand er sein Schmunzeln wieder. »Den brauch ich net fürchten. Ich hab meine Gründ dafür. Jetzt gfallt mir 's Madl noch viel besser. Und wenn ich Ernst machen tät? Was könntst denn aussetzen an mir? Die schönste Stellung, neunhundert Mark, Holz und Loschie. Mein Posten tragt mir auch sonst noch was. In fünf Jahr hab ich dreitausend Mark erspart. Und wenn der Graf amal den letzten Schnaufer tut, vergißt er mich gwiß net im Testament. So gern hat er mich. Jetzt red, Spezi! Was meinst?«

Bruckner trat dicht vor den Jäger hin, mit brennenden Augen. »Der ander kommt mir net ins Haus. Dös hat sein Grund. Da hast recht; aber eh mir du mit deiner Hand an d' Schwester rührst, eh schlag ich dich nieder mit der Axt.«

Schipper wurde um einen Schatten bleicher, doch er lächelte. »Geh, geh! Da möchten s' dich aber ordentlich einkasteln. Und vor so was hast an Respekt. Dös weiß ich aus Erfahrung. Und mußt halt auch a bißl an deine Kinder denken! Die brauchen den Vater. Aber ich merk, heut is dir was über's Leberl glaufen, heut is net gut diskrieren mit dir. Muß ich halt an andersmal wieder anklopfen. A bißl fester. Gelt ja?« Lachend stieg Schipper durch den Wald hinauf. Als er den Steig erreichte und sich umguckte, stand Bruckner noch immer an der gleichen Stelle, die Axt in der schlaff hängenden Hand. »Jetzt studiert er aber!«

Es wurde dunkle Nacht, bis Schipper die erleuchteten Fensterchen der Jagdhütte zu Gesicht bekam. Auf dem Steig, ein paar Dutzend Schritt vor ihm, hörte er das Schuhgeklapper des anderen, der den Hund von der Hochalm abgeholt hatte und auf den Armen zum Palais Dippel trug.

In der Hüttenstube klang die Zither. Sie verstummte, als Franzl die Schuhe an die Schwelle stieß. Hastig legte Graf Egge die blitzenden Edelsteine, die er zu seinem Zeitvertreib in einer Herzlinie rings um die weiße Hirnschale des Krickels gereiht hatte, in das hölzerne Kistchen zurück und verwahrte Gehörn und Steine in einem kleinen Wandschrank, der zu Häupten des Bettes in die Balken eingelassen und mit schwerem Vorhängschloß zu versperren war. Als Graf Egge den Schlüssel abzog, trat Franzl in die Stube. Sein Herr machte große Augen, als er auf den Armen des Jägers den Schweißhund mit dem verpflasterten Schlegel sah.

»Was hat der Hund?«

Mit kurzen Worten erzählte Franzl Wortlos nickte Graf Egge und trug den Hund zum Bett; auf seinem Gesicht war die Sorge zu lesen, die er um das Tier empfand. Nachdem er aufmerksam das Pflaster untersucht hatte, setzte er sich an die Seite des Hundes und kraute ihm Stirn und Ohren. »Hast du Wild gesehen?«

»Wohl, Herr Graf.« Franzl zog das Notizbuch aus der Tasche und begann seinen Rapport. Als er damit zu Ende war, tat er einen tiefen Atemzug. »Und jetzt, Herr Graf, muß ich die Gschicht von heut von der Fruh zur Sprach bringen.«

»Warum?« Ein kaum merkliches Lächeln.

»Aber Herr Graf! Schauen S' mir doch ins Gsicht! Man muß mir doch anmerken, was ich für an Tag hinter mir hab? Zur Hälft bin ich selber dran schuld. Es is unrecht gwesen, daß ich mich vom Gachzorn hab hinreißen lassen. Statt daß ich mich am Schipper vergreif, hätt ich mich vor mein Herrn hinstellen und ehrlich fragen sollen: ›Können Sie vom Franzl so was glauben, Herr Graf?‹«

»Hab ich einen Verdacht gegen dich ausgesprochen?«

»Dös is freilich wahr, aber –« Dem Jäger verschlug's die Rede, weil er hörte, daß Schipper in die Hütte trat. Mühsam hielt er seine fünf Sinne beisammen, und als er nur erst ein paar verworrene Sätze herausgestottert hatte, kam er in warmen Zug. Forschend hing Graf Egges Blick an dem Jäger, dem die Worte immer heißer von den Lippen sprudelten. Wie er zu Mali gesprochen, so redete er jetzt zu seinem Herrn, Ehrlichkeit in jeder Silbe, in jedem Laut seiner Stimme. »Herr Graf,« so schloß er, »meine Händ sind sauber. Glauben S' mir jetzt?«

Kühl und ruhig klang die Antwort. »Ja, ich glaub dir.«

Die Tür ging auf, aus der Küche hörte man das Krachen des Feuers, und Schipper trat ein. »Wünsch guten Abend, Herr Graf.« Er begann den Tisch für das Nachtmahl zu decken.

Franzl strich mit der Hand übers Haar. Nun hatte er die Antwort, klar und deutlich – und doch gefiel sie ihm nicht. Er stand noch eine Weile. »No also –« sagte er, als wäre alles in Ordnung, und ging aus der Stube.

Graf Egge sah ihm nach, und als die Tür sich geschlossen hatte, fragte er den andern: »Für wen deckst du?«

»Für Sie, Herr Graf, und für uns.«

»Ich esse allein.«

Schipper machte eine Bewegung, die eine entfernte Ähnlichkeit mit einer Verbeugung hatte, legte die zwei überzähligen Löffel wieder in die Tischlade zurück und verließ die Stube.

Draußen in der Küche saß Franzl auf dem Herd und starrte ins Feuer. Als er hinter sich den Schritt des anderen hörte, sprang er auf.

»Was willst?« fragte Schipper mit der Harmlosigkeit einer sechzehnjährigen Kranzjungfer.

Es zuckte in Franzls Fäusten; doch er wandte sich ab, trat ins Freie und setzte sich auf die Hüttenbank. Sehnsüchtig guckte er zu den flimmernden Lichtern des Himmels auf, als könne er den Fall einer tröstenden Sternschnuppe erwarten. Da droben rührte sich nichts. Die Weltordnung weigerte sich, dem Hornegger-Franzl in dieser Nacht eine Gefälligkeit zu erweisen.

Nach einer halben Stunde rief ihn Schipper zum Nachtmahl. Er trat wohl in die Küche, doch statt sich zu der von Graf Egge halb geleerten Pfanne zu setzen, stieg er über die Leiter zum Heuboden hinauf.

Schipper zitierte schmunzelnd das Sprichwort: »Wer trutzt bei der Schüssel, schadt sich am Rüssel!« Als er die Pfanne geleert hatte, schmierte er Graf Egges Bergschuhe mit besonderer Sorgfalt. Da erschien sein Herr unter der Stubentür.

»Du, mir scheint, dem Hirschmanndl wird d' Nasen heiß.«

Es zuckte freudenvoll über Schippers Gesicht, als er den Dialekt dieser Worte hörte – ein sicheres Zeichen, daß sich am Gewitterhimmel seines Herrn die dunkelsten Wolken zu verziehen begannen. Geschäftig rannte Schipper in die Stube und unterzog den auf dem Bett liegenden Hund einer genauen Untersuchung.

»Herr Graf, da können S' ruhig sein! Dem Hirschmanndl fehlt net viel. Wär net übel, wenn dös arme Hundl von der verfluchten Gschicht auch noch was haben müßt. Und weil wir schon grad reden davon, Herr Graf, da muß ich schon sagen –«

»Halt dein Maul!« fuhr ihm Graf Egge ins Wort. »Die Kruck is da, Gott sei Dank! Aber die Gschicht is mir heut den ganzen Tag im Kopf rumgangen. Es ist die reine Unmöglichkeit, daß a fremder Mensch dem Bock die Krucken abgschlagen hat. Wenn's also kein Fremder war, so war's einer von euch zweien. Aber wer? Der Franzl is an ehrlicher Narr, ich kann ihm so was net zutrauen. War's also der Franzl net, so mußt es du gwesen sein!«

Schipper legte gekränkt die beiden Hände auf sein redliches Herz. »Aber Herr Graf –«

»Halt dein Maul, sag ich! Ein Gauner bist du ja! Aber ich bin dir doch gestern gleich nachgstiegen. Und heut in der Nacht kannst du doch auch net aufgstanden sein! Also, wenn d u der Heilige bist, is wieder der ander der Lump. Ich kenn mich nimmer aus. Und wenn ich scharfe Saiten aufziehen möcht, so müßt ich euch alle zwei zum Teufel jagen. Was hab ich davon? Der Franzl is ein Jager, wie ich weit und breit keinen find'. Und so wie du hat mir noch keiner meine Schuh geschmiert, so schlau wie du stellt sich keiner an, wenn's der Jagd zulieb was zu vertuscheln gibt. Was bleibt mir also übrig, als daß ich fünfe grad sein laß? Aber eins merk dir, Schipper: der erste von euch zwei, der mich ärgert – der fliegt! Ohne Gnad und Pardon!« Graf Egge griff nach seinem rechten Schienbein.

Schipper bot den Anblick eines Märtyrers, der in der Arena steht und mit stiller Ergebung den Löwen erwartet. »Da kann ich mich nimmer verteidigen. Da bleibt mir nix übrig, als daß ich mei' Pflicht und Schuldigkeit tu und auf die Stund wart, wo der Herr Graf einsieht –«

»Hör auf mit dem Gesäusel!« brummte Graf Egge; in Schmerz verzog er das Gesicht und hob den Fuß auf einen Sessel. »Herrgott! Herrgott!«

»Haben S' wieder Schmerzen?« Schipper war in die verkörperte Sorge verwandelt. »Jetzt legen S' Ihnen aber gleich ins Bett!« Mit beiden Händen zog er seinem Herrn die Joppe herunter. »Morgen müssen S' wieder ordentlich beinand sein. Morgen schießen S' drei, vier Gamsböck und a paar gute Hirsch!«

»Meinst du?«

»Natürlich! Da sorg ich schon dafür. Aber jetzt nur gleich ins Bett!«

Graf Egge ließ sich zur Matratze führen und trat mit dem kranken Fuß so vorsichtig auf, als wäre der Stubenboden mit Nadeln gespickt. »Teufel! Das wird mir doch um Gottes willen net bleiben! Aber macht nix, 's Jagen gib ich deswegen net auf. Wenn meine Füß nimmer mögen, laß ich mich nauf t r a g e n zum Gamsschießen. So lang's im Aug net fehlt, is gar nix verloren!«

Unter einem zärtlichen Wortschwall entkleidete Schipper seinen Herrn. »So, jetzt haben S' a paar Minuten Geduld, nachher komm ich mit'm Franzbranntwein und mit die warmen Tücher.« Er sprang in die Küche.

Als er nach einer Weile seine Kur begann und das nackte Bein seines Herrn unter den Händen hatte, blickte Graf Egge zwinkernd auf ihn nieder.

»Schipper! Ich kann vieles verstehen. Sag mir ehrlich: Hast du dem Bock die Kruck heruntergeschlagen?«

Ohne das Frottieren auszusetzen, fing Schipper zu lachen an. »Jetzt hören S' aber auf! So a Spaßvogel wie Sie is auf der Welt meiner Lebtag noch nie net dagwesen!«

Graf Egge schwieg.

Über den beiden zitterte die Stubendecke. Dort oben auf dem Heuboden wälzte Franzl sich in schlafloser Kümmernis von einer Seite auf die andere.

# 11

Seit zwei Tagen hatte Forbeck von der ersten Helle des Morgens bis zum Einbruch der Dämmerung mit glühendem Eifer gearbeitet. Am dritten Abend war der Entwurf des großen, figurenreichen Bildes in Zeichnung und Farbe schon so weit gediehen, daß Tassilo, als er für ein paar Worte bei dem Freunde vorsprach, das Werk dieser beiden Tage mit Staunen betrachtete: »Ich hätte dieser Leinwand gegenüber auf drei Wochen fleißiger Arbeit geraten. Wie das schon redet!«

»Daran hat mein Fleiß keinen Anteil,« sagte Forbeck, während in seinen Augen doch die Freude glänzte. »Ich hab's gesehen, und das arbeitet nun in mir und springt heraus. Ich komme mir dabei vor wie eine willenlose Maschine. Meine Hand bewegt sich und findet die Linien und Farben, oft weiß ich selber nicht wie!«

Tassilo legte ihm die Hand auf die Schulter. »Echte Kunst hat keiner noch ›gemacht‹. Sie erschafft sich selbst. Aber man sieht es Ihnen an: die Maschine ist warm gelaufen. Ich habe noch eine Stunde Zeit, wir wollen bummeln.«

Als sei ein paar Minuten später über die steile Treppe hinunterstiegen, hörten sie aus der Stube die Stimme Malis, die mit den Kindern spielte:

»Müller Müller Sacki,

Is der Müller net im Haus?

Schloß vor, Riegel vor,

Werfen wir 's Sackerl hinters Tor!«

Zwei Kinderkehlen jauchzten in Freude, und dazwischen klang das Lallen eines dünnen Stimmchens.

Als es dunkler Abend geworden war, trennten sich Tassilo und Forbeck vor dem Seehof.

»Also morgen!« sagte Tassilo. »Und Ihrem Bild zuliebe hoff' ich, daß meine Schwester ein feste Portion Geduld zur Sitzung mitbringen wird. Sie war heute ein wenig ärgerlich.«

»Doch nicht über mich?«

Tassilo lachte. »Ja. Und ich weiß gar nicht, wieso der lustige Spatz plötzlich so zeremoniös geworden ist. Kitty hat es Ihnen übelgenommen, daß Sie nach dem Diner zwei Tage vergehen ließen, ohne Ihre Karte abzugeben.«

»Aber ich mußte doch arbeiten über Hals und Kopf, um den Entwurf so weit zu bringen, daß die Sitzung für mein Bild von Nutzen sein kann.«

»Arbeit geht allem vor. Ich habe Sie selbstverständlich mit Wärme verteidigt, und Fräulein Kleesberg hat mir dabei geholfen. Sie haben an Tante Gundi eine Eroberung gemacht. Nützen Sie das nur gehörig aus, denn die Zahl der Sitzungen hängt weder von Ihrem künstlerischen Bedürfnis noch von der wechselnden Laune meiner Schwester ab, sondern von der Protektion, die Fräulein von Kleesberg Ihrem Werke angedeihen läßt. Aber da kommt mein Boot. Also morgen auf Wiedersehen!«

Tassilo ging zum Ufer, und Forbeck stieg auf die Terrasse des Gasthofes, um sich seitwärts von den besetzten Tischen ein einsames Plätzchen zu suchen. Der Gedanke an Kittys Ungnade verließ ihn nicht mehr; er trug ihn mit nach Hause und nahm ihn hinüber in die wirren Träume seines nach aller Arbeit müden Schlafes.

Am anderen Morgen gegen neun Uhr kam der alte Moser in das Brucknerhaus. Tante Gundi hatte ihn geschickt, um die »Malersachen« zu holen. Forbeck übergab ihm die Stafelei und den Farbenkasten; die Leinwand trug er selbst, um die noch feuchten Farben vor Schaden zu bewahren. Auf dem Wege nach Schloß Hubertus schwatzte Moser unermüdlich und erzählte auf von der glücklichen Treibjagd, die Graf Egge am verwichenen Tage abgehalten; drei gute Gemsböcke und zwei Hirsche hätte man von der Hütte heruntergebracht. »Dös is net schlecht für den ersten Tag. Aber hätt er m i c h droben ghabt, so hätt er noch mehr gschossen.« Weitschweifig berichtete der Alte von den unglaublichen Jagderfolgen, die sein Herr ihm zu verdanken hätte.

Als sie das Schloß erreichten, stand Kitty am Teich und fütterte die Forellen; sie war gekleidet wie an jenem Nachmittag, an dem das Gewitter sie überrascht hatte. Lächelnd warf sie, als Forbeck näher kam, den Rest des Brotes ins Wasser und klopfte die Brosamen von den Handschuhen. Forbeck lehnte achtsam die Leinwand an einen

Baum und trat auf Kitty zu, das weiße Hütchen in der Hand. Er grüßte befangen. »Ich habe die Tage her gearbeitet, um mit dem Entwurf meines Bildes vorwärtszukommen. Verzeihen Sie mir, wenn ich eine Unhöflichkeit begangen habe.«

Sie verstand nicht gleich; dann wurde sie rot und lachte: »Ach so? Tas hat wohl ausgeplaudert, daß ich mich über Sie geärgert habe? Stimmt! Aber sehen Sie mich nur nicht so erschrocken an! Eigentlich hab' ich das vor Tas nur gesagt, weil ich mir dachte, er würde Ihnen bei Gelegenheit einen freundschaftlichen Wink geben. Ich nehme solche Dinge nicht sehr genau, aber wissen Sie –« Dabei nahm sie eine ernste Gönnermiene an. »Ich sage das um Ihretwillen. Tante Gundi ist ungemein peinlich in allem, was Form heißt. Und wenn Sie oft und lange hier malen wollen, müssen wir sie bei guter Laune erhalten. Nicht wahr, das begreifen Sie doch?«

»Aber natürlich!« stammelte Forbeck, erleichtert aufatmend; und als er im gleichen Augenblick Fräulein von Kleesberg auf der Veranda erscheinen sah, eilte er ihr entgegen und küßte ihre runde, rote Hand mit feierlicher Huldigung.

Tante Gundi schien verwirrt und glücklich; dabei war sie auch neugierig; durch Tassilo hatte sie bereits von den erstaunlichen Fortschritten des Bildes gehört. Forbeck holte die Leinwand und stellte sie auf den Stufen der Veranda in gutes Licht. Fräulein von Kleesberg brach in laute Bewunderung aus, und Kitty stand schweigend, die großen Augen bald auf das Bild, bald auf den jungen Künstler gerichtet. Um ihre Kunstkennerschaft war es mager bestellt. Dennoch empfand sie das Ursprüngliche und Hinreißende der jungen Kraft, die aus diesem Wirbel leuchtender Farben, aus diesem Durcheinanderstürmen kühner Linien redete. Zögernd deutete sie auf ein in der Mitte des Bildes angedeutetes Figurenpaar. »Das soll ich und unser Franzl werden?« Langsam blickte sie zu Forbeck auf, der schweigend nickte. Da legte sich die Hand auf seinen Arm. »Kommen Sie, wir wollen gleich anfangen.«

Tassilo erschien, und nun wanderten sie miteinander durch den Park, damit Forbeck für die Sitzung im Freien einen Platz mit geeigneter Beleuchtung wählen könnte. Neben einem der Kieswege fand sich ein kleiner Rasenfleck, von Buchen und Linden umstanden, der grüne Grund überwebt von Lichtern und Schatten. Hier wurde die Staffelei aufgestellt und für Tante Gundi eine Gartenbank herbeigetragen. Einige Schwierigkeit bereitete es, für Kitty einen etwas erhöheren Sitz zu errichten, auf dem sie ohne Unbequemlichkeit die für das Bild nötige Stellung einzunehmen vermochte. Auch dafür wurde Rat geschaffen; Tassilo brachte den großen Lehnstuhl aus der Kruckenstube in Vorschlag, dessen Seitenstütze den tragenden Arm ersetzen sollte. Als Kitty ihr Plätzchen eingenommen hatte, kehrte Tassilo zu seiner Arbeit zurück, und die Sitzung begann. Mit scheuer Achtsamkeit ordnete Forbeck an Kittys Kleid die Falten, dann trat er vor die im Schatten einer Linde stehende Leinwand, während Tante Gundi ihren Heyse aufschlug. Aber der Dichter kam bei ihr nicht zu seinem Rechte. Immer wieder sah sie über das Buch, hing prüfend an den ihr halb zugewendeten Zügen des jungen Künstlers, verlor sich in Gedanken, erwachte und versuchte wieder zu lesen.

Ein leises Flüstern ging durch das dem Welken schon nahe Laub der Bäume, vom Schlosse ließ sich gedämpft das Plätschern der Fontäne hören, und durch die sanft atmende Sommerstille klang manchmal von der Ulmenallee der harte Schrei eines Adlers.

Kitty schwieg. Auch Forbeck sprach nur selten ein paar Worte, wenn er eine kleine Änderung in der Haltung wünschte, oder fragte, ob Kitty ermüdet wäre. Lächelnd schüttelte sie immer das Köpfchen. Sie hatte die Wange auf der Lehne des Sessels liegen, so daß ihre Augen gerade auf Forbeck gerichtet waren. Mit wachsendem Interesse beobachtete sie jede seiner Bewegungen, wenn er von der Leinwand zurücktrat, um die Arbeit zu prüfen, und dann wieder näher trat und die flink schaffende Hand erhob. Er schien bei der Arbeit ein anderer zu sein als sonst; alles Verlegene, Unsichere war von ihm abgestreift, ruhige Sicherheit lag in seinem ganzen Wesen, und sein schmales, streng geschnittenes Gesicht war verschönt. Und wenn er den Blick hob, um zu schauen, war etwas Strahlendes in seinen dunklen Augen. Je häufiger Kitty diesem trinkenden Künstlerblick begegnete, desto heißer wurden ihre Wangen.

Wohl begann auf die Dauer ihr Körper zu ermüden. Dennoch wurde sie fast unwillig, als Tante Gundi endlich die Sitzung unterbrach, um für Kitty ein paar Minuten Erholung zu erwirken. Man machte einen Schlendergang durch den Park und blieb in der Ulmenallee vor dem Adlerkäfig stehen. Kitty erzählte, wie ihr Vater einen dieser Vögel unter Flügelschlägen und Klauenhieben des den Horst verteidigenden Weibchens aus dem Nest herunterholte – und dabei merkte sie, daß Forbeck nicht zuhörte, obwohl sein Blick immer an ihren Lippen, an ihren Augen hing. »Sie sind wohl schon wieder bei Ihrem Bild?« fragte sie lächelnd, mitten in der Erzählung abbrechend. »Kommen Sie! Ich habe schon genug geruht.«

Wieder vergingen zwei stille Stunden, und die Sitzung wurde erst abgebrochen, als auf dem Dach des Schlosses die Mittagsglocke läutete.

»Ich darf Sie doch bitten, mit uns zu speisen?« sagte Tante Gundi. Und Kitty fiel ein: »Natürlich, Sie müssen bleiben.«

Forbeck wurde verlegen. Seine Hand war nicht müde, er wollte die gute Stimmung und den Rest des Tages benützen, um auch mit den anderen Partien des Bildes vorwärtszukommen. Das brachte er stockend vor. Kitty schmollte. Es hatte sich auch verdrossen, daß er sie nach Schluß der Sitzung keinen Blick auf die Leinwand werfen ließ. »Sie sollen das Halbe nicht sehen!« hatte er gesagt.

Um so gnädiger wurde Forbeck von Tante Gundi entlassen, und als er mit Moser in der Ulmenallee verschwand, sagte sie: »Das gefällt mir. Ein Mensch mit guter Kinderstube. Er hat von Aufdringlichkeit keine Spur an sich. Und wie er an seiner Arbeit hängt! Ich sage dir, Kind, aus diesem jungen Menschen wird noch was, gib acht, was Großes! Er sieht nicht umsonst –« Was sie weiter noch sagen wollte, verschwieg sie und streifte Kitty mit ängstlichem Blick.

Schon in der Alle hatte Forbeck einen so stürmischen Schritt angeschlagen, daß Moser sich nur mühsam an seiner Seite zu halten vermochte. Als sie das Brucknerhaus erreichten und Mali den Farbenkasten und die Staffelei übernahm, um sie über die Treppe hinaufzutragen, wischte sich der Alte den Schweiß vom Gesicht und brummte: »Der hat aber an guten Schritt! Sakra! Hinter dem möcht ich net als Büchsenspanner auf die Berg umanand steigen!« Aber seine Erschöpfung schien jäh verschwunden, als er draußen auf der Straße das »feine Lieserl« vorübergehen sah. »He! Schatzerl!« rief er und humpelte hastig zum Gatter. »Wart a bißl auf dein alten Spezi!«

Lachend verhielt das Mädel den Schritt. »Wo brennt's denn? Hast was Neus?«

»Natürlich! Mei' alte Lieb! Die is allweil wieder neu, so oft ich dich anschau!«

»Geh, du alter Narrenseppl!«

Moser hängte sich vertraulich in den Arm des Mädels ein und kicherte: »Lieserl! Jetzt kommen unsere jungen Grafen bald.«

»Alle zwei?« huschte es mit flinker Frage von den roten Lippen.

»Alle zwei? Wart, wart, wart! Du bist mir aber eine!« Moser kniff mit Behagen in den runden Arm. »Wenn der Herr Graf Robert allein kommen möcht, mir scheint, dös tät dir net völlig taugen? Was?« Wieder rührte er die Finger, und diesmal so derb, daß Lieserl kreischte.

»Au! Du verfluchter Kerl! Hör doch auf mit deiner Zwickerei!«

Es gelang dem Alten schwer, die Zürnende zu versöhnen. Schließlich lachte sie aber doch wieder zu seinen Späßen. Und als sie das Haus ihres Vaters erreichte, schieden die beiden als gute Freunde.

So aufgeputzt wie Lieserl, so schmuck und propre war das Haus, das sie ihre Heimat nannte. In einem wohlgepflegten Gärtchen lag es einsam an der nach Schloß Hubertus führenden Straße. Rings um den Zaun dehnten sich die Wiesen, jenseits der Straße rauschte in tiefer Schlucht der Seebach, und drüben begann der gegen die Berge ansteigende Wald.

Die Hauswand, die von der Tür durchbrochen war, schimmerte in weißem Anstrich, während die Giebelseite bis unter das Dach hinauf von dichtem Weinspalier überwachsen war, aus dem die kleinen Fenster hervorlugten wie Augen aus einem bärtigen Gesicht. Zwischen dem wirren Blätterwerk ein rotes Schild mit der verblaßten Inschrift: »Sebastian Zauner, Sattlermeister und Tapezierer.«

Zu ebener Erde der Flur mit der schmalen, steilen Treppe, die Küche, das Wohnzimmer und die kleine Werkstätte, im oberen Stock die beiden Schlafstuben und eine Lederkammer.

Als Lieserl in den Flur trat, verzog sie das Näschen. Der scharfe Beizgeruch, der alle Räume erfüllte, war ihr ein Greuel. Um ihn nicht auch am eigenen Körper zu spüren, hatte sie gelernt, sich mit allen möglichen Wohlgerüchen, mit Rosen-, Nelken- und Veilchengeist zu parfümieren; auf dem Fensterbrett ihrer Schlafkammer standen die Gläser, in denen die Blüten mit verdünntem Spiritus der »Sonnendestallazion« ausgesetzt waren.

Die Wohnstube, die das Lieserl betrat, verriet in ihrer ganzen Ausstattung, daß der Zaunerwastl neben seinem Handwerk auch freie Künste trieb. Spiegel, Geschirr, Nähmaschine und Schwarzwälderuhr ausgenommen, war alles zwischen diesen Wänden ein Werk von Wastls Händen, sogar der »altdeutsche« Kachelofen. Natürlich war die Stube »tapeziert« und hatte statt der üblichen Wandbank und den dreibeinigen Stühlen hochgepolsterte Möbel von unterschiedlicher Stilart. Neben der Tür stand ein geschnitzter Schrank. An der Wand hing eine Gitarre und eine Violine zwischen geschnitzten Photographierähmchen und ausgestopften Vögeln auf Postamenten aus Laubsägearbeit. In jedem der beiden Fenster hingen vier Vogelkäfige, der eine wie ein Schloß geformt, der andere wie eine Sennhütte, der nächste wie ein Schweizerhaus. In diesen Käfigen befanden sich die merkwürdigsten Maschinerien, Treträder, Schaukeltreppen, Flaschenzüge, mit denen die Vögel schwierige Kunststücke ausführen mußten, wenn sie zu Trank und Futter gelangen wollten. Auf der Plattform des Kachelofens stand ein Spielwerk neben dem anderen: die Schlange am Kreuz, der Schmied beim Amboß, der Scherenschleifer mit seinem Stein, der Kapuziner auf der Kanzel. Jetzt im Sommer standen diese Spielwerke still; aber im Winter, wenn vom geheizten Ofen die Wärme in die Höhe strömte, dann ringelte sich die Schlange um das Kreuz, der Schmied hämmerte, der Scherenschleifer drehte den Stein, und der Kapuziner schlug mit den Fäusten auf die Kanzel wie bei der Osterpredigt.

Inmitten der schreienden Unruhe dieser Stube saß die Zaunerin am Tisch, massig in die Breite gewachsen, das einzig Feste in diesem Raum, behaglich ihren Kaffee verschluckend.

»Grüß Gott, Mutter!«

Die Zaunerin nickte, und ihre fettumpolsterten Äuglein hingen mit zärtlichem Wohlgefallen an dem Mädel, das zum Tisch trat und neugierig den Deckel der Kaffeekanne hob.

»Komm, Herzerl, setz dich her, ich schenk dir gleich ein.«

Lieserl zog einen Lehnstuhl zum Tisch.

»Hast du die Stadtleut antroffen? Hast die Hemden abgliefert? Bist gleich zahlt worden?«

»Alles in Ordnung. Es is leider bloß d' Frau daheim gwesen. Die handelt allweil. Statt vierzehn Mark hat s' mir bloß zwölfe geben. Wenn ich mit'n Herrn hätt reden können, hätt ich achtzehn oder zwanzig kriegt.« Das Lieserl lachte. »Mit die Herrn versteh ich mich aufs Reden.«

»Ja, Schatzerl, halt dich nur an d' Mannsbilder, dös tragt allweil mehr!« Die Zaunerin gab einen Zuckerbrocken, wie ein Kinderfäustchen so groß, in Lieserls Schale. »Aber lang bist ausblieben.«

»Ja, der Pointner-Andreas, was sagst, der hat mir den Weg wieder abpaßt und hat Augen gmacht wie a gstochener Gockel! Ich sag dir's, Mutter, wann so a Trumm Bauernlackel verliebt wird, dös is zum Lachen!«

»Bist aber doch freundlich gwesen?«

»Ordentlich abfahren hab ich ihn lassen!«

»Aber Herzerl!« Die Zaunerin schüttelte mißbilligend den grauen Kopf. »Der Andres is freilich a Trumm. Aber der einzige Sohn, und der Vater hat 's schönste Anwesen im Ort.«

Lieserl leerte die Tasse. »Mutter! Für so an gscherten Bauernlümmel bin ich mir z'gut!«

»Stimmt, Herzerl! Du bist für was Bessers geboren. Aber man weiß net, wie's geht in der Welt. Drum sollst dir den Andres warm halten für den Fall, Gott bhüt, daß nix Bessers kommt.«

Lieserl lachte. »Wird schon kommen. Wer weiß, vielleicht recht bald. Und was v i e l Bessers!«

Das war so geheimnisvoll gesprochen, daß die Zaunerin neugierig wurde. »So red doch, Herzerl! Deiner Mutter kannst dich anvertrauen!«

»Na!« Lieserl trat vor den Spiegel und zupfte an dem roten Seidenband, das um ihre Halskrause geschlungen war. »Wenn's einmal Zeit is zum Reden, wird d' Mutter Augen machen!«

Die Zaunerin brannte vor Neugier; doch sie hörte vor dem Haus einen schweren Schritt. »Der Vater!« Flink trug sie das Kaffeegeschirr hinter den Ofen, während Lieserl sich an die Nähmaschine setzte.

Die Tür wurde aufgestoßen, und Meister Zauner trat in die Stube, eine nicht allzu behäbige Gestalt, mit einem gescheiten und gutmütigen Gesicht, das aber jetzt auf übel Wetter zeigte. Ein paar Jährlein mochte er schon über die Fünfzig haben. Die klobigen Daumen und die von der Lederbeize violett gefärbten Fingerspitzen verrieten sein Handwerk. Im übrigen eine Figur, so ähnlich, wie auf kleinen Theatern der verkommene Künstler geschildert wird: mit karierter Tuchhose, in blusenartigem Janker, eine langgedröselte Seidenbinde um den Hemdkragen und mit einem breitkrempigen Filzhut, der noch schwarz zu nennen war, aber schon in alle Farben hinüberschillerte. Bei Meister Zauner war dieses Äußere ein Widerspruch zum inneren Menschen. Trotz der Genialität, mit der er fast ein Dutzend brotloser Künste betrieb, war er ein tüchtiger, fleißiger Handwerker, ein braver Kerl, der nur den einen Kardinalfehler hatte, daß er mehr als zulässig unter dem Pantoffel stand – nicht unter dem schweren Schlappschuh seiner Frau, sondern unter dem kleinen Pantöffelchen seiner einzigen Tochter.

Zuweilen suchte er gegen diese niedliche Macht anzukämpfen. Auch jetzt ließ er deutlich merken, daß die Kanone seines Zornes schwer geladen und auf Lieserl gerichtet war. Mutter und Tochter tauschten den verständnisvollen Blick der zu Schutz und Trutz Alliierten. »Grüß Gott, Herr Vater!« sagte Lieserl und setzte die Nähmaschine in Gang, deren hurtiges Geklapper das wirre Gezwitscher der Vögel übertönte.

Meister Zauner warf seiner zwar nicht besseren, aber unleugbar gewichtigeren Ehehälfte einen wütenden Blick zu und schleuderte seinen Hut auf das Fenstergesims, daß die vier Vögel dieser Nische erschreckt in alle Winkel ihrer Käfige flatterten und sämtliche Maschinen in Bewegung setzten. Dann ging er auf den leeren Tisch zu. Als säße der Gegenstand seines Zornes hier vor ihm, so bohrte er den gestreckten Zeigefinger gegen die Platte und schrie: »Ich sag's zum letztenmal. Wenn die Gschicht net bald an End nimmt, gibt's an ordentlichen Spitakel! Ich bin a guter Kerl. Jung sein und lustig, dös laß ich mir gfallen. Aber was ich alles hören muß, is nimmer schön! Wenn ich schon glauben will, daß d' Hälft davon erlogen is – es muß mir vor der andern Hälft noch grausen. Wie steh ich denn da, wenn so was ins Schloß eini tragen wird? Ich müßt vor der gnädigen Herrschaft in Boden versinken vor lauter Schand! Da schieb ich an Riegel für! Die Gschichten hören auf! Oder es gibt an Spitakl! Himmelherrgottsakrament!« Meister Zauner schlug die Faust auf die Tischplatte, trat zum Fenster, legte die Hände hinter den Rücken und starrte auf die Straße hinaus.

Lieserl hatte die Nähmaschine gestellt, und Stille war in der Stube. Nur einer der Vögel wagte ein schüchternes Gezwitscher. Kopfschüttelnd blickte das Mädel auf die Mutter. »Was hat denn der Herr Vater?«

»Was weiß denn ich?« seufzte die Zaunerin auf der Ofenbank.

Lieserl erhob sich. »Aber Herr Vater? Was is denn?«

»Du wirst schon wissen, was los is!« schrie Meister Zauner, ohne das Gesicht zu wenden.

»Ich?« fragte das Mädel staunend. »Der Herr Vater hat doch net am End m i c h gmeint? Da müßt ich aber bitten –«

Gereizt fuhr Wastl Zauner auf die Tochter zu und hob ihr die Faust vor das nette Näschen. »Lieserl, tu dich net föppeln mit mir!«

»Jesses Maria!« kreischte die Meisterin und schlug die Hände über dem Kopf zusammen. »Wie kann sich denn a Mensch so aufführen gegen sein einzigs Kind!«

»Du sei still, gelt! Du bist schuld an allem. Mit deiner ewigen Schöntuerei! Da muß sich 's Madl freilich was einbilden und muß glauben, sie kann treiben, was ihr taugt! Du bist schuld, ja, du, wenn sich 's Madl auf d' leichte Seiten legt und unsern guten Nam in alle Mäuler bringt!«

»Jetzt sag ich dir aber, Wastl –«

»Sei stad, Mutter!« Lieserl stellte sich kampfbereit zwischen Vater und Mutter. »Jetzt muß ich selber fragen, was der Herr Vater eigentlich haben will von mir?«

»So?« schrie Meister Zauner in die Stubenecke. »Was is denn nachher dös schon wieder mit dem jungen Stadtherrn, der im Seehof loschiert?«

»Mit wem?« Lieserl zog die Brauen in die Höhe. »Ich weiß ja gar net, wen der Herr Vater meint?«

»So? Was hast denn mit ihm am Berg droben gmacht?«

»Ich? Am Berg droben? Bsinnt sich der Herr Vater auf gar nix mehr? Wer hat denn gsagt: ›Schau, Lieserl, vierzehn Tag bist bei der Arbeit gsessen, schnauf dich a bißl aus!‹«

»No ja, es is ja alles recht! Aber muß man die sanitäre Rekerazion zu solchene Sachen benützen?«

»Solchene Sachen? Was kann ich denn dafür, daß mir der junge Springer nachgstiegen is?«

»Was kann denn 's Madl dafür?« fiel die Zaunerin ein. »Sie hat halt 's Gfrett mit die Mannsbilder. Hättst ihr an anders Gsicht verschafft. Wenn einer 's Madl anschaut, gfallt's ihm halt.«

Meister Zauner warf einen halb wütenden, halb scheuen Blick auf das appetitliche Figürchen seiner Tochter. Das Argument seines Weibes schien ihm einzuleuchten, und er brummte ein paar unverständliche Worte.

»Und weil wir grad schon reden,« dozierte die Zaunerin, »für was is denn a Madl auf der Welt? Die guten Heiraten tragt man heutigentags nimmer in der Butten umanand. Da muß sich a Madl umschauen. Wenn's d i r nachging, könnt 's Lieserl hinterm Ofen hocken und sitzenbleiben!«

»Sitzenbleiben!« grollte Meister Zauner. »Deswegen braucht s' net alle Tag a Gspusi anfangen, daß d' Leut rebellisch werden. Und wenn's ihr ums Heiraten is – der Pointner-Andres nimmt 's Madl auf der Stell!«

Lachend drückte Lieserl den Kopf in den Nacken und setzte sich zur Nähmaschine.

Als Meister Zauner den Rücken seiner Tochter sah, wuchs ihm wieder der Zorn. Hinter Lieserls Stuhl mit dem Finger drohend, überschrie er das Geklapper der Maschine. »Du! Lachen tust mir n e t über 'n Andres! Dös is kein Mensch, mit dem man seine Spassetteln macht! Jede andre wär in d' Haut eini froh, wenn s' den Andres kriegen könnt.«

»Wenn ihn s' Lieserl aber net mag!« fuhr die Zaunerin dazwischen.

»Net mögen! An Anwesen, wie der Pointnerhof, der seine hunderttausend Markln wert is? So was soll man net mögen? Meinst net, es wär gscheiter, wenn dei' Tochter die Bäuerin auf der Point droben heißt, als wenn d' Leut von ihr sagen: ›'s feine Lieserl‹? Himmelkreuzteufel noch amal! Da könnt einer aus der Haut fahren!« Meister Zauner stapfte in seine Werkstatt hinaus und schmetterte hinter sich die Tür zu, daß unter den Tapeten der Mörtel bröselte.

»Fein benimmt sich der Herr Vater!« sprach Lieserl lächelnd auf den Hemdärmel nieder, den sie durch die Maschine gleiten ließ.

Die Zaunerin beugte sich über die Schulter ihres hübschen Kindes und flüsterte mit Vorsicht: »Was den Andres betrifft, hat er net so unrecht, weißt.«

»Jetzt erst recht net! Grad mit Fleiß! Jetzt leg ich alles drauf an, daß mir meine heimlichen Gedanken nausgehn! Glück hab ich noch allweil ghabt. Und kommt's, wie ich denk – da wird's erst recht was z'reden geben im Ort! Da freu ich mich drauf!« Unter vergnügtem Kichern beugte sich Lieserl über die Arbeit.

Das Mutterherz der Zaunerin fieberte vor Neugier. »Schatzerl, wie kannst denn so zruckhalterisch sein vor der Mutter! Hast doch kei' bessere Freundin im Leben! Geh, sag mir, was los is?«

Lieserl schüttelte das Köpfl, ließ die Maschine klappern und gab keine weitere Audienz.

## 12

Am folgenden Morgen mußte Tassilo, um Forbecks Geräte nach Schloß Hubertus bringen zu lassen, seinen Diener schicken, weil der alte Moser über Hals und Kopf zu schaffen hatte. Es war eine neue Wildsendung von der Jagdhütte eingetroffen – vier Gemsböcke und drei Kapitalhirsche – und da mußte Moser die Geweihe von den Schädeln sägen und die Verfrachtung des Wildbrets überwachen. Das war eine Arbeit, die den Alten noch heiterer stimmte als eine Begegnung mit dem »feinen Lieserl«. Laut rumorte er im Zwirchgewölbe umher, sang ein Schnaderhüpfl um das andere und hielt lachende Ansprachen an das tote Wild. Seine Stimme klang bis zu dem von Licht und Schatten überzitterten Rasen, auf welchem Kitty ihr Plätzchen wieder eingenommen hatte und Forbeck vor der Leinwand stand, während Tante Gundi mit dem Buch auf der Bank saß. Schon ein paarmal hatte Fräulein von Kleesberg unwillig nach der Richtung geblickt, in der das Wirtschaftsgebäude lag – sie fürchtete, daß die konfuse Dudelei des Alten den Künstler stören könnte. Doch Forbeck schien kein Ohr zu haben und war nur Auge für Kitty und sein Bild; es hatte sogar den Anschein, als käme das letztere bei dieser Teilung zu kurz, denn je häufiger er die Blicke von der Leinwand hob, desto länger hafteten sie an dem holden Bild des Lebens; manchmal, tief atmend, schüttelte er den Kopf, als vertrüge vor seinem eigenen Urteil das künstlerische Abbild, an dem er schaffte, nicht den Vergleich mit der schönen Wirklichkeit. Kitty, die still und geduldig wie ein Mäuschen saß, gewahrte die Unruhe, die ihn befiel, und als er wieder einmal den Rücken der Hand an die glühende Stirn preßte, fragte sie leise: »Herr Forbeck –?«

Tante Gundi ließ das Buch sinken.

Da knirschten Schritte auf dem Kiesweg. Der alte Moser erschien: hemdärmelig, die nackten Arme bis über die Ellbogen mit Blut besudelt, ein paar rote Fingerstriche im lachenden Gesicht und in den Händen das frisch abgesägte Geweih eines Zwölfenders.

»Ich bitt, meine lieben Herrschaften, so was muß man anschauen!« rief er und hob das Geweih. »So an Hirsch hat der Herr Graf schon lang nimmer gschossen. Dös is einer, der noch aus m e i n e r Zeit übrigblieben is!«

Tante Gundi schalt: »Aber Moser! Sind Sie verrückt? Wie können Sie sich einfallen lassen, in solchem Aufzug vor Damen zu erscheinen! Wie ein Mörder! Gehen Sie mir aus den Augen! Flink!«

»Jesus Maria!« brummte der Alte erschrocken und wandte sich zur Flucht. Hinter den Büschen blieb er kopfschüttelnd stehen. »Und da gibt's Menschen auf der Welt, die für so a Gweih kein Sinn haben! Man sollt's net glauben! Natürlich, Frauenzimmer! Da fehlt's weit!«

Gundi von Kleesberg vermochte sich lange nicht zu beruhigen. Der »gräßliche Anblick« war ihr auf die Nerven gegangen; und was aus ihrem Ärger herausredete, war nichts weniger als ein Lobgesang auf die Jagd. Graf Egge wäre dabei übel weggekommen, hätte nicht Kitty gemahnt: »Aber! Tante Gundi!«

Von den dreien schien Forbeck der einzige, dem die Störung willkommen und von Nutzen gewesen. Er war ruhiger geworden und arbeitete mit gleichmäßigem Eifer. Dann plötzlich kam es wie stürmische Ungeduld in seine Hand, alles an seinem Wesen war freudige Hast.

Tante Gundi machte große Augen. »Herr Forbeck? Was haben Sie denn?«

»Sehen Sie nur die Beleuchtung!« stammelte er, ohne die Arbeit zu unterbrechen. »Wie das Haar an der Schläfe schimmert! Und die Wange! Wie das im Schatten noch leuchtet! Das muß ich haschen!«

Stille Minuten vergingen. Dann trat er von der Leinwand zurück, mit einem stockenden Atemzug, wie nach gewaltsamer Anstrengung; die Freude verzerrte ihm fast das Gesicht. »Ich glaube, ich hab's!«

Gundi Kleesberg rauschte zur Staffelei. Auch Kitty machte eine Bewegung, als wollte sie aufspringen. Das gewahrte Forbeck, und mit glücklichem Lächeln sagte er: »Wollen Sie sehen?« Sie kam herbeigeflogen, während Tante Gundi dem jungen Künstler schon ein wortreiches Loblied sang. Schweigend, das Gesicht von glühender Röte übergossen, stand Kitty vor dem Bild; dann blickte sie zögernd zu Forbeck auf und sagte mit einer Stimme, in der ihre Freude sich verriet: »Sie haben aber sehr geschmeichelt!«

Er sah sie mit leuchtenden Augen an, und Gundi Kleesberg übernahm die Antwort: »Aber nein, Kind! Genau so war es! Unglaublich, wie Herr Forbeck das getroffen hat! Dieser Duft! Dieser Sonnenschimmer!« Das sprudelte so weiter.

Forbeck wurde verlegen, gab neue Farben auf die Palette und wandte sich an Kitty. »Darf ich bitten, nur noch ein Viertelstündchen für das Kleid, ehe das Licht sich ändert?«

Sie eilte zum Lehnstuhl, um ihre Stellung wieder einzunehmen.

Aus dem Viertelstündchen wurde eine lange Stunde rastloser Arbeit. Forbeck war so vertieft in Schauen und Schaffen, daß er die Schritte Tassilos überhörte, der gegen Mittag kam, ein offenes Blatt in der Hand; seine Augen blickten noch ernster als sonst; als er einen Blick auf die Leinwand geworfen hatte, legte er die Hand auf die Schulter des jungen Künstlers. »Ja, lieber Freund, Werner wird seine Freude haben an dieser Arbeit!« Eine Weile stand er in die Betrachtung des Bildes versunken, dann trat er auf die Kleesberg zu, und ohne die Verwirrung zu gewahren, die sein zu Forbeck gesprochenes Wort in ihr hervorgerufen hatte, reichte er ihr das offene Telegramm und sagte zu seiner Schwester: »Robert und Willy kommen heute nachmittag.«

Jubelnd sprang Kitty auf und wollte zu Gundi Kleesberg hinüber. Auf halbem Wege stand sie erschrocken still, sah Forbeck an, und ein Schatten glitt über ihr Gesichtchen. Auch Forbeck war erregt, schien die Sitzung für beendet zu halten und schloß den Farbenkasten.

Inzwischen besprach Gundi Kleesberg ein bißchen konfus mit Tassilo alle nötigen Vorbereitungen: man mußte einen Wagen zu der eine Stunde entfernten Bahnstation schicken und die Träger für den Aufstieg zur Jagdhütte bestellen, der nach Graf Egges Anordnung schon am kommenden Morgen erfolgen sollte. Seufzend griff sie an ihre Stirn und zappelte davon, ohne sich von Forbeck zu verabschieden.

Tassilo hatte eine tiefe Furche zwischen den Brauen. Und Kitty schien die Sprache verloren zu haben. Forbeck nahm die Leinwand von der Staffelei und verhüllte sie. Dann gingen sie langsam zum

Schloß hinüber. Als sie den Teich erreichten fragte Tassilo: »Haben Sie jetzt, was Sie brauchen, oder ist noch eine Sitzung nötig?«

Scheu blickte Kitty zu Forbeck auf, der die Antwort schwer zu finden schien. »Ich glaube, daß ich mit dem, was ich habe, zurechtkommen werde. Auch darf ich nicht unbescheiden sein.«

»Unbescheiden? Ihr Bild soll nicht leiden. Morgen, bei dieser Unruhe im Haus – aber vielleicht übermorgen. Ich will mit der Kleesberg sprechen. Wenn Ihnen Fritz nach Tisch Ihre Sachen bringt, schick' ich Nachricht.«

Forbeck vermochte nur mit einem Blick zu danken, die Kehle war ihm wie zugeschnürt. Ohne die Augen zu heben, verneigte er sich vor Kitty. Tassilo begleitete ihn zur Ulmenallee; als sie in den Schatten der Bäume traten, sagte er: »Sie haben es gut, Sie können vor Ihrem wachsenden Werke stehen, und kein Gedanke stört Ihnen das Glück Ihres Schaffens.«

Forbeck nickte, als wäre an dieser Tatsache nicht zu zweifeln.

»Aber ich!« Tassilo blickte gegen die Berge. »Ich werde um mein Glück ein böses Jagen haben. Da droben!«

Kitty war beim Teiche stehengeblieben, und während sie den beiden mit den Augen folgte, streckte sie die Hand in den kühlen Regen der Fontäne. Sie sah, wie Tassilo und Forbeck voneinander Abschied nahmen, als gält' es eine Trennung für lange. Ein leiser Schauer rieselte ihr über die Schultern; sie zog die Hand zurück und trocknete sie mit dem Tuch.

Als sie bei Tisch erschien, fragte Gundi Kleesberg befremdet: »Kind, was ist dir?«

»Mir? Nicht das geringste! Vielleicht die Ungeduld. Ich kann es kaum erwarten, bis Robert und Willy kommen.«

»Willst du mit zur Bahn fahren?«

Tassilo fiel hastig ein: »Da muß ich abraten.« Er sprach von der staubigen Straße, von der drückenden Hitze. Kitty merkte gleich, daß es eine Ausflucht war, und grübelte: »Weshalb will er mich daheim behalten?«

Die Kleesberg hatte ein weniger feines Ohr. »Vielleicht bist du auch etwas ermüdet?« sagte sie. »Die Sitzung hat heute lange gedauert, wir haben keine Pause gemacht. Ich weiß nicht, wie ich das übersehen konnte. Freilich, Herr Forbeck war in so prächtiger Arbeitsstimmung. Aber wenn er übermorgen wiederkommt –«

»Übermorgen?« Nach diesem flinken Wort kam der zögernde Zusatz: »Noch eine Sitzung?«

»Ja, Kind, das kleine Opfer mußt du bringen!« mahnte Gundi Kleesberg mütterlich. »Tassilo sagte, das wäre im Interesse des Bildes notwendig. Wir dürfen dem Gedeihen eines so schönen Werkes kein Hindernis in den Weg legen.«

Tassilo sah die Kleesberg an und lächelte. Kitty zuckte nur die Schultern. Ihre Laune besserte sich überraschend.

Nach dem Diner, als man zur Veranda ging, hängte sich Kitty an den Arm des Bruders. »Tas? Ehrlich! Warum willst du mich daheim haben?«

»Komm zu mir hinauf, wenn Gundi ihr Schläfchen macht, und du wirst es erfahren.«

Auf der Veranda nahm Tassilo den gewohnten Platz nicht ein. Stehend leerte er die Kaffeetasse, raffte die Zeitungen zusammen, nickte einen Gruß und verschwand.

»Was hat er denn?« fragte die Kleesberg verwundert.

Kitty antwortete sehr ernst: »Er hat bis spät in die Nacht gearbeitet, heute wieder den ganzen Vormittag, und wird ruhen wollen. Es ist schwül heute! Eine drückende Luft. Nimm auch du keine Rücksicht auf mich. Wenn du müde bist –«

»Ja, gutes Herz, ich danke dir!«

Kaum die Kleesberg verschwunden war, huschte Kitty lautlos über die Treppe hinauf und trat mit erregter Spannung in das Zimmer ihres Bruders.

»Da bin ich, Tas!«

»Komm!« Er zog sie an seine Brust. »Ich habe mit dir zu reden.«

»Von mir?«

»Nein! Von deinem Bruder Tas.«

Nun atmete sie auf und lachte. »Du bist ja ganz feierlich!«

Er streichelte ihr Haar. »Ich habe dich lieb. Und ich weiß, du hängst auch an mir. Drum möchte ich dir eine unbehagliche Überraschung ersparen. Komm! Ich will dir etwas zeigen!« Er führte sie zum Schreibtisch, zog sie auf seinen Schoß und öffnete eine Lade. »Sieh dir einmal dieses Bild an!« Dabei reichte er ihr ein kunstvoll ausgeführtes Pastell in braunem Plüschrahmen.

Das Porträt einer jungen Dame! Noch ehe Kitty das Bild genauer betrachtet hatte, dämmerte in ihr eine Ahnung. Sie jubelte: »Tas? Du wirst doch nicht –«

Er lächelte. »So schau dir das Bild doch an!«

Der Reiz des Geheimnisses erfaßte sie. Schauernd bewegte sie in seligem Vergnügen die Schultern. »Wie entzückend, wie schön! Der sanfte Mund und die wundervollen Augen –« Da stutzte sie. »Aber Tas? Du? Das ist doch Fräulein Herwegh vom Hoftheater? Natürlich! Das ist sie! Ich hab' sie schon dreimal gehört. Zuletzt als Fides im ›Propheten‹! Ich war außer mir vor Wonne. Und geheult hab' ich, daß Tante Gundi wütend zu puffen anfing.« Kitty lachte. Mitten im Lachen brach sie ab und wurde ernst. »Fräulein Herwegh ist eine große Künstlerin. Aber was mich damals so tief ergriff, daß ich meinte, es zerdrückt mir das Herz – denke, Tas, in der großen Szene zwischen Fides und ihrem Sohn, da ging es mir plötzlich durch den Kopf: ob nicht Mama so ausgesehen haben könnte wie Fräulein Herwegh als Fides?«

In Freude hatte Tassilo den sprudelnden Worten der Schwester gelauscht; nun furchte sich seine Stirn; schwer atmend schüttelte er den Kopf.

Kitty hielt das Bild im Schoß, lehnte die Wange an die Schulter des Bruders und sah ins Leere. »Es war ein Unglück für mich, daß ich Mama so früh verlieren mußte. Je älter ich werde, desto schmerzlicher fühl' ich das. Und wenn ich an Mama denke, ist alles leer vor mir. Ich sehe nichts!« Sie hob das Köpfchen und sah dem Bruder in die Augen. »Tas? Es ist doch eigentlich ganz unverständlich, daß wir von Mama kein Bild haben, weder hier in Hubertus noch in München?«

Tassilos Stimme schwankte. »Mama wollte sich niemals malen lassen.« Fester schlang er den Arm um Kitty. »Aber ich habe dir doch die Mutter schon sooft geschildert.«

»Wie schön sie war, und wie gut, ja, Tas! Aber ich sehe sie nicht. Wenn ich mir eine Vorstellung von ihr zu machen suche, schwimmt mir alles. Ich sehe das Haar, die Augen, aber kein Bild, das ich mit dem Herzen festhalten könnte. Das ist in mir eine unstillbare Sehnsucht. Sooft ich eine Dame sehe, deren Erscheinung mich anzieht, geht es mir heiß durch das Herz: vielleicht hat Mama so ausgesehen? Das war auch damals so, als ich Fräulein Herwegh in der Rolle der Fides sah. Diese schöne, stille Größe –« Verstummend betrachtete Kitty das Bild. Plötzlich glitt es wie Schreck über ihre Züge, und sie stammelte: »Aber Tas! Wie kommt denn dieses Bild zu dir?«

»Fräulein Herwegh hat es mir geschenkt.«

»Sie? Dir? Kennst du sie denn?«

»Seit drei Jahren.«

»Und davon hast du nie gesprochen?« Dem Lächeln des Bruders gegenüber steigerte sich ihre Verwirrung. »Und das Bild? Daß sie dir das Bild gab? Das muß doch einen Sinn haben?«

»Den errätst du nicht«

»Tas!« Ohne das Bild aus der Hand zu lassen, schlang Kitty den Arm um den Hals des Bruders.

»Ich liebe sie. Und Anna liebt mich wieder. Wie es kam? Das ist eine stille Geschichte. Weißt du, das rechte Glück ist nie eine komplizierte Sache. Da fällt ein Same in ein Menschenherz. Niemand weiß, wer ihn streute. Er wächst, und du fühlst es nicht. In guter Stunde kommt der helfende Sonnenstrahl dazu, und der Keim ist eine Blume geworden, mit Duft und Farben. Das ist mein ganzer Roman. Ich verehrte Anna schon als Künstlerin, bevor ich sie persönlich kennenlernte. Die erste Begegnung hatte ich mit ihr an jenem Tag, an dem ich als Konzipient bei Doktor Neuroth eintrat. Er war ihr Anwalt. Als er mir seine Kanzlei übergab, wurde Anna meine Klientin. Da hatte ich Gelegenheit, ihren lauteren Charakter kennenzulernen, ihr tiefes Gemüt, auch die schöne Häuslichkeit, in der sie mit

Mutter und Schwester lebt. Wir glaubten Freunde zu sein und wußten nicht, daß wir uns liebten.«

Regungslos hatte Kitty gelauscht. Nun fragte sie flüsternd: »Wie kam es, daß ihr euch gefunden habt?«

Tassilo lächelte. »Du wirst enttäuscht sein, wenn ich es dir erzähle. Es war im Frühjahr. Da bat sie mich eines Tages um meinen Besuch. Ich sah, daß die Zeilen in erregter Hast geschrieben waren, und ließ alle Arbeit liegen. So kam ich zu ihr und erfuhr, sie hätte einen glänzenden Antrag der Wiener Oper erhalten, müsse sich innerhalb eines Tages entscheiden und bäte mich um meinen Rat. Mir fuhr es an die Kehle, daß ich keine Silbe herausbrachte. Sie sah mich betroffen an, und so standen wir eine Weile wortlos voreinander. Dann las ich den Vertrag, wir besprachen alle Verhältnisse der neuen Stellung, und aus ehrlichem Gewissen mußte ich ihr raten, den Kontrakt zu unterzeichnen. Lange saß sie schweigend, dann faltete sie den Vertrag zusammen und verschloß ihn. Wir plauderten noch über alle möglichen Dinge; dabei saß sie auf dem Stuhl vor dem offenen Flügel und griff zuweilen mit einer Hand ein paar Akkorde. Plötzlich brach sie mitten im Worte ab und begann zu spielen –«

»Und sang?«

Er nickte. »Ein kleines Liedchen von Schumann, ›Jasminenstrauch‹.«

»Ich kenne das Lied!« Zwei Tränen schimmerten an Kittys Wimpern, während sie leis die Verse flüsterte:

»Grün ist der Jasminenstrauch

Abends eingeschlafen.

Als ihn mit des Morgens Hauch

Sonnenlichter trafen,

Ist er schneeweiß aufgewacht:

›Wie geschah mir in der Nacht?‹

Seht, so geht es Bäumen,

Die im Frühling träumen.«

Ein tiefer Atemzug schwellte ihre junge Brust, und die Tränen rollten von ihren Lidern.

»Dieses Liedchen sang sie. Dann ließ sie die Hände in den Schoß fallen. Und ohne das Gesicht nach mir zu wenden, sagte sie: ›Ich habe mich besonnen, ich gehe nicht nach Wien.‹ Eine Antwort fand ich nicht. Aber ich umschlang sie und küßte ihren Mund.«

»Ach, du Glücklicher! Du Glücklicher!«

»Ja! Ich habe das Glück gefunden und will es halten. Anna wird meine Frau. Willst du ihr gut sein?«

»Gut sein? Nur gut sein? Tas! Ich werde ja närrisch vor Freude!« Sie erstickte den Bruder fast mit Küssen. Plötzlich richtete sie sich auf und glitt von seinem Schoß. Ihr Gesichtchen hatte alle Farbe verloren. »Tas – ums Himmels willen – Papa? Hast du denn schon mit ihm gesprochen?«

Tassilo erhob sich. »Noch nicht. Das soll dieser Tage geschehen, droben in der Jagdhütte.«

Verstört blickte sie zu ihm auf. »Herr, du mein Gott! Lieber, lieber Tas! Das wird böse Geschichten absetzen!«

»Das fürchte ich!« sagte er ruhig.

Leidenschaftlich, als hätte sie um das eigene Glück zu kämpfen, faßte sie die Hand des Bruders. »Sei mutig, Tas! Dann wirst du es durchsetzen. Das bist du deiner Liebe schuldig. Und wie es auch kommen mag, ich halte zu dir! Fest!« Mit beiden Armen umklammerte sie seinen Hals. »Ach, Tas, ich habe dich so furchtbar lieb!«

Er nahm ihr zuckendes Gesichtchen zwischen die Hände. »Ich danke dir! Ja, kleiner Spatz, du hast mich lieb! Ich wußte, daß du dich für mich entscheiden würdest. Ebenso, wie ich weiß, daß die anderen gegen mich sein werden.«

»Nein, Tas! Denke nicht gleich das Allerschlimmste! Ich sage dir was. Nimm das Bild mit hinauf in die Hütte! Wenn Papa das Bild sieht – oder noch besser, Tas: Grüble dir einen Vorwand aus, suche Papa zu einer Fahrt nach München zu bewegen, mach' ihn mit Anna bekannt –«

Tassilo schüttelte den Kopf. »Ich kenne den Vater besser. Mit einem solchen Versuche würde ich Anna nur einer Demütigung aussetzen. Könnt' ich mir von einer Bewegung Gutes versprechen, so wäre die Fahrt nach München nicht notwendig. Anna ist mit ihrer Mutter und Schwester hier im Dorfe.«

»Tas! Und das sagst du mir erst jetzt!« stammelte Kitty in Freude. »Führe mich zu ihr! Ich bitte, bitte! Ich muß sie kennenlernen. Ich muß! Nicht wahr, du erfüllst meine Bitte? Heute noch! Jetzt! Sieh nur, Tas, wir können keine bessere Stunde finden! Die Gundi schnarcht, und Papa ist in der Hütte droben – es ist also absolut unmöglich, daß ich irgend jemand um Erlaubnis frage! Komm, Tas, komm! Was später sein wird, wissen wir alle beide nicht, aber heute können wir noch tun, was wir wollen! Ich bitte dich, Tas!«

»Ja, Schatz, wir wollen gehen! Und ich will ehrlich sein: Ich hoffte, daß du diese Bitte stellen würdest. Für Anna wird es eine Freude sein, wenn ich dich bringe und ihr sagen kann, daß es dein freier Wunsch war.«

»Tas!« jubelte Kitty. »In fünf Minuten bin ich fertig.« Selig auflachend huschte sie davon.

Nach wenigen Minuten erschien sie wieder, mit heißen Wangen und strahlenden Augen. Sie hatte sich »schön« gemacht – genau so schön wie für jenes Diner, zu welchem Forbeck geladen war.

Arm in Arm wanderten die Geschwister durch die Ulmenallee, an dem Käfig vorbei, in dem die Adler auf den Stangen saßen; die Raubvögel bewegten die Köpfe, als das Paar vorüberschritt, und die durch keine Gefangenschaft zu zähmende Wildheit ihrer Rasse funkelte in den scharfen Augen; einer von ihnen knappte mit dem Schnabel und zog die Fänge an, daß die Stange knirschte.

## 13

Vor dem Seehof füllte ein Gewirr von Menschen und Wagen den sonnigen Landeplatz, Schiffe kamen und gingen, und aus dem See heraus tönten die Echoschüsse.

Tassilo trat mit der Schwester in eine Schiffshütte. Hier bestiegen sie das Boot. Kitty faßte die Steuerschnüre, aber sie war so wenig bei der Sache, daß Tassilo immer wieder mit dem Ruder die Ablenkung des Bootes korrigieren mußte. Auf einem hinter den Villen gegen den Wald führenden Promenadenweg gewahrte er zwei Damen und erkannte Frau Herwegh mit ihrer jüngeren Tochter. Schon fürchtete er, auch Anna nicht zu Hause zu finden; die Klänge eines Flügels, die immer deutlicher hörbar wurden, je mehr sich der Nachen dem Villenufer näherte, beruhigten ihn. Kitty wandte keinen Blick mehr von dem unter Bäumen halb versteckten Landhaus, und die gedämpften Klänge schienen ihre Erregung noch zu steigern; als der Nachen an der Steintreppe anlegte, war sie in einer Stimmung, als sollte sie ein verwunschenes Schloß betreten. Sie klammerte sich an den Arm des Bruders, daß er lächelnd fragte: »Hast du Angst?« Tief atmend schüttelte sie das Köpfchen und ließ sich führen.

Während die beiden den kleinen Garten durchschritten, gesellte sich zu den Tönen des Flügels der Gesang einer Altstimme, wie der Klang einer Glocke.

»Bleib, ich bitte dich,« stammelte Kitty, »laß mich hören!«

»Das hörst du in der Nähe besser!«

Sie traten in den Flur der Villa, und geräuschlos öffnete Tassilo eine Tür. Kitty hatte kein Auge für den Raum. Zitternd stand sie, und ihr Blick hing an der schönen, mit vornehmer Schlichtheit gekleideten Mädchengestalt, die, der Tür den Rücken wendend, vor dem Flügel saß. In tiefer Bewegung lauschte Kitty, und wie ein flinkes Hämmerlein schlug ihr das Herz. Was sie fühlte, war nicht nur der Reiz des Augenblickes, nicht nur das scheue Mitempfinden am Glück des Bruders. Ihre junge Seele hatte in diesen Tagen einen Samen empfangen, der still zur Blüte trieb; und in dieses ihr selbst noch unbewußte Fühlen klangen die Worte des Mendelssohnschen Wiegenliedes, das Anna Herwegh sang:

»Schlummre und träume von kommender Zeit,

Die sich dir bald muß entfalten,

Träume, mein Kind, von Freud und Leid,

Träume von lieben Gestalten!

Schlummre und träume von Frühlingsgewalt,

Schaue das Blühen und Werden,

Horch, wie im Hain der Vogelsang schallt:

Liebe ist Himmel auf Erden!

Heut zieht's vorüber und kann dich nicht kümmern,

Doch wird dein Frühling auch blühen und schimmern,

Bleibe nur fein geduldig,

Bleibe nur fein geduldig!«

Tassilo war hinter Annas Stuhl getreten, und als das letzte Wort des Liedes mit den verklingenden Akkorden wie ein leiser Hauch erlosch, legte er die Hände auf ihre Schultern.

Sie hob die Augen. »Du!« Und lächelnd streckte sie die Arme nach ihm.

Er küßte das schimmernde Haar. »Ich habe dir einen Gast gebracht.«

Annas Blick huschte zur Tür, und erschrocken sprang sie auf.

Mutig machte Kitty einen Schritt und begann zu stammeln: »Mein Bruder – erst heute hab' ich – kaum weiß ich, wie ich Ihnen meine Freude –« Da gingen ihr die Worte wieder aus. Ein paar Sekunden stand sie hilflos, mit schwimmenden Augen, dann plötzlich, unter Lachen und Weinen, flog sie auf Anna Herwegh zu und umschlang sie. –

Um die gleiche Stunde öffnete Gundi Kleesberg in Schloß Hubertus Tür um Tür. »Kitty? Kitty?« Ihre Stimme klang durch das ganze Haus; nur Fritz erschien, der auf Tante Gundis erregte Frage keine Antwort wußte. Die Entdeckung, daß auch Tassilo mit Hut und Stock verschwunden war, beruhigte sie einigermaßen und weckte in ihr die Vermutung, daß Kitty mit ihrem Bruder dem Wagen eine Strecke entgegengegangen wäre.

Im Laufe des Nachmittags traf Roberts Stallbursche mit zwei Reitpferden in Hubertus ein, und gegen sechs Uhr abends rollte der offene Jagdwagen mit den beiden Brüdern durch die Ulmenallee heran. Willy, ein neunzehnjähriger Fähnrich, glich im Schnitt der Züge auffallend seiner Schwester; nur die Gestalt war derber und erinnerte in den breiten Schultern an den Vater; heiße Farbe lag auf dem fröhlichen Gesicht, aus dessen Augen der Übermut und das junge Leben lachten; die kurzen Spitzen des kleinen Bärtchens standen scharf von der Oberlippe ab – man sah ihnen an, daß sie mit Ungeduld gepflegt und gezogen wurden. Schon als der Wagen in das Parktor lenkte, sprang Willy auf, rief mit hallender Stimme den Namen der Schwester und reckte den Kopf, um durch das Gewirr der Äste zu spähen. Vor einem der niederhängenden Zweige duckte er sich, wankte im schaukelnden Wagen und trat etwas unsanft auf den glänzenden Lackstiefel seines Bruders.

»So bleib doch sitzen, du Fex, und trample nicht anderen Menschen auf den Füßen herum!«

»Na, sei gut, ich war ja nicht lange droben!« tröstete Willy lachend.

Robert stäubte ärgerlich mit dem duftenden Taschentuch den Stiefel ab und saß wieder in gemessener Ruhe, die eine Hand auf dem Korb des Säbels, den er zwischen den Beinen stehen hatte, in der anderen die Zigarette. Er trug die Uniform der Ulanen; das dunkle Grün hob seine elegante Gestalt, und mit Akkuratesse saß die Mütze auf dem tadellos frisierten Kopf. Neben dem unruhigen Leben des Bruders erschien Robert wie die Verkörperung jener Langeweile, die sich als selbstbewußte Vornehmheit zu geben weiß. Einem schärferen Blick entging es nicht, daß diese stilvolle Ruhe nur Kostüm war. Es zuckte um die grauen Augen, und etwas Nervöses lag in der Art, wie er beim Einatmen des Zigarettenrauches die Unterlippe zwischen die Zähne zog. Auch sonst noch erzählte dieses Gesicht von mancherlei Dingen; es war frostig wie das Gesicht eines Menschen, der eben aus dem kalten Bad gestiegen. Die Ähnlichkeit mit Tassilo war unverkennbar; aber obwohl Robert um vier Jahre jünger war, schätzte man ihn älter als den Bruder.

Vor der Veranda erwartete Fräulein von Kleesberg den Wagen, und in angemessener Entfernung stand die Dienerschaft in Reih' und Glied: Fritz, Moser, die alte Beschließerin, die noch ältere Köchin, zwei übertragene Jungfern und Roberts Stallbursche in Uniform.

»Tante Gundi! Tante Gundi!« rief Willy und winkte mit beiden Händen. »Aber wo ist denn die kleine Maus? Und den gestrengen Herrn Doktor seh' ich auch nicht?« Es fiel ihm nicht ein, nach dem Vater zu fragen. Daß Graf Egge droben in der Jagdhütte saß, war eine selbstverständliche Sache.

Robert verließ als erster den Wagen und dehnte die Beine, als wäre er vom Pferd gestiegen. Mit vorschriftsmäßiger Höflichkeit küßte er die Hand der Kleesberg und nickte der Dienerschaft einen kaum merklichen Gruß zu. Gundi stotterte in Sorge die Frage, ob Kitty und Tassilo dem Wagen nicht begegnet wären. Aber sie kam damit nicht zu Ende. Willy umarmte sie mit stürmischem Jubel und drückte ihr zwei schallende Küsse auf die Wangen, daß er weiße Lippen und Tante Gundi zwei rote Flecken bekam. »Na also, Tantchen, da wären wir! Und geben Sie mal acht, wie ich Ihnen die Cour schneiden werde. Natürlich nur zu meiner Übung. Der Leutnant wird nicht lange mehr auf sich warten lassen, und bis dahin muß ich ferm sein, Tantchen! Übung macht den Meister!« Wieder umarmte er sie.

»Ich warne Sie, Fräulein!« fiel Robert ein, zwischen den Zähnen eine frische Zigarette, die er in Brand steckte. »Der Junge weiß in solchen Dingen zwischen Scherz und Ernst nicht zu unterscheiden. Wenn er ein paar Zöpfe wittert – und Sie haben doch noch welche? – das macht ihn toll!« Er wandte sich an seinen Stallburschen. »Sind die Pferde gut untergebracht?«

»Zu Befehl, Herr Graf!«

»Davon will ich mich selbst überzeugen. Vorwärts!« Er folgte dem Burschen zu den Ställen.

Auf den Wangen der Kleesberg brannte die Röte der Empörung durch den Puder. Mühsam raffte sie ihre ins Wanken geratene Würde zusammen, und da der eigentliche Missetäter ihrer Entrüstung entzogen war, spießte sie den lachenden Fähnrich auf. »In aller Güte, lieber Graf Willy, aber ich muß Ihnen bemerken, daß ich derartige Scherze mehr als unschicklich finde. Wenn sich Ihr Vater zuweilen solche Späße in der Lederjoppe erlaubt, laß ich mir das mit Rücksicht auf Kitty gefallen und schweige –«

»Aber Tantchen! Seien Sie doch gemütlich!« Willy versuchte der Zürnenden die Wange zu streicheln.

»Ich bin sehr gemütlich! Aber alles hat seine Grenze, lieber Graf Willy! Deshalb möchte ich Ihnen wie Ihrem Bruder bemerken –«

Gundi Kleesberg verstummte, weil Willy mit langen Sprüngen davonrannte. »Kitty! Kleine süße Maus! Da bist du ja!« Er breitete die Arme nach der Schwester aus, die mit Tassilo in der Ulmenallee erschienen war.

Kitty lief ihm entgegen, er umarmte und küßte sie mit burschikoser Zärtlichkeit und schwang sie im Kreis, daß sie eine Weile mit den Füßchen nicht auf die Erde kam. Als er sie niedersetzte, machte er staunende Augen. »Nanu! Schatz! Was ist denn aus dir in diesen acht Tagen geworden? Die Luft in Hubertus wirkt ja Wunder! Na, sieh mal, wie sich das Ding gestreckt hat! Und die Augen, die sie macht!«

Kitty atmete tief, und ohne zu antworten, blickte sie auf Tassilo zurück, der langsam herbeikam. Aus ihr redeten noch die Eindrücke der vergangenen Stunden, und ihre Augen hatten einen träumerischen Glanz. Als sie bemerkte, daß Willy keine Miene machte, den Bruder zu begrüßen, flüsterte sie hastig: »Wenn du mich lieb hast, so bitte ich dich, sei freundlich mit Tas!«

Willy stutzte. »Freundlich? Weshalb denn nicht? Ich habe durchaus keine Ursache, kühl gegen ihn zu sein – wenn er es nicht gegen mich ist!«

»Er ist nicht kühl, am allerwenigsten gegen seine Geschwister. Das sag' ich dir, denn ich weiß es! Nur ernst ist er. Und verstanden will er sein!«

»Na, meinetwegen!« Die Hand streckend, ging Willy auf den Bruder zu. »Guten Abend, lieber Tas! Ich freue mich herzlich. Eine famose Sache, daß wir alle mal wieder so nett beisammen sind. Das ganze Nest von Hubertus!«

»Grüß dich Gott, lieber Willy!« Tassilo faßte die Hand des Bruders. »Dein Aussehen macht mir Freude und läßt mich hoffen, daß du dich wieder völlig wohl fühlst?«

»Ohne Sorge! Ich habe mich wieder flott auf den Damm geschwungen.«

»Warst du denn krank?« fragte Kitty erschrocken.

Er wurde ein bißchen verlegen. »Ach, Gott bewahre! So 'ne harmlose Erkältung, nicht der Rede wert! Wie weggeblasen. Weißt du, das war nur so –«  Er begann eine Geschichte zu erzählen: von einem Marsch bei »scheußlichem« Wetter und von einem unvorsichtigen Trunk. Dabei dämpfte er die Stimme und zog die Schwester aus Tassilos Nähe.

Das war überflüssige Vorsicht; Tassilo nahm dem Boten, der die Abendpost brachte, die Zeitungen und Briefe ab. Rasch überflog er die Adressen. Eine war mit plumper Hand geschrieben: »Ann den hochgebohrnen Dogtor Graffen Dasilo Ekke Senefeld.« Tassilo schien die Schrift zu kennen. »Einen Augenblick!« rief er dem Boten zu, der sich schon wieder zum Gehen wandte, und erbrach den Brief.

Kitty hatte Willys wortreiche Geschichte schweigend angehört und streichelte ihm zärtlich die Wange. »Da darfst du wirklich von Glück sagen, daß du mit dem Schreck davongekommen bist. Du siehst wieder aus wie das Leben. Jetzt sei vernünftig und halte dich!«

»Na, das versteht sich! Man wird älter und vernünftiger, weißt du!«

»Aber wo bleibt denn Tas?« Sie sah sich nach dem Bruder um und hörte ihn zum Postboten sagen: »Ich werde gegen acht Uhr einen Expreßbrief schicken und lasse den Herrn Expeditor bitten, mir zu Gefallen eine Ausnahme zu machen und den Brief noch anzunehmen, er m u ß mit der nächsten Post noch abgehen, oder ich müßte ihn direkt zur Bahn schicken!«

Kitty wurde unruhig und ging auf Tassilo zu. »Hast du eine unangenehme Nachricht erhalten?«

»Nein, Schatz! Ein armer Teufel, den sie im vergangenen Sommer zu drei Jahren verurteilen mußten, ist auf Grund seiner tadellosen

Führung begnadigt worden. Ich hab' ihn damals verteidigt. Nun hat er mich in München aufgesucht und nicht gefunden. Er ist ratlos, niemand will ihm Arbeit geben. Aber er muß eine Stelle finden, die ihn leben läßt. Und ich hoffe, ihm eine solche verschaffen zu können. Verzeihe, Schatz, aber die Sache hat Eile.« Er nickte der Schwester zu und ging rasch davon.

»Was hat er denn?« fragte Willy.

»Er muß einen Brief beantworten. Eine sehr ernste Angelegenheit.«

Willy lachte. »Ernst, ernst, ernst! Das ist ja dein zweites Wort! Sag' mir nur, du kleine Maus, was ist denn nur mit dir? Wer dich ansieht, möchte dich für eine Dame nehmen, und wer dich hört, für eine Gouvernante.«

»Scherze nicht! Ich fangen endlich an, den Ernst des Lebens zu verstehen. Aber komm, jetzt wollen wir zu Robert.« Sie nahm Willys Arm und ließ ihn wieder fahren, um fliegenden Laufes ihren Bruder Tassilo einzuholen. Bei der Veranda erreichte sie ihn und schlang die Arme um seinen Hals. »Sie ist entzückend, Tas, ich liebe sie wahnsinnig!« flüsterte sie, küßte ihn aufs Ohr und rannte lachend zu Willy zurück.

»Erlaube mir, Maus, du benimmst dich mit ihm, das ist geradezu sonderbar!« Es klang aus diesen Worten eine Regung brüderlicher Eifersucht.

Kitty wurde rot. Das Geheimnis, das sie vor Willy verbergen mußte, machte sie glücklich, aber auch ein wenig schuldbewußt. »Er ist so herzensgut!«

»So? Das bin ich wohl nicht?«

»Natürlich! Du auch!«

Der leere Jagdwagen fuhr im Bogen um das Schloß herum, und aus dem Flur klang die Stimme der Kleesberg, die das Schicksal des Gepäckes überwachte. Der alte Moser, der seinen Anteil an dieser Arbeit bereits erledigt hatte, näherte sich den beiden Geschwistern mit dem Hut in der Hand.

»Wo ist denn mein Bruder Robert?« fragte Kitty.

»Im Stall, Fräuln Konteß!«

Während Kitty davoneilte, blieb Willy vor dem Alten stehen und klopfte ihn auf die Schulter. »Na, Moserchen, wie haben wir überwintert?«

»Net schlecht, Herr Graf! Wie an alter Has, der die warmen Platzerln kennt. Aber dös muß ich schon sagen, Herr Graf, völlig verdrossen hat's mich, daß der Herr Graf den alten Moser so lang mit keim Gruß beehrt haben. Ja, völlig verdrossen hat's mich. Und ich hab mich so viel auf den jungen Herrn Grafen gefreut!«

»Aber Moserchen, wer wird denn gekränkt sein! Wir waren doch immer gute Freunde, und das bleiben wir auch!«

Der Alte lachte geschmeichelt und drehte den weißen Schnurrbart. »Herr Graf, für Ihnen geh ich noch allweil durchs Feuer! Kein bessern Freund haben S' fein net als mich!«

»Natürlich! Und jetzt legen Sie mal los, Moserchen, was gibt's denn Neues in und um Hubertus?«

»A guts Jahr heuer, ja! Der gnädig Herr Graf droben schießt ein Hirsch und ein Gamsbock um den andern. Es kracht nur allweil so. Und den ganz alten Bock, den mit der sakrischen Kruck, den hat er jetzt endlich auch beim Zipfl erwischt. Den Freudensprung möcht ich gsehen haben, den er gmacht hat! Ja, a saubers Jahr heuer! Die Gams sind gut im Wildbret, und die Hirsch haben teuflische Gweih auf!« Ein lustiges Kichern unterbrach den bedächtigen Bericht. »Und d' Leut haben sich auch net schlecht ausgwachsen heuer! Gwisse Leut!« Der Alte zwinkerte mit den Augen.

Willy wußte den Sinn dieser Anspielung nicht zu ergründen.

»Spitzen werden S', Herr Graf, grad spitzen, wenn Sie s' Lieserl wiedersehen.«

»Lieserl?« Willy schüttelte den Kopf, seine Erinnerung ließ ihn im Stich.

»Aber Herr Graf! Vor mir brauchen S' Ihnen net verstellen! Sie wissen schon, wen ich mein'. Unser Zaunlieserl können S' doch net vergessen haben!«

»Das Lieserl! Richtig, das Lieserl!« Es dämmerte in Willys Gedächtnis, und lachend zupfte er an seinem Bärtchen.

»Ja, Herr Graf, gleich anbeißen möcht man! So lieb is der kleine Schniegel!«

»Da bin ich wirklich neugierig. Und sag' mir, Moser –« Willy brach ab, da er Kitty und Robert um die Ecke des Schlosses kommen sah. Er klopfte den Alten auf die Schulter und sagte mit verwandelter Stimme: »Brav, Moserchen, das freut mich, daß Sie noch immer so rüstig sind. Morgen steigen wir miteinander hinauf zur Hütte. Das soll eine lustige Jagd werden!« Lachend reichte er ihm die Hand zum Abschied und bummelte den Geschwistern entgegen.

Robert schien übler Laune, und Kitty war erregt. Mit beiden Händen hielt sie seinen Arm umspannt und sah flehend zu ihm auf. »So tu es mir zuliebe, ich bitte dich, Robert! Geh hinauf zu ihm und sag' ihm einen Gruß.«

»Das ist alles recht lieb und niedlich von dir! Aber jeder nach seiner Art. Ich kann es in aller Gemütsruhe abwarten, bis ich Gelegenheit finde, Herrn Doktor Egge einen vergnügten Abend zu wünschen.«

»Aber Robert!«

»Ich müßte mir auch einen Vorwurf daraus machen, wenn ich ihn bei seiner humanen Beschäftigung stören wollte.« Mit hoheitsvoller Entschiedenheit löste Robert den Arm, nahm eine frische Zigarette und trat ins Haus.

Trauernd sah Kitty ihm nach. Willy legte den Arm um ihre Schulter. »Zwischen den beiden fängt wohl die alte Geschichte schon in der ersten Stunde wieder an? Na, ich habe meine Schuldigkeit getan! Und du sei klug, liebe Maus, und mische dich nicht in Dinge, die du nicht ändern kannst. Komm, wir beide wollen zusammenhalten und lustig sein! Jetzt machen wir einen Hetzbummel durch den Park. Das trainiert den Hunger, bis es läutet.« Lachend zog er die Schwester mit sich fort.

Kittys trübe Stimmung wollte sich nicht aufhellen, sosehr sich Willy auch alle Mühe gab, die Schwester fröhlich zu machen. Er ließ alle Schnurren los, die ihm einfielen, kopierte drollig den alten Moser, die Gundi Kleesberg und seinen Bruder Robert, stellte sich in der Haltung berühmter Statuen auf die Felsblöcke und Baumstümpfe, schwang sich als Windfahne um die Laternenpfähle und war so harmlos ausgelassen wie ein guter, lustiger, unverdorbener Junge, der aus dem Seminar in die Ferien kam und sich der ersten freien Stunde freut.

Ein paarmal zwang er wohl die Schwester zum Lachen, doch es kam ihr nicht von Herzen. Und schließlich schien es ihr willkommen zu sein, daß sie mahnen konnte: »Es wird spät, wir wollen ins Haus zurück.«

»Na meinetwegen!« murrte Willy. »Du hast heute einen Humor – ein Igel ist dagegen der reine Seidenpinsch!«

Da klang durch das Torgitter eine freundliche Mädchenstimme. »Recht guten Abend, Fräuln Konteß! Guten Abend auch, Herr Graf!«

Hurtig drehte Willy auf dem Hacken herum, sah ein hübsches Gesicht durch die Eisenstäbe schimmern und ein schmuckes, halb städtisch gekleidetes Figürchen hinter der Mauer verschwinden.

»Wer war das?«

Kitty blieb stehen. »Wer?«

»Das Mädchen, das uns grüßte?«

»Ich weiß nicht, ich habe nichts gehört.«

Willy stand unschlüssig. Zögernd folgte er der Schwester, und dann griff er mit beiden Händen an seine Taschen. »Verwünscht! Jetzt hab' ich meine Zigarettendose verloren. Geh nur ins Haus, ich komme gleich!« Immer wieder an die Taschen greifend, folgte er einem seitwärts zwischen die Büsche führenden Pfad; hinter einer Biegung blieb er stehen, und als er den Schritt der Schwester auf der Veranda hörte, rannte er zum Parktor. Lautlos öffnete er das Gitter und trat auf die Straße, über deren Staub sich schon der Tau des dämmernden Abends legte. Er konnte sie weit übersehen, fast hinunter bis zu Meister Zauners Haus. Aber die Straße war leer. »Natürlich!« schmollte er wie ein Kind, dem der Wunsch nach einem Spielzeug versagt wurde. Schon wollte er mißlaunig den Rückweg antreten, als ihm einfiel, daß das Mädel nach der entgegengesetzten Richtung gegangen wäre. Wohin? Da draußen lag ein vereinzeltes Bauernhaus, der Mooshof. Was konnte das junge Ding so spät am Abend da draußen zu schaffen haben? Während er noch stand und grübelte, tauchte das Mädel an der Biegung der Parkmauer auf.

Vergnügte Neugier sprang aus Willys Augen, und er stellte sich in erwartungsvolle Positur, die eine Hand in der Tasche, die andere am Bärtchen: Mars, der Siegende!

Das Mädel schien ihn bereits gewahrt zu haben und schlängelte sich, als wäre ihr vor dieser Begegnung ein bißchen bang, auf die andere Straßenseite.

Lächelnd verfolgte Willy dieses vielsagende Manöver. Wohl spann schon die Dämmerung ihre grauen Schleier, doch immerhin vermochte er die Kommende noch einer erfolgreichen Musterung zu unterziehen. »Ei sieh mal an! Moserchen hat nicht übertrieben! Der kleine Käfer vom vergangenen Sommer hat sich ganz allerliebst ausgewachsen.«

Nun ging sie an ihm vorüber, nickte zutraulich einen stummen Gruß und blickte auf die Seite, um ihr vergnügtes Lächeln zu verstecken. Willy machte ein paar flinke Sprünge, guckte in ihr kokettes Grübchengesicht und drohte mit dem Finger. »Lieserl! Lieserl! Ein so junges, hübsches Kind wie du sollte so spät am Abend nicht mehr allein auf der Straße sein!«

Sie blitzte ihn mit den dunklen Augen an und schmunzelte; doch gleich wieder zeigte sie ein ernstes Gesicht und sagte hochdeutsch und selbstbewußt: »Ich fürchte mich nicht, Herr Graf! Ich weiß mich nötigenfalls schon zu verteidigen.«

»So?« Er lachte. »Und wo kommst du denn so spät noch her?«

»Mein Herr Vater hat mich mit einer Botschaft zum Mooshof geschickt. Der Mooshofer ist mir begegnet und hat mir den halben Weg erspart. Aber ich bitte, Herr Graf, ich muß nach Hause. Wünsch guten Abend!« Sie machte einen nicht übel gelungenen Knicks, versuchte das Lächeln zu unterdrücken und setzte sich langsam in Gang.

Willy blieb an ihrer Seite. »Hör', Lieserl, das ist ein großes Unrecht von deinem ›Herrn Vater‹, daß er dich so spät noch fortschickt. Denk' nur, was dir alles passieren kann! Da ist es meine heilige Ritterpflicht, dich unter meinen Schutz und Schirm zu stellen!« Er wollte ihren Arm nehmen, doch kichernd wich sie vor ihm zurück.

»Aber Herr Graf! Was denken Sie nur! Sie und ich! Wenn das die Leute sehen würden!«

»Geh, du Närrlein! Erstens sieht es kein Mensch, und zweitens würde ich mich den Teufel darum kümmern.« Willy haschte ihren Arm und gab ihn nicht mehr frei – Lieserl sträubte sich auch nicht allzusehr. »Und vor mir wirst du doch keine Angst haben? Wir sind doch schon im vergangenen Sommer gute Freunde geworden. Ja, Lieserl, ich habe viel und oft an dich gedacht. Und heute bei meiner Ankunft in Hubertus war die Frage nach dir das erste Wort, das ich mit Moser gesprochen habe.«

Lieserl blinzelte ungläubig. »Ist das auch wahr, Herr Graf?«

»Natürlich!« versicherte er und drückte ihren runden Arm an seine Brust. »Ich kann dir gar nicht sagen, wie sehr ich mich freue, daß ich dir begegnet bin, gleich am ersten Abend!«

»Ja, das ist wirklich merkwürdig, ein solcher Zufall!« Kichernd versteckte sie das Gesicht.

»Und du, Lieserl, ehrlich, hast du auch manchmal an mich gedacht?«

Die Antwort ließ auf sich warten. Endlich sagte Lieserl diplomatisch: »Das ist aber ein bißl viel gefragt, Herr Graf. Man muß nicht alles wissen!«

Willy wurde warm. »Wirst du gleich antworten, du Schnabel, du niedlicher!« Mit flinkem Griff umschlang er ihre Hüfte. »Heraus mit der Sprache: Hast du an mich gedacht oder nicht?« Er preßte das Mädel fest an sich.

Nun war es mit Lieserls Hochdeutsch zu Ende. »Aber ich bitt, Herr Graf, sind S' doch gscheit!«

»Heraus mit der Sprache!«

Da klang vom Zaunerhäuschen der Ruf einer Männerstimme: »Lieserl! Lieserl!«

»Jesus Maria, der Vater!« stotterte das Mädel und versuchte sich loszureißen.

Willy hielt mit dem rechten Arm fest, fing mit der linken Hand das hübsche Köpfl ein und verschloß das Stottermäulchen mit einem Kuß, der nicht unerwidert blieb.

»Aber Sie sind einer!« schmollte Lieserl, als sie nach längerer Dauer ihre Freiheit gewann; und hurtig surrte sie davon, während Willy lachend den Straßengraben übersprang und sich in die Buchenbüsche drückte.

Von Hubertus klang mit bimmelndem Hall die Tischglocke. Dem Fußweg neben der Straße folgend, begann Willy zu laufen, immer schneller. Fast atemlos erreichte er das Parktor und rannte durch die dunkle Ulmenallee. Als er den freien Platz vor dem Schloß erreichte, befiel ihn plötzlich ein krampfhafter Hustenreiz. Taumelnd stützte er sich an einen Baum und drückte das Taschentuch auf den Mund.

Als der Anfall vorüber war, trat er langsam auf den offenen Platz hinaus, über den die erleuchteten Fenster ihre Helle warfen. Vor der Veranda blieb er stehen, streifte mit dem Zeigefinger über die Lippen und untersuchte das Taschentuch. »Ach Unsinn!« murmelte er und nahm mit einem Sprung die drei Stufen der Veranda.

Im Speisezimmer fand er Kitty, Gundi Kleesberg und Robert bereits beim Souper. Tassilos Platz war noch leer. Als Willy eintrat, fragte die Schwester: »Hast du sie gefunden?«

Der Doppelsinn dieser Frage machte ihn lachen. »Natürlich! Das hat keine große Mühe gekostet.« Er nahm seinen Platz ein und rieb vergnügt die Hände. Während des Soupers trug er die Kosten der Unterhaltung, kramte alle Neuigkeiten der Residenz aus und sprach mit bedenklichem Eifer dem Glase zu. Das bemerkte Robert und räumte schließlich dem Bruder unter einem mahnenden Blick die Weinflasche aus dem Bereich der Hände. Willy schien die Bedeutung dieses Blickes zu verstehen; wohl zuckte er ärgerlich die Schultern, doch ließ er sich die Sache schweigend gefallen. Für ein paar Minuten war seine Laune gedämpft; dann sprudelten seine Worte wieder wie ein munteres Brünnlein. Der Erfolg, den er damit hatte, war allerdings ein zweifelhafter. Robert aß nervös und schien nicht zu hören, Kitty blieb zerstreut, und Gundi Kleesberg hüllte sich in die schweigende Würde der Beleidigten. Bei der fliegenden Revue, die Willy über die Sensationen der letzten Wochen hielt, kam auch der Theaterklatsch an die Reihe. Trotz Tante Gundis räuspernder Unruhe erzählte er von einer Duellaffäre, in die der Name der ersten Solotänzerin verwickelt wäre. Und dann wandte er sich an die Schwester.

»Weißt du auch schon das Allerneueste? Das muß dich besonders interessieren. Du schwärmst ja für die Herwegh.«

Erschrocken blickte Kitty auf und fühlte die brennende Röte, die in ihre Wangen stieg.

»Denke dir, die Herwegh geht von der Bühne ab. Das ist ein großer Verlust. Sie hat doch eine ganz phänomenale Stimme und ist eine Künstlerin ersten Ranges.«

»Ja, das ist sie!« fiel Kitty streithaft ein. »Und ich verehre sie sosehr – ich dulde unter keinen Umständen, daß in meiner Gegenwart auch nur ein einziges unfreundliches Wort über Anna Herwegh gesprochen wird.«

»Aber Mäuschen, was hast du denn?« lachte Willy. »Ich sage doch nur das Beste von ihr. Eine wirkliche Künstlerin! Dazu noch jung und schön. Dagegen hab' ich doch wahrhaftig nichts einzuwenden. Ich wollte nur sagen, daß dieser plötzliche Abschied eine sehr rätselhafte Sache ist. Niemand weiß –«

»Fräulein Herwegh wird ihre triftigen Gründe haben.«

»Höre, Maus, da hast du eine kolossale Weisheit ausgesprochen! Aber auf diese Gründe ist man eben neugierig! Gestern brachten die Zeitungen ellenlange Artikel, begeisterte Würdigungen der scheidenden Künstlerin, Lamentationen über den unersetzlichen Verlust. Natürlich vermutet man, daß sie heiraten wird. Aber wen? Eine Zeitung hat auf den ›Träger eines hocharistokratischen Namens‹ angespielt. Ich möchte wissen, wer damit gemeint ist?«

»Zeitungsgewäsch!« sagte Robert. »Wenn hinter dem Gerücht ein Funken Wahrheit steckt, haben wir nicht die geringste Ursache, neugierig zu sein. Es heißt, sie soll sich in ihrer zehnjährigen Bühnenkarriere ein hübsches Vermögen gemacht haben. Und es gibt leider Menschen, die mit solchen Dingen rechnen und dabei eine Krone im Schnupftuch tragen. Sie wird sich nach bekanntem Muster ein verkrachtes Halbblut gefischt haben, das sich rangieren will.«

»Weißt du gewiß, ob sich die Sache so verhält?« fragte Kitty mit vor Erregung erwürgter Stimme.

»Aber kleine Maus?« staunte Willy.

»Antworte mir, Robert!«

Langsam hob Robert die kalten Augen. »Die Kleine ist komisch. Wie kommst du denn überhaupt dazu, in solchen Dingen mitzusprechen?«

In Kittys Augen blitzte der Zorn. »Ich verstehe wohl nicht viel von dem, was ihr beide als Anständigkeit und guten Ton betrachtet. Aber ich meine, man sollte von einer Dame nicht in solcher Weise sprechen. Am allerwenigsten, wenn man nichts anderes vorzubringen weiß als eine grundlose, beleidigende Vermutung!«

Die beiden Brüder machten verblüffte Gesichter, und Gundi Kleesberg schien wie auf Kohlen zu sitzen. Willy fand zuerst wieder die Sprache; die Sache begann ihn zu belustigen. »Sieh mal einer den kleinen Naseweis! Wahrhaftig, Maus, an dir ist ein Gymnasialprofessor verlorengegangen.«

Robert schloß einen Moment die Augen, als hätte er ein Gähnen zu unterdrücken. »Du hast wohl heute zuviel Schiller gelesen? Was? Na, sei gut, kleiner Schäker! Du wirst wohl noch in die vernünftigen Jahre kommen, in denen man dir nicht näher auseinanderzusetzen braucht, daß solchen – du sagtest: Dame? nicht wahr? – daß solchen Damen gegenüber die generelle Erfahrung jede Spezialgewißheit ersetzt. Also beruhige deinen echauffierten Idealismus! Daß einer unserer guten Namen bei der Sache kompromittiert werden könnte, brauchst du nicht zu befürchten. Wer Vollblut ist, weiß solchen Damen gegenüber immer die Grenze des Zulässigen zu wahren. So was liebt man unter Umständen, aber das heiratet man nicht.«

Kitty erblaßte. »Ich hoffe, Robert, du hast nicht deine eigene Meinung ausgesprochen? Denn was du da gesagt hast, ist eine Niedrigkeit!«

»Aber Maus?« stotterte Willy, und seine Augen hefteten sich in unbehaglicher Sorge auf den Bruder.

Robert legte das Besteck auf den Tisch, daß es klirrte. Mit einem wahrhaft olympischen Blick seiner kalten Augen musterte er die Schwester. »Es scheint dir einigermaßen das Verständnis für das zu fehlen, was du sprichst.« Er wandte sich an die Kleesberg. »Ich meine, Sie sollten die Sprachübungen der Kleinen einer etwas schärferen Kontrolle unterziehen.«

Da riß bei Tante Gundi der langgezogene Faden der Geduld. Langsam legte sie das Haupt zurück – ein Zeichen ihrer tiefsten Empörung. »Erstens bin ich nicht die Gouvernante, mit der Sie mich zu verwechseln beliebten. Zweitens – wenn ich auch Kittys unbedachte Worte nicht begreife, so verstehe ich doch ihre begründete Mißbilligung eines Gespräches, das vor zarten Ohren nicht am Platz erscheint, am allerwenigsten vor dem Ohr einer jüngeren Schwester.«

Robert strich die Serviette über den Schnurrbart, erhob sich, blickte aus unnahbarer Höhe auf die Kleesberg herab und steckte an der Lampe eine Zigarette in Brand. »Na, viel Vergnügen!« Er zog sich ins Billardzimmer zurück.

Willy setzte die Fäuste in die Hüften und schmollte: »Aber hört, Kinder, das ist doch mehr als ungemütlich!«

Gundi Kleesberg warf ihm einen strengen Blick zu, und Kitty saß schweigend, mit Tränen in den Augen.

Als Fritz das Dessert servierte, erhob sich auch Willy. »Ich mache noch einen Bummel.«

Im Speisezimmer blieb es still. Tante Gundi flüchtete sich mit ihrem Buch in einen Erker, und Kitty saß mit aufgestützten Armen einsam am Tisch, während im Zimmer nebenan die Billardbälle klapperten. Als Tassilo endlich erschien, flog ihm Kitty entgegen und schlang mit leidenschaftlicher Zärtlichkeit die Arme um seinen Hals. »Komm nur,« stammelte sie, »ich leiste dir Gesellschaft.« Sie zog ihn zum Tisch und drückte auf die Glocke. Schon wollte Tassilo seinen Platz einnehmen, als er das Geklapper der Billardbälle hörte. Einen Augenblick zögerte er; dann schritt er dem anstoßenden Zimmer zu; er sah nicht, daß Kitty eine Bewegung machte, als wollte sie ihn zurückhalten.

Robert salbte gerade den Stock, als Tassilo eintrat.

»Verzeih', ich habe bis jetzt nicht Gelegenheit gefunden, dich zu begrüßen. Wie geht es dir?«

»Danke, gut!« Robert legte die Kreide nieder und blies über die Fingerspitzen. »Und dir?«

»Ich bin zufrieden.«

»Schön! Das hör' ich gern.« Robert musterte die Stellung der Bälle; er legte den Stock und zielte lange. Es war ein schwieriger Stoß.

Tassilo kehrte in das Speisezimmer zurück, und während des Soupers, das Fritz ihm nachservierte, bediente ihn Kitty wie ein Mütterchen den Lieblingssohn, der nach langer Trennung die erste Mahlzeit wieder am heimatlichen Tisch genießt.

## 14

Spät am Abend kam Franzl von der Jagdhütte herunter ins Dorf. Auf den Armen trug er den Hund, den er dem Tierarzt zur Pflege übergeben sollte. Hirschmanns Befinden hatte sich bedenklich verschlimmert. Als Franzl an Meister Zauners Haus vorüberschritt, hörte er leises Kichern aus dem Garten und sah das »feine Lieserl« mit einem jungen Manne beisammenstehen, der sich in die dunklen Büsche drückte, als möchte er nicht erkannt werden. Dem Jäger war es, als sähe er die Knöpfe einer Uniform blinken. »Schau, jetzt hat sie sich wieder an Urlauber aufzwickt!«

Er hätte sein Haus auf kürzerem Weg erreichen können. Eine sehnsüchtige Hoffnung veranlaßte ihn zu weitem Umweg. Aber als er am Bruckneranwesen vorbeiging, sah er den Hofraum leer und alle ebenerdigen Fenster dunkel; nur aus dem großen Fenster der Giebelstube fiel der strahlende Schein einer Lampe, und manchmal glitt über die erleuchteten Scheiben ein schlanker Schatten, als schritte jemand unermüdlich in dem Stübchen auf und nieder. Seufzend wanderte Franzl davon.

Vor der eigenen Haustür mußte er eine Weile warten. Seine Mutter war schon schlafen gegangen. Erschrocken kam sie auf sein Klopfen und öffnete – seit ihres Mannes Tod erschrak sie immer, wenn man zu ungewohnter Stunde an ihre Tür pochte.

»Bub? Du? Jesus Maria, was is denn gschehen?«

»Nix! Gar nix! Grüß dich, Mutter!« Franzl zeigte ihr den kranken Hirschmann als Ursache seiner späten Heimkehr. Das beruhigte die Horneggerin nicht. Die scharfen Augen ihrer Sorge entdeckten den strengen Zug im Gesicht ihres Buben. Aber Franzl wußte hundert beruhigende Ausreden. Schließlich flüchtete er sich in sein Stübchen und verließ am andern Morgen vor der Dämmerung das Haus mit dem Hund auf den Armen. Er weckte den Nachbar, ließ das Bernerwägelchen einspannen und kutschierte zur Bahnstation, wo der Tierarzt wohnte. Schweren Herzens trennte Franzl sich von dem Hund, der ein jämmerliches Gewinsel begann, als er in das »Spital« gesperrt wurde und den Jäger verschwinden sah.

Um die neunte Vormittagsstunde war Franzl wieder im Dorf. Gegen elf Uhr sollte er mit den jungen Herren den Aufstieg zur Jagdhütte antreten. So blieben ihm zwei freie Stunden, die er gut benützen wollte. Diesmal schlug ihm seine Hoffnung nicht fehl. Warme Freude überglänzte seine abgehetzten Züge, als er das Bruckneranwesen erreichte und Mali mit dem Netterl auf der sonnigen Hausbank sitzen sah. Schon von der Straße rief er dem Mädel einen Gruß entgegen. Mali wurde rot und nickte dem Jäger schweigend zu, als hätte ihr die Freude über die unerwartete Begegnung die Rede verschlagen. Franzl kam und reichte ihr die Hand. Mali zog ihn auf die Bank, warf einen scheuen Blick über Hof und Straße und sagte flüsternd: »Red nur gleich! Bist wieder in Ordnung mit'm Herrn Grafen? Hast ehrlich gredt?«

»Alles hab ich ihm gsagt.«

»Da muß ja alles wieder gut sein!«

»Wie man's nimmt. Ins Gsicht hat er mir freilich gsagt: ›Ich glaub dir's.‹ Aber die ganzen Tag her, bei der Jagd und in der Hütten, hab ich allweil merken müssen, daß er's richtige Zutrauen nimmer hat.«

»So was von Ungerechtigkeit! Dös gfallt mir net vom Herrn Grafen. Sonst mag er an ehrenwerter Herr sein! Aber was er mit dir für a Stückl aufführt –«

»Mußt net schelten! Mein Herr is er allweil. Die Gschicht liegt mir freilich am Buckel wie aber Zentnerstein. Aber im Grund därf ich's ihm net verübeln. Er is schon über die vierzig Jahr bei der Jagerei. Da is ihm schon oft a schlechter Kerl unterkommen, der ihn hint und vorn betrogen hat. Was die andern verschuldt haben, muß ich büßen! Und der Schipper hetzt halt. In Gotts Namen! Muß ich mich halt in Geduld fassen, bis der Graf einsieht, daß er mir unrecht tut!«

Malis Zorn begann sich zu beschwichtigen. »Franzl, du bist a guter Kerl! Aber 's Gutsein hat oft sei' Gfahr. Dös nützen die Haderlumpen aus, und der ehrliche Mensch hat 's Nachschauen.«

»Da kannst recht haben! Aber man kann sich net wenden wie der Schneider die alte Joppen. Wie der Stein fallt, so liegt er, wie der Mensch is, so bleibt er. Lassen wir die Gschicht in Ruh! Ich bin zfrieden, weil ich weiß, du meinst es gut mit mir. Dös hab ich lang schon gspürt. Und gwiß wahr, wenn ich bei dir bin –« Er verstummte mit glücklichem Lächeln und rückte näher.

Mali wurde ein wenig verlegen, aber dem kleinen Netterl schien die Annäherung des Jägers Freude zu bereiten; lange schon hatte das Kind die Händchen begehrlich nach den in Silber gefaßten Hirschgranen, Adlerklauen und Murmeltierzähnen gestreckt, die an Franzls Uhrkette in dicker Quaste klunkerten; nun konnte Netterl den Gegenstand seiner Sehnsucht erhaschen und äußerte sein Vergnügen mit fröhlichem Gezappel.

»Schau nur grad dös Kindl an!« lächelte Mali. »Geh, laß ihm sei' Freud a bißl!«

»Aber freilich!« Um dem Kind das Spiel zu erleichtern, beugte Franzl sich vor; dabei war ihm der linke Arm ein bißchen hinderlich, und er mußte ihn um Malis Schultern legen. »Ja, du,« sagte er, »völlig staunen tu ich, um wieviel dös Kindl heut besser ausschaut gegen 's letztemal.«

Die Freude glänzte in Malis Augen. Und um dem Netterl die Sache recht bequem zu machen, schmiegte sie sich eng an den Jäger. »Gelt, ja? Die ganzen Nachbarsleut reden schon davon, wie dös gute Kindl völlig wieder auflebt!«

»In deiner Lieb halt, weißt!« sagte Franzl ernst. »So was is gut. Dös spürt einer gleich. So was is oft besser wie der beste Dokter. Da wird eim völlig warm in die innern Urgan, weißt, und 's ganze Leben kriegt an andern Zug. Wie a kranks Blümerl, wann d' Sonn kommt! Gelt, Netterl? So was tut wohl! Jaaaaa!« Zärtlich tätschelte er das Gesichtl des lallenden Kindes, das auf dem Schoß seiner jungen Pflegemutter immer lustiger zappelte und mit beiden Händen in dem klappernden Spielzeug wühlte. »Jaaa, Netterl, gelt? Die richtige Lieb hilft gschwinder als Meisterwurz und Hollertee!«

»Da soll's net fehlen an mir!« beteuerte Mali. »Lieb hab ich an ganzen Sack voll im Herzen, und alles gib ich her, wann's helfen kann!«

Nun saßen sie stumm und sahen lächelnd dem Spiel des Kindes zu. -

Forbeck betrat den Hofraum. Seine Stirn war bleich, dunkle Schatten lagen um seine Augen, als hätte er eine schlaflose Nacht verbracht. Beim Anblick der drei Menschen, die anzusehen waren wie eine junge, glückliche Familie, heiterte sein Gesicht sich auf. Auch der malerische Reiz des Bildes fesselte ihn, und gern begrüßte er die

Gelegenheit, den Jäger, den er wiedererkannte, als Modell zu gewinnen.

Als Forbeck sich der Hausbank näherte, rückte Mali errötend zur Seite, und Franzl machte ein verdrossenes Gesicht. Auf die Bitte des Malers, ihm eine Stunde Modell zu stehen, fand der Jäger nicht gleich eine Antwort. Erst als ihm Mali ermunternd zunickte, erhob er sich und sagte: »Wenn der Herr Maler an mir was z'malen findet, meintwegen. A Stündl hab ich noch Zeit!«

Forbeck und Franzl stiegen hinauf in die Giebelstube, und die Arbeit wurde sofort begonnen. Der Jäger, der an dem Bild seine Freude hatte und über die Ähnlichkeit der »lieben Konteß« nicht genug zu staunen wußte, erfaßte mit flinker Gelehrigkeit seine Aufgabe. Doch als er eine Weile in der ihm vorgeschriebenen Stellung ausgehalten hatte, ließ er die Arme sinken und schüttelte nachdenklich den Kopf.

»Sind Sie müde?« fragte Forbeck.

»Gott bewahr! Aber ich glaub, wir könnten die Sach a bißl besser machen. Ich denk mir freilich, daß ich wieder die Konteß so trag wie selbigsmal. Aber die richtige Kraft im Gstell käm besser aussi, wann ich was auf'm Arm hätt – was Gwichtigs! Meinen S' net auch?«

»Allerdings –«

Da rannte Franzl zur Tür und rief über die Treppe hinunter: »Mali, geh, komm gschwind a bißl auffi!«

Das Mädel erschien mit dem Netterl in der Stube. Geschäftig breitete Franzl seinen Wettermantel über die Dielen, setzte das Kind zu Boden und gab ihm die Uhrkette mit den baumelnden Schätzen als Spielzeug.

»Aber was machst denn?« stotterte Mali. »Was is denn los?«

»Paß nur auf!« lachte Franzl und hob das Mädel mit flinkem Griff auf seinee Arme. »So, Herr Maler! Jetzt fangen S' an!«

Unter Lachen wollte Mali sich sträuben; aber Franzls Arme pflegten festzuhalten, was sie einmal gefaßt hatten. Und als auch Forbeck sich noch mit einem bittenden Wort ins Mittel legte, gab Mali ihren ohnehin nicht allzu energischen Widerstand auf und sagte: »Weil's der Herr Maler will, in Gottsnamen!«

Forbeck arbeitete mit stillem Eifer, während durch das Fenster die Morgensonne breit und leuchtend auf die zwei geduldigen Modelle fiel. Die beiden waren so ganz bei der Sache, daß Franzl die Elfuhrglocke und Mali die Stimmen überhörte, die sich drunten im Flur vernehmen ließen.

Die zwei älteren Kinder des Bruckner waren von der Schule heimgekehrt und auf der Straße mit dem Vater zusammengetroffen. Als der Bauer die Stube leer und in der Küche den Herd ohne Feuer fand, rief er nach der Schwester. Da hörte er Lärm in der Giebelstube und eine erschrockene Männerstimme: »Mar' und Josef! Elfe vorbei! Jetzt pressiert's aber!« Droben wurde die Tür aufgerissen, hastige Schritte polterten über die Treppe herunter, und Franzl, mit Büchse und Bergstock, stürmte ohne Gruß an dem Bauer vorüber, wie ein Flüchtling.

Bruckner erblaßte. Mit bebendem Fluch stieß er die Schuhe von der Füßen und sprang über die Treppe hinauf. Droben, auf der Schwelle der offenen Tür, blieb er ratlos stehen. Er hatte gefürchtet, die Schwester allein zu finden. Nun stand sie neben dem Maler, mit dem Netterl auf den Armen, und betrachtete vergnügt die Leinwand.

»Mali! Die Kinder sind daheim!« sagte der Bauer mit schwankender Stimme, wandte sich ab und stieg wieder hinunter in den Flur. Hier wartete er. Als die Schwester kam, hing er mit finsterem Blick an ihrem Gesicht, dessen Augen in Freude leuchteten.

»Jetzt koch ich aber auf der Stell!« sagte sie und wollte an dem Bruder vorüber in die Küche.

Er vertrat ihr den Weg, und seine gedämpfte Stimme klang heiser. »Wie kommt der Jager ins Haus?«

Lachend wollte Mali Antwort geben. Als sie das bleiche, vor Erregung zuckende Gesicht des Bruders sah, verging ihr das Lachen. »Aber Lenzi? Was hast denn schon wieder?«

»Wie kommt der Jager ins Haus?«

Malis Brauen furchten sich. »Du fragst a bißl gspaßig!« Sie wurde ruhig. »Der Herr Maler droben malt den Franzl und hat ihn mit naufgnommen in d' Stub. Mich hat er auch dazu braucht. Is da was Unrechts dran?«

Bruckner strich die schwielige Hand übers Haar und wandte sich ab.

Nun hielt ihn die Schwester zurück. »Du hast's Reden angfangt, Lenzi! Jetzt reden wir die Sach amal aufs End!«

»Da is nix weiter z'reden.«

»Könnt sein, daß der Franzl amal um meintwegen käm. Hättst du da was einzwenden dagegen?«

Bruckner schwieg. Seine Augen irrten.

»Red, Lenzi! Hat der Franzl net Stellung und Dienst? Hat er net Haus und Anwesen? Und is er net a Mensch, den man gern haben muß?« Mali sah, daß der Bruder vor sich hinnickte. »No also? Was kannst einwenden?«

»Frag net!« Der Bauer vermied den Blick der Schwester. »'s Reden tät net gut.«

»Es wird aber gredt sein müssen, ob heut oder an andersmal.«

Da nickte der Bauer wieder, tonlos die Worte wiederholend: »Ob heut oder an andersmal!«

»Ich sag dir's offen: er hat mich gern. Und ich bin ihm gut. Gredt hat er noch nix. Aber so viel merk ich schon: wir zwei lassen nimmer aus.«

Der Bauer starrte die Schwester an, als hätte er die Botschaft eines schweren Unglücks vernommen.

Sie meinte ihn zu verstehen. »Mußt dich net ängsten, Lenzi! Mich hast, so lang mich deine Würmerln brauchen.« Das kleine Netterl, das Mali auf den Armen trug, verlor die stille Geduld, klatschte lallend die Händchen in Malis Gesicht und drückte das winzige Näschen an die Wange des Mädels. Mali lachte, und ihre Augen wurden feucht. »Ich? Und deine Kinder verlassen? Ah na! Der Franzl und ich, wir sind zwei junge Leut, wir können warten. Aber daß wir zammwachsen amal? Dös is so gut wie fest und sicher.«

Schwer atmend schüttelte Bruckner den Kopf. »Es kann net sein!«

»So?« Mali streckte sich. »Warum net?«

Der Bauer hob das bleiche Gesicht. »So gern hast ihn? Da tust mich erbarmen, Schwester! Da geht's halt wieder, wie's in der Welt schon oft gangen is: fallt einer, reißt er die andern hinter ihm nach! – Verstehst mich net? Muß ich dir's halt sagen! Komm!«

Alle Farbe wich aus Malis Gesicht, als der Bruder sie bei der Hand faßte und in die Stube zog.

Die Sonne fiel durch die offene Haustür in den Flur, und draußen im Hof klangen die fröhlichen Stimmen der beiden Kinder, die unter den Obstbäumen das Gras durchstöberten und die Äpfel und Birnen auflasen, die in der Nacht gefallen waren.

Auf der Straße ließ sich Hufschlag vernehmen. Zwei Reiter trabten vorüber: Graf Robert in Begleitung seines Stallburschen. Hurtig liefen die zwei Kinder zum Zauntürchen, um dieses im Dorfe seltene Ereignis aus nächster Nähe zu bestaunen.

Graf Robert hatte es unter seiner Würde gefunden, in der »kurzledernen Maskerade«, die für das Erscheinen in der Jagdhütte unumgängliche Vorschrift war, das Dorf und die von Sommergästen wimmelnde Seelände zu passieren. So ritt er voraus, um sich erst bei ihm passend erscheinender Gelegenheit in einen Jäger nach dem Geschmack seines Vaters zu verwandeln.

Eine Viertelstunde später wanderten seine Brüder mit Büchse und Bergstock an dem Bruckneranwesen vorüber. Franzl, dessen spähender Blick die Fenster und den Hofraum überflog, führte den kleinen Zug. Tassilos kraftvolle Gestalt in der verwitterten Jägerkleidung machte ein schmuckes Bild, doch dem Ernst seiner Augen war es nicht anzumerken, daß es nun bergwärts ging zu »fröhlichem Jagen«. Hinter ihm kamen drei Träger mit schwer gepackten Rucksäcken, und in weitem Zwischenraum folgte Willy mit dem alten Moser, der Graf Roberts Büchse trug; die beiden sprachen lachend miteinander, blickten immer wieder über die Straße zurück und winkten mit der Hand, wie zu lustigem Abschied auf baldiges Wiedersehen. Als ihnen der Gegenstand ihres Vergnügens aus den Augen schwand, stieß der alte Moser scherzend den Ellbogen an den Arm seines jungen Herrn. »Hab ich net recht, Herr Graf? So was Liebs hat die ganze Welt nimmer!«

Willy zwirbelte das Bärtchen. »Aber den Schnabel halten, Moser!«

»Das wissen S' doch, daß ich Ihnen a kleins Spasserl von Herzen vergönn. Lassen S' nimmer aus! Mir scheint, 's Fischerl hat schon anbissen!«

Der kleine Jagdzug erreichte den ansteigenden Bergwald. Zwei Stunden ging es im Schatten der Buchen und Fichten auf leidlich bequemen Wegen aufwärts. Als die Lichtung der Niederalm durch die Bäume schimmerte, begegnete ihnen der Stallbursch, der die zwei Pferde nach Schloß Hubertus zurückführte. Bei der Sennhütte wartete Robert; er schien sich in Joppe und Lederhose nicht behaglich zu fühlen, hatte für die Brüder kaum einen Gruß und zeigte während des Frühstücks, das in der Hütte genommen wurde, eine ungnädige Stimmung; nachdem er einige Bissen genossen hatte, sprang er auf, steckte mit nervöser Hast eine Zigarette in Brand und trat vor die Hütte, als möchte er mit seinen unruhigen Gedanken allein sein.

Dem alten Moser erschien es rätselhaft, daß es auf der Welt einen Menschen gab, der zur Gemsjagd auszog, ohne die lachende Weidmannslaune zu finden. »O du heiliger Strohsack! Was hat er denn?«

Willy lachte, ohne Antwort zu geben, doch als er Tassilos fragenden Blick gewahrte, sagte er: »Ich bin neugierig, wie er diesmal mit Papa ins reine kommt.«

Franzl mahnte zum Aufbruch. Als man bereit war, trennte sich einer der Träger von den anderen und nahm seinen Weg seitwärts gegen den Wald.

»Gehört der Mann nicht zu uns?« fragte Tassilo.

»Aber freilich,« versicherte Moser und zwinkerte, »der tragt die heimliche Zehrung in d' Holzerhütten auffi. Man muß ja alles verstecken vor 'm gnädigen Herrn Grafen. Sie wissen ja, wie er is!«

Tassilo furchte die Brauen. »Wer hat das angeordnet?«

»Ich!« fiel Willy ein. »Und du wirst sehen, ich habe für uns alle mit mütterlicher Zärtlichkeit gesorgt: Niersteiner, Pschorrbräu, Gulaschkonserven –«

»Das war unrecht! Du weißt, daß Papa in der Jagdhütte keine Änderungen seiner Gewohnheit duldet. Und wenn wir ihm nicht Ärger bereiten wollen, müssen wir uns seinem Willen fügen.«

»Fällt mir ein! Mich acht Tage von Mehlschmarren und Wasser zu nähren? Dafür bedank' ich mich. Wenn du von meiner genialen Vorsicht keinen Gebrauch machen willst, bitte! Ich schmuggle. Wenn ich mich den ganzen Tag auf der Jagd abgehetzt habe, will ich am Abend essen und trinken wie ein anständiger Mensch.« Willy nahm die Büchse auf die Schulter und schritt davon. »Philister!« brummte er und suchte Robert einzuholen, der über das offene Almfeld vorangestiegen war, als könnte er die Ankunft in der Jagdhütte kaum erwarten.

Im neu beginnenden Walde wurden die Pfade steil und beschwerlich. Robert hielt sich mit treibender Eile immer an der Spitze des Zuges; Willy schien müde zu werden und warf sich nach jeder Viertelstunde für ein paar Minuten in den Schatten eines Baumes. Nur Tassilo bewahrte seinen gleichmäßig ruhigen Schritt und blickte sinnend in das von Lichtern durchwobene Schattendunkel des Waldes. Einmal hörte er den alten Moser ein paar erschrockene Worte stottern und sah, daß Willy erschöpft an einen Baum gelehnt stand und aus der kleinen Branntweinflasche trank, die Moser ihm gereicht hatte. Besorgt eilte Tassilo auf den Bruder zu. »Was ist dir?«

»So ein komischer Schwindel. Ich bin wohl ein wenig zu schnell gestiegen und habe den Atem verloren.«

»Aber hab ich's net allweil gsagt: Lassen S' Ihnen Zeit!« schmollte Moser. »Dös gache Umanandfahren tut net gut in die Berg. Da muß man schön stad ein Schrittl vors ander stellen! Zeit lassen, junger Herr, Zeit lassen!«

Mit ernster Sorge sah Tassilo in Willys Gesicht, dessen müde Blässe einer langsam wiederkehrenden Röte wich. »Hier ist ein schattiger Platz. Komm, ruhe dich tüchtig aus, ehe wir weitersteigen!«

»Ach, Unsinn! Es ist schon vorüber. Und von Ermüdung fühl' ich keine Spur!« Unmutig den Bergstock einsetzend, sprang Willy über einen Steinblock und folgte dem Pfad.

Tassilo schwieg; doch als die Wanderung zwischen den Felswänden einer breiten Schlucht über ebenen Boden hinging, trat er an Willys Seite. »Wie fühlst du dich?«

»Ich? Warum? Ach so, wegen vorhin? Danke, mir ist pudelwohl! Ich begreife überhaupt deine Sorge nicht. So eine harmlose Blutwallung.«

»Du solltest die Sache nicht so leicht nehmen. Hätt' ich geahnt, daß du noch unter den Nachwehen deiner Krankheit zu leiden hast, so würde ich dir geraten haben, die strapaziöse Tour nicht mitzumachen. Papa hätte dich gewiß entschuldigt. Man hätte ihm sagen können, daß du dich noch immer schonen mußt – ohne ihn deshalb zu beunruhigen und ihm einzugestehen, wie ernstlich krank du warst.«

Willy lachte, ein bißchen gezwungen. »Ich? Ernstlich krank? Wer hat dir dieses Ungeheuer von einem Bären aufgebunden? eine leichte Bronchitis, die reine Lächerlichkeit.«

»Weiche mir nicht aus, Junge! Ich habe die Gelegenheit herbeigesehnt, einmal offen mit dir zu reden.« Tassilo schlang Willys Arm in den seinen. »Vor meiner Abreise von München hab' ich deinen Arzt gesprochen.«

»Du hast ihn wohl aufgesucht, um auf den Busch zu klopfen? Was? Und nun willst du mich bei Papa droben ankreiden?«

»Nein, Willy, ich habe weder das eine getan, noch beabsichtige ich das andere. Ein Zufall hat mich mit eurem Stabsarzt im Kasino zusammengeführt, und deinem Willen entgegen hielt er es für seine Pflicht, mir mitzuteilen, in wie schwerer Gefahr du warst. Er sagte mir, daß du trotz des glücklichen Verlaufes der Sache noch immer Ursache hättest, dich zu schonen. Ein Rückfall könnte bedenklich werden. Bewegung in Höhenluft wäre gut für dich. Aber –«

»Was?«

»Vor allem solltest du dich vor jeder Ausschreitung hüten.« Tassilo zögerte, als fielen ihm die Worte schwer. »Du weißt, was ich meine.«

Willy wollte heftig erwidern, aber der herzliche Blick, der ihn aus den Augen des Bruders traf, machte ihn verlegen und stumm; er verzog den Mund wie ein verdrossenes Kind.

Es schien, als wäre Tassilo auch mit diesem halben Erfolg zufrieden; noch fester zog er Willys Arm an seine Brust, und seine Stimme wurde wärmer. »Ich weiß, du bist jung, und Jugend will austoben. Ich bin gewiß der letzte, der dir aus deiner sprudelnden Lebensfreude einen Vorwurf machen will. Aber sieh, mein Junge, es hat doch alles seine Grenzen.«

»Das stimmt! Aber weißt du, mein junger Schimmel hat Rasse und brennt eben manchmal mit mir durch. Da pariere nun einer. Ich mache wohl ab und zu einen Versuch, den Zügel anzuziehen. Aber was willst du? Der Ausreißer in mir ist hartnäckig. Was ist da zu machen?«

»Mit ernstlichem Willen alles! Ich weiß, daß die erste Schuld nicht an dir liegt. Du warst in allzu jungen Jahren dir selbst überlassen.« Tassilos Stimme bekam einen herben Klang. »Papa war mit seinen Gemsen und Hirschen immer so sehr beschäftigt, daß wir alle darunter leiden mußten. Ich fürchte, du am meisten. Das Versäumte ist nicht mehr zu ändern. Aber sieh, mein Junge, nun bist du doch in den Jahren, in denen man selbst unterscheidet zwischen Gewinn und Nachteil. Nun mußt du dein eigener Hüter sein. Das kann dir doch auch nicht schwerfallen. Du mußt dir nur immer vorhalten, was für dich auf dem Spiel steht. Was du jetzt an Gesundheit vergeudest, das wird dich darben machen ein ganzes Leben lang. Erwacht dann einmal in dir die Sehnsucht nach Freude und Glück, und führt dich dein Lebensweg zu spät an die Stelle, an der die schöne Blume für dich hätte blühen können, so wirst du mit zaghaften Händen zugreifen in Zweifel und Reue. Denn du wirst empfinden müssen, daß du nur die Halbheit gewinnen kannst, da du zum Tausch nur einen verbrauchten Menschen zu bieten vermagst. Alles volle Glück, sei es in Tat und Arbeit oder in der Liebe, verlangt einen ganzen Menschen!«

Verträumt sah Willy vor sich hin. »Du hast recht, Tas! Es muß eine feine Sache sein, in guter Kondition sein Ziel zu erreichen, als ein fester und reinlicher Mensch. Wie das schmecken könnte, brauchst du mir nicht zu schildern. Das hab' ich mir selbst schon oft mit den schönsten Farben ausgemalt. Bei allem Rummel hab' ich manchmal so meine lyrischen Stimmungen mit dem obligaten Katzenjammer. Aber jetzt will ich Ernst machen. Aus mir soll was werden! Man lebt nicht zweimal, und ich will mein Glück nicht verscherzen. Ich will meine ›Blume‹ brechen, die echte! Und ich danke dir, daß du mir einmal tüchtig ins Gewissen geredet hast.«

Tassilo lächelte. »Es war nicht der erste Versuch.«

»Na ja! Aber das Vergangene wollen wir begraben, nicht wahr? Ich verspreche dir, daß ich mir meine stützige Art dir gegenüber nach Kräften abgewöhnen will. Das war ja bei mir nie Bockbeinigkeit. Ich bin doch eigentlich ein sehr guter Kerl, der mit sich reden läßt. Aber wenn du mich manchmal ins Gebet nahmst, hattest du oft so eine Art – ich habe immer den Advokaten aus dir herausgehört, und das ist mir gegen den Kopf gegangen. Jetzt bist du böse? Was?«

»Nicht im geringsten. Es mag ja sein, daß ich nicht immer den rechten Ton und die rechte Stunde gefunden habe. Und da geb' ich dir ein Versprechen zurück: Ich will dem Advokaten in mir ein Schloß vor den Mund hängen, damit du immer nur den Bruder hörst.«

»Das war nett! Ich danke dir, Tas! Was du mir heute gesagt hast, soll auf guten Boden gefallen sein. Und wenn ich wieder einmal einen Schubs brauche, um in den rechten Sattel zu kommen, weiß ich, wo ich mir den Helfer suche. Schlag ein, Tas!«

Mit festem Druck umspannten sich ihre Hände.

Inzwischen waren die anderen weit vorausgekommen und hinter einer Biegung der Felswand verschwunden. Nun kam Franzl zurückgelaufen und rief: »Ich bitt, meine Herrn, a bißl flinker! Der Herr Graf hat an Treiber gschickt, er wartet unter der Bärenwand und will's Latschenfeld heut noch durchtreiben lassen.«

Nun galt es Eile. Die Träger schlugen den Weg zur Jagdhütte ein, während die Jäger, von dem Treiber geführt, seitwärts über steiles Gehäng emporstiegen. Der alte Moser hielt sich wieder an Willys Seite; doch so lustig er auch immer drauflos plauderte, er hatte einen zerstreuten Zuhörer. Auf einem grasigen Fels gewahrte er zwei blühende Brunellen; schmunzelnd brach er die braunen Blumen und reichte sie seinem jungen Herrn. »Da schauen S', Herr Graf! Sind die Blümerln net grad so süß wie dem Lieserl seine Äugerln?«

Willy nahm die Blüten und sog an ihrem Duft. Dann plötzlich warf er sie über die Schulter. »Ach, Unsinn! Hol' der Teufel diese Dummheiten!«

»Aber Herr Graf!« stotterte Moser gekränkt. »Was haben S' denn?«

Willy blieb ihm die Antwort schuldig.

## 15

Unter der steilen, auch für den Fuß der Gemse pfadlosen Bärenwand dehnte sich, den schräg ansteigenden Schuttkegel eines vor grauen Zeiten niedergegangenen Bergsturzes bedeckend, ein riesiges Latschenfeld, aus dem sich eine breite Talrinne gegen die offenen Almen hervorsenkte. Wenn das Latschenfeld von Treibern durchstöbert wurde, flüchtete das Wild, das keinen Aufstieg über die glatten Felsen fand, am liebsten durch diese Mulde. Hier war der Hauptstand.

Zu Füßen einer alten moosigten Fichte saß Graf Egge auf einem mit dem Wettermantel überbreiteten Steinblock. Zu seiner Rechten hatte er schon die Patronen ausgelegt, zu seiner Linken standen die zwei Expreßbüchsen schußfertig an den Baum gelehnt. Ungeduldig blickte er über das Almfeld der Stelle zu, an der seine Söhne erscheinen mußten. Den mürben Filzhut hatte er tief in die Stirn gezogen, so daß man den grüngelben Fleck, den die verschwundene Beule zurückgelassen, kaum bemerken konnte. Nur das linke Knie war nackt, das rechte von einem groben Wolltrikot umschlossen. Graf Egge hatte es als eine überflüssige Verschwendung betrachtet, die wollene Unterhose, die Moser für ihn gekauft und zur Jagdhütte geschickt hatte, auch am gesunden Bein zu tragen. Er hatte sie in der Mitte entzweigeschnitten und trug nur die rechte Hälfte. Die warme Wolle schien auch ihre Schuldigkeit zu tun. Als Graf Egge seine Söhne kommen sah und sich erhob, stand er fest auf den Füßen, und den paar Schritten, die er den Kommenden entgegenmachte, merkte man keine Spur von Schwäche an. Schipper, der neben seinem Herrn gestanden, zog den Hut.

Robert kam als erster und reichte dem Vater die Hand. »Weidmanns Heil, Papa, da sind wir! Dein Aussehen ist vortrefflich, wie immer. Wir Jungen werden älter mit jedem Tag, und an dir wirkt Hubertus seine verjüngenden Wunder. Es ist fabelhaft, wie famos du aussiehst! Natürlich, die Jagd! Wer es so gut haben könnte wie du!«

»Meinst du?« lachte Graf Egge. »Aber sprich leiser, die Treiber sind schon aufgestellt. Und tu mir den Gefallen und wird die Zigarette weg. Ich und meine Gemsböcke vertragen das nicht. Wenn du rauchen willst, kann dir Schipper seinen Stummel leihen.«

»Entschuldige, ich vergaß!« Die Zigarette flog ins Moos.

Nun kam Willy, umarmte den Vater herzlich und küßte ihn auf beide Wangen. Graf Egge musterte ihn freundlich und doch ein bißchen spöttisch – die neue, glänzend-schwarze Lederhose, die Willy trug, schien ihm nicht zu gefallen. »Grüß' dich Gott, Junge! Und wie fein du dich gemacht hast, uuuh! Na, auf den Anlauf bin ich begierig, den d u heut haben wirst. Deine Hose leuchtet ja wie eine Laterne! Und sag' mir, du zärtlicher Floh, wie steht's mit deiner Gesundheit? Haben dir die Münchner Quacksalber den rostigen Lauf wieder ordentlich blank geputzt?«

»Natürlich, Papa! Da spiegelt wieder alles, blitzblank wie eine nagelneue Büchse.«

»Das hör' ich gern. Und laß dir –« Graf Egge verstummte, und seine Augen wurden kleiner, als er Tassilo kommen sah. »Aaaah! Herr Doktor Egge! Und sieht, weiß Gott, wie ein richtiger Jäger aus! Oder steckt dir nicht doch die Feder hinter dem Ohr?« Das war wie ein Scherz, und Graf Egge lachte auch; aber seine Stimme hatte harten Klang.

Tassilo schien den sonderbaren Willkomm überhört zu haben. Ruhig reichte er seinem Vater die Hand. »Guten Tag, Papa! Wir haben uns lange nicht gesehen.«

»Du bist immer beschäftigt. Hoffentlich fallen deine Prozesse glücklich aus! Wie steht das Befinden deiner geliebten Spitzbuben?«

»Wen meinst du?«

»Deine sogenannten Klienten: Waldfrevler, Wilddiebe und so weiter.«

»Zu meinen Klienten zählt auch dein alter Freund Fürst Wittenstein!«

Graf Egge machte ein verblüfftes Gesicht. »Was hat er denn angestellt?«

»Aber Papa!« fiel Willy lachend ein. »Wie kommst du nur auf eine solche Idee? Wittenstein hat Tas die Verwaltung seines Vermögens übertragen.«

Nun verwandelte sich Graf Egges Verblüffung in ehrliches Staunen. »Schockschwerenot! Da fängt ja dein Handwerk an, einen goldenen Boden zu bekommen. Ich weiß, was ich Jahr um Jahr meinem Anwalt bezahle. Und gegen Wittenstein bin ich ein Schlucker. Das muß dir ein fettes Stück Geld eintragen?«

Dunkle Röte glitt über Tassilos Stirn; doch er nickte ruhig. »Ja, Papa!«

»Da hast du vielleicht die Apanage, die ich dir bezahle, gar nicht mehr nötig?«

»Nein. Wenn du für die Summe eine bessere Verwendung hast, ich verzichte gern.«

Robert zog den sorgsam gepflegten Schnurrbart durch die Finger und wandte sich lächelnd ab, während Willy mit einem hastigen Schritt an Tassilos Seite trat, als wollte er Partei in dem Zwist ergreifen, dessen Ausbruch er befürchten mochte.

Graf Egge aber schien von Tassilos Antwort nicht im geringsten unangenehm berührt. »Gut! Wir sprechen noch über die Sache. Jetzt haben wir Wichtigeres zu tun!« Er sah auf die Uhr. »Eine halbe Stunde habt ihr Zeit, um eure Stände zu erreichen. Punkt fünf Uhr gehen die Treiber an. Schipper, du gehst mit Robert auf den Wechsel unter der Wand! Moser, du mit Willy auf den Rückwechsel. Und gibt acht, daß mir der Junge keine Gamsgeiß niederbrennt! Sonst schlagt das Wetter ein. Und du, Hornegger, führst deinen Schützen dort hinüber unter das Latschenfeld, zu er alten Zirbe.«

Franzl machte verwunderte Augen zu dieser Weisung.

»Also weiter!« mahnte Graf Egge, nahm seinen Stand ein und zog den Feldstecher aus dem Futteral.

Seine Söhne lüfteten die Hüte. »Weidmanns Heil, Papa!«

»Weidmanns Dank!«

Schipper stieg mit Robert nach links über das Gehäng empor, während Franzl und Moser mit ihren Schützen nach rechts im Almental davonwanderten. Der Grund senkte sich, und Graf Egge entschwand ihren Blicken. Nach etwa tausend Schritten war die alte Zirbe erreicht, bei welcher Franzl und Tassilo blieben.

Moser, der in Eile weiterstieg, mahnte: »A bißl flinker, junger Herr! Wir haben nimmer viel Zeit und müssen noch a gutes Stückl in d' Höh.«

»Es pressiert nicht,« meinte Willy, »ich muß mich schonen.«

Inzwischen richtete Franzl der Zirbe zu Füßen einen bequemen Sitz.

»Wo laufen die Wechsel aus?« fragte Tassilo.

»Wechsel?« brummte der Jäger. »Ich weiß kein' da in der Näh. Warum Ihnen der Herr Vater dahergschickt hat, dös kann ich mir net denken. Da is meiner Lebtag noch nie was kommen. Und da kommt auch heut nix.«

»Das Unglück wäre zu verschmerzen!« sagte Tassilo lächelnd.

Sie ließen sich nieder, und Tassilo nahm die Büchse über den Schoß; hinter ihm, auf den Wurzeln der Zirbe, nahm Franzl seinen Sitz. Nach einer Weile sahen sie in der Höhe des Latschenfeldes Robert und Schipper erscheinen, die über eine schmale Blöße gegen den Fuß der Felswand emporstiegen.

Als die beiden ihren Stand erreichten, krachte im äußersten Winkel des Latschenfeldes der Pistolenschuß, der den Anmarsch der Treiber verkündete; das Echo rollte über die Berge hin, im Dickicht ließ sich das Geklapper rollender Steine vernehmen – und wieder herrschte tiefe Stille.

Robert spannte die Hähne der Büchse; dann griff er in die Tasche und drückte ein Zehnmarkstück in die Hand des Jägers: »Sag' mir, ist Papa in guter Laune?«

Schipper schien eine Witterung für den Sinn dieser Frage zu haben; schmunzelnd kniff er das linke Auge ein. »Sie b r a u c h e n ihn wohl bei gutem Hamur?«

»Wohl möglich!«

»Die ganzen Tag her war er kreuzfidel! Aber was er heut abends für a Wetter aufzieht, dös hängt jetzt ganz davon ab, wie der Bogen ausfallt. Wenn er was Saubers kriegt, kann's an lustigen Abend geben. Und wenn S' was dazu beitragen wollen, so schießen S' net, wann Ihnen vielleicht a Gamsbock hersteigt! Der Herr Graf hat seine Mucken, wenn an anderer was schießt. Da nimmt er seine Herrn Söhn net aus.«

Robert spannte die Hähne seiner Büchse ab, stellte die Waffe hinter sich und steckte eine Zigarette in Brand; für ihn war die Jagd zu Ende.

Auf dem Hauptstand hallte der erste Schuß, und in den vielstimmigen Widerhall mischten sich die klingenden Juchzer der Treiber; die Stille, die über dem weiten Hochtal gelagert hatte, war gewichen und kehrte nicht mehr zurück; immer wieder klangen die lauten Rufe der Treiber, wenn sie Wild erblickten, oder wenn sie ihre auf den beschwerlichen Wegen in Unordnung geratene Linie herzustellen suchten. Noch dreimal krachte Graf Egges Büchse auf dem Hauptstand, und in dem Winkel des Latschenfeldes, in welchem Willy saß, fielen in rascher Folge sieben Schüsse.

Nur unter der Felswand droben rührte sich nichts. Auch bei der Zirbe blieb es still. Mit gekreuzten Armen saß Tassilo an den Baum gelehnt und blickte unter stillen Gedanken empor zu den langsam ziehenden Wolken, die von einem letzten Glanz der sinkenden Sonne mit sanftem Schimmer übergossen waren. Die Träume seines Glückes füllten ihm die Seele. Wohl wußte er, daß ihm ein harter Kampf mit dem Vater bevorstand; doch er wußte auch, daß er siegen würde. Seine Gedanken blickten in die schöne Zukunft, und um ihn her versanken die Berge mit allem, was sie trugen.

Regungslos saß Franzl hinter ihm; als sich die Treiber schon dem Ende des Latschenfeldes näherten, nickte er trübselig: »Nix! Ich hab's ja gsagt!« Schon wollte er nach seiner Pfeife greifen, da vernahm sein scharfes Ohr ein Geräusch im Dickicht. »Obacht!« lispelte er. Tassilo hörte nicht. Franzl saß wie zu Stein geworden und blickte regungslos nach einer Latschengasse, in der das mächtige Haupt eines Sechzehnenders erschien, langsam und lautlos; über das Gesicht des Jägers floß dunkle Röte – das war ein Hirsch, wie seit Jahren in Graf Egges Revieren kein zweiter geschossen worden war. Schon trat das herrliche Tier mit freier Brust aus der Dickung hervor, und noch immer ruhte die Büchse auf Tassilos Knien. In Franzl erwachte die Sorge, denn mit funkelnden Lichtern äugte das Wild schon nach den Gestalten der beiden Jäger; mit einer kaum merklichen Handbewegung faßte er Tassilos Joppe und zupfte. Nun erwachte der Träumer; im gleichen Augenblick gewahrte er den Hirsch – aber auch der Hirsch erkannte seinen Feind und setzte in sausendem Sprung über die letzten niederen Büsche weg. Mit zurückgelegtem Geweih raste er über die schmale Talmulde und verschwand in der gegenüberliegenden Dickung, deren Äste über ihm zusammenschlugen; noch lange hörte man das laute Brechen im Gezweig.

Tassilo hatte wohl nach der Büchse gegriffen, doch keinen Versuch gemacht, sie an die Wange zu heben; sein zufriedenes Lächeln ließ vermuten, daß ihm das herrliche Bild dieser Flucht die größere Freude beschert hatte, als der glücklichste Schuß sie ihm hätte bereiten können.

Franzl freilich war anderer Meinung. Kopfschüttelnd und mit vorwurfsvoller Trauer sagte er: »Aber Herr Graf! Was haben S' denn da jetzt angstellt! Es ist wie 's reine Wunder, daß der Hirsch bei uns da kommen is. Und Sie lassen ihn durch! Mar' und Josef! Was wird der gnädige Herr sagen! Da gibt's an ordentlichen Spitakel!«

Nun wurde auch Tassilo nachdenklich; eine verdrießliche Szene, die aus diesem weidmännischen Schwabenstreich hervorwachsen konnte, erschien ihm als eine nicht sehr günstige Einleitung für alles andere, was sich in diesen Tagen zwischen seinem Vater und ihm entscheiden sollte; er mußte jeden Verdruß zu vermeiden suchen. »Wir brauchen keine Unwahrheit zu sagen,« meinte er, »aber wenn die Sache nicht von selbst zur Sprache kommt, können wir schweigen.«

Franzl kraute sich hinter den Ohren. »Gscheiter wär's, wenn S' sagen möchten, Sie hätten Ihrem Herrn Vater so an Endstrumm Hirsch net wegschießen mögen.«

»Nein, Franzl! Das wäre gelogen. Nicht?«

»Freilich, ja!« Franzl atmete schwül. »Aber oft tut man sich hart mit der Wahrheit – beim Herrn Grafen.«

Das Jagen war zu Ende, und die Treiber begannen gegen den Hauptstand niederzusteigen. Hier schritt Graf Egge mit strahlendem, Gesicht umher und musterte der Reihe nach den Zehnender und die drei Gemsböcke, die er mit vier sicheren Schüssen zur Strecke gebracht.

In langen Sätzen kam Schipper über das Geröll heruntergesprungen. »Ich gratulier, Herr Graf!«

»Ja, heut war halt wieder 's richtige Stündl!« lachte sein Herr und ließ sich die vier grünen Brüche hinter das Hutband stecken. »Aber warum hat denn der deinig da droben net gschossen? Zwei von meine Gamsböck sind doch ihm zuerst angsprungen?«

»Ja, Herr Graf! Wannenbreit sind s' dagstanden vor uns, der Herr Graf Robert hätt auf alle zwei den schönsten Schuß ghabt. Aber weil er gmeint hat, die zwei Böck könnten vielleicht noch den Wechsel gegen Ihren Stand annehmen, drum hat er s' durchlassen. Und recht hat er ghabt. Der muß Ihnen gern haben, Herr Graf! Der vergunnt Ihnen was.«

Als Robert herbeikam, wurde er gnädig empfangen; Graf Egge legte ihm die Hand auf die Schulter und sagte: »Das hast du gut gemacht, Bertl. Du hast mir zuliebe getan, was ich an deiner Stelle schwerlich fertiggebracht hätte. Ich danke dir!« Seine gute Laune verschwand auch nicht, als Tassilo erschien. »Du bist leer ausgegangen?« fragte er lachend.

»Ja, leider!«

»Na, tröste dich! Vielleicht hast du morgen einen besseren Tag. Aber wo bleibt denn unser Salontiroler? Der Junge hat ja da droben gepulvert wie ein Feuerwerker. Ich bin nur neugierig, was bei ihm liegt!«

Es währte nicht lange, und Willy kam mit Moser unter erregtem Disput in die Mulde herabgestiegen.

»Na, na, rauft nur nicht miteinander!« rief ihnen Graf Egge entgegen. »Her zu mir, Junge! Was war denn los bei dir?«

In sprudelnden Worten begann Willy eine lange Rede, deren kurzer Sinn dahin lautete, daß er durch Mosers Schuld einen »kapitalen« Gemsbock »verpatzt« hätte.

»Mei' Schuld? Was? Mei' Schuld?« kreischte der Alte.

»Natürlich! Der Kerl hat mich ganz verrückt gemacht mit seinem ewigen: ›Schießen S', schießen S', schießen S'!‹«

»Natürlich! Weil S' den Gamsbock im besten Augenblick verpaßt haben! Hätten S' gleich gschossen, so wär er daglegen!« Moser zappelte vor Ärger mit Händen und Füßen. »Aber na! Da muß man warten, bis der Bock flüchtig wird! Und pulvert siebenmal hinter ihm her! Und trifft ihn net! Da möcht man ja gleich aus der Haut fahren!«

Lachend beendete Graf Egge den Streit, indem er zum Heimweg mahnte, um vor Einbruch der Nacht die Jagdhütte zu erreichen; er schritt voran, seine Söhne folgten ihm, und Moser tappte brummend hinter Willy her, während Schipper und Franzl mit den Treibern bei dem erlegten Wilde zurückblieben.

Immer dunkler wurden die Schatten des Abends, und am Himmel blitzten schon die ersten Sterne, als Graf Egge mit seinen Söhnen das Hochtal erreichte, in dem das »Palais Dippel« lag. Die Jagdhütte war schon in Sicht, da rief Graf Egge über die Schulter zurück: »Bertl! Komm her zu mir!«

Rasch holte Robert den Vater ein: »Papa?«

»Du! Die Geschichte mit den zwei Gamsböcken will mir nicht aus dem Kopf. Die Gelegenheit zu einem guten Schuß versagt man sich nicht ohne triftigen Grund, und ich habe so ein merkwürdiges Gefühl in der Nase, als hättest du das nicht umsonst getan? Also in Gottes Namen, schieß los! Was willst du?«

»Ich habe allerdings eine Bitte. Aber mit den zwei Böcken hat das nichts zu schaffen. Schipper sagte mir –«

»Schon gut! Komm zu deiner Bitte!«

Robert machte eine kurze Pause. »Sei nicht böse, Papa, aber ich bin wieder einmal scheußlich hereingefallen.«

»Du hast gespielt?« fragte Graf Egge in ahnungsvollem Schreck. »Und dein Versprechen vom vergangenen Sommer?«

»Ich gestehe, es war unrecht, aber man k a n n nicht immer ausweichen. Schließlich hat man doch auch Rücksichten –«

»So?« unterbrach Graf Egge. »Und die Rücksicht auf meinen Geldsack? Wo bleibt denn d i e ? Du bist mir ein Feiner! Wenn du gewinnst, verbrauchst du das Geld für deinen Stall und deine sonstigen Scherze. Und verlierst du, so soll ich bezahlen. Dafür bedank' ich mich. Und ich sage dir auch: das ist das letztemal. Wieviel brauchst du?«

Die Antwort kam ein wenig zögernd: »Achtzehn –«

»Hundert?«

»Leider nein, Papa!«

»Tausend!« Das Wort klang wie ein erstickter Schrei nach Hilfe. Dann war Stille zwischen Vater und Sohn. Graf Egge schlug mit vorgebeugtem Kopf einen Sturmschritt an, als könnte er dieser Forderung mit der Schnelligkeit seiner Beine entrinnen. Robert versuchte nicht, das Schweigen zu brechen, hielt sich aber dicht hinter dem Vater. Vor dem Zaun der Jagdhütte blieb Graf Egge stehen; sein funkelnder Blick haftete im sinkenden Dunkel an dem bleichen Gesicht des Sohnes, und seine Stimme bebte vor Zorn. »Das waren zwei teure Gamsböcke. Ein andermal will ich billiger jagen.«

Robert atmete auf.

»Wann brauchst du die Summe?«

»Die Anweisung muß morgen mit der Post abgehen.«

»Gut! Du sollst sie haben. Aber jetzt höre, Robert! Das war der letzte Rest an meinem Geduldfaden. Kommst du mir ein zweites Mal wieder, so laß ich dich sitzen in der Patsche, und wenn es dir den Hals bricht. Darauf hast du mein Wort. Und ich, das weißt du, ich halte, was ich sage. Jetzt komm herein!«

»Ich danke, Papa, und verspreche dir –«

»Dank und Versprechen kannst du dir sparen! Du hast mir einen vergnügten Abend gründlich verdorben.«

Graf Egge trat in die Jagdhütte. In der Herrenstube zündete er die kleine Hängelampe an, holte das Schreibzeug aus dem Wandschrank und kritzelte mit schwerer Hand einige Zeilen auf ein Blatt; die Anweisung ließ er auf dem Tisch liegen und ging mit einem blasenden Seufzer aus der Stube, als wäre ihm schwül unter Dach.

Mit beiden Händen griff Robert nach dem Blatt und nickte zufrieden, als er gelesen hatte. Aus seiner Brieftasche holte er ein Kuvert hervor, das einen bereits geschriebenen Brief enthielt und schon die Adresse trug; in dieses Kuvert schob er die Anweisung und schloß den Brief. Dann rieb er die Hände und bewegte die Beine, als wäre er nach strapaziösem Ritt aus dem Sattel gestiegen; lächelnd steckte er eine Zigarette in Brand, warf sich auf das Bett seines Vaters und dehnte behaglich die Glieder.

Draußen vor der Tür ließen sich Schritte hören. Tassilo und Moser kamen mit Willy, dem der neunstündige Marsch wie Blei in den Gliedern zu liegen schien. Die beiden Brüder traten in die Herrenstube, und Moser, der seine gute Laune noch immer nicht völlig gefunden hatte, schürte auf dem Küchenherd ein Feuer an.

Inzwischen saß Graf Egge nahe bei der Hütte auf dem Trog des laufenden Brunnens, die Hände in den Hosentaschen, und brütete in heißem Ärger vor sich hin, bis ihn sein Büchsenspanner, den er in der Finsternis nicht kommen sah, mit den Worten weckte: »Aber Herr Graf! Wie können S' den in der kühlen Nacht da herraußen sitzen! Mir scheint, es taugt Ihnen net, daß Ihr Fuß wieder a bißl besser is? Was? Jetzt gehen S' mir aber auf der Stell wieder in d' Hütten eini!«

Graf Egge erhob sich. »Ist das Wild versorgt?«

»Alles in Ordnung! Die drei Gamsböcke hängen bei der Holzerhütten drüben, und der Hirsch liegt auf'm Schlitten. Die Träger können morgen in aller Fruh damit abfahren. Was wird denn kocht auf'n Abend?«

»Schmarren!« brummte Graf Egge.

»Und wieviel Flaschen Bier soll ich für die jungen Herrn aufstellen?«

»Bier? Warum denn Bier? Da lauft der Brunnen! Der heutige Tag ist mir schon teuer genug gekommen.«

Schipper wollte in die Hütte treten; unter der Tür drehte er sich wieder um und sagte mit gedämpfter Stimme: »Noch was Neus, Herr Graf! Der gute Hirsch mit dem Prügelgweih, den wir in der vorigen Woch gsehen haben –«

Nun wurde Graf Egge lebendig. »Was ist mit dem Hirsch?«

»Im Bogen is er gwesen. Einer von die Treiber hat ihn gsehen auf fünf Schritt. Der Hirsch hat sich durch d' Latschen abwärts gstohlen und is beim Herrn Tassilo naus. Der Franzl hätt's gern verschwiegen, aber z'letzt hat er's eingstehen müssen, daß sein Schütz den Hirsch übersehen hat.«

»Aber da soll ja doch ein heiliges Donnerwetter gleich alles in Grund und Boden schlagen!« schrie Graf Egge, dem eine Gelegenheit, den Ärger der letzten Stunden von sich abzuladen, mehr als willkommen war. Um die Taube, die Schipper hatte fliegen lassen, noch fetter zu machen, kam Franzl im unglücklichsten Augenblick zur Hütte. »Hornegger! Her zu mir!«

»Jawohl, Herr Graf!« klang aus der Finsternis die schwankende Stimme des Jägers, dem nicht viel Gutes schwanen mochte. Im Laufschritt erschien er und stellte sich in straffer Haltung vor seinen Herrn.

»Warum hast du mir nicht sofort gemeldet, daß der gute Hirsch im Treiben war?«

»Aber ich bitt, Herr Graf,« stotterte Franzl, »es is ja kei' Zeit zum Reden gwesen. Der Herr Graf is ja gleich davon, und ich hab bei die Gamsböck zruckbleiben müssen.«

»Das ist eine Ausrede, die ich absolut nicht dulde! Es war deine Pflicht, mir sofort die Patzerei zu melden, die dein Schütze gemacht hat, und du mit ihm! Oder habt ihr euch etwa verabredet zu schweigen?«

Es war ein Glück, daß Graf Egge bei der herrschenden Dunkelheit nicht bemerken konnte, was ich auf den Zügen des Jägers abspielte. Und da sich Franzl dachte, daß es genug wäre, wenn er allein sein Donnerwetter von der Sache abbekäme, sagte er: »Von einer Heimlichkeit is gar kei Red net gwesen! Ich allein bin schuld, ich hab halt in der Eil vergessen, die Meldung z'machen!«

»Gut! Also wieder ein Strich auf deiner Rechnung. Viel Platz hast du nicht mehr übrig. Es ist für heute noch dein Glück, daß ich nicht an eine Manklerei zwischen such beiden glaube. So etwas möcht' ich mir gründlich verbitten! Wo i c h bin, da wird g e j a g t. Da werden keine Advokatenschliche getrieben. In meinem Revier bin noch immer i c h der Herr. Und da geschieht, was i c h will. Wer sich nicht fügt, der kann marschieren. Ob es nun einer von euch ist oder einer von meinen Buben!«

Graf Egges Stimme war so laut geworden, daß sie bis in die Herrenstube klang. Robert rührte sich nicht auf dem Bett, Tassilo und Willy sprangen ins Freie, um zu sehen, was es gäbe – und dabei holte Willy sich an der niederen Hüttentür den ersten »Dippel«. Die Hand auf die Stirn drückend, fragte er: »Was ist denn los, Papa?«

»Was los ist? Frag' deinen gelehrten Herrn Bruder! Der wird's wissen. Und mit solchen ›Jägern‹ soll man eine Jagd halten! Und so was sitzt auf dem Stand und hat eine Büchse in der Hand! Ein Besenstiel wäre das richtige. Und der Hirsch, natürlich, der wird das ungefährliche Tintenfaß im Wind gehabt haben. Der hat ganz genau gewußt, welchen Schützen er sich aussuchen muß, um mit heiler Decke durchzukommen!«

Tassilo wußte nun, wem der wortreiche Zorn seines Vaters galt; doch er hatte genügende Gründe, jeden ernsteren Zwischenfall zu vermeiden, und hielt es für das beste, mit einem sein »Versehen« entschuldigenden Worte den Rückzug in die Hütte anzutreten.

Das machte aber der Szene kein Ende. Graf Egge war nun einmal im Zug, und das Rad seines Zornes lief polternd weiter. Willy suchte den Vater zu beruhigen, und auch Franzl wollte seinem Herrn die Überzeugung beibringen, daß die Sache doch eigentlich gar nicht so schlimm wäre. Nur Schipper mischte sich mit keiner Silbe in den lauten Disput; er kannte seinen Herrn besser als die Söhne ihren Vater, und war überzeugt, daß Graf Egge den stattlich geweihten Hirsch lieber lebendig wußte als von der Kugel eines anderen gefällt; da blieb ihm doch die Hoffnung, den Hirsch einmal vor die eigene Büchse zu bringen.

Die Szene vor der Hütte nahm erst ein Ende, als die Pfanne mit dem Schmarren auf den Tisch getragen wurde. Beim ersten Schritt in die Stube roch Graf Egge den Zigarettenrauch; aber er schien sich müde gescholten zu haben, streifte Robert nur mit einem wütenden Blick und warf den Hut auf das Bett. Da es am Tisch an Raum fehlte, mußten Franzl und Moser ihr Nachtmahl in der Küche nehmen; nur Schipper durfte am Herrentische sitzen. Das Mahl begann unter unbehaglichem Schweigen. Tassilo aß sich satt, Willy zwang sich, einige Bissen zu kosten, und Robert saß mit gekreuzten Armen, ohne den Löffel zu berühren.

»Warum ißt du nicht?« fragte Graf Egge.

»Ich danke, Papa, mich hungert nicht.«

»Sooo? Es wäre begreiflicher, wenn heute der Appetit m i r vergangen wäre. Aber warte nur, der Hunger wird dir schon kommen! Es soll mir kein anderer Bissen auf den Tisch als Schmarren. Wer mit mir jagen will, wird sich auch herablassen müssen, mit mir aus einer Schüssel zu essen. Schipper, du bist verantwortlich, daß in die Hütte nichts anderes eingeschmuggelt wird.«

Willy und Robert tauschten einen Blick des Unbehagens, und wieder war Stille am Tisch. Graf Egge und Schipper leerten die Pfanne. Als die »Tafel« endlich aufgehoben wurde und Graf Egge seinen Stummel mit der zweifelhaftesten aller Knastersorten stopfte, schlich Willy sich hinter dem Büchsenspanner in die Küche hinaus und legte ihm vertraulich die Hand auf die Schulter.

»Schipperchen? Du wirst uns doch nicht verraten, wenn wir auf dem Heuboden eine Flasche Wein trinken, et cetera?«

Schipper zeigte eine ernste Miene. »Ich bitt, Herr Graf, tun S' was S' wollen, aber ich darf nix sehen! Wenn ich was sieh, muß ich's melden. Sie haben ghört, wie der Herr Vater gredt hat. Ich hab die Verantwortung. Ich darf nix sehen.«

Willy schien mit dieser Antwort völlig zufrieden, und Moser wurde zur nahen Holzerhütte geschickt, um die erste Ration der Kontrebande herbeizuschleppen und auf dem Heuboden in Sicherheit zu bringen. Als Willy die Stube wieder betrat, nickte er seinem Bruder Robert mit vergnügten Augen zu und fragte den Vater: »Wo bleibt deine Zither, Papa? Ich habe mich schon riesig gefreut, dich wieder zu hören.«

»So? Na, dann freue dich nur noch ein wenig länger!« brummte Graf Egge und warf sich, mit der Pfeife zwischen den Zähnen, auf das Bett. »Ich bin heute gerad in der Laune, euch was vorzududeln!«

Franzl kam in die Stube und legte vor Tassilo zwei Patronen auf den Tisch. »Ihr Büchsl hab ich a bißl durchgwischt, Herr Graf.« Er hängte das Gewehr an das Zapfenbrett.

»Das war überflüssig!« klang es vom Bette her. »Und ›Herr Graf‹? Wenn du dich bei ihm schön Kind machen willst, Hornegger, so mußt du ›Herr Doktor‹ sagen. Das hört er lieber.«

Franzl, dem die Luft in der Stube nicht geheuer schien, drückte sich schleunigst wieder zur Tür hinaus, während Tassilo sagte: »Du irrst, Papa, ich mache keinen Unterschied zwischen Titeln.«

»So? Man hat mir aber doch erzählt, daß auf dem Schild deiner Wohnungstür zu lesen steht: ›Doktor Egge‹ – kurzweg? Da muß dir der angebüffelte Doktor doch besser gefallen als dein angeborener Graf?«

»Mir gilt der eine soviel wie der andere. Daß ich auf dem Schild meiner Tür den ersteren vorziehe, das ist eine Konzession, die ich meinem Beruf mache. Zu mir kommen mancherlei Leute –«

»Mit Vorliebe die Wildschützen.«

»Das ist nicht der Fall, aber es würde mich nicht wundern, wenn es so wäre. Der arme Teufel, der im vergangenen Winter meine Hilfe suchte, vermutete ganz richtig, daß ich so viel von Jagd gehört und erfahren hätte, um eine Leidenschaft zu begreifen, die den Frieden einer ganzen Familie zu zerstören und einen Menschen zum Verbrecher machen kann.«

Graf Egge lachte. »Aaaah! Du gibst also wenigstens zu, daß ein Wildschütz ein Verbrecher ist?«

»Na, sieh mal, mit diesem Zugeständnis hast du Papa eine Freude gemacht,« fiel Robert ein, »und ich vermutete schon, daß du eigentlich etwas ganz anderes sagen wolltest. Oder nicht?«

Willy sah den Blick, den die Brüder tauschten, und versuchte einzulenken. »Natürlich ein Verbrecher! Der Kerl ist ja auch richtig verknurrt worden. Tas plädierte doch nur auf mildernde Umstände, und die waren in diesem Falle wirklich am Platz. Wenn man die Sache genau betrachtet, bestand das einzige Verbrechen dieses Menschen doch eigentlich darin, daß er nicht vorsichtig genug in der Wahl seiner Eltern war. Wäre er mit dieser Leidenschaft für die

Jagd als der Sohn eines reichen Vaters auf die Welt gekommen, so hätte er sich ein paar Reviere pachten können, wäre ein großer Nimrod geworden und dabei ein anständiger Mensch geblieben. Hab' ich nicht recht?« Willy ging auf den Vater zu und faßte ihn scherzend am Bart. »Sei mal ehrlich, Papa, und setze den Fall, daß du selbst als armer Teufel auf die Welt gekommen wärst. Ich glaube, aus dir wär' auch ein Wildschütz geworden, dazu noch ein riesig gefährlicher.«

»Nein!« entschied Graf Egge. »Ein Wildschütz gewiß nicht, wahrscheinlich ein pflichtgetreuer Jäger.«

»Ein solcher würde auch aus meinem Klienten werden,« sagte Tassilo, »wenn du auf meine Bitte gehört und den Mann in deine Dienste genommen hättest!«

»Das hätt' mir taugen können nach aller Galle, die mir die Sache gemacht hat, und nach dem verwünschten Klatsch!«

»Geschäftsprinzip!« lächelte Robert. »Ein junger Advokat muß von sich reden machen. Und alle Achtung, das gelingt dir! Die Zeitungsschreiber beten dich an. Sogar in den sozialdemokratischen Blättern bist du einer ehrenvollen Erwähnung sicher.«

»Woher weißt du das?« fragte Tassilo mit mühsam bewahrter Ruhe. »Du liest doch nie eine Zeitung?«

»Wahrscheinlich habe ich Besseres zu tun. Aber die guten Freunde sorgen dafür, daß man immer das Nötigste über dich erfährt.«

»Das ist wohl die einzige Gelegenheit, bei der du dich um mich bekümmerst?«

»Du hast es deinen Brüdern schwer gemacht, mit dir in Verkehr zu bleiben. Bei dir soll eine Kollektion von Bassermannschen Gestalten aus und ein gehen, mit denen ein reinlicher Mensch nicht gern in Berührung kommt. Ich bin gewohnt, mit Leuten zu verkehren, in deren Nähe man sich die Taschen nicht zuzuknöpfen braucht.«

»Das Bild ist nicht gut gewählt, Robert! Gerade du mit deinen offenen Taschen wärst in der Nähe der Menschen, die zu mir kommen, viel weniger gefährdet als in deiner Gesellschaft und am Spieltisch.«

»Das sitzt, Bertl!« lachte Graf Egge schadenfroh. »Mit Worten schießt er besser als du.«

Robert nahm eine hoheitsvolle Miene an. »Das Vergnügen, mit Impertinenzen gegen mich anzufahren, vergönn' ich ihm. Die gute Gesellschaft zu respektieren, das läßt sich schwer von jemand verlangen, der mit dem eigenen Namen bereits abgewirtschaftet hat.«

Tassilo richtete sich mit blitzenden Augen auf. »Wie meinst du das?«

Willy, der die Nutzlosigkeit seiner diplomatischen Bemühungen einsah, verließ die Stube, während Graf Egge sich vom Bette erhob und langsam, den Pfeifenrauch in einem dünnen Faden vor sich hinblasend, zum Tische kam.

Ohne zu antworten, hatte Robert die Arme gekreuzt. Ein paar lautlose Sekunden verrannen.

»Hast du meine Frage nicht gehört?«

»Was ich sagte, bedarf keiner Erklärung. Du selbst hast eingestehen müssen: daß du auf deinem Geschäftsbetrieb auf den ererbten Titel verzichtest und dich mit dem Doktor begnügst.«

»Mein Beruf bringt es mit sich, daß ich Vertrauen verlangen muß. Und da ist es nicht meine Schuld, wenn der Titel, der mir in die Wiege fiel, eher ein Hindernis für mich bedeutete und Anlaß zu einem Mißtrauen wurde, gegen das ich schwer zu kämpfen hatte.«

»Oho!« murrte Graf Egge. »Soll das ein Hieb auf den Adel sein?«

»Durchaus nicht, Papa! Wenn ich auch den Grafen nicht auf meine Tür schreibe, so schlag ich meinen Adel doch höher an als mancher andere, der die Krone auf jede Zigarettendose und auf den Knopf jeder Reitpeitsche gravieren läßt und der Meinung ist, daß er damit alle Verpflichtungen genügt hätte, die seine Geburt ihm auferlegt.«

»Bertl, das geht auf dich!« stichelte Graf Egge.

»Nein, Papa!« fiel Tassilo ein, ehe Robert antworten konnte. »Nur gegen deinen Einwurf wollte ich mich verteidigen. Ich bin stolz auf meinen Adel. Aber man kann nicht Vorrechte beanspruchen, ohne nicht auch seine Pflichten um so höher zu fassen. Adelige Herkunft stellt uns auf einen exponierten Posten, zu dem Hunderte von Augen leichter den Weg finden, als zu jedem Beliebigen, der recht oder schlecht die Aufgabe seines Lebens zu erfüllen sucht. Was wir Tüchtiges leisten, wird dem einzelnen von uns nur als etwas Selbstverständliches angerechnet. Wir beanspruchen ja, die ›Auserwählten‹ zu sein. Drum wird jede Ausschreitung und Mißartung hundertfach gesehen und sofort als typisch für uns alle bezeichnet. Mit Unrecht. Aber es ist nun einmal so, und darin liegt für uns eine doppelte Verpflichtung.«

»Großartig!« lachte Robert. »In einer Volksversammlung würdest du dich mit solchen Tiraden populär machen. Aber in Papas Jagdhütte?« Er sah zu seinem Vater auf, der den Pfeifenrauch in dicken Wolken vor sich hinpaffte. »Ich hoffe, Papa, du amüsierst dich! Er sagte bereits: Verpflichtung. Jetzt wird er gleich mit dem abgedroschenen Noblesse oblige! herausrücken.«

Graf Egge schwieg.

»Ja, Robert, das Wort ist alt geworden! Hätten wir es jung erhalten, so genösse der Adel jene Achtung, die ich ihm von Herzen wünsche, auch heute noch. Nicht nur bei unseren Bedienten. Und dann wäre mir auch die Erfahrung erspart geblieben, daß jeder von uns, den es zu ernster Arbeit treibt, einem nur schwer zu überwindenden Zweifel an seinen Fähigkeiten und seinem redlichen Willen begegnet, gerade w e i l er von Adel ist. Aber du hast recht, das ist kein Thema für die Jagdhütte. Und Papa wird müde sein. Es ist Zeit, daß wir ein Ende machen. Gute Nacht, Papa!«

Graf Egge blies eine Wolke vor sich hin und nickte schweigend.

Als Tassilo die Stube verlassen hatte, schob Robert sich hinter dem Tisch hervor. »Ein netter Herr! Was sagst du, Papa?«

Graf Egge machte die Augen klein und strich mit der Pfeifenspitze über den weißen Schnurrbart. »Ich sage: D u sei still! Wenn es auf e i n e n paßt, was er sagte, so paßt es auf d i c h ! Die Hoffnung, daß aus ihm noch ein Jäger wird, geb' ich auf. Aber lieber sitzt er mir hinter dem Schreibtisch als hinter dem verfluchten Möbel, an dem d u auf meine Kosten die Nächte verbringst. Leg' dich schlafen!« Graf Egge pfiff durch die Finger. Während er an der Ofenkante die Pfeife ausklopfte, kam Schipper zur Tür hereingeschossen. »Mach die Fenster auf, daß der Zigarettengestank hinauskann, und richte mir das Bett!«

Wortlos ging Robert aus der Stube und kletterte über die Leiter auf den Heuboden, wobei er die »Scheußlichkeit« des ihm zugewiesenen Quartiers mit einem kräftigen Reiterfluch bedachte.

Für jeden der Brüder hatte Franzl ein Leintuch über das Heu gebreitet und eine wollene Decke zurechtgelegt. Die Kerze, die hinter den trüben Gläsern einer Laterne brannte, erleuchtete mit ihrem matten Schimmer den niederen Raum und das von Spinnweben überzogene Sparrenwerk des Daches. Tassilo hatte sich schon zur Ruhe gelegt. Auch Franzl war schon ins Heu gekrochen, ohne bei dem heimlichen Nachtmahl mitzuhalten.

Während Schipper in der Herrenstube Graf Egges Bein frottierte, taten Robert und Willy sich auf dem Heuboden an Niersteiner und Pschorrbräu gütlich und vertilgten den Inhalt einer Konservenbüchse.

## 16

Früh am Morgen hatte Forbeck sich erhoben, um vor seinem Gang nach Hubertus noch einige Stunden für die Arbeit zu gewinnen. Er öffnete das Fenster und rückte die Leinwand in das beste Licht. Er nahm auch die Palette. Doch als er vor das Bild trat und den Blick auf die leuchtende Mädchengestalt heftete, die vor ihm zu leben schien, umschimmert von einem letzten Sonnenstrahl, den das ausbrechende Unwetter schon zu ersticken droht – da schien er seine Arbeit wieder zu vergessen. Er hörte nicht, daß Mali die Stube betrat, um das Frühstück zu bringen. Erst als die Tasse klirrte, erwachte er und nickte zerstreut einen Gruß, den Mali nicht erwiderte. In Hast verließ sie die Stube. Forbeck hüllte die Leinwand in ein weißes Tuch, legte den Malkasten auf den Tisch und machte sich zum Ausgang fertig, ohne das Frühstück zu berühren. Im Flur begegnete ihm Mali mit dem kleinen Netterl auf den Armen.

»Wenn jemand von Schloß Hubertus kommt, um meine Geräte zu holen,« sagte er, »ich habe droben alles bereitgestellt. Und bitte, sagen Sie dem Diener –« Da verstummte Forbeck und sah erschrocken in das Gesicht des Mädels.

Mali sah aus wie ein Gespenst ihrer selbst. Der Ausdruck eines trostlosen Kummers lag auf ihren vergrämten Zügen, und dunkle Ränder zogen sich um die Augen.

»Was ist Ihnen?« fragte Forbeck. »Sind Sie krank?«

Mali schüttelte den Kopf. »Bloß a bißl übernächtig bin ich, 's Kindl hat mich net schlafen lassen.« Sie trat in die Stube.

Forbeck verließ den Brucknerhof, folgte einem Pfad, auf den ihn der Zufall führte, und irrte zwei Stunden in dem Wald umher, der den Park von Schloß Hubertus umgab. Immer wieder geriet er in die Nähe des Tores, stand unschlüssig, warf einen Blick auf die Uhr und wandte sich wieder in den Wald zurück. Endlich ging es auf die zehnte Stunde. Mit dem ersten Glockenschlag, der von der Dorfkirche herübertönte, trat Forbeck in den Park. Als er sich dem Adlerkäfig näherte, begegnete ihm Moser mit einer blutfleckigen Holzschüssel; der Alte war am Morgen mit dem Wildtransport von der Jagdhütte heruntergekommen, hatte Roberts Brief zur Post getragen, die Arbeit in der Zwirchkammer erledigt und brachte nun den Adlern die rohe Wildleber zum Futter. Mit Gönnermiene nickte er dem jungen Künstler zu: »Die Damen sind schon bei die Malersachen im Park hint und warten!« Die Adler hatten die ihnen wohlbekannte Schüssel bereits gewahrt und flatterten hinter dem Gitter lärmend durcheinander, so daß sich vom Boden des Käfigs eine schmutzige Wolke erhob. Während Moser das Gitter öffnete, beschleunigte Forbeck den Schritt – der Anblick des Käfigs hatte immer peinlich auf ihn gewirkt, und das blutige Menageriegeschäft, das er den alten Jäger üben sah, mehrte in ihm noch das Gefühl des Widerwillens. Als er den offenen Platz vor dem Schloß erreichte, verschlang sein irrender Blick die Blumenbeete, das zitternde Lichterspiel im Gezweig der Bäume und den blitzenden Tropfenfall der rauschenden Fontäne.

»Wie schön! Und heute zum letztenmal!«

Da hörte er die Stimme der Kleesberg und sah auf dem Rasen die Staffelei mit der Leinwand bereits aufgestellt. Kitty und Tante Gundi standen vor dem Bild, und Forbeck, während er näher kam, hörte noch ein wortreiches Stück der begeisterten Rede, mit der die Kleesberg dem in Schweigen versunkenen Mädchen die »unglaublichen Fortschritte« der Arbeit pries. So aufmerksam Kitty auch lauschte, sie vernahm doch den Schritt, der sich näherte. »Er kommt!«

Tante Gundi begrüßte den jungen Künstler mit erregter Herzlichkeit, und als ihr Forbeck, der nicht zu sprechen vermochte, die Hand küßte, sah sie so verträumt auf ihn nieder, als wären ihre Gedanken weiß Gott in welcher Ferne und vergangenen Zeit.

Bei Kitty war die Begrüßung schneller abgetan; eines vermied den Blick des andern. Während Kitty langsam auf den Sessel zuging, um ihre Stellung einzunehmen, fand Gundi Kleesberg ihre Fassung wieder. »Beginnen Sie nur gleich mit der Arbeit!« mahnte sie. »Die letzte Sitzung! Da müssen wir die Zeit noch gut benützen.« Das klang, als wäre auch ihr bei dieser letzten »Sitzung« eine wichtige Rolle zugewiesen. Sie griff nach ihrem Buch und ließ sich auf die Rohrbank nieder, die heute dicht neben die Staffelei gerückt war. »Es stört Sie doch nicht, wenn ich so nahe sitze?«

»Gewiß nicht!« Die Palette zitterte in Forbecks Hand, während er die Farben aus den Tuben drückte; dann trat er vor die Leinwand.

Die Falten an Kittys Kleid waren einer Korrektur bedürftig. »Gestatten Sie?«

»Oh, bitte!«

Als er zurücktrat und das Werk seiner zitternden Hände einer letzten Musterung unterzog, verirrten sich seine Augen bis zu Kittys glühendem Gesichtchen, und da tauchte Blick in Blick, so seltsam erschrocken, als sähe eines im anderen ein unbegreifliches Rätsel.

Wie ein Träumender ging er zur Staffelei zurück und begann die Arbeit. Lautlose Minuten. Ab und zu das Gezwitscher eines Vogels. Und manchmal knisterte es leise, wenn Gundi Kleesberg ein Blatt ihres Buches umschlug. Es schien ihr mit dem Lesen nicht sonderlich ernst zu sein. Immer wieder glitt ihr Blick zu Forbeck hinüber. Endlich klappte sie das Buch zu. »Sind Sie bei der Arbeit immer so schweigsam? Sie haben es wohl nicht gern, wenn geplaudert wird?«

Forbeck erwachte aus seiner Verlorenheit. »Im Gegenteil, ich bin seit Jahren gewohnt, mit Werner gemeinsam zu arbeiten. Wir haben immer was zu plaudern.«

»Wie lange leben Sie schon in München?«

»Seit vierzehn Jahren, seit Werner mich in sein Haus nahm.«

»Ja, richtig, Sie erzählten uns neulich, daß Sie – mit Professor Werner verwandt wären?«

»Aber Tante Gundi!« rief Kitty von ihrem Sessel herüber. »Herr Forbeck erzählte das Gegenteil, auf der Veranda, als uns Tas diese merkwürdige Ähnlichkeit erklärte.«

»Diese Ähnlichkeit –« lispelte Gundi Kleesberg vor sich hin.

In Kitty war, als sie den Namen des Bruders ausgesprochen hatte, der Gedanke erwacht, daß Tassilo vielleicht in dieser Stunde vor dem Vater stünde, ringend um sein Glück. Ihre Augen suchten die Berge, und unter einem Seufzer zog sie die beiden Daumen ein.

»Sagten Sie nicht auch, daß Professor Werner Sie erziehen ließ?« begann die Kleesberg von neuem ihr Verhör.

»Ja, gnädiges Fräulein. Was aus mir geworden, verdanke ich Werner. Ich war neun Jahre alt, als er mich fand.«

»Als er Sie fand? Er wußte von Ihrer Existenz und s u c h t e Sie?«

»Nein. Werner wußte früher von mir sowenig wie ich von ihm. Er hat meine Eltern nie gekannt. Das waren arme Leute in einem kleinen Dorf, und sie waren nicht mehr jung, als ich geboren wurde. Ich hatte noch drei Geschwister. Sie starben vor meiner Geburt.« Ein Schatten tiefer Schwermut legte sich über Forbecks Züge. »Ich hatte keine glückliche Kindheit.« Verstummend sag er auf die Palette nieder, während er eine Farbe mischte. In seiner Erinnerung tauchte das Bild einer ärmlichen Stube auf, mit verwahrlostem Gerät; ein vierjähriger Bub, in Lumpen gehüllt, kauert hinter dem Herd, auf dem die Mutter sitzt, mit verdrossenem Faltengesicht, die irdene Kaffeetasse in der Hand; schweigend leert sie eine Tasse um die andere, bis sie draußen schwere Tritte poltern hört; nun versteckt sie das Geschirr, und der Vater stolpert in die Stube, betrunken, mit glasigen Augen. Ein Fluch ist sein Gruß, und der Bub im Herdwinkel beginnt zu zittern; er weiß, was ihm bevorsteht.

Forbeck richtete sich auf, als möchte er diese Erinnerung gewaltsam von sich abwerfen.

»Sie haben Ihre Eltern früh verloren?« fragte Gundi Kleesberg bewegt, während Kitty lautlos saß, mit erblaßtem Gesicht.

»Meine Mutter starb, als ich noch nicht fünf Jahre alt war. Ein paar Monate später verunglückte mein Vater.« Wieder verstummte Forbeck. Vor seinen Gedanken stand das Bild jenes Abends, an dem der Vater nicht wie sonst nach Hause kam. Bei sinkender Nacht brachte man ihn getragen, Leute drängten sich in die Stube, alle kreischten durcheinander; das dauerte nicht lange; die Leute verliefen sich wieder, und neben der Asche hockte der kleine Bub im Herdwinkel und spähte furchtsam nach dem Heubett, von dem die Wassertropfen herunterfielen. Stunde um Stunde verging, und der Schläfer lag immer unbeweglich; er schnarchte auch nicht. Vom Hunger getrieben, kam der Bub aus seinem Winkel hervorgeschlichen. Er sah den Vater in triefenden Kleidern liegen; die nassen Haare hingen über die offenen Augen. So, mit diesen bläulichen Lippen, so unbeweglich war vor einem halben Jahr die Mutter auf dem gleichen Bett gelegen. An allen Gliedern zitternd, in der ziellosen Furcht, die der Tod auch in jenen erweckt, die ihn nicht erkennen, rannte das schreiende Kind aus der Stube und verbrachte die

Nacht unter freiem Himmel auf der Hausbank. Sein letzter Gedanke vor dem Einschlafen war: Wer wird mich morgen schlagen?

Mit erschrockenen Augen hing Kitty an Forbeck, als wäre in ihr eine Ahnung der harten Kindheit erwacht, die hinter seinen kargen Worten verborgen lag. Und Gundi Kleesberg sagte bedrückt: »So früh verwaist! Wer sorgte für Sie, als Ihre Eltern gestorben waren?«

»Niemand. Zwei Jahre lebte ich –« Eine leise Bewegung der Schultern vollendete den Satz. »Dann durfte ich die Gänse hüten. Und da kamen bessere Zeiten. Man gab mir Unterkunft im Gemeindehaus, ich bekam täglich zu essen und empfand so etwas wie Freude. Der Wald, die Wiesen, der Bach, die Sonne, das war mein Reichtum, aus dem ich immer schöpfte. Die Einsamkeit reifte meinen Kinderverstand, ich begann und denken, begann mein Leben mit dem Leben anderer Kinder zu vergleichen. Neid hab' ich nie empfunden. Aber immer war in mir eine Sehnsucht, die mir fast das Herz verbrannte.«

Gundi Kleesberg mußte sich plötzlich ihres Wortes von der »guten Kinderstube« erinnern.

»Oft lag ich lange Stunden, das Gesicht ins Gras gedrückt. Wenn ich mich müde geweint hatte, begann ich zu träumen,. begann mit dem Finger oder mit einem Reis in den Sand zu zeichnen, mit Kohle auf die Stallwände, Ställe und Scheunen. Ich zeichnete Häuser mit Gärten, zeichnete meine Gänse und die anderen Tiere, den Kirchturm mit der Sonne darüber, den lieben Gott und den Teufel. Und schließlich versuchte ich die Menschen nachzubilden.«

Forbeck schwieg – die feinen Linien des unter dem Gewandsaum hervorlugenden Füßchens, an dem er gerade malte, nahmen seine Aufmerksamkeit in Anspruch. Es währte eine Weile, bis er wieder zu erzählen anfing: »Meine Kritzeleien begannen im Dorfe von sich reden zu machen, in einer Weise, die mir nicht erfreulich war. Die Besitzer der schönen weißen Mauern waren nicht gut auf mich zu sprechen.« Er lächelte. »Ich mußte mich früh daran gewöhnen, für meine Kunst zu leiden.« Nun schwieg er und arbeitete mit doppeltem Eifer, als wüßte er nichts mehr zu erzählen.

Die Kleesberg war mit diesem Schluß nicht einverstanden. »Und – wie kam das? Mit Professor Werner?«

»An einem Sommertag – auf der Bachwiese lag ich zwischen meinen Gänsen im Gras – da sah ich nicht weit von mir einen fremden Mann stehen, in städtischer Kleidung –«

»Werner?« stammelte Gundi Kleesberg.

Forbeck nickte. »Der breite Hutrand warf einen dunklen Schatten über das schmale Bartgesicht, in dem zwei Augen glänzten, über die ich mich wundern mußte, ich weiß nicht, warum. Nie hatte ich ein gutes Wort gehört, nie einen freundlichen Blick empfangen. Der fremde Mann da, vor dem ich mich zuerst ein bißchen fürchtete, das war der erste Mensch, der mich ansah in herzlichem Erbarmen. Lange stand er so vor mir, ohne ein Wort zu sagen. Dann ging er auf mich zu –«

Forbeck sah wie ein Erwachender auf – von der Ulmenallee klang die schreiende Stimme des alten Büchsenspanners, dazu eine schrille Mädchenstimme. Kitty ließ sich vom Sessel heruntergleiten, während Gundi Kleesberg stumm in sich versunken saß. Das Geschrei wurde lauter. Nun kam der Diener vom Schloß herübergelaufen.

»Fritz? Was ist denn?«

»Moser hat am Adlerkäfig die Tür nicht versperrt, und der Steinadler, den der gnädige Herr vor drei Jahren aus der Bärenwand herunterholte, ist ausgeflogen. In der Allee sitzt er auf einer Ulme.«

»Ach du lieber Himmel! Wenn Papa das erfährt!« stammelte Kitty. »Kommen Sie, Herr Forbeck! Der Adler muß wieder eingefangen werden. Oder es gibt einen bösen Tag für uns alle, wenn Papa heimkommt!«

Forbeck hatte schon die Palette aus der Hand geworfen und rannte mit Kitty und Fritz nach der Ulmenallee.

Gundi Kleesberg ermunterte sich aus ihrer Verstörtheit und fuhr mit beiden Händen nach ihrer Frisur, als wäre der Adler schon in Greifnähe ihrer Zöpfe. Dabei schien auch in ihr das Gefühl zu erwachen, daß es auf der Welt ein Wesen gäbe, das sie zu beschützen hätte. »Kitty! Kitty!« Sie sah die Komtesse mit Forbeck um die Ecke des Schlosses verschwinden und schrie in Sorge: »Aber Kinder!«

Die beiden hörten nicht. Atemlos erreichten sie die Allee und sahen unter einer Ulme vier schreiende Menschen stehen: die Beschließerin, Roberts Stallburschen, eine Jungfer und den alten Moser. Mit kalkweißem Gesicht kam ihnen Moser entgegengelaufen.

»Aber Moser!« jammerte Kitty. »Was haben Sie denn angestellt! Papa wird wütend sein, wenn er das hört.«

»Auf Ehr und Seligkeit, ich hab kei Schuld net!« keuchte der Alte. »Und gar net denken kann ich mir, wie 's Unglück passiert is! Ich hab den Schlüssel umdreht, und da hör ich mein Namen rufen, und wie ich mich umschau, steht 's Zauner-Lieserl in der Allee. Auf Ehr und Seligkeit, 's Lieserl wird mir bezeugen können – und ›Mar' und Josef, den Vogel schau an!‹ schreit 's Madl. Und wie ich zum Käfig hinschau, hab ich gmeint, mich trifft der Schlag! 's Türl steht sperrangelweit offen, und der Adler hupft auf der Allee umanand. Wie der Teufel bin ich auf'n Käfig zu, und grad hab ich 's Türl noch zubracht, daß net einer von die andern auch noch aussi fliegt. D' Joppen hab ich abgrissen und bin dem Adler nach. Da fangt er 's Fludern an, und richtig kommt er auffi bis auf'n Baum! Da schauen S', Konteß, da sitzt er droben!«

In halber Höhe des Baumes saß der Adler auf einem Ast, die Fänge weit gespreizt, den flachen Kopf zwischen die Flügel geduckt. Mit blitzenden Augen spähte er bald zur Sonne hinauf, bald wieder hinunter auf das Häuflein Menschen, die ratlos durcheinander schrien.

»Was fang ich denn an? Herr Jesus, Jesus!« klagte Moser. »Der gnädige Graf, der jagt mich zum Teufel, wann der Vogel hin is!«

»Vor allem sollen sich die Leute ruhig verhalten!« sagte Forbeck. »Jeder Lärm muß den Vogel noch scheuer machen, als er schon ist.«

Kitty befahl energisch: »Ruhe!« Schweigen trat ein, aber vom Schloß herüber hörte man den Jammerschrei der Kleesberg: »Kitty! Kitty!« Das klang immer näher, niemand kümmerte sich drum, alle spähten nach dem Adler.

»Der Vogel kennt die Kraft seiner Schwingen nicht,« sagte Forbeck zu Kitty, »sonst würde er nicht so ruhig sitzen. Er ist an die Gefangenschaft gewöhnt. Wenn wir ihn aufstören, wird er zu Boden flattern. Ihn mit den Händen zu packen, das möchte übel ausfallen. Mit einem Netz vielleicht –«

»Fritz! Das große Forellennetz! Und eine Leiter!« befahl Kitty.

Der Diener rannte mit dem Stallburschen davon.

»Mißlingt die Sache, so wird nichts anderes übrigbleiben, als den Vogel durch einen Schuß zu töten. Wenn er über die Parkmauer hinausflattert und ins Dorf gerät –«

»Was? Den Adler erschießen?« stotterte Moser. »Net um d' Welt! Mar' und Josef, was möcht der Herr Graf sagen!«

»Herr Forbeck hat recht. Was Herr Forbeck anordnet, hat zu geschehen!« entschied Kitty mit einer Bestimmtheit, die keinen Widerspruch duldete. »Ich werde die Sache bei Papa verantworten. Schnell, Moser, holen Sie ein Gewehr!«

Moser schüttelte den Kopf und ging.

»Kitty! Kitty!« Tante Gundi erschien mit ausgebreiteten Armen in der Ulmenallee.

»Fräulein von Kleesberg ist in Sorge,« sagte Forbeck und faßte Kittys Hand, »ich glaub' auch, es wäre besser, wenn Sie sich entfernen wollten, bis die Sache vorüber ist.«

Mit großen Augen sah ihn Kitty an. »Nein. Ich bleibe bei Ihnen. Angst hab' ich nicht.«

In Verzweiflung kam Gundi Kleesberg herbeigestürzt und umklammerte Kittys Arm. »Fort! Fort! Bist du von Sinnen? Was hast du hier zu schaffen?« Sie sah den Adler, der in verdächtiger Unruhe den Hals streckte. Aufkreischend suchte sie Kitty mit Gewalt von der Stelle zu reißen.

»Aber Gundi! Ich bin doch kein Kind mehr! Da ist wahrhaftig keine Gefahr. Herr Forbeck ist doch bei uns!«

»Ich bitte, gehen Sie!« fiel Forbeck ein. »Sie sehen, in welcher Sorge Fräulein von Kleesberg ist.«

»Fort! Fort! Hörst du denn nicht? Herr Forbeck b i t t e t dich!«

Einen Augenblick sträubte Kitty sich noch. Dann sagte sie: »Gut, ich gehe. Aber dann haben auch Sie keine Veranlassung, hierzubleiben. Moser soll allein sehen, wie er seine Dummheit wieder gutmacht. Kommen Sie, Herr Forbeck.« Sie streckte die Hand nach ihm.

Da kam der Diener mit dem Netz gelaufen, und der Stallbursche brachte eine hohe Leiter. »Seien Sie vorsichtig,« rief Forbeck dem Burschen zu, der die Leiter aufzurichten versuchte, »stoßen Sie mit der Leiter an keinen Ast!«

Die Warnung kam zu spät. Dem Adler schien die Sache nicht mehr geheuer. Er breitete die Schwingen aus. Des Fluges ungewohnt, vermochte er sich aus dem Gezweig der Ulme nicht hervorzuheben und kam ins Fallen.

»Jesus Maria!« kreischte die Beschließerin. Und die Jungfer schrie: »Der Adler! Konteß, der Adler!« Krachend stürzte die Leiter zu Boden, die dem Stallburschen im Schreck aus den Händen geglitten war. Gundi Kleesberg stieß einen gellenden Schrei aus, und Kitty, als sie das erblaßte Gesichtchen hob, sah den taumelnden Vogel schon dicht über ihrem Kopf. Alle Stimmen schrillten, und Moser kam mit einer Flinte durch die Allee gerannt. Die Schwingen des Adlers trafen schon im Niederschlagen Kittys Arm, und seine Fänge streckten sich, um an ihrer Schulter einen Halt zu finden. Da warf sich Forbeck mit ersticktem Laut über Kitty, und während sie unter dem Stoß zu Boden taumelte, haschte er mit beiden Händen die eine Schwinge des Vogels und riß ihn seitwärts. Mit wütender Kraft wehrte sich der Adler, und Forbecks Kopf und Schultern verschwanden unter dem Gewirbel der mächtigen Flügel. Gundi Kleesberg, totenbleich, griff mit den Händen in die Luft. »Forbeck! Herr Forbeck!« Wie eine Wahnsinnige stürzte sie auf den Bedrohten zu. Mit der einen Hand griff sie nach der Brust des Adlers, mit der anderen faßte sie seinen Hals. »Um Herrgotts willen! Fräuln! Jesses! Was machen S' denn!« kreischte Moser und warf die Flinte ins Gras. »Zruck, sag ich! Auslassen!« Er riß das Netz aus den Händen des Dieners und warf es über den mit Schwingen und Fängen schlagenden Vogel. Für ein paar Augenblicke bildeten die drei Menschen mit dem Adler einen wirren Knäuel – doch ehe Kitty sich erhoben hatte und aus den Händen der schreienden Jungfer sich loszureißen vermochte, lag der vom Netz umwickelte Adler schon auf der Erde und unter Mosers Knien.

Erblassend flog Kitty auf Forbeck zu. Die Weste war ihm von der Brust gerissen, und in Fetzen hing ein Ärmel von der Schulter. »Sind Sie verwundet?«

Forbeck betrachtete lachend seine Hände und griff an seinem Arm herum. »Ich glaube nicht –« Da sah er die Kleesberg und erschrak.

Zitternd, das Gesicht von mehliger Blässe, stand sie vor ihm, als begriffe sie nicht, was geschehen war und was sie getan; ihr Kleid war verwüstet, die Zöpfe hingen auf die Schulter, und aus dem engen Seidenärmel quollen rote Tropfen.

»Tante Gundi!« stammelte Kitty. Und Forbeck: »Fräulein! Um Gottes willen! Was ist Ihnen geschehen?«

Die Kleesberg erwachte, sah verstört an sich hinunter, und als sie die roten Tropfen auf ihrem Arm gewahrte und zwei dünne Blutlinien über ihre Finger schleichen sah, machte sie die Augen zu und setzte sich auf den Boden.

Alle drängten sich um die Bewußtlose, während Moser sich noch immer mit dem Adler balgte, dessen wilde Kraft auch durch die zusammengeschnürten Maschen des Netzes nicht völlig gebändigt wurde.

Forbeck war der erste, der nach dem Schreck die Besinnung wiederfand, und alle fügten sich seinen Anordnungen. Der Stallbursche rannte davon, um den Arzt zu holen, und die Jungfer lief in das Schloß, um in Fräulein von Kleesbergs Zimmer alles zu richten. Forbeck und Fritz hoben die Bewußtlose auf und trugen sie ins Haus; dabei stützte Kitty mit zitternden Händen Tante Gundis blutenden Arm, und die Tränen rannen ihr über die blassen Wangen.

Es war eine schwere Mühe, die Ohnmächtige über die Treppe hinaufzubringen und auf das Bett zu heben. Während Kitty und die Jungfer bei Gundi Kleesberg blieben, stieg Forbeck mit dem Diener in den Flur hinunter. Hier mußte Forbeck es sich gefallen lassen, daß ihm Fritz den Staub und Flaum von den Kleidern bürstete und mit Stecknadeln an der Weste und an den Ärmeln die Risse schloß; Forbeck schien nicht zu sehen, nicht zu hören; als ihn der Diener freigab, trat er auf die Veranda hinaus.

In der Ulmenallee krachte ein Schuß. Fritz rannte an Forbeck vorüber, kam nach einer Weile zurück und berichtete: »Der Adler mußte erschossen werden, die linke Schwinge war gebrochen. Auch meinte Moser, daß die Risse, die das arme Fräulein bekam, nicht heilen würden, wenn das Tier am Leben bliebe. Die Leute hier sind schrecklich abergläubisch.«

Der Doktor kam, und Forbeck blieb eine Viertelstunde allein. Dann hörte er einen flinken Schritt im Flur. Eine Blutwelle schoß ihm ins Gesicht.

Kitty erschien auf der Schwelle. »Ich bin nur schnell heruntergehuscht, um Sie zu beruhigen. Der Doktor meint, daß die Wunden bald wieder heilen werden. An zwei Stellen des Armes sind die scharfen Klauen tief ins Fleisch gedrungen, aber glücklicherweise sind die Wunden nicht ausgerissen.« Sie schöpfte Atem. »Mir ist ein Stein vom Herzen. Auch die arme Gundi ist schon ein bißchen ruhiger. Wie das nur kommen konnte? Vor einer halben Stunde diese glückliche Stille! Und jetzt –«

Forbeck sah zu Boden. Auch Kitty schwieg. Wie in drückender Schwüle bewegte sie die Schultern und streifte die schimmernden Löckchen von der heißen Stirn. »Und ganz unbegreiflich ist das mit Tante Gundi! Sonst die hilflose Ängstlichkeit! Und plötzlich dieser Mut –«

»Fräulein von Kleesberg hat Sie lieb und war in Sorge.«

»Um m i c h ? Aber ich war doch –« Kitty verstummte. Vor den Stufen der Veranda sah sie den alten Moser stehen, mit dem Hut in der Hand, ein Bild der tiefsten Zerknirschung. »Moserchen! Moserchen!«

Der alte Jäger schien den ganzen Vorwurf dieser verkindlichten Namensform zu erfassen; seine Gestalt schrumpfte zusammen, und wie gesenkte Trauerfähnchen hingen ihm die Schnurrbartspitzen über die Mundwinkel.

In Kitty regte sich das Mitleid. »Was machen wir jetzt? Papa darf die Wahrheit nicht erfahren. Um Ihretwillen.«

Scheu blickte der Alte auf, Hoffnung und Zweifel in den zwinkernden Augen. »Sie haben halt a guts Herzl! Aber da wird sich 's Verheimlichen schwer machen. Der Adler beim Teufel, und 's alte Fräulen net weit davon – Mar' und Josef! Und grad der Bärenwandadler, den der Herr Graf am liebsten ghabt hat, weil er ihn am härtesten kriegt hat! Wann der Herr Graf hört, daß der Adler hin is – meiner Seel, dös überleb ich net.«

»Seien Sie ruhig, Moser! Was geschehen ist, können wir nicht mehr ändern. Aber Ihnen muß geholfen werden.« Kitty faßte den Arm des Alten und flüsterte ihm ins Ohr: »Schieben Sie nur alles auf mich!«

»Um Gotts willen, Konteß! Net um die ganze Welt!«

»Ich weiß keinen anderen Ausweg. Mich kann Papa nicht davonjagen. Ich werde ihm schreiben: ich hätte eine Krähe geschossen, hätte sie in den Käfig werfen wollen, und da wäre das Unglück passiert. Über alles weitere können wir dann die reine Wahrheit sagen. Still, Moser! Die Sache bleibt unter uns, da können Sie beruhigt sein! Den Adler wird Papa schwer verschmerzen. Aber er wird sich freuen, wenn er hört, daß ich die Krähe getroffen habe. Und weil wir schon lügen müssen, sagen wir gleich, ich hätte sie im Flug geschossen. Dann verzeiht er mir alles!«

Diese Logik schien dem Alten einzuleuchten; er wollte noch einen schüchternen Widerstand versuchen, als Fritz auf der Veranda erschien: »Ich bitte, Konteß, Fräulein von Kleesberg verlangt nach Ihnen!«

Kitty wollte ins Haus und blieb erschrocken stehen. »Herr Forbeck!« Sie streckte ihm die beiden Hände hin, die er ungestüm ergriff.

Seine Augen brannten, und seine Lippen zuckten, als ränge, was ihm das Herz erfüllte, gewaltsam nach Sprache. Doch auf den Stufen der Veranda stand der Jäger – und Forbeck sagte mit erzwungener Ruhe: »Ich danke Ihnen, daß Sie gekommen sind, um mir das günstige Urteil des Doktors mitzuteilen.«

»Das war doch selbstverständlich.«

Im Flur klang die Stimme der Jungfer, die von der Treppe dem Diener zurief: »Wo bleibt die Konteß? Das arme Fräulein droben ist außer sich vor Unruh.«

Ein müdes Lächeln, und zögernd löste Kitty die Hände. »Tante Gundi – Sie verzeihen –« Während sie zur Tür ging, tastete sie mit der Hand, als wäre sie von einer Schwäche befallen.

Forbeck sah sie verschwinden, wie ein Erwachender die Bilder einer traumseligen Nacht im kalten Grau des beginnenden Tages zerrinnen sieht – für immer.

»Ich bitte, Herr Forbeck,« fragte Moser, »soll ich Ihnen vielleicht die Malsachen heimtragen? Jetzt wird wohl ausgmalt sein?«

Der Alte redete diese Worte aus seiner ehrlichen Betrübnis heraus; Forbeck empfand ihren Doppelsinn wie einen schmerzenden Stich. Ohne zu antworten, ging er an Moser vorüber. Als er zur Staffelei kam, stand er lange in die Betrachtung des Bildes versunken. Dann deckte er hastig das Tuch über die Leinwand und schloß den Malkasten. Einen letzten Blick noch ließ er über den Rasen gleiten, über den leeren Armstuhl und über die Fenster des Schlosses, aus dessen Mauern die hundert Enden der mächtigen Hirschgeweihe hervorstarrten wie die Spitzen gefällter Lanzen.

Langsam ging er der Ulmenallee entgegen. Vor dem Adlerkäfig blieb er stehen. Scheu rückten die sechs Vögel auf den Stangen hin und her, lüfteten die Schwingen, hoben und duckten die Köpfe. Einer schwang sich gegen das Gitter, daß die Drähte rasselten, und ein anderer ließ sich von der Stange fallen und hüpfte schwerfällig auf dem Boden des Käfigs umher, über den die zerfaserten Reste der Wildleber ausgestreut waren, von Staub und Federn umwickelt.

»Mir scheint, die merken schon, daß der Kamerad nimmer da is!« sagte Moser, als er Forbeck einholte, in der einen Hand das verhüllte Bild, in der anderen den Malkasten.

Schweigend wandte Forbeck sich ab und folgte der Allee.

Als sie am Zaunerhaus vorüberschritten, stand das feine Lieserl im Garten hinter den Johannisbeerstauden und machte dem Jäger heimliche Zeichen. Moser drehte brummend das Gesicht zur Seite. Bis zum Dorfe murmelte er ununterbrochen vor sich hin, nach der Art bejahrter Leute, die im Zorn wie in der Freude laut zu denken pflegen.

Schon wollten die beiden in den Hof des Brucknerhauses treten, als ein junger Bauer von auffälliger Größe, mit einem Stiernacken über ungeschlachten Gliedern, an ihnen vorüberschritt, eine eiserne Brechstange auf der Schulter.

»Dös is der Pointner-Andres, dem 's Zaunerlieserl in d' Augen sticht!« sagte Moser, der bei Forbeck die Kenntnis des öffentlichen Dorfgeheimnisses vorauszusetzen schien. »Bis jetzt hab ich allweil gsagt: die zwei taugen net zueinander. Aber heut! Heut könnt ich ihr den Andres vergunnen. Der möcht ihr die unfürmigen Streich ghörig austreiben. Wissen S', der Andres is a guter dummer Kerl. Aber Spassetteln laßt er net mit ihm machen. Da haut er zu.«

Forbeck hörte nicht und ging an Bruckner, der aus der Scheune kam, ohne Gruß vorüber. Als er die Giebelstube erreichte, suchte er mit zitternden Händen ein Blatt hervor und schrieb in fliegender Hast einige Worte nieder.

Bruckner brachte die verhüllte Leinwand und den Malkasten.

»Ich bitte, Bruckner, tragen Sie diese Depesche auf die Post!«

»Ja, Herr!« Der Bauer nahm das Blatt. Da gewahrte er an Forbeck den zerfetzten Ärmel. »Is Ihnen was passiert?«

Forbeck schüttelte stumm den Kopf.

Zögernd verließ der Bauer die Stube.

Als die Tür geschlossen war, blieb Forbeck eine Weile unbeweglich stehen. Dann fiel er auf einen Sessel hin und vergrub das Gesicht in die Hände.

## 17

Graf Egge war in schlechter Laune. Zwei Triebe seit dem Morgen. Und er hatte noch keinen Schuß getan. Er schalt über den »hundsmiserablen« Wind, ließ seinen Ärger an den Treibern und Jägern aus und schien doch einen gelinden Trost in der Tatsache zu finden, daß auch seine Söhne leer ausgegangen waren. Willy hatte zwar fünf Patronen »verpulvert«; aber die Gemsgeiß und die beiden Kitz, die sich in seinem sprudelnden Bericht zu »kapitalen Böcken« auswuchsen, waren von seiner feuerflinken Büchse gesund an Leib und Gliedern entlassen worden.

Nun ging es auf Mittag, und es sollte der dritte Bogen beginnen. Die Treiber waren schon abmarschiert und mit ihnen Tassilo und Franzl, die den Rückwechsel zu besetzen hatten. Robert und Willy warteten auf Schipper, der mit seinem Herrn in flüsterndem Gespräche abseits stand.

»Sieh nur, wie die beiden die Köpfe zusammenstecken,« sagte Robert zu seinem Bruder, »Papa scheint seinem Hof- und Staatsrat geheime Order zu geben.«

Das war nicht weit vom Ziel geschossen. »Den Bertl stell' auf den nächsten Stand!« befahl Graf Egge seinem Büchsenspanner. »Der kann allein bleiben. Bei dem bin ich sicher, daß er mir den Anlauf nicht verdirbt. Und du geh mit dem anderen! Sonst brennt er mir am End' wirklich noch eine Geiß nieder. Wenn er auf einen Bock zu Schuß kommt, in Gottes Namen!« Dieses Zugeständnis löste sich etwas zögernd von Graf Egges Lippen. »Aber nicht zu früh! Das bitt' ich mir aus!«

Schipper schien verstanden zu haben und nickte lächelnd.

Graf Egge trat zu seinem Stand, Robert und Willy wünschten ihm »Weidmanns Heil!« und begannen mit Schipper bergan zu steigen. Als Robert seinen Stand erreichte, flüsterte Schipper ihm zu: »Sind S' g'scheit, Herr Graf! Sie wissen schon, was ich mein'!« Robert schien nicht in der Stimmung zu sein, um vertrauliche Ratschläge anzunehmen. Gelangweilt zog er die Brauen auf und maß den Jäger mit einem hoheitsvollen Blick.

Auch Willy machte ein verdrießliches Gesicht. Als er sich mit Schipper den kahlen Felsen näherte, brummte er: »Papa hat mir wohl den schlechtesten Stand gegeben? Ja?«

»Gott bewahr! Den besten im ganzen Trieb. Da schießen S' gwiß a paar gute Böck!«

Noch ehe der Stand erreicht war, krachte schon der Losschuß auf der Treiberlinie. Willy nahm auf einer Felsstufe Platz, und hinter ihm ließ Schipper sich nieder. Es währte nicht lange, da hörten sie in den Latschen das leise Kollern kleiner Steine. »Es kommt was!« zischelte Willy, von heißem Jagdfieber befallen.

»Ja, ja, halten S' Ihnen nur stad!« mahnte Schipper und streckte den Hals.

Auf zweihundert Schritt erschien ein Gemsbock zwischen den schütteren Büschen. Willy wollte mit der Büchse auffahren, doch Schipper hielt seinen Arm gefesselt. »Zeit lassen! Der Bock is ganz vertraut. Lassen S' ihn her auf hundert Schritt, sonst fehlen S' ihn, und der Herr Graf macht an Spitakel!«

Willy saß in zitternder Ungeduld und hing mit brennenden Augen an dem näher ziehenden Wilde. Schipper lächelte, griff in die Joppentasche, zog lautlos sein rotgesprenkeltes Schnupftuch hervor und hielt es wie ein Fähnlein über Willys Kopf. Flink eräugte der Gemsbock das grell leuchtende Warnungssignal und war im nächsten Augenblick mit jagender Flucht hinter die Büsche geprasselt.

»Natürlich, jetzt hab' ich das Nachsehen!« brummte Willy, während Schipper sich duckte und das rote Tuch verschwinden ließ.

»Aber junger Herr! Was haben S' denn gmacht! Warum haben S' denn net gschossen? So an Bock auslassen, Mar' und Josef!«

Zwischen den beiden entwickelte sich ein mit Flüsterstimmen geführter Disput, den der Hall eines Schusses unterbrach.

Drunten auf dem Hauptstand wurde Graf Egge durch diesen Schuß aus seinem regungslosen Spähen und Lauschen geweckt; als er hastig das Gesicht gegen die Höhe wandte, auf welcher Robert seinen Stand hatte, sah er den Pulverdampf über die Latschen gleiten und einen verendeten Gemsbock mit schlagenden Läufen über den steilen Grashang herunterrollen. Wütend, mit übereinandergepreßten Zähnen, lachte Graf Egge vor sich hin. »Natürlich, jetzt hat er das Geld! Wenn es für ein Telegramm nicht schon zu spät wär', ich möcht' ihm einen Strich durch die Rechnung machen!«

Über das weite Latschenfeld herunter klang der Juchzer eines Treibers. Graf Egge schien die Bedeutung dieses Rufes zu verstehen; ein Ruck ging durch seine Gestalt, seine Hände schlossen sich fester um die Büchse, und die funkelnden Augen hefteten sich auf ein Gehäng, auf dem die Hauptwechsel des Triebes zusammenliefen. Zwischen dem fernen Grün sah er einen rötlichen Schimmer gleiten; mit vorsichtiger Bewegung hob er den Feldstecher, und der Blick, den er durch das Glas warf, steigerte seine leidenschaftliche Erregung. Über den Büschen sah er die Kronen eines mächtigen Hirschgeweihs erscheinen und wieder verschwinden. Schon hörte er, näher und immer näher, das leise Brechen der Äste. Er atmete tief und legte die Büchse an die Wange, um schußfertig zu sein, wenn der Hirsch aus der Dickung träte.

Da krachte auf Roberts Stand der zweite Schuß, eine Gemse mit baumelndem Vorderlauf schleppte sich über den Grashang, und vor dem Hauptstand im Dickicht schwankten die Äste, während die Sprünge eines flüchtenden Wildes sich entfernten.

Zornröte goß sich über Graf Egges Gesicht, und mit einem Fluch setzte er die Büchse ab. In der Treiberkette erhob sich wirres Geschrei, aus dem eine einzelne Stimme herausschallte: »Obacht, rückwärts! Ruckwärts!«

Franzl, der mit Tassilo am Saum eines steilen Lärchenwaldes saß, spitzte bei diesem Ruf die Ohren und flüsterte: »Passen S' auf, Herr Graf!« Im gleichen Augenblick sah er schon, noch außer Schußweite, den flüchtigen Hirsch zwischen den Latschen auftauchen und stammelte: »Heilige Dreifaltigkeit! Der Sechzehnender von gestern! Sie haben a Glück, so was gibt's nimmer!«

Auch Tassilo hatte den Hirsch schon gewahrt und hob die Waffe.

»Jetzt halten S' aber sauber hin! Wann wieder a Malör passiert, gibt's den ärgsten Verdruß mit Ihrem Herrn Vater.«

Das schien auch Tassilo zu befürchten, und dieser Gedanke machte ihn unruhig. »Nehmen Sie Ihre Büchse,« sagte er leis, »und wenn der Hirsch mit meiner Kugel weitergeht, so geben Sie einen Fangschuß ab!«

»Gut! Aber treffen müssen S' ihn! Sonst komm ich in die schönste Suppen eini, wenn ich schieß!« Dem Jäger zitterte vor Erregung die Hand, mit der er lautlos den Hahn seiner Büchse spannte.

Steine klapperten im Dickicht, laut krachten die brechenden Äste, eine stäubende Erdscholle wirbelte in die Luft, und mit zurückgelegtem Geweih, die Vorderläufe eingezogen, sauste der Hirsch aus den Latschen hervor, mit herrlichem Sprung eine tiefe Wasserrinne übersetzend.

Da krachte der Schuß. Tassilo ließ die rauchende Büchse sinken und sah den Hirsch mit jagenden Sprüngen den Saum des Waldes gewinnen. Wohl hatte Franzl seine Waffe an die Wange gerissen, doch es schien, als wollte er sie unschlüssig wieder sinken lassen.

»Aber so schießen Sie doch!« stammelte Tassilo.

Da reckte sich Franzl, und in seinem Gesicht, das er an den Kolben der Büchse drückte, spannte sich jeder Zug. Gleitend folgte der blinkende Gewehrlauf dem Weg des Wildes – hallend blitzte der Schuß – mit einer steilen Flucht quittierte der Hirsch den Empfang der tödlichen Kugel und verschwand in einer Senkung des Waldes. Lachend setzte Franzl die Büchse ab. »Der muß liegen, Herr Graf, der hat mein Schuß mitten auf'm Blatt. Aber wo meinen S' denn, daß der Ihrige stecken könnt?«

Tassilo zuckte die Achseln.

Der Jäger wurde unruhig. »Um aller Heiligen willen Sie werden ihn doch troffen haben?«

»Ich glaube. Wenigstens hab' ich Rot gesehen, als mir der Schuß brach.«

»Gott sei Dank, da kann's ja so weit net fehlen! Aber setzen S' Ihnen nieder! Wir dürfen vom Stand net weg, eh 's Treiben net aus is.«

Sie nahmen ihre Plätze wieder ein, und immer weiter entfernten sich die Rufe der Treiber. Es fiel kein Schuß mehr.

Noch ehe die Treiberwehr sich aufzulösen begann, hatte Graf Egge schon die Büchse auf den Rücken genommen und stapfte ungeduldig vor seinem Stand umher, als wäre er lange Stunden in grimmiger Kälte gesessen und wollte sich nun die Glieder warm machen. Dabei brannte sein Gesicht in dunkler Röte, und immer wieder fuhr er mit zuckenden Fingern durch die Bartsträhne. Als er Robert über den Berghang herunterkommen sah, drehte er ihm den Rücken.

Robert lächelte und ging auf den Vater zu. »Ich habe zwei gute Böcke, Papa!«

Die Antwort ließ auf sich warten. »Natürlich! Hast sie mir ja vor der Nase weggeschossen.«

»Pardon, Papa! Ich war leider allein auf meinem Stand und mußte zweifeln, ob dir die Böcke noch kommen würden. Da trug ich Bedenken, sie unbeschossen durchzulassen. Die Szene, die Tassilo gestern zu genießen bekam, war mir eine Warnung.«

Langsam drehte Graf Egge das Gesicht und streifte Robert mit wütendem Blick.

»Was hast du, Papa? Ich würde es sehr beklagen, wenn du in meinem weidmännisch korrekten Verhalten Ursache zur Unzufriedenheit fändest.«

Ohne zu antworten, verließ Graf Egge den Stand, und als er einen Treiber aus den Latschen hervortreten sah, schrie er ihn mit heiserer Stimme an: »Heut habt ihr wieder einmal getrieben wie die Schweine!« Das war die Einleitung zu einem Ungewitter, das sich unter Blitz und Donner entlud. Von allen Seiten kamen die Treiber herbeigerannt, drückten sich auf ein Häuflein zusammen wie geduldige Schafe und ließen schweigend die Köpfe hängen. Sie wußten aus Erfahrung, daß sie mit wortloser Zerknirschung dem Zorn ihres Jagdherrn flinker entrannen als mit dem Versuch einer Verteidigung. Schließlich unterbrach Graf Egge seinen mit Flüchen reich gespickten Erguß und fragte: »Was hat denn der Kerl da hinten geschossen?«

»Dem Grafen Tassilo muß an Endstrumm Hirsch kommen sein,« sagte einer der Treiber, »aber ich weiß net, ob er ihn hat.«

»Das wäre n o c h schöner!« Mit diesem mystischen Ausspruch, der nach Art der delphischen Orakel eine doppelte Auslegung zuließ, eilte Graf Egge langen Schrittes davon. Schweigend trotteten die

Treiber hinter ihm her, Robert blieb zurück und steckte lachend eine Zigarette in Brand, und während Willy hoch im Geröll des Latschenfeldes auftauchte, kam Schipper, der für die Laune seines Herrn die richtige Witterung zu haben schien, mit langen Sätzen über den Berghang heruntergesprungen.

Inzwischen hatten Franzl und Tassilo auf dem Rückwechsel die Suche nach dem Hirsch begonnen. Sie brauchten nicht weit zu gehen. Mitten im Sprunge war das Wild zusammengebrochen, mit der Kugel im Herzen. »Dort liegt er schon!« lachte Franzl und begann zu rennen. Als er den Hirsch erreichte, verging ihm das Lachen. Mit blassem Gesichte stand er, schob den Hut in die Stirn, kraute sich ratlos hinter den Ohren und stotterte: »Herr Graf, da wird's was Schöns absetzen! Da schauen S' her! Der Hirsch hat bloß mein Schuß. Der Ihrige is gfehlt gwesen.«

Auch Tassilo zeigte ein Gesicht, als wäre ihm diese Entdeckung nicht willkommen.

»'s Personal darf nix Guts net schießen, dös is der strengste Auftrag vom gnädigen Herrn!« sagte Franzl, dessen Erregung mit jeder Sekunde wuchs. »A Fangschuß is was anders. Aber der gnädig Herr is mißtrauisch. Nix für ungut, Herr Tassilo, es is Ihr Vater! Aber der glaubt jetzt, daß ich den Hirsch allein gschossen hab, damit er uns net wieder durchkommt.« Franzl würgte an jedem Wort. »Ich bitt, Herr Graf, jetzt müssen Sie's schon mir zlieb tun und müssen sagen: Sie haben alle zwei Schuß gmacht.«

»Nein, lieber Hornegger, auf solche Dinge kann ich mich nicht einlassen.«

Franzl atmete schwer und ließ den Kopf sinken. »Freilich, ich kann's Ihnen net verdenken. Lügen tut keiner gern. Aber beim Herrn Grafen kommt man net aus mit die graden Weg. Dös hab ich schon bitter schmecken müssen. No also, mein Klampferl hab ich schon droben am Buckel, jetzt kommt noch a Span dazu!«

»Seien Sie ohne Sorge, Hornegger,« sagte Tassilo mit mühsam bewahrter Ruhe, »ich stehe dafür ein, daß Ihnen jeder Verdruß erspart bleibt. Wenn mein Vater hört, daß Sie nur auf meine Weisung geschossen haben –«

»Dös wird net viel helfen! Natürlich, Ihnen ins Gesicht wird der Herr Vater sagen: es ist alles gut. Aber hinterrucks krieg ich mein Putzer. Es wär net 's erstemal.«

Franzl verstummte, denn Graf Egge kam mit ungeduldiger Hast aus der Senkung des Waldes heraufgestiegen; hinter ihm erschienen die Treiber, und als Graf Egge zu dem Hirsch herantrat, rannte auch Schipper zwischen den Bäumen daher, keuchend und mit verschwitztem Gesicht; seine spähenden Augen streiften den Hirsch, überflogen die stumme Gruppe und blieben lauernd an Franzl haften.

Beim Anblick des mächtigen Hirsches mit dem Riesengeweih bekam Graf Egges Gesicht einen Stich ins Gelbliche. Hinter ihm rief ein alter Treiber: »Herrgott, is dös a Hirsch! So an Hirsch hat der gnädig Herr selber nimmer gschossen, ich weiß net wie lang!« Graf Egge drehte das Gesicht nach dem Schwätzer; dann stieß er mit dem Stachel des Bergstockes an die blutende Wunde des Hirsches und lachte trocken. »Ein schöner Schuß! Wie gezirkelt!« Er hob die Augen zu Tassilo. »Ich gratuliere dir!«

Tassilo wollte sprechen, doch sein Vater kehrte ihm den Rücken zu und schritt davon. Betroffen eilte Schipper ihm nach und stotterte: »Aber Herr Graf! Der nächste Trieb liegt auf der anderen Seit!«

»Schluß für heute! Ich habe genug!« erklärte Graf Egge. »Du brich den Hirsch auf und verdiene dir das Trinkgeld bei denen, die geschossen haben! Ich finde meinen Weg allein.« Die letzten Worte klangen so laut, als wären sie auch für andere Ohren gesprochen.

Tassilo warf die Büchse auf den Rücken und wollte dem Vater folgen. Franzl hielt ihn am Arm zurück und flüsterte: »Sagen Sie's ihm erst daheim in der Hütten! Jetzt is er im ärgsten Zorn. Und wissen S', warum? Mir scheint, den Hirsch hätt er lieber selber gschossen. Jetzt is die Gschicht doppelt zwider.«

Graf Egge war schon im Schatten des Waldes verschwunden. Manchmal bewegte er die Lippen, als wären sie durch Trockenheit gespannt, und stieß den Bergstock auf die Steine, daß es weithin klirrte.

Eine halbe Wegstunde hatte er zurückgelegt; da hörte er neben dem Pfad ein Rascheln im Gebüsch, aus dem sich die Gestalt eines schwarzbärtigen Jägers hervorschob.

»Patscheider? Du?« Das klang nicht freundlich. Graf Egge schien diese Begegnung als eine willkommene Gelegenheit zu begrüßen, um seinen Zorn zu kühlen. »Was hast du hier zu schaffen? Warum bist du nicht in deinem Bezirk? Oder kommst du mir schon wieder mit der Zumutung, daß ich deinen Gehalt –« Graf Egge verstummte, als er das fahle Gesicht des Jägers sah. Eine unbehagliche Ahnung mochte in ihm aufdämmern. »Patscheider?«

Der Jäger ließ einen scheuen Blick über den Weg auf- und niedergleiten. »Ich bitt, Herr Graf,« sagte er mit gepreßter Stimme, »bei mir drüben liegt einer.«

»Pfui Teufel! Das is zwider!« fuhr es über Graf Egges Lippen.

Eine Weile standen sie schweigend voreinander; dann begann der Jäger flüsternd zu berichten: »Seit zwei Tag hab ich den Kerl schon allweil gspürt. Kein Bissen mehr hab ich gessen, kein Stündl mehr gschlafen. Und richtig, heut in der Fruh, grad wie's Tag worden is, bin ich mit ihm zammgrumpelt, net weit von der Grenz. Vor ich ihn hab anrufen können, hat er mich schon gsehen und is mit der Büchs aufgefahren. Er oder ich! Der Herr Graf is mir eingefallen, und – meine Kinder! Hab ich's halt krachen lassen! Mitten in der Brust muß er die Kugel haben. Er is aufs Gsicht gfallen.« Die Stimme des Jägers erlosch.

Graf Egge zauste am Bart. »Verflucht! Wer war's denn?«

»Ich hab ihn net kennt. Er muß über der Grenz daheim sein, in Bernbichl, mein ich. A reicher Bauernsohn. Er hat a guts Gwand anghabt.«

»Wo liegt er?«

»Gleich unter der Grenzwand, bei der Salzleck in die Latschen drin.«

»Da schau! Gleich bei der Salzleck möchten mir die Lumpen meine Hirsche wegschießen! Aber du bist doch hoffentlich net hin zu ihm, daß man net am End deine Fährt findet?«

»Na, Herr Graf! Ich hätt ihn auch gar nimmer anschauen können. So was bremselt im Blut. Was soll jetzt geschehen? Ich mein', ich geh nunter zum Gricht und mach die Meldung?«

»Bist du verrückt?« fuhr Graf Egge auf. »Diese Laufereien und das Geschrei in der ganzen Gegend! Das könnte mir grad noch abgehen!«

»Aber ich bitt, Herr Graf,« stammelte Patscheider, »wenn ich die Sach net zur Anzeig bring, da kann ich in die ärgste Schlamastik einikommen. Aber wenn ich den rechtlichen Weg geh – ich hab am End net mehr als mei' Pflicht erfüllt und in Notwehr gehandelt.«

»So? Notwehr? Hat der ander geschossen auf dich?«

Patscheider starrte zu Boden.

»Na also, du Tepp! Ein paar Monat kannst du eingesperrt werden. So fein sind unsere Gesetze, daß sich der Jäger vom Lumpen zuerst erschießen lassen soll, vor er sich wehren darf. Nix da! Die Sach muß vertuschelt werden. Wenn das Interesse der Jagd in Frage kommt, muß alles andere zurückstehen.« Graf Egge besann sich eine Weile. »Paß auf! Du geh heim zu deinem Weib! Such dir einen Weg, auf dem dir niemand begegnet! Dein Haus liegt einschichtig am Walde, da sieht dich keiner kommen. Und dein Weib wird dir im Notfall bezeugen können, daß du seit gestern mittag daheim warst. Um alles andere brauchst du dich nicht zu kümmern. Und heut abend zeig dich im Wirtshaus und sei lustig!«

»Dös wird sich hart machen, Herr Graf!«

»Probier's nur, es wird schon gehen. Und damit dir's leichter gelingt – von heut an bist du um hundertfünfzig Mark im Gehalt aufgebessert.«

Patscheider hob die Augen; in seinem bleichen Gesicht zuckte keine Miene; er nickte nur vor sich hin, ohne ein Wort des Dankes zu finden.

Hinter einer Biegung des Pfades ließ sich Stimmenklang und das Klirren der Bergstöcke vernehmen. »Fort!« murrte Graf Egge, und Patscheider sprang mit einem hastigen Satz in die Büsche. Graf Egge stand noch eine Weile und sah brütend vor sich hin. Ein Schauer des Unbehagens rüttelte ihm die Schultern; wütend stampfte er mit dem Fuß und spuckte aus. »Eine verwünschte Geschichte! Heut kommt mir aber auch alles über den Hals!« Er spähte über den Steig zurück, auf dem die Stimmen näher kamen, rückte mit zornigem Stoß die Büchse und begann langspurig auszuschreiten.

Nach einigen Minuten tauchte Schipper auf, spähte über den Pfad und schlug, als er seinen Herrn nicht gewahrte, ein flinkeres Tempo an. Er holte ihn nicht mehr ein. Ehe Schipper das offene Latschental erreichte, war Graf Egge bereits vor dem »Palais Dippel« angelangt und trat in die Hütte.

Mit der gewohnten Vorsicht, an der seine kochende Erregung nichts zu ändern vermochte, hängte er die Büchse an den Gewehrrechen. Seine Bergschuhe waren ihm zwar auch noch heilig, aber sie wurden schon etwas derber behandelt, als er sie von den Füßen zerrte, ohne die Riemen zu lösen. Übel kam die Joppe weg; ein paar Nähte krachten, und zu einem Klumpen geballt flog sie in einen Winkel. Hemdärmelig und in Filzpantoffeln, vorgebeugten Kopfes und mit den Fäusten auf dem Rücken wanderte Graf Egge in der engen Stube auf und nieder, wie ein gereizter Löwe in seinem Käfig. Nach allem Jagdpech dieses Morgens war ihm die Nachricht, die er soeben hatte hören müssen, bös in die Quere gekommen. Am folgenden Morgen hätten die viertägigen Treibjagden in Patscheiders Bezirk beginnen sollen. Damit war's nun aus. Man mußte wohl oder übel so lange warten, bis »da drüben« alles wieder »in Ordnung« war.

Ungeduldig sprang er zum Fenster. »Gott sei Dank, da kommt er schon!« murmelte er, als zwischen den Latschen der graue Kopf seines »Hof- und Geheimrates« auftauchte. Wieder begann er den Marsch durch die Stube, und während er den Plan entwarf, nach welchem Schipper »da drüben« wirtschaften sollte, stieg mit unbehaglicher Deutlichkeit vor ihm das Bild eines Menschen auf, der zwischen blutbesprengten Büschen regungslos auf dem Gesichte lag.

Schipper erschien. Mit raschem Blick spähte er nach dem Gesicht seines Herrn und sagte: »Es is mir unangnehm, Herr Graf, aber ich muß leider an zwidern Fürfall melden.«

»N o c h was?« fuhr Graf Egge auf, als wäre ihm das Maß dessen, was dieser Tag gebracht hatte, schon mehr als genügend.

»Es tut mir leid, daß ich gegen Ihren Herrn Sohn reden muß. Aber es is mei' Pflicht. Da geh ich durch dick und dünn. Ich hab den Hirsch da drüben aufbrochen. Und schauen S' her: die Kugel hab ich im Hirsch gfunden. Er hat bloß den einzigen Schuß.« Schipper hielt seinem Herrn auf der flachen Hand eine Bleikugel hin, deren Spitze breitgedrückt war wie der Kopf eines Pilzes.

Graf Egge nahm das Blei. »Was soll das heißen? Das ist doch das kleine Kaliber, das der Hornegger schießt? Wie kommt die Kugel in den Hirsch?« Das Blut stieg ihm in die Stirn, und die Adern an seinen Schläfen schwollen zu dicken Schnüren.

»Ich bitt, Herr Graf, nehmen S' die Sach net gar so krumm! Es is doch um Gotts willen kein Verbrechen! Der Herr Tassilo wird halt gforchten haben, es gibt noch an ärgern Spitakl wie gestern, wann er den Hirsch wieder durchlaßt. Da wird er halt dem Franzl an Wink geben haben.«

»Und dieses Rabenaas hat die Frechheit und schießt mir den Hirsch nieder!« schrie Graf Egge, der nun endlich Gelegenheit fand, alles auszuschütten, was an Ärger und Erregung in ihm kochte. »Die vorige Woch schlagt er meinem Staatsbock die Kruck herunter, gestern lügt er mich an, und heut brennt er mir einen Hirsch nieder, wie ich selber keinen geschossen hab', ich weiß nicht, wie lang!«

»Aber Herr Graf! Sind S' doch gscheit!« versuchte Schipper zu trösten. »Lassen S' Ihnen doch sagen –«

»Nichts laß ich mir sagen! Solche Schweinereien duld' ich nicht. Das ist eine unerhörte Gemeinheit!« Graf Egge schleuderte die Kugel auf den Tisch und ließ einen dröhnenden Faustschlag folgen. »Mit dem Kerl bin ich fertig. Und den anderen, der mein Personal zu solchen Manklereien verleitet – den staub' ich aus. Natürlich! Der hat jahraus und -ein mit Spitzbuben zu tun. Da ist ihm nicht wohl unter anständigen Jägern. Aber meine Jagd soll er mir in Ruh' lassen. Da versteh ich keinen Spaß.«

Jammernd schlug Schipper die Hände ineinander. »Lieber, lieber Herr Graf, ich bitt Ihnen um Gotts willen –« Er verstummte. Tassilo und Franzl betraten die Stube, der eine mit brennendem Gesicht, der andere mit kalkweißer Stirn. Schon vor der Hütte hatten sie die wetternde Stimme gehört und schienen zu wissen, was ihrer wartete. Schipper, den ein funkelnder Blick aus Franzls Augen traf, zuckte die Achseln und drückte sich zur Tür hinaus.

Wie ein angeschossener Eber fuhr Graf Egge auf Franzl los: »Du unterstehst dich noch, zu mir in die Stube zu kommen?« Dieser Empfang machte den Jäger sprachlos; der Hut zitterte in seinen Händen, und verstört suchte er Hilfe bei Tassilo, während Graf Egge weiterschrie: »Oder hast du vergessen, daß es meinem Personal aufs strengste verboten ist, Jagd auf eigene Faust zu treiben? Glaubst du vielleicht, ich bezahle jährlich sechzigtausend Mark für meine Jagd, um d i r ein Privatvergnügen zu machen?«

Tassilo hatte die Büchse auf den Tisch gelegt und trat zwischen seinen Vater und den Jäger. »Ich bitte dich, Papa, mich in Ruhe anzuhören.«

»Mit dir hab' ich nichts zu verhandeln, du w a r s t nie ein Jäger, und du w i r s t nie einer. Über Dummheiten, die d u machst, ärgere ich mich schon lange nicht mehr. Hornegger aber hat gegen mein ausdrückliches Verbot gehandelt.«

»Nein, Papa!«

»Ja!«

»Den Jäger trifft keine Schuld. Ich war der Meinung, den Hirsch getroffen zu haben, und befahl dem Jäger, einen Fangschuß abzugeben.«

»Das geht mich gar nichts an! Mein Personal hat sich an m e i n e Vorschriften zu halten. Und einen Jäger, der nicht unterscheiden kann, ob ein Hirsch getroffen ist, den kann ich nicht brauchen!« Graf Egge wandte sich an Franzl. »Wir beide sind fertig miteinander. Du kannst gehen! Sofort! Der nächste Monat wird dir ausbezahlt. Dann such' dir einen anderen Dienst.«

Graf Egge kehrte sich ab und stellte sich vor das Fenster und stützte die Fäuste auf das Gesims.

Draußen in der Küche erhob sich Schipper schmunzelnd von der Tür, an der er gelauscht hatte.

Franzl stand mit weißem Gesicht, und Tassilo sah den Vater an, als hätte er einen Wahnsinnigen vor sich.

»Herr Graf?« stammelte der Jäger endlich. »Dös kann doch net Ihr Ernst sein?«

»Nein, Hornegger,« fiel Tassilo mit bebender Stimme ein, »mein Vater hat im Ärger ein Wort gesprochen, das er gern zurücknehmen wird, wenn er ruhiger geworden.«

Graf Egge fuhr mit dem Gesicht herum. »Da kennst du mich schlecht.«

Tassilo trat vor den Vater hin, und ihre Augen kreuzten sich. »Ich wiederhole dir, Papa, daß ich allein der Schuldige bin. Und ich muß dich bitten, mir nicht die Demütigung zuzufügen, daß der schuldlose Jäger für mein Vergehen gestraft wird. Ich ersuche dich –«

»Jetzt will ich meine Ruhe haben!« Graf Egge ging zur Tür.

»Vater!« Tassilo wollte dem Vater folgen.

Franzl hielt ihn am Arm zurück. Das Gesicht des Jägers hatte keinen Tropfen Blut, aber seine Stimme klang ruhig: »Ich bitt, Herr Tassilo, lassen Sie's gut sein! Seit acht Tagen wirft mir der Herr Graf allbot den Dienst vor die Füß. In Gotts Namen, jetzt soll's an End haben. Mei' Stellung is mir lieb gwesen, aber schließlich hat der Mensch doch an Ehrgfühl.«

Graf Egge hörte diese Worte noch, als er hinaustrat in die Küche und hinter sich die Tür zuwarf. Einen Augenblick zögerte er und schien wieder in die Stube zurückkehren zu wollen, um noch ein Wort in dieser Sache zu sprechen. Aber Schippers Anblick erinnerte ihn an die »verfluchte Geschichte da drüben«. Das mußte zuerst erledigt werden. Dann war noch immer Zeit, um die Suppe, die in der Stube so heiß gekocht worden war, in kühlerem Zustand auszulöffeln.

Mit einer stummen Bewegung winkte Graf Egge seinem Büchsenspanner und verließ mit ihm die Hütte. Sie schritten einer über das Tal hinausgebauten Graskuppe zu, auf der im Schatten moosbehangener Fichten eine plump gezimmerte Holzbank stand. Schipper, der den Zweck dieses Weges nicht erriet und dem Landfrieden nicht völlig zu trauen schien, studierte forschend das Gesicht seines Herrn. Graf Egge war ruhig. Der Blitz, den er in der Stube losgelassen, hatte das Ungewitter seines Grolles einigermaßen beschwichtigt.

Als er die Bank erreichte, ließ er sich seufzend nieder, kraute sich mit beiden Händen im Haar und brummte nach einer Weile: »Ein scheußlicher Tag heut, Schipper!«

»Ja, Herr Graf, heut is alles schief gangen.«

»Und hinter allem noch als Trumpf die rote Aß! Auf dem Heimweg hat mich der Patscheider abgefaßt. Der arme Kerl hätte heut in der Früh beinah Malheur gehabt.«

»Mar' und Josef!« murmelte Schipper. Er kannte zur Genüge die Bedeutung, die dieses Wort im Sprachgebrauch der Jagdhütte besitzt. »Die Sach ist doch hoffentlich gut ausgangen?«

Zögernd nickte Graf Egge. »Für den Patscheider ja! Der ander liegt!«

»Recht so!« lachte Schipper mit vorsichtig gedämpftem Jubel. »So an Lumpen nur allweil gleich niederpracken! Dös steigt den andern in d' Nasen. Da is wieder fünf Jahr lang Ruh im Revier.«

»Das Exempel hat wohl seine gute Wirkung, aber so was bleibt doch immer eine böse Sache. Ich bin kein Freund von Geschrei und Schereien. Am liebsten wär' mir's, wenn Staub über die Geschichte fiele. Patscheider hat als Jäger seine Pflicht getan, ich will nicht, daß er Unannehmlichkeiten hat. Da drüben muß sauber gemacht werden, noch heut. Wenn dann das Laufen und Suchen der Verwandten angeht – im Gebirg' ist überall Unglück möglich. Wenn einer vermißt wird, muß man ihn noch lang nicht erschossen haben. Was meinst du? Kann ich mich auf dich verlassen?«

»Herr Graf –« Schipper blies die Backen auf und griff nach seiner Nase, »da tät ich schon lieber wieder a Kitz auf d' Seit räumen. Aber wenn's der Jagd z'lieb sein m u ß , in Gotts Namen!«

Er setzte sich dicht an die Seite seines Herrn, und flüsternd steckten sie die Köpfe zusammen. Als Schipper sich nach einer Weile erhob, sagte Graf Egge: »Sei vorsichtig! Und drüben geh barfuß, die Bauern kennen deine Nagelfährte.«

»Dem Patscheider seine Sachen nimm ich drüben gleich von der Hütten fort. Er wird wohl an anderen Posten im Revier kriegen müssen? Oder net?«

»Da hast du recht! Der arme Kerl hätte in der ersten Zeit ein schlechtes Schlafen da drüben. Ich nehm' ihn zu mir und schicke den Hornegger hinüber.«

»Den Franzl?« Schipper machte ein verblüfftes Gesicht. »Aber Herr Graf –«

»Ach so!« brummte Graf Egge, der über dem wichtigen Thema des Augenblicks die Szene völlig vergessen hatte, die vor wenigen Minuten in der Hütte spielte. Er strich die Hand über den Scheitel und lachte. »Schon gut! Darüber reden wir noch. Oder – aaah, mir scheint, das Kapitel soll gleich wieder von vorn anfangen?« Diese Vermutung erwachte in Graf Egge, als er Tassilo gewahrte, der von der Hütte kam. Ein spöttisches Lächeln. Dann nickte Graf Egge seinem Büchsenspanner zu: »Mach' weiter!«

Wortlos zog Schipper den Hut und schritt der Hütte zu. Als er an Tassilo vorbeiging, schien sich die Sorge, die Graf Egges Vergeßlichkeit in ihm geweckt hatte, wieder zu beschwichtigen. Der Blick, mit welchem Tassilo den Vater suchte, war für den Jäger ein Wetterzeichen, das auf alles andere eher deutete als auf friedlichen Sonnenschein zwischen Vater und Sohn. Schmunzelnd duckte Schipper den Kopf zwischen die Schultern und zog den grauen Bart durch die Hand. »Der is gladen! Da kracht's. Es hilft dir nix, Franzerl, heut bist gliefert!« Dieser Gedanke beschäftigte ihn so sehr, daß er eine Felsschrunde übersah. Er strauchelte und schlug sich auf dem steinigen Grund das Knie blutig.

Graf Egge rückte tiefer in die Bank, ließ die Füße baumeln und blickte zwinkernd seinem Sohn entgegen, halb neugierig, halb gereizt.

Tassilo vermochte vor Erregung kaum zu sprechen. »Ich bitte dich, Papa, mit mir in die Hütte zu kommen.«

»Was soll ich dort?«

»Diesem armen Burschen sollst du sagen, daß du seine Entlassung nur in einem Augenblick der Erregung ausgesprochen. Und daß du jetzt, nachdem du ruhiger geworden, dieses harte Wort auch gern wieder zurücknimmst.«

»So?« Graf Egge zog die Brauen auf. »Du scheinst wohl zu glauben, daß ich unter Kuratel stehe, weil du so kategorisch über mich verfügst?«

»Ich verfüge nicht über dich. Ich b i t t e . Und ich kann nicht glauben, daß du einen braven Menschen, der dir lange Jahre treu gedient hat, wegen eines belanglosen Versehens wirklich in so harter Weise bestrafen könntest. Ich bitte dich, komm!«

Die Antwort ließ auf sich warten. »Ob das Versehen belanglos ist oder nicht, darüber will ich mit dir nicht streiten. Kümmere du dich um deine Pandekten! Was für meine Jagd von Nutzen oder Schaden ist, diese Entscheidung überlasse gefälligst m i r ! Und wenn ich mein Wort schon ändern wollte? Hat denn die Sache gar so große Eile?«

»Hornegger packt seinen Rucksack und will gehen.«

»Er will? Wiegt ihm die Stellung in meinem Dienst so leicht?« Graf Egge zeigte eine geärgerte Miene. »Gut! Er soll gehen.«

»Papa! Das kann nicht dein Ernst sein!«

»Ernst oder nicht, jetzt gerade soll er gehen! Er soll nur ein paar Wochen dunsten. Das wird für ihn eine gesunde Warnung sein.«

Auf Tassilos Stirn erschien die gleiche Furche, wie sie tief gezeichnet zwischen den Brauen seines Vaters lag. »Du hast da ein Wort gesprochen, das mir unfaßbar ist!« sagte er, sich mühsam zur Ruhe zwingend. »Die Bitte, mir eine Kränkung zu ersparen, hast du überhört, und ich will sie nicht wiederholen. Mir ist es nur um diesen armen Menschen zu tun. Ich bitte dich eindringlich, die Folgen der unverdienten Strafe, die du über Hornegger ausgesprochen, ernster abzuwägen.«

»Oho!« fuhr Graf Egge auf; er kreuzte die Arme und bohrte seinen Falkenblick in Tassilos Augen. »Das ist eine nette Sprache, die du gegen mich anschlägst!«

»Verzeih' mir, wenn ich in der Erregung nicht die richtigen Worte finde. Ich wollte nur sagen, daß du dich in Hornegger zu irren scheinst. Bei ihm wird die Sache nicht damit abgetan sein, daß er –

um dein Wort zu gebrauchen – ein paar Wochen ›dunstet‹ und in schwitzender Ungeduld auf die Stunde wartet, in der dir die Laune kommt, ihn wieder in Gnaden aufzunehmen. Du gibst ihm heut einen Stoß fürs ganze Leben. In ihm steckt eine tüchtige Natur, er liebt seine Stellung nicht nur um des Brotes willen, das sie ihm bietet, sie ist ihm die Freude, der ganze Inhalt seines Lebens. Und an ihr hängt seine Ehre. Er wird dich mit dem Bewußtsein verlassen, daß ihm ein schweres Unrecht geschah, und wird doch beim ersten Schritt ins Dorf den Makel des Davongejagten an sich empfinden müssen. Jedes Gemunkel der Leute, jedes anzügliche Wort, jedes spöttische Lächeln wird ihn treffen wie ein Stich ins Herz. Und dieser unverdienten Kränkung steht er wehrlos gegenüber.«

»Du predigst warm für ihn!« fiel Graf Egge mit scharf klingenden Worten ein. »Du willst ihn wohl d i r erhalten? Für später? Natürlich! Er hält ja schon jetzt zu dir. Er schießt für dich, er lügt für dich –«

»Vater!« stammelte Tassilo.

Graf Egge erhob sich. Als er den Jäger von der Hütte kommen sah, ließ er sich lächelnd wieder auf die Holzbank nieder. Geradeswegs, Büchse und Bergstock in der Hand und hinter den Schultern den dick angepackten Rucksack, ging Franzl auf seinen Herrn zu. Tassilos Hände begannen zu zittern, als er den Jäger gewahrte; alles überwindend, was er um seiner selbst willen in diesem Augenblick empfinden mußte, faßte er den Arm seines Vaters: »Ich bitte dich, Papa! Ich bitte dich –«

Graf Egge rührte sich nicht; die Fäuste auf seine gespreizten Knie gestützt, blickte er zu dem Jäger auf, so ruhig, als wäre ihm keine Spur von Ärger zurückgeblieben, nur eine Art von Neugier, wie diese Szene sich entwickeln würde.

In militärischer Haltung stellte sich Franzl vor ihm auf und zog den Hut; sein Gesicht war weiß, aber seine Stimme hatte festen Klang. »Ich meld mich aus'm Dienst, Herr Graf!« Er zögerte. »Und wenn mir der Herr Graf noch a Wörtl verlauben – was der Herr Graf gsagt haben wegen dem Ghalt vom nächsten Monat, dös lassen wir gut sein. Ich hab net viel Übrigs. Aber schenken muß ich mir nix lassen. Wo ich kein Dienst net mach, da brauch ich kein Ghalt! Nix für ungut, Herr Graf!« Nun schwankte ihm doch die Stimme. »Ich bhüt Ihnen Gott!« Ein Zucken kam über sein Gesicht, und das Kinn an die Brust drückend, wandte er sich ab.

Tassilo stand wortlos. Graf Egge schlug die Faust auf die Holzbank und schrie: »So schau nur einer den Lümmel an! Jetzt kehrt er gar noch den Hochmut heraus und wirft mir die achtzig Mark vor die Füße!«

Franzl hörte diese Worte noch, und das Wasser schoß ihm in die Augen. Hastig suchte er den Steig zu erreichen. Als er an der Hütte vorüberkam, trat Schipper aus der Tür, marschfertig für den Weg zur »Arbeit«, die er »da drüben« zu erledigen hatte. Beim Anblick des grauen Kameraden schien es mit Franzls Selbstbeherrschung ein jähes Ende zu haben. »Schipper!« Er hob die Faust. »Für den heutigen Tag muß ich mich wohl bei d i r bedanken?« Er trat auf den Büchsenspanner zu, der den Bergstock wehrend vor sich hinstreckte. »Schau mir in d' Augen, du! Und sag mir ins Gsicht: was muß ich im Leben an dir verbrochen haben, daß Tag und Nacht kei Ruh net geben hast, bis ich draußen war bei der Tür?«

Schippers Antwort war ein dünnes Lächeln, und in seinen halbgeschlossenen Augen funkelte ein Blick, so heiß, wie ihn nur die Freude des Hasses kennt.

Franzl sah diesen Blick, und es fuhr ihm etwas durch den Kopf – er wußte nicht, was. Aber es jagte ihm einen Schauer über den Rücken. Wie angewurzelt stand er und starrte dem Jäger nach, der gegen den Saum des Latschenfeldes ging und in den Büschen verschwand.

Drüben bei der Holzbank war zwischen Vater und Sohn noch immer kein Wort gefallen. Graf Egge saß mit verschränkten Armen und guckte zum Himmel hinauf, an dem sich schwere Wolken zu sammeln begannen. Und Tassilos Augen waren bei Franzl; als er den Jäger in eine Senkung des Weges niedersteigen sah, rief er ihm mit lauter Stimme zu: »Hornegger!«

»Ja, Herr Tassilo?« klang die unsichere Antwort.

»Erwarten Sie mich bei der ersten Sennhütte, ich komme nach und gehe mit Ihnen.«

Verwundert drehte Graf Egge das Gesicht. »Was soll das heißen?«

Aus Tassilos Zügen schien jede Erregung geschwunden. In seinen Augen war ruhiger Ernst, als er sagte: »Du wirst es begreiflich finden, daß ich nicht bleiben kann, während der Jäger geht, der um meinetwillen entlassen wurde. Ich fühle mich verpflichtet, für ihn zu sorgen, ihm so rasch wie möglich eine neue Stellung zu verschaffen.«

Graf Egge blies die Backen auf, schob die Fäuste in die Taschen seiner Lederhose und nickte mit dem Anschein zustimmender Wichtigkeit. »Aaaah! Höchst ehrenwert! Unter solchen Umständen müßte ich mir ein Gewissen daraus machen, dich noch länger halten zu wollen. Bitte!« Dieses letzte Wort war von einer gnädig entlassenden Handbewegung begleitet.

»Bevor ich gehe, hab' ich mit dir noch von einer Angelegenheit zu sprechen, für deren Erledigung ich mir allerdings eine freundlichere Stunde erhofft hatte als die jetzige.«

Graf Egge lächelte. »Das ist eine Einleitung, die mich neugierig macht.«

»Ich gedenke mich zu verheiraten und bitte dich um deine Zustimmung.«

In sprachloser Verblüffung sah Graf Egge zu Tassilo auf; dann sagte er trocken: »Du bist majorenn. Ich habe keine Veranlassung, dir Hindernisse in den Weg zu legen. Daß ich von deiner Eröffnung sonderlich gerührt sein würde, hast du wohl selbst nicht erwartet. Du hast dich mir gegenüber nie auf einen Fuß gestellt, auf dem sich eine besondere Intimität hätte entwickeln können.«

»Das war nicht meine Schuld.«

»Laß das! Du hast niemals Anteil an m e i n e n Interessen genommen, so wirst du auch nicht verlangen, daß ich ohne Ursache plötzlich sentimental werde und über die Aussicht, daß du mich zum Großvater machen willst, vor Vergnügen aus der Haut fahre. Heirate! Ich ersuche dich nur, den Tag der Hochzeit nicht gerade in die Zeit der Hirschbrunft zu verlegen. Da könnte ich schwer abkommen. In allem übrigen hast du meine Zustimmung. Ich wünsche in deinem eigenen Interesse, daß du eine gute Wahl getroffen hast.«

»Die beste, um glücklich zu werden.«

»Glücklich?« Für Graf Egge schien dieses Wort einen zweifelhaften Wert zu haben. »Deine Braut ist reich?«

»Nein. Auf das bescheidene Vermögen, das sie besitzt, wird sie verzichten, um die Existenz ihrer Mutter und Schwester zu sichern.«

Graf Egge zog die Brauen auf und blies den Atem vor sich hin wie Pfeifenrauch. »Ach sooo? Ein idyllischer Herzensbund, mit Romantik und Edelmut garniert wie die gebratene Schnepfe mit bestrichenen Schnitten? Das war von dir zu erwarten.« Er vergrub die Fäuste wieder in den Taschen. »Du bist alt genug, um zu wissen, was du tun willst. Und da du mich bei deiner Wahl entbehren konntest, wirst du auch bei allem anderen nicht auf meine Hilfe rechnen. Eine Spekulation auf meinen Geldbeutel? Das wäre fehlgeschossen wie heute auf den Hirsch, zu dem dir der Franzl verhelfen mußte.«

»Ich glaube nicht, daß ich ein Wort gesprochen habe, das dich zu einer solchen Befürchtung veranlassen konnte. Du irrst dich in mir.«

»Ich irre mich? Schon wieder? Zuerst in diesem Lapp von Jäger. Und jetzt in dir? Um so besser. Aber du hast recht, ich hätte dich weniger praktisch taxieren sollen. Wie Hornegger vor einer Viertelstunde die achtzig Mark, so hast du mir ja gestern die zwölftausend deiner Apanage vor die Füße geworfen. Der Stolz ist von jeher die einzige Patrone gewesen, mit der du zu schießen verstanden. Gut, stell' dich auf eigene Füße! Wenn es dir gelingt, alle Anerkennung! Verdienst du wirklich soviel?«

»Genügend, um mir auch ohne fremde Hilfe einen behaglichen Hausstand gründen zu können.«

»F r e m d e  Hilfe?« Graf Egge lächelte, als hätte er einen leidlich guten Scherz gehört. »Brav! Du hast ja auch noch die freie Verfügung über das Erbteil deiner Mutter. Was dir im übrigen noch zusteht, darauf wirst du ein paar ausgiebige Jahre warten müssen. Meine Gesundheit, die ich der Jagd verdanke, hat eisernen Halt. Der Rest meines irdischen Pirschganges soll noch zwanzig Jahre dauern. Und darüber.«

»Das wünsche ich dir!« Bei allem Ernst klangen diese Worte warm und herzlich.

Graf Egge blickte langsam auf, als wäre dieser Ton an seinem Ohr nicht wirkungslos vorübergegangen. »Danke!« Nach der Art eines Bauern, dem das Denken einige Mühe verursacht, strich er mit beiden Händen das Haar in die Stirn. »Also, du hast aus Neigung gewählt? Armut ist ja schließlich keine Schande, nur ein unwillkommenes Übel, an welchem leider unsere besten und ältesten Namen kranken. Wie heißt die Familie deiner Braut?«

»Herwegh.«

»Herwegh? Herwegh?« Halblaut wiederholte Graf Egge den Namen; nach einigem Besinnen schüttelte er den Kopf; es zuckte um seine Nasenflügel. »Hör', Junge, die zwei Silben klingen verdächtig! Oder ist das österreichischer Adel?«

»Nein, Vater. Aber der Name meiner Braut hat guten Klang und sollte dir auch nicht unbekannt sein – Anna Herwegh?«

»Die Sängerin!« Graf Egge sprang auf, als wäre Feuer unter der Bank entstanden. »Bist du verrückt?«

Tassilo streckte sich, und ruhig begegneten seine Augen dem funkelnden Blick des Vaters. »Ich bin bei Vernunft und gesunden Sinnen.«

»Dann sag' mir doch um Gottes willen: wie kommst du auf die Idee, so etwas heiraten zu wollen?«

Tassilos Stimme bebte. »Anna ist eine gefeierte Künstlerin, sie stammt aus guter Familie, und ihr Ruf ist ein tadelloser. Ich liebe sie.«

»Liebe, Liebe!« schrie Graf Egge, und die Stimme wurde ihm heiser. »Laß mich mit diesem Komödiantenwort in Ruhe! Du bist vernarrt. Und weil dir die Einkünfte deiner Kanzlei oder deine sogenannten Prinzipien nicht gestatten, diese Person zu deiner Geliebten zu machen – deshalb willst du sie heiraten?«

»Vater!«

Schweigen folgte diesem Wort. Aug' in Auge standen die beiden voreinander, Tassilo bleich, Graf Egge mit weißem Gesicht und geballten Fäusten.

Über das Latschenfeld herüber klangen lachende Stimmen, vom stärker ziehenden Winde getragen, und der klirrende Aufschlag zweier Bergstücke.

»Rede!« brach Graf Egge das Schweigen. »Ich glaube noch immer, daß du dir einen übel angebrachten Jux mit mir erlaubst.«

»Nein, Vater, das glaubst du nicht. Die Jagd hat dich allerdings immer so sehr in Anspruch genommen, daß dir keine Zeit verblieb, dich viel um die Charakterentwicklung deiner Kinder zu kümmern. Aber so weit kennst du mich doch, um zu wissen, daß ich mir niemals einen Scherz mit dir erlauben würde. Im übrigen hat mich das beleidigende Wort, das du gesprochen, der Mühe enthoben, meine Wahl noch weiter vor dir zu rechtfertigen.«

Graf Egge lachte. Und jählings erlosch in seinem Gesicht jeder Ausdruck von Erregung. »Schluß!« Er strich mit der Hand durch die Luft. »Tue, was dir beliebt! Es hätte mich ohnehin gewundert, wenn du einmal deinen gewohnten Neigungen nach abwärts untreu geworden wärst.« Mit beiden Händen zog er die Lederhose höher an die Hüften. »Was stehst du noch? Meine Zustimmung hast du. Ich habe sie gegeben und widerrufe sie nicht. Du hast ja heut schon einmal erfahren, daß ich ein voreilig gesprochenes Wort, auch wenn es mich reut, nicht mehr zurücknehme. Mir ist leid um den Hornegger. Aber er w o l l t e gehen. Gut! Mir ist auch leid um dich, trotz allem! Aber du gehst Wege, die sich mit den meinen nicht vertragen. A u c h gut! Doch eins merke dir: Zwischen deinem Haus und dem meinen, da geht jetzt die Jagdgrenze. Da gibt's kein Hinüber und Herüber. Oder es brennt auf der Pfanne. So! Jetzt werde glücklich!«

Graf Egge setzte sich auf die Bank und streckte die Beine. Seine weiten Hemdsärmel flatterten im Wind, und sacht bewegten sich die grauen Strähnen seines Bartes.

Mit schmerzlichem Ernst hing Tassilo am Gesicht des Vaters. »Du hast einen Stein auf den Weg geworfen, auf dem ich mein Glück zu finden hoffe. Die Folgen dieser Stunde werden schwer auf mir liegen, doppelt schwer, wenn du mir auch den Verkehr mit meinen Geschwistern versagen wolltest.«

»Ich habe deutsch gesprochen und glaube, daß du diese Sprache verstehst. Oder bist du der Meinung, daß du an deiner Frau nicht so viel gewinnst, um deine Geschwister entbehren zu können?«

Tassilos Stimme verschärfte sich. »Ich habe in diesem Augenblick weniger an mich gedacht als an meine Geschwister.«

»Schade, daß Robert nicht da ist! Er würde sich für deine brüderliche Zärtlichkeit bedanken.«

»Daß meine Sorge um ihn nicht unbegründet ist, das weißt du selbst am besten. Auch hab' ich noch andere Geschwister. Willy und Kitty werden den Verkehr mit mir und meinen brüderlichen Rat um so härter entbehren, da ihnen auch der Vater fehlt.«

»Ach so? Darauf läuft's hinaus! Du willst zum Abschied noch mit einer Lektion über Pädagogik losschießen? Ich denke zuviel an meine Hirsche und Gamsböcke, zuwenig an meine Kinder? Vielleicht hast du recht. Den deutlichsten Beweis, wie schlecht ich meine Kinder zu erziehen verstand, hast du selbst in dieser Stunde geliefert. Für die Zukunft will ich den Daumen etwas fester aufdrücken. Auf den Weg, den d u einschlägst, soll sich weder deine Schwester noch einer deiner Brüder verirren. Wie sie im übrigen geraten, das muß ich ihrer Natur überlassen. Hoffentlich hat in ihren Adern der gesunde Tropfen Jägerblut, den sie von mir bekommen, das Übergewicht über das böse Blut der Mutter, von welchem d u , ich merke, zuviel abbekommen hast. Es führt dich auf die gleichen Wege.«

»Vater!« Das Wort hatte schneidigen Klang. »Beleidige mich, und ich werde dir wehrlos gegenüberstehen. Aber du sollst die Mutter nicht vor ihrem Sohn beschimpfen!«

»Ich soll sie für die Erfahrung, die ich mit ihr machen mußte, wohl noch heiligsprechen?« Unter zornigem Lachen zerrte Graf Egge mit beiden Händen an seinem Bart. »Das ist zuviel verlangt!«

»Ich entschuldige nicht die Frau, die dich verließ. Aber diese Frau war meine Mutter. Da dulde ich keinen verletzenden Eingriff. Auch nicht von dir!«

»Sie hat wohl an euch Kindern ein großes Werk der mütterlichen Liebe getan?«

»Nein, Vater, ein schweres Unrecht! Aber sie allein war nicht die Schuldige –«

»Eine großartige Weisheit!« unterbrach Graf Egge mit heiserer Stimme. »Natürlich! Sie hat ihre Schuld ausgiebig mit einem anderen geteilt.«

»Nein, Vater, nicht geteilt! Die größere Schuld hat dieser andere begangen. Und dieser andere bist du!«

Betroffen sah Graf Egge auf. Er wollte sprechen und wußte doch dem entfesselten Strom dieser glühenden Erregung gegenüber kein Wort zu finden.

»Ja, Vater, du! Als das Traurige sich vorbereitete und geschah, war ich ein Knabe. Aber ich hatte schon Augen, die sehen konnten. Was ich gewahren mußte, ohne es ganz zu erkennen, hat mich ernst gemacht in einer Zeit, in welcher andere Kinder lachend ihre Jugend genießen. Es hat über mein Leben einen Schatten geworfen, der nie wieder von mir gewichen ist. Und was ich damals nur halb erfaßte, das begriff ich erst in den folgenden Jahren, in denen du mich und meine Geschwister der gleichen Vereinsamung und dem Verkehr mit fremden Menschen überlassen hast wie einst die Mutter. Sie war, als sie deine Frau wurde, noch halb ein Kind – wie jetzt meine Schwester, für die du wegen Jagd und Jagd so selten eine Stunde findest, daß sie gewahren kann, um wieviel grauer in der Zwischenzeit dein Bart geworden. Ich erinnere mich aus meiner Knabenzeit, daß du deinen Jägern zu erzählen pflegtest, auf welch eine echt weidmännische Hochzeitsreise du deine junge Frau geführt hättest: zuerst zur Fuchshetze nach England, dann zu den Elchjagden nach Schweden, dann zur Hirschbrunft in die Bukowina. Da durfte sie, während du deine Pirschgänge machtest, in der Jagdhütte die Gesellschaft deines Büchsenspanners teilen und ihm helfen, deine abgeschossenen Patronen frisch zu laden.«

Graf Egge war aufgesprungen. »Hätte sie Sinn für die Jagd gehabt, so hätt' ihr diese Reise besser gefallen als jede andre, denn gerade damals hab' ich meine stärksten Hirsche geschossen!« schrie er mit dunkelrotem Gesicht. »Aber für so was hatte sie keinen Funken von Verständnis. Ich hab' mir die redlichste Mühe gegeben, sie zu mir heraufzuziehen. Alles umsonst! Da ist es kein Wunder, wenn mir schließlich die Geduld verging.«

»Aber auch kein Wunder, wenn die junge Frau, die Monat um Monat einsam in Hubertus saß, ferne von ihren Kindern –«

»Kinder! Kinder! Hätt' ich vielleicht diesen ganzen Plärrapparat auf meinen Jagdreisen immer mit mir herumschleppen sollen?«

»Es fragt sich nur, ob diese Jagdreisen so wichtig waren, daß um ihretwillen jede Forderung schweigen mußte, die deine Frau und deine Kinder an dich zu stellen hatten.«

»Ach was! Forderung! Hätt' eure Mutter Sinn für das gehabt, was mir Freude machte, so hätt' sie nicht Trübsal blasen müssen, sondern Zerstreuung in Hülle und Fülle gefunden. Aber natürlich, in der Jagdhütte konnte sie nicht schlafen, da hat sie das Heu gekitzelt. Und der Geruch einer Lederhose war für ihre feine Nase eine Katastrophe! Ist es da m e i n e Schuld, wenn sie allein in Hubertus sitzen mußte? Und was e u c h betrifft? Ihr habt in München euer warmes Nest gehabt, mit Governessen und Hofmeistern, die mich ein Heidengeld gekostet haben. Ich tat meine Schuldigkeit redlich! Aber schließlich existiert man auch um seiner selbst willen. Ich lebe und sterbe für die Jagd. Damit hat man zu rechnen. In erster Linie kommt für mich die Jagd, dann lange nichts mehr und d a n n erst alles andere.«

»Diese Wahrheit hat niemand schwerer empfunden als unsere Mutter.«

»Mutter! Immer Mutter! Jetzt hab' ich die Geschichte satt!« Mit zuckenden Händen tastete Graf Egge an seiner Brust umher, als hätte er die Joppe an und möchte die Knöpfe schließen. »Ich bin ein Narr, daß ich mich von diesem ganzen Krempel so erregen lasse. Fertig! Schluß! Das ist abgetan. Geh deiner Wege! Und wenn du in Zukunft an deine Mutter denkst, und es fällt dir dabei dein Vater ein, so kannst du dir sagen: das alles liegt h i n t e r ihm! Wenn ihn an der ganzen Geschichte heute noch was ärgert, so ist es nur das einzige, daß er das Geweih, das deine verehrte Mutter ihm aufzusetzen beliebte, nicht in seine Sammlung hängen konnte. Das wär' ein Prachtexemplar gewesen, das alle meine anderen Hirsche geschlagen hätte – sogar die kapitalsten aus der Bukowina! Und nun Gott befohlen!« Er wandte sich ab und faßte mit beiden Händen den Stamm der nächsten Fichte, als bedürfte er für den in seinen Fingern arbeitenden Zorn eines festen Spielzeugs.

In Tassilos Augen war eine tiefe Trauer. Fast versagte ihm die Stimme. »Ich gehe. Nicht in Groll. Du erbarmst mich, Vater! Was ich aus dir reden höre, ist nicht mehr menschliche Stimme, sondern der Dämon einer Leidenschaft, die ich nicht begreife, obwohl ich ihre Wirkungen sehe. Sie hat das Leben meiner Mutter auf Irrwege und in einen frühen Tod getrieben. Sie hat dich gelöst von deinen Kindern, hat unser Heim und unsere Jugend vernichtet, hat unser Schicksal dem Spiel des Zufalls überlassen – und sie wird dich selbst zerstören!«

Mit zornigem Lachen riß Graf Egge von der Fichte zwei Rindenstücke los und zerdrückte sie in seinen Fäusten. Dann trat er langsam auf Tassilo zu, öffnete die Finger und ließ die Splitter fallen. Keuchend ging sein Atem, und seine Lippen bewegten sich, als fände er das Wort nicht, das er sprechen wollte. Schritte, die er hörte, machten ihn aufblicken. Willy war in die Hütte getreten, und Robert kam, mit erstaunten Augen den Vater und Bruder musternd. Noch einmal streifte Graf Egge mit funkelndem Blick das Gesicht seines Sohnes. Trocken lachend wandte er sich ab, winkte Robert mit beiden Händen zu und rief: »Ich gratulier euch, Kinder! Heute habt ihr gute Jagd gemacht! Jeder von euch dreien ist heute reicher um eine Million. Ich hab' einen Erben weniger, und das hat mich nicht einmal einen Schuß gekostet!«

Robert riß die verblüfften Augen auf, während der Vater an ihm vorüberschritt. Als Graf Egge zur Hütte kam, sah er über die Schulter und gewahrte, daß Tassilo dem zu den Almen führenden Steige zuschritt. »Da läuft der Narr ohne Stecken davon! – Willy!« Sein Jüngster erschien unter der Tür, mit gerötetem Gesicht und schimmernden Augen, als hätte er im Geheimdepot der Holzerhütte dem Niersteiner allzu beharrlich zugesprochen. »Bring' dem Windhund seinen Bergstock! Nach der Büchse wird er kein Verlangen haben. Er hat ausgejagt in meinem Revier!«

Willy begriff nicht. »Aber Papa? Was ist denn los?«

»Tu, was ich dir sage!«

Willy faßte einen der Bergstöcke, die neben der Hüttentür lehnten. Da sah er Robert kommen, eilte auf ihn zu und flüsterte: »Bertl? Hast du eine Ahnung, was für ein Blitz da schon wieder eingeschlagen hat?«

Robert zuckte die Achseln und trat in die Hütte.

Eine Weile stand Willy unschlüssig. Dann rief er mit lauter Stimme: »Tas! Tas!« und rannte dem Bruder nach. In einer Senkung des Pfades holte er ihn ein und erschrak beim Anblick seines Gesichtes. »Tas? Um Gottes willen, was ist denn geschehen?«

Ein müdes Lächeln. »Was unausbleiblich war – ob heut oder morgen. Ich bin im Begriff, eine Heirat zu schließen, von der ich mein Glück erhoffe. Sie findet nicht den Beifall deines Vaters. Deshalb will er nun einen Sohn weniger haben.«

»Ach du lieber Himmel –« stammelte Willy in hilfloser Bestürzung.

Tassilo nahm den Bergstock. »Nicht wahr, Junge, wenn unsere Wege auch nach dem Willen deines Vaters auseinandergehen, wir wollen gute Brüder bleiben?« Herzlich sag er dem Bruder in die Augen und bot ihm die Hand. »Und willst du mir eine Liebe erweisen, so vergiß nicht, was du mir gestern in die Hand gelobt hast! Willst du?«

Willy brachte kein Wort heraus; er nickte nur, umklammerte Tassilos Hand und sah ihm ratlos ins Gesicht.

»Hast du mich nötig, so schreib mir eine Zeile, und ich werde dich finden. Und sei gut mit Kitty! Ihr fehlt die Mutter. Der Vater hat wenig Zeit für sie. Sei d u jetzt der Bruder, den sie braucht.«

Da erwachte Willy aus seiner Erstarrung. »Tas! Lieber Tas! Ich fasse das alles nicht. Ich bin wie mit einem Prügel vor die Stirn geschlagen. Sag' mir, ich bitte dich –«

Tassilo schüttelte den Kopf. »Laß uns kurzen Abschied halten! Und geh zum Vater! Dein Platz ist bei ihm. Und der Vater könnte es dich entgelten lassen, wenn er allzulange auf dich warten müßte.« Er schlang den Arm um Willys Hals, küßte den Bruder, riß sich los und eilte talwärts mit jagendem Schritt.

## 18

Vor der Tür des »Palais Dippel« stand Graf Egge mit gespreizten Beinen und vorgeneigtem Kopf, die Fäuste hinter dem Rücken; finster spähte er nach der Pfadsenkung, in welcher Willy verschwunden war. Als er ihn erscheinen sah, hellten sich seine Züge auf, und zufrieden nickte er vor sich hin: »Na also, da kommt er ja!«

Willy blieb erschrocken stehen und versuchte seine Gedanken zu sammeln.

»Komm zu mir, Junge!« rief Graf Egge, und als Willy noch immer zögerte, ging er ihm entgegen. Dicht vor ihm blieb er stehen und sah ihm forschend in das brennende Gesicht. »Der andere sieht m i r gleich und schlägt der Mutter nach. Du hast ihre Augen und ihren weichen Mund, aber ich hoffe, du bist im Kern aus m e i - n e m Holz! Halte dich an m i c h , und es soll dir nicht schlecht bekommen. Hast du einen Wunsch? Heraus damit! Heut kannst du alles von mir verlangen.«

Willy schüttelte den Kopf. »Danke, Papa, ich brauche nichts.«

»Na, besinn' dich nur, vielleicht fällt dir was ein!« Mit einem Lachen, das ihm nicht völlig gelingen wollte, klopfte Graf Egge den Sohn auf die Schulter und trat in die Hütte. In der Küche schürte er auf dem Herd ein Feuer an und begann in einer hölzernen Schüssel einen dicken Brei aus Mehl und Wasser zu rühren. Nachdem er den Teig in das heiße Schmalz gegossen hatte, ging er zur Tür, und als er Willy draußen auf der Hausbank sitzen sah, sagte er: »Komm herein, Junge, setz' dich zu mir auf den Herd! Da kannst du lernen, wie man einen gesunden Schmarren kocht.«

»Ja, Papa!« Willy erhob sich müd und folgte dem Vater; schweigend saß er auf dem Herdrand und starrte die Pfanne an.

»Erzähl' mir, Junge,« sagte Graf Egge, während er mit dem langen Eisenlöffel im brodelnden Schmarren herumarbeitete, »wie hast du drunten unsere kleine Schmalgeiß angetroffen?«

»Danke, Papa, gut!« erwiderte Willy mit zerstreuter Scheu. »Wie lang hast du sie nicht mehr gesehen?«

»Ich glaube, seit dem Hahnfalz. August, Juli, Juni, Mai, April – fünf Monate.«

»Da wirst du Augen machen! Sie fängt an, sich zu einem patenten Mädel auszuwachsen.«

Graf Egge hob die Pfanne und schüttelte sie. »Was meinst du, wenn wir die Geiß heraufkommen ließen? Ich trete ihr meine Stube ab und leg' mich zu euch ins Heu hinauf. Und wenn wir jagen, kann sie bei mir auf dem Stand sitzen.«

Willy erschrak vor den Freuden, die seiner Schwester in Aussicht standen; er mußte ihr das ersparen, auch um den Preis einer Heuchelei. »Eine famose Idee, Papa! Aber weißt du, die Sache hat auch ihren Haken. Für dich!«

»Wieso?«

»Ein junges Mädel kann nicht stillsitzen. Sie würde dir manchen guten Schuß verderben.«

»Du hast recht! Und da könnte mir einmal die Galle überlaufen. Na also, lassen wir's! Nächste Woche gehen wir ein paar Tage zu ihr hinunter.«

Nun trat wieder Schweigen ein. Die brennenden Scheite krachten, und in der Pfanne prasselte das Schmalz. Willy versank mit bekümmertem Gesicht in die Gedanken an Tassilo, und sein Vater, der ihn von Zeit zu Zeit mit forschendem Blick überflog, bekam unruhige Hände. Nach einer Weile legte Graf Egge lächelnd den eisernen Löffel nieder und trat in die Herrenstube. Lang ausgestreckt lag Robert mit der brennenden Zigarette auf dem Bett; er wollte sich erheben. »Bleib nur liegen!« sagte Graf Egge, sperrte den Geheimschrank auf und trat mit dem Schächtelchen, das die Juwelen enthielt, zum Fenster. Er wählte einen Rubin von selten schönem Schliff und verwahrte die anderen Steine wieder im Schrank. Als er in die Küche zurückkehrte, nickte er Willy lachend zu und drückte ihm den Rubin in die Hand. »Da hast du was! Nimm! Laß dir einen Ring daraus machen oder eine Nadel! Aber zeig' mir ein lustiges Gesicht!«

Willy erhob sich und guckte wie ein Träumender auf den Stein, der gleich einem großen erstarrten Blutstropfen auf seiner flachen Hand lag.

»Geh vor die Tür hinaus ins Licht,« sagte Graf Egge, »dann siehst du sein Feuer besser.«

Willy trat ins Freie; doch er hielt über dem Stein die Hand geschlossen und spähte gegen den Steig. »Ob er die Alm schon erreicht hat?« Hastig schob er den Rubin in die Westentasche und rannte zu der Graskuppe, auf der die Holzbank unter den Fichten stand. Von hier aus konnte er den Steig im Tal auf eine weite Strecke übersehen.

Der Pfad war leer.

Tassilo hatte die steilen Almhänge schon hinter sich und näherte sich der ersten Sennhütte. Hier, unter dem vorspringenden Dach, saß Franzl auf einem Holzblock, die Büchse über den Knien, die Stirn in die Hände gedrückt; er sah erst auf, als ihm Tassilo die Hand auf die Schulter legte; erschrocken erhob er sich. »Wahrhaftiger Gott! Jetzt kommen S' wirklich daher! Aber Herr Tassilo! Wie können S' denn um meintwegen –«

»Kommen Sie, lieber Hornegger!«

Tassilo ging voran, Franzl folgte. So schritten sie, jeder mit seinen wirbelnden Gedanken beschäftigt, dem tieferen Bergwald zu.

Noch ehe der Abend kam, erlosch die Sonne hinter schweren Wolken, die das letzte Blau verhüllten. Im Wald bewegte sich kein Zweig. Kein Vogel sang.

Drei Stunden waren die beiden gewandert, und vom See herauf tönte schon das Rauschen des Wetterbaches. Da hörte Tassilo hinter sich den Schritt des Jägers verstummen, und als er sich umblickte, sah er Franzl vor einer alten Buche knien, den entblößten Kopf gesenkt, vor der Brust die gefalteten Hände. Tassilo schien zu empfinden, was dem Jäger, der vor dem »Marterl« seines Vaters kniete, in diesem Augenblick das Herz erfüllen mochte; er nahm den Hut ab, trat an Franzls Seite und betrachtete den grün gekleideten Mann, den die kindliche Malerei des Bildchens zeigte: starr ausgestreckt mit einem roten Kreuzlein über der Stirn.

Franzl hatte sein Gebet beendet und bekreuzte Gesicht und Brust; doch er erhob sich nicht, ließ nur die Hände sinken und bewegte langsam die Lippen, als läse er die Inschrift des Täfelchens:

»Hier an dieser Stelle wurde Anton Hornegger, gräflich Egge-Sennefeldischer Förster, am heiligen Johannistag erschossen aufgefunden.«

Ein Zittern überlief den Jäger, der das Gesicht in die Hände drückte. Vor seinen Gedanken stand das Bild jenes Abends, an dem sie den Vater auf Stangen getragen brachten, mit der roten Wunde auf der Brust. Er sah den Jammer seiner Mutter wieder – und wieder regte sich in ihm die Ahnung, die ihn seit Jahren nie verlassen hatte: daß der Mörder noch unter den Lebenden wäre. Es mußte einer sein, der drunten im Dorfe saß –, so weit über die Grenze verirrt sich kein fremder Wildschütz. Vielleicht war es einer, der seit Jahren an Franzl mit freundlichem Gruß vorüberging, im Herzen die Furcht und den versteckten Haß. Und nun soll, wie die anderen im Dorf, auch dieser eine die Nachricht hören, die morgen wie ein Lauffeuer umfliegen wird: Der Hornegger ist nimmer Jäger, ist entlassen, vom Grafen davongejagt! Wie wird dieser eine aufatmen, erlöst von seiner jahrelangen Furcht! Wie wird er lachen in der Schadenfreude seines heimlichen Hasses –

Da erlosch in Franzl plötzlich das quälende Denken. Wie zum Greifen wirklich sah er vor seinen Augen einen stehen: mit dünnem Lächeln auf den grauen Lippen, in den halb geschlossenen Augen einen funkelnden Blick, so heiß, wie ihn nur die Freude des befriedigten Hasses kennt.

Ein Schauer rüttelte die Schultern des Jägers. Keuchend drückte er die Fäuste an seine Stirn.

»Hornegger? Was ist Ihnen?« fragte Tassilo.

Taumelnd erhob sich Franzl. »Ich bin verruckt! In mir steigen Gedanken auf – ich kann mir nimmer helfen. Und da soll ich nunter ins Ort und soll –« Die Stimme versagte ihm fast. »Was wird d' Mutter sagen! Mar' und Josef! Den Vater haben s' ihr am Schragen bracht. Und ich komm so daher! Davongjagt mit Schimpf und Schand, als hätt' ich 's ärgste Verbrechen angstellt!«

Tassilo hatte Mühe, die Erregung zu beschwichtigen, die aus dem Jäger herausbrach. Franzl wurde ruhiger, je länger Tassilo zu ihm redete, und schließlich bat er reumütig: »Sind S' mir net harb, Herr Graf, daß ich Ihnen solche Unglegenheiten mach!« Aber die Gedanken, die ihn vor dem Marterl seines Vaters befallen hatten, wollten nicht mehr von ihm lassen. Während des Niederstieges zum Wetterbach hörte Franzl nur mit halbem Ohr auf Tassilos Zusage, daß er einen guten Posten für den Jäger zu finden hoffe. Franzl erwachte erst aus seiner Verlorenheit, als er das Dorf überblicken konnte; das erste Gehöft, das ihm in die Augen fiel, war das Brucknerhaus. Ein schwerer Atemzug hob seine Brust. »Da wird's jetzt schlecht ausschauen! Mit uns zwei!« Trotz dieser hoffnungslosen Stimmung fuhr ihm eine merkwürdige Eile in die Beine. »Ich lauf a bißl voraus,« sagte er, »sonst müssen wir z'lang auf a Schiffl warten.« Er rannte talwärts.

Als Tassilo bei sinkendem Abend den Wetterbach erreicht und den frisch gezimmerten Steg überschritten hatte, blieb er vor der öden Klause stehen. Auf der Marmortafel über der Tür war in der Dämmerung die halb verwitterte Inschrift kaum mehr zu erkennen.

»Hier wohnt das Glück!« Tassilo entblößte nicht den Kopf und faltete nicht die Hände, wie es der Jäger vor der Buche getan – aber auch ihn erfüllte ein schmerzendes Erinnern. Er stand vor dem »Marterl« seiner Mutter.

Vom Ufer klang die rufende Stimme des Jägers, der ein Schiff gefunden hatte. Es war das Boot des Fischers, und man mußte auf engem Platz zwischen triefenden Netzen sitzen. Tassilo ließ sich quer über den See hinüberbringen, zu Annas Villa. Als die Steintreppe erreicht war, drückte Tassilo die Hand des Jägers. »Auf dem Heimweg komm ich zu Ihnen. Grüßen Sie mir einstweilen Ihre Mutter!«

»Vergelts Gott, Herr Graf!« stammelte Franzl mit einer Hast, als wäre ihm ein stiller Wunsch erfüllt worden.

Tassilo sprang über die Stufen hinauf. Von der Villa klang eine Mädchenstimme: »Wer kommt?«

»Ich bin es, Anna!«

Ein leiser Schrei, fliegende Schritte auf dem Kies, dann wieder Stille. Nur das Ruder des Fischers plätscherte, und vor dem Bug des gleitenden Nachens rauschte das Wasser.

Nach kurzer Fahrt landete das Boot vor dem Seehof. Franzl, in der Eile, schien den Weg zu verfehlen. Statt den Fußpfad zur Linken einzuschlagen, der zu seinem Hause führte, rannte er nach rechts, der Straße zu. Vor den Leuten, die ihm begegneten, drehte er das Gesicht auf die Seite. Immer rascher wurde sein Schritt, je näher er dem Brucknerhaus kam, und heiße Röte brannte auf seinem erschöpften Gesicht, als er im dämmerigen Hof das Mädel gewahrte, das bei einer Holzbeuge stand und den Arm mit Scheiten belud.

Franzls Stimme klang gepreßt und heiser: »Guten Abend, Mali!«

Da fielen die Holzscheite prasselnd zu Boden, und Mali, mit weißem Gesichte, rannte zur Haustür.

»Aber Mali! Was hast denn? Ich bin's ja, der Franzl!«

Mali schien nicht zu hören, nicht zu sehen. Noch ehe sie das Haus erreichte, streckte sie schon die Hände nach der Tür. Auf der Schwelle zögerte sie und drehte halb das Gesicht; dann verschwand sie im finsteren Flur, hinter ihr fiel die Tür zu, und drinnen klirrte der eiserne Riegel.

Franzl griff sich wie betäubt an den Kopf und guckte in der Dämmerung umher, als hätte er das rechte Haus verfehlt.

»Heilige Mutter! Was is denn dös?«

Er sprang in den Hof, warf den Bergstock auf die Bank und faßte die Türklinke. »Mali! Mali!« Immer rüttelte er an der versperrten Tür. »Ich bitt dich um Gotts willen, was hast denn?«

Im Hause blieb alles still.

»Mali! So mach doch auf! Ich bin's ja, ich, der Franzl!«

Von der Küche her vernahm er das Geknister des Herdfeuers und hörte im Flur eine wispernde Kinderstimme, die plötzlich verstummte, als hätte sich eine Hand auf den kleinen vorwitzigen Mund gedrückt, um ihn zu schließen.

Dem Jäger wurde der Verstand wirbelig. Ein paarmal riß er noch an der Klinke; dann griff er nach seinem Bergstock und taumelte auf die Straße hinaus. Er ging und wußte nicht, welchen Weg er nahm. In seinen Ohren begann ein dumpfes Summen. War das in seinem Kopf, oder war's die Kirchenglocke, die den Abendsegen läutete? Auch fallende Tropfen meinte er zu spüren und streckte mechanisch die Hand aus. Richtig, es regnete! Immer dichter fiel es aus den Wolken, alles in der Runde wurde grau, und hinter dem trüben Schleier verschwanden die Berge.

Von Franzls Kleidern troff das Wasser, und es quietschte in seinen Schuhen. Er ging und ging. Als er einmal aufblickte, sah er, daß er vor dem Parktor von Hubertus stand. »Wo bin ich denn hingelaufen?« Er kehrte um. –

In Strömen rauschte der Regen über die Ulmenkronen. Auf den Kieswegen des Parkes gurgelten die wachsenden Bäche, und sinkendes Dunkel verhüllte das endlose Gießen und Triefen.

Es ging auf Mitternacht, als Tassilo von seinem Besuch bei der Horneggerin heimkehrte, in einen Lodenmantel gehüllt, den ihm Franzl geliehen hatte. Er klopfte an ein Fenster. Fritz öffnete ihm die Tür, mit erhobener Kerze, verwundert und erschrocken: »Herr Graf! So spät! Und ganz allein? In einer solchen Nacht! Ist denn etwas passiert?«

»Nein!« erwiderte Tassilo ruhig. »Ich komme nur heim, weil ich morgen nach München muß. Sehen Sie zu, daß ich noch eine Tasse Tee bekomme! Dann müssen Sie mir packen helfen. Den Wagen für morgen hab' ich schon bestellt.«

»Einen fremden?« fragte der Diener verblüfft.

»Ich will Papas Pferde nicht bemühen bei solchem Wetter!« Ein bitteres Lächeln. Er nahm den triefenden Mantel von den Schultern. »Meine Schwester schläft schon?«

»Jawohl, Herr Graf! Aber denken Sie nur, was heut geschehen ist!« Und Fritz erzählte, was sich am Vormittag in der Ulmenallee ereignet hatte.

Als Tassilo von der Verwundung der Kleesberg vernahm, nickte er. »Die Adler meines Vaters greifen scharf!«

Fritz berichtete, daß Fräulein von Kleesberg schon am Abend fieberfrei und ohne Schmerzen gewesen wäre, nur noch »ein wenig schreckhaft und verstört«. Aber »unsere liebe Konteß«, die glücklicherweise durch das »kuraschierte Zugreifen des Malers« allem Unheil entronnen wäre, hätte sich die Sache »schwer zu Herzen genommen« und wäre den ganzen Tag mit blassem Gesicht und verweinten Augen umhergegangen.

Tassilo schritt zur Treppe und sagte flüsternd: »Machen Sie keinen Lärm, damit die Damen in ihrer Ruhe nicht gestört werden.« In seinem Zimmer setzte er sich an den Schreibtisch. Es waren nur wenige Zeilen, die er an Robert richtete, um dem Bruder seine bevorstehende Vermählung mit Anna Herwegh anzuzeigen. Der Brief an Willy wuchs zu acht eng beschriebenen Seiten an.

An Forbeck schrieb er: »Lieber Freund! Es ist mir leid, daß ich Hubertus verlassen soll, ohne Ihnen die Hand zu drücken, ohne mich am Fortschritt Ihres Bildes zu erfreuen. Mit Ihrem Werke hoffe ich im Glaspalast ein erfreuliches Wiedersehen zu feiern. Was uns beide betrifft, so können Sie selbst unsere Trennung zu einer kurzen machen, wenn Sie mir die Bitte erfüllen wollen, meiner am 2. September stattfindenden Trauung als mein Zeuge beizuwohnen. Sie waren der erste, dem ich mich anvertraute. Seien Sie nun auch der erste, der mir an der Schwelle meines neuen Lebens die Hand zum Glückwunsch reicht. Eine fröhliche Hochzeit kann ich Ihnen nicht versprechen. Mein Vater und meine Geschwister werden fehlen. Es ist mir nicht gelungen, diesen Schatten von meinem Glückstag abzuwehren. Was ich gefürchtet habe, ist eingetroffen, schlimmer, als ich es mir vorstellte. Ihre schützende Hand hat heute meine Schwester vor dem Griff des Adlers bewahrt. Ich habe da droben seine Klaue gespürt. Die Wunde ist tief gegangen. Und der Adler, der heute ausflog, wird nicht der letzte sein. Der Käfig unter den Ulmen steht noch lange nicht leer.«

Tassilo legte die Feder fort. So saß er lange. Dann schloß er den Brief und löschte die Lampe.

Draußen rauschte der Regen, es gluckste und gurgelte um die Mauern, und mit klatschenden Schlägen peitschte der Wind die schweren Tropfen an die Fensterscheiben.

Als Fritz gegen acht Uhr morgens das Frühstück brachte, fand er Tassilo schon angekleidet und zur Reise fertig.

»Schläft meine Schwester noch?«

»Nein, Herr Graf, die Konteß und Fräulein von Kleesberg haben soeben um den Tee geklingelt.«

Fritz hatte noch nicht ausgesprochen, als Kitty auf der Schwelle erschien, mit lose geknotetem Haar, das verhärmte Gesichtchen so weiß wie ihr Morgenkleid. »Tas?« stammelte sie, während der Diener das Zimmer verließ.

Tassilo brauchte nicht zu sprechen. Kitty sah die gepackten Koffer, die kuvertierten Briefe auf dem Schreibtisch und las in den Augen des Bruders, was seine unerwartete Heimkehr von der Jagdhütte und die plötzliche Abreise bedeutete. Mit ersticktem Schrei umklammerte sie seinen Hals. Er führte sie zum Sofa und suchte sie zu beruhigen. Während er erzählte, was er erzählen durfte, und sie mit kommenden Zeiten zu trösten suchte, brach immer wieder der fassungslose Schmerz aus ihr hervor, bald in wirren Worten, bald mit strömendem Schluchzen. Dann sprang sie auf. »Komm, Tas! Wir wollen zu Anna. Ich m u ß sie sehen. Ich m u ß zu ihr.«

Er sagte ihr, daß auch Anna Herwegh mit Mutter und Schwester noch an diesem Morgen die Reise nach München anträte.

»Und ich soll euch nie wiedersehen? Dich nicht? Und Anna nicht? Nein, Tas! Das kann und darf Papa von mir nicht verlangen. Ich halte zu dir, Tas! Da kann geschehen, was will! Wie schön das sein wird – euer Glück sehen – immer nur euer Glück –« In Tränen erloschen ihre Worte und wieder warf sie sich an den Hals des Bruders.

Er streichelte ihr schimmerndes Haar.

»Aber sag' mir, Tas! Wie hat Anna die Nachricht aufgenommen? Wie muß ihr bange sein in dieser Stunde!«

»Ja, Schwester, bedrückend bange! Doch sie ist nicht ohne Trost. Sie liebt. Und Liebe ist eine feste Brücke. Vertraue ihr, und sie trägt dich über alle Tiefe, laß dich führen von ihrer Hand, und immer ist es der rechte Weg, auf den sie dich leitet.«

Kitty, die blassen Wangen von Tränen überronnen, sah mit großen Augen zu ihrem Bruder auf.

Es klopfte an der Tür. Und Kitty, wie aus tiefem Traum erwachend, trat zum Fenster, um ihr verweintes Gesicht zu verbergen.

Fritz und der Stallbursch kamen, um die Koffer zu holen. Tassilo ging zum Schreibtisch. »Diesen Brief an Robert soll Moser mit hinaufnehmen, zur Jagdhütte. Den anderen, an Herrn Forbeck, bitt' ich im Laufe des Vormittags zu besorgen.«

Kitty machte eine jähe Bewegung. Und kaum hatten die beiden Diener das Zimmer verlassen, flog sie auf Tassilo zu. »Du hast an Herrn Forbeck geschrieben? Warum?«

»Um mich von ihm zu verabschieden. Auch hab' ich ihn gebeten, meiner Trauung als Zeuge beizuwohnen.«

»Er? Bei deiner Trauung? Und ich soll fehlen? Deine Schwester?« In Schluchzen erstickten ihre Worte. Tassilo zog sie an seine Brust. Und da brach es aus ihr heraus: »Ach, Tas, ich bin namenlos unglücklich!« Zitternd schmiegte sie sich in seine Arme, und in einem Sturz von Tränen löste sich ihre stürmische Erregung. Endlich richtete sie sich auf und streifte die Hände über das nasse Gesicht. »Eine Bitte noch, Tas! Annas Bild mußt du mir lassen. Schließ nur den Koffer wieder auf!«

»Es ist nicht eingepackt. Hier liegt es schon für dich.« Er öffnete am Schreibtisch eine Lade und reichte ihr das Bild, das sie mit Küssen bedeckte. »Und diesen Brief sollst d u  mir besorgen.«

»Für Willy? Ich verstehe. Papa soll nicht wissen, daß du ihm geschrieben hast. Gib her! Und Willy ist für d i c h , nicht wahr? Wenn er noch schwanken sollte, bring' ich ihn schon noch herum. Er ist ein leichtsinniges Huhn, aber ein guter Kerl.« Sie verwahrte den Brief. »Und nun komm, Tas! Du mußt dich von Tante Gundi verabschieden. Wir wollen uns zusammennehmen, damit die Arme nicht merkt, was vorgeht. Die Erregung könnte ihr schaden. Oder weißt du noch nicht, was gestern –«

»Fritz hat mir alles erzählt.«

»Was sagst du, wie Tante Gundi sich benommen hat! Geradezu großartig! Wenn i c h  das getan hätte, das wäre begreiflich. Schließlich ist man nicht umsonst in Hubertus geboren. Und Herr Forbeck war in ernster Gefahr. Aber denke dir: sie! Seit gestern seh' ich sie mit ganz anderen Augen an. Aber komm, Tas!« Energisch trocknete sie die Wangen, nahm das Bild unter den Arm und zog den Bruder zur Tür. Dabei merkte sie nicht, daß Tassilo sie forschend betrachtete und wie in Sorge jeden Zug ihres heiß erregten Gesichtes prüfte.

Gundi Kleesberg machte, als Tassilo und Kitty in ihr Zimmer kamen, einen Versuch, sich im Bette aufzurichten. Es gelang ihr nicht. Der dick verbundene Arm, der mit einer Doppelschlinge gefesselt war, lag schwer auf der blauen Seidendecke. Die Frisur war tadellos, die Wangen hatten ihren zarten Puderflaum, die Lippen ihr gleichmäßiges Rot, die Brauen ihre tiefe Schwärze. Aber dieses Verschönerungswerk, das die Kammerfrau in aller Eile an der Patientin geübt hatte, war nicht so glücklich geraten wie sonst. Zwischen den zarten Farben lugte die welke Haut mit gelblichen Flecken hervor; das gab dem Gesicht einen müden Ausdruck, den der bittere Zug um die Mundwinkel und der ängstliche Blick noch verschärften. Wer dieses Gesicht betrachtete, hätte glauben mögen, daß die Kleesberg nicht nur ein übel verlaufenes Abenteuer, sondern eine erschütternde Seelenkatastrophe erlebt hätte.

Während Tassilo sich neben dem Bett auf einen Sessel niederließ, huschte Kitty in ihr Zimmer und stellte Annas Bild auf den Ehrenplatz, den die Photographie der Soeur supérieure mit einem dunklen Winkelchen vertauschen mußte, obwohl die unter das würdevolle Konterfei geschriebene Widmung mit den Worten endigte: »*Gardez-moi la place que mon amour maternel a méritée dans votre coeur!*«

Jäh erwachsende Empfindungen sind rücksichtslose Gewalttäter, die das Neue umklammern und das Alte verdrängen. Wie lange wird es dauern, und auch das Bild der schönen Schwägerin wird den Ehrenplatz wieder räumen müssen?

An die Möglichkeit eines solchen Wechsels schien Kitty in dieser Stunde nicht zu denken. Mit abgöttischer Andacht hing ihr Blick an dem Bild, und traumverloren flüsterte sie vor sich hin: »Wie glücklich er sein wird! Wie glücklich!«

Als sie hörte, daß Tassilo sich erhob und von Tante Gundi Abschied nahm, geriet sie in Verwirrung und griff nach allerlei Dingen, bevor ihr klar wurde, daß sie einen Mantel umnehmen und die leichten Pantöffelchen mit festen Schuhen vertauschen wollte.

Tassilo trat ein und zog hinter sich die Tür zu. Lange hielten sie sich umschlungen, wortlos. Endlich löste Tassilo die Arme der Schwester von seinem Hals. »Komm, gutes Kerlchen, laß uns vernünftig sein! Und bleibe hier! Es würde uns beiden schwer sein, vor den Leuten drunten ruhig zu erscheinen.«

»Nein, Tas! Nur in den Flur hinunter! Ich werde die Zähne übereinanderbeißen.«

»So komm!«

Wirklich, Kitty benahm sich wie eine Heldin. So ruhig, als gälte es nur eine Trennung von wenigen Tagen, schüttelte sie unter der Flurtür die Hand des Bruders. »Glückliche Reise, Tas! Und auf Wiedersehen!« Doch als sich der Wagen schon in Gang setzte und Tassilo unter dem Lederdach herauswinkte, streckte sie die Arme nach ihm, rannte in den Regen hinaus und sprang in den Wagen.

»Aber Kind!«

»Ich bitte dich, Tas! Nur bis zum Tor!« Sie taumelte in dem holpernden Gefährt, kam auf Tassilos Knie zu sitzen, und als der Kutscher halten wollte, puffte sie ihn mit der Faust in den Rücken. »Vorwärts!«

Der Wagen rollte unter den triefenden Ulmen durch die Allee und machte die Adler in ihrem Käfig scheu durcheinanderflattern. Unter dem schützenden Lederdächlein hielt Kitty den Bruder umschlungen. »Ich sage dir, Tas, wenn jetzt die arme Gundi nicht krank da droben läge, ich ging mit dir. Mich brächten zehn Pferde nicht mehr aus dem Wagen!« Da hörte sie auf der Straße das Rollen einer Kutsche. In Schreck und Erregung fuhr sie auf. »Tas? Hörst du den Wagen nicht? Wenn es Anna wäre!«

Tassilo sah in der Toröffnung die Köpfe zweier Schimmel auftauchen. »Ja! Das ist ihr Wagen.«

»Anna! Anna! Anna!« schrie Kitty wie von Sinnen, sprang aus dem Wagen und rannte durch alle Pfützen. Draußen hielt die Kutsche. Als der Schlag sich öffnete und Anna Herwegh den Fuß auf das Trittbrett setzte, hing ihr Kitty schon am Hals und schluchzte unter Küssen: »Hab' ihn lieb, Anna! Hab' ihn lieb! Mach ihn glücklich! Ich will dich vergöttern dafür!«

Schmerz und Erregung machten sie halb betäubt, sie hörte stammelnde Worte, ohne sie zu verstehen, fühlte Händedrücke, Umarmungen, Küsse – und als sie ihrer Sinne wieder mächtig wurde, sah sie die beiden Wagen im Regen davonrollen und gewahrte Fritz, der neben ihr stand und einen Regenschirm über ihr Köpfchen hielt, in dessen zerzausten Haaren die Wasserperlen glitzerten.

»Ich bitte, Konteß, kommen Sie!« mahnte Fritz. »Konteß werden sich einen Schnupfen zuziehen.«

»Schnupfen?« wiederholte sie gedankenlos und starrte ihn an wie ein vorsintflutliches Wundertier. Mit zitternden Händen tastete sie nach den triefenden Eisenstäben des Torgitters.

Fritz wagte keine weitere Mahnung auszusprechen; geduldig stand er und hielt den Regenschirm. Endlich richtete Kitty sich auf, nahm den Schirm und trat den Rückweg an.

Fritz wollte das Tor schließen. Von der Straße rief eine Stimme: »Auflassen!«

Zwei Bauern brachten einen großen Handkarren gezogen, auf dem die beiden von Robert gestreckten Gemsböcke lagen – und der Sechzehnender, dessen mächtiges Geweih zu beiden Seiten des Karrens weit herausragte über die mit Kot behangenen Räder.

# Zweites Buch

## 1

Über der langen Kette der Berge hingen die Regenwolken, grau in blau getönt. Doch je weiter es hinausging gegen das Vorland und die Ebene, desto freundlicher wurde der Himmel. Mit sommerlichem Stillvergnügen lächelte die Morgensonne über den Lauf der Isar und über die gute Stadt München herab, machte die Knäufe der Frauentürme funkeln und vergoldete die Dächer.

Unter den wenigen Passanten, die an diesem Morgen der letzten Augustwoche die breite Ludwigstraße spärlich bedeckten, fiel die hohe Gestalt eines fünfzigjährigen Mannes auf, in grauem Sommerpaletot, mit schwarzem Filzhut. Das Haar, das unter dem Hutrand hervorquoll, hatte noch tiefes Braun, während der schmale Vollbart schon eine graue Melierung zeigte. Ein gedankenvolles Lächeln, wie es starken, im Kampf mit dem Leben gefestigten Naturen eigen ist, milderte den Ernst der durchgeistigten Züge. Man würden den Künstler in ihm erraten haben, auch wenn er nicht den Weg zur Akademie genommen hätte.

Weder in den jungen Parkanlagen der Akademie noch in dem prunkvollen Treppenhaus begegnete ihm eine Seele. Im obersten Stockwerk hielt er vor einer Tür, die ein kleines Porzellanschild trug – »Professor Georg Werner« – und darunter eine mit Reißnägeln befestigte Visitenkarte: »Hans Forbeck«. In dem großen Atelier, dessen Nordwand ein einziges Riesenfenster bildete, standen vier Staffeleien. Eine von ihnen trug Professor Werners jüngste Arbeit, die der Vollendung nahe war und bereits ihren Goldrahmen hatte; ein blankes Täfelchen nannte den Namen des Künstlers und den Titel des Bildes: »Die lange Straße«. Zwischen herbstlich belaubten Feldhecken und kahlen Wiesen, hinter denen der geschlängelte Lauf eines Baches aufleuchtet, zieht eine gerade, staubige Pappelallee in endlos scheinende Ferne. Das Zwielicht eines nebligen Herbstabends liegt wie ein Schleier über der Landschaft. Nur am Horizonte glänzt ein helles Licht, als wäre in jener Ferne reiner Himmel und letzte Sonne. Auf der Straße steht ein bejahrter Mann; er hat ein schweres Bündel zu Boden gestellt, die Last der weiten Wanderung hat ihn müde gemacht, und nun deckt er die magere

Hand über die Augen und späht sehnsüchtig in jene lichte Ferne, in der ihm das Ziel und die Ruhe winkt.

Werner trat vor die Staffelei. Als er nach der Palette greifen wollte, sah er auf dem Maltisch eine Depesche liegen. Er öffnete und las: »Ich bitte Dich, Werner, komm – Dein Hans!«

Betroffen sah er auf das Blatt und fuhr sich mit der Hand über die Stirn. Wie konnte der Junge bei gesunder Vernunft eine solche Depesche schicken, solch ein halbes Wort, das unruhig machen muß? Ob er krank ist? Und nun da draußen liegt, ohne Hilfe, ohne einen Menschen, der ihn kennt?

Im Sturmschritt zum Tor hinaus, in die nahe Wohnung, mit einer hetzenden Droschke zum Bahnhof!

Nach zweistündiger Bahnfahrt erreichte Werner die Station, von der die Sekundärbahn in die Berge abzweigte. Hier hatte er fünfzehn Minuten Aufenthalt, und das war für ihn eine schwere Geduldprobe. Zwei Züge kamen. Ein Schwarm von Reisenden, Gebirgstouristen und Landleuten suchte in dem nach München gehenden Zuge unterzukommen. Zerstreut sah Werner über das lärmende Getriebe hin, wurde aufmerksam auf einen Herrn und drängte sich durch das Leutegewühl: »Doktor Egge! Doktor Egge!«

Tassilo streckte dem Professor die Hand entgegen.

»Doktor! Kommen Sie von Hubertus? Sind Sie da draußen nicht mit Forbeck zusammengetroffen?«

»Gewiß! Und ich habe –«

Werner ließ ihn nicht aussprechen. »Was ist denn mit dem Jungen? Was fehlt ihm? Sehen Sie nur die Depesche, die er mir geschickt hat!« Werner zerrte das Blatt heraus.

Tassilo las.

Eine Glocke läutete, und die Kondukteure schrien: »München! Höchste Zeit!«

Lächelnd gab Tassilo dem Professor die Depesche zurück. »Ich glaube zu wissen, was hinter der Sache steckt. Allerdings sollte ich Ihnen die Überraschung nicht verderben. Aber ich sehe, Sie sind in Sorge. Forbeck hat ein Bild begonnen, das Aufsehen machen wird;

ich merke mich bei Ihnen gleich als Käufer vor. Es ist Feuer und Flamme für die Arbeit, und da vermute ich, daß er ungeduldig wurde und Ihr Urteil nicht mehr erwarten kann. Aber verzeihen Sie, mein Zug! Grüßen Sie Forbeck! Auf Wiedersehen!«

Der Zug dampfte zur Halle hinaus. Werner, von seiner Sorge erlöst, rückte den Hut und atmete auf. »Gott sei Dank!«

Gegen fünf Uhr abends erreichte er das von Wolken überlagerte Dorf, stieg beim Seewirt ab und ließ sich hinüberführen zum Brucknerhof. Der Bauer kam aus der Tür; mit Interesse betrachtete Werner die zähe Gestalt und das bleiche, vom schwarzen Bart wie von einem Schatten umrahmte Gesicht; Bruckner schien den prüfenden Blick mit Unbehagen zu empfinden und fragte wenig freundlich: »Was schafft der Herr?«

»Wohnt bei Ihnen Herr Forbeck aus München?«

Der Bauer nickte und schlug einen anderen Ton an. »Er is net daheim. A halbs Stündl kann's her sein, da is er gegen 's Schloß aussi marschiert. Bitt, Herr, kommen S' eini ins Haus. Ich führ Ihnen nauf in sein Stüberl. Da können S' warten.«

Bruckner gab die Tür frei, und Werner trat in den Flur. –

Wenige Minuten früher, ehe Werners Einspänner an Schloß Hubertus vorübergefahren war, hatte Forbeck den Park betreten, um sich nach Fräulein von Kleesbergs Befinden zu erkundigen. Er hörte von Fritz, daß »die Sache den günstigsten Verlauf nähme«, und daß die Patientin bereits einen Teil des Nachmittags außer Bett zugebracht hätte.

Wortlos gab Forbeck zwei Karten ab und trat den Rückweg an. Müden Schrittes folgte er der Ulmenallee. Ein gellender Vogelschrei weckte ihn aus seinem Brüten. Er stand vor dem Käfig, in dem die Adler mit Gier die blutige Leber des Sechzehnenders verschlangen. Jeder von ihnen hatte seinen Anteil erhascht und hielt ihn unter den gespreizten Fängen; ein Riß mit dem Schnabel, und ein dicker Knollen bewegte sich unter Würgen langsam durch den Hals hinunter, an dem sich die Federn sträubten. Einer von den Adlern hielt in seiner Mahlzeit inne, duckte den Kopf zwischen die Flügel und spähte mit funkelndem Blick nach Forbecks Augen.

Eine Erinnerung befiel ihn – ihm war, als hätte er diesen gleichen Blick vor nicht langer Zeit im Gesicht eines Menschen gesehen – diesen scharfen, mißtrauischen Falkenblick!

Er wandte sich ab. Raschen Ganges gewann er die Straße. Als er das Brucknerhaus erreichte, sah er Mali, mit dem Netterl auf den Armen, hastig gegen die Scheune gehen. Das hatte den Anschein, als wollte das Mädchen eine Begegnung mit ihm vermeiden. Dieser ihm unverständlichen Wahrnehmung nachsinnend, trat er ins Haus; auf der Treppe hielt er betroffen inne – es war ihm vorgekommen, als hätte er in seinem Zimmer Tritte gehört. Aber als er die Stube betrat, war sie leer. Doch fiel es ihm auf, daß sein Bild, das er vor einer Stunde mit dem Tuch bedeckt hatte, unverhüllt auf der Staffelei stand. Und am unteren Rand des Bildes war ein weißer Zettel befestigt. Befremdet ging Forbeck auf die Leinwand zu und sah auf dem Zettel in einer ihm wohlbekannten festen Schrift die beiden Worte: »Goldene Medaille!«

»Werner!« stammelte er. Da klang hinter ihm ein frohes Lachen, und als er sich umwandte, stand Werner auf der Schwelle der Schlafkammer.

»Hans! Junge! Du hast mir einen Willkomm bereitet, wie ich ihn mir bei allem Vertrauen zu deinem Talent nicht hätte träumen lassen!« Werner zog den Wortlosen an seine Brust und küßte ihn auf beide Wangen. Forbeck hatte den Blick eines Trunkenen. Er fühlte, daß diese Zärtlichkeit seines Lehrers für ihn ein Lob bedeutete, wie es kein Wort ihm hätte spenden können.

Draußen wollte schon der Abend sinken, und dennoch wurde es plötzlich heller in der Stube. Die Wolken hatten sich geklüftet, und eine leuchtende Flut von goldrotem Sonnenschein ergoß sich über das Tal und seine Häuser.

Werner war vor das Bild getreten. »Sag' mir, Hans, wie hast du das fertigbringen können in diesen lumpigen paar Tagen? Das muß aus dir herausgefahren sein wie ein Löwensprung! Und wie glücklich du das gefunden hast, diesen Überschlag vom letzten Augenblick der Ruhe in den tobenden Sturm! Wie das kämpft miteinander: das weichende Licht in seiner letzten, gesteigerten Schönheit und die anstürmenden Schatten in ihrer Wucht und Tiefe! Und diese Landschaft! Wo hast du nur diesen gesegneten Fleck Erde entdeckt? Und diese Menschen! Das Pärchen da! Junge! Das ist mehr als ein gelungener Diebstahl an der Natur, das ist eine künstlerische Offenbarung. Was du da gibst, das hast du in dir aus einer Tiefe herausgeholt, in die ich noch keinen Blick getan. Du hast alle Schule von dir abgeschüttelt, hast dich auf eigene Füße gestellt. Hans! Jetzt bist du wer!« Werner schlug seine Hand auf Forbecks Schulter und sah ihm mit glücklichem Stolz in die Augen. »Um mir das zu sagen, hättest du in deinem Telegramm etwas weniger sparsam mit den Worten sein dürfen! Ich, in der ersten Verblüffung, glaubte, daß du krank wäret. Und jetzt!« Er lachte.

Forbeck, in dessen Augen die Freude sich umschleierte, wollte sprechen. Werner ließ ihn nicht zu Wort kommen.

»Aber jetzt diesen Zettel weg!« Er zerknüllte das Blatt, das er an die Leinwand geheftet hatte. »Weißt du, Junge, das war nur der erste Jubelschuß. Jetzt kommt der Ernst. Bis das Bild in den Rahmen taugt, wird es noch ein tüchtiges Stück Arbeit brauchen. Da sollst du keine Zeit verlieren. Unsere italienische Reise schieben wir auf, Italien läuft dir nicht davon. Aber die Stimmung, in der du das begonnen hast, die mußt du festhalten wie mit Eisen. So was verträgt keinen Riß, das will sich ausströmen in einem Zug. Morgen kutschieren wir heim nach München.« Werner lachte wieder. »Ohne ein paar Hahnenkämpfe wird es da zwischen uns nicht abgehen, denn hier, und hier,« er deutete auf verschiedene Stellen des Bildes, »da hab' ich meine Bedenken. Aber diese Mittelgruppe! Das bleibt. Da sollst du mir keinen Strich mehr ändern. Dieser Jäger! Wie er dasteht in gesunder Kraft, in seiner Glückseligkeit! Und das Mädel erst! Wie bist du denn zu diesem Modell gekommen? Du Sonntagskind! Und wie du das gestellt hast! So mitten hinein ins höchste Licht! Dieser letzte Sonnenstrahl, der sie umschmeichelt wie ein Verliebter, scheint zu ihr sagen zu wollen: ›Dich hab' ich, und dich laß ich nimmer!‹ Hast du für das Bild schon einen Titel gefunden?«

»Ja, Werner! Jetzt!«

»Wie soll es heißen?«

»Der letzte Sonnenstrahl.«

»Richtig, Junge! Damit ist alles gesagt!« Werner verstummte und sah betroffen zu Forbeck auf, der die schwimmenden Augen auf die leuchtende Mädchengestalt gerichtet hielt. »Hans? Was ist dir?«

Forbeck hörte nicht.

Ein Lächeln. »Hans? Wer ist dieses Mädchen?«

Forbecks Stimme war rauh. »Eine Gräfin Egge.«

Werner erblaßte. »Hans? Auch du?« Dann faßte er Forbeck an den Schultern und rüttelte ihn. »Hans! Rede doch! Nimm diese Sorge von mir!«

»Ich mache dir Kummer, Werner? Vergib mir! Das ist über mich hergefallen wie ein Sturm, mit dem Schmerz schon in der ersten Freude.«

Eine Weile war Stille. »Komm, Hans! Wir müssen in frische Luft! Wir beide!«

Sie verließen das Haus. Es dämmerte schon im Tal. Über das zerfließende Gewölk her traf noch ein glühender Sonnengruß die Zinnen der Berge und die Almen; alle Höhen waren so scharf beleuchtet, daß man jede Sennhütte und jeden einzelnen Felsblock deutlich unterscheiden konnte; mit klaren Linien hob sich jeder Baum aus dem schimmernden Hintergrund, und die kahlen Felswände ragten gleich erstarrten Flammen in das tiefe Blau des sich klärenden Himmels.

»Sieh, Hans,« sagte Werner, »wie schön das ist!«

Forbeck nickte.

»Und siehst du über dem langgestreckten Lärchenwald den blitzenden Streif? Das muß ein Wasserfall sein. Sieht es nicht aus, als hätten die Felsen sich gespalten wie im Märchen, um für einen Augenblick die funkelnde Schatzkammer der Zwerge vor einem erstaunten Menschenkind zu öffnen? Und weiter oben jener seltsam geformte Felsklotz? Gleicht er nicht einem goldgekrönten Riesenhaupt, das sich aus den Tiefen der Erde hervorhebt? Ich sag's immer: Wer verstehen will, wie die Märchen wachsen, muß in die Berge gehen.«

So plauderte Werner mit seinem ruhigen Lächeln weiter, jeden Reiz erfassend, den der herrliche Abend zeigte. Nur manchmal verriet ein Blick, mit dem er Forbeck streifte, daß diese äußerliche Ruhe mit der Stimmung seines Innern nicht im Einklang stand.

Als sie bei Einbruch der Dunkelheit in die Nähe des Seehofes kamen, dessen Terrasse mit vergnügten Menschen besetzt war, sagte Werner: »Komm, suchen wir uns ein Plätzchen! In mir beginnt sich das Tier zu rühren. Ich habe heut in der Eile vergessen, Mittag zu machen.«

Sie fanden einen freien Tisch, und mit dem Anschein ernster Wichtigkeit studierte Werner die Speisekarte. Ringsumher die heiteren Stimmen der Gäste. Aus der Schifferschwemme hörte man die Töne einer Ziehharmonika und den stampfenden Taktschritt tanzender Paare.

»Was willst du nehmen, Hans?«

»Ich kann nicht essen.«

»Doch, Hans! Das muß man!« Wieder vertiefte Werner sich in die Speisekarte. »Aaaah! Renken am Rost und Rebhuhn mit Rotkraut. Was sagst du zu dieser kulinarischen Alliteration? Das sind zwei Stabreime, die es verdient hätten, von Wagner in Musik gesetzt zu werden.« Er haschte die am Tisch vorüberschießende Kellnerin. »Holde Jungfrau!«

»Nur net beleidigen!« lachte das Mädel. »Was schaffen S' denn?«

Werner bestellte. Während der Mahlzeit trug er die Kosten der Unterhaltung. Die Mühe, die er sich gab, um eine ruhige Stimmung zu erzwingen, war von geringem Erfolg. Schließlich schwiegen sie alle beide. Dann erhob sich Werner. »Du hast recht, Hans! Dieser vergnügte Spektakel muß dir wie Schmerz in die Ohren gehen. Komm!«

Sie folgten der spärlich erleuchteten Promenade, die an den Ufervillen vorüberführte. Hinter den letzten Häusern endete der Weg auf einem Hügel, vor einer halbkreisförmigen Bank. Hier ließen sie sich nieder.

Es war Nacht geworden. In tiefer Schwärze lag der See und spiegelte die Fensterhelle der gegenüberliegenden Häuser.

»Hans? Glaubst du, daß sie dich liebhat?«

Forbeck vermochte nicht gleich zu antworten. »Kann man lieben, ohne zu hoffen?«

»So habt ihr euch noch nicht ausgesprochen?« klang es in rascher Folge.

»Nein!«

Werner atmete tief, als wäre ihm die schwerste Sorge von der Seele gefallen.

»Liebe begehrt. Sie kann nicht anders. Vielleicht darf ich auch glauben, daß ich ihr nicht gleichgültig bin, daß es mir gelingen könnte, ihre Liebe zu verdienen. Aber was dann? Ihr Vater hat dafür gesorgt, daß sie gerade jetzt die Schranke, die zwischen uns beiden liegt, in rauher Wirklichkeit vor Augen sieht.«

»Was meinst du damit?« fragte Werner und hörte schweigend zu, als ihm Forbeck von Tassilos Verlobung mit Anna Herwegh erzählte, von dem Bruch zwischen Vater und Sohn.

»Dieses Zerwürfnis wird ihm den Weg zu seinem Glück erschweren, doch nicht verlegen. Der Mann, wenn ihm eine Vergangenheit zerstört wurde, kann sich eine Zukunft bauen. Aber ein Mädchen! Das mit hundert Banden an die Familie gekettet ist, an alle Erinnerungen der Kindheit, an jeden Grundsatz, in dem es erzogen wurde! Ich liebe sie mit jeder Fiber meines Herzens, ich vergehe in meiner Sehnsucht, aber was liegt an mir! Wenn nur i h r erspart bleibt, was auf mich gefallen ist. Ich muß fort, Werner! Haben diese Tage in ihr ein wärmeres Gefühl für mich erweckt, so kann es nur erst der Keim einer Empfindung sein, den die Zeit wieder ersticken wird, ohne tieferen Schmerz. Was mit mir geschieht, ist gleichgültig. Aber ich will nicht die Ursache sein, daß auf i h r e n Lebensweg nur ein einziger Schatten fällt. Sie ist geschaffen für die Sonne.«

»Hans! Das war ein braves Wort! Ein anderer in deiner Lage hätte wohl anders gehandelt. Es ist schwer, die schreiende Stimme seiner Sehnsucht stumm zu machen. Da rennt man vor seiner treibenden Leidenschaft einher, taumelt blind hinein in den Rausch des Augenblicks und will im Erwachen nicht begreifen, daß man für immer verlor, was man zu gewinnen meinte!« Werner legte den Arm um Forbecks Schultern. »Die Redlichkeit deines Herzens hat böse Dinge verhütet.«

»Wie bettelarm wäre meine Liebe, wenn sie nicht die Kraft besäße, mehr an den Frieden des geliebten Wesens zu denken als an den eigenen Hunger. Du würdest mich begreifen, Werner, wenn du sie gesehen hättest. Sie ist wie eine Blüte, die ein Frühlingsmorgen eben erst aus der Knospe weckt. Als ich sie zum ersten Male sah, was ich da empfand! Ich meinte, es wäre die Himmelsfreude des Künstlers, der plötzlich fühlt, daß vor seinem gefesselten Können ein Riegel sprang! Wenn du wüßtest, wie es gekommen ist –«

»Das sollst du nicht erzählen! Nicht jetzt! Es würde dich nur erregen. Und wie soll es gekommen sein? Wie es immer kommt! Das Spiel, das die brave Mutter Natur mit ihren sogenannten Mustergeschöpfen treibt, ist immer das gleiche. Zur Abwechslung ändert sie nur den Stil. Wie ihr die Laune steht, läßt sie den alten Einfall bald als Posse mimen, bald als Trauerspiel. Ich kenne das, Hans! Mehr als mir lieb ist!«

»Werner!« stammelte Forbeck. »Das hättest du erfahren? An dir selbst?«

Ein kurzes Schweigen. »Ich? Nein! Aber mit fünfzig Jahren hat man sich umgesehen in der Welt.« Werner blickte über den finstern See hinaus. »Ich habe meine Mutter geliebt, meine Kunst und dich!«

»Was ich dir schulde, hab' ich nie so drückend empfunden wie jetzt. Du hast mir die Hälfte deines Lebens geschenkt, hast dir das Anrecht auf mein ungeteiltes Herz erworben. Und wie komm ich zu dir zurück?«

»Rede keinen Unsinn, lieber Junge! Was solltest du mir schulden? Du weißt, wie ich über gewisse Dinge denke. Es liegt als unerschütterliche Überzeugung in mir, daß es mit uns Menschen für immer ein Ende hat in dem Augenblick, in dem wir die Lider schließen. Wozu noch eine Ewigkeit? Das Leben vergönnt uns Zeit genug, um das zu erfüllen, was der Zweck eines Menschen sein kann. Aber man ist eitel. Es ist unbehaglich zu denken, daß wir mit unserer fliegenden Phantasie und unserem bohrenden Intellekt nicht viel höher stehen sollen als der Hund, den wir füttern, als der Ochse, der den Weg alles Fleisches über unseren Teller nimmt. Man möchte ›dauern‹! Das lehrt den einen glauben und beten, den anderen schaffen. Dieser Trieb ist auch in mir. Ich will nicht vergehen ohne Spur. Hinter mir soll etwas bleiben, nicht nur ein totes Werk meiner Hände, auch ein Pulsschlag meines Lebens, ein Funke des Feuers, das in mir brannte. Ich habe gesucht. Und es war nur m e i n Glück, daß ich gerade dich gefunden habe. Ich erkannte dein Talent und sagte mir: Hier ist gute Erde, hier kannst du säen; was du ihr anvertraust, wird Früchte tragen, wenn du nicht mehr bist.«

»Werner!«

»Was anderen ihre Seele ist, das bist mir du! Ich gebe dir, was ich habe, weil du mir bist, was ich brauche. Aus keinem anderen Grund. Warum also Dank? Wir beide sind quitt. Fühlst du dich im übrigen noch ein bißchen verpflichtet durch die Erbschaft, die ich auf die gelegt, so richte dich auf, Hans, sei so stark, wie du redlich bist! Nütze dein Leben, laß Glück oder Schmerzen kommen, wie sie mögen! Und ehe dir die Hände sinken, lege den Kern deines Wesens wieder in das Herz eines anderen. Dann wirst du ›dauern‹!« Werner erhob sich. »Komm! Das alles reden wir heute nicht zu Ende. Wir brauchen Ruhe, um morgen mit klarem Kopf unseren Weg zu suchen. Und wenn du jetzt nach Hause kommst, dann brenn' dir die Lampe an und setze dich vor dein Bild. Dieser erste dicke Regenguß, der von recht in die Kronen der Bäume schlägt, scheint mir denn doch ein bißchen zu aschig in seinem schweren Grau. Da sollte mehr Durchsicht bleiben, sonst macht dir das ein böses Loch in die Farbe. Auch im tiefsten Schatten steckt noch immer ein Licht. Nur herausholen muß man's. Komm!«

Forbeck schwieg, und langsam wanderten sie über den finsteren Weg zurück.

In tiefer Stille lag der Seehof mit der verödeten Terrasse. Ein großes Boot war halb an die Lände gezogen, und glucksend schlug das Wasser gegen die Bretter.

## 2

Im Zimmer der Kleesberg waren die beiden Fenster geöffnet. Morgensonne lag auf den Gesimsen und ein leuchtender Streif zog sich über den Teppich gegen den Frühstückstisch. Tante Gundi saß in einem Fauteuil, den verbundenen Arm in der Schlinge, den Schoß von einem flaumigen Guanacofell bedeckt, das Graf Egge vor Jahren mit anderen Trophäen von einer südamerikanischen Jagdreise mit nach Hubertus gebracht hatte. Still blickte sie vor sich hin und ließ sich von Kitty bedienen, die den Tee mit einem Ernst bereitete, als hinge von seinem Geschmack die Genesung der Patientin ab. Kittys Wangen waren von einer müder Blässe, ihre Augen von dunklen Ringen umzogen; aber sie schien vor Gundi Kleesberg alle Kunst ihrer Selbstbeherrschung zu üben und brachte es sogar fertig, mit gleichmäßiger Ruhe zu plaudern:

»Das wird ein herrlicher Tag heute. Der Doktor wird dir sicher gestatten, einige Stunden im Freien zuzubringen. Das wird dich zerstreuen.« Kitty beugte sich über den Tisch, um die Spiritusflamme unter dem summenden Kessel zu mustern. »Vielleicht findet sich auch ein bißchen Gesellschaft für dich. Herr Forbeck war gestern zweimal hier, um sich nach deinem Befinden zu erkundigen. Wenn er heute wiederkommt, mußt du ihn wohl empfangen.«

»Meinst du?« fragte die Kleesberg mit der Scheu eines Kindes, das einen stillen Wunsch nicht offen zu gestehen wagt.

»Gewiß! Es ist doch begreiflich, wenn er sich sorgt um dich!« Kitty verstummte, weil sie die Tür gehen hörte.

Fritz brachte eine Karte.

»Herr Forbeck?« fragte Kitty, die Wangen von einer feinen Röte überhaucht.

»Nein, Konteß, ein mir unbekannter Herr. Er bat, der gnädigen Konteß gemeldet zu werden, und entschuldigte sich wegen der frühen Stunde.«

Verwundert nahm Kitty die Karte. Als sie gelesen hatte, sah sie betroffen auf. »Das ist aber sonderbar! Denk' dir, Tante Gundi! – Professor Werner!«

Gundi Kleesberg machte eine so jähe Bewegung, daß die Guanacodecke von ihrem Schoße glitt.

»Aber Gundi, so rede doch!« stammelte Kitty in wachsender Erregung. »Was soll ich tun?« Sie wandte sich an den Diener. »Wo ist er?«

»Ich habe den Herrn ins Billardzimmer geführt.«

Kitty warf die Visitenkarte in Tante Gundis Schoß. Wie im Flug ging's über die Treppe hinunter. Vor der Tür des Billardzimmers stand sie still und drückte die Hände auf die brennenden Wangen.

Als sie eintrat, erhob sich Werner. Seine Augen glitten über die zierliche Mädchengestalt und blieben an dem schmalen Antlitz haften, das in der breit durch die Fenster quellenden Morgensonne wie von zartem Goldton überhaucht erschien. Auf Werners Lippen erwachte jenes milde Lächeln, und es war etwas gewinnend Herzliches in der Art, wie er auf Kitty zuging. »Verzeihen Sie die Störung, Komtesse, die ein Fremde Ihnen verursacht.«

»Kein Fremder!« unterbrach sie, halb noch befangen. »Was Sie sind, weiß man, und wir haben in diesen Tagen so viel von Ihnen gesprochen, daß ich mich doppelt freue, Sie kennenzulernen.« Sie reichte ihm die Hand. »Aber darf ich bitten?« Ihre Hand befreiend, ging sie zum Erker und deutete auf einen Fauteuil. Als Werner sich niederließ, spähte sie verstohlen nach seinem Gesicht, und es kamen ihr jene Worte Tassilos in Erinnerung: »Denke dir Forbeck um fünfundzwanzig Jahre älter; so sieht Werner aus!« Es war doch seltsam, diese Ähnlichkeit!

»Sie haben sich wohl schon gefragt, was mich zu Ihnen führt?«

»Ja, Herr Professor, ich habe mir ein bißchen den Kopf zerbrochen.« Der heitere Ton, den sie anzuschlagen versuchte, gelang ihr nicht recht. »Aber welche Ursache Sie auch zu uns führt, ich bin ihr dankbar. Herr Forbeck hat immer mit so großer Liebe und Verehrung von Ihnen gesprochen –«

Es leuchtete in Werners Augen. »Da muß ich ihn widerlegen. Hans überschätzt mich. Aber da wir schon von ihm sprechen – ich komme in seinem Auftrag, um Ihnen für die geduldige Mühe zu danken, mit der Sie seine Arbeit unterstützten.«

Kittys Augen öffneten sich weit, als würde für sie das Rätsel dieses Besuches immer dunkler.

»Auch soll ich Ihnen sagen, wie herzlich er bedauert, daß es ihm leider nicht mehr vergönnt ist, sich persönlich von Ihnen zu verabschieden.«

»Verabschieden?« stammelte Kitty. »Herr Forbeck verreist? So plötzlich? Und das hat solche Eile, daß er nicht einmal eine Minute mehr findet, um –« Sie vermochte nicht weiterzusprechen.

Auch Werner schwieg. Diesen erschreckten Mädchenaugen war ein Bekenntnis eingeschrieben, das er mit Sorge zu lesen schien.

»Aber ich bitte Sie, Herr Professor! Wie ist denn nur das gekommen? So unerwartet?«

»Er muß so rasch wie möglich nach München.«

»Rasch? So rasch? Aber –« Kittys Stimmung begann sich in unverhehlten Ärger zu verwandeln. »Deswegen fährt der Zug nicht früher. Da wäre noch Zeit genug gewesen! Verzeihen Sie, Herr Professor, ich selbst komme dabei nicht in Frage, aber meine Tante, die sich doch wohl ein bißchen Rücksicht bei Herrn Forbeck verdiente – « Kitty verstummte, ein jähes Erblassen ging über ihre Wangen. »Er k a n n nicht kommen? Er ist krank? Verwundet? Das will er vor uns verheimlichen, um uns nicht besorgt zu machen.«

Jetzt war mit dem Rätsellösen die Reihe an Werner. »Hans? Verwundet? Wie kommen Sie auf eine solche Vermutung, Komtesse?«

»Hat er Ihnen denn nicht erzählt, was geschehen ist? Die unglückselige Geschichte mit dem Adler, der aus dem Käfig entflog?« Kittys Worte sprudelten. »Wäre Herr Forbeck nicht gewesen, es wäre mir übel ergangen. Diesmal ebenso wie damals am Wetterbach! Denken Sie, mit beiden Händen faßte er den Adler! Ich war zu Boden gestürzt – aber Tantchen wollte Herrn Forbeck zu Hilfe kommen, und dabei hat sie die beiden Griffe in den Arm bekommen. Aber wir glaubten, daß wenigstens Herr Forbeck unverletzt wäre –«

»Das ist er auch! Beruhigen Sie sich!«

»Nein! Er verheimlicht es auch vor Ihnen. Deshalb will er so schnell nach München.« Wieder stockte sie. »Aber nein! Er ist doch in Hubertus gewesen, gestern, sogar zweimal! Das stimmt nicht!« Verstört sah sie zu Werner auf. »Mir scheint, ich rede ein bißchen wirr durcheinander. Freilich, es wäre kein Wunder.«

Werner meinte den Sinn dieser Worte zu verstehen; neben allem, was die vergangene Minute ihn erkennen ließ, mußte er auch der Dinge denken, die er von Forbeck über Tassilo gehört hatte. Der Abschied, zu dem es zwischen Bruder und Schwester gekommen, mochte in dem Herzen des Mädchens noch mit schmerzlicher Wirkung nachzittern.

»Ich bitte um Vergebung, Komtesse – es war unrecht von mir, daß ich meinem jungen Freund diesen letzten Besuch –« Es lag ihm auf der Zunge: ersparen wollte. Er korrigierte sich: »daß ich diesen Weg für ihn übernahm. Ich würde das unterlassen haben, wenn ich gewußt hätte, daß Hans der Dame, von der Sie sprachen, verpflichtet ist. Nun ist es geschehen, und es war gutgemeint. Ich bitte Sie, nehmen Sie Hans dem berechtigten Unmut Ihrer Tante gegenüber in Schutz, und legen Sie alle Schuld auf mich! Und Sie selbst, Komtesse –« Er hatte Mühe, seine Bewegung zu verbergen. »Zürnen Sie ihm nicht! Die Notwendigkeit dieser Reise hat sich so plötzlich ergeben, er hat noch mancherlei zu ordnen. Halten Sie ihm das zugute, und nehmen Sie seinen Abschied aus m e i n e r  Hand entgegen.«

Kitty hatte sich erhoben und reichte Werner die Hand. Ihren Augen war es anzumerken, daß sie mehr auf alles hörte, was in ihrem Innern redete, als auf die Worte, die an ihr Ohr schlugen.

»Und wenn es der Zufall bringen sollte, daß Ihre Wege und die seinen von nun an auseinanderführen, so bewahren Sie ihm ein freundliches Gedenken! Daß er diese Tage nicht vergessen wird, dafür ist gesorgt. Die Begegnung mit Ihnen wurde für ihn zu einem Wendepunkt seines Lebens, weckte das Beste seiner jungen Künstlerseele und gab ihm die Kraft für ein Werk, das seinem Namen Ehre machen wird. Und wenn Sie in kommender Zeit erfahren werden: Hans Forbeck hat sich unter den Ersten seiner Kunst einen Platz erkämpft – so dürfen Sie sagen: ›Dabei hab' ich mitgeholfen.‹ Dieser Gedanke wird Ihnen Freude machen. Nicht wahr, Komtesse?«

Kitty vermochte nicht zu sprechen; sie nickte nur, während sie auf Werner niedersah, der ihre zitternde Hand an seine Lippen zog. Als er ging, machte sie einen Schritt, wie um ihn zur Tür zu begleiten. Eine Stuhllehne geriet ihr unter die tastende Hand, und da blieb sie stehen, so bestürzt, als hätte sich etwas Unbegreifliches ereignet.

Werner verließ das Haus. Als er aus dem Schatten der Veranda in die Sonne trat, holte Fritz ihn ein: das »gnädige Fräulein« ließe den Herrn Professor bitten. Werner stand in sichtlicher Unruhe. Was konnte Kitty ihm noch zu sagen haben? Zögernd folgte der dem Diener. Als er in das Billardzimmer treten wollte, wies ihn Fritz zur Treppe.

Sie stiegen hinauf, und der Diener öffnete eine Tür. Werner trat ein und sah sich einer bejahrten Dame gegenüber, deren Gesicht er nur unklar zu unterscheiden vermochte, weil es im Schatten der durch die Fenster flutenden Sonne lag – ein Gesicht mit den welken Zügen des Alters und den blühenden Farben der Jugend.

»Verzeihen Sie, Gnädigste, aber hier scheint ein Irrtum –« Werner verstummte; er hatte den verbundenen Arm bemerkt, den die Dame in einer seidenen Schlinge trug. In erwachender Teilnahme trat er näher und sah ihre Augen auf sich gerichtet wie in Kummer und Angst; ohne Bewegung saß sie im Lehnstuhl. Schon wollte er sprechen, da sagte sie zaghaft: »Sie erkennen mich nicht mehr?«

»Ich vermag mich nicht zu erinnern –«

»Es ist lange her! Und ich habe mich nicht zu meinem Vorteil verändert. Ich bin alt geworden. Und häßlich. Wer mich heute sieht, möchte in mir nicht mehr das lustige Mädel von damals vermuten – die närrische Gundi Kleesberg.«

Dieser Name wirkte auf Werner, als wäre ein Blitzstrahl vor ihm niedergefahren. Er tastete nach einem Stuhl.

Nun saßen sie wortlos, Auge in Auge. Durch die offenen Fenster tönte das Rauschen der Fontäne. Werner hing an diesem gealterten Gesicht, als könnte er unter der Schminke und zwischen dem Vernichtungswerk der Jahre noch einen Zug aus vergangener Zeit entdecken. Doch sie wollten einander nicht gleichen, diese bemalte Welkheit und das Bild seiner Erinnerung: ein schmucker Lockenkopf mit muntern Augen, mit vorwitzigem Näschen und mit den kirschroten Lippen, nach deren Kuß er einst gedürstet hatte.

Tief atmend, sagte er leis: »Es wäre besser gewesen, wenn uns diese schmerzende Begegnung erspart geblieben wäre. Hätte ich ahnen können, wen ich in Schloß Hubertus finden würde, ich hätte dieses Haus nicht betreten.«

So hilflos wie ein gescholtenes Kind, ließ Gundi Kleesberg das Kinn auf die Brust winken. »Das war hart, Werner!«

»Ich wollte Sie nicht kränken. Aber ich habe so viele Jahre gebraucht, um ruhig zu werden, daß es mir nicht zu verdenken ist, wenn ich eine Störung dieser Ruhe gern vermieden hätte.«

Eine Pause trat ein. Scheu blickte Gundi zu ihm auf: »Sie wußten nicht, daß ich in Hubertus bin?«

»Nein. Der Tod Ihres Vaters und Ihr Eintritt in das Stift war die letzte Nachricht, die mir vor fünfzehn Jahren ein Zufall von Ihnen brachte.«

»Ein Zufall nur? Sie selbst haben nie den Wunsch empfunden, von der Gundi Kleesberg zu hören?«

Werner schwieg. Um seinen Mund huschte jenes Lächeln, das seine Freunde an ihm kannten, und von welchem Tassilo gesagt hatte: »Eine Kunst, die sich bitter lernt – es mag keine heitere Geschichte gewesen sein, hinter der ihm nichts anderes verblieb als dieses Lächeln.«

Gundi Kleesberg schien die stumme Sprache dieses Lächelns zu verstehen. Dunkle Röte glühte durch die Schminke ihrer Wangen. »Auch Sie, Werner? Auch Sie sind einsam geblieben?«

»Einsam? Nein! Ich hatte meine Kunst. Ich halte wenig von dem, was ich heute gelte in der Welt, habe die Arbeit immer nur geliebt um ihrer selbst willen. Dennoch sag' ich es vor Ihnen mit einer verzeihlichen Regung von Stolz: Aus dem Werner ist was geworden. Er hat bewiesen, daß er das verächtliche Mißtrauen nicht verdiente, mit dem Ihr Vater ihn von seiner Schwelle wies.«

Zitternd bedeckte Gundi Kleesberg die Augen. »Ach, Werner, man hat uns ein schönes Glück zerstört!«

»Das taten nicht die anderen. Das haben wir selbst getan.«

»Ich! Ich allein bin die Schuldige. Mit meiner Feigheit! Hätt' ich den Mut gehabt, alles wäre gut geworden! Nur Feigheit war es, als ich mich in deine Arme warf, um in Heimlichkeit zu erzwingen, was ich offen von meinem Vater nicht zu fordern wagte. Feigheit war es, als ich schwieg, bis ich sprechen m u ß t e ! Feigheit, als ich mich jedem Zwang meines Vaters fügte –« Ihre Stimme erlosch, während sie trostlos vor sich niederstarrte. »Alles wäre noch gut geworden, hätte nur mein Kind gelebt!«

»Meinst du?« sagte Werner hart. »Dein Vater hätte auch in diesem Falle Mittel und Wege gefunden, die Sache auf seine Art zu erledigen und den Skandal, wie er sich auszudrücken liebte, aus der Welt zu schaffen. Sogenannte brave Leute, die sich für ein paar hundert Mark einen Kostgänger gefallen lassen, hätten sich ohne Mühe gefunden, irgendwo in einem Winkel, aus dem keine Stimme zu den Ohren der guten Gesellschaft reicht. Und alles wäre in schönster Ordnung gewesen. Freilich, das Kind! Aber was liegt an solch einem unbequemen Geschöpf! Wenn nur der Klatsch zur Ruhe kommt. Nicht wahr? Das Kind kann mißhandelt werden und hungern, verderben an Leib und Seele!«

»Nein, nein!« stammelte Gundi Kleesberg. »Besser tot!«

»Und wär' es gewachsen und hätte, von der Natur mit gutem Kern begabt, alles Elend einer solchen Kindheit überwunden? Und ein unglückseliger Zufall hätte ihm seine Herkunft verraten, ohne ihm den Vater oder den Namen der Mutter zu nennen, der bei dem Geschäft mit den braven Leuten klug verschwiegen wurde? Was dann? Es war doch wohl ein Knabe? Oder nicht, Gundi? Der Brief, in dem mir dein Vater den Tod des Kindes ›zur Mitteilung brachte‹, war ein bißchen unklar. Aber was dann?« Schmerzvolle Bitterkeit wühlte in Werners Stimme. »Der arme Junge hätte an seinen Füßen eine Kette durchs Leben geschleppt und in seinem Herzen einen quälenden Stachel getragen. Jeder Gedanke an den Vater wäre ihm zu einer Verwünschung geworden, jeder Gedanke an die Mutter –«

Werner verstummte.

Und Gundi Kleesberg versank zwischen den Lehnen des Fauteuils. Tränen rollten ihr über die Wangen. »Es war hart für mich, daß ich mein Kind verlieren mußte. Ich hab' es geliebt und hab' es nie gesehen. Mit seinem kleinen Leben ist meine letzte Hoffnung erloschen.

Aber besser so, wie es ist. Hätt' es gelebt und alles wäre gekommen, wie du sagst – ach, das arme Kind!«

Alle Bitterkeit schwand aus Werners Zügen, und in seinen Augen erwachte ein warmer Glanz, als fände er in diesem welken, von Tränen und zerflossener Schminke bedeckten Gesicht jetzt, da auf ihm die Sprache des Schmerzes geschrieben stand, jene Erinnerung der entschwundenen Jugend wieder, die er vor wenigen Minuten umsonst gesucht hatte. »Gundi! Liebe Gundi!« Er zog ihr die Hand von den Augen.

Scheu blickte sie zu ihm auf. »Wie gut du bist! Sei ohne Sorge! Ich will dir nicht vorjammern von mir, von dem bösen, zwecklosen Leben, das meine Feigheit über mich brachte. Um deinetwillen hätt' ich mir den Wunsch versagen sollen, dich noch einmal zu sehen. Doch ich wollte nur hören, daß dir das Leben leichter und schöner wurde als der Gundi Kleesberg. Sag' mir das, Werner, und ich bin zufrieden!«

Er streichelte ihre Hand und sagte mit seinem milden Lächeln: »Leicht? Nein, Gundi! Aber die Arbeit war mir ein Trost.«

»Nur die Arbeit?« Ihre Augen öffneten sich weit, ihre Stimme wurde leiser. »Nicht auch dein Sohn?«

Ein kaum merklicher Schreck. Dann dieses ruhige Wort: »Deine Frage ist mir unverständlich.«

Sie machte eine schüchterne Bewegung mit der Hand. »Ich begreife, Werner, er soll es nicht wissen. Und niemand. Sein Leben soll ohne Kette sein, sein Herz ohne Stachel. Ich habe jedes deiner Worte behalten. Du versagst deinem Herzen, was er dir bieten könnte als Sohn – und gibst ihm als Freund alles, was ein Vater nur geben kann! Du bist ihm, was du auch unserem Kind gewesen wärst, wenn es hätte leben dürfen. Ich kenne dich, Werner! Vor mir brauchst du es nicht zu verbergen. Aber sag' mir zu meinem Trost, Werner: daß du eine Freude fandest, ein Glück, das dich vergessen ließ, was früher war!«

»Das kann ich nicht sagen. Denn ich habe nicht vergessen. Nie! Daß ich Betäubung suchte? Es wäre sinnlos und unehrlich, das zu leugnen. Kunst und Entsagung? Das verträgt sich nicht – auf die Dauer.

Aber ich? Und Glück? Nein, Gundi! Da irrst du dich! Sollte dir das nicht ein Trost sein, den du lieber hörst?«

Heftig schüttelte sie den Kopf. »Sag' es mir, Werner, ich bitte dich!«

»Es ist die Wahrheit: Ich habe die Frau, die Forbeck seine Mutter nannte, nie im Leben gesehen. Ich war einsam und suchte nach einem Menschen, den ich lieben könnte. So fand ich diesen verwaisten Jungen. Ich erkannte seine überraschende Begabung und hab' ihn erzogen zu einem Kind meines Geistes.« Tiefer Ernst war in Werners Augen. »Ich hätte Freude an ihm erleben können. Und wie hab' ich ihn jetzt gefunden! Warum hast du mich nicht gefragt, was mich heute in dieses Haus führte? Ich kam, ohne daß er es wußte – weil ich ihm den Abschied leichter machen wollte. Errätst du nicht, weshalb? Ich habe mein Können und Denken in ihn gelegt. Zu meiner Freude gleicht er mir in vielen Dingen. Aber die Ähnlichkeit des Schicksals hätt' ich ihm lieber erspart gewußt!«

Erschrocken stammelte Gundi Kleesberg: »Er? Und Kitty?«

Werner nickte. »Sein Leben wird werden wie das meine.«

Eine Weile saß die Kleesberg wie versteinert. »Ach du allgütiger Himmel! Auch dieses Unglück noch! Wie hat es denn nur geschehen können? Ich hab's nicht kommen sehen und hab' es doch gefürchtet von der ersten Stunde an. Wo hatte ich nur meinen Kopf? Ich war so ganz versunken in mich selbst! Was sein Anblick in mir weckte, das machte mich ganz verdreht. Sooft ich ihn ansah, war mir, als stünde die vergangene Zeit wieder auf. Und während ich alte Närrin die Augen verdrehte, ist das Unglück über die Kinder gekommen? Und nun sollen sie elend werden wie wir? Nein, Werner! Jetzt will ich Mut haben. Den Anfang hab' ich schon gemacht. Oder weißt du nicht, was geschehen ist? Sieh her, Werner!« Mühsam versuchte sie den verbundenen Arm zu heben.

Nur Werners Augen redeten; sein Mund blieb streng geschlossen, als wäre ihm bange vor jedem Wort, das ihm die Erregung des Augenblicks entreißen könnte.

»Feig bin ich gewesen, immer feig, solang es um mich gegangen ist, um mein eigenes Glück. Jetzt will ich Mut haben. Denn sage mir, was du willst – dein Wort in Ehren – aber er ist dein Sohn! Solche Ähnlichkeit bringt kein Zufall und keine Seelenharmonie. Schon das erstemal, bei der verwünschten Klause, in der auch das Unglück ihrer Mutter anfing, war es mir, als stündest du selbst vor mir so wie in deinen jungen Jahren. Und als er kam, als ich ihn sprechen hörte und bei der Arbeit sah – ganz wie du, Werner – da hatte ich keinen Zweifel mehr! Und in der Ulmenallee, bei dieser unglückseligen Menageriegeschichte, als der Adler nach ihm hackte, da sah ich nur dich in ihm. Und da kam der Mut! Ich mußte! Und wär' es nicht nur ein Adler gewesen, ein Tiger, ich hätt' ihn gepackt!« In ihrer Erregung griff sie mit beiden Händen in die Luft und stieß einen Wehruf aus – sie hatte des wunden Armes vergessen.

»Gundi!«

»Laß, Werner! Jetzt haben wir an Wichtigeres zu denken als an mich! Sag' mir –« Im Nebenzimmer ging eine Tür, und erschrocken verstummte Gundi Kleesberg. Dann beugte sie das heiße Gesicht gegen Werner und flüsterte: »Liebt sie ihn? Aber was frag' ich noch! Sie muß ihn lieben. Er gleicht ja dir! Und wenn es in ihr noch schlummern sollte –« Wieder verstummte sie.

Die Tür wurde geöffnet, und Kitty stand auf der Schwelle; während Gundi Kleesberg ihre Sinne mühsam zu sammeln suchte, sah Werner betroffen zu Kitty auf, deren Gesicht keine Spur jener Erregung mehr gewahren ließ, in welcher Werner sie verlassen hatte. Die Wangen waren zart gerötet, ihre Augen leuchteten in stillem Glanz, und den Mund umspielte ein verträumtes Lächeln.

»Sie, Herr Professor?« Staunend zog sie die Brauen auf. »Ich dachte Sie schon auf der Fahrt zum Bahnhof. Aber ich hätt' es mir denken können, daß die Gundi Kleesberg die schöne Gelegenheit, Ihre Bekanntschaft zu machen, beim Rockzipfel erwischen würde. Hat sie Ihnen eingestanden, wie sehr sie für Ihre Bilder schwärmt? Hat sie erzählt, daß sie vor Ihrem ›Spätherbst‹ in der Ausstellung Tränen vergoß?«

»Kitty!« stotterte Gundi Kleesberg.

»Wirkliche Tränen! Erbsengroß!«

»Das hat sie mir nicht erzählt!« sagte Werner. »Aber sie hat mir manches gesagt, was mir Freude machte. Einem Künstler widerfährt es selten, sich in seinen geheimsten Gedanken verstanden zu sehen. Diese Freude hab' ich jetzt erleben dürfen. Bei meinem Schaffen ist viel Bitterkeit nebenhergelaufen. Aber eine Stunde wie diese macht alte Schatten vergessen und läßt mir die Erinnerung an alles Helle wertvoll erscheinen!«

»Ja! Tante Gundi ist eine rasende Kunstkennerin! Aber im Hochgenuß, eine solche gefunden zu haben, scheinen Sie nicht mehr an Ihre knappe Zeit zu denken. Verzeihen Sie, lieber Herr Professor, aber –«  Kitty zog ihr goldenes Ührchen aus dem Gürtel, ließ den Deckel aufspringen und hielt das Zifferblatt vor Werners Augen. »Zwanzig Minuten über neun! Um elf geht der Zug. Mein Bruder Tas ist gestern mit dem gleichen Zug gefahren. Wenn Sie den Anschluß nicht versäumen wollen, haben Sie Eile.«

Werner schien ein bißchen aus der Fassung gebracht; verwundert zu Kitty aufblickend, erhob er sich. »Ich danke Ihnen, Komtesse!« Er griff nach seinem Hut und sagte zu Gundi Kleesberg: »Ich hab' es gern gehört, daß mein ›Spätherbst‹ Ihre besondere Teilnahme erweckte. Vielleicht ist Ihnen auch der Vorwurf des Bildes nicht unbekannt: ein landschaftliches Motiv aus Ihrer Heimat, aus Franken. Ich habe dort in meiner Jugend schöne Tage verlebt, an die ich auch heute noch dankbar zurückdenke, obwohl sie ein trübes Ende mit Sturm und Regen nahmen. Ich habe diese Landschaft oft gemalt, sie wird immer wieder lebendig unter meiner Hand. Und dieser ›Spätherbst‹ ist kein Bild für die Welt, nur für mich selbst geschaffen und für das Auge des Kenners. So gut wie Sie, gnädiges Fräulein, dürfte noch niemand den tiefsten Sinn dieser träumenden Farben verstanden haben! Darf ich Ihnen das Bildchen schicken?«

Gundi Kleesberg war keines Wortes mächtig; zitternd blickte sie zu Werner auf.

Kitty legte den Arm um ihre Schulter. »Aber Tante Gundi! So sag' doch: ›Ja!‹«

»Nein, nein, wie darf ich – das ist ein fürstliches Geschenk!«

»Um so besser!« erklärte Kitty. »Wenn Könige schenken, gibt es keinen Widerspruch, da nimmt man und bedankt sich alleruntertänigst! Herr, Professor, das Bild soll ins beste Licht kommen! Und Tante Gundi erhält von mir bei der nächsten unpassenden Gelegenheit einen Betstuhl beschert, als unentbehrliches Requisit für die voraussichtliche Abgötterei, die sie mit dem ›Spätherbst‹ treiben wird.« Sie wartete nicht, bis Werner die zitternde Hand wieder freigab, die Gundi Kleesberg ihm gereicht hatte, sondern schob ihren Arm unter den seinen und zog ihn zur Tür. »Nun ist es aber höchste Zeit! Oder Sie versäumen noch wirklich den Zug! Und grüßen Sie Herrn Forbeck von mir! Sagen Sie ihm, daß er vollkommen entschuldigt ist. Jetzt weiß ich, weshalb er reisen muß.«

Erschrocken sah er in ihr glühendes Gesicht. »Sie wissen –«

»Jawohl!« Sie nickte kurz und entschieden. »Und sagen Sie ihm, daß ich ihm danke dafür! Adieu, Herr Professor! Glückliche Reise!«

Wortlos verneigte sich Werner und trat in den Flur hinaus.

Kitty drückte hinter ihm die Tür zu und sah wieder auf die Uhr. »Zehn Minuten ins Dorf, eine Stunde zwanzig zur Station – er kommt noch zurecht!« Sie ging zur Kleesberg, die vor sich hinträumte, verstört und doch mit glücklichem Lächeln, wie ein Kind, das am Weihnachtsmorgen erwacht, im Herzen den Nachklang einer heiligen Freude und dabei die Furcht, es könnte alles nicht wahr gewesen sein. »Gundelchen? Kannst du dich immer noch nicht erholen? Sprich doch! Freude muß man aus sich herausreden. Verschluckt man sie, so kommt sie in dunkle Bedrängnis. Übrigens – Werners Großmut in allen Ehren – aber den wunderbaren ›Spätherbst‹ hast du doch niemand anderem zu verdanken als Herrn Forbeck! Er wird seinem Lehrer erzählt haben, wie groß du von ihm denkst, und wie sehr du ihn verehrst.«

»Kind! Liebes Kind!« In Erregung faßte die Kleesberg Kittys Hand. »Komm! Setz dich zu mir! Nimm dir einen Sessel!« Trotz dieser Aufforderung gab sie Kittys Hand nicht frei, sondern zog sie zu sich nieder auf die Lehne des Fauteuils. »Sag' mir aber offen und ehrlich –«

»Was?«

»Weißt du, weshalb uns Herr Forbeck so plötzlich verläßt?«

»Aber selbstverständlich! Im ersten Augenblick hat mich die Sache allerdings ein bißchen konfus gemacht. Die reine Gedankenlosigkeit! Daß ich mich nicht gleich auf das einzig Mögliche besann!« Kittys Stimme dämpfte sich. »Gestern hat ihm Tas geschrieben. Weißt du, Tas und Forbeck sind Freunde. Und da hat ihn Tas um was gebeten, und deshalb muß er heute nach München. Und ich sage dir, es ist von Herrn Forbeck sehr schön gehandelt, daß er alles im Stiche läßt, um die Bitte meines Bruders zu erfüllen. Ich teile dir das mit, um dich über Forbecks Abreise zu beruhigen. Aber ich bitte dich, frage mich nicht wegen Tas! Du wirst es noch früh genug erfahren.«

Gundi Kleesberg schien keine Spur von Neugier zu empfinden. Sie fragte nur: »Glaubst du, daß er wiederkommen wird?«

»Natürlich! Er muß doch sein Bild fertigmalen. Dazu braucht er die Landschaft – und sonst noch allerlei.«

»Ja, Kind, er muß wiederkommen! Und ich sage dir, dieses Bild wird Aufsehen machen!«

»Ach, du Kunstkennerin! Soviel ersteh' ich auch!«

»Du hättest nur hören sollen, wie Werner von seinem Talent gesprochen! Und was seinen Charakter betrifft –« Gundi Kleesberg wurde in ihrer Erregung immer wunderlicher. »Ich will schon gar nicht von seiner äußerlichen Erscheinung sprechen, obwohl auch das – wie soll ich sagen – Beachtung verdient. Ich kenne deinen Geschmack nicht – aber ich finde ihn schön!«

»Schön?« Kitty studierte. »Nein, Gundi! Das ist zuviel gesagt. Nur seine Augen – ja, da kannst du recht haben, seine Augen sind schön!«

»Weil der ganze gute, vornehme, tüchtige Mensch aus ihnen herausblickt!«

»Das ist merkwürdig!« staunte Kitty. »Du warst doch nie berühmt wegen deiner Menschenkenntnis. Und nun plötzlich zeigst du eine Beobachtungsgabe für Charaktere, so scharf und zutreffend – ich bin überrascht!«

Gundi Kleesberg schien über diese Anerkennung in eine Freude zu geraten, für die sie keine Worte fand. Mit glänzenden Augen zu Kitty aufblickend, streichelte sie ihre Hand, als hätte sie nicht ein unerwartetes Kompliment, sondern eine ersehnte Botschaft vernommen.

Dieses auffällige Mißverhältnis zwischen Ursache und Wirkung machte Kitty stutzig. »Gundelchen? Was hast du denn?«

»Ach, Kind! Das waren doch so schöne Tage! Ich kann dir gar nicht sagen, wie sehr ich mich auf seine Rückkehr freue. Und weißt du, wenn es wirklich der Fall sein könnte, daß er verhindert wäre –«

»Verhindert?« Es schien, als würde Kitty von Gundis seltsamer Erregung angesteckt. Dann schüttelte sie den Kopf und lächelte. »Ich hab' eine Ahnung, als sollte ich Herrn Forbeck bald wiedersehen. Sehr bald! Mir schwant so was von einer Überraschung. Tas wird Augen machen!«

Jetzt war an Gundi Kleesberg die Reihe, stutzig zu werden. »Kitty?« Aber da wandte sie das Gesicht zum offenen Fenster und lauschte.

Von der Parkmauer war ein dumpf klingender Ton durch die Ulmenallee bis zum Schloß gedrungen.

Werner hatte das eiserne Torgitter hinter sich zugeworfen und war auf die Straße getreten. Die Augen zu Boden geheftet, im Gesicht das erregte Spiel seiner wirbelnden Gedanken, schritt er dem Dorf entgegen. Als er das Brucknerhaus erreichte, sah er vor dem Zauntor den Einspänner stehen, den er für neun Uhr bestellt hatte. Und Forbeck schien erraten zu haben, welchem Zweck dieser Wagen dienen sollte – der Bock war schon mit den Reisetaschen und den zu einem Bündel geschnürten Malgeräten beladen.

Werner eilte in das Haus und über die Treppe hinauf. Die geräumte Giebelstube machte einen öden Eindruck. Auf dem Tisch lag eine große, mit grauem Packpapier umwickelte Rolle – das Bild. Bei Werners Eintritt erhob sich Forbeck mit blassem Gesicht, er trug schon den Überrock und hatte Hut und Schirm in der Hand. »Guten Morgen, Werner!« Ein müdes Lächeln. »Du siehst, ich bin reisefertig. Als der Wagen kam, glaubte ich zu verstehen –« Seine Stimme bebte. »Du warst in Hubertus?«

»Ja, Hans. Das Schreiben wäre dir eine Qual gewesen, der persönliche Abschied eine Gefahr – für euch beide!«

»Ich danke dir! Es ist besser so. Nur eines ist mir leid. Es wohnt in Hubertus noch eine Dame, der ich sehr zu Dank verpflichtet bin.«

»Fräulein von Kleesberg?« Werners Stimme bekam einen seltsam befangenen Klang. »Ich habe mit ihr gesprochen. Du kannst ohne Sorge sein, es geht ihr besser. Und sie läßt dich grüßen.« Er legte seine Hand mit schwerem Druck auf Forbecks Schulter: »Das ist eine seelengute, prächtige Dame! Der mußt du eine herzliche Erinnerung bewahren! Jetzt komm!«

Vor dem Haus erwartete sie der Bauer. Auch Mali erschien mit dem Netterl auf dem Arm; als ihr Forbeck die Hand reichte, fand sie nur ein paar kurze Worte; wie erleichtert atmete sie auf, als der Wagen davonrollte.

»Geh,« sagte der Bauer, »hättst mit dem jungen Herrn doch a bißl freundlicher sein sollen! Soviel gut is er gwesen mit uns! Und du hast dich gestellt, als ob d' froh wärst, daß er endlich draußen is zum Haus!«

»Froh?« Zwei Tränen rannen über Malis Mund. »Dös Wörtl kenn ich nimmer, Lenzi! Und was wir zwei mitanander tragen müssen, tragt sich leichter unter uns als vor fremde Augen!« Sie trat ins Haus.

Von der Straße tönte noch das Geholper des Wagens.

Als der Einspänner am Zaunerhaus vorüberfuhr, klang aus einem von welkendem Weinlaub umsponnenen Fensterchen des oberen Stockes eine lustige Stimme. Das feine Lieserl hantierte mit ihren Parfümgläsern und sang dazu:

»Und ich lieb dich so fest,

Wie der Baum seine Äst!

Wie der Himmel seine Stern,

Grad so hab ich dich gern!«

Den Jodler summend, hielt sie eines der Gläser gegen die Sonne, dann griff sie nach einem anderen und sang:

»Und a bisserl a Lieb,

Und a bisserl a Treu,

Und a bisserl a Falschheit

Is allweil dabei!«

Die beiden Strophen gehörten nicht zueinander, aber sie gingen beim Lieserl nach der gleichen Melodie.

## 3

Die Nachricht, daß Graf Egge den Hornegger-Franzl davongejagt hätte, machte im Dorf die Runde von Haus zu Haus – Schipper hatte dafür gesorgt, daß die Sache nicht verschwiegen blieb. Und weil man über die Ursache was Näheres nicht erfahren konnte, zerbrach man sich den Kopf mit der Frage, durch welches Verschulden Franzl die harte Strafe über sich heraufbeschworen hätte. Zu gleicher Zeit verbreitete sich auch die Nachricht, daß ein reicher Bauernsohn aus einem über der Grenze liegenden Dorf, der Mühltaler-Sepp von Bernbichl, spurlos verschwunden wäre. Und da brachte man diese beiden Ereignisse miteinander in mysteriösen Zusammenhang. Man wußte, daß der Sepp »gegangen« war. Und schließlich trug es eine Nachbarin der anderen über den Zaun: der Hornegger-Franzl wäre mit dem Mühltaler-Sepp im Einverständnis gewesen, Graf Egge wäre hinter die Geschichte gekommen, und so hätte Franzl sein Bündel schnüren müssen, und der Mühltaler-Sepp wäre entweder verduftet, oder – bei diesem »oder« verstummte man und schielte gegen die Berge hinauf.

Das dunkle Gerede gewann noch an Nahrung, als am Vormittag des 1. September ein alter weißhaariger Bauer im Dorf erschien und sich mit auffälliger Scheu nach dem Haus des Hornegger-Franzl erkundigte.

Die kummervollen Augen zu Boden gesenkt, wanderte der Alte über die Wiesen. Am Jägerhaus fand er die Tür geschlossen. Erst nach längerem Klopfen öffnete ihm die Horneggerin. Sie hatte verweinte Augen und musterte mißtrauisch den Bauer, den sie nicht kannte. Auch der Alte sah scheu zu ihr auf. »Ich hätt a bißl ebbes z'reden mit dem Herrn Jager. Is er daheim?«

»Na!« erwiderte die Horneggerin erregt. »Was wollts denn von ihm?«

Forschend sah der Alte in das Gesicht des Weibes, als möchte er die Wirkung seines Namens beobachten. »Ich bin der Mühltaler aus Bernbichl.«

»So?«

»Haben S' mein' Nam noch nie net ghört?«

»Na!«

»Und Ihr Sohn hat nie net gredt mit Ihnen vom meinigen?«

»Na! Nie net! Und mein Bub is net daheim. Pfüet Ihnen Gott!«

Die Horneggerin wollte die Tür schließen, doch der Alte setzte den Fuß über die Schwelle. »Frau! Lassen S' reden mit Ihnen. Schauen S' mich an in meiner Kümmernis!« Tränen kugelten ihm über die furchigen Backen.

»Mar' und Josef, Mensch, was haben S' denn?« fragte die Horneggerin erschrocken und zog den Alten in den Flur. Kopfschüttelnd verschloß sie die Haustür, warf einen Sorgenblick über die Treppe hinauf und ging dem Mühltaler voran in die Stube.

Hier saßen sie fast eine Stunde lang. Und als der Bauer das Haus verließ, begleitete ihn die Horneggerin bis zum Zaun. Ihre Hände zitterten, ihr Gesicht war weiß. Der Mühltaler sah sie an und seufzte. »Jetzt hab ich Ihnen Verdruß gmacht, gelt? Aber wie mir zutragen worden is, was d' Leut im Seedorf reden, hab ich mir halt denkt: Machst den Weg, vielleicht hörst ebbes über dein' Buben. Müssen S' mir net harb sein!«

Die Horneggerin schüttelte den Kopf. »Ihnen kann ich nix verübeln. Aber d' Leut! Zwanzg Jahr lang haben s' mit angsehen, wie mein Franzl is. Und jetzt, jetzt springen s' auf ihm rum mit die gnagelten Schuh und trauen ihm die Schlechtigkeit zu, er könnt Kameradschaft halten mit –« Sie verstummte.

Der Mühltaler ließ den Kopf sinken. »Halten S' Ihnen net zruck! Ich kann' net leugnen, mein Bub is keiner von die Brävern gwesen. Allweil hab ich schelten müssen. Aber gern ghabt hab ich ihn doch. Is mein einziger gwesen! So ebbes is hart, Frau Förstnerin! Aber nix für ungut! Such ich halt weiter!«

Als die Horneggerin in das Haus zurückkehrte, klang es über die Treppe herunter: »Mutter?« Auf der obersten Stufe stand Franzl, in Hemdärmeln und ohne Schuhe. »Wer war denn da?«

»Einer von die Nachbarsleut.«

»Hat er ebbes gredt? Von mir?«

»Net an einzigs Wörtl. Hab doch a bißl Verstand! D' Leut schauen die Sach net so gfahrlich an wie du! Und kommt der Brief vom Grafen Tassilo, so is doch eh wieder alles in Ordnung.«

Die Horneggerin ging in die Küche, um für Mittag zu kochen. Aber es ließ ihr bei der Arbeit keine Ruhe, sie mußte hinauf zu ihrem Buben.

Eine kleine, weiß getünchte Stube; die Dielen gescheuert und mit einem Leinwandläufer belegt; ein Kruzifix, ein paar Heiligenbilder, vier Farbendrucke, welche Jagdszenen darstellten, ein Zapfenbrett mit der Ausrüstung des Jägers und ein Dutzend Geweihe. Am Fenster stand ein Werktisch mit einem Schraubstock, vor welchem Franzl saß; er feilte an einem Gewehrhahn, um ihn der zu Schaden gekommenen Büchse anzupassen, und war anzusehen wie nach schwerer Krankheit, die Wangen eingefallen, die Augen von bläulichen Ringen umzogen. Seufzend öffnete er den Schraubstock und drückte den Hahn über den Zapfen der Büchse. »Jetzt paßt er! 's Büchsl wär wieder in Ordnung! Aber ich?«

Die Mutter zog seinen Kopf an ihre Brust, streichelte ihm das Haar und kramte allen Trost wieder aus, den sie ihm schon zu dutzend Malen vorgeredet hatte.

Er hörte sie schweigend an und nickte ein paarmal vor sich hin.

Vorsichtig begann die Horneggerin von Bernbichl zu reden, von einem Bauernsohn. »Mühltaler heißt er. Kennst ihn vielleicht?« Als Franzl gleichgültig den Kopf schüttelte, atmete sie erleichtert auf, war aber noch immer nicht ganz beruhigt. »Bub? Sag mir's ehrlich: hast mir nix verschwiegen?«

»Ich? Verschwiegen?« stotterte Franzl, während es ihm heiß über die hageren Wangen fuhr.

Die alte Frau erschrak. »Schau, Bub, ich kenn dich doch! Der Pfarr liest net besser im Meßbuch als ich in deine Augen. Ich merk dir's an: es druckt dich noch ebbes.«

Ein dumpfes Pochen. Die Horneggerin hörte nicht. »So red doch, Bub, ich vergeh ja vor lauter Sorg!«

Es pochte wieder, und Franzl erhob sich. »An der Haustür klopft einer.«

»Ich geh net, eh mir net gsagt hast –«

»No ja, wenn's dich beruhigen kann! Heut am Abend verzähl ich dir alles. Täuscht hab ich mich halt – in einer, auf die ich gschworen hätt!«

»O du grundgütiger Heiland!« jammerte die Horneggerin. »Zu allem Unglück noch a Binkel traurige Liebsgschichten! Dös is uns grad noch abgangen!« Drunten an der Haustür wurde wieder geklopft. »Ja, ja, ich komm schon! Dem pressiert's aber!« Sie strich mit der Schürze über die Augen und verließ die Stube.

Als sie die Haustür öffnete und Patscheider vor ihr stand, war sie noch zu sehr mit ihrem Buben beschäftigt, um die flackernde Unruhe zu gewahren, die in den Augen des Jägers brannte. »Grüß Gott!« sagte sie und ging ihm voran in die Stube.

Patscheider legte das Gewehr auf die Wandbank. »Was macht er denn?«

Die Horneggerin schüttete ihr bekümmertes Herz aus. Der Jäger saß mit bleichem Gesicht, und als die Försterin auf das üble Leutgerede zu sprechen kam, ballten sich Patscheiders Hände zu zitternden Fäusten. »Hab schon ghört davon,« sagte er heiser, »und grad hat im Wirtshaus einer von die Schiffknecht a Wörtl fallen lassen. Den hab ich hindruckt an d' Wand. Der wird 's Maul halten jetzt! Aber weil wir schon reden davon – d' Leut sagen, daß der alte Mühltaler grad bei enk da gwesen is?«

Die Försterin nickte.

Im Gesicht des Jägers verschärfte sich jeder Zug. »Was hat er denn wollen?«

»Sein' Buben sucht er. Und völlig erbarmt hat er mich! Grad auf deim Platz, da is er gsessen.«

Der Jäger rückte rasch auf die Seite und guckte das Brett mit scheuen Augen an.

»Es is sein einziger gwesen. So ebbes is hart, Patscheider!«

»Ja, Försterin, hart!« Schweißtropfen standen auf der Stirn des Jägers. »Meint der Bauer, man hätt ihm sein' Buben erschossen? Ghört hab ich nix, daß bei uns in der Gegend a Malör passiert wär. Aber gwildert hat er – wie d' Leut sagen. Freilich, der Vater!« Patscheiders Stimme schwankte. »Da muß man sich halt in d' Haut vom Jager einidenken! Kann sein, er hat Weib und Kind. Und da muß er halt sagen: der ander oder ich. Dös hat keine von unsere Weiber gern, wenn man ihr den Mann auf'm Schragen in d' Stuben bringt – weil der ander der Gschwinder war!«

Seufzend drückte die Horneggerin die zitternden Hände an die Schläfen und sah die Tür an, durch die man ihr vor Jahren den Mann hereingetragen hatte mit der Kugel des Wildschützen im Herzen.

»Und hat der Jager 's Glück, daß er davonkommt – da is er net z'neiden! Hundertmal in der Nacht kann er sich sagen: Dienst und Pflicht! Ja freilich! Es frißt ihm halt doch an der Seel und druckt ihn am Hals, daß ihm der Schnaufer schier vergeht!« Patscheider sprang auf. »Lassen wir's gut sein! Reden wir lieber vom Franzl! Er soll sich kein' Kummer net machen, weil er fortkommt von uns! Mit'm Grafen is net gut hausen. Ich mit mei'm Haufen Kinder, ich bin anbunden und muß mir alles gfallen lassen. Aber der Franzl hat ledige Füß. Einer wie der Franzl macht überall sein' Weg. Der Herr Graf wird schon merken, was er verliert an ihm. Es reut ihn heut schon, daß er so hitzig war. An Hamur hat er die ganzen Tag her, schauderhaft! Die jungen Herrn Grafen haben schlechte Zeiten in der Hütten droben. Und der Schipper! Der Herr Schipper! Der kann ihm gleich gar nix mehr recht machen! Den ganzen Tag schimpft der Herr Graf –« Patscheider verstummte und sah nach der Tür.

Der Postbote trat in die Stube. »An eingschriebnen Brief hätt ich, Frau Horneggerin!«

Der Försterin fuhr die Aufregung in alle Glieder. Und Patscheider rannte in den Flur und schrie über die Treppe hinauf: »Franzl! Franzl! Gschwind, komm! Der Brief is da!« Als Franzl auf der Treppe erschien, sprang ihm der Jäger über die Hälfte der Stufen entgegen. »Der Brief is da! Der Brief is da!«

»Grüß Gott, Patscheider! Und Vergelts Gott, daß d' soviel Anteil nimmst!«

In der Stube kam ihnen die Horneggerin mit dem Brief entgegen. Während ihn Franzl mit zitternden Händen öffnete und zu lesen begann, hingen die beiden gespannt an seinem Gesicht.

Franzls hagere Wangen waren heiß, als er der Mutter den Brief reichte. »Da, lies! A guter Herr, der Graf Tassilo! So ein' gibt's bald nimmer.«

Mit beiden Händen griff die Horneggerin zu, und Patscheider fragte erregt: »Hat er an Platz für dich?«

Franzl nickte.

»An guten?«

»Es wär kein schlechter.«

»Gott sei Dank!«

»Aber die Sach hat an Haken!«

Die Horneggerin brach vor Freude in Tränen aus. »So a Glück! Was sagst, Patscheider! Den besten Posten hat er! Zweihundert Mark mehr im Jahr! Und bleiben können wir und müssen d' Heimat net aufgeben und 's Haus net verkaufen. Alles bleibt, wie's war. Bloß a paar Stündl hat der Franzl weiter ins Revier.«

Patscheider stutzte. »Was? Kommt er zu dem reichen Fabrikherrn, der mit seiner Jagd an die unser grenzt?«

»Ja! An andern Herrn kriegt er halt, sonst bleibt alles beim alten.«

»So, Mutter? Alles?« Franzls Stimme war rauh. »Hast net gsehen, wie der Patscheider erschrocken is? Es wird ihm halt einfallen sein, wie der Herr Graf auf den Jagdherrn z'sprechen is, der ihm die schöne Grenzjagd vor der Nasen wegpacht hat. Die ganze Zeit her war der Verdruß an der Grenz, allweil hat's Streit geben zwischen unserm Personal und dem von drüben. Und jetzt soll ich mit denen da drüben Freund und Bruder sein? Und gegen meine alten Kameraden und gegen unseren Herrn Grafen soll ich mich auf d' Füß stellen? Na, Mutter! Den Posten kann ich net annehmen. Lieber 's Haus verkaufen und fort! In Gotts Namen!«

Patscheider riß Mund und Augen auf, während die Horneggerin wie eine Salzsäule stand. Erst nach einer Weile fand sie die Sprache und stotterte: »Jesus, Jesus, was wird der Graf Tassilo sagen! Jetzt hat er sich bemüht. Und du –«

»Der junge Graf hat sich nie um unsere Jagdgeschichten kümmert. Wann ich ihm alles erzählen tät, müßt er selber sagen: ›Na, Franzl, dös geht net!‹ – Wann ich den Posten annimm, dös müßt ja rein ausschauen, als ob ich unserem Herrn Grafen im Zorn an Possen spielen möcht!«

»Aaah, du Narr, du Narr!« platzte Patscheider los. »Ich glaub, der Graf hat sich bei dir kei Rücksicht net verdient!« Er ging auf Franzl zu und rüttelte ihn an der Schulter. »Greif zu, Franzl! Überall is's besser als bei uns!« Seine Lippen verzerrten sich. »Sei froh, daß dein' Laufpaß hast! Wer weiß, was er dir erspart hat mit dem Fußtritt, den er dir geben hat!« Ein heiseres Lachen. »Lieber davongjagt als aufbessert im Ghalt! Unserem Grafen seine Gnaden sind hart zum tragen. Greif zu, sag ich dir! Greif zu!«

Franzl schien nicht zu hören. Sein Gesicht hatte sich verfärbt, als er den Bauern sah, der draußen vor dem Fenster vorüberschritt.

Es war der Bruckner, der von einer Holzarbeit kam, denn er trug die Axt über der Schulter. Und als hätte er gefühlt, daß unter dem Dach des Jägerhauses zwei brennende Augen auf ihn gerichtet waren, streifte er mit scheuem Blick die Fenster und beschleunigte den Schritt. Als ihm das Haus hinter den dichten Büschen des Weges verschwand, atmete er auf. Die Lippe zerbeißend, ging er an den Höfen und Menschen vorüber. Zu Hause angelangt, warf er die Axt in einen Winkel des Flurs und wollte in die Stube treten, aus der die Stimmen seiner spielenden Kinder klangen.

Da rief es in der Küche: »Lenzi!«

Er furchte die Stirn, und langsam trat er unter die Tür.

Mit einer dampfenden Pfanne stand Mali vor dem Herd, dessen Flackerfeuer ihr abgehärmtes Gesicht mit grellem Schein übergoß.

»Was willst?«

Mali stellte die Pfanne über den Dreifuß und drückte hinter dem Bruder die Tür zu. »Seit unser Stadtherr fort is, treibt's dich jeden Abend ins Wirtshaus ummi. Da mußt doch lang schon ebbes ghört haben davon, was d' Leut übern Franzl reden?«

Bruckner schwieg.

»Da hättst mir schon aus Fürsicht a Wörtl sagen sollen! Jetzt hab ich's von der Nachbarin hören müssen. Dagstanden bin ich, daß mich dös Weib nur allweil so angschaut hat. Was ich hören hab müssen, is mehr, als ich verbeißen kann. Wann keiner net eintritt für den unschuldigen Menschen, so weiß vielleicht i c h den richtigen Weg.«

»Aber Mali!« stammelte der Bauer. »Bist denn verruckt?«

»Meinst vielleicht, ich kann mir net denken, wer dös gottvergessene Gred in Umlauf bringt? Und wer beim Grafen allweil ghetzt hat, bis er im Zorn nimmer gwußt hat, was er tut? Natürlich! Ich kann's begreifen, daß der ander kein ruhigs Stündl nimmer gfunden hat, bis der Franzl net draußen war. Viel Gwissen hat er net, der ander! Aber a bißl ebbes muß sich doch rühren in ihm. Da kann ich mir denken, was er für Zeiten ghabt hat die ganzen Jahr her: Tag für Tag mit'm Franzl bei der Schüssel sitzen müssen, neben ihm liegen in jeder Nacht, allweil dös Gsicht vor Augen haben, dös er am liebsten vergessen möcht!«

Mali verstummte und sah den Bruder an, der mit schlaff hängenden Armen an der Mauer lehnte und ins Feuer starrte.

Schwer atmend wandte das Mädel sich ab. »Den andern hab ich gmeint. Und dich hab ich troffen. Ich sieh's ja ein: Mein Glück muß an End haben, noch eh's an Anfang ghabt hat. Was liegt an mir! Aber e r , Lenzi! Den unschuldigen Menschen därf man doch net z' Grund gehen lassen unterm Schipper seine Händ! Dös mußt dir doch selber sagen: daß da was gschehen muß! Unser Herrgott wird wohl so viel Verstand haben, daß er mir an Rat schickt!« Sie fuhr sich mit den Fäusten über die Augen, trat zum Herd und faßte den Stiel der Pfanne, aus der mit dickem Dampf ein verdächtiger Brandgeruch herausquoll. »Jetzt geh in d' Stuben eini zu die Kinder! Ich bring dir 's Essen.«

Langsam richtete der Bauer sich auf und sagte mit erloschener Stimme: »Mir is der Appetit vergangen.« Er griff nach der Türklinke. »Wann dir ebbes einfalt, was dem Franzl helfen kann – ich leg dir kein Hindernis in Weg. Soll's ausfallen, wie's mag! Mehr als z' Grund gehn kann ich net. Hätt ich gschwiegen und alles laufen lassen! Es wär besser gewesen. D i r  hab ich 's Leben verpatzt, und in mir is, seit ich gredt hab, der Teufel wieder lebendig, der mein guts Weib selig durch soviel Jahr fest anbunden hat mit eiserne Strick! Ich spür's, jetzt frißt er mich auf mit Haut und Haar!«

Schweren Schrittes ging Bruckner aus der Küche; vor der Stubentür strich er mit dem Ärmel über das Gesicht, als möchte er von seiner Stirn löschen, was die Augen seiner Kinde nicht sehen sollten. Als er eintrat, sprangen ihm sein Bub und sein kleines Mädel jubelnd entgegen, während das Netterl, das im Schlitzhemdl auf der Erde saß, lallend die Ärmchen nach ihm streckte.

## 4

An jedem Morgen in diesen vergangenen Tagen hatte Willy den Vater an das in einer schwachen Minute gegebene Versprechen erinnert: an den »Besuch bei unserer kleinen Schmalgeiß«. Graf Egge verschob den Abstieg nach Hubertus von einem Morgen zum Abend, von jedem Abend zum andern Morgen. Immer wieder hielt ihn ein Gemsbock fest, den Schipper mit dem Tubus ausfindig machte, oder ein starker Hirsch, dessen Wechsel bestätigt wurde. Und Graf Egge zeigte sich um so hartnäckiger in seiner Ausdauer, je weniger ihm in diesen Tagen die Gunst des grünen Heiligen lächeln wollte. Jedes Treiben mißlang, jeder Pirschgang mißglückte. Schipper hatte dabei einen bösen Stand. Doch je übler Graf Egge mit ihm umsprang, desto aufmerksamer bediente er seinen Herrn, schmierte ihm die Bergschuhe tadelloser als je, behandelte seine Gewehre wie ein Goldarbeiter den Filigranschmuck und lief sich die Füße krumm in dem Bestreben, das gewandelte Jagdglück seines Herrn wieder auf bessere Wege zu bringen. Dennoch wollte Graf Egges Laune nicht besser werden.

Von Tassilo hatte man während dieser Tage in der Hütte mit keiner Silbe gesprochen. Ein einziges Mal hatte Willy versucht, dieses Thema zu berühren, um auf die Stimmung des Vaters günstig zu wirken. Graf Egge war ihm mit zorniger Schärfe ins Wort gefallen: »Davon schweig'! Oder es hat ein Ende mit unserer Freundschaft!« Wütend war er aus der Stube gegangen und hatte die Tür hinter sich zugeschlagen. Eine Stunde später, als Willy verdrossen hinter der Hütte auf dem Brunnen saß, kam der Vater und drückte ihm einen kleinen, sorgfältig in Papier gewickelten Gegenstand in die Hand. »Nimm, Junge, das schenk' ich dir! Es sind meine schönsten!« Lächelnd blieb er vor Willy stehen, um die Wirkung des Geschenkes zu beobachten.

Es waren zwei Hirschgranen von selten dunkler Färbung; Graf trug sie seit Jahren in der Geldbörse, um sie gleich bei der Hand zu haben, wenn in seinem Jägerherzen die Sehnsucht nach ihrem Anblick erwachte. Willy war von diesem Geschenk mehr verblüfft als freudig überrascht; die beiden Beinstückchen hatten für ihn einen höchst zweifelhaften Wert; doch er wußte, daß dieses Granenpaar in der Schätzung seines Vaters höherstand als ein paar der kostbarsten Edelsteine.

»Aber Papa!« sagte er halb verlegen und halb gerührt. »Das kann ich wahrhaftig nicht annehmen. Ich weiß doch, wie schwer du dich von diesen Granen trennst.«

»Ja, Junge, es sind die besten, die ich zu verschenken habe. Aber nimm sie nur! D i r  geb ich sie gern. D i c h  hab' ich lieb!« Mit beiden Händen griff er in Willys Haar und zog ihm sacht den Kopf hin und her. »Vergiß das dumme Wort von vorhin, aber tu mir den Gefallen und laß die andere Geschichte begraben sein. Ich hab's hinuntergewürgt und will Ruhe haben. Mach' d u  mir Freude, und alles ist ausgeglichen.« Er küßte den Sohn auf beide Wangen, nickte ihm lachend zu und trat in die Hütte.

Ein bißchen konsterniert über den ungewohnten Zärtlichkeitsausbruch, sah Willy dem Vater nach und steckte die Granen zu dem Rubin in die Westentasche. Er machte auch keinen Versuch mehr, von »der anderen Geschichte« zu sprechen. Im stillen schmiedete er allerlei Pläne. Als er den Bruder ins Vertrauen ziehen wollte, erfuhr er eine kühle Abweisung. »Ich mische mich nicht in diesen Quark,« sagte Robert, »und rate dir, das gleiche zu tun. Laß den Narren seiner Wege gehen und sei froh, daß du selbst beim Vater schön Kind bist!« Willy erwiderte gereizt, und die Sache endete zwischen den Brüdern mit verletzenden Worten.

Nun baute Willy seine ganze Hoffnung auf die Hilfe Kittys. Was ihm selbst nicht gelungen war, das mußte der Schwester gelingen. Willy sah, daß der Vater auch in der übelsten Laune dieser Tage einen freundlicheren Ton anschlug, sobald die Sprache auf die »kleine Schmalgeiß« kam. Und den Verlust des Adlers hatte er ihr so flink verziehen, daß Moser, der Kittys Brief gebracht hatte und das Märchen von der im Flug geschossenen Krähe erzählte, mit einem gelinden »Wischer« davonkam. So ließ nun Willy keinen Tag vergehen, ohne dem Vater die Sehnsucht, die Kitty nach ihm empfände, in den wärmsten Farben zu schildern.

»Ja, Junge,« pflegte die Antwort zu lauten, »nur noch diesen letzten Trieb und morgen die Frühpirsch. Dann gehen wir!«

Am 1. September kam Graf Egge gegen Mittag in die Hütte zurück, mit Zorn geladen wie eine Kartätsche. Auf einen »Kapitalbock« hatte ihm die Patrone versagt, und der zweite Schuß, den er im Ärger der flüchtig gewordenen Gemse nachschickte, war ihm »zu kurz« geraten und hatte den Bock weidwund getroffen. Willy suchte den Vater zu beschwichtigen. Das wollte ihm fast gelingen. Da kam Schipper, der die Unglückspatrone geladen hatte, mit Robert von der Pirsche zurück und brachte zu allem Unheil noch die Meldung, daß seinem Schützen ein Doppelschuß auf einen Zehner- und Sechserhirsch gelungen wäre. Nun ging das Gewitter wieder los, und über das gebeugte Haupt des Büchsenspanners prasselte eine Litanei von Schimpfworten nieder. Schipper wartete das Ende dieses Ergusses nicht ab, sondern packte seine Büchse und rannte davon, um den angeschossenen Bock zu suchen.

»Natürlich, jetzt kann er rennen!« schrie Graf Egge hinter ihm her. »Aber wenn er den Bock nicht bringt, soll ihn der Teufel holen, der schon lange auf ihn wartet! Ich möchte nur wissen, für was ich den Kerl bezahle? Meine verläßlichen Leute beißt er mir hinaus, und er selber ist ein Jäger, daß Gott erbarm! Nicht einmal eine Patrone kann er laden! Der Kerl ist nur zu gebrauchen, wenn es eine Schweinerei zu vertuscheln gilt. So ein Aasgräber! Pfui Teufel!«

Während Graf Egge mit solchen Sentenzen und mit dem krachenden Hall seiner Faustschläge die Stube erfüllte, hatte Robert sich auf den Heuboden verzogen, um den durch die Pirsch versäumten Schlummer nachzuholen. Willy fungierte unterdessen beim Vater als Beschwichtigungsrat. Doch als sich Graf Egge über Schipper müde gescholten hatte, kam Robert an die Reihe. »Einen Sechserhirsch niederbrennen! Unerhört! Als ob er an dem Zehner nicht genug gehabt hätte! Natürlich! So maßlos wie am Spieltisch treibt er es auch auf der Jagd. Aber eh ich mir mein Revier ruinieren lasse, schieb ich einen Riegel vor!«

Der Klang dieser Worte drang durch die Decke zum Heuboden hinauf, ohne Robert in seinem beginnenden Schlummer zu stören.

An dieses zweite Kapitel seines Zornes fügte Graf Egge eine Jeremiade über das Jagdpech dieser letzten Tage. »Da könnte man wirklich abergläubisch werden! Es ist gerade, als ob ein Fluch auf meiner Büchse läge, seit –« Die nähere Zeitbestimmung verschluckte er.

»Du hast recht, Papa,« fiel Willy ein, diese Wendung zugunsten seiner Pläne benützend, »du bist in einem ganz schauderösen Pech! Das läßt sich mit Gewalt nicht ändern. Das beste Mittel ist immer, ein paar Tage aussetzen.« Er legte den Arm um den Hals des Vaters. »Es wäre das beste, uns augenblicklich auf die Socken zu machen. Du gehst deinem Pech aus dem Weg, und unserer kleinen Geiß machst du eine Freude. Wir wollen dir drunten die Langweil schon vertreiben! Jeden Nachmittag schießen wir auf Tontauben, und die kleine Geiß muß sich einüben auf den laufenden Hirsch. Ich wette, sie flickt ihm eins aufs Blatt! Sie müßte deine Tochter nicht sein!«

Graf Egge lächelte und faßte den Sohn an dem Haarschopf, der ihm in die Stirn hing. »Ja, Bub, recht hast!« sagte er in seinem breitesten Dialekt. »Mach' dich fertig und fahr' in die Schuh! Weck' den Lappschwanz da droben! Oder wenn ihm von der Pirsch die Knie schnackeln, soll er liegenbleiben. Ich geh mit d i r , ich brauch' keinen andern! Und durchs Hochholz nunter mach' ich eine Pirsch mit dir. Da drunten stehen um die Mittagszeit die guten Hirsch gern umeinander. Nimm dein Büchsl! Ich laß das meine in der Hütt, damit ich net in Versuchung komm, wenn ein Hirsch vor uns aufspringt. Ich will d i r eine Freud' machen. Drum geh ich lieber mit dem Stecken. Weißt du, ich kenn' mich!« Lachend holte er Willys Bergschuhe unter dem Ofen hervor und stellte sie ihm vor die Füße.

Als Willy für die Wanderung fertig war, kletterte er auf den Heuboden und weckte den Bruder.

Graf Egge wollte sich nicht gedulden, bis Robert mit seiner umständlichen Toilette zu Ende käme. Das Gewehr in der Hand, faßte er Willy am Fuß der Leiter ab. »Komm nur, da hab' ich schon dein Büchsl! Der ander wird den Weg auch allein finden.«

Von der Hand des Vaters fortgezogen, stolperte Willy über die Schwelle und nahm, da er sich zu bücken vergaß, noch eine schmerzliche Erinnerung an das »Palais Dippel« mit auf den Weg.

Bei der Wanderung durch das Latschenfeld und über die Almgehänge war Graf Egge in gemütlichster Laune, erzählte lustige Jagdgeschichten, amüsierte sich auf Kosten Roberts und schilderte mit drolliger Ironie das bestürzte Gesicht, das Schipper machen würde, wenn er von der Nachsuche zurückkäme und die Hütte leer fände.

Doch mit dem ersten Schritt in den schattendunklen Hochwald verwandelte sich seine gesprächige Laune in schweigsamen Ernst. Er selbst lud Willys Büchse, nachdem er die beiden Patronen einer genauen Musterung unterzogen hatte.

»So! Jetzt nimm deine Tapper in acht und halt die Gucker offen!«

Lautlos pirschten sie über den weichen Moosgrund, voran Graf Egge, der in dem pfadlosen Wald jeden Baum zu kennen schien. Als sie eine lehmige Furche überschritten, deutete er zu Boden und flüsterte: »Da spürt sich einer ganz frisch, ein guter! Mach' die Büchs fertig!« Immer leiser wurde seine Stimme, während er Willy für den Fall, daß sie den Hirsch anträfen, ein Dutzend Verhaltungsmaßregeln vordozierte: »Und vor allem: nicht zu hitzig, laß dir Zeit, fahr langsam von unten auf, und wenn du Rot vor dem Korn hast, zieh ruhig ab!«

Vorsichtig pirschten sie weiter und überstiegen einen moosigen Grat. Kaum hatten sie die Höhe erreicht, da duckte sich Graf Egge und lispelte: »Dort sitzt er! Siehst du ihn?«

Willy spannte den Hahn und hob die Büchse. Der Hirsch hatte schon das Haupt aufgeworfen und sprang aus dem Lager. Willy verlor die Ruhe nicht, sondern zielte mit Beobachtung aller guten Lehren, die er soeben gehört hatte. Schon sah er »Rot vor dem Korn« und wollte drücken. Da fuhren plötzlich zwei Hände nach seiner Büchse.

»Gib her! Du fehlst ihn ja doch!« Mit diesen Worten entriß ihm der Vater die Waffe, und ehe Willy sich von seiner Verblüffung erholen konnte, krachte der Schuß.

Im Feuer brach der Hirsch zusammen. Mit einem Jauchzer ließ Graf Egge die rauchende Büchse sinken, schwang sein mürbes Hütl und lachte: »Ja, Bub, recht hast du g'habt! Droben hab' ich meinem Pech davonlaufen müssen, damit ich da herunten mein Glück wiederfind'!«

»So?« schmollte Willy. »Ich war der Meinung, du wolltest m i r ein Vergnügen machen.«

»Richtig!« Graf Egge lachte. »Es ist mir in die Hände gefahren, ich weiß nicht wie. Aber sei nicht bös! Ein andermal also! Komm! Jetzt sollst du wenigstens lernen, wie man einen Hirsch weidgerecht aufbricht!«

Willy fand ein zweifelhaftes Vergnügen an dieser blutigen Lektion, doch er wollte dem Vater die Laune nicht verderben, wollte ihn bei gutem Humor nach Hubertus bringen. So fügte er sich. Fast eine Stunde dauerte der Unterricht. Als sie den Hirsch mit Fichtenzweigen bedeckt und am Moos die Hände gesäubert hatten, blickte Graf Egge, da sie sich schon zum Niederstieg anschicken wollten, lauschend durch den Wald hinauf.

Man hörte Steine rollen, einen Bergstock klirren. Schipper kam durch den Wald heruntergesprungen. Bleich, atemlos, von Schweiß überronnen, blieb er vor seinem Herrn stehen und zog den Hut.

»Was willst du? Ach so, du hast wohl den Schuß gehört? Du bist prompt am Fleck. Das gefällt mir.«

»Da liegt er ja, ich gratulier, Herr Graf!« Mühsam rang der Jäger nach Atem. »Ohne den Schuß hätt ich a schweres Suchen nach Ihnen ghabt. Ich bring gute Botschaft. Ihren Gamsbock hab ich. Aber dös is noch lang net 's Wichtigste! Wie ich auf'm Heimweg unterm Schneelahner vorbeikomm, steht a Rehbock droben. Am ersten Blick schon, da hat mir 's Gwichtl so gspassig in d' Augen blitzt, und wie ich 's Spektiv aufzieh, hab ich gmeint, ich muß aus der Haut fahren! So was von Abnormität haben S' noch net in Ihrer Sammlung! Fünf Stangen hat der Bock droben.«

»Alle Wetter!« stammelte Graf Egge, während dunkle Röte sein Gesicht überfloß.

»Und den Bock schießen S', da garantier ich!«

Zitternde Erregung befiel den Grafen. »Ich dank dir, Schipper! Schau dich um Leute um, die den Hirsch heimliefern, ich steig einstweilen hinauf zur Hütte!«

»Aber Papa!« fiel Willy mit der Miene eines schwer Gekränkten ein. »Den Hirsch hast du mir weggeschossen – ich hab' ihn dir ja von Herzen gegönnt – aber jetzt halte mir wenigstens dein anderes Versprechen. Der Bock läuft dir ja nicht davon. Aber ich und die Schmalgeiß –«

»Das verstehst du nicht.«

»Ich bitte dich, laß den Bock und komm mit mir hinunter nach Hubertus! Tu es mir zuliebe!«

»Ja, Junge, alles andere! Aber –«

»Papa, ich b i t t e  dich!«

Graf Egge wurde ungeduldig. »Einen solchen Bock kann ich nicht auslassen. So viel Jäger solltest du sein, um das begreifen zu können. Jetzt bin ich wieder im Glück. In zwei Pirschen hab' ich ihn. Dann komm ich, darauf hast d u  mein Wort! Also sei zufrieden, geh gemütlich nach Haus und grüß' mir einstweilen die kleine Geiß! Morgen abend bin ich bei dir. Auf Wiedersehen!« Ohne Willys Antwort abzuwarten, faßte er den Bergstock mitsamt der Büchse seines Sohnes und stieg durch den Wald hinauf, während Schipper davoneilte, um auf der nächsten Alm ein paar Leute zu requirieren.

Mit trauernden Augen sah Willy dem Vater nach. Es war nicht Ärger, was er empfand. Ein seltsames Schmerzempfinden füllte ihm das Herz, und die Kehle war ihm wie zugeschnürt. »Was hab' ich denn nur?« Eine Weile noch sah er auf die grünen Reiser nieder, unter denen der Hirsch so gut verborgen lag, daß nur ein paar Enden des Geweihes hervorragten; dann rückte er den Hut und suchte den Heimweg. Lange irrte er im Wald umher, bis es ihm gelang, den talabwärts führenden Pfad zu finden. Dabei war er müde geworden. Während des Niederstieges rastete er häufig; auch bei der Buche mit dem Marterl. Während er im Schatten der Äste saß, von denen lautlos die welken Blätter niederfielen, beschlich ihn ein quälendes Unbehagen. »Ach, Unsinn!« murrte er vor sich hin und erhob sich. »Ich weiß doch, wie er ist. Und er wird auch nimmer anders.«

Mittag war vorüber, als er das Dorf erreichte. Verdrossen dankte er den Leuten, die ihn grüßten. Am Zaunerhaus ging er vorüber, ohne zu merken, wo er sich befand. Als er die Ecke des Gärtchens erreichte, fühlte er einen leichten Schlag an der Wange, sah eine rote Nelke über seine Schulter fallen und hörte hinter den Johannisbeerstauden ein leises Kichern. Er lächelte und wollte auf den Zaun zutreten. Da war ihm plötzlich, als stünde sein Bruder Tassilo vor ihm und sähe ihn mit ernsten Augen an, wie vor Tagen da droben in der Bergschlucht.

»Wort halten!« Er schleuderte mit dem Fuß die Nelke in den Straßengraben und ging seiner Wege. Als er an die Parkmauer kam, blieb er stehen und sah sich um. »Eigentlich war das von mir eine überflüssige Flegelei!« dachte er. »Ich hätt' ihr ein paar harmlose Worte sagen und dann gehen können. Aber na, jetzt hat die Geschichte ein Ende! Tas wird lachen, wenn ich ihm das erzähle.«

Beim Eintritt in die Ulmenallee klang ihm vom Adlerkäfig ein wildes Geflatter entgegen. Er achtete nicht darauf. Auch sah er am Ausgang der Allee die Schwester erscheinen, die ihm entgegeneilte, als hätte sie um sein Kommen gewußt und hätte ihn mit Ungeduld erwartet. Sie warf sich an seinen Hals und küßte ihn. Dann fragte sie zögernd: »Wo ist Papa?«

»Droben! Er will morgen abend kommen. Das heißt, wer's glaubt. Ich nicht.«

»Morgen abend?« wiederholte Kitty erregt. »Aber sag' mir, was ist zwischen ihm und Robert vorgefallen?«

»Warum?«

»Robert ist vor einer halben Stunde heimgekommen wie ein beleidigter Olympier, hat sich umgekleidet und ist davongeritten.«

»Papa hat ihn etwas unfair behandelt. Mich hat er zwar auch gehörig aufsitzen lassen, aber das ist Nebensache. Weißt du schon, was mit Tas geschehen ist?«

»Alles!« sagte Kitty mit heißen Wangen. »Und sag' es mir lieber gleich: bist du f ü r oder g e g e n ihn?«

»F ü r ihn, natürlich!«

Kitty belohnte ihn mit einem Kuß. »Das hab' ich von dir erwartet. Komm ins Haus! Tas hat mir einen Brief für dich übergeben. Den mußt du augenblicklich lesen. Und dann sprechen wir weiter. Fünf Minuten laß ich dir Zeit, um dich umzukleiden. Komm!« Mit ungeduldiger Hast zog sie ihn gegen die Veranda.

»Wie geht es Tante Gundi?«

»Besser, Gott sei Dank! Sie trägt zwar den Arm noch im Verband, aber sie ist heut schon mit mir ausgefahren und hat herunten diniert. Und jetzt, Willy, sag' ich dir was: Diese üblichen Scherze mit

Tante Gundi müssen ein Ende haben! Ich dulde nicht mehr, daß sie nur im geringsten verletzt wird. Sie ist eine goldene Person!« Das erklärte Kitty mit so leidenschaftlicher Energie, daß der Bruder sie verwundert betrachtete. »Komm nur!« Im Korridor rief sie den Diener und befahl, ihrem Bruder das Diner in seinem Zimmer nachzuservieren; dann flog sie über die Treppe hinauf.

Die fünf Minuten waren noch nicht vergangen, als sie schon an Willys Tür pochte. »Kann man eintreten?«

»Nur los!« klang die Antwort. »Aber viel umsehen darfst du dich nicht.«

Die Warnung hatte ihre Gründe. In dem Zimmer herrschte eine greuliche Unordnung. Vor dem übel zugerichteten Waschtisch lagen alle Stücke des Jagdgewandes auf dem Boden, der eine Bergschuh stand mitten im Zimmer, der andere unter dem Tisch, auf dem Bett lag der Uniformrock über dem Bergstock, aus dem offen stehenden Kleiderschrank hing ein Beinkleid auf die Dielen heraus, in der halb aufgezogenen Lade einer Kommode war die frische Wäsche durcheinandergeworfen, und auf der Marmorplatte des Nachttisches bildeten Zigarrentasche, Jagdmesser, Uhr und Börse ein Stilleben mit dem silbernen Leuchter, in dessen Schale der Rubin und die beiden Hirschgranen lagen.

Hinter dem Tisch saß Willy in blauer Soldatenhose und weißem Seidenhemd auf dem Sofa und hielt seine verspätete Mahlzeit.

Kitty hatte, als sie das Zimmer betrat, einen gelinden Schauder zu überwinden. »Ach du lieber Gott! Willy!«

»Na, falle nur nicht in Ohnmacht!« meinte der Bruder, ohne seine Auseinandersetzung mit dem Hirschbraten zu unterbrechen. »Fritz wird Ordnung machen. Komm her und schieß los!«

Sie gab ihm Tassilos Brief, und während Willy zu lesen begann, beobachtete sie gespannt sein Gesicht; er schien gerührt zu sein, und tiefe Bewegung sprach aus seiner Stimme, als er, den Brief zusammenfaltend, sagte: »Unser Tas ist ein herzensguter Kerl!«

»Darf ich lesen?« fragte Kitty.

Verlegen schob Willy den Brief in die Hosentasche. »Nein, Maus! Tas hat da auch von militärischen Angelegenheiten geschrieben.«

Um über die Sache hinwegzugleiten, fragte er, wie Tassilo von der Jagdhütte zurückgekommen wäre, und was die Schwester über den »Krach mit Papa« erfahren hätte.

In heißem Eifer erzählte Kitty von Tassilos Abreise, von jenem Nachmittag, an dem sie das »große Geheimnis« erfahren, und von ihrem Besuch bei Anna Herwegh. »Tas muß wahnsinnig glücklich werden!«

»Ich gönn' ihm sein Glück von Herzen. Er hat recht, daß er dafür durch dick und dünn geht. Glück, weißt du, das ist eine schöne Sache. Besonders, wenn es das e c h t e ist! Die w a h r e Blume! Freilich, der arme Kerl wird auch die Dornen spüren. Aus dem Klatsch der Leute braucht er sich wenig zu machen. Aber der Bruch mit Papa wird ihm wie ein Stein auf der Seele liegen.« Willy Griff nach der Obstschale und knackte eine Krachmandel auf. »Papa hat ja gewiß seine Eigenheiten! Aber Kind ist Kind. Und Tas hängt an ihm wie wir alle – Robert ausgenommen, der sich an Papa nur erinnert, wenn er Ursache hat, ihn zu schröpfen.« Die zweite Mandel krachte. »Wenn es e i n e n Menschen gibt, der an dem Bruch zwischen Tas und Papa seine heimliche Freude hat, so ist es Robert. Aber wir beide, du und ich, wir wollen ihm einen Strich durch die abscheuliche Rechnung machen. Wir halten zusammen, Maus!«

»Ja! Und fest!« Sie klammerte sich an seinen Arm. »Das wollen wir sofort beweisen!«

»Was meinst du damit?«

»Du hast wohl keine Ahnung, wann Tas und Anna sich trauen lassen?«

»Davon hat er keine Silbe geschrieben.«

»Ich weiß es!« flüsterte sie mit blassem Gesicht. »Er hat es auch vor mir verheimlicht. Aber es schoß mir gleich ein Verdacht durch den Kopf, als ich erfuhr, daß Herr Forbeck so plötzlich abreisen mußte.«

»Herr Forbeck? Wer ist das?«

Purpurne Röte huschte über Kittys Wangen. »Ich kann dir das nicht so genau erklären. Aber damit du das Nötigste weißt: Herr Forbeck ist ein junger Künstler aus München. S e h r begabt! Hat eine g l ä n z e n d e Zukunft! Tas und Forbeck sind intime Freunde.

Und Tas sagte mir, daß er ihn gebeten hätte, sein Trauzeuge zu sein. Und als er so plötzlich abreiste –«

»Wer? Tas?«

»Aber nein doch! Herr Forbeck! Ganz plötzlich! Er hatte sonst keine Ursache, abzureisen, ganz im Gegenteil! Und da fuhr es mir gleich durch den Kopf, wie alles zusammenhängt. In meiner Aufregung hab' und heimlich nach München telegraphiert.«

»An wen?«

»An meine Schneiderin. Die kommt hinter alles. Da, lies das Telegramm, das ich gestern abend von ihr bekommen habe!« Kitty zerrte aus ihrem Kleid das zerknüllte Blatt hervor.

Willy las: »Übermorgen mittag ein Uhr in der Frauenkirche.« Erschrocken sprang er auf. »Übermorgen? Aber das ist ja schon morgen!«

»Morgen! Ja! Was sagst du!« Auch Kitty erhob sich; sie schlang den Arm um Willys Hals und stammelte: »Und das siehst du doch ein, das dürfen wir nicht geschehen lassen, daß unser Tas in dieser heiligen Stunde allein steht? Das wäre für ihn nicht nur ein tiefer Schmerz, auch eine Demütigung vor den Verwandten seiner Braut!«

»Ja, Maus, recht hast du! Das ist eine wahrhaft geniale Idee! Ich reise. Noch heute nacht. Ich freue mich närrisch auf das Gesicht, das er machen wird. Und dir, das versprech' ich, dir schick' ich ein ellenlanges Telegramm.«

»Das kannst du dir sparen,« erklärte Kitty, »ich fahre mit!«

»Du? Nein, Maus, das ist Unsinn!«

»Ich muß zu ihm, ich muß, ich muß!« Wie in Verzweiflung umklammerte Kitty den Bruder.

Etwas ratlos streichelte er das Haar und die Wangen der Schwester. »Sei vernünftig, kleine Maus! Das geht nicht. Wenn Papa hinter die Geschichte kommt – ich vertrage einen Puff, aber du? Nein, Maus! Eine solche Verantwortung darf ich nicht auf mich nehmen.«

»So übernehm' ich sie selbst. Ich verantworte alles.« Energisch richtete sie sich auf und erklärte mit jener Sophistik, wie sie heiß erregten Mädchenköpfen geläufig ist: »Ich weiß wohl, daß ich einen solchen Schritt nicht unternehmen sollte, ohne Papas Erlaubnis einzuholen. Aber wo ist Papa? In der Hütte droben wie immer, immer, immer! Es ist nicht m e i n e  Schuld, wenn ich Papa nicht fragen k a n n ! Wäre er mit dir heruntergekommen – nach fünf Monaten für seine Hirsche und Gemsböcke ein einziger Tag für m i c h , das ist doch nicht zuviel verlangt –, wäre er gekommen, so würde ich ehrlich mit ihm gesprochen haben und hätte ihm so lang mit Bitten zugesetzt, bis er ja gesagt hätte!«

Belustigt sah Willy die Schwester an, schob die Hände in die Hosentaschen und wiegte sich auf den Hacken. »Du kannst ja die Kleesberg fragen!«

Bei diesem Einwurf geriet Kitty ein bißchen aus der Fassung. »Laß doch die Ärmste in Ruh'! Soll ich ihr zu allen Schmerzen noch meine Sorgen aufladen? Auch will ich sicher gehen. Darum frag' ich n i c h t ! Ich muß nach München. Willy, ich muß! Davon bringt mich niemand ab.« Ihre Wangen brannten, und ihre Augen leuchteten. »Nimm mich mit! Sieh nur, wie ich bitte!«

Er hatte nicht das Herz, um nein zu sagen. Lachend zog er sie an sich und küßte sie auf das Ohrläppchen. »Na also –«

Mit ersticktem Freudenschrei umarmte sie ihn.

»Machen wir in Gottes Namen den fidelen Streich in Kompanie! Papa wird uns zwar eine böse Suppe auszulöffeln geben, ganz besonders gesalzen für m e i n e  Wenigkeit! Aber wenn er sich ärgert, wasch ich meine Hände in Unschuld. Hätte er sein Versprechen gehalten und wäre mit heruntergekommen, statt dem verwünschten Rehbock nachzulaufen! Die Schuld hat e r ! Und komm, jetzt wollen wir Kriegsrat halten.«

Sie setzten sich Arm in Arm auf das Sofa und sprachen flüsternd miteinander, wie zwei Kinder, die eine Weihnachtsüberraschung vorbereiten. Sie beschlossen, den ersten Lokalzug zu benützen, der früh um sechs Uhr von der Station abging; da hatten sie Anschluß an den um elf Uhr in München eintreffenden Zug und konnten Tassilos Wohnung noch zeitig genug erreichen. »Punkt halb fünf Uhr müssen wir hier verduften!« sagte Willy. »Ich bleibe die Nacht über wach, damit ich nicht verschlafe, und lege mich lieber jetzt ein paar Stunden aufs Ohr. Gegen Abend kannst du mich wecken.

Dann geh ich ins Dorf, bestelle den Wagen und soupiere beim Seewirt. Ich will eine Begegnung mit Robert vermeiden, und dir rate ich ebenfalls, dich unsichtbar zu machen. Sag': du hast Kopfweh. Und sperr' dich in dein Zimmer ein! Da kannst du in aller Ruhe packen. Ich schmuggle dir meinen Handkoffer hinüber. Der wird genügen. Große Toilette brauchst du nicht zu machen. Wie ich vermute, werden sich die beiden im Reisekostüm trauen lassen. Ich nehme für mich gar nichts mit. Lackstiefel und Handschuhe kann ich mir in München kaufen. Aber jetzt kommt ein Punkt, über den ich ratlos bin: das Hochzeitsgeschenk! Geben m ü s s e n wir doch was.«

»Ich weiß schon, was!«

»Na, da bin ich neugierig.«

Kittys Augen blitzten. »Mamas Perlenkollier!«

Willy erschrak. »Aber Maus! Diese Perlen sind ein Vermögen wert! Papa wird einen unerhörten Spektakel schlagen.«

Stolz richtete sich das Köpfchen auf. »Die Perlen sind m e i n Eigentum. Und ich weiß sehr gut, was ich tue. Hätte Mama diesen Tag erlebt, so hätte sie selbst diese Perlen um Annas Hals gelegt.«

Willy tätschelte ihr die Wange. »Maus! Du bist ein famoser Kerl! Tas wird über deine Idee vor Wonne zerfließen. Somit wären wir über alles im reinen! Mach' nur in der Aufregung keine Dummheiten. Und in der Nacht schlaf tüchtig, damit du am Morgen frisch bist. Punkt vier Uhr klopf ich an deine Tür. Und jetzt drück' dich, Maus! Ich möchte mich niederlegen.«

Kitty erhob sich. »Gib mir die Hand darauf, daß alles fest und abgemacht ist!«

»Abgemacht!«

Er reichte ihr die Hand, und Kitty drückte sie mit so feierlichem Ernst, als gält' es einen Staatsakt von der Bedeutung des Rütlischwures.

Einige Minuten später schmuggelte Willy den kleinen Lederkoffer in Kittys Zimmer; dann kehrte er zurück und warf sich mit der brennenden Zigarre aufs Bett. Er brauchte nicht lange, um den

Schlaf zu finden; aus seinen Fingern fiel die qualmende Zigarre und brannte ein handgroßes Loch in den Teppich.

Er erwachte nicht, als Kitty gegen sechs Uhr in das Zimmer trat. Um ihn zu wecken, huschte sie zum Bett. Beim Anblick seines Gesichtes erschrak sie. Die geschlossenen Lider waren von durchsichtiger Bläue, die Züge blutleer und von welker Zerfallenheit, wie das Gesicht eines Schwerkranken in der Erschöpfung nach heftigem Fieber.

»Willy!«

Der angstvolle Ruf weckte ihn. Hastig fuhr er auf und sah die Schwester mit heiß glänzenden Augen an, als vermöchte er seine Sinne nicht völlig zu ermuntern.

»Bist du krank?«

»Ich? Unsinn! Mir ist pudelwohl!« Lachend sprang er vom Bett, und da mußte er plötzlich husten, lange und heftig.

»Willy! Was hast du denn?« stammelte Kitty und brachte ihm das Glas Wasser, nach dem er mit einer Geste verlangte.

Er leerte das Glas und drückte die Hand auf die Brust. »Ich muß mich im Aufwachen überschluckt haben. Na, nun ist es ja wieder vorüber.« Er stellte das Glas auf den Tisch und atmete tief.

Besorgt sah ihm Kitty in das Gesicht, dessen Wangen sich wieder zu röten begannen. »Ist dir auch wirklich wohl? Ganz?«

»Vollkommen!«

»Gott sei Dank! Ich kann dir nicht sagen, wie ich erschrocken bin.«

»Ach geh, du bist komisch!« brummte er und schob die Schwester zur Tür hinaus. Er trat vor den Spiegel und betrachtete sein Gesicht, aufmerksam, mit einer Art von sentimentalem Ernst. Dann begann er sich für den Weg zum Seewirt fertigzumachen und pfiff dazu einen lustigen Marsch.

So schmuck wie aus dem Ei geschält, in bester Laune, verließ er das Haus und schlenderte durch die Allee. Als er sich dem Adlerkäfig näherte, sah er dünnen Staub aus dem Drahtgitter hervorquellen; rings um den Käfig war der Boden mit kleinen Federn angestreut, und weißer Flaum flog überall umher. »Mir scheint, sie haben wieder gerauft miteinander!« Während er näher trat, sah er fünf von den Adlern einträchtig in einem Winkel sitzen, während der sechste mit dem Hals in den verbogenen Drähten einer schadhaften Stelle des Gitters hing; der Vogel mußte sich schon halb zu Tode gezappelt haben; sein Gefieder war zerschlagen und abgeschunden, und nur noch wenig zuckten die Schwingen und Fänge.

»Moser! Moser!« schrie Willy erschrocken.

Der Alte kam aus der Zwirchkammer herbeigeschossen. »Was is, Herr Graf?«

»Schnell! Den Schlüssel zum Adlerkäfig! Einer der Vögel hängt im Gitter!«

Jammernd holte Moser den Schlüssel und fand den Adler bereits verendet.

Dem Alten war das Weinen nah. »Der zweite! Was wird der gnädig Herr sagen! Da gnad mir unser lieber Himmelvater!« Die Hände zitterten ihm, und seine schlotternden Backen waren weiß. »Ich kann mir gar net fürstellen, wie so was passieren hat können! Die Gschicht is mir schon völlig unheimlich! Dös geht nimmer zu mit rechte Ding! Passen S' auf, Herr Graf, dös muß was bedeuten!«

»Sie alter Narr!« schalt Willy ärgerlich. »Ich will Ihnen sagen, was es bedeutet: daß Sie immer andere Dinge im Kopf haben, statt für die Vögel zu sorgen, die Ihnen von Papa anvertraut sind wie Kinder einem Vater! Hätten Sie den Käfig überwacht und Ihre Pflicht getan, so ginge nicht einer nach dem andern zugrunde. D a s hat es zu bedeuten!«

Während Moser wortlos neben dem verendeten Adler zurückblieb und sich in Zerknirschung den Kahlkopf kraute, bummelte Willy dem Parktor und der Straße zu.

## 5

Der Abend war lau und milde – einer von jenen linden Abenden des Hochgebirges, die man nicht schildern kann, nur genießen. Kein Lufthauch regt sich, kein Blatt an den Bäumen. Die Geräusche des Lebens und die Stimmen der Bäche klingen gedämpft und dennoch klar. Der wolkenlose Himmel ist von mattleuchtender Bläue, ein wenig ins Grünliche spielend. Die Zinnen der Berge haben weißes Licht, doch die sinkenden Wälder sind in blauen Schatten gehüllt, aus dem sich die bunten Farben der welkenden Laubkronen hervorheben, so weich und sanft, daß der Blick unersättlich an diesen zarten Tönen hängt wie an einem zauberhaften Reiz.

Das Tal mit seinen Gärten, Häusern und Wiesen liegt von schleierfeinem Duft überflossen. Halb ist es dünner Nebel, der aus dem See hervorquoll, halb bläulicher Rauch, der aus den Dächern stieg und sich zerteilte in der ruhigen Luft. Sie atmet sich gut und würzig – es ist, als würde das Blut mit jedem Atemzuge leichter. Es prickelt in allen Nerven. Man wandert, ohne den Körper zu fühlen, und ein gedankenloses Wohlbehagen, die Freudigkeit eines traumhaften Genießens überkommt die Sinne.

In solcher Stimmung schlenderte Willy, der bei dem erste Schritt auf die Straße die Tragödie des Adlerkäfigs schon wieder vergessen hatte, dem Dorf entgegen.

Da tauchte an einer Biegung der Straße das feine Lieserl auf. Die Kleine schien übler Laune zu sein und ließ das kokett frisierte Köpfchen hängen. Die rechte Hand hielt sie in die Hüfte gestützt, mit der linken schlenkerte sie in müdem Phlegma eine gehenkelte Blechkanne, die erraten ließ, daß das Lieserl zum Mooshofer wanderte, von dem die Zaunerin ihre Milch bezog.

Bei Willys Anblick wurde Lieserl rot. Schmollend verzog sie das Mäulchen, und dem Feind das Feld überlassend, schlug sie sich seitwärts in die Büsche.

Der zürnende Fluchtversuch schien Willy zu erheitern. Mit ein paar flinken Sprüngen holte er die Ausreißerin ein. »Na, na, na! Das sieht ja aus, als wäre man beleidigt?« Er faßte Lieserl um die Hüfte. »Du niedlicher Käfer! Was hab' ich dir denn getan?«

»Da können der Herr Graf noch fragen!« stieß das Lieserl in einem Hochdeutsch hervor, dessen gespreizter Wortlaut sich bei dieser zornigen Schärfe drollig anhörte. »Lassen Sie mich aus, Herr Graf! Ich bin keine solchene, die man das eine Mal abbusseln kann und das andere Mal beleidigen.« In Tränen ausbrechend, ließ sie die Blechkanne fallen.

»Aber Lieserl,« stotterte Willy erschrocken und gab die Weinende frei.

Sie machte ein paar taumelnde Schritte, sank auf eine Steinplatte und schluchzte wie vom Bock gestoßen.

Ein Mädel weinen zu sehen – dazu noch ein so schmuckes Mädel wie das feine Lieserl – das ging über Willys Kräfte. Er dachte in diesem Augenblick an nichts anderes, nur an diese Tränen. Es waren so hübsche Tränen! und die Wangen, über die sie rollten, waren so rund und frisch! Und der Mund, über den sie flossen, so weich und rot. Bei jeder neuen Träne schienen die Lippen noch heißer zu glühen.

»Aber Lieserl!« Willy setzte sich auf die Steinplatte und schlang den Arm um den Hals des Mädels. »So hör' doch zu weinen auf! Ich hab' dir doch nichts zuleid' getan, ganz im Gegenteil! Und wenn ich dich kränkte, ohne daß ich es wußte, so will ich es gerne wieder gutmachen!«

Lieserl klagte, ihr Hochdeutsch plötzlich vergessend: »Na, Herr Graf, da is nix mehr gut z'machen! Heut haben S' mich ins Herz troffen. So was tut weh! Sie wissen ja net, wie gut ich Ihnen gwesen bin!«

Willy quittierte diese kurzgefaßte Liebeserklärung, indem er das Mädel fest an seine Brust drückte.

Lieserl sträubte sich nicht, doch allen Ernstes wiederholte sie: »Na, dös wissen S' net! Ich hätt mein Leben für Ihnen hergeben können. Die ganzen Täg hab ich allweil an Ihnen denken müssen und hab mir schier d' Augen ausgschaut auf die Berg auffi!«

»Wirklich?« Willys Rührung wuchs. »Du liebes, liebes Kerlchen du!«

»Und heut z'Mittag – 's allerschönste Nagerl hab ich abgrissen und hab's Ihnen zugworfen. Und Sie –« Lieserls Tränen kamen wieder ins Rollen. »Dös arme Nagerl haben S' mit 'm Fuß davongstossen, als tät Ihnen grausen vor dem Blümerl und – vor mir!«

»Aber Schatz!« Willy küßte das Lieserl auf die von Tränen nassen Lippen. »Wie kannst du nur auf den Einfall kommen, daß ich die Nelke mit dem Fuß fortgestoßen hätte? Ein unglücklicher Zufall. Wie ich die Blume haschen wollte, bin ich gestolpert.« Er herzte die Weinende, recht wie ein Verliebter, der in Wärme kommt. »Geh, du Närrlein! Welche Ursache könnt' ich denn haben, um dich zu kränken? Ich hab' dich ja lieb und –« Er küßte und küßte.

Lieserl sträubte sich nicht, sondern schmiegte sich immer enger in Willys Arme. Dabei weinte sie immerzu, als wäre der Zustand dieser fließenden Kümmernis für sie ein Behagen.

»Ich bitt dich, Schatz, hör' doch zu weinen auf! Ich kann das nicht sehen! Wenn ich nur wüßte, wie ich dich beruhigen könnte!« Da fiel ihm der Rubin ein, den er beim Verlassen seines Zimmers mit den beiden Hirschgranen in die Hosentasche geschoben hatte. »Schatz! Ich hab' was für dich!« Hurtig holte er den Stein hervor und hielt ihn vor Lieserls Augen; trotz der sinkenden Dämmerung glühte der Rubin, als wäre in seinem Innern ein Funke roten Sonnenlichtes eingeschlossen.

»Nimm, Lieserl! Den Stein schenk' ich dir. Und wenn du willst, laß ich ihn für dich zu einer Nadel fassen oder in einen Ring. Aber hör' zu weinen auf!«

Halb erschrocken, halb gierig starrte Lieserl das funkelnde Kleinod an. Und als ihr Willy den Rubin in die Hand drückte, schloß sie über dem Stein die Finger zu einer Faust und guckte zweifelnd zu Willy auf, als könnte sie noch immer nicht an die Wahrheit dieses Geschenkes glauben.

»Na also? Bekomm ich keinen Dank? Der Stein ist mehr wert, als dein Vater in einem ganzen Jahr verdient.«

Mit dem Rubin in der krampfhaft geschlossenen Faust warf Lieserl die Arme um Willys Hals und küßte ihn, daß ihm der Atem verging.

Linde Klänge gaukelten durch den Wald – im Dorfe läutete man den Abendsegen.

»Mar' und Joseph!« stotterte das Mädel. »Betläuten! Jetzt hab ich mich schön versäumt!« Sie streifte Willy mit einem Funkelblick ihrer schwarzen Augen, und die Faust mit dem Rubin in die Tasche ihres Röckleins grabend, raffte sie mit der anderen Hand die Blechkanne von der Erde und wollte Reißaus nehmen. Willy haschte die Fliehende, riß sie wie ein Berauschter an seine Brust, bedeckte ihr Gesicht mit Küssen und flüsterte: »Ich komm an dein Fenster!«

Mit Wangen so rot wie blühender Mohn duckte Lieserl das Gesicht. »Aber! Warten S', Sie Schlimmer Sie!« Kichernd wand sie sich aus seinen Armen und huschte davon.

Mit dem Hochgefühl eines Siegers nach heißer Entscheidungsschlacht sah Willy dem Mädel nach. Doch als das flatternde Röckl hinter den Buchenstauden verschwand, schien ein Gefühl in ihm zu erwachen, das mit einem moralischen Katzenjammer eine unleugbare Ähnlichkeit besaß. »Natürlich,« murrte er vor sich hin und schob die Mütze in den Nacken, »da wäre mein heißer Schimmel glücklich wieder mit meinen guten Vorsätzen durchgegangen!« Eine Weile überlegte er. »Na also! Den letzten Unsinn noch, und dann Schluß!«

Wie sehr sich auf dem Wege bis zum Seehof seine Stimmung noch zum Besseren wandelte, verriet das Wort, mit dem er auf der laut belebten Terrasse die Kellnerin begrüßte: »Flink, Mädel! Eine Flasche Monopol ins Eis! Dann reden wir weiter!«

In rosiger Laune nahm er das ausgiebige Souper – Seelachs, Paprikahuhn und Omelette mit Pilzen –, steckte die Zigarre in Brand und vertiefte sich in die Sektpulle. Träumend blies er die Rauchringe vor sich hin, schmachtete die funkelnden Sterne an oder blickte unter lyrischen Regungen auf den stillen See hinaus. In immer kürzeren Zwischenräumen leerte er den schlanken Kelch, füllte ihn wieder und stieß die Flasche zurück in den rasselnden Eiskübel.

Dieses Geräusch weckte die Aufmerksamkeit der Gäste, und wenn sie nach dem stillvergnügten Zecher blickten, redete das Wohlgefallen aus ihren Augen. Die schmucke, schlanke Jünglingsgestalt in der knappen Uniform, das hübsche, liebenswürdige, von Wein und

Träumen erwärmte Gesicht, diese lächelnde Verlorenheit und dieses glückselige, um keine Umgebung sich bekümmernde Behagen – das sah sich an wie ein Urbild gesunder und froher Lebenskraft, die sich sorglos einem Stündlein irdischen Genusses ergibt und ein leuchtendes Luftschloß in die Wolken baut.

»Glückliche Jugend!« flüsterte ein bejahrter Herr, der den Heimweg antrat und trotz des lauen Abends den Überrock bis zum Hals zuknöpfte.

Die Terrasse leerte sich immer mehr; immer stiller und träumerischer wurde die schöne Nacht.

In der Schifferschwemme waren die Klänge der Ziehharmonika verstummt. Als vorletzter Gast verließ der alte Mooshofer das Wirtshaus. Er hatte schwer geladen. So breit die Straße war, sie wäre ihm fast zu schmal geworden. Häufig geriet er bis an den Rand der Schlucht, in deren Tiefe der Seebach rauschte; doch es erwies sich an ihm die Wahrheit des Sprichwortes, daß Kinder und Betrunkene einen starken Schutzengel haben; oft galt es nur einen letzten Schritt, und der Mooshofer wäre nie wieder aus seinem Rausch erwacht; aber immer im rechten Augenblick schwankte das Gesicht seines taumelnden Körpers wieder einwärts gegen die Straße. Vor Meister Zauners Garten tat er einen Plumps in den ungefährlichen Straßengraben, richtete sich brummend auf und torkelte weiter.

An dem einsamen Haus waren zwei Fenster noch erleuchtet: in Lieserls Kämmerchen brannte eine Kerze vor dem Spiegel und in der ebenerdigen Wohnstube die Hängelampe über dem Tisch. Hier saß die Zaunerin auf der Ofenbank, während der Meister beim Fenster stand, mit den Fäusten hinter dem Rücken. Den roten Gesichtern der beiden war es anzumerken, daß sie einen heißen Kampf miteinander ausgefochten hatten.

Nun schwiegen sie. Der Waffenstillstand währte nicht lange. Energisch wandte sich der Meister zu seinem Weib und drohte mit dem Finger. »Von heut an steck ich andere Kerzen auf. Und wenn ich dahinterkomm, daß du als Mutter dei' Pflicht und Schuldigkeit net tust – da kracht's aber ordentlich!«

»Jetzt laß mir endlich mei' Ruh! So an Spitakl machen! Wegen nix und wieder nix!«

»So? Meinst, ich kenn unser Lieserl net? Den ganzen Abend hab ich's gmerkt, daß mit dem Madl was los is. Sie hat was im Sinn. Und nix Guts net! Aber ich tu mei' Pflicht als Vater, ich halt meine Augen offen.«

»Meintwegen!« murrte die Zaunerin, trat auf den Tisch zu und blies die Lampe aus; ein Gewaltstreich, der den Meister Zauner sprachlos machte. Auf einem Umweg tastete sich die Zaunerin in den Flur und stieg über die finstere Treppe hinauf. Sie wollte noch zu einem kleinen Plausch in die Kammer ihrer Tochter treten. Die Tür war von innen versperrt.

»Lieserl?«

»Ja, Mutter?« klang es in der Kammer.

»Geh, mach auf!«

»Ich lieg schon. Gut Nacht!«

»Gut Nacht, Schatzerl! Laß dir was Guts träumen!« Mit diesem Segenswunsch wollte die Zaunerin ihre Schlafstube aufsuchen; aber da gewahrte sie den Lichtschein, der durch die Ritzen der Tür quoll, und wurde neugierig. Sie guckte durch das Schlüsselloch und sah, daß ihr feines Lieserl vor dem Spiegel saß und sich frisierte, als ging es zur Kirche oder zum Tanz. Schmunzelnd richtete sich die Meisterin auf, schlich auf den Zehen in ihre Stube, und während sie ihren grauen Schopf der Schlafhaube anvertraute, monologisierte sie im stillen: »Schau, jetzt hat er am End doch recht? Sie muß was im Köpfl haben! No also, in Gotts Namen! Warum soll man ihr an unschuldigs Spassetterl net vergönnen? 's Madl is gscheit, 's Madl wird schon wissen, was verlaubt is und was net! Man is ja nur einmal jung!« Sie ließ sich in die Federn fallen, streckte sich, legte die Hände auf die Bettdecke und gähnte. Es währte nicht lange, und die Zaunerin schnarchte.

Drunten ging der Meister noch überall im Haus umher, versperrte die Küchentür, die Zimmertür und zuletzt das Haustor; alle Schlüssel zog er ab und schob sie in die Tasche. »So,« brummte er, als er an Lieserls Kammer vorüberkam, »jetzt flieg aus, du Stieglitz, du leichtsinniger! Heut hab ich den Käfig versichert!«

Er trat in die Schlafstube, öffnete das in den Garten führende Fenster und suchte sein Bett, ohne daß die Meisterin erwachte. Mit offenen Augen lag er neben dem schnarchenden Weib, wälzte seine Vatersorgen, überlegte, wie er sein »narrisches« Lieserl auf »verstandsame« Wege bringen könnte, und sann auf ein Mittel, durch das sich der Eigensinn seiner Tochter brechen ließ und ihr Herz für den braven Pointner-Andres zu gewinnen wäre.

Die Turmglocke hatte schon Mitternacht geschlagen, als auch bei Meister Zauner das Bedürfnis nach Schlaf sich fühlbar machte. Da hörte er drunten vor dem Haus ein sachtes Geräusch. Lauschend richtete er sich auf und vernahm ein leises Klirren, als wäre ein Steinchen gegen eine Fensterscheibe geflogen.

»Richtig! Da kommt er schon! Aber wart, dem will ich heimleuchten!«

Er konnte sich mit dem Ankleiden Zeit lassen, weil er wohlweislich dafür gesorgt hatte, daß Lieserls Absicht, für einen heimlichen Plausch zur Hausbank hinunterzuschleichen, auf Hindernisse stoßen würde. Eben wollte er in die Joppe schlüpfen, als es merklich an der Mauer raschelte. »Da hört sich doch alles auf! Jetzt kraxelt er gar am Spalier in d' Höh!« Der Zauner sprang zum Fenster. Draußen an der Mauer ließ sich ein Brechen von Ästen und Staketen hören, ein erstickter Schrei, der dumpfe Aufschlag eines schweren Körpers. Der Zauner überhörte diesen Lärm, denn in kochendem Ärger hatte er zu schelten begonnen: »Was is denn dös da draußen in der Nacht? Himmel Kreuz Teufel! So was möcht ich mir verbitten!« Er fuhr mit dem Kopf zum Fenster hinaus. Der Garten lag still und dunkel unter ihm. Kein Geräusch in den Büschen, auf der Straße kein enteilender Schritt, kein Laut an Lieserls finsterem Fenster.

»Teufel! Is er am End gar schon herin im Haus?« Der Meister machte Licht.

Die Zaunerin riß die verschlafenen Augen auf. »Was is denn? Um Gotts willen! Was is denn schon wieder?«

»Du red nur gar nix, du mit deiner saubern Tochter! Aber wart, jetzt komm ich ihr mit der Richtung!« Die flackernde Kerze in der Hand, eilte der Zauner auf die Treppe hinaus und rüttelte an Lieserls verschlossener Kammertür. »Wird aufgmacht oder net?« Drinnen kein Laut. »Aufgmacht, sag ich, oder ich mach mir selber auf!« Er wartete den Erfolg dieser Drohung nicht ab, sondern warf sich mit dem ganzen Gewicht seines Körpers gegen die Tür. Die Bretter krachten, und der Riegel sprang. Auf der gewaltsam eröffneten Schwelle stand der Zauner mit erhobener Kerze und leuchtete in die Kammer.

Lieserl war allein. In ihrem besten Gewand und kokett frisiert, lehnte sie neben dem offenen Fenster an der Mauer, mit leichenblassem Gesicht, wie gelähmt an allen Gliedern.

»Du gottvergessens Madl du!« So wollte der Zauner seine Moralpredigt beginnen.

Da wankte ihm das Mädel verstört entgegen. »An Unglück, Vater! An Unglück!«

»Ja freilich! Du! An Unglück bist für Vater und Mutter!« Der scheltende Fluß seiner Worte stockte plötzlich; er schien zu erkennen, daß aus dem entsetzten Gesicht seiner Tochter noch etwas Schlimmeres redete als nur die Angst eines auf Heimlichkeiten ertappten Mädels.

»Vater! Vater! Unser guter, lieber Herr Graf –«

»Graf? Was Graf?« stotterte Meister Zauner.

»Der junge Herr Graf! Ans Fenster is er kommen – ich kann nix dafür, ich hab ihm halt gfallen! Und wie er am Fenster war –« Die Stimme des Mädels versagte fast. »Ich weiß net, was er ghabt hat – gahlings hat er husten müssen, und 's Köpfl is ihm auf d' Seiten gfallen, als tät ihm schwindlig sein. Mit alle zwei Arm hab ich griffen nach ihm, aber ich hab ihn nimmer halten können. Vater! Jesus Maria, Vater! Ich fürcht, es is ihm was gschehen.«

Der Zauner hatte keinen Tropfen Blut mehr im Gesicht und starrte die Tochter an wie ein Gespenst. Alle väterliche Entrüstung war untergegangen in namenlosem Entsetzen. »Mar' und Joseph! Wenn da was gschehen is! Bei m i r ! Wenn dös der gnädig Herr erfahrt!« Die Knie wurden ihm schwach; er schob den Leuchter auf das Spiegeltischchen, wankte zum Fenster, beugte sich hinaus und rief mit gepreßter Stimme in den Garten hinunter: »Herr Graf? Herr Graf? – Ich bitt, so geben S' doch an! – Is Ihnen was? Herr Graf? – Herr Graf?«

Im Garten kein Laut.

Halb angekleidet erschien die Zaunerin und sah das Mädel in Angst und Zittern auf einem Schemel kauern. »Kindl? Hat dir der Vater was tan?« kreischte die Meisterin. Sie eilte auf ihr Lieserl zu, und da schrie sie plötzlich auf, als hätte man ihr einen Dolch ins Herz gestoßen. »Jesus Maria! So a Rabenvater, der die eigene Tochter blutig schlagt! Wegen nix und wieder nix!«

»Blutig?« stammelte Lieserl; ein Schauer rüttelte ihre Schultern, als sie an ihrer Brust und am rechten Arm die großen roten Flecken gewahrte.

Am Fenster tat der Meister einen erstickten Schreckensruf. »Alle Heiligen im Himmel! Da drunten liegt er und tut kein Rührer nimmer!« Wie ein Wahnsinniger packte er den Leuchter und stürzte zur Kammer hinaus.

Nun dämmerte auch in der Zaunerin die Ahnung auf, daß alles sich anders verhalten müßte, als sie in ihrer blinden Mutterangst vermutet hatte. Wohl brachte Lieserl nur ein paar abgerissene Worte heraus, aber sie sagten genug, um die Zaunerin in Verzweiflung zu versetzen. »Jesus, o Jesus! Mein Lieserl hätt Gräfin werden können! Und so an Unglück muß dazwischenfahren! O du lieber Herrgott! Lieserl, komm! Vielleicht is ihm net viel passiert! Der liebe, gute, süße Mensch! Wär d ö s a Glück! Wär d ö s a Glück!« Mit beiden Händen zog sie das zitternde Mädel zur Kammer hinaus und über die Treppe hinunter, auf deren letzter Stufe die Kerze flackerte, die der Zauner zurückgelassen hatte, als er die Haustür aufriß.

Jammernd nahm die Meisterin den Leuchter. Als sie in die Nacht hinaustreten wollte, kam ihr der Zauner schon entgegen, wankend unter der Last, die er auf seinen Armen trug. Lieserl taumelte gegen die Mauer, als würde ihr übel, und die Mutter erhob ein Wehgeschrei, als hätte sie um den eigenen Sohn zu klagen.

»Sei still, Weib!« keuchte der Meister. »Daß uns kein Mensch net hört! Es muß verheimlicht werden, dem gnädigen Herrn Grafen z'lieb!« Schwer atmend sah er das kalkweiße Gesicht an, das an seiner Schulter lag. »Es wird doch um Gotts willen so weit net fehlen!« Er trat in den Flur. »Weib! Zieh mir den Schlüssel aus'm Sack und sperr die Stubentür auf.«

Die Zaunerin öffnete in wortloser Hast die Tür, sprang in Lieserls Kammer hinauf und brachte zwei geblumte Kissen; dann hielt sie betend und weinend den Leuchter, während der Meister den regungslosen Körper, von dem die Glieder kraftlos niederhingen, auf das Sofa bettete. Lieserl drückte sich in den Winkel, den der Geschirrkasten mit der Mauer bildete; sie hatte die zitternden Finger am Mund und blickte verstört nach dem blassen Gesicht, das halb in die Kissen versunken war. Willy war nicht entstellt, nur bleich; doch die Lippen, auf denen ein mattes, gutmütiges Lächeln wie erstarrt erschien, waren rot; und rote Tropfen hingen am Kinn. Er atmete mit Anstrengung, in kurzen Stößen, von denen jeder sich anhörte wie ein Seufzer. Die Augen standen offen; sie hatten fieberhaften Glanz, ihr Blick war ins Leere gerichtet.

Meister Zauner, der vor dem Sofa kniete, schob den Arm unter die Kissen. »Herr Graf! Lieber, guter Herr Graf! Wo haben S' denn Schmerzen?«

Willy schien zu hören, zu verstehen. Ein Zittern lief ihm über die Arme, und wie ein leiser Hauch klangen die Worte: »Bitte – meiner Schwester – sagen lassen –« Die Lider fielen ihm halb über die Augen, und von den Mundwinkeln sickerten zwei dünne, rote Fäden über den Hals.

»Lieserl! Den Doktor!« stammelte Meister Zauner.

Das Mädel fuhr mit der Hand in den Weihbrunnkessel, besprengte das Gesicht und stürzte davon. Auf der finsteren Straße brach sie in Schluchzen aus und rannte, daß ihr der Atem verging.

# 6

Über dem Park von Schloß Hubertus schlummerte die schöne Nacht. Im Adlerkäfig herrschte friedliche Stille. Auch die Fontäne schien entschlafen und plauderte nur leise, wie im Traum.

Ohne Lichtschein lag das Haus inmitten der schweigsamen Finsternis. Unter seinem Dache fanden in dieser Nacht zwei Augen keinen Schlaf, und in heißer Erwartung pochte ein junges Herz dem Morgen entgegen.

Als es drei Uhr schlug, erhob sich Kitty lautlos, um sich für die Reise anzukleiden. Der gepackte Koffer stand schon seit dem Abend neben der Tür. Auf dem Tische, für den ersten suchenden Blick berechnet, lag ein Brief an Gundi Kleesberg. Nach einem halben Stündchen war Kitty reisefertig. Sie löschte das Licht und setzte sich in Hut und Mantel an das offene Fenster. Die dreißig Minuten fieberhaften Wartens wurden ihr länger, als ihr die ganze Nacht erschienen war. Endlich klangen die vier ersehnten Schläge. Kitty huschte zur Tür. Mit jedem Augenblick hoffte sie Willys leisen Schritt zu hören. Minute um Minute verrann, und draußen im Korridor blieb alles still. »Er hat verschlafen!« Sie schlich in das Zimmer des Bruders. »Willy!« rief sie leise in den dunklen Raum. Kein Laut. Sie tastete sich zum Bett, um den Siebenschläfer aufzurütteln. Ihre Hände griffen in leere Kissen. Erschrocken machte sie Licht. Das Zimmer war leer. Eine dunkle Angst umklammerte ihr das Herz. Dann fiel ihr ein, wie energisch Willy sich am vergangenen Abend ihrem Plan zuerst widersetzt hatte. Und nun mußte sie denken, daß sein Versprechen nur eine Ausflucht war: er wollte die Schwester beruhigen, um ungestört seine Absicht auszuführen und noch in der Nacht die Reise nach München anzutreten – allein!

Kitty stand eine Weile ratlos. Dann nickte sie entschlossen vor sich hin und löschte das Licht. Mit lautloser Hast kehrte sie in ihr Zimmer zurück und griff nach dem kleinen Lederkoffer, an dem sie so schwer zu tragen hatte, daß ihre Kräfte schon versagen wollten, noch ehe sie die Ulmenallee erreichte.

Der Morgen begann zu dämmern, und leise zwitscherten die Meisen und Finken. Auch im Adlerkäfig war es schon lebendig; emsig putzten die fünf Raubvögel ihr Gefieder. Als Kitty, mühsam atmend unter der Last des Koffers, an dem Käfig vorüberkam, streckten die Adler ihre Hälse.

Ein Zufall führte auf der Straße einen Holzknecht vorüber, der seiner Arbeit nachging. Auf Kittys Bitte trug er den Koffer bis zum Mooshof. Hier mußte sie lange an die Fenster pochen. Endlich erschien der Mooshofer, der sein Räuschlein erst zur Hälfte ausgeschlafen hatte. Ein Schimmel wurde vor das Bernerwägelchen gespannt, und während Kitty zum Sitzbrett hinaufkletterte, tönte von den Bergen herab, aus weiter Ferne, der verwehte Hall eines Schusses. Kitty überhörte den rollenden Laut, ihre Aufmerksamkeit war mit dem Schimmel beschäftigt, der einen zweifelhaften Trab entwickelte. Im Verlaufe der Fahrt hatte sie Mühe, den Mooshofer, dem immer wieder die Augen zufielen, munter zu erhalten. Schließlich nahm sie selbst die Zügel und schwang die Peitsche. Aber der Schimmel hatte eine geduldige Haut und ließ sich in seiner Gemütsruhe nicht stören.

Die Station war kaum in Sicht, da hörte man schon die Lokomotive zum Abschied pfeifen.

Vier Stunden bis zum nächsten Zug! Und seine Ankunft in München: drei Uhr nachmittags! In Verzweiflung debattierte Kitty mit dem Stationsvorstand, dessen von »strengen Vorschriften« umpanzertes Herz sich endlich erweichte. Auf einer Draisine ließ er Kitty bis zur Kreuzungsstation der Hauptbahn befördern, damit sie einen Zug erreichen konnte, der kurz vor ein Uhr in München eintreffen mußte.

Die Sache glückte. Kitty nahm ein Kupee erster Klasse für sich allein und ließ die Tür versperren. Der Konduktur machte große Augen, als er in München das Kupee wieder aufschloß und an Stelle des staubgrauen Falter, der zwei Stunden früher hier untergeschlüpft war, einen weißen Schmetterling ausfliegen sah.

Kittys Erscheinen erregte Aufsehen. Im Sturmschritt eilte sie zum Ausgang und rief nach einer Droschke. »Zur Frauenkirche! Schnell!« Sie sprang in den Wagen und fiel erschöpft in die Kissen. »Zwanzig Minuten nach ein Uhr!« jammerte sie und trommelte an das vordere Fenster des Wagens. »Schneller! Schneller!«

Nun kam die letzte Häuserecke, und in der Tiefe einer schmalen, zum Domplatz führenden Gasse tauchten die altersgrauen, gewaltigen Türme der Frauenkirche auf. »Endlich!« stammelte Kitty und nahm für den Kutscher ein Geldstück aus der Börse. Die Ungeduld kam ihr in die Füße, und in dem schaukelnden Wagen von einer Wand an die andere taumelnd, streckte sie bald rechts, bald links das Köpfchen zum Fenster hinaus. Nun lenkte die Droschke auf den Domplatz ein, und kaum hatte Kitty einen Blick nach dem Portal der Kirche geworfen, da erschrak sie, daß ihr das Blut aus den Wangen wich.

Die Trauung mußte schon vorüber sein. Eine Reihe von drei Kutschen fuhr in raschem Trab gegen die innere Stadt. Ein letzter Wagen hielt noch vor dem Dom, und neben dem offenen Wagenschlag standen zwei Herren, die sich mit einem Händedruck voneinander verabschiedeten. Der ältere verschwand um die Ecke der Kirche – Professor Werner. Der jüngere gab dem Kutscher eine Weisung. Da hörte er seinen Namen rufen und zuckte beim Klang dieser Stimme zusammen. »Herr Forbeck!« Als er sich wandte, sah er Kitty aus der Droschke springen. Von den Falten des weißen Kreppkleides umflattert, die weiten Ärmel des duftigen Schwanenpelzes aufgebläht gleich einem schimmernden Flügelpaar, so kam sie auf ihn zugelaufen und streckte die Hände.

Das Wort erstarb ihm, doch seine Augen hingen an ihr, leuchtend, mit trinkendem Blick.

Kitty fand zuerst die Sprache. »Gott sei Dank!« Das klang so freudig, als wäre alle Erregung, Unruhe und Erschöpfung von ihr gewichen.

»Komtesse Kitty!« stammelte er. »Und allein? Wie kommen Sie nach München?«

»Das können Sie fragen? Und stehen vor mir in Frack und weißer Binde! Glauben Sie denn, ich hätt' es über mich gebracht, meinen Tas heut ohne die Schwester zu lassen?«

»Aber die Trauung ist schon vorüber!«

»Das merk' ich! Und kränke mich namenlos!« Es zuckte bei dieser Beteuerung um den rosigen Mund, aber der Glanz der Augen harmonierte nicht mit dem klagenden Stoßseufzer. »Wohin sind die anderen Wagen gefahren?«

»Die anderen? Zu Frau Herwegh.«

»Kommen Sie! Schnell! Ich fahre mit Ihnen!« Sie eilte auf den geschlossenen Wagen zu, der einsam vor dem Portal der Kirche zurückgeblieben war. Forbeck zögerte, aber Kitty drängte: »Schnell! Nur schnell!« Im Wagen zog sie die Falten ihres Kleides an sich und rückte in die Ecke, um Platz für ihn zu machen. Schaukelnd rollte die Kutsche über das Pflaster. »Erzählen Sie! Wie war es in der Kirche?«

»Eine stille, kurze Feier, schön und ergreifend! Wir zehn Menschen, ganz allein in dem gewaltigen, ernsten Bau! Es war wie ein heiliges Geheimnis. Ich hatte ein Gefühl, als sähe ich vor meinen Augen ein Wunder werden.«

»Ein Wunder?«

»Gibt es ein Wunder, das schöner wäre als das Glück zweier Menschen, die von der Natur füreinander geschaffen wurden wie das Licht für den Tag? Sie hätten das sehen müssen: wie sie die Ringe tauschten und die Hände verschlangen, als wollten sie sich nimmer, nimmer lassen. Zwei Menschen, die eins geworden für das Leben!«

»Wie schön!« Kittys Augen träumten ins Leere, und ein sehnsüchtiges Lächeln spielte um den halb geöffneten Mund. »Und das hab' ich versäumen müssen! Aber nun bin ich da! Wie ich mich freue auf Tas und Anna! Ich will mich satt sehen an ihrem Glück!«

»Sie hoffen Ihren Bruder noch hier zu finden?« stammelte Forbeck erschrocken. »Sie wissen nicht –«

»Was?«

»Das junge Paar ist von der Trauung zur Bahn gefahren.«

In Entsetzen schlug Kitty die Hände zusammen.

»Sie reisen an den Rhein und fahren heute bis Stuttgart, mit dem Zug um zwei Uhr zehn.« Als Forbeck die ratlose Bestürzung sah, die aus Kittys Augen redete, zerrte er die Uhr hervor. »Es wäre möglich –« Er riß das Fenster auf und schrie: »Zum Bahnhof! Schnell! Nur schnell!«

Während der jähen Schwenkung, die der Wagen machte, jammerte Kitty: »Wir m ü s s e n zurechtkommen! Ich kann doch diese Reise nicht gemacht und Papas Unwetter über mich heraufbeschworen haben, ohne Tas und Anna zu sehen!«

»Bitte, Komtesse, beruhigen Sie sich!« tröstete Forbeck, mit der Uhr in der Hand. »Wir haben noch zwanzig Minuten Zeit!« Er öffnete die Kupeetür; den einen Fuß im Wagen, den anderen auf dem Trittbrett, debattierte er mit dem Kutscher. Ein knallender Peitschenschlag, die Pferde fielen in Galopp.

»Gott sei Dank!« stammelte Kitty. »Und wer hat Tas und Anna zur Bahn begleitet? Willy? Oder sind sie allein gefahren?«

»Allein.«

»Und Willy? Wo ist Willy?«

Forbeck verstand die Frage nicht.

»Willy! Mein Bruder Willy! Sie müssen ihn doch heute kennengelernt haben! Bei der Trauung!«

»Nein, Komtesse! Ihr Herr Bruder war bei der Trauung nicht zugegen.«

Kitty erschrak, daß ihre Wangen sich verfärbten. »Das ist doch ganz unmöglich! Er ist doch eigens hergefahren, damit Tas am heutigen Tag nicht allein wäre!« In jagenden Worten erzählte sie von der Verabredung, die sie mit Willy getroffen hatte, von seinem vermeintlichen Wortbruch, von ihrer Vermutung, daß er in der Nacht gefahren wäre, allein, um ihr den Unwillen des Vaters zu ersparen. »Und nun ist er nicht hier! Und nicht daheim! Wie soll ich denn das begreifen?«

Forbeck suchte sie zu beruhigen; dabei empfand er eine Sorge, die ihm die Worte durcheinanderwirrte. Das bemerkte Kitty, und nun begann sie selbst nach einer Möglichkeit zu suchen, die Willys Abwesenheit erklären konnte. Vielleicht hatte er in der Eile einen falschen Zug bestiegen und die Versäumnis nicht wieder einholen können? »Da machen wir uns das Herz schwer,« sagte sie, »und mein Bruder Leichtfuß sitzt, der Himmel mag wissen, wo, und ist kreuzfidel! Wenn ich wieder daheim bin, wird sich alles aufklären! Wir beide wollen miteinander noch lachen über die Sorge, die wir uns gemacht haben. Wann kommen Sie wieder nach Hubertus? Ihr Bild dürfen Sie nicht warten lassen. Nun haben Sie meinen Bruder Tas den Freundschaftsdienst geleistet, um den er Sie gebeten hat, nun sind Sie wieder Herr Ihrer Zeit. Wann kommen Sie?«

Erschrocken sah Forbeck zu ihr auf; er schien sprechen zu wollen und brachte keinen Laut heraus. Jedes Wort war auch überflüssig; die ratlose Pein, die ihm das Herz bedrückte, redete deutlich aus seinen Augen.

Kitty wurde von einem ihr ganzes Wesen verstörenden Schreck befallen. »Herr Forbeck?« stammelte sie. »Warum geben Sie mir keine Antwort? Sie sind doch nur gegangen, weil Tas sie darum gebeten hat?« Sie wurde heftig. »So sagen Sie doch ja! Oder ich weiß wahrhaftig nicht mehr, was ich denken soll.«

Er versuchte zu lächeln, wollte sich zu einer Ausflucht zwingen und konnte nicht lügen. Durch Kittys angstvollen Blick um den letzten Rest seiner Fassung gebracht, schlug er die Hände vor das Gesicht.

Bestürzt, an allen Gliedern zitternd, saß sie in der Ecke des schaukelnden Wagens.

Sie hatte verstanden.

Der Wagen machte eine jähe Kurve und hielt. Lachend öffnete der Kutscher den Schlag. »So bin ich schon lang nimmer gfahren. Drei Schandarm haben mich aufgschrieben!«

Die beiden im Wagen erwachten, als hätte eine derbe Faust sie aufgerüttelt. Forbeck stammelte: »Noch fünf Minuten. Wir müssen den Zug noch im Bahnhof finden!« Er sprang aus dem Wagen und reichte Kitty die Hand. Dankend nickte sie, stieg aus und eilte über die Stufen des Portals hinauf. Als sie die riesige, von Menschen, von Geschrei und rollendem Getös belebte Bahnhalle betrat, blieb sie stehen und sah zu Forbeck auf; ihre Wangen glühten, doch keine Spur von Verwirrung oder Scheu war an ihr zu bemerken. »Nicht wahr,« sagte sie mit strengem Ernst, »zu Tas und Anna kein Wort wegen Willy! Das ist nicht die Stunde, um ihnen Sorge zu machen. Was mich betrifft, da muß ich eben lügen, wenn ich Tas nicht die Freude verderben will. Und Ihnen muß ich Mühe verursachen, Herr Forbeck! Bitte, sehen Sie auf dem Fahrplan nach, welchen Zug ich zur Heimfahrt benützen könnte. Bitte – genau! Ich bin keine Freundin von Irrtümern.«

Ohne seine Antwort abzuwarten, huschte sie davon; ein Schaffner führte sie zu dem Gleis, auf dem der Kurierzug stand. In einem schon geschlossenen Wagen erster Klasse gewahrte sie den Bruder. »Tas! Lieber Tas!« Sie riß die Kupeetür auf und sprang in den Wagen.

Ehe Tassilo ein Wort fand, hing sie schon an seinem Hals unter Küssen und sprudelnden Glückwünschen. Und sie gab den Bruder nur frei, um diese stürmische Zärtlichkeit bei Anna zu wiederholen.

»Kind! Kind!« stammelte Tassilo. »Was hast du da für einen Streich gemacht!«

Kitty fuhr sich mit der Hand über die Augen. »Streich? Na also, in Gottes Namen! Aber du, Anna? Nicht wahr? Du freust dich mit mir?«

Die junge Frau umschlang das Mädchen. »Im stillen hab' ich es gehofft. Nun hast du es wahr gemacht. Ich danke dir!«

Tassilo, dem ein froher Strahl aus den Augen glänzte, nahm das Köpfchen der Schwester zwischen die Hände. »Kleiner Spatz, du bist ein lieber, lieber Kerl! Aber das hättest du nicht tun sollen! Ich kann mir doch unmöglich denken, daß Papa –«

»Ob er weiß? Natürlich nicht! Sonst säß' ich hinter Schloß und Riegel. Aber mach' dir keine Sorge! Mit Papa komm ich schon wieder auf gleich.«

»Mit wem bist du denn gereist? Doch nicht allein?«

»Gott bewahre! Tante Gundi war natürlich einverstanden. Sie hat mir die Beschließerin mitgegeben.«

»Wo ist sie?«

Mit gut gespieltem Erstaunen guckte Kitty zur Kupeetür hinaus. »Weiß der Himmel, wo sie herumwimmelt! Ich bin natürlich wie ein Windhund vorausgerannt, und die Alte hat langsame Beine.« Um über das bedenkliche Thema wegzukommen, warf sie sich wieder an Annas Hals. »Wie schön du bist! Ich kann mich nicht satt sehen an dir! Und wie ich mich freue an eurem Glück! Das ist ein

Tag für mich –« Wie in seliger Trunkenheit preßte sie die Hände auf die Brust. »In mir ist alles aus den Fugen gegangen! Das ist so schön, so groß – es hat nimmer Platz in mir! Ich möchte schreien, grad' hinausschreien!« Da fühlte sie die Perlen unter ihren Fingern. »Allmächtiger! Jetzt hätt ich fast vergessen –« Mit zitternden Händen löste sie die Schnur. »Nimm, Anna! Das hab' ich dir mitgebracht. Mein Bestes! Diese Perlen hat meine Mutter getragen. Nimm, Anna! Das gibt dir meine Mutter. Das wird dir Glück bringen. Dir und meinem Tas!«

Da wurde die Kupeetür zugeschlagen. »Fertig!« rief eine laute Stimme, und ein gellender Pfiff durchschrillte die Halle. Erschrocken öffnete Tassilo die Tür wieder. »Schnell! Nur schnell!« Er sprang auf den Perron, hob die Schwester aus dem Wagen und küßte sie. Zwei Kondukteure kamen gelaufen, Leute drängten sich herbei, Köpfe tauchten aus allen Wagenfenstern. Tassilo hielt mit der einen Hand die Griffstange des langsam in Gang kommenden Wagens umklammert, mit der anderen hielt er die Schwester fest. »Wo ist Rosa?« Er meinte die Beschließerin. »Wo ist Rosa? Ich lasse dich nicht allein.«

»Aber Tas! Um Gottes willen!« stotterte Kitty. »Dort ist sie ja!«

»Wo?«

»Dort! Dort!« Sie deutete nach irgendeiner Richtung.

Die Kondukteure schimpften; der eine wollte die Wagentür schließen, der andere Tassilos Hand von der Stange lösen. Hinter den Leuten tauchte die rote Mütze eines Bahnbeamten auf, während Forbeck mit stoßenden Ellbogen die dichte Menschengruppe zu durchbrechen suchte.

»Aber Tas! Tas!« jammerte Kitty. »Steige doch ein! Deine Frau ist im Wagen –«

Anna war in der Tür erschienen und griff mit beiden Händen nach Tassilos Arm.

»Zurück, Anna! Du fällst!« stammelte Tassilo, und um die junge Frau vor dem drohenden Sturz zu bewahren, gab er die Hand der Schwester frei und schwang sich auf das Trittbrett. Die Kondukteure drängten ihn in das Kupee, der eine schlug, am rollenden Wagen hängend, die Tür zu, und der andere schloß die Messingklappe.

Kitty sah dem rascher und rascher gleitenden Zuge nach. »Da reisen sie jetzt! Mit ihnen das Glück. Weil sie den Mut hatten, ihr Glück zu erkämpfen.«

»Mut?« sagte Forbeck mit bebender Stimme. »Wenn das Herz nach Glück verlangt, ist der Mut eine billige Sache. Wer Mut zeigen und ein Glück erkämpfen will, braucht noch ein besseres Recht als nur das Recht seiner Sehnsucht. Ihr Bruder hatte dieses Recht. Er nahm, indem er gab, und opferte, um zu gewinnen.«

In Erregung schüttelte sie das Köpfchen. »Das ist mir zu hoch, das versteh' ich nicht.« Sie sah die brennende Röte, die ihm über Stirn und Wangen schlug, und wurde verlegen. »Ich habe Sie doch nicht verletzt? Was ich sagte, war kein Vorwurf für S i e – eher für mich!« Die Augen senkend, zog sie den Schwanenpelz enger um die Schultern und begann am Geleise entlang zu gehen. Wortlos ging Forbeck neben ihr her. Da sagte sie leis: »Bitte! Erklären Sie mir, was Sie gemeint haben.«

»Denken Sie: Ihr Bruder wäre nicht gewesen, was er ist, der Träger eines adligen Namens, reich, unabhängig, ein Mann, der seine Zukunft in festen Händen hält – sondern ein junger Mensch ohne Namen, ohne Vermögen, ohne Familie, mit der Heimat auf der Straße. Und denken Sie: Eine grausame Laune des Schicksals hätte es gewollt, daß er sein Herz an ein Mädchen verlor, von dem alles ihn schied, was in der Meinung der Welt als Schranke gilt. Glauben Sie, Ihr Bruder hätte auch dann den Mut gehabt, sein Glück zu erzwingen?«

»Gewiß! Dann erst recht!«

»Nein, Komtesse! Und sicher nicht, wenn seine Neigung von jener Art gewesen wäre, die jede Lebensfaser bewegt wie eine rein klingende Saite und den ganzen Menschen erhebt, auch wenn sie jede Hoffnung in ihm zerdrückt. Wie hätte er das lachende Spiel mißbrauchen dürfen, mit dem sich Jugend zu Jugend findet? Und wenn ein Schimmer von Neigung im Herzen jenes Mädchens für ihn erwachte? Hätte er diesen Funken mit einem Sturmhauch der Leidenschaft zum Feuer anfachen sollen, das auflodert, um wieder zu erlöschen, wenn die Ernüchterung kommt? Hätte er versuchen sollen, im ersten Rausch die Geliebte an sich zu reißen? Hätte er sie bereden sollen, ihm Namen und Rang zu opfern, die sorglose Behaglichkeit im Elternhaus und die Liebe des Vaters, der einer solchen Verbindung seine Zusage nie erteilt hätte? Und was hätte er zum Tausch für dieses Opfer bieten können? Den seligen Taumel einer kurzen Zeit. Und hinter den rosigen Wochen eine Reihe von Jahren, voll von jenem bitteren Kampf, der die beginnende Laufbahn jedes ernsthaft strebenden Künstlers erfüllt! Es führt nicht jeder Kampf zum Siege. Wenn ihm vor der Zeit die Kraft versagte? Wenn in diesem aufreibenden Kampf sein Talent in Stücke fiel? Wenn das einzige unterginge, was er der Geliebten als Dank für alle Opfer gern geboten hätte: den Stolz auf das Können ihres Mannes, den Glauben an ihn, die Hoffnung auf eine Zukunft in Ruhm und Ehre? Was dann? Über die Geliebte die Möglichkeit eines solchen Glückes heraufzubeschwören – nein, Komtesse, das ist nicht ›Mut der Liebe‹, das wäre der Mut eines Diebes!«

Die Wangen in heißer Glut, jeden Zug gespannt in lauschender Erregung, war Kitty neben Forbeck hergegangen. Nun hob sie den Blick. »Ja, Herr Forbeck! Jetzt versteh' ich! Alles!« Ihre Stimme schwankte. »Aber dann? Das ist doch kein Ende? Ich will wissen, was mit i h m geschieht?«

»Sein Leben wird hart sein, nicht häßlich.« Er vermied ihre Augen. »Liebe ist ein Glück, auch wenn sie einsam bleibt. Er hat den Trost seiner Arbeit, seiner Kunst. Vielleicht erfüllt sie ihm doch e i n e Hoffnung seines Lebens und trägt ihn auf stolze Höhe, so daß er nach Jahren von sich sagen kann: Ich habe den Kampf nicht gescheut, in dem nur ich allein verlieren konnte, ich hatte den Mut auch für den steilsten Weg, und in diesen Jahren der Wandlung ist in mir nur eines sich gleichgeblieben.«

Kitty nickte. »So wird es kommen. Mit ihm! Das weiß ich. Aber was soll mit i h r geschehen? Das ist doch verzeihliche Neugier? Nicht? Also! Sie haben doch selbst den Fall gesetzt, daß sie ihm gut war – wenn Sie auch vermuten, daß es nur so ein kleines, winziges Feuerchen wäre?«

»Die Zeit wird es löschen. Sie wird vergessen.«

»Vergessen? So? Das wäre allerdings bequem! Da hätte die Geschichte freilich ein Ende!«

Die Bahnuhr schlug die halbe Stunde, und tönend schwammen die beiden Klänge durch die weite Halle.

Erschrocken sah Forbeck auf. »Verzeihen Sie, Komtesse, ich habe vergessen – Sie schickten mich doch, um nach dem Fahrplan zu sehen. Wir müssen eilen, wenn Sie noch zurechtkommen wollen. Da drüben, ganz am Ende der Halle, steht Ihr Zug, er geht in wenigen Minuten.«

»Ich weiß. Zwei Uhr achtunddreißig!« sagte Kitty und beschleunigte ihren Gang.

»Sie wissen?«

»Natürlich! Es war doch nur ein Vorwand, als ich Sie wegschickte. Ich hoffe, Sie nehmen mir das nicht übel. Aber Tas, und wir beide zusammen, das hätte doch Veranlassung gegeben zu allerlei unbequemen Fragen. Und da wäre doch jetzt nicht die Zeit gewesen, um das aufzuklären. Nicht wahr?« Sie blieb stehen und bot ihm die Hand. »So! Jetzt ist alles klar zwischen uns. Jetzt flink, oder ich versäume den Zug!«

Rasch durcheilten sie die Breite der Halle. Das zweite Zeichen war schon gegeben, als sie den Zug erreichten. Der Schaffner, mit welchem Kitty vor einer Stunde in München angekommen war, begleitete auch den Zug, mit dem sie die Rückreise antrat; er erkannte sie und lief, um einen Wagen erster Klasse zu öffnen.

Forbeck war in nervöser Erregung. »Es wird Nacht, bis Sie in Hubertus ankommen, und es macht mir Sorge, daß Sie allein reisen.«

Sie lächelte, halb erfreut, halb verlegen. »Ich muß allein reisen, gerade jetzt. Und was sollte mir zustoßen? Fünf Stunden sitz' ich ruhig im Kupee, dann nehm' ich mir einen Einspänner und kutschiere gemütlich nach Hause.«

Forbeck schien nicht beruhigt. »Wenn Sie gestatten wollten, daß ich in einem anderen Kupee –«

»Ach, Unsinn! Das am allerwenigsten! Das wäre n o c h unbehaglicher. Aber ich danke Ihnen!« Sie wollte ihm die Hand reichen.

Der Schaffner mahnte: »Höchste Zeit, gnädiges Fräulein!«

Kitty sprang so flink in den Wagen, daß die jähe Trennung fast den Anschein einer Flucht gewann. Forbeck benützte diesen Moment, um dem Kondukteur ein Goldstück in die Hand zu drücken: »Bitte, nehmen Sie sich der jungen Dame an und sorgen Sie dafür, daß niemand sie stört!«

Der Schaffner machte eine tiefe Reverenz und schloß mit auserlesener Vorsicht die Wagentür.

In der einen Hand den Hut, mit der andern an der Uhrkette nestelnd, sagte Forbeck tonlos: »Darf ich bitten, Fräulein von Kleesberg zu grüßen und ihr zu sagen, daß ich die viele Freundlichkeit, die sie mir erwiesen, nie vergessen werde!«

»Ja, Herr Forbeck, das sag' ich ihr! Und das wird ihr Freude machen. Tante Gundi hat Sie sehr liebgewonnen, sehr! Für Ihren Gruß wird sie sich persönlich bei Ihnen bedanken, sobald wir nach München kommen, in drei bis vier Wochen.« Kitty verschwand, erschien aber gleich wieder am Fenster mit dem Jammerschrei: »Um Gottes willen! Wo ist denn mein Koffer?« Als sie das fassungslose Entsetzen gewahrte, von welchem Forbeck befallen wurde, fing sie herzlich zu lachen an: »Na also, da haben Sie jetzt ein bißchen Arbeit! Das wird Sie wohltuend zerstreuen!«

Der Pfiff der Lokomotive und ein rasselnd durch die Wagenreihe zuckender Stoß unterbrachen ihre Worte. In jäher Bestürzung streckte sie die Hand aus dem Fenster. »Herr Forbeck!« Das klang wie verzehrende Angst. »Auf Wiedersehen!«

Er brachte kein Wort heraus, als er hastig ihre Hand erfaßte; Kittys Finger klammerten sich um die seinen, und während er neben dem rollenden Wagen herlief, hing sein dürstender Blick an ihrem verstörten Gesicht.

Der Wagen bekam es eilig, die beiden Hände mußten sich lassen.

# 7

»Tut mir leid, aber der Herr is net daheim!« So hatte, als das Lieserl in der Nacht am Doktorhaus die Glocke gezogen, die Haushälterin des Arztes aus dem Fenster gerufen. »Um neune am Abend hat er in d' Färleiten müssen.« Das war ein einsam gelegener Bauernhof, zwei Stunden vom Seedorf entfernt. »Wenn er heimkommt, schick ich ihn gleich. Wer is denn krank bei dir?«

Lieserl, an allen Gliedern zitternd, gab mit erwürgter Stimme die Antwort: »Der Mutter is net gut!«

»Es wird net so arg sein! Sie soll sich derweil an Tee machen. In der Fruh kommt der Herr Doktor schon.«

Das Fenster klirrte; und Lieserl trat den Heimweg an. Ihre Tränen waren versiegt, ihre Angst verwandelte sich in dumpfe Erschlaffung. Wie Blei lag es ihr in den Knien. Schließlich begann sie aber doch zu laufen, weil die tiefe Finsternis sie gruseln machte; dazu hatte sie die Empfindung, als striche ihr jemand mit eiskalter Hand über das Gesicht. Und das eintönige Rauschen, das neben der Straße aus der tiefen Schlucht der Ache klang, weckte in ihr die Vorstellung einer Gespensterstimme.

Als sie heimkam, sah sie an den ebenerdigen Fenstern alle Läden geschlossen. Sie hörte ersticktes Schluchzen und gewahrte auf der Hausbank einen schwarzen Klumpen, an dem sich eine weiße Schürze bewegte. Vor Erschöpfung taumelnd, umklammerte Lieserl den Arm der Mutter und lallte, daß sie den Doktor nicht daheim gefunden.

»Lieserl!« schluchzte die Zaunerin und zog die Tochter auf ihren Schoß. »So a Glück hätt dir zustehn können! Und so an Unglück muß kommen über uns! O du mein armes, verlassens Kinderl. Da hätt jetzt auch kein Doktor nimmer gholfen.«

»Mar' und Joseph!« kreischte Lieserl und verbarg unter Zittern das Gesicht am Hals der Mutter.

So saßen sie und weinten miteinander. Endlich versuchte die Zaunerin das Mädel aufzurichten. »Komm, ich führ dich in d' Stuben eini! Schau ihn an, dein armen Schatz, wie er daliegt, so lieb und schön!«

Die Stubentür war halb geöffnet, und man sah den Tisch mit der Hängelampe darüber, die einen hellen Lichtkreis über die Dielen warf. Auf einem Sessel mitten in der Stube stand eine irdene Schüssel mit rot gefärbtem Wasser, in dem ein blutfleckiger Lappen schwamm. Gebrochen, mit käsigem Gesicht, saß der Zaunerwastl auf der Ofenbank; als die Meisterin und das Lieserl über die Schwelle geschlichen kamen, zuckte es in seinen Fäusten, und mit irrem Blick streifte er das Sofa, auf dem der Tote lag: in der schmucken Uniform mit den blinkenden Knöpfen, den seitlich geneigten Kopf in die Kissen versunken. Das hübsche, junge Gesicht, das sorgfältig vom Blut gereinigt war, zeigte einen gutmütigen, fast knabenhaften Ausdruck.

Vom Arm der Mutter umschlungen, stand Lieserl vor dem Toten, mit aufgerissenen Augen, von einem Schauer gerüttelt, daß ihr die Zähne klapperten.

»Schau, Lieserl, da liegt er!« schluchzte die Zaunerin. »Druck ihm die lieben Äugerln zu! Der hat's verdient um dich.«

Meister Zauner wurde unruhig.

Von der Mutter geschoben, näherte Lieserl sich dem Sofa. Als ihre Finger die Lider des Toten berührten, wich sie zurück und schlug die Hände vor das Gesicht: »Mutter! Ich fürcht mich vor ihm!«

Da sprang der Zauner auf, mit geballten Fäusten. »Naus!« schrie er in seinem Zorn, daß ihm der Schaum vor die Mundwinkel trat. »Naus zu Stuben! Du! Solang er glebt hat, hast dich net gforchten? Gelt? Da hast scharwenzeln können und 's Fenster sperrangelweit aufreißen! Und jetzt tät dir grausen vor ihm? Naus zur Stuben, du Fratz, du gottvergessener! Oder ich vergreif mich an dir!«

Lieserl, die Arme über den Kopf schlagend, floh aus der Stube; zum erstenmal im Leben hatte sie Angst vor ihrem Vater.

»O du grundgütiger Heiland!« kreischte die Zaunerin. »So was von Gemütlosigkeit is mir meiner Lebtag noch net unterkommen! Lieserl! Mein arms Lieserl!« Sie wollte ihrem mißhandelten Kinde folgen.

»Du bleibst!« keuchte der Zauner. »Mit dir hab ich z'reden!« Er faßte das Weib am Arm und warf die Tür zu.

Lieserl hatte im Flur die brennende Kerze aufgerafft und rannte, wie von einem Gespenst gejagt, über die Treppe hinauf in ihr Stübchen. Zitternd schob sie den Riegel vor, schloß in scheuer Hast das Fenster, das noch immer offen stand, und trug den Leuchter zum Spiegeltisch. Ihr Blick fiel in das Glas, und sie sah die roten Flecken an ihrer Brust und am Ärmel. Von Grauen befallen, riß sie das Leibchen herunter; eine Hafte verfing sich am Nacken in ihrem Haar, und das verursachte ihr solchen Schreck, daß sie aufschrie und in blinder Angst immer zerrte, bis ihre Zöpfe sich lösten. Unter einem Zähneschauer riß sie die Tür wieder auf, schleuderte das Leibchen in den dunklen Flur hinaus und schlenkerte die Finger wie ein zu Tod erschrockenes Kind, das sich im Spiel mit dem Feuer die Hände verbrannte. In Rock und Schuhen, das Gesicht von Angst und Erschöpfung entstellt, warf sie sich über das Bett; es war aufgedeckt und frisch überzogen wie vor hohem Feiertag; nur die Kissen fehlten.

Lautloses Schluchzen erschütterte den Körper, während sie den Kopf in das flaumige Oberbett vergraben hielt. So hörte sie keinen Laut, obwohl man aus der Stube herauf den Klang der wechselnden Stimmen vernehmen konnte.

Tritte polterten im Flur, und die Haustür knarrte. Über die Fenster des Stübchens zuckte ein unruhiger Schein, als ginge man mit einer Laterne gegen die Straße. Eine halbe Stunde herrschte tiefe Stille da drunten, dann wurde die Haustür geschlossen, und müde Tritte schlurften über die Treppe herauf.

Die Zaunerin kam in das Stübchen geschlichen. Ein Bild des Jammers, fiel sie neben dem Bett auf einen Sessel. Nach einer Weile strich sie scheu mit der Hand über Lieserls entblößte Schulter. »Jetzt mußt dich nimmer fürchten! Er is schon aus'm Haus.«

Das Mädel fuhr auf, stierte die Mutter an und verbarg das Gesicht wieder in den Federn.

»Der Vater hat gmeint, es könnt dem gnädigen Herrn lieber sein, wenn d' Leut sagen: 's Unglück is auf der Straßen gschehen – lieber, als wenn 's Geschrei umanand ging: er is am Zaunerlieserl ihrem Fenster ausgrutscht! Es wär auch besser für dich, wenn die Sach vermankelt wird. Soviel Ehr: daß der junge Herr Graf seine gnädigen Augen zu dir erhoben hat. Aber d' Leut fassen so was gspassig auf. Da könntst an Treff kriegen fürs Leben! Und der Vater hat gar net denkt an dich! Nur allweil an gnädigen Herrn Grafen! Und drum hat er den armen Kerl abitragen in Seebachgraben und hat ihn hingelegt, als ob er in der Nacht über d' Straßen naustreten wär und hätt sich derfallen. Und jetzt is er fort, der Vater, und is auffi zum gnädigen Herrn in d' Jagdhütten. Der wird Augen machen!«

Seufzend blies die Zaunerin den Atem aus, und ihre Zähren begannen wieder zu fließen. Nach einer stummen Weile erhob sie sich und drückte stöhnend die Fäuste in den Rücken. »Jetzt muß ich sauber machen drunt! Und sei gscheit, Lieserl, tu dich ordentlich niederlegen. Es kommt der Tag schon bald, und a paar Stünderln Ruh mußt haben, sonst kann dir's morgen jeder Mensch vom Gsichterl ablesen, daß was passiert is! Geh, sei gscheit! Ich hol dir dem Vater seine Kopfpolstern ummi. Der braucht s' heut nacht sowieso net.« Sie verschwand und erschien wieder, unter jedem Arm ein bauschiges Kissen. Mit umständlicher Sorgfalt machte sie das Bett zurecht und entkleidete das feine Lieserl, das stumm und willenlos alles mit sich geschehen ließ. »So, du arms Hascherl! Jetzt tu dich einihuscheln in d' Federn! Und 's Lichtl laß ich brennen. Daß dich net fürchten tust.«

Zärtlich streichelte die Zaunerin das blasse Gesicht ihres Kindes, zerdrückte mit der Faust eine schimmernde Mutterträne und humpelte seufzend aus der Stube.

Schaudernd schmiegte sich Lieserl in die Kissen und zog das Deckbett über die Ohren.

Die Stunden versickerten, und vor den Fenstern des Stübchens begann der erwachende Tag zu glänzen.

Mutter Zaunerin erschien mit nasser Schürze und mit Händen, die von der Kälte des Wassers gerötet waren. Der süße Trost, den in allem Leid die Arbeit bietet, schien sich auch ihr erwiesen zu haben. Sie war gefaßt. »So, Lieserl! A traurigs Gschäftl hab ich ghabt. Aber drunt is wieder alles in Ordnung. Jetzt kann ins Haus kommen, wer mag. Keiner wird merken, daß da was gscheen is. Vor die Leut heißt's Obacht geben! Wir zwei unter uns können reden drüber, was für a Glück uns zugstanden wär, wenn's mögen hätt!«

Mit diesen Reden »unter uns« machte die Zaunerin gleich den Anfang und erörterte unter Seufzern jede Hoffnung, die das »arge Unglück« so jäh vernichtet hatte. »Schau, liebs Kindl, ich will dir gwiß kein Fürwurf machen. Aber hättst Vertrauen zu deiner Mutter ghabt, wer weiß, wie's gangen wär? Und red doch endlich amal a Wörtl! Es könnt mich trösten, wenn ich wüßt, wie alles kommen is.«

Lieserl schüttelte heftig den Kopf und vergrub das Gesicht in die Kissen. Aber die schmerzvolle Neugier der Zaunerin gab keine Ruhe mehr, bis sie gestillt wurde. Lieserl mußte erzählen, ob sie wollte oder nicht.

Es wuchs der Tag vor den Fenstern. Und wie das Licht da draußen in alle Winkel des Tales drang, so schlich sich auch ein verklärender Strahl in Lieserls dunkle Liebesgeschichte. Sie schien es selbst nicht zu merken, daß sie beim Erzählen mehr als bedenklich von der Wahrheit abirrte. die Verstörtheit ihres hübschen Grübchengesichtes begann sich zu mildern, und während ihre dunklen Kirschenaugen in schwärmerischem Kummer blickten, verwandelte Lieserl sich vor der Mutter in die makellose, des tiefsten Mitleids würdige Heldin eines sentimentalen Romans, der die Zaunerin zu Tränen rührte.

Im Verlaufe des vorletzten Kapitels, das im abendlichen Walde spielte und eines Kniefalls mit heißen Liebesschwüren des unglücklichen Helden Erwähnung tat, ließ sich Lieserl ihr Röckl reichen und holte aus der Tasche ein zusammengeknüpftes Tüchl hervor. Über der Bettdecke löste sie den Knoten und hielt der Mutter auf flacher Hand den funkelnden Rubin entgegen. »Da schau, Mutter! Den kostbaren Edelstein hat er mir gschenkt! Soviel is unser Haus und Garten net wert!« Das war eine poetische Übertreibung, aber sie fand den sprachlos staunenden Glauben der Zaunerin. »Und gschworen hat er mir, daß er mich lieber hätt als alles auf der Welt!« Tränen erstickten ihre Stimme.

»Der gute, liebe, süße Mensch!« Vor Rührung, Schmerz und freudiger Überraschung einem Weinkrampf nahe, warf die Zaunerin sich an die Brust ihres Kindes. »Lieserl, Lieserl! Dös kostbare Blutströpfl mußt in Ehren halten und am Halserl tragen wie an Ammalett, zum ewigen Andenken bis zu deiner seligen Todesstund!«

Tod! Das üble Wort jagte einen Schauer über Lieserls Nacken. »Ich bitt dich, red net allweil vom Sterben!« greinte sie und wand sich aus den Armen der Mutter.

Die Zaunerin klagte weiter: »Du mein arms, unschuldigs Kindl du! Der hätt dich gheirat, Lieserl! Du, Frau Gräfin! Und ich als Gräfin-Mutter! Und jetzt is alles aus! Und wer kann wissen, ob 's Unglück schon an End hat? Völlig grausen tut's mir, wenn ich dran denk, was da für Sachen aussiwachsen können! Und wer muß leiden drunter? Du, Lieserl! Allweil der Unschuldig! Dös is die Grechtigkeit auf der Welt! Gott behüt uns vor so was!« Die Zaunerin schlug ein Kreuz. Dazu hatte sie den rechten Augenblick gewählt, denn das Morgengeläut der Kirchenglocke begrüßte den neugeborenen Tag.

Lieserl schien von der Angst der Mutter angesteckt. »Was soll mir denn gschehen können?«

»D' Leut, Lieserl! Die schlechten Leut! Wär alles gut nausgangen, 's ganze Dorf wär zersprungen vor lauter Neid. Aber jetzt! Weil alles schief gangen is! Wann der Vater die Gschicht net gut vermankelt, rucken d' Leut mit'm Gspött und mit der boshaften Gaudi über uns her, daß man sich in Erdboden verschliefen möcht! Verschandeln werden dich d' Leut, kein guts Haar mehr lassen s' an deiner Ehr! Und hängen bleibt's an dir! Dein Leben lang! Herrichten werden dich d' Leut, daß dich keiner mehr anschaut auf der ganzen Welt! Und sitzen bleibst! Ich sag dir's, Lieserl, ich weiß net, was ich drum gäb, wenn gschwind einer da wär, der dich vom Fleck weg auffifführen tät ins Pfarrhaus!«

»Aber Mutter!« stammelte das Mädel, dem die finstere Logik der Zaunerin mit Schrecken einzuleuchten schien. »Wo soll denn gschwind einer herkommen?«

Die Phantasie der Mutterliebe machte über allen Jammer hinüber einen Löwensprung: »Der Pointner-Andres!«

Als Lieserl den Namen hörte, fuhr sie aus den Kissen und spie zur Erde.

»Lieserl! Ich sag dir's: Tu dich net versündigen! Oder willst dein Glück verklämpern?« jammerte die Zaunerin. »Ich hab dir's allweil gsagt: Halt dir den Andres warm! Er is net der schlechteste. Der schönste Hof im ganzen Ort! Und der Steinbruch, der zum Hof ghört, is die reinste Goldgruben. Aber allweil is noch nix verspielt. Der Andres is völlig narrisch vor lauter Lieb zu dir. Da tät's dich nur a Wörtl kosten, und alles wär in der schönsten Ordnung. Meiner Seel, wenn ich wüßt, wo ich den Andres find, auf der Stell tät ich reden mit ihm!«

»Mutter!« lallte Lieserl, zu Tod erschrocken. »Lieber sterben als so was von Schlechtigkeit verüben!«

»Schlechtigkeit? Was Schlechtigkeit?« Das Wort schien die Zaunerin zu reizen. »'s ganze Leben ruinieren und Sorg und Elend über d' Mutter bringen! Dös wird wohl Schlechtigkeit gnug sein!« Warnend erhob sie den Finger. »Sei gscheit, Lieserl! Oder willst es drauf ankommen lassen, daß dich der Andres auch nimmer mag? Und daß dich der Miserabligste im Ort nimmer anrühren möcht mit'm Stecken? Ah na! Da is d' Mutter noch da! Auf der Stell schau ich, daß ich den Andres find! Und dir, Lieserl, sag ich: Sei gscheit!« Die Tochter mit einem letzten warnenden Blick bedenkend, strebte das kummervolle Mutterherz der Zaunerin zur Tür hinaus.

»Ich tu's net! Und ich tu's net!« kreischte Lieserl und sprang wie in einem Anfall von Wahnwitz aus dem Bett. »Und net um d' Welt! Und net um alles! Lieber sterben! Pfui Teufel, Mutter! Mir graust!« Sie riß die Tür auf, um die Mutter noch einzuholen. Da sah sie auf der Flurdiele das blutige Leibchen liegen. Von kaltem Grauen geschüttelt, taumelte sie zurück und warf, als hätte sie ein Gespenst gesehen, die Tür ins Schloß.

Ein paar Minuten später zappelte die Meisterin aus dem Haus, einen Henkelkorb am Arm, mit einem wollenen Umschlagtuch.

Es war noch früh am Morgen; aber das Leben des Dorfes erwachte schon. Blauer Rauch stieg aus den Schornsteinen, von den zerstreuten Höfen hörte man Geräusch und Stimmen, die Hunde schlugen an, auf der Straße rasselte ein Leiterwagen, und aus dem Park von Schloß Hubertus, dessen Baumkronen von grauem Nebel umsponnen waren, klang von Zeit zu Zeit ein gellender Adlerschrei.

Die Zaunerin hatte es eilig. Sie achtete der schweren Nässe nicht, die sie mit dem Rocksaum von den weißbetauten Gräsern streifte.

Schnaufend erreichte sie das Pointnerhaus, ein stattliches Gebäude in weitläufigem Hofraum. Beim Brunnen stand eine Magd, und freundlich rief die Zaunerin über die Staketen: »Guten Morgen, Franzi! Zeitig bist auf!«

Die Magd lachte. »Wär net schlecht, wenn ich d' Sonn verschlafen möcht!«

»Ja, ja, a fleißigs Haus, der Pointnerhof! Der Bauer is wohl auch schon lang bei der Arbeit?«

»Da hast recht! Der Alt is am Feld draußen, und der Jung schafft schon seit in der Fruh um fünfe im Steinbruch.«

»So? So? Bhüt dich Gott!«

Die Zaunerin eilte weiter. Ihr Weg ging durch ein Laubgehölz, dessen Blätter sich schon gelblich zu färben begannen. Ein mit Quadersteinen beladener Wagen kam ihr entgegen, sie hörte einen Sprengschuß und vernahm das dumpfe Getös des fallenden Gesteins.

Die Bäume lichteten sich, und vor der Zaunerin lag der tief in den Berghang eingewühlte Steinbruch. Über der kahlen Wand verzog sich der Pulverdampf des letzten Sprengschusses, während am Fuß der Felsen, zwischen klotzigen Trümmern, drei Arbeiter mit klingenden Hammerschlägen schon wieder die neuen Sprenglöcher in das Gestein meißelten. Im Schotterfelde standen zwei Wagen, der eine schon mit Steinen befrachtet, während der andere beladen wurde; vier Männer waren hier bei der Arbeit, unter ihnen der Pointner-Andres. Er hielt die Schulter gegen einen eisernen Hebel gestemmt und wälzte einen schweren Stein auf den ächzenden Wagen hinauf. Als die Zaunerin sich näherte, rollte der Block an seinen Platz. Andres wischte mit dem Hemdärmel den Schweiß von der Stirn; nun gewahrte er das Weib, ließ den Arm fallen und sperrte die Augen auf.

»Guten Morgen, Andres! Fleißig?« nickte die Zaunerin mit großer Herzlichkeit und ging vorüber.

Sie kannte den Andres und brauchte nicht das Gesicht zu drehen, um zu wissen, daß er ihr folgen würde. Als sie den Wald erreichte, kam ihr der junge Pointner mit schweren Schritten nachgetappt, verlegen, erregt wie ein hungriges Kind, das die Mutter mit gefülltem Körbchen vom Bäcker kommen sieht.

»He! Meisterin! Wohin denn?«

Die Zaunerin blieb stehen und hatte eine Ausrede flink bei der Hand. Ein paar Reden wurden gewechselt, und mit einer scheuen Frage nach Lieserls Befinden brachte der Andres selbst das Gespräch auf den Weg, um den es der Zaunerin zu tun war.

»Geh, du! Fragen kannst auch noch!« schmollte sie, als wäre sie dem Andres aus irgendeiner Ursache bitterbös und könnte ihm doch nicht gram sein.

Diese dunkle Einleitung brachte den jungen Pointner aus seiner ohnehin recht zweifelhaften Ruhe. »Du? Was machst denn für Augen?«

»So? Merkst es? Wann ich dich net so gern hätt, möcht ich dir am liebsten d' Ohrwascheln aus'm Kopf reißen vor lauter Zorn! Ja, dir! Mein Madl so schikanieren! Da hört sich doch alles auf!«

Dem Andres versagte vor Verblüffung die Sprache. Seine klobigen Fäuste zitterten, mit offenem Mund und großen Augen starrte er die Zaunerin an, und Röte und Blässe wechselten auf seinem ungeschlachten Gesicht. »Wie? Was denn? Ich hab dem Lieserl kein unguts Wörtl net geben! Soviel dürsten tut mich nach dem Lieserl! Allweil lachen mich d' Leut drum aus! Und 's Lieserl is soviel unfreundlich. Allweil sagt's mir, daß ihr keiner auf der Welt so zwider wär wie ich.« Andres strich mit den Händen übers Haar und seufzte schwer.

»Du? Zwider? Dem Lieserl?« Die Zaunerin stellte den Korb zu Boden und schlug die Hände über dem Kopf zusammen. »Bist denn du mit Blindheit gschlagen? Da muß ich schon aussi mit der Sprach!« Nun ging es weiter wie ein klapperndes Mühlwerk. Ohne sich eine Kunstpause zu vergönnen, spielte die Zaunerin ihre strohdumme Komödie zu Ende. Jeder andere wäre stutzig geworden. Aber der Pointner-Andres war blind, trotz seiner scharfen Augen. Er war gewiß kein großes Geisteskind, aber auch nicht dumm – nur eben verliebter als für ihn gesund war. Um die heißen Kohlen in seinem Herzen zur Flamme anzublasen, hätte es gar nicht dieses langen Märchens von der unverstandenen Liebe bedurft, von Lieserls bleichen Wangen und ihren schlaflosen Nächten, von den heißen Tränen, bei denen die Zaunerin ihr armes Kind überraschte, von Lieserls Beichte am Mutterherzen und von ihrem verzeihlichen Groll über den Pointner-Andres, »der halt gar net Ernst macht«. Hätte die Zaunerin statt dieses langen Schwindels nur kurzweg gesagt: »Komm, Andres! Zum Lieserl!« – sie hätte die gleiche Wirkung ebenso sicher erzielt, nur um vieles rascher.

Der baumschwere Mensch zitterte an allen Gliedern, seine Augen glänzten, und so lange Schritte machte er, daß ihm die Zaunerin kaum zu folgen vermochte. Und wie er den Kopf trug, wie seine schwere Gestalt sich reckte!

Weniger hoffnungsfreudig war das Antlitz der siegreichen Mutter anzusehen; unruhig huschte ihr Blick nach allen Seiten, und als die Straße erreicht war, guckte sie scheu in die Seebachschlucht hinunter, aus deren Schattentiefe dünne Wasserdünste sich emporkräuselten in die sonnige Morgenluft.

Die Beklemmung, von der die Zaunerin befallen war, schien sich einigermaßen zu lösen, als sie vor dem Pointner-Andres das Staketentürchen öffnete. Mit wichtigtuender Geheimniskrämerei führte sie den Burschen ins Haus und ließ ihn in die Stube treten, deren Dielen frisch gescheuert waren und noch feuchte Flecken hatten.

Während Andres mit unbehilflicher Verlegenheit immer seine klobigen Hände abstaubte und auf dem Sofa Platz nahm, stolperte das mütterliche Schicksal über die Stiege hinauf. Beim Eintritt in Lieserls Stübchen nickte die Zaunerin befriedigt vor sich hin, als sie die Kammer geordnet und das Mädel auf einem Sessel sitzen sah, zwar blaß wie eine geknickte Lilie, doch zierlich frisiert und mit Sorgfalt gekleidet.

»Gut geht's, Herzerl! Er is schon da.«

Lieserl schluckte, und ihr farbloses Gesicht verzerrte sich, als hätte man ihr eine gallenbittere Medizin gereicht. »Na, Mutter! Net um alles in der Welt! Ich geh net nunter in d' Stuben!«

Über dieses Hindernis kam die Zaunerin flink hinüber. »So wart a bißl, ich hol ihn auffi!« Drunten auf der Stubenschwelle brauchte sie nur mit dem Finger zu winken, und der Andres kam. Als er den Flur des oberen Stockes erreichte, sah der im elterlichen Haus an strenge Ordnung gewöhnte Bursch auf den Dielen das Leibchen liegen, für das die Zaunerin kein Auge hatte. Er hob es auf und legte es über das Stiegengeländer. Auf dem Boden blieb ein matter bräunlicher Fleck zurück, als hätte durch lange Zeit ein rostiges Eisen auf dem Brett gelegen. Die Zaunerin klinkte inzwischen die Tür auf und tuschelte schelmisch in das Stübchen: »Lieserl! Schau, wer da is!« Kichernd ließ sie den Burschen über die Schwelle.

Mit verstörtem Gesicht stand Lieserl an die Mauer gelehnt. »Aber Mutter!« stotterte sie und schlug den Arm über die Augen.

»No also, jetzt red!« sagte die Zaunerin zum jungen Pointner. Doch Andres stand wie angewurzelt und wußte nicht, was er sagen sollte. »Wenn dir 's Glück die Red verschlagt,« meinte die Zaunerin, »so mach halt kurzen Prozeß und gib ihr a Bussel, a richtigs!« Sie versetzte dem Andres einen Puff in den Rücken, und um dem schwerfälligen Freier diesen »kurzen Prozeß« zu erleichtern, ließ sie ihn mit der Braut allein.

Draußen an der Tür blieb sie stehen und wollte das Ohr an die Bretter drücken. Da hörte sie das Knarren der Haustür und Schritte im Flur. Unwillig humpelte sie über die Stiege hinunter, und als sie den Doktor sah, bekam sie einen fürchterlichen Schreck. Aber gleich die ersten Worte des Arztes ließen sie die Ausflucht erraten, die das Lieserl in der Nacht gebraucht hatte. Nun fand die Zaunerin flink ihre Sprache wieder, drückte die Hände auf den umfangreichen Magen und schilderte die »grausamen Schmerzen«, von denen sie in der Nacht geplagt worden wäre.

Der Doktor fühlte der Zaunerin den Puls, ließ sich die Zunge zeigen und schien den »bösen Anfall« nicht sonderlich ernst zu nehmen.

Als er am Tische saß und der Kranken das Abführmittel verschrieb, kamen Schritte über die Treppe herunter, und auf der Schwelle erschien ein Paar: Lieserl, bleich und scheu – der junge Pointner mit lachendem Gesicht. Er sah wie ein stolzer Preisstier aus, dem nur der Blumenkranz und die Hörner fehlten.

Da konnte nun der Doktor Zeuge des »ehrsamen Verspruches« sein, zu dem das Zauner-Lieserl ihre kleine, weiße, zitternde Hand in die braune schwielige Riesenfaust des Pointner-Andres legte.

Während die Zaunerin vor Freude in die Schürze heulte und der alte Doktor dem jungen Paar seinen Glückwunsch sagte, ging draußen vor den Fenstern ein Fischer vorüber; er hielt die Forellengerte unter dem Arm und spießte seinen Wurm an die Angel; dann verließ er die Straße und betrat einen schmalen Steig, der in die Seebachschlucht hinunterführte.

## 8

Der Zauner-Wastl erreichte auf seinem Weg zur Jagdhütte bei Tagesanbruch die Almen. Erschöpft und keuchend ließ er sich am Wegrain auf einen Baumstock nieder und drückte die Fäuste auf seine arbeitende Brust, während er den sorgenvollen Blick über den steilen, stundenlangen Weg emporgleiten ließ, den er noch zurückzulegen hatte. Auf dem Almfeld sah er ein altes, gebücktes Bäuerlein in langem Sonntagsrocke bergwärts steigen. Wer kann das sein? Was will der fremde Bauer da droben? Es sieht fast so aus, als ginge er den gleichen Weg – da hinauf zur Jagdhütte?

Die Jagdhütte! Dieses Wort ließ den Zauner wieder an die eigenen Sorgen denken. Wie sollte er vor den gnädigen Herrn Grafen hintreten? Was sagen, um den Vater, der den Sohn verloren, nicht schon mit dem ersten Wort ins Herz zu treffen? Meister Wastl nahm den Kopf zwischen die Hände. Und während er darüber nachsann, wie er seine Unglücksbotschaft einleiten könnte, vernahm er aus der fernen Höhe einen rollenden Hall.

Es war das Echo eines Schusses.

Diesen Schuß hatte Graf Egge abgegeben. Und das Wild, dem der Schuß gegolten, war der »abnorme« Rehbock, dem zuliebe Graf Egge am verwichenen Morgen den Abstieg nach Hubertus unterbrochen hatte.

Schipper, der das seltsame Wild ausgespürt und seinen Herrn auf dem glücklich geratenen Pirschgang begleitet hatte, gratulierte lachend, als der Rehbock im Feuer stürzte. »No also, da liegt er! Wünsch Glück, Herr Graf! Hab ich's net gsagt: Sie bleiben net umsonst heroben! Gelt, es hat sich rentiert, daß der junge Herr Graf allein hat heimmarschieren müssen. Wären S' mit ihm abitrappt, so hätten S' den Bock net. Schauen S' ihn an! Was der für Gwichtl hat!«

Es hätte bei Graf Egge dieser Aufforderung nicht bedurft. In der Hand die rauchende Büchse, sprang er auf seine Beute zu. Als er das verendete Wild erreichte und das seltene, wertvolle Gehörn in der Nähe sah, schwang er im ersten Ungestüm seiner Jägerfreude das verwitterte Filzhütl wie ein Hüterbub, dem ein Glück vom Himmel herunter ins Herz gefallen. So groß war seine Freude, daß er den Jäger mit keiner Hand an den Rehbock rühren ließ. Er selber nahm das Messer, um den Bock »aufzubrechen« und ihn mit verschränkten Läufen in die Tragriemen einzuschnüren. Es fehlte nicht viel, so hätte Graf Egge seine Beute auch noch auf den Rücken genommen; erst nach längerer Debatte gönnte er dem Jäger die »Ehre«, den Bock zur Jagdhütte tragen zu dürfen. »Aber ich geh hinter dir drein, Schritt um Schritt,« sagte er, »sonst gschieht am End mit dem Gwichtl wieder so eine Zauberei sie selbigsmal mit der Gamskruck.«

Schipper, der den Rehbock auf den Rücken schwang, hielt es für das beste, diesen Spaß zu überhören.

Mit einem Moosbüschel säuberte Graf die roten Hände, wischte sie noch ein paarmal über die Rückseite der Lederhose, steckte sein Pfeiflein in Brand und wanderte hinter dem Jäger her. Da hatte er immer das schöne Geweih vor den Augen.

»Du, das sag' ich dir,« unterbrach er das Schweigen, »auf der Stell, wie wir in d' Hütten kommen, wird das Gwichtl runtergsägt und ausgsotten. Das kriegt kein anderer mehr in d' Händ. Das nimm ich heut selber mit nunter.«

»Wollen S' denn heut wirklich heim?« fragte Schipper, über alle Anzüglichkeit in Graf Egges Worten harmlos hinweggleitend. »'s Jagdpech is vorbei und 's Glück is wieder einzogen. Dös sollten S' ausnutzen.«

»Eigentlich hast du recht. Aber ich m u ß hinunter. Ich hab's dem Buben in die Hand gelobt. Jetzt hab' ich den Bock, jetzt halt ich mein Versprechen.«

»Freilich, den Grafen Willy, den haben S' halt gern! Da muß alles andre zruckstehn!«

Eine halbe Stunde waren sie gewandert, als der Graf – er wollte sich zum Räumen der ausgebrannten Pfeife einen Zweig zurechtschneiden – den Abgang seines Messers bemerkte. »Herrgott, jetzt hab' ich den Knicker am Schußplatz liegenlassen!«

»Ich kehr gleich um.«

»Nix da! Erst trag du den Bock in d' Hütten!« Graf Egge zwinkerte mit dem linken Auge. »Vor allem will ich mein Gwichtl in Numro Sicher wissen.«

Schipper mochte nun doch die moralische Verpflichtung einer Abwehr fühlen. »Aber Herr Graf! Der Franzl is ja nimmer da!« Kaum hatte er das ausgesprochen, da schien er schon zu merken, daß er eine Dummheit gemacht hatte.

Ein Schatten ging über Graf Egges Gesicht, und langsam nahm er die erkaltete Pfeife aus dem Mund. »Du! Laß du den Franzl in Ruh'! Im ersten Zorn über andere Dinge bin ich ungerecht gegen den armen Kerl gewesen. Das ist vorbei und nicht mehr zu ändern. Aber du laß ihn in Ruh'! Du Feiner!« Länger hielt Graf Egges Ernst nicht an; er schmunzelte schon wieder und kehrte vom Hochdeutsch, das er gestreift hatte, zum Dialekt zurück. »Und jetzt, du Gauner, paß auf, jetzt sag ich dir was! Der Lump, der selbigsmal die Kruck hat mausen wollen, warst d u ! Ja, du! Und daß ich mir weiter aus der Sach nix mach, dafür kannst du dich bei der Kruck bedanken! Die hat in d' Augen gstochen!« Graf Egge strich mit der Pfeifenspitze über den Schnurrbart und lachte. »Wärst d u  der Jagdherr gewesen und ich der Jäger – ich glaub, ich selber wär schwach worden. Da ich so was begreif, das is die einzig Entschuldigung für dich. Und heut der abnorme Bock dazu! Die Gschicht is erledigt. In Zukunft schau ich dir besser auf d' Finger.«

Schipper zeigte das Lächeln eines Gekränkten, der keine Galle hat. »Der gnädig Herr Graf belieben seine Spassetteln z' machen. Dös muß ich mir gfallen lassen. In Gotts Namen!« Das Klirren eines Bergstockes ließ ihn talwärts blicken. »Herr Graf, da kommt der Patscheider.«

»Der kommt grad recht! Leg den Bock ab und such mir den Knicker!«

Schweigend gehorchte Schipper und sprang davon.

Wenige Minuten später tauchte Patscheider aus den Latschen auf; der steile Weg hatte sein müdes, bleiches Gesicht nicht zu röten vermocht. Er zog den Hut. »Guten Morgen, Herr Graf! An Schuß hab ich ghört. Ah, da liegt ja der Bock. Ich gratulier!«

»Den schau dir an!« sagte Graf Egge mit Stolz und Behagen. »Was der für a Gwichtl hat.«

Pflichtschuldig bewunderte Patscheider das schöne Gehörn, und als ihm Graf Egge die Jagdgeschichte mit umständlicher Genauigkeit erzählte, schien es der Jäger aus irgendeinem Grunde gern zu bemerken, daß sein Herr in guter Laune war.

Sie traten den Heimweg an. Nun ging Graf Egge voraus; er schien um das Gehörn des Bockes, den Patscheider trug, keine Sorge mehr zu haben.

Ein paar hundert Schritte waren sie gegangen; da guckte der Jäger sich vorsichtig um, und als er den Pfad hinter sich leer wußte, sagte er halblaut: »Was Neues wüßt ich, Herr Graf!«

»Schieß los!«

»Dem Franzl is aber Posten anboten worden, mit zweihundert Mark mehr im Jahr, als er bei uns ghabt hat. Und wissen S', wo? Bei dem Fabrikherrn drüben, der Ihnen die Grenzjagd weggsteigert hat.«

Graf Egges Stirn wurde dunkelrot, und seine Augen funkelten. »Der Franzl hat angenommen?«

»Gott bewahr! Abgschlagen hat er.«

»Woher weißt du das?« fragte Graf Egge verblüfft.

Patscheider machte ein Gesicht, als brächte ihn diese Frage in Verlegenheit. »Jetzt muß ich ehrlich aussi mit der Sprach. Es is vielleicht net recht, daß ich mit'n Franzl noch verkehr, seit er bei uns gschaßt worden is. Aber schauen S', Herr Graf, viel Jahr lang haben wir Freundschaft ghalten, und erbarmt hat er mich auch, der arme Teufel! Gestern hab ich den Franzl heimgsucht. Und wie's der Zufall will, grad kommt der Brief.« Patscheider verschwieg, daß der Brief vom Grafen Tassilo war. Alles andere erzählte er, Wort für Wort, wie die Geschichte mit dem Brief im Stübchen der Horneggerin sich abgespielt hat. »Sei' Mutter hat gweint vor lauter Freud. Und ich selber hab gmeint, ich müßt ihm zureden.«

»So?«

»Was will er denn machen? Er kann net briwatisieren. In der Not greift einer bald nach allem. Aber der Franzl? Kasweis is er gwesen im Gsicht. Und na hat er gsagt, es müßt rein ausschauen, hat er gsagt, als ob ich unserm Herrn Grafen im Zorn an Possen spielen möcht.«

Es arbeitete in Graf Egges Zügen. »Warum erzählst du mir das?«

343

»Ich hab gmeint, es freut Ihnen, wann S' hören, wie der Franzl noch allweil zu Ihnen halt.«

Graf Egge legte die Hand auf die Schulter des Jägers. »Ja, Patscheider! Ich danke dir!« Er wandte sich ab, schlug einen Sturmschritt an und wühlte mit zuckender Hand im Bart.

Schon tauchte das Dach der Jagdhütte über einen Rasenbuckel hervor. Da mußten die beiden das breite Kiesbett eines ausgetrockneten Wildbaches durchschreiten. Graf Egge bekam scharfe Steinchen in die Schuhe, und das schmerzte ihn bei jedem Tritt. Als er ans Ufer gestiegen war, winkte er dem Jäger, vorauszugehen, und ließ sich nieder, um die Schuhe abzustreifen. Das Übel war behoben; aber noch immer blieb er sitzen, ließ die Arme übers Knie hängen und spähte hinunter ins ferne Tal.

Kräftig zog der Wind über das sonnbeglänzte Gehänge empor und trug verschwommene Klänge aus der Tiefe herauf – das Geläut der Kirchenglocke. Die Zeit der Messe war vorüber, bis Mittag waren noch lange Stunden. Warum läutete man da drunten?

Graf Egge erhob sich. »Vorwärts! Und heim! Ich hab's ihm versprochen!«

Als er vor dem »Palais Dippel« anlangte, sah er rechts neben der offenen Tür den Rehbock liegen und links auf der Hausbank ein altes gebeugtes Bäuerlein sitzen, im langen Sonntagsrock und mit vergrämtem Gesicht.

Bei Graf Egges Anblick schien den Alten eine ratlose Erregung zu befallen; scheu blickte er nach allen Seiten, erhob sich, nahm respektvoll das Hütl ab und strich das Haar in die Stirn. »Recht guten Morgen, gnädiger Herr Graf!« Seine Stimme klang, als wäre ihm die Kehle zugeschnürt.

Mißtrauisch betrachtete Graf Egge den Bauer. Seine Brauen furchten sich. »Wer bist du? Was willst du? Kommst du vielleicht wegen Wildschaden? Da kehr' nur gleich wieder um! Heuer bezahl' ich keinen Knopf mehr. Dreizehntausend Mark hab' ich heuer schon gebleckt. Das wird mir auf die Dauer zu dumm! Jahraus, jahrein steckt die Gemeinde den schauderhaften Jagdzins ein. Und dann kommt noch jeder von euch und will mich schröpfen bis auf den letzten Blutstropfen. Wildschaden, Wildschaden, Wildschaden! Das nimmt kein Ende mehr. Was ich an Wildschaden bezahlen soll, ist zehnmal mehr, als meine Hirsche fressen könnten, wenn jeder von ihnen zehn Mäuler hätt'! Ich kenne den Schwindel. Ich weiß, wie's gemacht wird. Jeder von euch spekuliert auf den Wildschaden wie der Jud' auf die schlechte Ernte. Die miserabelsten Äcker, die am Wald liegen, stehen dreifach im Preis, weil sie sicheren Wildschaden tragen. Da wird kein Mist aufs Feld gefahren, verschimmelter Haber und fauler Klee wird ausgesät, schandenhalber ein paar Händ' voll. Und wenn der Acker leer bleibt, heißt es: Die Hirsch sind dagewesen, jetzt soll der Jagdherr schwitzen! In der Nacht holt so ein Lump die Kartoffel aus seinem Feld, drückt mit einem gestohlenen Hirschlauf den ganzen Boden voll Fährten an, und dann schreit der Schweinehund nach der Kommission! Heiratet ein Bauer seine Tochter aus, wer bezahlt ihr die Aussteuer? Der Jagdherr! Sogar ins Testament wird der Wildschaden gesetzt wie das sichere Geld im Kasten! Was meine Hirsche fressen, ist wertlos für euch. Aber was ich dafür bezahle, ist euer bester Verdienst. Ja, Bauer! Euer bester Verdienst! Was wäre denn in dem gottvergessenen Bergwinkel euer Dorf ohne mich und meine Jagd? Ein Bettelnest voll Hungerleider. Meine Jagd ist ein Luxus, gut! Ich bezahl' ihn teuer genug. Sechzigtausend Mark jedes Jahr. Und wohin verschwindet der Haufen Geld? In euren Sack! Das Dorf ist reich geworden an meiner Jagd. Aber alles hat seine Grenzen. Ich laß mir nicht die Haut über die Ohren ziehen. Endlich wird mir die Geschichte zu dumm!«

Graf Egge, der über diese Frage nicht aus ungerechtem Ärger, sondern aus wohlbegründeter Erfahrung sprach, hatte sich in heißen Zorn hineingeredet. Er lehnte Gewehr und Bergstock an die Hüttenwand und lüftete die Joppe.

»So red'! Wieviel verlangst du? Es scheint, du bist ein ehrlicher Kerl, ich seh dir's am Gesicht an, daß du wirklichen Schaden hast. In solchem Fall hab' ich mich nie geweigert, die Tasche aufzuknöpfen. Also? Wieviel?«

Der Bauer schüttelte kummervoll den weißen Kopf. »Belieben, gnädiger Herr Graf, ich komm net wegen Wildschaden!«

Graf Egge sah den Alten verwundert an. »Was willst du?«

Der Bauer schluckte. »Belieben, gnädiger Herr Graf, ich such mein Buben.«

Schweigend trat Graf Egge ein paar Schritte zurück, und zwischen seinen Brauen erschien eine tiefe Furche. »Wer bist du?«

»Wenn der gnädig Herr Graf belieben, wär ich der Mühltaler aus Bernbichl.«

Im Küchenraum der Jagdhütte klapperte eine Pfanne, die zu Boden gefallen war. Über Graf Egges Gesicht ging ein Zucken des Unbehagens, nur flüchtig. Dem Blick des Alten entging das nicht, und sein Hütl, das er zwischen den Fingern drehte, fing zu zittern an. »Der Mühltaler aus Bernbichl!« wiederholte er mit erloschener Stimme. »Der gnädig Herr Graf haben mein Namen gwiß schon ghört?«

»Nein!«

»So? So? Freilich, wenn's der gnädig Herr Graf belieben, muß man's glauben!« Langsam nickte der Bauer vor sich hin; dann hob er die umflorten Augen. »Aber an Buben hab ich ghabt – belieben, gnädiger Herr Graf – den haben S' gwiß schon gsehen amal, mein Buben?«

»Nein!«

»So? So? Aber einer von Ihnere Jager? Net? Drum tät ich halt fragen – belieben, gnädiger Herr Graf – ob ich net a Wörtl hören könnt? Bloß an einzigs Wörtl!« Dem Alten kollerten zwei Zähren über die bleichen Backen. »Die ganzen Tag her such ich schon allweil. Is a harter Weg gwesen, da auffi. Aber a Vater! Was tut a Vater net alles?«

Graf Egge bewegte die Schultern unter der Joppe. »Ich werde nicht klug aus deinem Gerede. Dir ist im Gebirg' ein Bub verunglückt?«

»Verunglück?« Der Bauer starrte zu Boden. »Wenn der gnädig Herr Graf belieben, sagen wir halt, verunglückt. Und so viel druckt's mich, daß er kei christliche Ruhstatt net haben soll.«

»Du tust mir leid, Alter! Aber ich begreife nicht, warum du zu m i r kommst?«

»Nur a Wörtl! Belieben, gnädiger Herr Graf, bloß an einzigs! Von die Brävern is er keiner gwesen. Vielleicht bin ich selber schuld dran. Ich, der Vater! Weil ich's ihm net wehren hab können, wann er in der Nacht davongschlichen is, mit'm Büxl unter der Joppen. Aber so viel Straf hat er net verdient, daß ihn kein christlicher Gruß und kein Vaterunser nimmer findt!« Die Stimme des Alten erstickte. »Drum tät ich halt recht schön bitten – nur an einzigs Wörtl, belieben, gnädiger Herr Graf – daß ich mein Buben find.«

Graf Egge begann ungeduldig zu werden, bekämpfte aber noch immer seine wachsende Erregung. »Ich will nicht hart sein gegen dich. Aber du redest mir da einen Verdacht ins Gesicht, den ich mir verbitten muß. Sei vernünftig, Alter, und geh deiner Wege! Ich weiß nichts von deinem Buben.«

Der Bauer griff mit seiner Zitterhand nach Graf Egges Joppe. »Er ist mein Einziger gwesen – belieben, gnädiger Herr Graf!«

»Laß deine Hände von mir!« Da klangen Schritte auf dem nahen Steig. Graf Egge sah den Zauner-Wastl auf die Hütte zukommen und fand in diesem unerwarteten Besuch eine willkommene Ausrede. »Ich will meine Leute beauftragen, daß sie Nachfrag' halten. Jetzt muß ich dich fortschicken. Da kommt einer, mit dem ich wichtige Dinge zu besprechen habe!« Er wandte sich von dem Alten ab, der noch immer die Hand streckte, einen flehentlichen Blick in den heißen Augen. »Grüß' dich Gott, Wastl!« rief Graf Egge ein bißchen unsicher. »Gut, daß du endlich kommst! Nur gleich herein in die Stube!« Da sah er den Ausdruck ratloser Angst in Meister Zauners Gesicht; er stutzte, und eine Frage schien ihm auf der Zunge zu liegen, aber mit unbehaglichem Blick streifte er den alten Bauer, schüttelte den Kopf und trat in die Hütte.

Auf dem Herd der Küchenstube, neben dem flackernden Feuer, saß Patscheider, regungslos, die Fäuste auf den Knien. Er hörte den Grafen in die Stube treten und hörte einen anderen kommen, der an der Hüttenschwelle den Kot von seinen Schuhen stieß. Dann klang aus der Herrenstube die laute Stimme des Grafen und ein Gestammel des anderen. Graf Egges Stimme dämpfte sich, verstummte, und nur noch ein Gemurmel des anderen war zu vernehmen. In der Stube schienen Dinge verhandelt zu werden, die jedes fremde Ohr zu scheuen hatten. Patscheider war ohne Neugier; er lauschte wohl

– nicht gegen die Herrenstube, sondern gegen die Tür, die ins Freie führte. Da draußen war manchmal ein müder Seufzer zu hören, ein leises Ächzen der Bank.

Jetzt klang aus der Herrenstube ein röchelnder Schrei, das Gepolter eines fallenden Sessels und ein dumpfer Schlag, als wäre ein Mensch zu Boden gefallen. Erschrocken sprang der Jäger auf die Tür zu. Er hatte sie noch nicht erreicht, als sie von innen aufgerissen wurde und Graf Egge mit verzerrtem Gesicht und verstörten Augen über die Schwelle taumelte; wie ein Erstickender atmend, streckte er die Arme nach freier Luft; doch beim ersten Schritt, den er über die Hüttenschwelle tat, stand er wie gelähmt und stierte den Bauer an, der sich zitternd von der Hausbank erhob.

»An einzigs Wörtl – belieben, gnädiger Herr Graf! Schauen S' mich an, wie ich dasteh – a Vater, der sein' Buben sucht!«

Graf Egge machte mit der Hand eine sinnlose Bewegung. Tief gebeugt, wie unter drückender Last, wankte er in die Hütte zurück.

»Herr Graf!« stotterte Patscheider. »Um Gotts willen, was haben S' denn?«

Ohne zu antworten, trat Graf Egge in die Stube und drückte hinter sich die Tür zu.

Im Ofenwinkel stand der Zauner-Wastl, kreidebleich. Er wagte sich nicht zu rühren, als Graf Egge auf die Holzbank fiel, die Arme über den Tisch warf und das Gesicht vergrub.

Einmal rückte Meister Zauner kaum merklich von der Stelle, und dabei streifte sein Ellbogen die Ofenkante. Graf Egge fuhr auf; seine trockenen Augen waren rot gerändert, wie von einer Entzündung; er maß den stummen Gast hinter dem Ofen, und an seinen Schläfen schwollen die Adern; dann griff er an seine Stirn, als müßte er sich auf irgend etwas besinnen, und erhob sich mühsam; nach Atem ringend, riß er den Hemdkragen auf und machte einen Gang durch die Stube. Vor dem Zauner blieb er stehen und sagte mit zerdrückter Stimme: »Es war gut so, wie du es gemacht hast. Dich trifft keine Schuld. Du bist ein treuer Kerl und hängst an mir. Jetzt geh! Ich bleibe, bis sie mich holen. Lang wird's nicht dauern. Was stehst du noch? Geh!« Dieses letzte Wort klang hart und scharf.

Der Zauner-Wastl schluckte schwer und schob sich aus der Stube.

Graf Egge ging zur Bank, mit heißen Augen ins Leere blickend. Da hörte er draußen den Meister Zauner sagen: »Pfüe Gott mitanander!« Und eine müde Greisenstimme antwortete: »Pfüet Ihnen Gott!«

»Patscheider!« schrie Graf Egge wie ein Irrsinniger, und seine Hände schlossen sich zu zuckenden Fäusten.

Der Jäger kam.

»Schaff' mir den Menschen fort! Den da draußen!« keuchte Graf Egge. »Seine Nähe bringt mich um.«

Patscheider nickte und ging.

Vor der Hüttentür fand er den Bauer auf der Bank, zwischen den Knien einen kurzen Stecken, den die Zitterhände umklammert hielten.

»Mühltaler –« Dem Jäger versagte die Stimme. »Mit dem Herrn Grafen is jetzt kein Reden net. Sind S' gscheit und marschieren S' in Gotts Namen.«

Der Alte schüttelte den Kopf.

Patscheider spähte gegen das Stubenfenster, faßte den Arm des Bauern und zischelte: »Bloß über's Eck ummi! Leben S' Ihnen in d' Latschen eini, daß Ihnen keiner sieht. Nachher komm ich und sag Ihnen was.« Rasch, wie um der Antwort des Bauern zu entrinnen, sprang er in die Hütte und blieb vor dem versinkenden Herdfeuer stehen. Nach einer Weile hörte er schwere Schritte, die sich entfernten. Patscheider trat in die Stube. »Jetzt is er fort.«

Graf Egge atmete auf. Mit steinernem Gesicht, wie ein Schlafwandler, ging er in der Stube umher, drückte den Hut über das zerwühlte Haar und suchte die Büchse. Sie stand noch vor der Hütte draußen, und Patscheider brachte sie ihm. Mechanisch, wie vor jedem Pirschgang, öffnete Graf Egge den Doppellauf der Waffe, um nachzusehen, ob sie richtig geladen wäre. Er nickte. Und taumelte aus der Stube.

»Wohin, Herr Graf?« fragte der Jäger in Unruhe.

»Heim!« Es zuckte um Graf Egges Mund wie das Lächeln eines Verrückten. »Ich hab's ihm versprochen. Das muß ich halten.«

»Die Tür, Herr Graf!«

Die Warnung kam zu spät. Mit rotem Fleck auf der bleichen Stirn, wortlos, ohne den üblichen Fluch, bückte sich Graf Egge, um den Hut aufzuheben, der ihm vom Kopf gefallen war. Er drückte den mürben Filz wieder über's Haar und ging. Sein Schritt war schleppend.

Patscheider blieb unter der Tür stehen, bis er seinen Herrn im Latschenfelde verschwinden sah. Dann trug er den Rehbock in die Küche, löschte auf dem Herd das Feuer und sprang davon. Zwischen dichten Latschen blieb er stehen und räusperte sich. Langsam schob der Bauer sich aus den Stauden heraus. Patscheider vermied den Blick des Alten. »Mühltaler – ich muß enk alles sagen. A Vater derbarmt ein' allweil. Aber net verraten därfen S' mich! Machen S' mei' Familli net unglücklich!«

Der Bauer nahm den Hut ab. »Jetzt weiß ich alles! – Herr Gott, gib ihm die ewige Ruh!« Er bekreuzte sich. Und nach einer Weile fragte er: »Hat's denn sein m ü s s e n ? «

»Er hat anglegt auf mich. Man hat sein Dienst und hat Weib und Kinder. Da denkt halt jeder z'erst an die eigene Haut.«

Der Bauer nickte. »Allweil hab ich's ihm gsagt, und er hat net hören mögen! Jetzt muß er büßen. Und der Vater mit!« Langsam hob er die Augen. »Wie ich gmerkt hab, tragst die Sach a bißl hart. Mensch is Mensch. Dös is halt doch was anders als a Gamsbock.«

»Ja, Mühltaler!«

Wieder standen sie eine Weile schweigend voreinander.

»Wo liegt er denn?«

»Net weit von der Grenz.«

»Hilfst mir ihn ummitragen?«

Patscheider zögerte mit der Antwort. »A harts Stückl für uns zwei: der Vater – und ich, der Jager! Und gut zum Anschaun wird er auch nimmer sein. Aber in Gotts Namen! Daß er sein christlich Begräbnis kriegt! Unser Herrgott wird ihm ja sonst verziehen haben. Unser Herrgott is a guter Mann.«

Eine Strecke waren sie schon gegangen, als der Alte vor sich hinmurmelte: »Net an einzigs Wörtl hat er mir gsagt, der gnädig Herr Graf.«

»Weil er nix weiß davon. Ich hab kei Meldung gmacht.«

»So? Kei Meldung? Bist der richtige Jager, der auf seim Herrn nix sitzen laßt!«

Patscheider zog den Bauer in den Schatten eines Latschenbusches. »Da drunten geht er grad über d' Lichtung. Wann er umschaut, muß er mich sehen. Und wann er mich sieht, bin ich um mein Dienst.«

Die Sorge des Jägers war unbegründet.

Graf Egge ging seiner Wege, ohne sich umzusehen. Als er den Saum der Almen erreichte, setzte er sich zu Füßen einer Felswand auf das rauhe Geröll, legte die Büchse über den Schoß und spähte hinunter gegen den Wald, aus dem sich der vom Seedorf kommende Pfad gleich einer feinen, weißen Linie hervorschlängelte.

Hier mußte er sie von weitem gewahren, wenn sie kamen, um ihn heimzuholen.

## 9

Mit sprachlosem Schreck hatte Fräulein von Kleesberg am Morgen die Nachricht von Kittys Verschwinden aufgenommen. Der Brief, der in Kittys Zimmer gefunden wurde, beschwichtigte ihre Sorge, brachte aber einen neuen Sturm von Erregung. Dabei liefert sie eine Konfusion um die andere. Beim Frühstück goß sie den Tee in die Zuckerdose statt in die Tasse, gebrauchte den wunden Arm und legte den gesunden in die seidene Schlinge. Dann ließ sie den Lehnstuhl an das offene Fenster rücken; hier saß sie und träumte vor sich hin. Immer von neuem las sie Kittys Brief. »Natürlich! Sie m u ß t e nach München! Ob sie wollte oder nicht! Zu Tas? So? Wirklich? N u r zu Tas?«

Beim Gedanken an Graf Egge lief ihr freilich ein kaltes Gruseln über den Rücken. Aber Graf Egge saß vorerst noch weit da droben in seiner Jagdhütte. Und schließlich mußte Willy alle Schuld an diesem Streich auf sich nehmen; er hatte leichteres Spiel beim Vater und konnte sagen, daß er die Schwester zu dieser Reise beredet hätte. Nein, die nächste Sorge war nicht Graf Egge, sondern Robert! Sie grübelte sich eine Geschichte aus von einer Landpartie, die Kitty mit Willy unternommen hätte. Aber sie sollte keine Gelegenheit finden, diese Geschichte an den Mann zu bringen. Robert war früh am Morgen in den Sattel gestiegen und mit dem Stallburschen davongeritten. Als er gegen neun Uhr nach Hubertus zurückkehrte – da kam auch ein anderer in das väterliche Haus zurück, auf fremden Füßen.

Der Fischer hatte in der Seebachklamm den »Verunglückten« gefunden; auf seinen Armen brachte er den Toten in das Schloß getragen, umringt von einem Schwarm erregter Menschen. Unter ihnen befand sich auch der Pointner-Andres, den das Geschrei, das auf der Straße entstanden war, aus dem Zaunerhaus gerufen hatte. Mitleidig betrachtete er den Toten; aber sein junges Glück war so groß, daß in seinem überfüllten Herzen das Erbarmen keinen ausreichenden Platz mehr fand.

Als der wirre Menschenlauf in der Ulmenallee an dem Käfig vorüberkam, wurden die Adler scheu und tobten hinter dem Gitter. Der alte Moser, der den Vögeln das Futter bringen wollte, war von den Bewohnern des Schlosses der erste, der hören und sehen mußte, was geschehen war. Er ließ die blutige Schüssel fallen. »Jesus, Maria! So an Unglück! Aber gleich hab ich's gsagt, wie der Adler hin worden is: dös bedeut nix Guts!«

Man trug den Entseelten in seine Stube. Auf der Treppe fiel Gundi von Kleesberg beim Anblick des Toten ohnmächtig zu Boden. Als sie wieder zum Bewußtsein kam, lag sie in ihrem Bett, und vor ihr saß der Doktor. Sie war vom Schreck so betäubt, daß sie nur zur Hälfte verstand, was man ihr sagte. Robert wäre mit dem Fischer zu Berg gestiegen, um Graf Egge zu holen und ihn schonend auf das Unabänderliche vorzubereiten. Von Hilfe keine Rede mehr. Der Tod mußte schon vor Stunden eingetreten sein. Der Doktor schrieb die Katastrophe einer inneren Verblutung zu, da er an dem Körper des Verunglückten nur unbedeutende Schrammen und auf der Stirn einen blauen Fleck gefunden hatte, der als Überbleibsel einer harmlosen Beule zu erkennen war. Die äußerliche Ursache des unglücklichen Sturzes erschien nicht rätselhaft; es war bekanntgeworden, daß Graf Willy vergangenen Abend bis Mitternacht beim Seewirt schwer gekneipt hatte. Drei Flaschen Monopol – da war ein Fehltritt begreiflich.

In Jammer aufgelöst, wurde die Kleesberg auch noch gepeinigt durch den Gedanken an Kitty. »Willy begleitet mich, also mach dir keine Sorge!« So hatte die Komtesse geschrieben. Nun lag Willy da drüben, still und kalt. Was war aus Kitty geworden?

Fritz und Moser wurden ins Dorf geschickt, um Nachfrage bei jedem Bauern zu halten, der ein Fuhrwerk besaß. Gegen zwölf Uhr kam Fritz mit der Nachricht gelaufen, daß der Mooshofer das gnädige Fräulein zur Bahn gebracht hätte. Diese Entdeckung genügte nicht, um die Kleesberg zu beruhigen. Die Tränen rollten ihr über die ungeschminkten Wangen, während sie dem Diener ein Telegramm an Professor Werner diktierte. Dann unerträgliche Stunden eines angstvollen Wartens! Erst nach fünf Uhr kam die Antwort, die von Gundi Kleesberg bei allem Jammer, der sie erfüllte mit einem Freudenschrei empfangen wurde.

Wenige Minuten später traf, von Robert begleitet, Graf Egge in Schloß Hubertus ein. Wie sonst bei der Heimkehr hängte er im Flur die Büchse an das Zapfenbrett. Sein Gesicht war von kalkiger Blässe und schien gealtert. »Wo liegt er?«

»In seinem Zimmer.« Robert sprach mit gedämpfter Stimme. »Willst du dich nicht vorher umkleiden?«

Der Vater streifte ihn mit einem Blick, wie man etwas Fremdes, Unbehagliches betrachtet. Dann stieg er langsam über die Treppe hinauf; seine genagelten Bergschuhe klappten auf den roten Marmorstufen wie müde Hammerschläge. Vor Willys Zimmer blieb er stehen und stützte sich eine Weile an die Mauer. Dann öffnete er die Tür.

Das Zimmer war ausgeräumt, das Bett in die Mitte gerückt. Durch die beiden Fenster fiel das Abendlicht über die mit der Uniform bekleidete Gestalt und über das wächserne Gesicht des Toten. Die gefalteten Hände umschlossen ein kleines, elfenbeinernes Kruzifix und ein Sträußchen Edelweißblüten, die der alte Moser gespendet hatte. An den Kanten des Bettes brannten vier dicke Wachskerzen auf hohen, silbernen Leuchtern.

Ein röchelnder Laut. Wie von einem Keulenschlag getroffen, warf Graf Egge sich über den Leichnam. »Mein Bub!« Er schluchzte wie ein Kind.

Als er nach einer Weile das verzerrte Gesicht hob, um den Toten zu betrachten, sah er auf der wachsbleichen Stirn den bläulichen Fleck. Mit langsamer Hand, wie ein Träumender, griff er an die eigene Stirn und befühlte die Beule, die er sich beim Verlassen der Jagdhütte an der niederen Tür geholt hatte. Ein Zittern befiel ihn.

Da legte sich sanft eine Hand auf seine Schulter. »Papa –«

Jäh erhob sich Graf Egge, und in Zorn funkelten seine rot geränderten Augen, als sie an Robert auf und nieder glitten, der mit würdevoller Gefaßtheit vor dem Vater stand.

»Laß mich allein!« Graf Egges Stimme klang rauh und heiser. »Ich brauche niemand.«

»Wenn du befiehlst!« Robert verließ das Zimmer und hörte, daß innen an der Tür der Riegel vorgeschoben wurde.

Im Billardzimmer ließ Robert Papier und Schreibzeug in den Erker bringen, um die Todesanzeige aufzusetzen, die mit der letzten Post an die Druckerei nach München abgehen sollte. Während er schrieb, rannte Gundi Kleesberg in schwarzem Mantel und verschleiert aus dem Haus und durch die Ulmenallee zum Parktor; hier wartete sie, bis der Wagen nachkam, der sie zur Bahn bringen sollte.

Die Dämmerung sank und legte sich wie dunkler Flor um die Mauern von Hubertus und um alle Wipfel des Parkes.

Gegen neun Uhr kam der Wagen von der Bahn zurück; Fritz, der ihn kommen hörte, erschien mit einer Lampe auf der Veranda.

Kitty war so schwach, so zerschlagen an Herz und Gliedern, daß sie taumelte und im Flut auf einen Sessel fiel. Der Diener reichte ihr zwei Depeschen, die gekommen waren.

»Wo ist der Herr?« fragte Gundi Kleesberg scheu.

»Noch immer oben,« flüsterte Fritz, »die Tür ist noch immer versperrt. Auch der Herr Pfarrer mußte wieder fortgehen.«

»Und Robert?«

»Graf Robert sind mit Hochwürden ins Dorf gegangen, um vor Postschluß die Depeschen aufzugeben.«

Gundi Kleesberg hatte den Mantel abgeworfen, trat zu Kitty und legte den Arm um ihre Schultern.

Kitty hob das bleiche, vergrämte Gesicht und reichte der Kleesberg ein Telegramm. »Von Tas. Er sorgt sich um mich und ahnt nicht, welche Antwort ich ihm schicken muß.«

Die Depesche war in Augsburg aufgegeben: »Erbitte Drahtantwort nach Stuttgart, ob Du wohlbehalten zu Hause eingetroffen. Tassilo. Hotel Marquardt.« Während Gundi Kleesberg las, machte ein schluchzender Laut sie aufblicken.

Kitty hielt die zweite Depesche an die Lippen gepreßt. Ein Strom von Tränen ging über ihre blassen Wangen. In verstörter Hast verbarg sie den Zettel an ihrer Brust und streckte die Arme ins Leere. »Ich will zu Papa!«

Droben fand sie die Tür verschlossen. Schluchzend warf sie sich gegen die Bretter.

In der Stube ein schwerer Tritt. Die Tür wurde geöffnet. Im Schatten der flackernden Kerzen stand Graf Egge auf der Schwelle. Um die wirr von den Schläfen abstehenden Haarbüschel und um die zerzausten Strähnen des Bartes irrte ein matter Kerzenschein. Rote Lichtlinien umsäumten die nackten Knie.

Aufschreiend warf sich Kitty an den Hals des Vaters. Er fragte nicht, weshalb sie so spät erst käme, und hatte keinen Blick für das weiße, festliche Kleid, das sie trug. Mit leidenschaftlicher Zärtlichkeit umklammerte er die Tochter, daß sie stöhnte unter dem Druck seiner Arme. Er zog sie zum Bett. »Schau, kleine Geiß – mein guter Bub!« Er ließ sich auf den Bettrand sinken und zog die Tochter auf seinen Schoß. Graf Egge mit fahlem Gesicht und ohne Tränen, Kitty unter strömendem Schluchzen, so saßen sie in wortlosem Schmerz. Das war ihr Wiedersehen nach fünf Monaten.

Robert trat in das Zimmer; er trug einen breiten Florstreifen um den Ärmel. Kitty streckte die Arme nach ihm. Peinlich betroffen faßte Robert die Schwester am Handgelenk: »Bist du von Sinnen? In diesem Kleid? Das mag für den Zweck deiner Reise gepaßt haben. Wie kannst du vor Papa in diesem Kleid erscheinen? Heut? Und hier?«

Kittys Tränen versiegten; an allen Gliedern zitternd, ließ sie den ratlosen Blick an sich hinuntergleiten.

Graf Egge hatte sich erhoben. »Was soll das?«

Robert schien verlegen zu werden. »Ich bin überzeugt, daß Kitty in bester Absicht handelte, nur unüberlegt. Aber es ist wohl besser, wir sprechen nicht davon. Nicht heute. Und nicht hier.«

Bleich richtete Kitty sich auf. »Du sollst nicht beschönigen, was ich getan habe.« Sie wandte sich an den Vager. »Vergib mir, Papa, wenn ich dir Kummer mache. Ich war heut in München. Bei Tas.«

Graf Egge schwieg; kein Zug bewegte sich in seinem Gesicht; nur seine Lippen preßten sich übereinander, daß sie weiß wurden.

Verstört sah Kitty zu ihm auf. »Ich wußte, daß ich ein Unrecht an dir beging, aber ich konnte nicht anders. Wie an dir, so hängt mein Herz an ihm. Ich hätte sterben müssen, wenn ich ihn heut nicht hätte sehen sollen.«

Graf Egges Augen erweiterten sich. »Heut? Warum gerade heut?«

Wortlos bewegte Kitty die Hand. Ihre verzweifelten Augen irrten über das Totenbett und blieben am Vater hängen.

»Warum?«

»Das kann ich dir nicht sagen. Heute nicht.«

Graf Egge schien verstanden zu haben. Unter dem Druck seiner Faust, die um die Kante des Bettes geklammert lag, knirschte das Holz.

»Papa!« schrie Kitty und taumelte auf den Vater zu.

Robert hielt sie zurück. »Hast du keinen Schimmer von Zartgefühl? Sieh den Vater doch an: was du ihm getan hast!«

»Du!« Ein keuchender Laut. »Laß mir die arme Geiß in Ruh!« Graf Egge legte den Arm um Kitty und wurde ruhiger. »Es war unrecht, was du getan hast, aber ich begreif' es!« Da sah er die Kleesberg unter der Tür stehen, zitternd, mit nassen Wangen. »Gundi! Bringen Sie die kleine Geiß ins Bett! Sie kann sich nimmer aufrecht halten.«

Hastig kam Gundi Kleesberg herbei, faßte Graf Egges Hand und machte einen Versuch, ihrem Kummer Ausdruck zu geben. Er schüttelte den Kopf und sagte rauh: »Lassen Sie das! Ich weiß, Sie sind ihm gut gewesen. Da braucht's kein Wort. Sorgen Sie sich lieber um die arme Geiß!«

Kitty klammerte die Arme um den als des Vaters und drückte das Gesicht an seine Brust. Ein paarmal strich er mit der Hand über ihr schimmerndes Haar, dann schob er sie der Gundi Kleesberg zu, die sie aus dem Zimmer führte.

Graf Egge wandte sich zu dem Toten. Während er das wächserne Gesicht betrachtete, nickte er langsam vor sich hin. »Du auf dem kalten Bett! Und der andere –« Stöhnend drückte er die Fäuste auf die Stirn und fiel aufs Knie. Mit gefalteten Händen, wie ein steifknochiger Bauer vor dem Gnadenbilde, sprach er ein lautes Gebet. Dann küßte er den Toten auf beide Wangen und auf den Mund. Als er sich erhob. sah er Robert zu Füßen des Bettes stehen, wie die Ehrenwache vor dem Paradebett eines Fürsten. »Ach so? Du bist auch noch einer! Der dritte?« Seine Hand fuhr in den Bart. »Was machst denn d u  heute nacht? In Hubertus wird keine Bank gelegt. Da wirst du wohl schlafen müssen.«

»Vater!« fuhr Robert auf. In der nächsten Sekunde hatte er seine Empörung schon überwunden. »Ich ehre deinen Schmerz um den Toten, auch wenn er dich ungerecht macht gegen die Lebenden.«

»So?« Graf Egge verließ das Zimmer. Auf der untersten Treppenstufe streifte er die Bergschuhe von den Füßen. »Wo ist Moser?« Der Jäger, der auf der finsteren Veranda saß, kam gelaufen, und Graf Egge sagte: »Geh ins Dorf! Der Pfarrer mit seinem Kaplan soll kommen. Ich will, daß sie droben wachen und für meinen Buben beten.« Mit nackten Füßen ging er über den Flur und öffnete die Tür der Kruckenstube. »Fritz! Meine Lampe?«

Es wurde still in Schloß Hubertus. Nur die Ankunft der beiden Geistlichen unterbrach für einige Minuten die dumpfe Ruhe. Fast alle Fenster blieben die ganze Nacht hindurch erleuchtet.

Im Zimmer der Kleesberg brannten zwei Lampen und vier Kerzen; sie konnte es nicht hell genug haben.

Sooft sie an Kittys Tür lauschte, hörte sie leises Weinen; erst nach Mitternacht wurde es still da drinnen. Und nun machte sich die Gundi Kleesberg wieder Sorgen über dieses Schweigen. Leis öffnete sie die Tür.

Die beiden Kerzen, die das Zimmer erleuchteten, waren zu kleinen Stümpchen niedergebrannt und warfen eine unruhig flackernde Helle über das Bett. Schimmernd ringelte das gelöste Haar sich um das weiße Mädchengesicht, von dem der Schlaf den Ausdruck der Erschöpfung und des Kummers nicht ganz zu löschen vermochte. Ein mattes Zucken lief zuweilen über die schlanken Hände, die schwer auf der Seidendecke lagen.

Lautlos deckte Gundi Kleesberg die Messinghütchen über die Kerzen und schlich aus dem dunkel gewordenen Zimmer.

Die Nacht verging.

Als Fritz am Morgen in die Kruckenstube trat, fand er die Lampe ausgebrannt und das Bett unberührt. Graf Egge saß vor dem offenen Eisenschrank im Lehnstuhl und stellte die Ebenholzkästchen seiner Juwelensammlung, mit deren Musterung er sich einen Teil der Nacht vertrieben hatte, in die Fächer zurück. Seufzend schloß er den Schrank, zog den Schlüssel ab und preßte die Fäuste an seine Stirn.

»Gut, daß du kommst! Ich wollte dich eben rufen. Was muß denn eigentlich jetzt geschehen?«

»Erlaucht können ohne Sorge sein. Graf Robert haben alles Nötige bereits angeordnet. Die Depeschen sind gestern noch abgegangen, und Graf Robert sind die halbe Nacht aufgewesen, um die Adressenliste für die Parte zu schreiben. Der Bursch ist früh um vier Uhr mit der Liste nach München gefahren und wird abends mitbringen, was Graf Robert bestellt haben. Das Leichenbegängnis wird morgen früh um neun Uhr stattfinden. Den Kondukt besorgt eine Münchner Gesellschaft, auch die Musik und ein Doppelquartett sind aus München verschrieben –«

»Hör' auf!« keuchte Graf Egge und verzog den Mund, als hätte er einen gallenbitteren Trunk getan. Durch das Zimmer schreitend, lachte er heiser vor sich hin. »Und diesen ganzen Pflanz hat Robert gemacht? So flink? Respekt! Er behält den Kopf oben, wo andere den Verstand verlieren möchten.« Mit den Fäusten hinter dem Rücken blieb er vor der Mauer stehen und starrte die dicht nebeneinanderhängenden Gemsgehörne an.

»Darf ich Erlaucht das Frühstück bringen?«

»Mir ist der Appetit vergangen.«

»Aber Erlaucht sollten doch andere Kleider –«

»Die schwarzen? Na, also! Bring sie!«

Eine halbe Stunde später stieg Graf Egge in altmodischem Gehrock, an dem die Ärmel zu kurz waren und die Nähte zu platzen drohten, über die Treppe hinauf. Er hörte Lärm und Hammerschläge.

Im Totenzimmer war ein Dutzend Menschen beschäftigt, um die Wände mit schwarzem Tuch auszuschlagen und das auf Stufen erhöhte Paradebett mit einer Mauer von Blumen zu umgeben. Der Zauner-Wastl hatte die Oberleitung und betätigte seine vielseitigen Talente. Scheuer Kummer sprach aus seinem übernächtigen Gesicht, und als er den Grafen gewahrte, sank ihm der Kopf noch tiefer zwischen die Schultern.

Graf Egge ließ schweigend den Blick durch das Zimmer und über die Menschen gleiten, zog die Hand durch den Bart und machte wieder kehrt.

Meister Zauner schlich ihm nach. »Ich bitt, Herr Graf, da hab ich was gfunden!« Er nahm einen winzigen, in einen Fetzen Zeitungspapier gewickelten Gegenstand aus der Westentasche.

Graf Egge nahm den Fund und ging davon. Als er in der Kruckenstube wieder im Lehnstuhl saß, wickelte er mit zitternden Hände das Papierchen auf. Es enthielt die beiden Hirschgranen. Das Wasser stieg ihm in die Augen, während er sie betrachtete. Stöhnend zog er die Börse hervor und verwahrte die Granen. Nun hatten sie wieder den alten Platz gefunden. Nach einer Weile hob Graf Egge das zerknüllte Papier vom Boden auf und untersuchte es noch einmal, ob es nicht auch noch etwas anderes enthielte. Dabei überhörte er ein leises Klopfen und blickte erst auf, als die Tür ging.

Schipper trat in die Stube, mit demütiger Trauermiene, und während er den Hut zwischen den Händen drehte, fing er zu klagen an: »Mar' und Josef, lieber Herr Graf, was sind denn jetzt da für Sachen passiert! Gestern hab ich mir gar net fürstellen können, was los is. Heut in der Fruh, da hab ich mir denkt: Jetzt mußt den abnormen Rehbock abitragen–«

Graf Egge war aufgesprungen. Seine Stirn brannte, als hätte er einen Schlag ins Gesicht erhalten. Mit zuckenden Fäusten tat er einen Schritt gegen den Jäger und schrie: »Hinaus!«

»Aber Herr Graf!« stotterte Schipper verblüfft.

»Hinaus! Du bist schuld, daß ich geblieben bin! Wär' ich mit ihm hinuntergegangen, es wär' nicht geschehen. Ich wollte gehen. Du, du hast mich gehalten! Geh mir aus den Augen, oder ich vergreife mich an dir. Aasgräber! Mörder! Aus meinen Augen! Hinaus!«

Diesem Ausbruch sinnlosen Zornes gegenüber hielt es Schipper für ratsam, schleunig den Rückzug anzutreten. Als er die Veranda erreichte, setzte er den Hut auf und guckte über die Schulter. Dann suchte er die Zwirchkammer auf, wo seine Büchse und sein Bergstock in einer Ecke standen. Der alte Moser, der auf den blutigen Steinfliesen kniete und dem Rehbock das abnorme Gehörn heruntersägte, schien an Schippers Gesicht zu merken, daß nicht alles im Geleise war. »Was hast denn?«

»In Ruh laß mich!« Wütend warf Schipper die Büchse hinter die Schulter und stapfte davon. Er machte einen Umweg um das Schloß und blies die Backen auf, als er die Straße erreichte.

In Meister Zauners Gärtl sah er das feine Lieserl mit dem Pointner-Andres umhergehen; das Mädel schnitt mit einer Schere die letzten Blumen ab und legte sie in ein Körbchen, das ihr der Andres nachtrug. »Grüß dich Gott, Lieserl!« rief Schipper über den Zaun. »Machst an Kranz für d' Herrschaft?«

»Ja! Aber es schaut schon a bißl schlecht mit die Blumen aus.«

»Freilich, die schöne Zeit is vorbei!« Mit dieser philosophischen Bemerkung ging Schipper seiner Wege. Als ihn die Straße am Brucknerhaus vorüberführte, wurde sein Schritt langsamer. Er musterte die Fenster, kniff die Augen ein und lächelte. »Mir scheint, es halt nimmer lang mit'm Grafen und mir.« Er blickte über die Straße zurück gegen den Park von Hubertus. »Da muß ich ans Nestbauen denken!« Er rückte den Hut und trat in den Hof des Bruckner, dessen Bübchen vor dem Brunnen spielte. »He, du, Kleiner, is d' Mali-Mahm daheim?«

»Na, sie is zum Seewirt um Blumen gangen für an Grabkranz. Aber der Vater is daheim.«

»So? Der Vater?« Lächelnd ging Schipper auf das Haus zu, guckte durch ein Fenster in die Stube und klopfte an die Scheibe.

Draußen auf der Straße ging die Horneggerin vorüber, die vom Krämer kam. Dunkel schoß ihr das Blut ins Gesicht, als sie den Jäger gewahrte. Was der Franzl dazu sagen würde? Daß der Schipper bei der Mali ans Fenster klopft!

Auf dem Ländeplatz begegnete ihr eine Magd des Seewirts mit einem riesigen Kranz aus Eibenzweigen und weißen Nelken.

Das war der erste Kranz, der sich in Hubertus einstellte. Fritz trug ihn in die Kruckenstube, aus der man Graf Egges erregte Stimme hörte; als der Diener eintrat, verstummte sie. Graf Egge stand neben dem Lehnstuhl, in welchem Kitty saß, schwarz gekleidet, die zitternden Hände im Schoß, mit verweinten Augen. Zwischen Vater und Tochter schien es ernste Worte gegeben zu haben. Graf Egge furchte beim Anblick des Kranzes die Brauen, Kitty erhob sich, betrachtete die Blumen in tiefer Bewegung und entfernte ein paar welk gewordene Blüten. »Wer hat ihn geschickt?«

»Der Seewirt, gnädiges Fräulein.«

»Sagen Sie, daß wir herzlich danken lassen.«

Fritz nickte und wandte sich an seinen Herrn. »Ich bitte, Erlaucht, was soll ich den Leuten geben, wenn sie Blumen bringen?«

»Geben? Ach so? Das wird als Geschäft betrachtet? Ich soll mich quälen lassen und dafür noch bezahlen? Gib zwanzig Pfennig!«

Matte Röte huschte über Kittys Wangen, während sie stammelte: »Aber Papa –«

»Also dreißig! Das ist mehr als genug.« Er winkte mit dem Kopf gegen das Billardzimmer. »Der da drüben, der das Trauerroß auf meine Kosten spielt, steigt mir mit dem Oktoberfestrummel, den er für morgen inszeniert hat, ohnedies bis über die Knie in den Geldbeutel. Jetzt weiter mit dem Gras! Und bring' mir von dem Zeug nichts mehr in die Stube.«

Kitty flüsterte dem Diener ein paar Worte zu, und als sie mit dem Vater wieder allein war, ging sie müde zum Lehnstuhl zurück.

Schweigend, unter wühlender Erregung wanderte Graf Egge im Zimmer auf und ab; dann blieb er vor Kitty stehen. »Kein Wort mehr davon! Daß du ihm die Depesche schicktest, war in Ordnung. Der da drüben hat mein Unglück auch unsrem Schuster und Schneider angezeigt. Aber es war unrecht von dir, daß du meinen Schmerz um den einen zugunsten des anderen benutzen wolltest. Ich habe dich lieb. Aber da wirst auch du nichts ändern. Er selbst hat sich gelöst von mir, so mag er seiner Wege gehen. Ich weiß, es ist hart für dich, mit ihm zu brechen. Aber ich bin dein Vater, und mein Recht an dir ist das ältere. Und ich brauche dich. Zärtlichkeit ist nie meine Sache gewesen. Aber Vater bleibt Vater. Und ich bin arm geworden. Der eine hat mich verlassen. Den andern hat mir Gott und meine Schuld genommen. Und der da drüben zählt nicht. Meine Jagd und du, das ist der Rest. Meine Jagd will ich festhalten, solang ich noch gesunde Fäuste und sehende Augen habe.« Er legte die Hände auf Kittys Schultern. »Und du? Gelt, kleine Geiß, du hängst an mir?«

In Trauer sah Kitty zum Vater auf.

Ungeduldig rüttelte Graf Egge ihre Schultern. »Sei nicht so stumm! Ich brauche Trost. Sag es mir, kleine Geiß, daß ich dir mehr bin als er! Ich w i l l es hören. So rede doch!« Ein heiserer Laut. »Rede, wenn ich nicht glauben soll, daß du ihm zuliebe gegen deinen Vater stehen könntest! Oder willst du verteidigen, was er getan? Wärst du fähig, dir ein Beispiel an ihm zu nehmen und mir den Rücken zu kehren wie er? Und mich noch einsamer zu machen? – Geiß?« Sein Atem ging schwer. »Hörst du nicht? Oder muß ich dich b i t t e n um ein Wort? Dein Vater?«

Kitty erhob sich, das Gesicht entstellt von dem schmerzvollen Kampf ihres Herzens. Sie fühlte, daß es sich in diesem Augenblick für sie noch um anderes handelte als um eine Äußerung kindlicher Liebe, die der Vater von ihr zu hören verlangte. Seine Frage war gestellt, als hätte er unbewußt einen Blick in ihre Seele getan und hätte erraten, was in ihr lebendig geworden war und nach seinem Recht begehrte. Wollte sie nicht untreu werden an sich selbst, ihre Treue für den Bruder nicht verleugnen und den Weg nicht sperren, auf dem ihre Sehnsucht dem eigenen Glück entgegenflog, so durfte sie nicht lügen. Sie mußte offen sprechen und den unvermeidlichen Kampf mit dem Vater schon in dieser Stunde beginnen.

Bleich, aber entschlossen richtete sie sich auf. Doch als sie die Augen hob und diese von Gram durchwühlten Züge sah, diese von der schlaflosen Kummernacht entzündeten Lider und den angstvollen Blick, der nach einem Wort ihrer Liebe dürstete – da erstickte das Erbarmen jedes andere Gefühl in ihr. Sie streckte die Arme, und unter heißem Schluchzen warf sie sich an die Brust des Vaters und umklammerte seinen Hals.

Graf Egge wurde weich; er brachte es fast zu einem Lächeln, während er Kitty umschlungen hielt und ihr Haar streichelte. »Ich danke dir, Geißlein! Du hängst noch an mir, und ich will's vergelten! Vielleicht hab' ich auch an dir ein Versäumnis begangen. Ich will's gutmachen, will dir ein rechter Vater sein. Du sollst mich nimmer verlassen. Gib acht, wie schön das sein wird. Im Winter sollst du mit mir reisen, und im Frühjahr laß ich für uns beide in meinem besten Revier eine neue Hütte bauen, mit einem netten Stübchen für dich, mit jeder Bequemlichkeit, die du haben willst. Und in der Hütte soll eigens für dich gekocht werden. Und schießen sollst du lernen und sollst ein Jäger werden, vor dem ich selber den Hut abziehe. Das wird dir Freude machen, gelt? Und dann wirst du munter und glücklich sein! Und lachen, immer lachen! Damit ich den armen, lieben Jungen leichter verschmerze, der jetzt da droben liegt und kein Lachen mehr hat für seinen Vater.« Zwei Zähren rollten ihm über den Schnurrbart, und fester schlangen sich seine Arme um die Tochter. Da fühlte er, wie ihr Körper zitterte. »Aber Geißlein? Was hast du?« Er faßte sie am Kinn und hob ihr Gesicht. Aus diesem trostlosen Blick redete alles andere zu ihm, nur nicht die Wirkung, die er sich von seinen zärtlichen Verheißungen versprochen hatte. Seine Brauen furchten sich, ein unruhiges Spiel erwachte in den Falten, die seine Augen umringten. »An was denkst du? Hast du nicht gehört, was ich sagte? Macht es dir keine Freude, wie ich mich sorge für dich?«

»Gewiß, Papa!« erwiderte sie tonlos. »Ich werde alles tun, was du willst.«

»So?« Das klang hart und trocken. »Du scheinst müde zu sein? Setz' dich!« Mit energischem Griff drehte Graf Egge den Lehnstuhl. Wortlos blieb er eine Weile vor Kitty stehen und betrachtete sie in wachsendem Mißtrauen. Nervös die Finger bewegend, wandte er sich ab und wanderte ein paarmal durch die Stube. Plötzlich nahm er eines der schönsten Gemsgehörne von der Wand, legte den Arm um Kittys Schultern und hielt ihr die Krucke vor die Augen. »Schau, kleine Geiß! Den Bock hab' ich auf vierhundert Gänge um Feuer niedergelegt. Es war mein bester Schuß. Und die Kruck' ist schön, gelt?«

»Ja, Papa, sehr schön!«

Die müde Antwort gefiel ihm nicht. Er trug das Gehörn auf seinen Platz zurück und nahm in kochender Unruhe die Wanderung durch das Zimmer wieder auf. Dann plötzlich faßte er den Knauf des Lehnstuhls, und in Zorn brach es aus ihm heraus: »Zeig' mir ein anderes Gesicht! Ich seh' dir's an, daß du mehr an ihn denkst als an mich und den armen Kerl da droben! Aber du hast mir doch gesagt, daß er sein Glück gefunden hat. Auch ohne mich. Also gut! So tröste dich damit, daß er glücklich ist. Er hat, was er wollte.«

Wie ein Krampf ging es über Kittys Schultern und Arme; ihre Lippen fanden keinen Laut.

Keuchend preßte Graf Egge die Fäuste auf seine Brust; er ging zum Fenster und wischte über die Scheibe, als wäre sie mit Tau beschlagen; eine Weile stand er vor dem Bett und strich die Decke glatt; dann packte er wütend einen der in Reih' und Glied stehenden Bergschuhe, musterte das Beschläg, blies den Staub vom Leder und roch an dem Schuh. »Natürlich! Den hat man wieder nicht geschmiert, Gott weiß wie lang! Ein Lumpenpack! Und das bezahlt man.« Er schleuderte den Schuh in einen Winkel und warf sich auf das Bett; nach ein paar lautlosen Minuten sprang er wieder auf. »Reden kannst du nicht. Und diese Stumme Mette riegelt mir das Blut durcheinander. So laß mich lieber allein und geh zur Kleesberg!«

Schweigend erhob sich Kitty.

»Geiß?«

Sie wandte das Gesicht.

Graf Egge trat auf den eisernen Schrank zu. »Komm! Du sollst was haben!« Er hatte schon den Schrank geöffnet, als Kitty wie eine Verzweifelte auf ihn zugeflogen kam und seinen Arm umklammerte. Sprechen konnte sie nicht; sie starrte nur angstvoll in sein Gesicht und schüttelte den Kopf.

Er sah sie mit großen Augen an, zuerst verblüfft und dann beleidigt. »Ach so? Du willst nichts? Auch gut!« Mit heiserem Lachen zog er den Schlüssel ab und schob ihn in die Tasche. »So geh!«

Sie verließ das Zimmer und schleppte sich die Treppe hinauf. Als sie ihr Stübchen erreichte, vergrub sie das Gesicht in den Armen und brach in Schluchzen aus.

Die Kleesberg kam aus dem anstoßenden Zimmer. Sie nahm die Schluchzende in die Arme, stammelte, weinte und suchte zu trösten. Eine Weile ließ Kitty diese konfuse Zärtlichkeit, die ihr wohl tat, über sich ergehen; dann trocknete sie die Augen. Aus der

Kommode holte sie eine gehäkelte Börse, durch deren Seidenmaschen die Goldstücke glänzten, und stieg in den Flur hinunter.

»Hier ist Geld, Fritz, geben Sie reichlich! Papa soll es nicht wissen. Und wenn Depeschen für mich gebracht werden –« Die Stimme versagte ihr. »Nicht wahr, Fritz, ich bekomme sie gleich?«

An der Kruckenstube wurde die Tür aufgerissen, und Graf Egge erschien auf der Schwelle. Wortlos stand er und wartete, bis Kitty auf der Treppe verschwand; dann winkte er den Diener zu sich. »Was wollte sie?«

»Die gnädige Konteß haben gefragt, ob nicht Depeschen für sie gekommen wären«, stotterte Fritz, die Hand mit der Börse hinter dem Rücken.

»Wenn Depeschen kommen, werden sie m i r gebracht! Alle! Gleichviel, welche Adresse sie haben.« Er trat in das Zimmer zurück und schlug die Tür zu.

Einige Stunden später erhielt er die Meldung, daß »droben« alles in Ordnung wäre.

»So? Jetzt soll ich ihn wiederhaben dürfen? Sehr gnädig von euch!«

Er stieg die Treppe hinauf. Schon nach wenigen Minuten kehrte er wieder zurück, steinerne Härte im fahlen Gesicht. Was er gefunden, diese stilvolle Trauerbude, dieser aufgeputzte Tod, dieses Treibhaus mit dem Gewirr der schwül duftenden Blumen – das hatte ihn fremd berührt und seinen Schmerz ernüchtert.

Beim Eintritt in die Kruckenstube sah Graf Egge auf dem Lehnstuhl das abnorme Gehörn des Rehbocks liegen. Der alte Moser hatte gehofft, seinem Herrn mit dem Anblick dieser Trophäe einen Trost zu bringen; er hatte sich aber verrechnet. In aufwallendem Zorn faßte Graf Egge das Geweih, zerbrach mit einem Druck seiner Faust die Hirnschale und schleuderte die Stücke unter das Bett.

Der Tag verging, und die Telegramme und Kränze kamen in ununterbrochener Folge. Gegen Abend kehrte Roberts Bursche aus München zurück mit einem Berg von Schachteln und Paketen. Er brachte auch einen kleinen Lederkoffer und dazu einen Strauß weißer Rosen.

Wieder einmal trug Fritz ein Dutzend Depeschen in die Kruckenstube. Graf Egge überflog die Adressen und gab die Telegramme, die an ihn selbst gerichtet waren, dem Diener zurück. »Für Robert!« Drei Depeschen behielt er und las die erste. »Professor Werner?« Er schüttelte den Kopf und öffnete die zweite. »Hans Forbeck?« Ohne sich weiter um den Inhalt der beiden Blätter zu kümmern, reichte er sie dem Diener. »Für meine Tochter!« Als er die letzte Depesche geöffnet hielt, befiel ein Zittern seine Hände. Mit heftiger Geste winkte er dem Diener zu gehen. Nun las er. Wie von einer Schwäche befallen, ließ er sich in den Lehnstuhl sinken. »Er hat ihn liebgehabt!« Ungestüm die weiche Regung von sich abschüttelnd, die ihn wider Willen erfaßt hatte, sprang er auf. »Wir sind zu Ende miteinander, er und ich!« Mit zuckenden Händen zerriß er die Depesche, warf die zu einem Knäuel geballten Fetzen in einen Winkel und öffnete die Tür.

»Robert!« Laut hallte der Ruf im Flur.

»Ja, Papa!« klang aus dem Billardzimmer die Antwort.

Graf Egge ging der Stimme nach; als er die Schwelle betrat, fuhr ihm das Blut ins Gesicht. Der Raum war anzusehen wie die Verkaufshalle eines Bestattungsgeschäftes. Offene Schachteln, ein Wust von Packleinen und Seidenpapier, Wachsfackeln, ein Bahrtuch mit gesticktem Wappen und langen Silberfransen, kunstvoll gebundene Kränze mit langen Atlasschleifen, ein Samtkissen mit Helm und Degen, Halbbuketts aus Palmzweigen und seltenen Blumen – alles kunterbunt durcheinander, auf der Erde, auf dem Billard, auf den Stühlen.

Robert legte die Zigarette weg und trat auf den Vater zu. »Verzeih', Papa, das ist ein peinlicher Anblick für dich. Aber wir müssen unserem Rang und Namen Rechnung tragen, und ich habe diese schmerzlichen Pflichten mir aufgeladen, um dich damit zu verschonen.«

Graf Egge schien nicht darauf zu hören; von einer mit Gold bedruckten Kranzschleife leuchtete ihm ein Wort entgegen, das ihn näher zog. Er faßte das Doppelband und las: »Dem heißgeliebten, unvergeßlichen Sohn – von seinem tiefgebeugten Vater.« Er ließ die Schleife fallen. »Moser!« rief er in Zorn dem alten Jäger zu, der eben eine neue Schachtel öffnete. »Weg mit dem Schwindel und ins Feuer damit.«

»Aber Papa!« stammelte Robert.

Ein kalter Blick des Vaters. »Äußere d u  deinen Schmerz, wie d i r beliebt. Was m e i n e  Trauer zu sagen hat, das bitt' ich m i r  zu überlassen!« Graf Egge ging zur Tür und kehrte auf der Schwelle wieder um. »Herr Doktor Egge hat sich für morgen mit dem Frühzug angemeldet. Dieser Besuch ist überflüssig. Du wirst ihn vor dem Parktor erwarten und ihm bedeuten, daß ich mir die zwecklose Unbehaglichkeit einer solchen Begegnung morgen erspart wissen möchte. Die Form überlaß ich dir!« Es zuckte wie Hohn um Graf Egges Mund. »Daß du diese Mission mit prompten Erfolg erledigen wirst, daran zweifle ich nicht!« Ohne Roberts Antwort abzuwarten, verließ er das Zimmer, kehrte in die Kruckenstube zurück und stieß den Riegel vor.

## 10

Die herbstlichen Frühnebel, die einen schönen Tag versprachen, verzogen sich langsam über den Wipfel des Parkes, als um die neunte Morgenstunde alle Glocken des Kirchturms zu läuten begannen. Der Platz vor dem Schlosse war schwarz von Menschen. Aus dem Dorf und allen benachbarten Ortschaften waren die Bauern zusammengeströmt und rissen die Augen auf, als sie den feierlichen Prunk des Kondukts unter den getragenen Klängen des Trauermarsches sich entwickeln sahen. Die Mannsleute musterten neugierig die Pferde mit den nickenden Federbüschen, während die Neugier der Weiber und Mädchen den uniformierten Fackelträgern und den in schwarze Seide gekleideten Pagen galt. Hinter dem Sarge gingen Graf Egge und Robert mit vier Offizieren, die Willys Regiment geschickt hatte. An die Honoratioren schloß sich der Schwarm der Dorfbewohner an. Unbekümmert um Choral und Trauermarsch, beteten sie nach ihrer Gewohnheit mit lauten Stimmen und hatten dabei für alles ein Auge, besonders für den Adlerkäfig, an dem der Zug vorüber mußte. Eng aneinander gedrückt saßen die fünf Vögel auf der höchsten Stange und drehten unruhig die Köpfe mit den blitzenden Augen.

Im Gottesacker gab es eine lange Feier; nach der Grabrede des Geistlichen sprach einer der Offiziere, und dann fielen die Sänger ein: »Es ist bestimmt in Gottes Rat –«

Graf Egge schien nicht zu sehen, nicht zu hören, bis ihm der Geistliche die kleine Schaufel reichte, schon mit Erde gefüllt. Polternd fiel die Scholle über den Sarg. Dann nahm die Schaufel ihren Weg durch hundert Hände. Als die Bauern sahen, daß die Offiziere, wenn sie die Schaufel weiterreichten, auf den Grafen zutraten und ihm die Hand drückten, befolgten sie dieses Beispiel mit würdevoller Umständlichkeit – und Graf Egge bekam blaue Finger von der Teilnahme, die sich mit derben Fäusten an ihn herandrängte.

Hinter dem Rücken der Bauern, die sich vor dem Grafen hin und her schoben, kam einer scheu bis zum Grab geschlichen, faßte mit der Hand einen Brocken Erde, ließ ihn hinunterfallen in die Grube und wollte wieder gehen.

Graf Egge gewahrte ihn. »Franzl!« rief er mit erloschner Stimme. »Komm her! Gib mir die Hand!«

Es schüttelte den Jäger, als hätte ein Krampf seine Schultern befallen. Dem Grafen, der diesen ehrlichen Kummer erkannte, ging die kalte Ruhe in heißer Rührung unter, und er begann zu weinen. Robert, von dieser Schwäche seines Vaters peinlich berührt, zischelte dem Geistlichen ein paar Worte zu, worauf der Hochwürdige Herr den Jäger beiseiteschob und den Arm des Grafen nahm. »Kommen Sie mit mir in die Kirche, Erlaucht, bei Gott ist Trost, nicht bei Menschen.«

Die Glocken läuteten zum Totenamt, und während das Grab geschlossen und der Hügel mit den hundert Kränzen bedeckt wurde, füllten sich alle Bänke der Kirche.

In einem Winkel neben dem Portal stand der Seewirt und wartete, bis sich der Gottesacker geleert hatte; dann drückte er den Hut übers Haar und rannte davon.

Wenige Minuten später kam vom Seehof ein geschlossener Landauer gefahren und hielt vor der Kirchenmauer. Der Seewirt, der neben dem Kutscher auf dem Bock saß, sprang herunter und öffnete den Schlag.

Tassilo stieg aus. Er schien seine Bewegung gewaltsam niederzukämpfen, doch sie redete aus seinem entstellten Gesicht. Als er zwischen den Grabsteinen und eisernen Kreuzen den blumigen Hügel sah, stockte sein Schritt.

In der Kirche klangen rauschende Orgeltöne und die Stimmen des Chorgesanges; aus einem offen stehenden Fenster quoll der Duft des Weihrauchs, und über den Scheiben flimmerte ein Widerschein der brennenden Kerzen.

Man hatte schon zur Wandlung geläutet, als Tassilo den Friedhof verließ, in der Hand einen kleinen Zweig mit welkenden Blumen, den er von Kittys Kranz gebrochen hatte.

Vor dem Wagen nickte er dem Seewirt zu. »Ich danke Ihnen!«

Er stieg ein und sagte heiser: »Den Brief an meine Schwester besorgen Sie selbst, nicht wahr?«

»Jawohl, Herr Graf.«

»Jetzt, noch ehe die Messe zu Ende ist?«

»Sofort, Herr Graf.«

Der Seewirt schloß die Wagentür und schlug, während die Kutsche davonrollte, in flinkem Gange die Richtung nach Schloß Hubertus ein.

Die Orgel rauschte. Und als die von München verschriebenen Sänger ein schönes Lied begannen, zwitscherten die Vögel auf allen Akazienbäumen des Friedhofes.

Unter dem Schlußgeläut der Glocken wanderte Graf Egge mit Robert und den Offizieren die Straße hinaus. Schweigend traten sie in den Park, und je mehr sie sich dem Schlosse näherten, desto längere Schritte machte Graf Egge, so daß Robert und die Offiziere hinter ihm zurückblieben. Als er den Flur betrat, warf er den Zylinder in einen Winkel und riß den schwarzen Rock herunter. »Moser! Bring' mir mein Jagdzeug, die Schuhe Modell 64! Flink!« Er trat in die Kruckenstube.

Moser sprang, daß ihm der Kopf rot wurde. Nach zwei Minuten hatte er alles beisammen: Joppe, Flanellhemd, Lederhose, Wadenstutzen und Schuhe. Während er seinem Herrn beim Umkleiden behilflich war, wollte er seinem Jammer Ausdruck geben.

»Schweig!« fuhr ihn Graf Egge an. Als er sich bückte, um mit den nackten Füßen in die Schuhe zu schlüpfen, fiel sein Blick unter das Bett. Er wurde unruhig und kaute am Schnurrbart. Dann sagte er plötzlich: »Da drunten liegt was. Her damit!«

Moser kroch unter das Bett. »Jesus Maria, das schöne Gwichtl!« Mit kreideblassem Gesicht brachte er seinem Herrn die beiden Hälften des entzweigebrochenen Geweihes und stotterte: »Meiner Seel, Herr Graf, ich hab dös Gwichtl mit keiner Hand net angrührt!«

Graf Egge griff zögernd nach den beiden Stücken und betrachtete sie. »Was kann das Geweih dafür?« Er reichte dem Büchsenspanner die Stangen. »Flick' die Schale wieder zusammen! Gib dir Mühe, daß man den Schaden nicht merkt. Dann male mir ein schwarzes Kreuz darauf und häng' das Geweih dort über mein Bett!« Diese Entscheidung schien sein gepreßtes Gemüt erleichtert zu haben. Er fuhr aufatmend in die Joppe. »Den Hut und die Büchse!« Ehe Moser zur Tür kam, fragte Graf Egge: »Warum kommt die kleine Geiß nicht herunter zu mir? Weiß sie nicht, daß ich schon daheim bin?« Der Jäger stotterte ein paar Worte. Graf Egge hörte nicht. »Die arme Schmalgeiß! Sie muß eine böse Stunde gehabt haben, so allein daheim!« Mit dem Ellbogen schob er den Jäger beiseite und verließ die Stube.

Im Flur hörte er aus dem Billardzimmer die Stimmen Roberts und der Gäste. Einen Augenblick zögerte er, als käme ihm die Pflicht des Hausherrn zum Bewußtsein. Unter einem Laut des Widerwillens verzog er das Gesicht und stieg die Treppe hinauf.

»Grüß' dich Gott, Geißlein! Da bin ich wieder!« sagte er, als er in Kittys Zimmer trat. »Eine bittere Stunde war's. Auch das hat überstanden sein müssen! – Geiß? Warum siehst du mich so merkwürdig an?«

Kitty stand mit dem Rücken gegen das Fenster; in ihrem beschatteten Gesicht brannten die Augen, die starr am Vater hingen.

Dieser Empfang verdroß ihn. »Ach so? Vielleicht, weil ich schon wieder in den Ledernen stecke? Ich hätte wohl bleiben sollen? Das stimmt. Aber ich halt es hier nicht aus. Das Dach erstickt mich. Und ich rieche immer die verwünschten Kerzen! Ich muß hinauf. Muß die Büchse in der Hand spüren, wenn ich Trost finden will. Muß Berge sehen! Wild!« Da gewahrte er den Brief in Kittys Hand. »Was hast du da?«

Wortlos reichte sie ihm das Blatt.

Er nahm es. Das Blut schoß ihm dunkel in die Stirn, als er die Schrift erkannte. Und dieser Schrift war es anzumerken, daß der Brief in Minuten der furchtbarsten Erregung geschrieben war. Er lautete: »Meine gute Schwester! Draußen läuten für den armen Jungen die Glocken, und ich sitze im Seehof und versuche zu schreiben. Du sollst wissen, daß ich kam. Wie mich das Entsetzliche getroffen hat, dafür hab' ich kein Wort. Es wird dir nicht anders ums Herz sein als mir. Anna wollte mich begleiten, auch auf die Gefahr hin, sich versteckt halten und eine demütige Rolle spielen zu müssen. Das litt ich nicht und kam allein. Ich habe dabei nur an dich gedacht und an den Vater, an seinen Kummer und an meine Pflicht, euch beiden eine Stütze zu sein. Wie hätt' ich mir denken können, daß man es mir verwehren würde, den Bruder auf seinem letzten Weg zu begleiten und dich zu sehen! Um so tiefer hat mich das getroffen. Ich will gegen Papa nicht klagen, aber es war nicht gut, daß er Robert schickte. So hab' ich zwei Brüder an einem Tag verloren. Robert hat mich so tief verwundet, daß ich von ihm gelöst bin fürs Leben. – Wie ein Dieb muß ich mich an das Grab des Bruders schleichen, während Papa in der Messe ist. Und muß fort, ohne dich gesehen zu haben! Wie soll das nun weiter kommen? Alles über mich, in Gottes Namen, wenn nur die Sorge um dich in meinem Herzen schweigen möchte! Jetzt darf ich dir auch nicht mehr sagen: Wenn du meiner bedarfst, so komm zu mir! Nur denken darf ich an dich, für dich alles Glück erhoffen, das du verdienst. Und in Gedanken dich an mein Herz drücken, dich küssen wie jetzt. – Dein Tas.« Der Brief hatte noch eine Nachschrift: »Verbrenne dieses Blatt.«

Graf Egge legte den Brief auf die Tischplatte und sagte rauh: »Wer auf der einen Seite ein Loch gräbt, muß auf der anderen Seite den Hügel aufwerfen. Dir gibt er doppelt als Bruder, was er als Sohn den Vater entbehren ließ. Du hättest seine Nachschrift befolgen sollen. Es wäre besser gewesen!«

Kitty stand regungslos, ohne Tränen. »Ich wollte, daß du lesen solltest.«

»Wozu das? Willst du wieder den Sturmbock deiner schwesterlichen Zärtlichkeit für ihn einlegen, wie gestern?«

»Nein, Papa! Ich wollte an dich nur die Frage richten, ob es mit deinem Willen geschah, was Robert tat?«

»So? Und wenn es so wäre? Was willst du sagen dagegen?«

»Nichts, Papa!« Kittys Augen hingen mit einem Blick unsäglicher Trauer am Vater. »Nichts – oder mehr, als gut wäre für dich und mich!« Sie rang nach Atem. »Nein! Nicht heute. Das wäre unmenschlich!« Mit zitternden Händen griff sie an ihre Schläfe. »Ich bin dein Kind, und du bist mein Vater.«

Die Brauen furchend, trat Graf Egge zurück. »So? Das fällt dir also noch ein? Viel ist es freilich nicht, was nach aller Zärtlichkeit für den anderen noch übrigbleibt für mich. Und zu sprechen brauchst du nicht. Ich habe schon mehr als genug gehört. Und meine Antwort darauf –« Ein Blick in Kittys Augen ließ ihn verstummen. Er zerrte die Hände durch den Bart und ging mit den klappenden Nagelschuhen ein paarmal im Zimmer auf und ab. Sich gewaltsam beherrschend, blieb er stehen. »Vielleicht hast du recht. Das ist heute nicht der richtige Tag. Ehe wir beide miteinander ins klare kommen, brauchen wir Zeit, um ruhig zu werden.« Je länger er Kitty betrachtete, desto mehr verloren seine Worte den gereizten Klang. »Das wird sich leichter machen, wenn wir Luft zwischen uns beide legen. Ich geh in meine Hütte hinauf, und du – versteh' mich nicht falsch, das ist nichts anderes als vernünftige Überlegung – Onkel Benno in Eggeberg erwartet dich ohnehin mit Ende des Monats, er wird sich freuen, wenn du ein paar Wochen früher kommst. Dort hast du Zeit, über alles nachzudenken. Dann wähle zwischen dem andern und mir. Ich hoffe, du wirst das Rechte finden!« Er legte die Hand auf ihre Schulter. »Du sollst mir bleiben, Geiß! Aber ich will dich g a n z haben. Halbheiten vertrag' ich nicht. Und jetzt genug! Wenn du willst, kannst du schon morgen reisen. Ich sitze dann auch ruhiger in meiner Hütte droben. Auch steht die Hirschbrunft vor der Tür, und da hätt' ich ohnehin keine Zeit für dich. Wo ist die Kleesberg? Ich will die Sache mit ihr in Ordnung bringen.«

Gundi Kleesberg erschien auf der Schwelle des anstoßenden Zimmers. »Ich habe bereits gehört!«

Dieser Ton, die Erregung, die aus Tante Gundis Haltung sprach, und ihre strafenden Augen schienen Graf Egges Verwunderung zu wecken. Er war gewohnt, die Kleesberg in seiner Nähe das zitternde Kaninchen spielen zu sehen. »Oho! Sie haben ja Feuer unter dem Dachstuhl, scheint mir! Was ist Ihnen über die Leber gelaufen?«

»Meiner Sprache fehlt es zwar an den höchst gewählten Bildern, wie Erlaucht sie zu gebrauchen belieben. Aber wenn Sie mir eine Unterredung unter vier Augen gewähren wollen, hoffe ich doch, ein paar bezeichnende Worte zu finden.«

Graf Egges Erstaunen wuchs. »Ach so? Sie sind gegen m i c h geladen? Und wie ich merke, bis an den Hals. Nur losgeschossen! Ich habe kein Geheimnis mit Ihnen. Sie können auch hier sprechen.«

»Ich bedaure, daß mir die Gegenwart der Komtesse eine Rücksicht auferlegt, deren Notwendigkeit Erlaucht nicht zu empfinden scheinen – wie mich der Ton des Gespräches vermuten läßt, dessen unfreiwillige Zeugin ich leider wurde. Ich, Erlaucht, weiß, wie ich mit

Ihrer Tochter zu sprechen habe. Ich bin nur ihre mütterliche Freundin. Aber ich glaube, mein Herz würde das Richtige um so besser finden, wenn sie mir gegenüberstünde als mein leibliches Kind!«

Kitty wankte auf Gundi Kleesberg zu und legte unter flehendem Blick die Hand auf ihren Arm.

Nun schien Graf Egge zu verstehen. Seine Augen wurden klein, und dick schwollen ihm die Adern an Hals und Schläfen. »Moderieren Sie sich, meine Beste! Ich spreche zu meinen Kindern, wie es mir beliebt. Wenn Sie den unwiderstehlichen Trieb zu einer Vorlesung verspüren, so predigen Sie doch lieber Ihrem eigenen Gewissen! Wenn sich das Mädel heute nicht klar ist über den Platz, an den meine Tochter gehört, so liegt die halbe Schuld an Ihnen!«

Gundi Kleesberg wollte sprechen, aber sie kam nicht zu Wort.

»Auf die Mühe, dem Mädel die Pflichten eines Kindes klarzumachen, scheinen Sie nicht viel Zeit verwendet zu haben. Daß es so kommen wird, da hätt' ich voraussehen können. Die Historie Ihrer Jugend war für Sie nicht die beste Empfehlung. Sie wissen, was ich meine. Und jetzt hab' ich die Bescherung! Dazu hab' ich mitgeholfen. Ich hätte mir sagen müssen, daß Sie viel eher die geeignete Person wären, um in dem Kind das Blut der Mutter zu wecken, statt Respekt und Liebe für den Vater. Jetzt rate ich Ihnen, in Eggeberg, nachzuholen, was Sie in Hubertus versäumt haben. Gottbefohlen!« Mit klappernden Schritten, von denen jeder die Spur der genagelten Sohle auf den Dielen zurückließ, ging Graf Egge aus dem Zimmer.

Die Kleesberg taumelte auf einen Sessel und bedeckte das Gesicht mit den Händen. »Das ist zuviel! Ich bleibe keine Minute mehr. Und wenn ich betteln und hungern müßte! Ehe ich bei einem solchen Menschen bleibe – lieber zurück ins Stift, in diese Hölle!« Da begegnete ihr Blick den Augen Kittys, und alle Empörung war verflogen; nur Schmerz und Erbarmen blieben zurück, und sie stammelte unter Tränen: »Ach du mein liebes, gutes Kind! Wie kann ich denn nur das dumme Zeug da reden! Nein! Nein! Ich bleibe. Und wenn er mit Fäusten auf mich losschlägt! Wen hättest du noch, wenn auch ich mich vertreiben ließe! Ich halte stand! Und ich weiß, was ich tue!«

Kitty schien nicht zu hören. Dann hob sie langsam die Augen. »Was meinte Papa, als er von meiner Mutter sprach? Es war ein Ton, der mir das Herz zerriß. Was wollte er sagen damit?«

Gundi Kleesberg erschrak und stotterte einen Schwall von Ausreden.

Kitty schüttelte den Kopf. »Sag' es mir! Es läßt mir keine Ruhe mehr. Ich hab' es gefühlt: er hat übel geredet von meiner Mutter. Hat er ein Recht dazu?«

Während die Kleesberg ratlos nach Worten suchte, ging Graf Egge unter dem Fenster vorüber, den Bergstock in der Hand, die Büchse auf dem Rücken.

Finster musterte sein Blick den weißen Kiesgrund, der zerwühlt war von hundert Füßen. Welke Blumen, die von den Kränzen abgefallen, lagen umhergestreut, und am steinernen Rand des Springbrunnens war eine Stelle dick mit rotem Wachs betropft. Graf Egge machte lange Schritte. Als er die Ulmenallee erreichte, kam Robert ihm nachgelaufen. »Aber ums Himmels willen! Papa! Du wirst doch jetzt nicht auf die Hütte gehen?«

»Willst d u mich daran hindern?« Graf Egge griff an die Joppentasche, ob er die Patronen nicht vergessen hätte.

»Aber ich bitte dich, was soll ich denn unseren Gästen sagen? Du bringst mich den Herren Kameraden gegenüber in eine so klägliche Situation –«

»Sonst hast du keinen Schmerz? Na, dann steht es nicht schlecht um dich. Sag' ihnen, was du willst! Du wirst die wohlschmeckende Ausrede ebenso leicht finden, wie du heute früh vor dem Gitter da draußen das bitterste Wort gefunden hast.«

Robert starrte den Vater an, mehr verblüfft als beleidigt. »Ich möchte doch ersuchen, Papa –«

»Schweig! Ich mache dir keinen Vorwurf. Die größte Niederträchtigkeit bei der Geschichte hab' ich selbst begangen, weil ich dich schickte. Über den Rest deines Urlaubs kannst du ohne Rücksicht auf mich verfügen. Den schuldigen Abschied nehm' ich als empfangen an. Du wirst ja wohl so bald nicht von dir hören lassen? Da du über deine Apanage hinaus um Geld nicht mehr zu kommen brauchst, wüßte ich nicht, was du mir sonst zu schreiben hättest. Adieu!« Graf Egge zog mit beiden Händen die Lederhose höher an den Leib und schritt davon.

Als er das Adlerhaus erreichte, blieb er stehen, musterte die fünf Vögel und nickte vor sich hin. »Es wird leer. Ich muß für Nachschub sorgen.« Er sah über die Schulter nach Schloß Hubertus zurück. Nun schritt er weiter, die Arme über Lauf und Schaft der Büchse gelegt, und starrte grübelnd vor sich hin. »Sie wird sich besinnen und zu m i r halten! Ich such' ihr einen Mann, und das Paar soll mir Leben und Kinder ins Haus bringen. Sie hat Rasse. Das wird Buben geben!«

Um nicht am Zaunerhaus vorüber zu müssen, machte er einen Umweg durch den Wald und suchte auf verstecktem Fußpfad den Friedhof auf. »Gott sei Dank!« murrte er in den Bart, als er den Gottesacker leer sah. Hastig trat er ein und suchte zwischen den Eisenkreuzen das frische Grab.

Leises Gesumm umschwebte den bunten Hügel; der starke Duft dieser tausend Blumen hatte die Bienen herbeigelockt, die auf den herbstlichen Wiesen nur noch spärliche Ernte fanden.

Während Graf Egge auf beiden Knien lag, mit verschlungenen Händen, betrat der Mesner den Friedhof und verschwand in der Kirche.

Es war Mittag, und die Glocke begann zu läuten.

## 11

In der Wohnstube der Horneggerin saß Franzl am blau gedeckten Tisch, und seine Mutter brachte die Brotsuppe. Sie wollte gerade die rauchende Schüssel auf den Tisch setzen, als sie am Hof das Zauntürchen gehen hörte und einen Blick durch das Fenster warf. Im ersten Schreck hätte sie fast die Suppe fallen lassen. Erst wurde sie kreidebleich, dann dunkelrot bis unter die grauen Haare. »Jesus Maria! Bub! Da kommt der Herr Graf!« Während Franzl auffuhr, als hätte der Blitz vor ihm in die Schüssel geschlagen, griff die Horneggerin an ihre Frisur, riß die Küchenschürze herunter und stotterte: »Mar' und Joseph! Wie schau ich denn aus! Halb angezogen! Und jetzt kommt der Herr Graf!« Sie wollte in die Kammer springen, aber die Knie versagten ihr. Und da ging schon die Stubentür auf, und Graf Egge erschien auf der Schwelle.

Den Bergstock hatte er im Flur gelassen. Einen wortlosen Gruß nickend, stellte er die Büchse an die Mauer, nahm den Hut ab und warf ihn auf das Fensterbrett. Schweigend sah er den Jäger an, dem die Erregung alle Glieder zu lähmen schien, betrachtete die alte Frau, die zitternd hinter dem Ofen stand, und während seine gebeugte Gestalt sich langsam streckte, ließ er den Blick über alle Wände und Geräte des Stübchens gleiten. Tief atmend drückte er die Fäuste auf die Brust, als wäre zwischen diesen engen, niederen Mauern ein wohltuendes Gefühl der Erleichterung über ihn gekommen. Nun ging er auf den Jäger zu und bot ihm die Hand. »Grüß' dich Gott, Franzl! Ich seh' es ein, ich hab' dir unrecht getan. Das will ich wieder gutmachen. Schlag ein und trutz' nicht! Sei wieder mein Jäger, mein bester, wie du es immer warst! Ich muß doch e i n e n Menschen haben, von dem ich weiß, er hängt an mir! Schlag ein, Alter!«

Während die Horneggerin im Ofenwinkel unter Tränen die Augen aufschlug, als wäre dem lieben Herrgott ein Wunder gelungen, bot Franzl den Anblick eines Menschen, der ein paar tiefe Krüge über den Durst getrunken hat. Er machte wohl den Versuch, in militärischer Haltung vor seinem Herrn zu stehen, aber es zog ihm den Kopf in den Nacken, und dabei würgte er immer das eine Wort heraus: »Aber Herr Graf! Aber Herr Graf! Aber Herr Graf –«

»Mach' keine Geschichten, sondern schlag ein! Oder soll ich die Hand eine halbe Stund' lang herhalten?«

Da griff der Jäger mit beiden Händen zu, und der Druck fiel so kräftig aus, daß Graf Egge die Zähne übereinanderbiß.

»So! Und jetzt zur Schüssel und iß! Wenn du fertig bist, packen wir auf und marschieren.« Graf Egge schob den Jäger zur Bank und wandte sich an die Horneggerin, wobei seine Sprache zu vollem Dialekt wurde. »Geben S' an Löffel her, Mutter! Ich halt mit. Zwei Tag lang hab ich kein Bissen nimmer nuntergebracht. Jetzt krachen mir alle Rippen. An Löffel her!«

»Aber gern! Es is mir ja die größte Ehr!« Die Försterin wußte vor Freude und Verwirrung nimmer, was sie beginnen sollte. »Jesus, wann ich nur auf so was gfaßt gwesen wär! Da hätt ich aufkocht, ich weiß net was! Und grad heut muß ich so a grings Mittagessen haben. Die Brotsuppen da – ich trau mir's gar net sagen – und Tirolerknödl mit Selchkraut! D' Suppen, mein ich, wär net übel. Aber die Knödl, Herr Graf, die Knödl halt! Soviel sinnieren hab ich müssen, derweil ich kocht hab. Und da hab ich's net gwissenhaft gnug mit die Knödl gnommen. Wenn s' Ihnen nur net drucken! Jesus Maria! Dös wär mir 's ärgste!«

»Ich kann mir was ärgers denken!« Unter müdem Lächeln schob sich Graf Egge hinter den Tisch. »Wenn alles andre so leicht hinunterging wie gschmalzene Knödl. Also Mutter, geben S' den Löffel her!«

»Jesses ja! An Löffel! Wo hab ich denn mein Kopf!« Die Horneggerin rannte in die Kammer hinaus.

»Habt ihr schon gebetet?« fragte Graf Egge, während er die Füße unter den Tisch streckte.

Franzl brachte keinen Laut heraus und nickte nur.

Graf Egge lehnte sich an die Wand zurück, verschlang die Hände über dem Gurt der Lederhose, sprach halblaut ein Vaterunser und bekreuzte sich; dann griff er über den Tisch, faßte den Blechlöffel der Horneggerin, wischte ihn am Zipfel des blauen Tischtuches ab und fuhr in die Schüssel. »Schieß los, Franzl!«

Als die Försterin kam, mit dem silbernen Patenlöffel ihres Buben und einem blanken Hirschhornbesteck, das sie vor Jahren auf dem Münchener Oktoberfest im Glückshafen gewonnen hatte, war die Suppenschüssel schon halb geleert. »Packen S' wieder ein, Mutter!« sagte Graf Egge und behielt den Blechlöffel.

Mit Zittern und Bangen trug die Horneggerin das Kraut und die Knödel auf; doch das derbe Gericht erwarb sich so ausgiebig die Gnade des Gastes, daß Franzl und seine Mutter zu kurz kamen. Da fand die Försterin unter scheuem Lächeln sogar den Mut zu der Bemerkung: »Mir scheint, Herr Graf, sie schmecken Ihnen?«

»Prämieren tät ich Ihnen grad net für so an Exemplar. Aber der Hunger treibt Bratwürst nunter. Ich hab harte Fasten hinter mir.«

»O mein Gott, gelt, vor lauter Kümmernis haben S' nix mehr essen können?« Die Augen der Horneggerin füllten sich wieder mit Tränen. »Dös kenn ich, wie so was is! Und wie so an Unglück nur kommen kann! Gestern noch's lachende Leben, und heut der ewige Schlaf! Da wär's kein Wunder, wann der Mensch zittert vor jeder Stund, und wann er ›Gott sei Dank‹ sagt hinter jedem Tag, der glimpflich vorbeigangen is!«

Eine Weile noch hörte Graf Egge den herzlich gemeinten Jammer der alten Frau geduldig an. Dann legte er plötzlich die Gabel nieder, würgte den letzten Bissen hinunter und erhob sich. »Mach' fertig, Franzl, ich wart' im Hof!« Er reichte der Horneggerin, die erschrocken verstummt war die Hand über den Tisch. »Vergelts Gott, Mutter!« Dann griff er nach seiner Büchse und verließ die Stube.

Franzl schob sich aus der Bank heraus. Da nahm die Horneggerin sein Gesicht zwischen die Hände. »Bub! Was sagst! Gestern hast mich in deiner Kümmernis erbarmt, daß ich mir 's Herz hätt aussireißen können. Und heut is alles wieder gut!«

Franzl nickte; dabei sprach aus seinen Augen etwas, das mit dieser Zustimmung nicht harmonieren wollte. Er umschlang die Mutter und schmiegte die Wange an ihr graues Haar. So standen sie eine Weile, bis Franzl aufatmend sagte: »Jetzt mußt mich auslassen. 's Warten hat er net gern.« Er rannte zur Stube hinaus. Eine Minute später kam er die Treppe herunter, fertig für den Berggang. Die

Mutter wollte ihm die Stirn mit Weihwasser besprengen, aber bei Franzls Eile gingen die heiligen Tropfen daneben.

Graf Egge trommelte schon mit dem Fuß und drängte: »Vorwärts! Vorwärts!«

Mit langen Schritten wanderte das Paar davon, an den welkenden Hecken entlang.

Als sie die Wiesen überschritten und zu den dichter stehenden Häusern des Dorfes kamen, klang hinter ihnen ein Gewinsel, Gebell und Geheul, das sich näherte und immer lauter wurde. Franzl drehte das Gesicht: »Um Gottes willen, Herr Graf! Was kommt denn da daher?«

Mit Springen und Stürzen, Überschlagen und Kollern näherte sich ein lebendig scheinender Knäuel von flatternden Leinwandfetzen und lang nachschleifenden Bändern, die sich durcheinanderringelten wie kämpfende Schlangen. Je näher das seltene Ungeheuer kam, desto deutlicher ließen sich die wirbelnden Füße, der zuckende Kopf und die schlagende Rute des Hundes erkennen, der als heulender Kern in dieser absonderlichen Schale steckte.

»Jesus Maria! Herr Graf! Unser Hirschmann! Der is dem Tierarzt durchbrennt, hat heimgsucht und is auf unser Fährten kommen!« Franzl legte den Bergstock und die Büchse ab und rannte dem Hund entgegen. »Hirschmanndl! Hirschmanndl! Da komm her! Ja Hirschmanndl! Was is denn mit dir? Wo kommst denn her?«

Wie der Hund in seinem zerzausten Spitalgewand herangeschossen kam; wie er in winselnder Freude an dem Jäger emporzuspringen versuchte, sich in die schlagenden Fetzen verwickelte, laut heulend stürzte und fröhlich bellend wieder aufsprang; wie Franzl ihn haschen wollte und nur die flatternde Bandage zu fassen bekam, aus der sich der Hund unter Geheul und Gezappel vollends hervorkugelte; wie der Jäger nun selbst zu Boden taumelte und der befreite Hund mit ungestümer Liebkosung über ihn herfiel – das war ein so drolliger Anblick, daß Graf Egge lachen mußte. Aber dieses Lachen schien ihn zu schmerzen, denn er preßte die Hand an den Hinterkopf.

Auch Franzl lachte. Die lärmende Freude des treuen Tieres ließ ihn des Kummers vergessen, den auch die Aussöhnung mit seinem

Jagdherrn nicht hatte beschwichtigen können. Auf der Erde sitzend, hielt er den zappelnden Hund umschlungen und blickte lachend zu Graf Egge auf: »Jetzt, Herr Graf, jetzt sind wir wieder alle beinander!«

»Alle? Da fehlt noch viel, scheint mir!« Dem Grafen war das Lachen vergangen. Nun erkannte der Hund auch ihn, riß sich aus den Armen des Jägers und kam gesprungen. Mit zerstreuter Freundlichkeit tätschelte ihm Graf Egge den Kopf; dabei wurde das Tier ruhig und zog den Schweif ein.

In Franzl erwachte die Sorge, ob der Hund auch völlig geheilt wäre; Hirschmann ersparte dem Jäger die nähere Untersuchung; als Graf Egge sich in Gang setzte, übersprang der Hund eine Planke und sauste wie verrückt auf den Wiesen herum; dabei schüttelte er immer wieder das Fell, drehte sich im Kreis und schnappte mit den Zähnen nach seinen Flanken.

»Der is freilich gsund! Ja!« meinte Franzl. »Aber d' Haut muß ihn spannen. Vom Verband hängt ihm noch 's ganze Fell voller Pech.«

Während die beiden das Dorf durchschritten, drehte sich ihr Gespräch nur um den Hund, der bald vor, bald hinter ihnen seine vergnügten Sprünge machte. Die Leute, die ihnen begegneten, grüßten scheu und mit großen Augen. Immer huschte, wenn Franzl sich für einen Gruß bedankte, eine dunkle Röte über sein schmal gewordenes Gesicht. So erreichten sie den Ländeplatz. Der Seewirt, der auf der Veranda mit einem Touristen plauderte, kam gelaufen und zog die Mütze.

»Seewirt!« Graf Egge hatte die Hand auf Franzls Schulter gelegt. »Ich habe leider hören müssen, daß im Dorf ganz unqualifizierbar Redereien über den Hornegger umhergetragen werden. Das ist böswilliger Quatsch. Hornegger hat sich im Dienst nicht das geringste zuschulden kommen lassen. Wenn ich in grundlosem Zorn eine Übereilung begangen habe, so liegt die Schuld an mir! Ich sage Ihnen das, damit Sie es unter die Leute bringen. Verstanden? Und jetzt mein Schiff!«

Während der Seewirt davoneilte, wechselten Röte und Blässe auf dem Gesicht des Jägers. »Aber Herr Graf! Was machen S' denn für Gschichten! Dös is doch z'viel, Herr Graf!«

»Halt' den Schnabel, du dummer Kerl, du guter! Ich hab' dir einen Treff ins Blut gegeben, jetzt will ich dir auch das rechte Pflaster auflegen. Was ich dem Seewirt gesagt habe, wird umlaufen im Dorf wie ein Windspiel. Und die Leute, die uns heut miteinander gesehen haben, werden ihren Metzen Korn auf deine Mühle schütten. Schau nur, da drüben steht schon wieder einer und reißt das Maul auf!«

Als der Bauer, der inmitten der Straße stand, die Aufmerksamkeit der beiden Jäger auf sich gerichtet sah, wandte er sich ab und ging seiner Wege. Es war der Bruckner. Bevor er um die Ecke bog, warf er noch einen scheuen Blick zu den Bergen hinauf, als wäre dort oben für ihn ein Gegenstand der Sorge.

Franzl war merkwürdig still geworden. Während der ganzen Fahrt über den See sprach er keine Silbe und guckte so schwermütig vor sich hin, als hätten die Ereignisse der vergangenen Stunde seinen Kummer um kein Härchen erleichtert.

Neben dem Wetterbach stiegen sie aus. Franzl, den das eigene Schweigen zu drücken begann, versuchte zu plaudern; doch er schwieg wieder, als er merkte, daß sein Herr nicht hörte. Erregung wühlte in Graf Egges Zügen. Während sie an der Klause vorübergingen, hielt er das Gesicht abgewandt; als sie den Wildbach überschritten hatten und über einen steilen Hang emporgestiegen waren, blieb er stehen und sah mit funkelnden Augen zurück. Über die welkenden Kronen der Ahornbäume ragte das Dächlein der Klause hervor. »Wenn sie alle gegen mich stehen? Kann es mich wundern? Sie sind die Kinder dieser Mutter!« murrte Graf Egge, ohne sich um die Gegenwart des Jägers zu kümmern. In der Sonne leuchtete die Marmortafel mit der Inschrift: »Hier wohnt das Glück!« Graf Egge faßte mit zornigem Griff die Büchse. Der Schuß krachte, und von der Kugel getroffen, stürzten die Trümmer der zersplitterten Marmortafel mit dumpfen Klatsch zu Boden.

»Herr Graf!« stotterte Franzl. »Um Gotts willen, was treiben S' denn?«

Ohne zu antworten, warf Graf Egge die Büchse über den Rücken und stieg bergan.

Nach dreistündiger Wanderung erreichten sie die Almen. Die weiten, gelblichen Grasgehänge dehnten sich still und öde – während der letzten Tage hatten die Sennerinnen mit ihren Herden die im Seetal liegenden Niederalmen bezogen.

Die Schatten des Abends wurden lang, als der Weg der beiden Jäger zu Ende ging und hinter dem Latschenwald das silbergraue Schindeldach der Dippelhütte hervortauchte. Bei der letzten Biegung des Pfades blieb Graf Egge plötzlich stehen, und in aufbrausendem Zorn klang seine Stimme: »Was will das Weibsbild in meiner Hütte? Das sieht ihm gleich, dem gottverlassenen Kerl, daß er auch noch karessiert in meinem Bett! Und heute!«

Franzl, den die Gedanken an die bevorstehende Begegnung mit Schipper beschäftigt hatten,, blickte auf. »Was is denn, Herr Graf?«

»Hast du das Weibsbild nicht gesehen, das aus der Hütte kam?«

Der Jäger schüttelte den Kopf.

»Die Person muß ein schlechtes Gewissen haben. Ich hab' es deutlich gesehen, daß sie vor uns erschrocken ist. Warum nimmt sie Reißaus? Warum macht sie den Umweg durch die Latschen, über den Steig da droben? Lauf zurück und schneid ihr den Weg ab! Ich will wissen, wer es war, und was sie in meiner Hütte zu suchen hatte.«

Die Büchse in der Hand, lief Franzl über den Pfad zurück. Eine weiße Schürze schimmerte zwischen den Latschen. Er machte noch ein paar lautlose Sprünge. Und nun standen sie voreinander, alle beide zu Tod erschrocken, mit blassen Gesichtern.

»Mali? Du!«

Das Mädel zitterte.

Und Franzl griff an seinen Hals. »Der Herr Graf – gsehen hat er dich – und wissen möcht er –«

Es brannte heiß über Malis Wangen, und wie in Freude stammelte sie: »Der Graf? Und du? Ich bitt dich, so red doch, bist denn wieder im Dienst? Und is denn alles wieder in Ordnung?«

Er sah sie betroffen an. Ihre Freude hatte zu deutlich gesprochen, um nicht verstanden zu werden. Aber Franzl hatte während der vergangenen Tage seinen Verstand so bös zergrübelt, daß er keinen ruhigen Gedanken, keinen vernünftigen Schluß mehr fertigbrachte. »Ob ich wieder mein Dienst hab? Warum willst es denn von m i r erfahren? Dös hättst doch grad so gut vom nämlichen hören können, der dir selbigsmal so gschwind hat sagen lassen, daß ich gschaßt worden bin. Bis gestern hab ich noch allweil studiert, wie's möglich war, daß die Katz der Maus vorausgsprungen is? Aber gestern is mir a Lichtl aufgangen – seit ich ghört hab, was für a Bsuch bei dir ans Fenster klopft hat. Aber d e r hat 's Türl schön offen gfunden? Freilich, der hat sein sicheren Posten!«

Mali verfärbte sich, und dennoch atmete sie auf, als wäre ihr eine Sorge von der Seele gefallen.

Dem Jäger wurde die Stimme heiser. »Und gar net schenierst dich? Geht's allweil so bei dir? Bald aussi, bald eini, wie der Kapaziner im Wetterhäusl?« Bei aller Entrüstung, die in ihm wühlte, trieb ihn doch sein Herz, dem häßlichen Raben ein bißchen was von seiner Schwärze zu nehmen. »Hat dir's dein Bruder eingeben? Du sollst den Verstand a bißl walten lassen?«

»Franzl? Was hast denn?« fragte Mali tonlos. »Der Bruder hat nix z'schaffen mit meiner Sach. Ich bin selber so gscheit gwesen. Ich hab mir halt denkt –«

»Denkt hast? So? Denkt?« Franzl lachte und rieb den Hut hin und her. »No schau, jetzt hab ich ja wieder mein Posten! Und wie mich gsehen hast mit der Büchs, man könnt schier glauben, es hätt dich gfreut? Da willst am End gar wieder umsatteln? Viel bild ich mir net ein auf mich. Aber es könnt schon sein, daß dir's lieber wär: der Posten und ich, als der Posten und der ander dazu?«

In der Brucknermali schien der empfindliche Apparat zu versteinern, mit dem die Menschenkinder zu denken pflegen.

Und Franzl lachte, daß es ihm naß in die Augen sprang. »Viel Zutrauen mußt aber nimmer ghabt haben zu meiner Repatazion! Sonst hättst dich net gar so tummelt, daß dem andern sein' Bsuch wieder heimgibst! Und fein hast dir 's Stündl ausgsucht. Wo er allein in der Hütten war und der Graf beim Gräbnis drunt!« Erschrocken griff sich Franzl hinter's Ohr. »Mar' und Joseph! In meiner Narretei vergiß ich ganz, warum ich dasteh!« Er richtete sich auf. »Mich geht ja die ganze Gschicht nix an! Der Herr Graf möcht wissen, was du in seiner Hütten suchst?« Da schwankte ihm wieder die Stimme. »Und was du mit'm Schipper hast?«

Mali tappte mit beiden Händen nach dem Kopf, als hätte sie Sorge um ihren gemarterten Verstand. Man konnte ihr's ansehen, wie schwer sie die Ausrede fand, nach der sie suchte. »Rasten hab ich müssen, a bißl rasten halt! Sonst hab ich nix in der Hütten gsucht. Bloß rasten hab ich müssen.«

»Rasten? So? Was hat dich denn gar so müd gmacht?«

»Bei der Sennerin bin ich gwesen.«

»So? Bei der Sennerin? Die schon abtrieben hat?«

Ratlos guckte Mali über die stillen Almen hinunter; dann schlug sie den Arm über die Stirn, stolperte über den Grasrain auf den Jägersteig und ging davon.

»Komm gut heim! Dein Weg wird finster!« rief Franzl ihr mit zerdrückter Stimme nach. »Oder soll ich dir leicht den Schipper schicken, daß er dich führt?«

Mali griff nach einem Latschenzweig und drehte das Gesicht; es war entstellt. »Franzl! Nimm dich vor'm Schipper in acht!« Wie von Sinnen rannte sie davon.

Franzl stand so betäubt, als hätte er einen schweren Schlag auf den Kopf bekommen. Da hörte er einen gellenden Fingerpfiff. »Jesses na!« Er begann zu springen.

Graf Egge empfing ihn mürrisch. »Was ist denn mit dir? Ich wart' mir da die Seel' heraus! Wo bleibst du so lang?«

»Gredt hab ich mit'm Madl,« keuchte der Jäger atemlos, »ich bitt um Entschuldigung.«

Bei Graf Egge schien der Zorn über die weiße Schürze sich schon gelegt zu haben; er nahm die Wanderung wieder auf und fragte zerstreut: »Wer war es?«

Der Name wurde für Franzl eine zähe Sache. »Die Bruckner-Mali.«

»So? Die ist wieder im Dorf? Ihr Bruder, sagt Moser, wär' früher nicht sauber gewesen? Wie kommt das Mädel jetzt in meine Hütte?«

»Rasten hat's müssen, bloß a bißl rasten! Sonst nix, Herr Graf!«

»Rasten? Die soll sich ein andermal auf den Kuhsteig setzen, nicht auf meine Bank!« Damit war die Sache erledigt – wenigstens für Graf Egge.

## 12

Es dämmerte noch nicht. Aber auf dem Herd der Dippelhütte brannte bereits ein Feuer. Daneben stand schon die eiserne Pfanne und das Holzgeschirr mit dem Schmarrenteig.

Die Fäuste in den Taschen der Lederhose, saß Schipper auf dem Herdrand und schien vergessen zu haben, daß er kochen wollte. An der Lippe beißend, in den grauen Zügen den Ausdruck grübelnder Wut, sah er unruhig vor sich hin. Da klang das Klirren eines Nagelschuhs. Schipper hob lauschend den Kopf und erkannte den schweren Schritt. Mit einem Fluch sprang er auf und murmelte: »Is denn der kein Mensch net? Jetzt kommt er h e u t noch da rauf!« Er strich mit der Hand über das Gesicht und sprang zur Tür.

Graf Egge stand vor ihm.

Wie in freudiger Überraschung schlug Schipper die Hände zusammen. »Ja grüß Ihnen Gott, Herr Graf! Ja weil S' nur wieder heroben sind in der Hütten! Seit Mittag is mir's allweil fürgangen, daß ich heut noch die Freud hab –« Schipper gewahrte, daß sein Herr nicht allein war, und das Wort blieb ihm in der Kehle stecken.

»Was hockst du in der Hütte?« fuhr ihn Graf Egge an. »Warum hast du nicht Dienst gemacht?«

Schipper war noch immer sprachlos; Franzls Anblick hatte auf ihn gewirkt wie die Erscheinung eines Gespenstes.

»Hörst du nicht?«

»Ich bitt, Herr Graf, ich hab mir halt denkt, Sie kommen.«

»Das Denken überlaß mir! Du mach deinen Schutz! Hol' deine Büchse und pack' dein Zeug in den Rucksack! Alles. Und dann marschier'! Von heut an übernimmst du Patscheiders Bezirk. Ich hab' in meiner Hütte für dich keinen Platz mehr.«

Schipper zitterte vor Wut, und sein Gesicht spielte alle Farben; aber er schien zu merken, daß die Stunde nicht geeignet war, um gegen dieses unerwartete Versetzungsdekret eine Vorstellung zu erheben. Sich mühsam bezwingend, sagte er mit Ruhe: »Wie der Herr Graf befehlen! Dem verwahrlosten Bezirk da drüben wird mei' scharfe

Aufsicht net übel anschlagen. Und der gnädig Herr Graf wird wissen, was er will.«

»Vor allem will ich Ruhe haben, und da kann ich nicht vor Augen brauchen, was mir die Galle aufriegelt.« Graf Egge trat in die Hütte.

Schipper wollte ihm folgen, kehrte aber wieder um und trat auf Franzl zu. »Grüß dich Gott, Hornegger! Hat der Herr Graf an Einsehen ghabt? Es is mir lieb, daß d' wieder da bist!« Er streckte ihm die Hand hin. »Wir zwei haben uns oft net recht verstanden miteinander. Jetzt red ich mir's grad amal vom Herzen weg. Wär gscheiter, wir täten als gute Kameraden einer zum andern halten. Geh, schlag ein!«

Franzl rührte keinen Finger und bohrte den Blick in Schippers Augen.

»Oho! Was hast denn?« Schipper lachte. »Warum schaust mich denn an wie der Teufel die arme Seel?«

»Hornegger!« klang es aus der Stube. Und Franzl ging zu seinem Herrn, um den Kammerdienst anzutreten, aus welchem Schipper entlassen war.

Als Graf Egge die Herrenstube betreten hatte, war es sein erstes gewesen, das Geheimarchiv aufzusperren, um sich zu überzeugen, ob hier alles in Ordnung wäre. Unversehrt und friedlich ruhte das herrliche Gemsgehörn neben dem Samtetui mit den Edelsteinen, von denen nur ein einziger fehlt – ein Rubin.

Nun saß Graf Egge auf dem Bett, und während ihm Franzl die Schuhriemen lösen mußte, hielt er den Hund auf seinem Schoß und zupfte ihm aus dem roten Fell die Harztropfen heraus, die vom Verband zurückgeblieben waren.

Nach einer Weile kam Schipper und meldete sich »fertig zum Marsch«.

Sein Herr entließ ihn wortlos. Als die Schritte des entthronten Büchsenspanners vor der Hütte verklangen, erhob sich Graf Egge und sagte zu Franzl, der eben die Hängelampe anzündete: »So! Jetzt is die Luft sauber! Komm, Alter, jetzt kochen wir unseren Schmarren!«

Die Vorbereitungen, die auf dem Herd bereits getroffen waren, erleichterten die Sache. Während das Schmalz in der Pfanne prasselte, besprachen sie die Pirschpläne für den kommenden Tag. Das heißt, Graf Egge besprach sie. Franzl, der verloren umherging, Holz brachte und Wasser zum Feuer setzte, kam über ein paar pflichtschuldige Wörtchen nicht hinaus und erklärte sich mit allen Vorschlägen einverstanden, die sein Herr ausgrübelte. Mitten in der Rede brach Graf Egge ab, deutete mit dem eisernen Pfannenlöffel nach der Ecke des Herdes und sagte mit schwankender Stimme: »Schau, Franzl, auf dem Fleckl, da is er gsessen am letzten Abend!«

Eine stille Mahlzeit.

Während Graf Egge in der Stube die Zither stimmte und Franzl in der Küche das Geschirr spülte, kam Patscheider von seinem Reviergang zurück. Für die Freude über das Wiedersehen mit Franzl hatte der Jäger nur ein paar kurze Worte; wie sie gemeint waren, das sprach ihm aus den Augen; zum erstenmal lachte er wieder seit vielen Tagen. Nach dem Rapport teilte er sich mit Franzl in die Arbeit, und dabei sprachen sie flüsternd von dem »Unglück drunt« und vom »armen Herrn«. Während dieses Gespräches erwachte in Patscheider ein Gedanke, der ihn um so unruhiger machte, je länger er ihn verschwieg. Endlich platzte er damit heraus: »Sag, Franzl! Jetzt hast ja dein' Dienstplatz wieder. Tätst mir harb sein, wenn ich mich um den Posten bewerben möcht, den man dir anboten hat?«

Betroffen sah Franzl auf. Er kannte den Jäger gut genug, um zu wissen, daß hinter der Sache alles andere eher steckte als Eigennutz. »Michel! Um Gotts willen! Was is denn?«

Patscheider wehrte mit der Hand. »Frag net! Bei so was tut 's Reden net gut.«

Das war schon zuviel gesagt. Das Gerede im Dorf, Patscheiders verändertes Wesen und seine letzten Worte – der Zusammenhang dieser Dinge weckte in Franzl eine Ahnung, die ihm den Herzschlag stocken machte. »Michl! Jesus Maria!«

»Tätst mir harb sein?«

Franzl schüttelte den Kopf. Ohne ein weiteres Wort erhob sich Patscheider, klopfte an die Tür der Herrenstube und trat ein.

Graf Egge stimmte noch immer an seiner Elegienzither; der Klang der Akkorde war ihm noch nicht rein genug. Eine Saite schraubend, sah er auf.

»Ich bitt, Herr Graf,« sagte Patscheider verlegen, »ich hätt gern a bißl nach meine Leut gschaut. Wenn S' nix dagegen hätten? Morgen am Abend vor dem Pirschgang wär ich wieder heroben.«

»Geh nur!« Graf Egge schlug einen Akkord an und neigte das Ohr gegen die Saiten. »Und sag' dem Hornegger, er kann sich schlafen legen.«

Franzl nahm die Botschaft als Befehl, und nachdem er hinter Patscheider die Hüttentür verriegelt hatte, kletterte er auf den Heuboden.

Schlaflos lag er in der Finsternis unter den Dachsparren und quälte sich mit seinen wirren Gedanken, während aus der Herrenstube herauf die zärtlichen Klänge der Zither tönten.

Graf Egge spielte an diesem Abend nur ernste Stücke. An Koschats »Verlassen, verlassen« reihte sich »Mutterseelenallein« mit meisterhaft ausgeführten Flageolettönen. Ein schwermütiges Zwischenspiel in A-Moll leitete über in das Tiroler Volkslied:

»Wenn ich zu meinem Kinde geh –«

Bei diesem Liede mußte Graf Egge während des Spiels den Kopf zurückbeugen, damit die Tränen, die ihm über die Wangen rollten, nicht in die Saiten fielen; die Zither ist ein wehleidiges Instrument, und Feuchtigkeit verträgt sie nicht. Beim Schlußakkord seufzte Graf Egge so schwer, daß Hirschmann, der hinter dem Ofen lag, den Kopf erhob und seinen Herrn verwundert betrachtete.

Wieder klang die Zither. Dem Schlummerlosen auf dem Heuboden redeten diese feinen Klänge ins Herz. Er setzte sich auf, drückte den Kopf in die Hände und grübelte. Immer tauchten zwei Bilder gleichzeitig in ihm auf, eines ein Widerspruch zum anderen; jeder Gedanke, dem er folgte, führte ihn nach Irrwegen zu einem großen Loch, vor dem er ratlos stand und wieder den Rückweg suchte; und in seinen eigenen Kummer mischte sich noch das Erbarmen mit dem »armen Herrn da drunt« und die Sorge, die er sich um Patscheider machte.

Der hatte auf seinem Heimweg in der dunklen Nacht ein übles Wandern; auf den Almen ging es noch leidlich, da leuchteten die Sterne ein bißchen; aber im schwarzen Hochwald setzte es Beulen und blutige Risse.

Mitternacht hatte geschlagen, als Patscheider das Dorf erreichte; in den Höfen, an denen er vorüberkam, bellten die Hunde, und dumpf rauschte die Ache in der Nachtstille. Langgezogene Nebelstreifen schwebten aus dem Seetal heraus, umhüllten den Kirchturm und senkten sich über den Friedhof und die Wiesen. Alle Häuser lagen schon dunkel, nur aus der Stube des Brucknerhauses leuchtete noch ein trüber Lichtschimmer; und der Jäger sah, als er vorbeiwanderte, einen Schatten über die Fenster irren.

Diesen Schatten warf der Bauer, der mit nackten Füßen in der Stube auf und ab ging; die Schwarzwälderuhr tickte, und mit glostendem Räuber brannte eine dünne Kerze auf dem Tisch, hinter welchem Mali im Herrgottswinkel saß, den Kopf an die Wand gelehnt. Auf dem Ledersofa, das nach Forbecks Abreise aus dem Giebelzimmer den Umzug in die Stube gemacht hatte, schlummerte das kleine Netterl, und für Mali lag auf dem Boden eine Matratze mit rotgeblumtem Kissen und wollener Decke.

Bruckner blieb vor der Schwester stehen. »Ich studier mir 's Hirnkastl aus, aber ich find nix Bessers. Bleibst im Haus, so is 's Unglück fertig. Dös mußt selber einsehen, nach dem, was heut am Berg droben passiert is! Oder net?«

Mali nickte.

»Daß ich dich net gern fortlaß, kannst dir denken.« Der Bauer sah hinüber zu dem schlafenden Kind. »Aber es geht nimmer anders, jetzt muß ich allein mit'm Schädel durch d' Wand. Am besten, du gehst gleich morgen in der Fruh. Den Kufer schick ich dir mit'm Boten nach. Is dir's recht so?«

Mali schob sich hinter dem Tisch hervor, ging zum Sofa und streifte mit der Hand über das Haar des Kindes. »Magst mir 's Netterl net mitgeben? 's Kind tät gsunden in meiner Sorg. Und d' Schwester hätt die größte Freud.«

Er schüttelte heftig den Kopf. »D' Schwester hat kleine Mäuler gnug. Und hätt ich meine Kinder nimmer, was hätt ich noch? Ich gib keins her. A paar Tag lang hilft mir d' Nachbarin aus, nachher muß ich mich halt um a richtigs Weibsbild umschauen. Soll's kosten was mag! Lieber schind ich mich, daß mir 's Blut aussispritzt bei die Nägel. So! Jetzt leg dich schlafen! Die halbe Nacht is eh schon wieder beim Teufel.«

Trotz dieser Mahnung gingen noch Stunden vorüber, ehe hinter den Fenstern des Brucknerhauses das Licht erlosch.

Der folgende Tag, ein Sonntag, brachte das ganze Dorf in Aufregung. Aber das Getratsch und Gerede, das nach dem Hochamt aus der Kirche getragen wurde, hatte nichts mit der Tatsache zu schaffen, daß am frühen Morgen die Bruckner-Mali mit einem kleinen weißen Bündel und mit rotgeränderten Augen zum Dorf hinausgewandert war. Was den halb lustigen, halb verwunderten Leutrummel verursachte, war die nach der Predigt von der Kanzel erfolgte Verkündigung: »Zum heiligen Bund der Ehe haben sich versprochen der ehr- und tugendhafte Jüngling Andreas Pointner und die ehr- und tugendsame Jungfrau Elisabeth Zauner, beide allhier.«

Auch Patscheider, der gegen zwölf Uhr mittags vor dem Seehof aus einem Einspänner stieg und ein Schiff verlangte, bekam die große Neuigkeit zu hören. Er zuckte nur die Achseln und sprang in den Kahn. Als er beim Wetterbach landete, begann er mit treibendem Marsch bergan zu steigen und traf, wie er es seinem Herrn zugesagt hatte, noch vor der »guten Zeit« im Palais Dippel ein. Graf Egge stand vor der Hütte, schon zum Pirschgang fertig. Mit der Büchse auf dem Rücken las er einen Brief, dessen zerrissenes Kuvert auf der Erde lag. Moser, der mit dem Hut in der Hand vor Graf Egge stand, schien diesen Brief soeben gebracht zu haben. Auch Franzl war schon für den Jagdweg gerüstet; er saß auf der Hüttenbank und sah, als Patscheider kam, stumm fragend zu ihm auf; der Jäger nickte und verschwand in der Hüttentür.

Graf Egge hatte zu Ende gelesen und schien in Erregung mit einem Entschluß zu kämpfen. Plötzlich wandte er sich zu Moser und fuhr ihn an. »Was kommst du auch gerade jetzt mit dem Brief daher? Ich kann doch jetzt nicht schreiben, ich versäume doch die Pirsch!« Wieder überlegte er. Die Unentschlossenheit währte nicht lange. Er schob den Brief in die Joppentasche. »In Gottes Namen! Bring' ihr die Antwort mündlich. Ich bin damit einverstanden, daß die Damen morgen reisen.« Er biß am Schnurrbart und suchte nach Worten. »Sie sollen sich in München nicht länger als nötig aufhalten. Im Palais ist alles versperrt und verriegelt, und der Kampfergeruch könnte ihnen Kopfweh machen. Es ist besser, sie bleiben über Mittag in einem Hotel und fahren gleich nach Tisch mit dem Kurierzug weiter. Das erspart ihnen überflüssige Besuche.« Es zuckte um Graf Egges Augen. »Von Eggeberg sollen sie mir eine Depesche schicken, daß sie glücklich angekommen sind. Ich schreibe dann schon – wenn ich Zeit habe. Und meiner Tochter kannst du sagen, es hätte mich gefreut, daß sie morgen noch zu mir heraufkommen wollte. Aber das darf ich ihr nicht zumuten. Die paar Tage sind m i r in die Knie gegangen – um wieviel elender muß das Mädel sein. Sie soll sich schonen für die Reise. Ich laß ihr gute Fahrt wünschen. R e c h t gute Fahrt. Und glückliche Ankunft in Eggeberg. Und einen guten Winter. Sag' ihr das! Vielleicht komm ich nach der Hirschbrunft, bevor ich reise, auf einen Sprung nach Eggeberg. Mein Bruder hat freilich eine Jagd, daß Gott erbarm'! Aber dem Mädel zulieb! Sag' ihr das!« Er rückte den Hut. »Hornegger, komm!« Graf Egge folgte dem Steig und fragte, als Franzl ihn einholte: »Wo, meinst du, daß der Bock steht?«

Drei Stunden später, als es dämmerte, brachte Franzl die von seinem Herrn erlegte Gemse zur Dippelhütte getragen. Aber die Laune, in der Graf Egge nach Hause kam, war eine andere, als sie sonst nach einem glücklichen Schuß zu sein pflegte. Auf der Pirsche hatte er den Augenblick, in dem er Feuer geben durfte, kaum erwarten können; als ihm aber die Beute zu Füßen lag, hatte er das Gehört ohne Freude betrachtet; und auf dem Heimweg besprach er nicht wie sonst mit eingehender Umständlichkeit den Verlauf der Jagd, sondern war von mürrischer Schweigsamkeit.

Nach der Mahlzeit gab es eine böse Szene zwischen ihm und Patscheider, der seinen Dienst kündigte. Graf Egge schrie, daß die Fenster klirrten.

Franzl ging zum Brunnen, um nicht wider Willen hören zu müssen, was in der Stube verhandelt wurde. Es währte fast eine Stunde, bis in der Hütte wieder Ruhe war. Als Franzl in die Herdstube zurückkehrte, packte Patscheider mit zitternden Händen seinen Rucksack, während in der Herrenstube die Saiten klangen.

»Gott sei Dank, Franzl, jetzt hab ich's überstanden! Mein Packl trag ich freilich mit fort. Aber jetzt kann ich mit Ruh an Weib und Kinder denken.«

»Aber Michl! Was is denn? Warum packst denn jetzt?«

»Fort soll ich, gleich auf der Stell, hat er gsagt. Heut hat er's m i r macht wie selbigsmal d i r ! Statt daß er an Einsehen ghabt hätt mit meiner armen Seel. Statt daß er froh gewesen wär über den Ausweg, den mein Erbarmen mit dem armen Teufel von Vater –« Patscheider verschluckte den Rest des Satzes. »Da hab ich mich nimmer halten können. Und alles hab ich ihm gradaus ins Gsicht gsagt, was ich die ganze Zeit her in mich nunterdruckt hab. Alles! Alles!«

»Michel, um Gotts willen, bist denn gscheit?« stammelte Franzl. »Weißt doch, daß er aufgregt is und hart im Holz! Und schau, jetzt hat ihn dös fürchtige Unglück troffen. So was dreht doch an Menschen um und um! Wie kannst ihm denn da was übelnehmen? Aber Michl! Michl!«

Patscheider kratzte sich den Kopf. »Vielleicht hast recht, vielleicht hätt ich mir 's Maul verriegeln sollen. Aber ich hab mich nimmer halten können. Es is mir aussigrumpelt. Er hat mir Sachen ins Gsicht gsagt –« Der Zorn erwachte wieder in ihm. »Himmelkreuzteufel, ich hab ja rein glaubt –«

In der Stube schwieg die Zither, und Graf Egge rief mit heiserer Stimme: »Wird da draußen bald Ruh' werden!« Dann klangen die Saiten wieder.

Die beiden Jäger sprachen kein Wort mehr. Als Patscheider den Bergsack auf den Rücken gehoben hatte, winkte er seinem Kameraden. Schweigend gingen sie in der Nacht eine Strecke miteinander. Dann umklammerte Patscheider Franzls Hand. »Bhüt dich Gott! Und ich sag dir Vergelts Gott, weil mir verlaubt hast, daß ich mich um den Posten umschau. Daß ich d i c h net vergiß, da kannst Gift drauf nehmen! Alles andre laß ich hinter mir. Kreuz drüber und fertig! Dir, Franzl, bleib ich der Alte. Bhüt dich Gott, Kamerad!« Er riß ihn an sich, küßte ihn wie ein zärtlich gewordener Bär und stolperte in die Nacht hinaus.

Franzl hatte kein Wort gefunden. Als Patscheiders Schritte schon verhallten, rief er ihm nach: »Bhüt dich Gott, Michl! Laß dir's gut gehn, gelt!« Während er in die Hütte zurückkehrte, blieb er immer wieder stehen und sah durch die Finsternis gegen das Tal hinunter. In der Jägerstube setzte er sich auf den Herd und starrte in die verglimmenden Kohlen. Seufzend erhob er sich endlich und suchte seine Liegerstatt im Heu.

Es waren unfreundliche Zeiten, die nun im Palais Dippel Einzug hielten. Graf Egges Laune wurde knorriger von Tag zu Tag, und die rührseligen Stimmungen, die in der ersten Zeit noch ab und zu seine gallige Verbitterung für kurze Stunden lösten, wurden immer seltener. Jeder Mißerfolg auf der Jagd war die Veranlassung zum Ausbruch eines maßlosen Zornes. Kein Tag verging, ohne daß Franzl sich das »Unglück« seines Herrn in eindringliche Erinnerung rufen mußte, um seine geduldige Ruhe bewahren zu können. Dabei lagen die Sorgen seines Herzens wie ein drückender Stein auf ihm. Und sein Beruf war ihm keine Freude mehr; immer bedenklicher schüttelte er den Kopf zu der Art und Weise seines Herrn.

Wie Graf Egge jetzt die Jagd betrieb, das war eine Hetze ohne Atemholen; am Morgen die Pirsch, untertags eine Treibjagd, am Abend wieder die Pirsch. Was ihm vor die Büchse kam, wurde niedergebrannt. Und in der Nacht ein dumpfer, schwerer Schlaf nach den erschöpfenden Strapazen des Tages. Am Morgen ging es wieder mit so blinder Hast zum Tempel hinaus, daß auf Graf Egges Stirn die Beule in Permanenz erklärt war. Keine Beute befriedigte ihn, kein Erfolg vermochte ihn zu sättigen. Es war nicht mehr die Jagd, was er suchte, nur noch die fieberhafte Erregung vor dem Schuß.

Eines Nachmittags, während der Gemspirsch, sahen sie zwei Adler über einer Felswand kreisen. Das brachte eine neue, willkommene Erregung. Graf Egge schoß die erste Gemsgeiß nieder, die ihm über den Weg sprang; sie wurde auf der Zinne der Wand als Köder ausgelegt, und während Franzl die Wache bezog, übersiedelte Graf Egge in Schippers Hütte.

Nach Verlauf einer Woche konnte Franzl seinem Herrn die Meldung bringen, daß die Adler den Köder angenommen hätten und regelmäßig einfielen.

»Wenn S' Ihnen d' Müh net verdrießen lassen, Herr Graf, die schießen S' alle zwei!«

Graf Egge besann sich. Dann schüttelte er den Kopf. »Schießen? Ich will m e h r davon haben! Die wirst du mir füttern über den Winter. Vielleicht bleiben sie und horsten. Dann hol' ich mir die Jungen aus dem Nest. Das füllt mir den Käfig wieder und bringt eine Abwechslung. Ich muß wieder einmal was anderes haben, eine Sache, die mir das Blut von unten herauf aufriegelt. Das ewige Gepulver wächst mir zum Hals heraus.«

Im Widerspruch zu diesem Geständnis machte jeder folgende Tag ein paar Patronen leer. Während der Hirschbrunft gönnte sich Graf Egge täglich kaum ein paar Stunden Ruhe; es war Vollmondzeit, und so benützte er auch die Nächte zum Ansitz, ohne sich viel um die rheumatischen Schmerzen zu kümmern, die sich jetzt im linken Knie zu rühren begannen, das bisher von dem Übel noch immer verschont geblieben war. Er erinnerte sich der halben Unterhose, die er im Sommer erspart hatte, und es setzte ein böses Wetter, als das wollene Bein nicht gleich gefunden wurde. Diesmal wollte die Wärme der Wolle so flink nicht helfen. Graf Egges Gang wurde immer schleppender, sein Gesicht bekam eine gelbliche Färbung, und seine Augen fielen tief in die Höhlen. Aber solang auf den Almen und im Bergwald noch ein Brunftschrei zu hören war, gönnte er sich keine Ruhe. Im Verlaufe von drei Wochen brachte er neunzehn Hirsche auf die Decke. Den letzten erlegte er am Morgen des 16. Oktober, obwohl mit dem Tage vorher die Schußzeit schon zu Ende gegangen war. Vom aufgebrochenen Hirsch weg trat er den Abstieg an und ließ, in Schloß Hubertus angekommen, den Doktor holen. Dieser riet ihm eine Luftveränderung, den Besuch eines milden Klimas. Unverzüglich befolgte Graf Egge diesen Rat, schien aber dabei die Himmelsgegenden zu verwechseln, denn er reiste am folgenden Morgen zu den Elchjagden nach Finnland ab. Zu seiner Bedienung und Pflege nahm er Schipper mit, der in der Brunftzeit wieder zu Gnaden gekommen war, da er seinen Herrn auf zwölf Hirsche zu Schuß gebracht hatte.

Franzl atmete auf. Sein erstes war, daß er sich im Palais Dippel einen Tag und eine Nacht ins Heu vergrub, um in einem bleiernen Schlaf seine zerriebenen Knochen rasten zu lassen. Als er erwachte und vor die stille Hütte trat, lag ein schimmernder Herbstmorgen über den Bergen, deren höchste Zinnen schon die erste Schneekoppe trugen. Franzl kam sich vor wie eine aus dem Fegfeuer erlöste

Seele. In dieser einsamen Ruhe fühlte er sich selbst wieder, empfand, daß er lebte. Nach dem Frühstück, das ihm seit Wochen zum erstenmal wieder mundete, nahm er seine Büchse und wanderte den ganzen Tag in seinem Bezirk umher. Er ruhte im rauschenden Wald, rastete auf sonnbeschienenen Gehängen, sah träumend die ragenden Wände an und beobachtete, wie das versprengte Wild sich wieder sammelte. Die Freude an seinem Beruf begann in seiner Seele wieder warm zu werden. Und noch etwas anderes fand er in dieser Stille, bei diesem erquickenden Aufatmen: der wirre Sorgenknoten seines Herzens löste sich wie von selbst. Jetzt zum erstenmal konnte er ruhig überdenken, was er mit Mali erlebt hatte, und da wurde der schwarze Rabe, als der ihm das Mädel erschienen war, immer weißer und weißer. Wohl fand er die Sache jetzt nicht weniger unbegreiflich als früher. Aber der Gedanke an Malis offene Herzlichkeit, die Erinnerung an ihr vergrämtes Gesicht, an den angstvollen Klang der Stimme, mit der sie ihm jene Warnung vor Schipper zugerufen hatte – das waren stärkere Trümpfe als die verriegelte Haustür und der Besuch des Mädels in der Dippelhütte. Hinter der Sache mußte was stecken, was er nicht erraten, nicht ahnen konnte. Um darüber ins klare zu kommen, wußte er keinen besseren Weg, als mit einer offenen Frage vor das Mädel hinzutreten.

Getröstet und von neuer Hoffnung erfüllt, kehrte Franzl mit diesem Entschluß am Abend ins Palais Dippel zurück. Am folgenden Tage hielt ihn noch die Pflicht auf den Bergen fest: mit Hilfe zweier Holzknechte mußte er einen Spießhirsch, den Graf Egge niedergebrannt hatte, als Köder für die beiden Adler auf die Höhe der Felswand schaffen. Um zwei Uhr mittags kehrte er von dieser Arbeit zurück, schloß am Palais Dippel die Fensterläden, versperrte die Tür, und nun rannte er wie ein Narr, um noch vor Einbruch der Dämmerung das Dorf zu erreichen.

Als er am Seehof vorübersauste, wurde in der Wirtsstube schon die Lampe angezündet. Über der Straße lag noch ein fahles Zwielicht, und ehe Franzl den Zaun des Brucknerhauses erreichte, konnte er schon die Gestalt des Mädels gewahren, das zwischen Tür und Brunnen umherwanderte und das in einen Lodenmantel gewickelte Netterl auf den Armen trug. Das Herz schlug ihm wie ein Hammer.

Doch als er in den Hof trat, sah er das ihm fremde, grobknochige Frauenzimmer ratlos an. »Um Gotts willen! Wer bist denndu?«

»'s Kindsmadl bin ich, beim Bruckner.«

»Kindsmadl? Zu was braucht denn der Bruckner fremde Leut im Haus? Is doch d' Schwester da!«

»So? Bist du außer der Welt daheim? Weißt denn gar nix? D' Mali is schon lang nimmer im Ort.«

Franzl verfärbte sich.

»Die is zu ihrer Schwester aussi uns Unterland. Jetzt bin i c h da!« Franzl stand eine Weile auf den vorgestreckten Bergstock gestützt. »Da wünsch ich gut Nacht!« Langsam, immer den Kopf schüttelnd, ging er der Straße zu.

»Mir scheint, bei dem rappelt's!« brummte die Magd.

Vor dem Zaun blieb Franzl stehen, schob den Hut in die Stirn und rieb den Nacken. »Aus und gar! Jetzt mach an Schnapper, Herzl, daß dich wieder derfangst!«

Schon am folgenden Morgen stieg er wieder zur Dippelhütte hinauf, obwohl er für diesen Tag zur Hochzeit des feinen Lieserls und des Pointner-Andres geladen war. Seine Mutter hatte ihm zugeredet, die »Gaudi« mitzumachen, weil sie hoffte, daß Franzls aschfarbene Stimmung sich beim Klang der Geigen und Klarinetten ein bißchen aufheitern möchte. Am Abend aber dankte sie dem lieben Herrgott mit aufgehobenen Händen, daß ihr Bub nicht »dabei« war – denn der Hochzeitsjubel hatte ein sonderbares Ende genommen.

Die Braut, die neben dem Ehering einen Reif mit funkelndem Rubin am Finger trug und gleich einer »stadtischen Hochzeiterin« in ein weißes Atlaskleid mit langer Schleppe gekleidet war, tanzte fleißig mit den zur Hochzeit geladenen Burschen und besonders mit dem jungen Postpraktikanten. Der Bräutigam wurde unruhig, ließ sich aber vorerst noch durch die Einsicht beschwichtigen, daß er wirklich ein schlechter und schrecklich ungeschickter Tänzer war, dessen floßförmige Hochzeitsstiefel jede zierliche Fußspitze schwer bedrohten. Aber was der Andres an Temperament in den Beinen ersparen mußte, das sammelte sich langsam in den Adern an seinen Schläfen zu besorgniserregenden Wülsten an.

Meister Zauner wollte vermitteln, zog sein Töchterlein beiseite und flüsterte dem erhitzten Weibchen ein paar eindringliche Worte ins Ohr.

»Jetzt bin ich Frau, versteht der Herr Vater?« antwortete das feine Lieserl. »Jetzt tu ich, was ich mag! A bißl was muß ich haben davon, daß ich mich aufgeopfert hab!« Lachend trat sie mit dem Postpraktikanten zu einem Walzer an.

Immer eifriger sprach der Bräutigam in seinem wachsenden Mißvergnügen dem Weinglas zu. Einmal griff er über den Tisch und zupfte die Zaunerin am Ärmel: »Was wagen S', Frau Schwiegermutter – mein Lieserl schaut sich net arg viel auf mich! Dös verdrießt mich recht!«

»So laß ihr doch heut dös bißl Vergnügen!« lautete die ärgerliche Antwort. »Von abends um neune an ghört s' dein! Und 's Leben is lang. Da kommst noch allweil auf deine Kosten.«

Der Bräutigam nickte und saß wieder geduldig auf seinem einsamen Platz. Als aber Stunde um Stunde verging, ohne daß Lieserl den Tanzboden verließ, erhob sich der Andres endlich, suchte sein Bräutl auf und sagte: »Weiberl, was is denn? Schaust dich gar nimmer um auf mich? Ich bin doch heut die Hauptperson!«

Lieserl gab eine Antwort, die den jungen Pointner erblassen machte. Er legte seine Bärenfaust mit eisernem Griff um das schlanke rosige Handgelenk der Braut, zog sie trotz ihres Sträubens zur Hochzeitstafel und hielt sie an seiner Seite fest. Die Zaunerin eiferte sich über diese »ungehobelte Gwalttätigkeit«, Meister Wastl zog sich schwermütig mit seiner Weinflasche in das Extrastübchen zurück, um die Sache nicht länger mit ansehen zu müssen, und das feine Lieserl weinte vor Zorn. Als der Postpraktikant, dem sie die nächste Quadrille zugesagt hatte, sein Recht forderte, sagte der Bräutigam sehr grob: »Nix da! Mein Lieserl bleibt bei mir! Heut muß ich mir d' Mahlzeit net aufwärmen lassen von eim andern. Heut koch ich selber.« Es gab ein Wortwechsel, ein paar Burschen faßten die Situation unter dem Gelächter der ganzen Hochzeitsgesellschaft in drastisch wirkende Schnaderhüpfel, der Bräutigam warf einem der Sänger das Weinglas an den Kopf, und die Folge war eine blutige Keilerei. Bei d i e s e m Tanz war der Pointner-Andres der unübertrumpfbare Meister. Er machte bei der Säuberung des Tanzlokals so gründliche Arbeit, daß nur die Musikanten noch zurückblieben, ausgenommen den Kontrabassisten, der außerhalb der Tribüne stand und beim Aufwaschen aus Versehen mitgenommen wurde. Als er die Scherben seines Instruments ansah, erklärte er: »Is einer gschickt, so kann er aus meiner Baßgeigen noch allweil a Zündholzschachterl machen.«

Die Trompeter und Klarinettisten, die der Lawine des Hinauswurfs glücklich entronnen waren, mußten einen lustigen Marsch anstimmen. Und unter Schmetterklängen wurde der sieghafte Bräutigam, der sein trotzendes Weiberl mit festem Griff an der Hand führte, von allen Ungeprügelten der Hochzeitsgesellschaft heimgeleitet in das Paradies seines jungen Glückes.

## 13

Am Allerseelentag fiel der erste Schnee über die Dächer des Dorfes, während er auf den Bergen schon fußhoch lag. – Franzl blieb in der Dippelhütte, um den Flug der Adler zu überwachen. Mitte November erhielt er aus Siebenbürgen von Graf Egge die telegraphische Anfrage: »Sind sie noch da?« Vier Wochen später kam die gleiche Frage aus dem Banat, wohin Graf Egge zu den Bärenjagden gereist war.

Am Tag vor Weihnachten suchte Franzl unter wirbelndem Schneegestöber den Heimweg ins Dorf.

Im Park von Hubertus war weiße Stille. Schmal ausgetretene Fußwege führten durch den hohen Schnee. Am Schloß waren alle Fensterläden geschlossen, die Hirschgeweihe von der Mauer abgenommen. Der Adlerkäfig in der Ulmenallee stand leer, und in dicken Klumpen hing der Schnee am Drahtgitter – die Sommergäste des Käfigs hatten das Winterquartier in der Remise bezogen.

Für Franzl kamen harte Wochen. Die Überwachung der Wildfütterung, die Zurichtung der Marderfallen und das Legen der Fuchseisen hielt ihn vom Morgen bis zum Abend auf den Beinen. Wohl waren für Patscheider und Schipper zwei neue Jäger in Dienst getreten, aber sie mußten das Revier erst kennenlernen, bevor ihnen Franzl einen Teil der Arbeit übertragen konnte. Und jede zweite Woche stieg er durch den zähen Schnee zum Palais Dippel hinauf, um den Adlern frische Kirrung zu legen.

Noch in jeder Schneezeit hatte Franzl die gleichen Strapazen gesund und lachend übertaucht. In diesem Winter wurde sein Gesicht so schmal, seine Gestalt so hager, daß die Horneggerin mit Sorgen kein Ende fand.

Die letzte Märzwoche brachte einen brausenden Föhnsturm. Auf allen sonnseitigen Gehängen der Berge schmolz der Schnee, und das Hochwild verließ – für den Jäger das erste Frühlingszeichen – die Futterplätze, um zu den Almen hinaufzusteigen.

Franzl quartierte sich wieder im Palais Dippel ein. Seine stille Schwermut blieb auch da droben unverändert, obwohl ihm die Arbeit keine Zeit zu zwecklosem Grübeln vergönnte. Während er dem neuen Kameraden, der mit ihm das Heulager teilte, den Schutzdienst im Bezirk überließ, war er vom ersten Morgengrauen bis zum sinkenden Abend auf den Füßen, um hoch im Gewänd den Kirrungsplatz der Adler zu überwachen oder tief im Bergwald die Balzplätze der Auerhähne aufzusuchen.

In der ersten Maiwoche schickte ihm Moser einen Zettel des Inhaltes: »Morgen kommt der gnädig Herr Graf, er will dich gleich haben, hat er dellagrafiert. Um zehne kommt er, also schau, daß bei der Hand bist, sonst gibt's Spitakl – dein lieber Moser.« Franzl trat sofort den Heimweg an und stellte sich rechtzeitig in Hubertus ein. Das Schloß hatte schon Frühlingstoilette gemacht: die Geweihe hingen an der Mauer, die Fontäne plätscherte, die Rosenstämmchen waren aufgebunden, und in der Ulmenallee, deren Bäume von einem zartgrünen Schimmer überhaucht waren, saßen die fünf Adler hinter dem Gitter. Einer der Vögel trauerte. Den Kopf zwischen die Schultern geduckt, saß er auf der Stange und blähte das Gefieder auf, als wäre ihm nicht mehr behaglich in seiner Haut.

Moser, der gerade die Fütterung erledigte, sagte zu Franzl: »Ich kann mir gar net denken, was der Vogel hat. Die Gschicht is wie verhext. Ich bin net abergläubisch. Aber da gschieht wieder ebbes im Haus! Nix Guts!« Moser verstummte, denn er hörte von der Straße her das Rollen eines Wagens.

Mit raschem Trab, dessen Hufschlag der weiche Kiesgrund dämpfte, kamen die Pferde durch die Ulmenallee. Den Schoß von einer rot eingefaßten Pantherdecke überbreitet, saß Graf Egge allein in der offenen Kalesche; er trug einen dunkelgrünen Jagdanzug mit Lederknöpfen, einen neuen, grauen Havelock und dazu seinen alten verwitterten Filzhut, auf dem ein dickes Büschel der Reiherfedern nickte, die er im Winter an der unteren Donau erbeutet hatte.

Franzl eilte dem Wagen entgegen. »Grüß Gott, Herr Graf, und Weidmanns Heil daheim!« Bis ins Herz erschrak er, als er das Gesicht seines Herrn in der Nähe sah; es hatte eine fahlgelbe Färbung, wie verregnetes Heu, der Mund war bitter verzerrt, jede Furche schärfer geschnitten, und die tiefliegenden Augen hatten einen fieberhaften Glanz.

Graf Egge stieg mit gebeugtem Rücken und etwas steifem Fuß aus dem Wagen; er dankte für den Gruß des Jägers nicht; sein erstes Wort war die Frage: »Was machen die Adler?«

»Sie horsten bei uns.«

Langsam streckte sich Graf Egges Gestalt, und in Erregung spannten sich seine schlaffen Züge. Er legte die Hand auf Franzls Schulter, atmete tief und nickte lächelnd. Ohne ein Wort zu sprechen, ließ er sich von Fritz und Moser begrüßen und trat ins Schloß. Zuerst öffnete er die Tür der Kruckenstube und warf einen Blick über die Wände; dann ging er in das Speisezimmer, wo zum Frühstück für ihn gedeckt war. Neben dem Teller lag die in den letzten Tagen eingetroffene Post.

»Hornegger soll kommen!« befahl Graf Egge, als Fritz zu servieren begann.

Franzl mußte am Tisch Platz nehmen und die Reviergeschichte des Winters erzählen. Graf Egge aß dazu einige Bissen und öffnete die Briefe. Unter ihnen war ein Nachzügler der schwarzen Rechnungen: eine Forderung für »Kranzschleifen mit Golddruck«.

Graf Egges Gesicht entstellte sich, und im Zorn warf er das zerknüllte Blatt unter den Tisch. »Das nimmt kein Ende mehr! Ich will Ruhe haben! Ruhe!« Er drückte die Fäuste an seinen Kopf und sagte nach einer Weile zu Franzl: »Erzähle weiter! Wann hast du die Hütte bezogen?«

»Am 10. April, Herr Graf! Und da hab ich mir gleich denkt, daß die Adler horsten müssen. 's Weiberl is verschwunden gwesen, und die ganze Zeit her hab ich nur allweil 's kleinere Manndl streichen sehen. Seit fürgestern sind s' wieder alle zwei am Flug. Es müssen die Jungen schon ausgfallen sein.«

Diese Meldung schien Graf Egges Erregung zu beschwichtigen. »Wo liegt der Horst?«

»Den hab ich net gfunden, Herr Graf!« gab Franzl kleinlaut zur Antwort.

»Was? Den Horst nicht gefunden?« Es gewitterte auf Graf Egges Stirne.

»Ich hab mir kein Weg verdrießen lassen. Aber ich kann den Horst net finden.«

»Schipper findet ihn schon. Willst du wetten?«

Franzl gab keine Antwort. Und Graf Egge sprach nicht weiter, weil er auf einem der noch uneröffneten Briefe die Handschrift der Adresse erkannte. Hastig öffnete er und las:

»Schloß Eggeberg, den 30. April

Verehrte Erlaucht!

Seit acht Wochen hatten wir nicht mehr die Freude, über Erlaucht Aufenthalt und Befinden eine Nachricht zu erhalten. Da gegenwärtig die Auerhähne balzen, darf ich wohl vermuten, daß diese Zeilen Erlaucht in Hubertus finden werden. Leider muß ich Erlaucht in Ihrem Jagdvergnügen durch eine Familiensorge stören. Die Pflichten meiner Stellung zwingen mich, Erlaucht die Mitteilung zu machen, daß Komtesse Kittys schwermütiger Seelenzustand sich während der letzten beiden Monate in besorgniserregender Weise verschlimmerte. Da wir dem hiesigen Dorfarzte nicht genügendes Vertrauen schenken, sah Graf Bruno sich veranlaßt, eine medizinische Kapazität aus Würzburg zu berufen. Der Professor vermochte ein akutes Leiden nicht zu erkennen. Doch konstatierte er einedurch Gemütserschütterungen verursachte Depression, die zu ernstlichen Dingen führen könnte, wenn sie nicht bald durch mildes Klima und Aufheiterung behoben würde. In Eggeberg ist es zum Einschlafen langweilig, und immer friert man, auch wenn die Sonne scheint. Es wurde die Frage erörtert, ob nicht von einer Reise nach dem Süden eine heilsame Wirkung zu erhoffen wäre. Der Professor brachte Sorrent oder Capri in Vorschlag. Und nun bitte ich Erlaucht, eine möglichst rasche Entscheidung zu treffen. Hätten Erlaucht für den von Monat zu Monat verschobenen Besuch in Eggeberg endlich Zeit gefunden, so würde das blasse Gesichtchen des armen Kindes so eindringlich zum Herzen des Vaters gesprochen haben, daß Erlaucht selbst die Notwendigkeit eines energischen Eingreifens erkannt hätten. Indem ich hoffe, daß diese Zeilen Erlaucht bei wünschenswertem Wohlsein und in bester Jagdlaune finden möchten, grüße ich als

Erlaucht ergebenste

Gundi Kleesberg.«

Graf Egge ließ den Brief sinken und sah zur Zimmerdecke hinauf, an der die ausgestopften Adler hingen. Sorge und Ärger sprachen aus dem unruhigen Spiel seiner Züge. Die Stirn in wulstige Falten gelegt, erhob er sich und wanderte mit langen Schritten um den Tisch. Vor einem Fenster blieb er stehen und drückte die Hand an den Hinterkopf, als hätte er Schmerzen im Genick. »Die arme Geiß! Reise ich morgen früh, so kann ich übermorgen bei ihr sein!« Er zog die Finger durch den Bart und wandte sich dem Jäger zu. »Seit wann, sagst du, streichen die b e i d e n Adler wieder?«

»Seit fürgestern, Herr Graf!«

»Dann sind schon die Jungen im Horst! Die könnten flügg sein, bevor ich wiederkäme!« Überlegend sah Graf Egge durch das Fenster gegen die Berge und schüttelte den Kopf. »Es geht nicht. Mit dem besten Willen nicht!« Er ging zum Tisch, riß von Tante Gundis Brief ein unbeschriebenes Blatt ab und kritzelte mit Bleistift die Depesche: »Gundi Kleesberg, Schloß Eggeberg. Willige in alles, da sehr in Sorge um arme Geiß. Reisen Sie sofort und senden Sie wöchentlich ausführliche Nachricht. Gruß und Kuß für Kitty. Wäre selbst gekommen, doch leider dringend abgehalten. Reisegeld telegraphisch angewiesen – Egge.« Bedächtig überlas er das Geschriebene, strich die überflüssigen Worte und schrieb die telegraphische Anweisung an das Bankhaus. »Hornegger! Trag die beiden Depeschen auf die Post! Eil' dich! Bis du zurückkommst, bin ich fertig für den Berg. Und bin ich einmal droben, so wird der Horst bald gefunden sein. Also weiter!«

Franzl machte lange Füße. Als er durch die Ulmenallee rannte, erschien im Parktor ein Leiterwagen, beladen mit sieben riesigen Elchgeweihen und vier großen Kisten, in denen sich die von Graf Egge auf der Winterreise erbeuteten Bärenfelle und Vogelbälge befanden. Neben dem Kutscher, auf einem über die Leitern gelegten Brett, saß Schipper in der durch die lange Reise übel mitgenommenen Büchsenspanner- das Lederfutteral mit Graf Egges Lieblingsbüchse über den Knien. Als er den Jäger gewahrte, machte er die grauen Augen klein und verzog den Mund.

Wie eine Flamme schlug es über Franzls Gesicht, dann erblaßte er wieder. Zögernd griff er an den Hut und ging vorüber.

Während er im Postbureau vor dem Schalter stand, hinter dem der junge Beamte die Worte der beiden Depeschen zählte, kam der Pointner-Andres mit einem dich gesiegelten Geldbrief in der klobigen Hand, die Kleider bedeckt vom Staub des Steinbruches.

»Grüß Gott, Andres!« sagte Franzl zerstreut. »Hast auch was zum Fortschicken?«

»Ja! Wieder an Schüppel voll Avakatengelder! Noch allweil Hochzeitskosten!« Die Augen des ungeschlachten Menschen funkelten zornig in den Postschalter hinein. »Der Spaß, Brüderl, is teuer gwesen! Und ich mein' schier, er kostet mich noch mehr als Geld!«

»Drei Mark vierzig!« sagte der Beamte verdrießlich.

Franzl bezahlte und sah den jungen Bauer an. »Was is denn, Andres? Hast an Verdruß?«

»Ich? Gott bewahr!« Der Pointner-Andres lachte. »Ich sitz drin im Glück wie der Kuchelschwab in der Zuckerbüx! Hab Haus und Hof und die allerschönste Bäuerin. Ja, die allerschönste! Hab ich net recht, Herr Praktikant?«

Der Beamte hinter dem Schalter zuckte die Achseln und brummte ein paar unverständliche Worte.

»So reden S' doch, Herr Praktikant, schenieren S' Ihnen net!« Die Stimme des Pointner-Andres wurde heiser. »Sie müssen doch wissen, wie schön mein Lieserl ist! Wie d' Leut sagen, kommen S' oft auf Bsuch zu mir. Schad, daß ich nie daheim bin. Es tät mich freuen, wenn wir zwei amal zammtreffen möchten!«

Der Praktikant fuhr auf: »Ich verbitte mir diese Redereien! Hier ist Amtsstunde! Geben Sie Ihren Brief her!«

Der Pointner-Andres warf den Brief auf das Zahlbrett und lachte.

»Bhüt dich Gott, Andres!« wollte Franzl sagen, aber es verschlug ihm die Rede. Den Kopf schüttelnd ging er davon.

In Schloß Hubertus fand er den ganzen Flur mit den halbausgepackten Kisten verstellt. Moser sortierte die Vogelbälge, deren bunte Federn den Boden des Flurs mit leuchtenden Farben bedeckten. Graf Egge, schon für die Bergfahrt gerüstet und mit der Büchse auf dem Rücken, diktierte dem Diener die Adressen der Präparatoren, an die man die Bälge zum Ausstopfen schicken sollte. Dann sagte er zu Franzl: »Komm! Mir brennt die Ungeduld in allen Knochen. Ich will die Adler heute noch streichen sehen.«

Einige Minuten später wanderten sie durch die Ulmenallee. Graf Egge legte die Hand auf Franzls Schulter. »Du bleibst bei mir! Der andere soll wieder seinen Bezirk übernehmen. Der Kerl hat mich während der Reise grün und blau geärgert und hat mir das Geld aus der Tasche geholt wie mit dem Stopselzieher.«

Eine Weile folgten sie der Straße, dann lenkte Graf Egge in die Wiesen ein und suchte auf einem Umweg die Kirche. Fast eine Viertelstunde blieb er im Friedhof, während Franzl vor dem Gitter warten mußte.

Als die beiden ihren Weg wieder aufnahmen, rannte ein derbknochiges Weibsbild an ihnen vorüber.

Es war die Magd des Bruckner. Sie lief, daß ihre Röcke flatterten; und als sie die Wohnung des Doktors erreichte, riß sie an der Glücke, daß der Hall das ganze Haus durchschrillte.

Der alte Herr öffnete selbst die Tür.

»Ich bitt, zum Bruckner, aber gleich! Unser Büberl hat's im Hals und kriegt kei Luft nimmer.«

Der Doktor sprang in die Stube, kam mit Hut und Ledertasche und folgte der Magd. Ohne Frage wußte er, zu welcher Krankheit er gerufen wurde. Seit Wochen ging im Dorf ein böses Gespenst von Haus zu Haus, der grausame Würgeengel der Kinder. Seit dem Fasching war der Friedhof schon um sieben kleine Gräber reicher geworden.

Als der Doktor eine Stunde später das Haus des Bruckner verließ, begleitete ihn der Bauer bis zur Straße. Lenzi ging gebeugt wie ein Greis, sein Gesicht war nur noch Haut und Knochen; die Sorgen des Winters hatten ihm die Haare grau bestäubt, und seine Augen blickten unstet und kummervoll.

»Ich komme nach Tisch und am Abend wieder,« sagte der Arzt, »befolgen Sie nur genau, was ich verordnet habe. Und vor allem: die Magd mit den beiden anderen Kindern muß hinauf ins Giebelzimmer, sie dürfen mit dem kranken Kind in keine Berührung kommen.«

»Um Gotts willen!« Nur mühsam brachte der Bauer Wort um Wort heraus. »Steht's denn schon so schlecht, Herr Doktor? Is am End kei Hoffnung nimmer?«

»Solange man lebt, ist immer Hoffnung. Beruhigen Sie sich, Bruckner! Aber ein bißchen spät haben Sie nach mir geschickt.«

Dem Bauer zog es den Kopf zwischen die Schultern. »Wie der Mensch halt is! Ich hab mir denkt, der Hascher wird sich a bißl verkühlt haben, und drum kachezt er halt!«

»Vor allem brauchen Sie jetzt für das Kind eine verläßliche Pflegerin. Die Magd hat für die zwei anderen Kinder zu sorgen und darf die Krankenstube nicht betreten. Wie wär's mit Ihrer Schwester? Das Mädel ist verläßlich und hat zur Kinderpflege eine glückliche Hand. Das haben Sie am Netterl gesehen! Wenn die Mali wiederkäme, das wär' der beste Ausweg.«

Heftig schüttelte Bruckner den Kopf. »D' Mali is in Horgau beim Schwager. Der kann d' Schwester net graten.«

»So? Na, vielleicht läßt sich drüber noch reden. Nach Tisch komme ich wieder.«

Der Doktor ging vom Bruckner weg zur Post und schickte ein Telegramm ab: »Amalie Bruckner, Horgau. Ein Kind Ihres Bruders schwer erkrankt. Brauche Sie zur Pflege. Doktor Eisler.«

Am Abend des folgenden Tages kam Mali mit dem Botenwagen vor das Brucknerhaus gefahren. Auch ihr war es anzusehen, daß sie einen harten Winter hinter sich hatte. Mit einem Sorgenblick überflog sie das Haus des Bruders, und es beängstigte sie, daß niemand kam, als der Wagen hielt und ihr Koffer abgeladen wurde. Nun war sie im Hof, und da trat ein Mann in Hemdärmeln und mit blauer Leinenschürze aus dem Haus, in den Händen einen Zollstab, den er zusammenklappte – der Meister Schreiner. »So?« sagte er. »Kommst dein Bruder trösten? Grad hab ich Maß gnommen. Dös kleine Schluckerl braucht keine langen Bretter.«

»Jesus!« stammelte Mali erblassend. Sie ließ ihr Bündel fallen und rannte ins Haus.

Graues Zwielicht lag in der Stube. Die anstoßende Kammer stand offen, und der Kerzenschein, der aus der Tür fiel, beleuchtete den Bauer; er saß neben dem Tisch auf der Holzbank, die Fäuste über den Knien. Langsam hob er das entstellte Gesicht. »Du? So? Bist da?« Der unerwartete Anblick der Schwester rüttelte ihn nicht auf aus seinem dumpfen Schmerz. Er deutete mit dem Arm gegen die Kammer. »Schau, was da drinliegt! Wo mein Fuß hintritt, wachst kein Halmerl nimmer. Da geht alles z' Grund!«

Es wurde immer dunkler in der Stube, und immer heller strahlten in der Kammer die kleinen tanzenden Kerzenflammen.

Die ganze Nacht hindurch, bis zum Morgen, wachten die Geschwister miteinander.

Am zweiten Nachmittage kam der Geistliche mit dem Mesner. Eine Viertelstunde später war alles erledigt. Die paar Nachbarsleute, die dem kleinen Sarg das Geleit gegeben hatten, wurden von Mali zum »Gsturitrunk« geladen; er wurde beim Seewirt in der Schifferschwemme abgehalten; es gab Bier und Branntwein, Brot und Käse. Die »Schmausleut« nahmen nur einen der Tische ein; an den anderen Tischen saßen die zechenden Schiffer und Holzknechte, die bei Zitherklang und vollen Krügen sich wenig um den Tod bekümmerten, der in der stillen Ecke nach alter Sitte begossen wurden. Aber je tiefer der Abend sank, je mehr der Pfeifenqualm die trübe Hängelampe verschleierte, desto lebendiger wurde es auch am »Gsturitisch«: die Männer sprachen vom Viehhandel, die Weiber erinnerten sich der schönen »Grafenleich« vom vergangenen Herbste. »Ja, wann so a Graf stirbt, der hat's gut!«

Wortlos saß der Bruckner in diesem heiter werdenden Lärm und leerte ein Glas ums andere. Immer sorgenvoller betrachtete ihn die Schwester. Als die paar Stunden, die man schicklicherweise am »Gsturitisch« verbringen mußte, endlich vorüber waren, flüsterte sie ihm zu: »Komm, Lenzi, geh mit heim!«

Er schob sie mit dem Ellbogen von sich. »Ich muß aufgießen, oder es bringt mich um.«

»Lenzi! Sei gscheit! Komm mit heim zu deine Kinder!«

»Laß mich sitzen! Ich muß was haben, was mir 's Blut in Ruh bringt. Saufen oder wildern! Büchs rühr ich keine mehr an. Muß halt der Schnaps helfen.«

Mali, mit kalkweißem Gesicht, reichte jedem Gast zum Abschied die Hand und sagte mit erloschener Stimme zum Bruder: »Kommst bald nach, Lenzi, gelt?«

Als sie ins Freie trat, schlug ihr ein schwüler Windstoß ins Gesicht und faßte die Röcke. Aus dem nachtschwarzen Seekessel quoll dumpfes Sausen und Gebrumm heraus. Ein Föhnsturm!

Schon wollte Mali die Lände überschreiten, als sie das Gepolter eines ans Ufer stoßenden Nachens hörte und im Dunkel eine Mannsgestalt mit Büchse und Bergstock aus dem Boot steigen sah. Erschrocken drückte sie sich in die Finsternis der nächsten Schiffshütte. Nun vernahm sie die Stimme des Jägers, der mit dem Schiffer sprach. Sie hatte sich umsonst geängstigt. Es war Graf Egge, der allein von der Jagdhütte nach Hubertus zurückkehrte.

Mali rannte über die Lände. Noch ehe sie das Haus des Bruders erreichte, fiel der Sturm mit voller Gewalt über das Tal. Die Schindeln flogen von den Dächern, in den Kronen der knospenden Bäume brachen die morschen Äste, und in das Heulen des Windes mischte sich das Gepolter fallender Bretter und das Gerassel der losen Fensterläden.

Am Brucknerhaus waren alle Scheiben dunkel. Mali trat in den Flur und konnte, gegen einen Windstoß ankämpfend, nur mühsam die Haustür wieder schließen. Unter dem tobenden Lärm, der um die Wände sauste, klang aus der Giebelstube herunter das Weinen eines Kindes und eine scheltende Stimme. Mali sprang über die Treppe hinauf und trat in die dunkle Stube. »Aber Madl! Was bleibst denn mit die Kinder in der Finsternis? Warum machst denn kein Licht net?«

»Wenn mich die Kinder net dazu kommen lassen!« brummte die Magd. »'s Netterl geht mir net vom Arm, und d' Hanni macht so Gschichten mit ihrer Wehleidigkeit.«

Weinend war Hannerl auf Mali zugegangen und hängte sich an ihren Rock. »Mir tut's so weh, Malimahm, mir tut's so weh da drin!«

»Wo denn, Schatzerl, wo tut's dir denn weg?«

»Da drin!«

Mali, die im Dunkel der Stube nicht zu sehen vermochte, griff erschrocken mit den Händen zu und fühlte, daß das Kind die Fingerchen am Hals hatte. »Mar' und Joseph!« Ein paar Augenblicke stand sie wie gelähmt. Dann kreischte sie: »Schaff das Kind ins Bett! Und gib mir 's Netterl her!« In verzweifelter Angst riß sie das Jüngste vom Arm der Magd und stürzte zur Stube hinaus, über die Treppe hinunter und ins Freie. Das Köpfchen des Kindes mit der Schürze verhüllend, rannte sie durch den tobenden Sturm zum Nachbarhaus. Mit der Faust schlug sie an die Tür und schrie: »Nachbarin!«

Eine alte Bäuerin öffnete.

»Um tausend Gotts willen, Nachbarin, nimm mein Netterl ins Haus! Bei uns daheim is kein Bleiben nimmer. Jetzt fangt's beim Hannerl an!« Ohne die Antwort abzuwarten, drückte Mali der Nachbarin das Kind in die Arme und rannte wieder zum Haus des Bruders.

Immer tosender wuchs der Sturm, und krachend stürzte im Garten des Bruckner ein Apfelbaum, dessen Stamm seit Jahren im Kerne faul gewesen.

## 14

Unter den Windstößen klapperten in der finsteren Parkallee die Äste der Ulmen gegeneinander – wie die Stangen kämpfender Hirsche, meinte Graf Egge, der das eiserne Gitter hinter sich zuwarf.

Fritz machte große Augen, als er seinen Herrn bei Nacht so unerwartet im Schloß erscheinen sah, mit Sturmzeichen im Gesicht. Graf Egge hatte die Tage her mit vier Jägern vom Morgen bis zum Abend in seinem Gemsrevier alle Felswände abgesucht, ohne den Adlerhorst zu finden.

Mit jedem resultatlos verbrachten Tag war seine Mißlaune gewachsen und hatte den Jägern üble Stunden bereitet. Und am Mittag – weil er vom Föhn einen Wetterumschlag befürchtete, bei dem man das Suchen nach dem Horste einstellen mußte und keinen Auerhahn mehr hörte – war er wütend aus der Jagdhütte davongerannt.

Heulende Windstöße umsausten das Schloß, während Fritz mit erhobener Lampe im Flur umherleuchtete und Graf Egge die unter die Trophäen eingereihten Elchgeweihe musterte, die kaum noch Platz gefunden hatten.

Er ließ sich die Lampe in die Kruckenstube tragen. Auf die Frage des Dieners, was Erlaucht zu speisen wünsche, sagte er: »Milchsuppe. Einen Schmarren bringt ihr nicht fertig.«

Eine halbe Stunde später saß er im Speisezimmer. Gespensterhaft bewegten sich in der aufsteigenden Lampenwärme die an der Decke hängenden Adler, während draußen der Föhnsturm ungestüm an allen Fenstern rüttelte, als wollte er Einlaß begehren für den Frühling.

Graf Egge hatte das Gedeck beiseitegeschoben und löffelte die Milchsuppe aus der Schüssel. Er war mit seinem Mahl noch nicht zu Ende, als Moser eine Depesche brachte: »Wohlbehalten in Genua eingetroffen, dampfen mit ›Bismarck‹ nach Neapel und sind morgen abend in Capri. Haben herrliches Wetter, Komtesse Kitty sichtlich erquickt. Grüße in ihrem Namen. Gundi.«

Verdrossen betrachtete Graf Egge das Blatt. Außer den vielen überflüssigen Wörtern schien ihm noch was anderes gegen den Strich zu gehen. »Herrliches Wetter?« brummte er und legte die Depesche fort. »Unsinn! Wäre sie zu mir gekommen! Schmarren und Bergluft hätten ihr besser geholfen als das wälsche Gesäusel da drunten.« Er steckte seine kurze Pfeife in Brand und las die Depesche wieder. »Die Alte, natürlich! Das ist wieder was für ihren romantischen Haubenstock. Die wird in Wonne schwimmen. Auf meine Kosten!« Seufzend erhob er sich. »Und dieser Unsinn! Mit dem kranken Mädel die Reise so zu überstürzen! Als fände die Schmalgeiß da drunten ihre Gesundheit über Nacht! Wie ein Wunder!« Mißmutig setzte er sich in einem dunklen Winkel auf die gepolsterte Wandbank und sog an der Pfeife. Sie schien ihm nicht zu schmecken. Er stand wieder auf, tappte im Zimmer umher, ließ den Blick über alle Wände irren und bewegte mit einem Gefühl des Unbehagens die Schultern unter der Joppe. Er fühlte sich einsam.

Während Moser den Tisch räumte, preßte Graf Egge stöhnend die Faust in den Rücken. »Zum Teufel auch! Was ist denn mit meinen Knochen?«

»Herr Graf,« sagte Moser vorwurfsvoll, »es wär kein Wunder! Den ganzen Winter eine Strapaz um die ander und nach der weiten Heimreis wieder am Berg auffi! Sie verlangen a bißl z'viel von Ihrem Alter.«

»Alter? Du Rindvieh! Ich hoffe noch meine zwanzig Jahr' zu jagen! Und wenn ich steif und krumm werde, laß ich mich t r a g e n auf die Jagd. Wenn nur die Augen aushalten! Die Hand ist Nebensache. Wackelt beim Zielen das Korn aus dem Hirsch heraus, so kann's auch wieder hineinwackeln. Das Aug' macht es. Und meine Augen sind gut. Die haben noch Falkenblick! – Aber müd bin ich.«

Die ganze Nacht tobte der Föhnsturm. Als der Morgen graute, begann das Rauschen des Windes langsam zu verstummen. Bei lachender Sonne und blauem Himmel stieg ein linder Frühlingstag von den Bergen hernieder. Die Felsenzinnen, auf denen der Schnee noch nicht geschmolzen war, schimmerten wie frischer Silberguß, das tiefe Grün der Fichtenwälder schien erneut in seiner Farbe, an den Hecken im Dorf und an allen Laubbäumen waren die Knospen gesprungen, und die warme Luft war erfüllt von würzigem Geruch, als hätte der Föhn den Blumenduft des Südens über die Berge in das Tal getragen.

In allen Menschen war Freude. Nur Graf Egge – wegen des versäumten Pirschmorgens, der ihm ein paar Auerhähne hätte bescheren können – fluchte wie ein Berserker.

Um seine Schauerlaune ein bißchen aufzubessern, setzte er sich in der Kruckenstube vor den eisernen Schrank und begann die Edelsteine, die er von der Reise mitgebracht hatte, in seine Sammlung einzureihen. Als er in eines der Fächer griff, geriet ihm eine Münze zwischen die Finger; er zog sie hervor und betrachtete sie; es war ein Taler, ein gewöhnlicher Taler, ohne irgendwelchen Wert für den Sammler; dennoch schien die Münze für Graf Egge besonderen Wert zu besitzen; er lächelte, nickte in Gedanken vor sich hin und legte den Taler wieder in das Fach zurück. Während er dann Lade um Lade aufzog und die Etuis mit den funkelnden Steinen auf dem eisernen Klapptisch vor sich ausbreitete, ging draußen vor dem Fenster der alte Büchsenspanner vorüber, der den Adlern das Futter zum Käfig trug.

Als Moser den Käfig erreichte, öffnete er das Futtertürchen und warf den Inhalt der Schüssel hinter das Gitter. Vier Adler hüpften mit geöffneten Schwingen von den Stangen herunter und rauften sich gierig um die blutigen Brocken. Der fünfte blieb regungslos mit aufgeblähtem Gefieder in seinem Winkel sitzen und hielt wie im Schlaf die gelben Lider über die Augen gezogen.

»Der macht's nimmer lang. Jetzt muß ich reden, oder es bleibt auf m i r sitzen!«

Er wollte schon den Rückweg antreten. Da hörte er, daß ein Wagen vor dem Parktor hielt. Das eiserne Gitter klirrte. Ein Offizier, in den umgehängten Mantel gewickelt, kam hastig durch die Ulmenallee gegangen.

Moser riß die Augen auf. »Meiner Seel, da kommt der Graf Robert!« Er stellte die blutige Schüssel nieder und säuberte die Hände an der Lederhose. »Grüß Ihnen Gott, Herr Graf! Die Freud, die der gnädig Herr haben wird!«

Roberts Gesicht war welk wie nach einer durchwachten Nacht. Er übersah die Hand, die ihm der alte Jäger bot, nickte wortlos und schritt vorüber. Auf der Veranda nahm er den Mantel ab. Als er im Flur die spiegelblanke Büchse und den verwitterten Filzhut seines

Vaters am Gewehrrechen hängen sah, atmete er erleichtert auf. Mit zitternden Händen schnallte er den Säbel ab und hängte ihn neben die Büchse; dann ging er auf die Tür der Kruckenstube zu und pochte.

»Herein!«

Graf Egge machte bei Roberts Anblick einen Ruck, daß sich der Lehnstuhl drehte. Der Klapptisch des eisernen Schrankes zitterte, und die Hunderte von bunten Edelsteinen, die vor Graf Egge in Reihen geordnet lagen, blitzten und funkelten in gesteigertem Feuer.

»Du?«

Der harte Klang dieses Wortes und der mißtrauische Blick, mit dem der Vater den Sohn vom Kopf bis zu den Füßen musterte, ließ erraten, daß Graf Egge sich von dem unerwarteten Besuch nichts Gutes versprach.

Robert hatte die Tür zugedrückt. Ein paar Augenblicke war es still im Zimmer. Graf Egge lehnte sich in den Sessel zurück und zog die Hand durch den Bart.

»Guten Tag, Papa!« Mit diesem Gruß, der etwas unsicher klang, ging Robert auf den Vater zu. Da gewahrte er die Verwüstung, die der Winter in diesem Gesicht angerichtet hatte. »Bist du nicht wohl, Papa?«

»Ich? Warum?«

»Ich fürchte, diese letzte Jagdreise hat dich über deine Kräfte angestrengt. Du siehst leidend aus, und ich mache mir ernste Sorge.«

Graf Egge lachte trocken und machte eine abweisende Bewegung mit der Hand. »Fürs erste: Ich bin nicht krank. Im Gegenteil. Ich hoffe noch lange zu leben. Länger vielleicht, als manchem lieb ist. Und zweitens: Die Sentimentalität kannst du dir sparen! Sag' lieber offen heraus, weshalb du gekommen bist. Dein Besuch hat doch einen Zweck? Oder nicht?« Er begann die mit verblichenem Samt überspannten Platten, auf denen die blitzenden Steine in kleinen Vertiefungen dicht nebeneinanderlagen, sehr flink in die eisernen Schubfächer einzuräumen. »Also? Was willst du?«

Robert nagte an der Lippe.

Graf Egge legte eine Platte mit Saphiren in den Schrank und hob das Gesicht. »Hast du meine Frage nicht gehört? Was suchst du bei mir?«

»Hilfe!«

Das Wort klang wie ein erstickter Schrei.

Graf Egge erhob sich, steinerne Härte im Gesicht, in den Augen das Gefunkel des aufsteigenden Zorns. »Du hast wieder gespielt? Und verloren? Zu antworten brauchst du nicht. Man sieht dir's an, daß dir das Wasser bis an den Hals geht. Du stehst vor mir wie der menschgewordene Katzenjammer. Und den Weg zu mir hast du umsonst gemacht. Oder hoffst du was? Nein, Herr Sohn, damit hat's ein Ende. Das hab' ich dir schon im Sommer gesagt. Aber wenn du vielleicht zur Jagd bleiben willst – da kannst du mir ein paar Auerhähne vor der Nase wegschießen, wie damals die beiden Gamsböck'.«

»Ich bitte dich, Vater, rede nicht so mit mir! Ich weiß, wie sehr ich im Unrecht bin. Aber es steht für mich alles auf dem Spiel. Mein Name, meine Ehre –«

»Und das Leben! Ich kenne diese Litanei zur Genüge. Und hab' es endlich satt, dazu das klingende Amen sagen zu müssen. Hilf dir, wie du kannst! Ich lasse dich fallen!«

»Vater!«

»Ich lasse dich fallen. Unerbittlich!« Mit zorniger Wucht betonte Graf Egge jede Silbe. »Und willst du drohen, daß dir nichts anderes mehr übrigbleibt als die Kugel, so sag' ich: Du bist den Schuß Pulver nicht wert, ohne den die Sache sich nicht erledigen läßt.«

Das Gesicht von Blässe überronnen, klammerte Robert die zitternden Hände um die Stuhllehne. »Vater! Was aus dir redet gegen mich, ist mehr als Zorn und Ärger. Das ist Haß!«

»Ja, Robert! Haß!« Langsam den Körper vorbeugend, mit brennenden Flecken auf den Wangen, stützte Graf Egge die schwere Faust auf den eisernen Tisch. »Bis heute hab' ich es nicht gewußt. Jetzt hat mir's dein eigenes Wort gesagt. Alle meine Kinder lieb' ich. Auch den einen, der sich von mir gelöst und mich in der letzten Stunde beleidigt hat bis ins Innerste. Aber bei allem Zorn, den ich gegen ihn trage, hat er mir Achtung abgezwungen durch den redlichen Ernst seines Willens, durch seine Begabung und seine sichere Kraft. Und wenn ich ihn immer gefrozzelt habe in meiner lümmelhaften Manier? Weißt du, was es war? Nur der Ärger meiner Erkenntnis, daß der Bub mehr ist als sein Vater – wenn auch ein Jäger, daß Gott erbarm'! Und hol' mich der Teufel, ich hätt' ihm diese verwünschte Heirat noch verzeihen können. Ich hab's von aller Welt zu hören bekommen, welch ein blaues Wunder dieses Frauenzimmer sein soll! Und eine Künstlerin! Ich verstehe zwar von Kunst soviel wie der Ochs vom Zitherspiel. Aber es muß am Ende doch was Rechtes dahinterstecken, sonst würde nicht alle Welt dazu ihren Kratzfuß machen. Weiß Gott, ich würde ihm diese Heirat verziehen haben, hätt' er mir in jener letzten Stunde über meine Jagd nicht Dinge ins Gesicht gesagt, über die ich nicht mehr wegkomme, auch nicht in meiner Todesstunde. Gott soll sie mir unberufen noch lang ersparen!«

Graf Egge, der diese Worte mit versinkendem Klang vor sich hingeredet hatte, hob das Gesicht, und seine Stimme bekam wieder ihre schneidende Schärfe.

»Ja, Robert! Alle meine Kinder hab' ich geliebt. Dich hasse ich, als wäre in dir kein Tropfen meines Blutes. Ich rechne dir nicht deinen Leichtsinn an, nicht deine bodenlose Verschwendungssucht, die mir Tausende aus dem Sack gerissen. Da hab' ich bei allem sehr ausgiebig mitgeholfen. Jetzt seh' ich es ein. Ich habe mich zuwenig um euch gekümmert. Aber die anderen sind geraten aus eigenem Kern. Du hast dich ausgewachsen, so, wie du vor mir stehst. Deine Brüder haben mich verlassen, der eine im Tod, der andre im Leben. Zur Hälfte ging auch schon die kleine liebe Geiß von mir. Nur du bist mir geblieben.«

Er mußte sich räuspern, als wäre ihm was in den Hals geraten.

»Immer hast du bei mir ausgehalten. Hast immer meine Partei genommen. Jede meiner Launen hast du geschluckt. Jede meiner Roheiten hast du eingesteckt, ohne mit einer Miene zu zucken. Aus kindlicher Liebe? Aus Respekt vor dem Vater? Gott bewahre! Nur, weil dein alter Herr für dich die Hosentasche war, aus der du schöpfen konntest wie der Bauer aus seinem Jauchentümpel. Wenn ich jetzt verlassen stehe von den Kindern, die mir lieb waren, so trag ich selbst die Schuld. Das fühl' ich jetzt. Aber d u hast mitgeholfen! Jene gottverwünschte Szene mit deinem Bruder vor der Hütte droben wäre nicht so gekommen, nicht so verlaufen, hättest nicht d u mich Jahr um Jahr gegen ihn gereizt mit kalter Berechnung! Und hätt' ich nicht in jenen Tagen, als mein lieber Bub auf dem schwarzen Schragen schlief, den kochenden Zorn über d i c h in mir herumgetragen, ich hätte der armen Geiß nicht so harte Worte gegeben, daß sie vor mir stand erschrocken und bis zur Stummheit verschüchtert, während mich dürstete nach einem Wort ihrer Liebe. Und was meinem Gefühl für dich den Rest gegeben hat? Weißt du das?«

Ein heiseres, zorniges Lachen.

»Aber du hast dich ja selbst nicht gesehen, wie du vor der Leiche deines Bruders standest! Herzlos, kalt und unbewegt wie eine Wachsfigur. Mit deiner Nähe und mit dem schwarz geränderten Schwindel, den du in Szene setztest, hast du mir meinen Schmerz um den armen Buben besudelt und abgestumpft. Seit damals bin ich fertig mit dir. Und wenn ich dich ansehe, bedaure ich nur noch eines: die Uniform, die du trägst! Das ist ein Rock, der hinter seinem Futter einen Mann und Menschen haben will. Und du bist keins von beiden.«

Graf Egge fuhr mit dem Ärmel über den Mund und zerrte keuchend die Joppe zurecht.

»Gott sei Dank! Jetzt hab' ich es mir endlich von der Leber geredet. Geh deiner Wege! Ich will Ruhe haben.« Er fiel in den Lehnstuhl und preßte die Hand in den Nacken.

Robert stand mit verzerrtem Gesicht. »Ich habe dich schweigend angehört. Auch jetzt hab' ich auf die unqualifizierbaren Dinge, die ich zu hören bekam, kein Wort zu erwidern.« Seine Stimme klang tonlos, aber mit gemessener Ruhe, wie bei einem dienstlichen Rapport. »Du hast für mich einen Strich durch den Namen Vater gemacht. So hab' ich auch als Sohn keine Forderung mehr an dich zu stellen, weder jetzt noch später. Ich bedaure sogar, daß meine gegenwärtige Lage mich zwingt, die Ausfolgung meines mütterlichen Erbteils von dir verlangen zu müssen.«

»Ich habe mit dem Geld deiner Mutter nichts zu schaffen!« fuhr Graf Egge auf. »Es liegt für euch in der Bank.«

»Zur Ausfolgung des mir zukommenden Anteils bedarf es deiner Zustimmung. Es ist das ohnehin nur eine versäumte Formalität, da ich bei meinem Alter das Verfügungsrecht über mein Eigentum nach dem Gesetz bereits besitze. Ich wiederhole meine Forderung.«

»Und ich verweigere sie. Diese dreimalhunderttausend Mark würden flinke Füße bei dir bekommen.«

»Wohl möglich! Mehr als die Hälfte dieser Summe muß ich zwischen heut und zwei Tagen im Klub erlegen, um die Spielschuld der letzten Nacht zu begleichen. Du siehst also, daß ich gezwungen bin, meine Forderung zu wiederholen. Ich ersuche um deine Antwort.«

Graf Egges Gesicht färbte sich dunkelrot. »Meine Antwort?« schrie er, daß die Fensterscheiben klirrten. »Meine Antwort ist die Kuratel, die ich über dich verhängen lasse. Dann tu, was du willst! Entweder zieh den Rock des Königs aus, in den du nicht mehr gehörst, oder mache mit dir –« Graf Egge verstummte.

Draußen im Flur ließ sich Lärm vernehmen, und klappernde Schritte näherten sich, während die Stimme des alten Büchsenspanners kreischte: »Herr Graf! Herr Graf! Herr Graf!«

Die Tür wurde aufgerissen, und Moser stolperte in die Stube: »Herr Graf! Der Schipper is da! Draußen hockt er und hat kein Schnaufer nimmer – so is er grennt! Den Horst hat er gfunden! Den Horst, Herr Graf. Den Horst!«

»Gott sei Dank! Das kommt mir wie eine Erlösung. Schipper, Schipper!« Graf Egge sprang zur Tür hinaus, und Moser humpelte lachend hinter ihm her.

Robert starrte dem Vater nach und stand wie betäubt. Er zog sein Tuch hervor, dessen starkes Parfüm die ganze Stube durchhauchte und den Fettgeruch der geschmierten Schuhe verschwinden ließ. Schwer auf die Stuhllehne gestützt, wischte er mit dem Tuch über die Stirn, auf der ihm der kalte Schweiß in dünnen Tropfen stand. Stumpf und gläsern, als wären alle Gedanken in ihm erloschen, sah er auf den eisernen Klapptisch. Hier lag noch eine Tablette mit fünfzig Rubinen, nach der Größe geordnet, vom winzigen Stein, dessen

Wert nur in der kunstvollen Facettierung bestand, bis zu einem in schiefen Rauten geschliffenen Stück von Walnußgröße. Ohne zu wissen, was er tat, griff Robert nach der Tablette und besah gedankenlos die Steine, die in blutrotem Feuer leuchteten.

»Schipper, Schipper!« klang im Flur die Stimme Graf Egges.

Der Jäger saß auf einer Bank der Veranda, erschöpft, nach Atem ringend; er hatte den Weg von seinem Bezirk nach Hubertus in kaum zwei Stunden zurückgelegt.

»Schipper!« Graf Egge erschien, vor Erregung zitternd. »Du hast ihn gefunden? Wirklich?«

Der Jäger konnte nicht sprechen; er nickte nur.

»Zum Teufel, so red' doch! Wo liegt der Horst?«

Mühsam brachte Schipper die paar Worte heraus: »Droben – hinter der Hochalm – in der Hangenden Wand!«

»Unsinn! Ich hab' doch die Wand mit dem Glas an die hundertmal abgesucht!«

»Der Horst liegt so versteckt – wenn ich den Adler heut in der Fruh net zufällig einistreichen sieh, so findt ihn kein Mensch net!«

»Brav, Schipper! Du hast mir eine Freude gebracht, auf die ich warte seit einem halben Jahr. Ich will dir deine Botschaft gut bezahlen.« Graf Egge verstummte; ein Gedanke, der ihn vor Schreck erblassen machte, war ihm durch den Kopf gefahren. »Herrgott! Der offene Kasten! Meine Steine!« Er rannte ins Haus zurück, als hätte er einen Brand zu löschen.

Von der Schwelle der Kruckenstube sah er Robert vor dem eisernen Klapptisch, sah die Tablette mit den Rubinen in seiner Hand. »Richtig!« So flink, daß seine Joppe flatterte, sprang er auf Robert zu und schlug ihm mit eisernem Griff die Faust um das Handgelenk. »Laß du meine Steine in Ruh'!« Der große Rubin kollerte über den Samt und rollte zu Boden. Während Graf Egge sich bückte, um ihn aufzuheben, taumelte Robert mit aschfahlem Gesicht zurück.

»Vater! Bist du von Sinnen?«

Verdrossen hob Graf Egge die Augen; er schien zu fühlen, daß er in seinem Mißtrauen zu weit gegangen war; doch er suchte nach keinem einlenkenden Wort, zuckte nur die Schultern, blies den Staub von dem Rubin und legte ihn wieder in die Vertiefung der Tablette.

Robert machte einen Schritt gegen den Vater. »Jeden anderen würde ich nach diesem Auftritt vor meine Pistole fordern. Dir bin ich, was ich jetzt bedaure, mein Leben schuldig. Das schlägt mir die Waffe aus der Hand. Aber zwischen uns beiden ist alles erledigt!«

Er verbeugte sich wie vor einem Fremden und ging zur Tür.

Graf Egge lachte heiser. »Willst du nicht doch ein bißchen mit dir reden lassen? Nur über Geschäfte. Ich lege der Auszahlung deines mütterlichen Erbteils kein Hindernis mehr in den Weg. Wenn du dich einen Augenblick gedulden willst, so kannst du die Vollmacht –«

»Ich muß ersuchen, diese Angelegenheit durch deinen Anwalt zu erledigen.«

»Gut! Und was deinen Pflichtteil an meinem eigenen Besitz betrifft –«

»Ich verzichte.«

»Aaaah? Wirklich? Eine halbe Million. Und du verzichtest?« Graf Egge lachte in Hohn und Zorn. »Da bin ich nur neugierig, wann die gekränkte Leberwurst bei dir auf den Zipfel kommt? Vermutlich, wenn die andere Hälfte deines Mütterlichen a u c h verspielt ist?«

Robert konnte das letzte Wort seines Vaters nicht mehr hören. Er hatte die Kruckenstube bereits verlassen.

Graf Egge sah die Tür an, als erschiene ihm dieser Abschied nicht völlig glaubhaft; aber die Tür blieb geschlossen, und draußen im Flur verhallte Roberts Schritt. Die Tablette mit den Rubinen zitterte in Graf Egges Händen; er legte sie in den Schrank zurück, stieß die Lade zu und lauschte gegen die Tür. »Richtig, er geht!« Ein paarmal wanderte er, mit den Fäusten hinter dem Rücken, in der Stube auf und ab, blieb vor dem eisernen Schranke stehen und brummte: »Das war zu grob von mir!« Er ging zur Tür und rief in den Flur hinaus: »Fritz! Papier und Tinte!«

Mit fahrigen Kritzelzeichen schrieb er den Auftrag zur »Ausfolgung von 300 000 (mit Worten: dreimalhunderttausend) Mark an Robert Graf Egge-Sennefeld« – und siegelte den Brief.

»Fritz, laß einspannen! Fahr mit diesem Brief zur Bahn! Er soll mit dem nächsten Zug abgehen, expreß!«

»Sofort, Erlaucht! Soll Moser bei Tisch servieren?«

»Laß mich in Ruh'! Mich hungert nicht!« Graf Egge ging in den Flur, nahm Hut und Büchse, schulterte den Bergstock und trat auf die Veranda. »Komm, Schipper! Flink! Ich will den Horst heut noch sehen. Ich muß!«

Während sie Seite an Seite durch die Ulmenallee davonwanderten, begann der Büchsenspanner seinen ausführlichen Bericht über die Lage des Horstes, den die Adler so geschützt und sicher in die unwegsame Felswand eingebaut hatten, daß Graf Egge sich wohl oder übel mit dem Abschuß des alten Paares begnügen müßte, da das Ausheben der Jungen ein Ding der Unmöglichkeit wäre.

»Unmöglich?« Graf Egge lachte. »Der Horst soll liegen, wie er mag. Ich muß hinauf!«

Sie verließen den Park und hörten den dumpfen Klatsch nicht mehr, der sich hinter ihnen vernehmen ließ.

Im Adlerkäfig war der kranke Raubvogel von der Stange gefallen.

## 15

Den reinen Himmel und die noch halb mit Schnee bedeckten Felszinnen in leuchtenden Schimmer tauchend, sank die Sonne hinter die Berge, als Graf Egge, vom fünfstündigen Marsch erschöpft, mit Schipper die »Hangende Wand« erreichte.

Sie verdiente mit Recht ihren Namen; breit und massig stieg sie aus dem mit Zirbelkiefern durchsetzten Latschenfeld bis zu einer Höhe von etwa hundertzwanzig Meter empor, im Anstieg die kahlen Steinplatten nach auswärts wölbend, so daß die Kuppe der Felswand über ihren Fuß hinausragte.

»So, Herr Graf, jetzt suchen S' amal den Horst!«

Graf Egge setzte sich auf einen Steinblock, schob den Hut in den Nacken und spähte gegen die Höhe der Felsen. Eine stumme Weile verrann; endlich schüttelte er ungeduldig den Kopf. »Zeig' ihn mir!«

»Hab ich's net gsagt? Wenn ich net zufällig den Adler einistreichen sieh, wird der Horst seiner Lebtag net gfunden. Schauen S' auffi, Herr Graf! Schier in der Mitten von der Wand, sechzg oder siebzg Meter in der Höh, da hängt a grüns Fleckl. Sehen Sie's?«

»Richtig!«

»Und unten dran? Sehen S' den kurzen grauen Strich?«

»Stimmt!«

»Dös is der Horst!« Schipper reichte seinem Herrn das Fernrohr.

Kaum hatte Graf Egge seinen Blick durch das Glas geworfen, als er in Erregung aufsprang. »Richtig, der Horst! Und mit zwei Jungen! Ich habe die weißen Köpfe gesehen!« Er schob das Fernrohr zusammen und spähte zur Höhe. Je länger er die Wand betrachtete, desto länger wurde sein Gesicht. »Ja, Schipper! Da spuckt's mit dem Ausheben. Aber ich m u ß hinauf! Und wenn es um den Hals geht!«

Den Weg zum Horst mit einer Klettertour über die Felsen zu suchen – dieses Mittel überlegte Graf Egge gar nicht. Bei dem überhängenden Bau der Wand war die Möglichkeit, den Horst klimmend zu erreichen, völlig ausgeschlossen. Also von oben nach unten? Am Seil? So hatte Graf Egge schon drei Horste ausgehoben. Freilich, da hatte das Seil immer nur den Zweck gehabt, ihn beim Einstieg in die Wand vor dem Sturz zu sichern. Aber hier? Wenn er sich, auf einem Prügel reitend, am Tau von der überhängenden Kuppe niederseilen ließe, würde er frei in der Luft schweben, ein Dutzend Meter vom Horst entfernt. Würde es ihm gelingen, sich so in Schwung zu setzen, daß er das Astwerk des Horstes mit den Händen erfassen und festen Fuß im Felsloch gewinnen könnte? Würde das Seil, auch doppelt genommen, die Reibung dieses langen Geschaukels ertragen?

Zu jedem neuen Gedanken schüttelte Graf Egge den Kopf. Er nahm den Hut ab, krauchte sich in nervöser Unruhe hinter den Ohren, begann wieder zu überlegen und sagte schließlich: »Da bleibt nur ein einziger Weg. Die Leiter!«

Schipper mußte lachen. »Aber Herr Graf! Siebzg Meter Leitern! Dös kann doch net Ihr Ernst sein? So an Einfall!«

Graf Egge wurde dunkelrot im Gesicht. »Die Verantwortung über meine Einfälle überlaß du m i r ! Pack' zusammen und spring hinunter ins Dorf. –«

Er konnte nicht weitersprechen; Schipper hatte ihn am Arm gefaßt und in das dichte Gezweig eines Latschenbusches zurückgerissen. »Der Adler kommt!«

Gleich einem huschenden Schatten, mit regungslos ausgebreiteten Schwingen, kam der riesige Vogel hoch in den schimmernden Lüften über das Almental einhergeschossen, einen schwarzen Klumpen in den Fängen. Über der Felswand machte er eine Schwenkung. Einen Augenblick leuchtete, von der Sonne beschienen, sein Gefieder gleich mattem Gold. Dann stürzte er wie ein Pfeil aus den Lüften und verschwand im Horst. Keuchend tappte Graf Egge nach seiner Büchse. Doch bevor er die Hähne spannen und die Waffe heben konnte, hatte sich der Adler schon aus dem Horst geschwungen, warf sich mit sausendem Fall über die Felswand herunter, huschte zwischen den Zirbelkiefern dicht über die Latschen weg und hob sich außer Schußweite in die Lüfte.

Bleich vor Erregung sah Graf Egge dem entschwindenden Vogel nach. »Wart, Brüderl! Wir wachsen noch zamm miteinander! Z'erst die Alten und dann die Jungen! Alles schön der Ordnung nach!« Er wandte sich an den Jäger. »Flink! Hinunter ins Ort! Zum Zimmermann! Er soll zusammentrommeln, was sich auf Zimmermannsarbeit versteht. Vier Leitern will ich haben, jede von zwanzig Meter Länge, die erste fest und schwer, die anderen immer leichter. Die Stangen aus grünem Fichtenholz und die Sprossen von Eschen. Die Enden der Stangen sollen mit einem Falz ineinanderpassen und eiserne Seitenschienen bekommen, an denen man sie hier oben miteinander verschrauben kann. Verstehst du, wie ich es meine?«

»Jawohl, Herr Graf!«

»In acht Tagen will ich die Leitern haben. Man soll noch heut mit der Arbeit beginnen und Tag und Nacht durcharbeiten. Du bleibe dabei und überwache das Holz, das sie nehmen. An dem Holz, Schipper, hängt mein Hals.«

Schipper machte sich wegfertig. »Alles wird pünktlich bsorgt, Herr Graf. Und Weidmanns Heil! Hoffentlich kriegen S' die Alten alle zwei!« Er sprang davon.

Graf Egge wählte für die kommenden Tage, die der Beobachtung der beiden »Alten« gelten sollten, in den Latschen ein Versteck, das ihn gut verbarg und ihm doch bequemen Ausblick nach allen Seiten gewährte. Dann trat er den Weg zu der eine Stunde entfernten Dippelhütte an.

In der Nähe des Jagdhauses traf er in der grauen Dämmerung mit Franzl zusammen, der kleinlaut meldete, daß er den Horst noch immer nicht gefunden hätte.

»Du blinder Heß!« brummte Graf Egge. »Wenn ich auf dich allein angewiesen wäre, hätt' ich das Nachsehen. Den Horst hat der Schipper gefunden.«

Franzl schwieg; aber er schluckte hörbar, als hätte er im Hals einen Bissen stecken, der nicht hinunter wollte.

»Koch' mir den Schmarren,« sagte Graf Egge, als er in die Hütte trat, »ich bin zu müd, um mich selber an den Herd zu stellen. Weiß der Teufel, was das ist! Sonst hat mich eine siebzehnstündige Sommerpirsch nicht müd gemacht. Jetzt robelt mir ein Katzensprung alle Knochen im Leib durcheinander.«

Am anderen Morgen, gegen drei Uhr, weckte Franzl seinen Herrn. –

Sechs Tage vergingen. Die Auerhähne, deren Balz schon dem Ende zuneigte, waren für Graf Egge eine erloschene Sache. Nur noch die Adler lebten für ihn. Täglich sah er die beiden Alten beim Aus- und Einflug, studierte ihre Gewohnheiten und ermittelte den Platz, von dem der Schuß am sichersten gelingen mußte. Fallen durften die zwei Adler erst an dem Tag, bevor man die Leitern brachte. Wären die Alten auf der Strecke, und ginge das Ausnehmen nicht glatt vonstatten, so würden die Jungen vor Hunger eingehen, ehe Graf Egge sie am Kragen fassen und aus dem Horst herauslupfen konnte.

Von diesem vierzehnstündigen Sitzen und Lauern, Tag für Tag, waren Graf Egges Kräfte und Glieder so zerrieben, daß er gegen Abend des sechsten Tages die Hütte kaum noch zu erreichen vermochte. Weil er wußte, daß ihm die fiebernde Erregung keinen Schlummer vergönnen würde, nahm er einen festen Löffel voll Schlafpulver. Und da lag er von fünf Uhr abends an auf dem gleichen Matratzenfleck, unbeweglich wie ein Bleiklumpen.

Jetzt kam der große Morgen. Franzl, wieder gegen die dritte Frühstunde, weckte den Grafen und vermochte ihn kaum wach zu bekommen. Endlich gelang es. Und Graf Egge sprang aus dem Bett, als hätte der zehnstündige Schlaf auch die letzte Spur der schweren Ermüdung von seinen Knochen gelöst. Aus seinem ersten Worte sprach schon die brennende Spannung, die der Gedanke an die bevorstehende Jagd in ihm entzündete. Während er das Frühstück hinunterschlang, gab er dem Jäger die Weisung: »Ich bleib allein. Zwei können nicht so ruhig sein wie einer. Daß du mir heut den ganzen Tag nicht in die Nähe der Hangenden Wand kommst! Laß dich auch sowenig als möglich auf den Almen blicken, damit du mir die Adler nicht vergrämst, wenn sie zustreichen. Geh lieber hinunter in den Wald und sieh nach den Auerhähnen. Wenn sie noch leidlich balzen, hol' ich mir ein paar, sobald ich den Horst geräumt habe.« Noch am letzten Bissen kauend, hob er den mit Proviant gefüllten Bergsack auf den Rücken, nahm die Büchse und eilte aus der Stube. Für diesen wichtigen Tag war ihm jede nötige

Vorsicht so fest ins Blut gegossen, daß er bei aller Hast auch ohne Beule durch die Dippeltür kam.

Franzl, der ihm nachsah, seufzte beklommen vor sich hin: »Unser gütiger Herrgott soll's geben, daß er s' kriegt, alle zwei. Sonst macht der Zorn aus ihm an Igel, den man nimmer angreifen kann!«

Die Sterne wollten schon verlöschen, als Franzl die Hütte verließ. Im Laufschritt umkreiste er das weite Almfeld, um vor dem ersten Morgengrauen den tiefer liegenden Bergwald zu erreichen. Auf dem offenen Gehänge hoben sich schon die grauen Steine erkennbar aus dem finsteren Rasen, doch im Walde, zwischen den hohen Fichten, lag noch tiefe Nacht. Ein Käuzl huschte mit klagendem Schrei über die Bäume, in deren schwarzem Schatten Franzl den Weg zu den Balzplätzen suchte. Allmählich begann es im Walde grau zu werden, durch eine Lücke der Bäume schimmerte schon ein lichter Streif des östlichen Himmels, und bald vernahm der Jäger in der Morgenstille den klippenden Balzgesang des ersten Hahnes. Nicht weit davon balzten zwei andere Hähne. Im Bogen umging der Jäger den Platz, um die verliebten Sänger nicht zu stören, und wanderte, bis er bei vollem Erwachen der Morgendämmerung das Herz des Hahnenreviers erreichte.

Am Saum einer kleinen Blöße, die mit jungen Lärchen und dichten Heidelbeerbüschen bewachsen war, ließ Franzl sich zu Füßen einer alten Fichte nieder, legte die Büchse über den Schoß und lauschte. Fünf Hähne sangen mit heißem Eifer um ihn her, und in das Quintett dieses seltsamen Minneliedes mischte sich der Schlag und das Gezwitscher der erwachenden Drosseln und Meisen. Mit rosigem Schimmer fiel der Morgen über den Wald, eine ferne Felswand leuchtete wie reines Gold, und farbige Bänder schwammen über den Himmel hin. Bald zuckten, wie brennende Pfeile, die ersten Strahlen der Sonne über die Wipfel, in tausend Tautropfen begann ein blitzendes Gefunkel, und als hätte der erwachende Wald tief aufgeatmet, so strich mit sachtem Hauch der Morgenwind durch die Bäume.

Unbeweglich sah Franzl ringsumher, und die wundersame Schönheit dieses Frühlingsmorgens schlich ihm wie ein erquickender Trost in das müde, bedrückte Herz. Ein Gefühl hoffender Lebensfreude erwachte in ihm, er preßte die Fäuste auf die Brust, als würden ihm plötzlich alle Rippen zu eng – und dabei mußte er an Graf Egge denken, der jetzt geduckt und fröstelnd zwischen den feuchten Latschen saß und für nichts anderes Sinn und Auge hatte als für den Horst in der Wand.

»Meiner Seel, ich möcht net tauschen!«

Breit flutete ein goldiges Sonnenband über die Blöße und rückte immer weiter, bis es den Jäger erreichte. Mit schwirrendem Flügelschlag fielen drei Auerhennen in das Heidekraut, und immer neue strichen aus dem Wald hervor, als hätte sich hier die ganze Weiblichkeit des Hahnenreviers zum Frühstück Stelldichein gegeben. Der Balzgesang der Hähne, der schon ausgesetzt hatte, begann von neuem. Die Stimmen der jüngeren Hähne wurden übertönt von dem hitzigen Gesang des alten Platzhahnes. Nahe dem Jäger saß er auf einer Buche und gaukelte bei seinem Lied auf dem dürren Aste hin und her. Plötzlich schwang er sich in das Heidekraut und tanzte mit gefächertem Stoß und zitternden Schwingen zwischen den leise glucksenden Hennen seinen Hochzeitsreigen. Lautlos kamen die jüngeren Hähne der Reihe nach zugeflogen, die einen, um unter dem eifersüchtigen Zorn des gestrengen Platzherrn einen Teil ihrer Federn zu lassen, die anderen, um sich verstohlen zu den Hennen zu gesellen, die sich aus der Nähe des alten Hahnes verloren. Lächelnd sah Franzl diesem lustigen Minnetreiben des Waldes zu.

»Alles liebt in der Welt, jeds Manndl hat sei' Freud am Weiberl! Kruzitürken! Wenn ich's nur auch so gut haben könnt!« Er seufzte. »Was wird jetzt d' Mali machen im Unterland?«

Er schlang die Arme um das Knie und träumte in den erwachenden Tag hinein. Die Bilder, die vor seinem sehnsüchtigen Herzen gaukelten, waren freilich himmelweit verschieden von der Wirklichkeit. In ihres Bruders Haus lag Mali auf den Knien vor dem Bettchen des kranken Dirnleins, das in Schmerzen um sein erlöschendes Leben kämpfte – und Franzls Träume sahen das Mädel weit draußen »im Unterland«, wie es in der Morgensonne unter der Haustür stand und gegen Süden blickte, wo die Berge der Heimat blauten.

Er schloß die Augen und lehnte den Kopf an den Stamm der Fichte. Mit linder Wärme umschmeichelte ihm die Frühlingssonne das Gesicht, und ohne daß er es merkte, holte sich der in der Nacht versäumte Schlummer sein gesundes Recht.

Eine Stunde hatte er geschlafen, als ihn der Hall eines Schusses weckte. Das Echo kam von der Hangenden Wand.

»Jetzt hat er an Adler! Gott sei Dank!«

Mit lärmendem Geflatter hob sich das Auerwild aus dem Heidekraut, als Franzl die Blöße überschritt.

Rastlos stieg er bis zum Abend im Wald umher und hörte, als schon die Dämmerung einbrach, wieder einen Schuß von der Hangenden Wand.

»Mein heiliger Schutzengel, jetzt kriegst a Kerzl, jetzt hat er alle zwei, jetzt kommen gute Zeiten!«

Er lachte, schrie einen Jauchzer in den glühenden Abend hinaus und fing zu rennen an.

Bei sinkender Nacht erreichte er die Dippelhütte, in deren Herrenstube die Lampe brannte. An dem hölzernen Nagel neben der Hüttentür hing ein Adler. Nur einer? Franzl guckte und guckte, ohne den zweiten zu finden.

Graf Egge lag auf dem Bett, als Franzl in die Stube trat.

»Ich gratulier, gnädiger Herr! Hab 's Manndl schon hängen sehen draußen. Wo is denn der ander?«

Mühsam, als wären ihm alle Gelenke erstarrt, richtete Graf Egge sich auf und brummte: »Das Weibchen hab' ich am Abend gefehlt. Geflucht hab' ich wie ein Türk'. Aber das ist gegangen wie der Blitz: hinein in den Horst und wieder davon. Schon nachmittags um zwei Uhr hab' ich gemeint, ich halt das Stillsitzen nimmer aus, immer mit der Büchs im Anschlag. Mit Gewalt hab' ich's erzwungen – und richtig, wie der Adler absegelt vom Horst, sind mir alle Knochen so steif gewesen, daß ich mit dem Schuß zu kurz gekommen bin. Und jetzt bin ich wie zerschlagen am ganzen Leib! Komm her und zieh mir die Hos herunter. Dann mach' die Lampe aus! Gegessen hab' ich schon.« Er ließ die Füße schwer vom Bett fallen und drückte stöhnend die Hand an den Hinterkopf.

»Soll ich net an kalten Umschlag bringen?«

»Laß mich in Ruh'!« Mit krumm gezogenem Rücken schob Graf Egge sich unter die wollene Decke. »Na, ich hoff', die Geschichte morgen wird mir das verstockte Blut wieder aufmischen!«

Der Jäger drehte die Lampe ab und verließ die Stube.

Früh am Morgen brachte Schipper die Meldung: »Alles in Ordnung! Bis in zwei Stund kommen d' Leut und bringen, was der Herr Graf bstellt haben!«

In erregter Hast wurde das Frühstück genommen und – nach Erzeugung eines neuen Dippels auf Graf Egges Stirn – der Weg zur Hangenden Wand angetreten. Schipper ging neben seinem Herrn und sah ein paarmal spöttisch auf Franzl zurück, der hinten nachtraben durfte. Als sie das weite Almfeld überschritten hatten und den Fuß der Felswand erreichten, hörten sie schon das Geschrei der Leute, die durch den Wald heraufkamen. Sechzehn Holzknechte trugen die vier mächtigen Leitern, vier andere schleppten sich mit dicken Seilrollen.

»Was schreit ihr denn wie die Jochgeier? Hier wird das Maul gehalten!« rief ihnen Graf Egge entgegen.

Die Leute bekamen rote Köpfe, aber sie sprachen kein Wort mehr.

Mit erschrockenen Augen betrachtete Franzl die Leitern, sah prüfend an der hohen Wand hinauf und schüttelte den Kopf.

Graf Egge hatte den Hut in den Nacken zurückgeschoben, denn die Beule des Morgens brannte unter dem Schweißband. Er stellte die Büchse an einen Baum, zog die Joppe aus und übernahm das Kommando.

In gerader Linie unter dem Horst, senkrecht zur Felswand, wurden die vier Leitern auf dem Latschenfeld der Länge nach aneinandergelegt. Die Enden der Stangen wurden zusammengefalzt und mit den eisernen, die Fugen stützenden Schienen fest verschraubt, so daß die vier Stücke zu einer einzigen riesigen Leiter verbunden waren. Während Franzl, dem die Sache nicht geheuer erschien, an der Leiter entlang ging und die Stangen, jede Sprosse und alle Verschraubungen einer peinlichen Prüfung unterzog, stiegen zwölf Holzknechte mit Seilen auf einem Umweg zur Zinne der Felswand empor. Eine Stunde verging, bis sie auf dem überhängenden Grat als winzige Figürchen erschienen. Von zwei Stellen, zur Rechten und zur Linken des Horstes, wurden die Seile niedergelassen. Wie endlose, sich unruhig bewegende Schlangen kamen sie durch die Luft herabgekrochen. Aus dem Horste rieselte weißlicher Staub über die Felsen, und die jungen Adler begannen zu schreien.

»Aha, mir scheint, die merken schon, daß die Gschicht um ihren Kragen geht!« sagte Schipper mit Gelächter.

Die Seile erreichten den Boden, und mit einem Dutzend fester Knoten wickelte Franzl sie um das obere Ende der Leiter. Mit Pflöcken und Seilen wurde der Fuß der Leiter festgelegt, so daß er nicht mehr von der Stelle rücken konnte. Dann rief Graf Egge durch die hohlen Hände das Kommando zur Höhe: »Auf!«

Die Seile spannten sich, und langsam begann der Kopf der Leiter sich zu heben. Von der Höhe der Felswand klangen die eintönigen Rufe herab, mit denen die Holzknechte jeden Zug und Ruck begleiteten. Immer höher schwankte die Leiter, deren schwere Stangen sich ächzend bogen wie dünne Gerten. »Herr Graf,« stammelte Franzl, »die langen Hölzer haben an unsinniges Gwicht. Passen S' auf, Herr, d' Leitern halten den Druck net aus!«

»Wart' es ab!« murrte Graf Egge. »Und wenn die da brechen, laß ich andere machen. Ich muß hinauf!« Mit gespanntem Blick verfolgte er die Bewegung der riesigen Leiter, die sich fast schon zu einem Halbkreis gebogen hatte. Doch die Stangen hielten aus, langsam begannen sie sich wieder zu strecken, und bald war das Ende der Leiter schon so hoch gestiegen, daß der oberste Teil so winzig und zierlich anzusehen war wie ein Kinderspielzeug. Nun standen die Stangen senkrecht und neigten sich, als die Seile nachgelassen wurden, schwankend gegen die Felswand. Dicht unter dem Horste legte sich die letzte Sprosse an das Gestein.

»Gott sei Dank! Diesmal hab ich's aber gnau troffen!« jubelte Graf Egge, dem vor ungeduldiger Erwartung die Hände zitterten. Die »Geschichte« schien ihm wirklich das »verstockte Blut aufzumischen«. Es war an ihm keine Spur mehr von der Erschöpfung der letzten Tage zu bemerken. Die Erregung schien seinen Körper verjüngt zu haben, und als er jetzt die Hemdärmel bis zu den Schultern aufstülpte, schwollen ihm die Adern und Sehnen wie dicke Striemen aus dem hageren Fleisch der Arme.

In der Mitte der Leiter hatte man, bevor sie aufgezogen wurde, zwei lange Seile befestigt; man spannte sie nach rechts und links, so daß die Leiter, in ihrer Lage festgehalten, nicht mehr seitwärts ausweichen und nicht stürzen konnte.

»Fertig!« sagte Graf Egge, band sich die Leine um den Leib, mit der er die jungen Adler fesseln und vom Horste herunterlassen wollte, und trat zur Leiter.

Da faßte ihn Franzl am Arm. »Ich bitt, Herr Graf! Die Sach gfallt mir net. Und wenn S' schon glauben, es m u ß sein, lassen S' lieber mich naufsteigen!«

Lachend musterte Graf Egge den Jäger. »Du bist wohl verrückt? Soll ich heiraten, damit d u die Kinder kriegst? Seit einem halben Jahr wart ich auf diesen Tag, und jetzt soll ich die Freude d i r lassen?«

»Freud? Aber Herr Graf! Lassen S' Ihnen doch im guten zureden! Wenn S' die Adler schon lebendig haben müssen, ich hol s' Ihnen runter. Wenn's schief geht, was liegt an mir? Ich bin der Jager und a lediger Mensch. Sie sind der Herr Graf und haben Leut, die Ihnen brauchen.«

»Aber, Franzl, hör amal auf mit dem Weibsbildergred!« fiel Schipper ein. »Wenn d u Angst hast – der Herr Graf hat keine!«

Franzl wandte sich wortlos ab; doch als er seinen Herrn den Fuß auf die erste Sprosse stellen sah, streckte er wieder die Hände nach ihm. »Sind S' gscheit, Herr Graf! Lassen S' Ihnen wenigstens anseilen! Die Leiter muß ja schauderhaft schwanken unter Ihrem Gwicht. Sie wirft Ihnen naus in d' Luft wie nix. Lassen S' Ihnen doch anseilen!«

»Meinetwegen! Damit ich endlich Ruh' habe!« brummte Graf Egge und rief in die Höhe: »Seil herunter!«

Mit einer sicher geknoteten Doppelschlinge legte Franzl das Tau, das über die Felsen herunterkam, um die Brust seines Herrn. Dabei erwachte in ihm eine neue Sorge. »Wenn nur der ander Adler net kommt! Die Jungen schreien, daß er's hören m u ß , wenn er in der Näh is!«

»Soll nur kommen!« Lachend fühlte Graf Egge an die Messertasche. »Dann mach' ich es ihm wie dem vor sieben Jahren und stoß ihm den Gnicker in den Hals, wenn er auf mich haßt! – Also! Fertig!« Er spuckte in die Hände und griff nach der Leiter. »Halt! Jetzt hätt' ich fast vergessen –« Langsam kniete er auf den Boden hin und sprach mit lauter Stimme ein Vaterunser. »Und jetzt hinauf!«

Während Graf Egge mit vorsichtiger Ruhe, um die Leiter nicht schwanken zu machen, langsam emporzusteigen begann, rannte Franzl eine Strecke von der Felswand zurück und rief in die Höhe: »Leut da droben! Aufpassen jetzt! Aufpassen! 's Seil darf kein' Augenblick net locker hängen! Sooft ich den Hut schwenk, muß langsam angezogen werden! Habt's verstanden?«

»Jaaa!« klang von oben die Antwort herunter.

Dann Stille. Schipper stand mit zwei Holzknechten beim Fuß der Leiter. Franzl ließ keinen Blick von seinem Herrn und regulierte durch die Zeichen, die er mit dem Hut machte, die Spannung des Notseils. Je drei Holzknechte zogen zur Rechten und Linken die in der Mitte der Leiter festgemachten Taue an, um das Schwanken der Stangen zu verhindern. Aber das wollte ihnen nicht gelingen. Je höher Graf Egge stieg, desto heftiger schaukelte die Leiter, so daß ihr Ende lose an der Felswand hin und her zu klatschen begann.

Bei diesem Anblick verlor Franzl die Ruhe wieder und rief in Sorge: »Es geht net, Herr Graf! Kehren S' um, sag ich! Kehren S' um!«

Graf Egge machte ein abwehrendes Zeichen mit der Hand und hing dann regungslos an die Sprossen geklammert, bis die Stangen wieder in Ruhe kamen. Nun stieg er weiter. Je mehr er sich der Mitte der Leiter näherte, desto mehr verstärkte sich die pendelnde Bewegung; die Leiter ging auf und nieder wie eine sausende Schaukel, und die Enden der Stangen schlugen so weit von der Felswand zurück, daß die Leiter im Aufschwung beinahe senkrecht zu stehen kam. Mit aller Kraft mußte Graf Egge sich an die Sprossen klammern, um nicht in die Luft geworfen zu werden.

Bleich wie eine Mauer, stammelte Franzl: »Um Gotts willen! Dös is ja nimmer Kuraschi, dös is Übermut.« Mit gellender Stimme schrie er: »Herr Graf! Kehren S' um! Hören S' mich net? Kreuzteufel, jetz fang ich an, wild z' werden! Runter, Herr Graf! Auf der Stell gehen S' runter! Und wenn S' schon nimmer an Ihnen selber denken, so denken S' an Ihnere Kinder! Kehren S' um, Herr Graf! Kehren S' um!«

Graf Egge hörte nicht.

»Recht hat er, der Franzl!« brummte einer von den Holzknechten am Fuß der Leiter. »Dös heißt Gott versuchen!«

Graf Egge hing regungslos an die schwingende Leiter geklammert und drückte, um nicht vom Schwindel befallen zu werden, das Gesicht in die Arme. Dann stieg er wieder, hielt abermals inne, kletterte von neuem – und endlich konnte Schipper spöttisch über die Schulter zu Franzl zurückrufen: »No also, Herr von Angstmeier, jetzt is er ja droben! Hätt er d i r gfolgt, so könnt er sich jetzt auslachen lassen vom ganzen Ort.«

Franzl erwiderte keine Silbe.

Da schollen laute Rufe von der Zinne der Felswand, ein Schatten huschte über die Latschen, und wie ein aus den Lüften fallender Keil stieß das Adlerweibchen auf Graf Egge nieder. Schipper und die Holzknechte schrien wirr durcheinander; sie sahen, wie Graf Egge zur Abwehr den Arm erhob, und sahen das Aufblitzen des Messers. Der Stich ging fehl. Mit einem weißen Leinwandfetzen in den Klauen machte der Adler eine Schwenkung und wollte den Stoß wiederholen. Da krachte inmitten des kreischenden Stimmenlärms ein Schuß – und während unter dem Rollen des Echos der Adler als lebloser Klumpen zu Boden stürzte, ließ Franzl, dessen Gesicht so weiß war wie Kalk, die rauchende Büchse sinken. Die Holzknechte jauchzten, und während Schipper wortlos mit den Augen zwinkerte, klang vom Horst herunter die Stimme Graf Egge: »Bravo, Hornegger! Das hat geklappt!«

Franzl atmete auf; er hörte aus diesen Worten nichts anderes, als daß sein Herr ohne Schaden davongekommen war.

Die Leute wollten nicht wieder schweigen; alle schwatzten und schrien durcheinander, während sie gespannt jede Bewegung Graf Egges verfolgten. Niemand dachte mehr an eine Gefahr; das Ausnehmen der Jungen war nun ein Kinderspiel – und hatte die Leiter beim Aufstieg ausgehalten, so hielt sie wohl auch beim Abstieg fest.

Franzl stand schweigend abseits und gab den Leuten auf der Zinne mit seinem Hut die Zeichen. Da sah er, daß Graf Egge, der auf den letzten Sprossen der ruhig gewordenen Leiter stand, mit dem Arm umhertastete, als käme er nicht mehr weiter.

»Was is denn, Herr Graf?«

»Der Horst hängt über!« klang die Antwort herunter. »Ich finde keinen Weg in das Steinloch.« Dann gleich wieder folgten die Worte: »Ja, es geht! Jetzt hab' ich einen Schlupf.«

Unten sahen sie, wie Graf Egge mit beiden Händen in jenen kleinen grauen Strich hineingriff – in das wirr verschlungene Astwerk des Horstes. Da rieselte weißlicher Staub in dicker Menge über die Felsen nieder, und während im Horst die jungen Adler schrien, als wären sie lebendig an den Spieß gesteckt, zog Graf Egge hastig den Kopf zurück und griff nach seinem Gesicht.

»Um Gotts willen, Herr Graf,« schrie Franzl, »was haben S' denn?«

Keine Antwort kam; unten sahen sie nur, daß Graf Egge sich mit den Händen an seinen Augen zu schaffen machte.

»Herr Graf! Herr Graf! Ums Himmels willen, so geben S' doch an!«

Wieder keine Antwort; doch mit tastenden Füßen, den einen Arm über die Augen gedrückt, begann Graf Egge langsam über die Sprossen herunterzusteigen. Die Leute am Fuß der Leiter waren stumm geworden und starrten betroffen in die Höhe.

Franzl, dem eine dunkle Angst die Kehle zuschnürte, rief mit heiserer Stimme den Leuten in der Höhe die Weisung zu, daß sie das Notseil vorsichtig nachlassen sollten, immer in Fühlung mit dem Körper, an dem es befestigt war.

Schneller und schneller glitt Graf Egge über die Sprossen nieder, ohne darauf zu achten, daß die Leiter immer heftiger zu schaukeln begann. Er hatte die Hälfte der Sprossen noch nicht zurückgelegt, da krachten plötzlich die Stangen und splitterten entzwei wie spröde Glasstäbe. Ein Schrei von allen Lippen, und während die Stücke der gebrochenen Leiter gegen die Felswand schlugen, baumelte Graf Egge am Seil. Noch immer hielt er mit der einen Hand die Augen bedeckt; mit der anderen tastete er über seinem Kopfe nach dem Tau, das sich im langsamen Niedersenken mit dem schwebenden Körper immer rascher zu drehen begann.

Unter wirrem Geschrei streckten sich zwanzig Hände nach Graf Egge; bevor er noch mit den Füßen die Erde berührte, fing ihn Franzl mit beiden Armen auf und führte den Taumelnden, den

Schipper mit einem Messerschnitt vom Seil gelöst hatte, zu einem Steinblock. Der Griff des Adlers hatte dem Grafen das Hemd vom Nacken bis zum Gürtel entzweigerissen, über den halb entblößten Rücken zogen sich zwei bläuliche Striemen, die das Tau in die Haut gedrückt hatte, und Haar, Gesicht und Schultern waren von weißlichem Unrat bedeckt.

»Wasser! Lauf einer nach Wasser!« keuchte Graf Egge, während er mit zuckenden Händen an den Augen rieb. »Wie ich am Horst in die Prügel gegriffen habe, ist mir ein ganzer Karren voll Adlermist ins Gesicht gefallen! Das Zeug brennt wie Feuer!« Er stöhnte vor Schmerz. »Wasser! Wasser!«

Schipper und ein paar Holzknechte waren schon zu dem in der Talsohle rinnenden Wildbach gerannt, um mit ihren Hüten Wasser zu schöpfen.

Franzl zog seinem Herrn die Hände vom Gesicht und stammelte: »Tun S' doch um Gotts willen net allweil reiben, Herr Graf. Dös is schlechter als alles! Und 's Wasser kommt ja gleich!«

Graf Egge versuchte aufzublicken. Er konnte die Augen nicht öffnen. »Bist du's, Franzl? Ich dank dir für das Seil und für den prächtigen Schuß!«

»Nix zu danken, Herr Graf! Aber meiner Seel, a zweitsmal möcht ich den Schuß nimmer machen! Die Kugel muß keine drei Schuh neben Ihnen vorbeigeflogen sein! Wie ich dös fertigbracht hab, weiß der liebe Herrgott – ich net! Grad froh müssen wir sein, daß die Sach so glimpflich abgangen is. Gegen den Wehdam in Ihre Augen wird ja 's kalte Wasser hoffentlich helfen. Da kommen d' Leut schon mit die ganzen Hüt voll!«

»Schnell! Nur schnell!« stöhnte Graf Egge. »Ich halt es nimmer aus vor Schmerz!«

Hastig zerrte Franzl das Taschentuch aus Graf Egges Joppe, tauchte es in den ersten triefenden Hut, der ihm geboten wurde, und wusch seinem Herrn den weißen Unrat vom Gesicht. Aber der brennende Schmerz in Graf Egges Augen wollte sich nicht kühlen und stillen lassen. Die Augenränder entzündeten sich, und die Lider schwollen zu dicken, roten Wülsten an, die sich nicht mehr bewegen ließen.

»Führt mich in die Hütte!« stieß Graf Egge zwischen den übereinandergebissenen Zähnen hervor. »Und einer soll nach dem Doktor laufen!«

»Nix, Herr Graf, jetzt is's aus mit der Hütten! Jetzt müssen S' heim!« erklärte Franzl mit bebender Stimme. »Bis man den alten Herrn Doktor da auffibringt, dös tät bis morgen in der Fruh dauern! Ihnen muß heut noch gholfen werden« Er wandte sich an die Holzknechte. »Du, Kasper, spring voraus und schau, daß gleich a Schiffl und der Dokter bei der Hand is! Du, Sepp, nimm dem Herrn Grafen sei' Büchs und die meinig! Und die andern sollen Ordnung machen bei der Wand!« Er schlang Graf Egges Arm unter den seinen. »Kommen S', Herr Graf, lassen S' Ihnen führen! Ich bring Ihnen schon nunter. Da fehlt nix.«

»Ja, der Franzl hat recht!« fiel Schipper ein. »Geben S' her, Herr Graf, ich pack den andern Arm!«

»Du! Rühr mich nicht an!« keuchte Graf Egge und sprang auf. »Den Horst hast d u gefunden! Wie damals den abnormen Bock. Fort von mir!« Stöhnen griff er nach seinen Augen. »Führ' mich, Franzl!«

»Ja, Herr Graf, kommen S'! Und passen S' auf, da liegt a Trumm Stein im Weg.«

Trotz dieser Warnung stolperte Graf Egge, und Franzl hatte Mühe, ihn aufrecht zu erhalten.

Schipper sah den beiden mit kleinen Augen nach; dann zuckte er die Achseln, suchte den Adler aus den Latschen hervor, riß ihm die beiden schönsten Flaumfedern aus und steckte sie auf seinen Hut. Ein Holzknecht bot ihm zwanzig Mark dafür. Um dreißig wollte Schipper sie geben. Das war dem Knecht zuviel.

Während die Leute unter endlosem Geschwatz bei der Wand die Arbeit begannen, eilte Sepp mit den beiden Gewehren davon. Am Waldsaum holte er Franzl und den Grafen ein; sie standen am Bach; Franzl tauchte das Tuch ins Wasser und band es seinem Herrn über die Augen; dann nahm er ihn wieder am Arm und führte ihn.

Der Heimweg gestaltete sich schlimmer, als Franzl gedacht hatte. Bei jedem Wasser, zu dem sie kamen, wurde der nasse Bund gewechselt, aber der Brand, den Graf Egge in seinen verschwollenen

Augen fühlte, steigerte sich von Minute zu Minute; bei aller Selbstbeherrschung konnte er den Schmerz nicht mehr verbeißen; immer wieder krampfte er die Fäuste ein und schrie durch die verbissenen Zähne.

Sechs Stunden brauchten sie, bis sie die Klause beim Wetterbach erreichten, wo der Doktor schon mit dem Holzknecht wartete.

Graf Egge mußte sich vor der Eremitage auf die Bank setzen. Dabei ruhten seine zitternden Füße auf den Trümmern der Marmorplatte.

Die Untersuchung des Arztes währte lang. Schließlich seufzte er und schüttelte den Kopf. »Hier kann ich nichts machen, Erlaucht! Es dämmert schon. Wir müssen sehen, daß wir Sie so rasch als möglich nach Hause bringen. Aber ich will Ihnen wenigstens die Schmerzen lindern.« Er nahm ein kleines Fläschchen mit Kokainlösung aus seiner Ledertasche und ließ einige Tropfen zwischen die geschwollenen Lider fließen.

Erleichtert atmete Graf Egge auf und ließ sich den kalten Bund wieder um die Augen legen. »Franzl, wo bist du?« fragte er und streckte die Hand. Als er die Finger des Jägers fühlte, sagte er: »Ich danke dir! Diesen Weg vergeß ich dir nimmer. Jetzt tu mir den einen Gefallen und steig wieder hinauf und hüte mir meine Auerhähne! Wenn der andere da droben merkt, daß die Balzplätze ohne Aufsicht sind, ist er imstand und schießt mir den schönsten Hahn weg, um den Stoß zu verkitschen. Und schick' mir meinen Adler herunter! Der von heute gehört dir. Übermorgen komm ich wieder hinauf.« Als Graf Egge das sagte, zuckte es seltsam über das Gesicht des Doktors. »Dann schieß ich die paar Hähne, die noch balzen.«

»Pfüe Gott, Herr Graf! Schauen S' nur, daß Ihnen bald wieder besser wird! Droben halt ich derweil schon alles in Ordnung! Aber – jetzt muß ich was bitten, Herr Graf!«

»Sprich nur! Was willst du haben?«

»Die jungen Adler droben im Horst müssen verhungern, seit die Alten weg sind. Raubvögel sind s' freilich. Deswegen muß man die armen Viecher net die schauderhafteste Marter leiden lassen. Wenn's Ihnen recht is, Herr Graf, laß ich mich morgen mit der Büchs von der Wand abseilen und gib ihnen den Gnadenschuß. Ich tät schön bitten, daß mir's der Herr Graf verlaubt.«

Graf Egge antwortete nicht; nur mit einer unmutigen Handbewegung stimmte er zu. Dann erhob er sich mühsam und ließ sich vom Doktor zum Boot führen.

## 16

Unter blauem Himmel, bei strahlendem Frühlingswetter fuhren die Kleesberg und Komtesse Kitty in einer mit drei Pferden bespannten Kalesche vom Albergo de' Cappuccini ab und durch Amalfi. Zwischen Lärm und Leben rollte der Wagen über die Piazza, an der Kathedrale vorüber und am Hafen entlang. Bei einer Wendung der Straße tauchten wie ein schimmerndes Märchenbild die weißen Häuser von Atrani auf.

Gundi Kleesberg, deren seidener Staubmantel im Meerwind flatterte, hielt mit beiden Händen Kittys Hand umschlossen und stammelte immer wieder: »Wie schön! Wie schön!«

Kitty schien nicht zu hören. Die schlanke, etwas voller gewordene Gestalt, von den schmiegsamen Falten eines schwarzen Kreppkleides umflossen, lag stumm in den Wagen zurückgelehnt. Der Schleier war über das Hütchen geschoben, und die schimmernden Löckchen umzitterten mit unruhigem Spiel das schmale, von einem Zug des Leidens durchgeistigte Gesicht. Manchmal bewegte Kitty leis die Schultern, als möchte sie, liebkost von der Wärme des blühenden Frühlingsmorgens, die Erinnerung an den kalten, trostlosen Winter auf Schloß Eggeberg von sich abwerfen.

Vor ihren Gedanken stieg das Bild jener Einsamkeit auf, wie sie es hundertmal gesehen, wenn sie am Fenster stand: die kahlen Bäume des Schloßhügels, die plumpen Dächer der Wirtschaftsgebäude mit ihren knarrenden Windfahnen, die öden Weinberge mit den zu Stößen geschichteten Rebstöcken, der vereiste Fluß im Tal und über dem winterlichen Wald der graue Himmel mit seinen Schneewolken. Dazu in ihrer Seele die Erinnerung an die Kummertage von Hubertus und der Gedanke an den Vater, der über Elchhirschen und Bären seines Kindes vergaß, an die Mutter, deren Leidensgang und Schicksal sie nun kannte, an Tassilo und Anna, von deren Glück und Liebe sie geschieden war. Und zwischen diesen beglückenden Bildern klang in ihrem verschlossenen Herzen ruhelos ein schwermütiges und dennoch sehnsuchtsvolles Lied – die Erinnerung an einen, an den sie nicht denken sollte, nicht denken durfte.

Den stillen gleichförmigen Schneckengang dieser grauen Wintertage unterbrachen zwei Ereignisse. In der Weihnachtswoche traf

Werners »Spätherbst« in Eggeberg ein, um die Kleesberg in einen andauernden Zustand unzurechnungsfähiger Ekstase zu versetzen. Und im März, an einem Sonntag, der ein bißchen Sonne hatte, kam Tante Gundi gleich einer glückselig Beschwipsten in Kittys Stübchen gezappelt, mit einem Zeitungsblatt, das sie wie eine Fahne schwenkte. »Kind! Das mußt du lesen! Du mußt! Komm her, Kind! Komm! Und lies, was da gedruckt steht! Schwarz auf weiß!«

Es war die Nachricht, daß Hans Forbeck für sein großes, »Der letzte Sonnenstrahl« betiteltes Gemälde, das der Liebling aller Besucher der Berliner Jahresausstellung war, die Goldene Medaille erhalten hatte.

Heiß flog es über Kittys schmächtige Wangen. Dann schlug sie die Hände vor das Gesicht und brach in Schluchzen aus.

Von diesem Tag an entfaltete Gundi Kleesberg eine geheimnisvolle Tätigkeit. Briefe gingen, und Briefe kamen. Und immer häufiger begann die Kleesberg unter Seufzern und Kopfschütteln von dem »bedenklichen Aussehen des armen Kindes« zu sprechen. Graf Benno und die Gräfin suchten die wunderlich aufgeregte Dame zu beruhigen, und auch Kitty versicherte immer wieder, daß sie siech wohl fühle, und daß ihr nicht das geringste fehle. Aber täglich entdeckte Gundi Kleesberg an dem »armen Kind« ein neues Anzeichen, das den Ausbruch einer schweren Krankheit befürchten ließ. Hoch und teuer schwor sie, daß es ihre heilige Pflicht wäre, dem »drohenden Unglück« vorzubeugen. Schließlich gelang es ihr wirklich, mit ihrer Sorge auch Graf Benno und die Gräfin anzustecken. Dem ruhigen Naturell der beiden war jede übertriebene Ängstlichkeit fremd, aber sie konnten sich der Wahrnehmung nicht verschließen, daß Kittys Gesichtchen – obwohl gerade in diesen Wochen ihre Gestalt sich sichtlich entwickelte – von Tag zu Tag schmächtiger und blasser wurde, ihr Wesen immer stiller und gedrückter. Diesem seltsamen Widerspruch im »Habitus der Patientin« stand auch der alte, gutmütige Dorfarzt ratlos gegenüber, und er zog sich diplomatisch aus der Klemme, indem er die Berufung einer medizinischen Autorität als »empfehlenswert« bezeichnete. Gundi Kleesberg holte den Herrn Professor von der Bahn ab. Als sie mit ihm auf Schloß Eggeberg eintraf, zeigte sie bei aller schußligen Aufregung eine so zuversichtliche Miene, als hätte sie dem Professor Kittys Leidensgeschichte bereits geschildert und von ihm einen Rat gehört, der ihre Sorge verstummen machte. Und aufatmend nickte sie zu dem mit leisem Lächeln abgegebenen Votum des Professors: sofortige Luftveränderung, längerer Aufenthalt im südlichen Italien. Die ganze Nacht saß Gundi Kleesberg über dem schwierigen Brief an Graf Egge, und als das zustimmende Telegramm aus Hubertus eintraf, betrieb sie das Packen der Koffer mit einer Hast, die das ganze Schloß rebellierte.

Die Reise begann. Doch sonderbar! Seit Wochen hatte Tante Gundi sich in zärtlicher Sorge für Kitty und in ängstlichen, für das Wohl des »armen, kranken Kindes« bedachten Maßregeln erschöpft; über diese »aus Gesundheitsrücksichten« unternommene Reise schien sie aber eine merkwürdige Ansicht zu haben. Die Fahrt entwickelte sich zu einer wahren Hetzjagd. Zuerst in e i n e r Eisenbahntour bis Genua. Gleich am folgenden Tage wieder weiter mit dem Dampfer. Und obwohl die Fahrt so stürmisch war, daß Tante Gundi einen Anfall von Seekrankheit bekam und ein paar Ruhetage dringend nötig gehabt hätte, wurde in Neapel unverzüglich das nach Capri gehende Schiff bestiegen.

Bei der Landung an der Marina Grande befand sich Gundi Kleesberg in einem Zustand so verstörter Ungeduld, daß Kitty, die bisher die ganze Hetze klaglos ertragen hatte, in Sorge zu fragen begann: »Aber Gundi? Was hast du nur?«

»Ich freue mich, Kind, ich freue mich!«

Als man im Wagen saß und über die schöne Bergstraße emporfuhr, drückte die Kleesberg immer wieder Kittys Arm an ihre Brust und beteuerte: »Hier sollst du gesund werden, du mein armes Herzkind! Ganz gesund! Das schwör ich!« Dabei guckte sie so erwartungsvoll über die Straße voraus und nach allen Seiten, als müßte sich mit jedem nächsten Moment ein wundersames Ereignis vollziehen. Diese hochgespannte, traumhafte Stimmung hielt an, bis Tante Gundi im Hotel Quisisana in die Federn sank. Doch am folgenden Morgen, als die Kleesberg von einem frühzeitig unternommenen Ausgang zu Kitty zurückkehrte, war ihre rosige Laune ins graue Widerspiel verwandelt. Sie schalt über den »wahnsinnigen« Professor, der sie und das »arme Kind« in diesen »von unangenehmen Menschen wimmelnden, meerumschlossenen steinernen Spucknapf« verbannt hätte. Von jedem kühlen Lüftchen behauptete sie, daß es den sicheren Tod brächte. Und als die linde Sonne kam, jammerte sie, daß man »zerschmelzen müsse in dieser afrikanischen Glut!« Am liebsten wäre sie gleich wieder abgereist. Erst nach langem Zureden vermochte Kitty ein paar Ruhetage zu erwirken.

Das gleiche sonderbare Launenspiel wiederholte sich nach der Ankunft in Sorrent: himmelhoch jauchzend, zu Tode betrübt. Zwischen den beiden Phasen lag eine von Gundi Kleesberg allein und geheim unternommene Wagenfahrt zur Cocumella, einer zwischen blühenden Orangengärten gelegenen Künstlerherberge. Als sie zurückkehrte, zappelte die Kleesberg atemlos in Kittys Zimmer und beteuerte: »Sei mir nicht böse, Kindchen, aber hier halt ich es nicht aus! Keinen Tag! Diese engen, trostlosen Mauergassen, dieser Schmutz, dieses Geschrei! Das ist, um zu verzweifeln! Ich hab's doch immer gesagt: Capri, Sorrent, das ist ein ganz unglaublicher Einfall! Hätte man auf m i c h gehört, wir wären direkt nach Ravello gegangen! Direkt!«

Kitty konnte sich zwar nicht erinnern, daß Gundi Kleesberg je einen solchen Vorschlag gemacht hätte; aber sie ergab sich in Geduld und ließ sich am folgenden Morgen wieder in den Wagen packen.

Müde traf man am Abend in Amalfi ein und ging bald zur Ruhe, um sich – wie Gundi sagte – »tüchtig auszuschlafen für den großen Tag«. Diese mystische Bezeichnung wurde nicht näher erklärt. Doch eine Stunde später, als Kitty schon in den weißen Kissen ruhte, kam die Kleesberg noch einmal zur Tür hereingeschlichen, umarmte Kitty mit stürmischer Zärtlichkeit und stammelte: »Morgen, mein liebes Kind! Morgen! Morgen!«

Die Nacht verging. Ein paarmal erwachte Kitty aus unruhigen Träumen, dann hörte sie aus der Tiefe herauf das Rauschen des Meeres, das melodische Geplätscher, mit dem die Wellen an die steinernen Dämme schlugen, und manchmal den verschwommenen Ruf eines Hafenwächters.

Durch das offene Fenster leuchteten aus dem Stahlblau des Himmels ein paar Sterne herein, die lebhaft funkelten. Allmählich dämpfte sich ihr Feuer, der blaue Grund begann sich zu lichten, und der Morgen kam, strahlend in Schönheit, mit Glanz und Duft.

Und da fuhren sie nun, während Amalfi und das Meer in der Tiefe langsam entschwanden, über die herrlichste aller Straßen empor, Gundi Kleesberg in neugespannter Erwartung, wie von einem Freudentaumel befallen, und Kitty versunken in genießendes Staunen und in ihre stillen Gedanken.

Langsam stieg der Weg zwischen den niederen Mauern der Zitronengärten, eröffnete für Augenblicke eine wundersame Fernsicht über die im Duft des Morgens blauende Küste von Salerno und lenkte mit klimmenden Serpentinen in das stundenlange Tal von Atrani ein. Der Straße zu Füßen lagen wie ein grüner, welliger See die ununterbrochen aneinandergereihten Orangenhaine, deren Bäume zugleich mit den roten Früchten die weißen Blüten trugen, das weite Tal mit herbem Wohlgeruch erfüllend. Verstohlen lugten aus dem Grün die Dächer einzelner Villen hervor; und über den höchsten Häusern, die wie weiße Punkte waren, schob sich ein Felshügel hinter dem andern hervor, immer ärmer an Grün, bis hinauf zu den kahlen Schrofen, mit denen der Mont'Angelo seine wuchtige Zinne in den Himmel streckt. Da droben waren nur noch die beiden Kontraste zu sehen: blendendes Sonnenlicht und blau verschwommener Schatten.

Im Wagen, der bei sachtem Trab der Pferde über die Straße emporrollte, war seit dem begeisterten Entzücken, in das die Kleesberg beim Anblick von Atrani ausgebrochen, keine Silbe mehr laut geworden. Kitty blickte mit trinkenden Augen über das schöne Tal, und in Tante Gundi schien, je mehr man sich der Höhe von Ravello näherte, um so merklicher jener Zustand der Unruhe wieder zu erwachen, der sie während der vergangenen Reisetage bei jeder Ankunft an einem neuen Ort befallen hatte.

Aus solcher Stimmung fuhr sie einmal auf und atmete tief, weil sie den Wohlgeruch empfand, der die Luft erfüllte. »Ach, dieser Duft! Orangenblüten und Myrte!« Zärtlich legte sie den Arm um Kittys Schultern. »Denk' nur, Kind, ich habe immer die Vorstellung, als wär' ich in der Kirche und hätte ein geschmücktes Bräutlein vor den Altar zu führen.«

Es zuckte schmerzlich um Kittys Mund.

Der Wagen bog in die letzte, steile Serpentine ein, auf deren Höhe sich schon der Campanile von Ravello und die brüchigen Zinnen des maurischen Tores zeigten. Neben der Straße erhoben sich die Trümmer einer alten, aus gewaltigen Blöcken gefügten Festungsmauer, und hinter diesen Klötzen erschien eine Ruine mit geborstener Kuppel; wirr verwobenes Schlinggewächs rankte sich um das graue Gemäuer, und leuchtend hingen die Blumen zwischen dem Grün.

Gundi Kleesberg ließ den feuchten Blick über Tag und Höhe gleiten. »Wie schön! Das alles hat Gott erschaffen, damit sich die Menschen ihres Lebens freuen möchten! Aber das wollen die Schafsköpfe nicht erkennen! Da zerstört der eine das Glück, das ihn der Himmel finden ließ, und der andere hat nicht den Mut, nach dem Geschenk zu greifen, das Gott ihm bietet, und macht sich elend fürs ganze Leben!«

Kitty sah verwundert auf. »Tante Gundi?«

»Ja, Kind! Sieh mich nur an! Mich altes, zweckloses Geschöpf! Auch ich war einmal jung wie du! Auch zu mir kam das Glück. Aber ich war zu feig, um es festzuhalten! Und ich hätte, um meinem Leben Inhalt und Wert zu geben, nur ein einziges Wort zu sprechen brauchen – ein Wort, wie es dein Bruder Tas zu seinem Vater sprach!«

Blässe rann über Kittys Gesicht.

»Und nun sieh mich an, Kind! Mich mit meinen Runzeln unter der Schminke! Mich! Mit allem, was über ein Frauenherz kommen kann an Schmerz und Reue! Nimm dir eine Warnung an mir! Du bist jung, bist schön und so herzensgut! Du verdienst das Glück. Wer weiß, ob es dir nicht begegnet bei deinem nächsten Schritt? Wenn es vor dir steht und lächelt dich an mit treuen Augen, dann sei nicht feige Kind! Greif zu mit beiden Händen! Sage dir, daß das Glück alles andere aufwiegt, Name, Stellung, Besitz! Sieh mich an, Kind! Wie glücklich hätt' ich werden können! Und bei aller Reue liegt noch wie ein schwerer Stein der Vorwurf auf mir, daß ich durch meine Feigheit auch einen anderen fürs ganze Leben einsam machte. Einen herrlichen Menschen! Ich bin ja viel zu bescheiden, um glauben zu können, daß ich ihm mehr geworden wäre als eine brave Frau, die ihm ein freundliches Haus geschaffen hätte – während er, der Begnadete, in seiner Kunst eine Stufe um die andere erstieg, bis zur Höhe des Ruhmes! Wie glücklich wäre ich gewesen in meinem stillen Winkelchen! Und hätte mit Stolz und Liebe zu ihm aufgeblickt – zu ihm, den alle Welt bewundert und verehrt!«

Erschrocken, von einer Ahnung durchzuckt, umklammerte Kitty Gundis Hand und stammelte: »Werner?«

Da hielt der Wagen auf der Piazza von Ravello. Aus der Kathedrale, deren Bronzetüren offen standen, tönte Gesang und Orgelspiel.

Gundi Kleesberg hob wie eine Erwachende das Gesicht.

»Hotel Palumbo?« klang eine dünne Tenorstimme; ein alter Mann, der eine schwarze Samtjacke trug und auch sonst wie ein verbummelter Maler aussah, trat an den Wagenschlag und war den Damen beim Aussteigen behilflich. Bei aller Erregung hatte Gundi Kleesberg doch einen staunenden Blick für die auffallende Reinlichkeit, die im Hofraum und Foyer der Pension Palumbo herrschte; das Wunder klärte sich auf, als die Padrona erschien, um die Damen zu begrüßen – eine deutsche Frau. Sie führte ihre Gäste in einen Seitentrakt des Hauses; alle Wendungen der Treppe waren durch nette Vorhänge abgeschlossen, und der Korridor mit seinen klaren Fenstern spiegelte von Sauberkeit. An einem Zimmer, in dem ein Mädchen Ordnung machte, stand die Tür offen – und Gundi Kleesberg geriet in wunderlichen Aufruhr, als sie in dem Raum verschiedene Malgeräte gewahrte, eine Staffelei und mehrere mit Leinwand überspannte Rahmen.

»Nur schnell, Kind! Schnell!« stammelte sie, als die Padrona für Kitty ein allerliebstes Zimmerchen öffnete, mit Möbeln aus Olivenholz und mit Gardinen aus weißem Leinenplüsch. »Ich werde in fünf Minuten fertig sein!« Sie faßte den Arm der Padrona. »Kommen Sie, liebe Frau, ich bitte, kommen Sie, ich habe mit Ihnen zu sprechen.«

Kitty hatte ihr Zimmer betreten. Der kleine freundliche Raum heimelte sie an und erinnerte sie an ihr Stübchen in Hubertus. Am offenen Fenster, durch das der Blick über grünes Rebengelände hinunterglitt in das Tal von Minori und auf das ferne Meer, ließ sie sich in einen Lehnstuhl sinken und preßte die Hände über die glühenden Wangen. Ohne den leisen Wechsel der beiden aus dem Nebenzimmer klingenden Frauenstimmen zu hören, war sie versunken in ziellose Gedanken, befangen von einer Stimmung, deren rätselhafte Art sie sich selbst nicht zu erklären wußte. Und dann ging die Tür auf, und Gundi Kleesberg stand vor ihr, halb erschrocken und halb empört. »Um Gottes willen, Kind! Was hast du denn getrieben die ganze Zeit? Eine Viertelstunde fast! Da soll sie fertig sein und sitzt noch immer in Hut und Mantel!« Sie griff wie eine flinke Kammerjungfer zu, um Kitty behilflich zu sein. »Nur schnell, Kind! Schnell! Wir haben keine Zeit zu verlieren. Wir müssen zum Palazzo Rufalo. Das ist das erste. Das wichtigste! Alles andere wird sich finden. Komm nur! Komm!« Aus einer Blumenvase zerrte sie drei schöne Rosen.

Kitty wehrte: »Du weißt, ich trage keine Blumen.«

»Doch, Kind! Nimm sie nur! Heute!« Wie sonderbar Gundi Kleesberg dieses Wort betonte! »Heut! Ich dulde nicht, daß du so gehst, in diesem unfreundlichen Schwarz! Nimm die Rosen! Ich bitte dich!« Sie setzte ihren Willen durch. Und dann rückte sie an Kittys Hut, nestelte am Schleier und an den Falten des Kleides, als stünde die Komtesse vor der Fahrt zu ihrem ersten Hofball. Die letzte Prüfung fiel zu ihrer Zufriedenheit aus. »So, jetzt gefällst du mir! Und nun komm!« In einem Anfall mütterlicher Rührung streckte sie die Arme, um Kitty an sich zu ziehen. »Aber nein! Nein! Ich könnte dir die Rosen zerdrücken! Komm nur, komm!« Sie rauschte zur Tür, als wäre jede Minute kostbar.

Betroffen schüttelte Kitty den Kopf. »Aber Tante Gundi? Was ist denn nur mit dir?«

»Komm nur! Kümmere dich nicht um mich! Ich bin ein bißchen verrückt. Es ist so schön hier, so unglaublich schön! Und alles andere, du ahnst ja nicht –« Gundi Kleesberg verstummte erschrocken, als hätte sie zuviel gesagt. »Komm nur! Komm!«

Vor dem Hotel erwartete sie der Cicerone mit dem schwarzen Samtflaus. Er zog den grauen Schlapphut. »*Primieramente,*« begann er mit seiner quiekenden Tenorstimme, »*condurrò le signore alla bella vista nel giardino degli Affliti –*«

»Was kümmert mich die Aussicht im ›Garten der Betrübten‹!« unterbrach ihn Gundi Kleesberg. »Wir wollen zum Palazzo Rufalo.«

Der Cicerone machte zu dieser Eigenmächtigkeit eine nachsichtsvolle Miene und zuckte die Achseln. »*Come Le piace.*« Doch als sie die

Ecke der Kathedrale erreichten, dozierte er nach seiner Gewohnheit: »*Ed ora entriamo nel santo duomo. Fu costrutto nel secolo undicesimo* –«

Tante Gundi wurde ungeduldig. »Ich will nicht wissen, wie alt Ihr Dom ist. Ich will zum Palazzo Rufalo.«

»*Come Le piace!*« Der Cicerone war gekränkt.

»Das ist doch ein unglaublicher Mensch!«

Kitty suchte die Empörte zu beruhigen, aber Gundi Kleesberg ereiferte sich immer mehr.

»Jede Minute ist kostbar, und da vertrödelt uns dieses Ungeheuer die Zeit mit seinen eingepaukten Redensarten!«

Sie kamen zu einer hohen grauen Mauer, an der ein paar sarazenische Arabesken der Verwitterung entgangen waren. Über dem Kamm der Mauer sah man ein Gewirr von Zypressenwipfeln und Baumkronen, zwischen deren dichtem Grün sich ein von Laub umschleiertes Gemäuer zeigte, eine graue Zinne, ein Turm mit maurischer Galerie und schwarz gähnenden Rundfenstern – ein Bild, aus dem es herauswinkte wie ein Geheimnis.

Ein dunkler Torweg wurde durchschritten, und der Cicerone hielt vor einer kleinen eisernen Pforte. »*Eccolo, il Suo palazzo Rufalo!*« Er deutete auf einen Glockenzug, legte die Hände hinter den Rücken und sagte trocken: »*Si campanella*«.

Gundi Kleesberg atmete tief, streifte Kittys Gesicht mit verwirrtem Blick und faßte den Draht. Dumpf, mit einem greisenhaften Klang, hallte der Glockenton durch den stillen Garten. Schlurfende Tritte kamen auf das Tor zu; als es geöffnet wurde, knarrten die alten Angeln. Der Pförtner, ein mürrischer Greis, übernahm die Führung der Damen, während der Cicerone verdrossen im Gäßchen zurückblieb.

Eine kühle, feuchte, von Blumengeruch erfüllte Luft wehte den Eintretenden entgegen. Das dichte Laubwerk, das den schmalen Pfad zu beiden Seiten begleitete, gewährte kaum einen Durchblick; nun erweiterte sich der Pfad, und überschattet von alten Baumriesen, deren Stämme mit Schlingwerk behangen waren, erhob sich die Ruine der maurischen Torhalle mit der schön geschwungenen Kuppel. Ein Hauch von Schwermut flüsterte aus den grauen, durch

Raub und Alter des Schmuckes beraubten Steinen; sie hatten glanzvolle Zeiten gesehen; diese Pracht und Macht war untergegangen – sie allein noch standen, wie ein trauerndes Denkmal über Gräbern. Und den gleichen melancholischen Charakter zeigte der tiefschattige Garten, der sich an die Halle schloß: zwischen ernsten schwärzlichen Zypressen und scharf duftenden Pfefferbäumen lagen kleine Beete mit feurig blühenden Orchideen, überall lugten aus verwilderten Rosenbüschen verblichene Marmorreste hervor, zertrümmerte Statuen, gestürzte Säulen; leise murmelten die versteckten Brunnen, zuweilen ließ sich ein süßer Vogelschlag vernehmen, und der sachte Windhauch, der durch die Laubengänge strich, spielte mit den Rosenblättern, die auf allen Wegen lagen und gleich winzigen Schifflein auf den kleinen, stillen Teichen umherschwammen. Träumende Märchenstimmung war unter diesen Bäumen, in dieser Luft. Nun wieder erhob sich graues Gemäuer, und klingend hallten die Schritte auf den Steinfliesen des Torweges, der in das Allerheiligste dieser Ruinen führt, in den maurischen Säulenhof.

Drei Loggien, die einen düsteren, kellertiefen Hof umschließen, bauen sich leicht und luftig übereinander. An den kahlen Wänden hängen nur noch einzelne Reste der Marmorbekleidung, doch unversehrt sind die schlanken, doppelreihigen Alabastersäulchen erhalten, mit den graziös geschwungenen und zierlich ornamentierten Bogen darüber; hier und dort noch eine Spur der erloschenen Farbe und Vergoldung.

Kittys Wangen brannten, ihre Augen glänzten; sie empfand die hinreißende Macht der Erinnerung, die aus diesen stummen Steinen redet. Zurückversetzt in längst entschwundene Zeiten, sah sie Bilder um Bilder vor ihrer träumenden Seele sich beleben. Schwerter klirrten, und weiße Schleier flatterten, Hufschlag tönte, und die Laute klang. So deutlich vernahm sie die Saiten, als klängen sie wahrhaftig an ihr Ohr – aber nein, das war kein Traum, sie hörte die Saiten wirklich! Aus einem offenen Fenster des Palazzo tönte, mit seltsamer Kunst gespielt, eine Mandoline, von einer Gitarre begleitet. Und Kitty erkannte die Weise. Es war eine Barkarole, die sie in Sorrent hatten singen hören, ein zärtliches Lied, das ihr mit schmeichelndem Locken ins Herz gegriffen hatte:

»*Vieni, diletta,*

*Vieni al mar,*

*Vieni, t'aspetta*

*Il marinar!*«

Und wieder – in dieser märchenhaften Umgebung mit gesteigertem Gefühl – empfand sie die heiße, verlangende Sehnsucht, die ihr aus den zärtlichen Worten des Liedes am Sorrentiner Strand in die Seele gefallen war. Hastig, wie um dem Zauber zu entrinnen, der sie in der geheimnisvollen Schattenstille dieser Mauern überfiel, flüchtete sie hinaus in die helle Sonne.

Zwischen Blumen plauderte ein Springbrunnen, und eine Marmortreppe führte zu einer Terrasse, die, von Laubengängen durchzogen, sich hinausbaute über die steil abfallenden Weinberge und einen Rundblick über den Golf von Salerno bot.

Mit einem wehen Zug um die Lippen trat Kitty unter eines dieser Laubdächer, umspielt von flimmernden Sonnenlichtern und farbigem Blätterschatten. Plötzlich verhielt sie den Fuß, von Schreck befallen; das Blut schoß ihr zum Herzen und strömte wieder mit Glut in die Wangen; nach Atem ringend, griff sie an die Augen, als müßte, was sie sah, in der nächsten Sekunde verschwinden wie eine Täuschung ihrer Sinne.

Inmitten des Laubenganges, in dessen Tiefe eine Nische in die Felswand gehauen war, stand eine Staffelei, deren Leinwand die Farben eines frisch begonnenen Bildes zeigte. Hatte den jungen Künstler schon im ersten Werden seines Werkes die Ermüdung befallen? Er saß auf einer Marmorbank, die Palette in der ruhenden Hand, und blickte träumend ins Leere. Da vernahm er einen stammelnden Laut und straffte sich auf – Hans Forbeck. Seine Gestalt war gereift in diesem halben Jahr und hatte breitere Schultern bekommen; dichter sproßte der dunkle Bart, und die südliche Sonne hatte ihm die ernste Stirn gebräunt.

Bei Kittys Anblick erblaßte er, und die Palette entfiel seiner Hand. So standen sie voreinander, Aug' in Auge. Dieser erstarrende Schreck, dieser lähmende Zweifel an der Wahrheit dauerte nicht lang. Wohl blieben ihre Lippen stumm, doch es sprachen ihre Herzen, es redete ihre Sehnsucht, die gewachsen war mit jedem vergrämten Tag, in jeder ruhelosen Nacht. Unter einem Lachen ihrer

Freude flogen sie aufeinander zu, hielten sich umschlungen und hingen Mund an Mund in einem dürstenden Kuß, der nimmer enden wollte.

Bei der Marmortreppe stand Gundi Kleesberg wie eine mit sich selbst zufriedene Schicksalsgöttin von etwas barocken Formen.

Da klang hinter einer mit Blüten übersäten Rosenhecke eine Männerstimme: »Hans!«

Forbeck und Kitty hörten nicht; alles um sie her war ihnen untergegangen in der Taumelfreude ihres jungen, vom Himmel gefallenen Glückes. Doch Gundi Kleesberg fiel aus ihrer stolzen Götterhöhe tief ins Menschliche herunter und begann an allen Gliedern zu zittern, als sie diese Stimme erkannte.

»Hans! Komm doch einen Augenblick!«

Eine Weile war Stille, dann knirschte hinter der Rosenhecke ein Tritt im Sand. Nun kam Leben in die Schlottersäule der Kleesberg. Die Hände streckend, als hätte sie das erste Glück der Liebenden vor einer Störung zu behüten, zappelte sie auf die Hecke zu. Da stand Professor Werner vor ihr, sprachlos vor Überraschung.

»Werner!« stammelte sie. Weiter fand sie keinen Gruß, kein Wort. Mit beiden Händen faßte sie ihn am Arm und zog ihn so weit in den Laubengang, daß er das junge Paar gewahren mußte. Und als ihm, mehr in Schreck als in Freude, ein ersticktes Wort über die Lippen fuhr, zog sie ihn wieder hinter die Hecke zurück und sah zu ihm auf mit stolzer Freude. »Dieses Glück, Werner – dieses junge Glück hab' i c h geschaffen, ich, die Gundi Kleesberg! Für m e i n Glück, da war ich feig. Aber für die beiden Kinder hab' ich Mut gehabt. Und nicht nur Mut. Es war auch meine Pflicht. Ich hab' an Kitty die Stelle einer Mutter zu vertreten. Und als ich sah, wie sie in diesem traurigen Winter hinschwand und sich verzehrte – da hab' ich gesagt zu mir: Gundelchen, jetzt m u ß t du! Und habe diesen Gewaltstreich begangen und bin euch nachgereist und hab' euch gesucht, in Capri, in Sorrent, in Amalfi, bis ich euch fand. Und jetzt, Werner – diese schöne Stunde hat nicht nur das mutterlose, von Kummer und Sehnsucht kranke Kind gesund und glücklich gemacht – sie hat das Glück auch deinem Sohn gegeben!« Tränen kollerten ihr über die Wangen herunter und zeichneten zwei Feuerlinien durch den weißen Puder. »Deinem Sohn!«

Werner war diesem erregten Gestammel gegenüber nicht zu Wort gekommen; kopfschüttelnd, wie in Sorge, hatte er sie angehört. Bei ihrem letzten Wort schien er ein anderer zu werden. Er widersprach nicht, wie in Hubertus. Schweigend sah er in Gundis Augen, nahm ihre kleine, dicke, zitternde Hand und küßte sie.

»Nur keine Sorge, Werner! Hab' nur keine Sorge um die Kinder! Diese erste Stunde habe ich erzwingen müssen. Jetzt laß sie nur getrost den Weg ihres Glückes weitergehen! An ihm, das weiß ich, wird es nicht fehlen. Er müßte dein Sohn nicht sein. Er ist wie du: treu, redlich und stark. Er wird sie glücklich machen, stolz im Glück und reich an Ehre!«

»Ja, Gundi, das wird er!« Werners Augen leuchteten.

»Und sie? Gib acht, Werner, ich kenne sie! Sie ist nicht, wie i c h gewesen bin. Sie wird den Mut ihres Glückes haben – ihres r e i - n e n Glückes. Sie ist Fleisch und Blut ihres Bruders Tas!« Mit beiden Händen, ohne die Dornen zu scheuen, drückte Gundi Kleesberg das Rankengewirr der Hecke auseinander. »Sieh nur, Werner, wie sie den Arm um ihn geschlungen hält! Blut ihres Vaters ist sie doch schließlich auch. Die läßt nimmer aus.«

Flüsternd hauchte der vom Meer heraufziehende Wind durch das zitternde Laubwerk. Leise schwankten die schlanken Wipfel der Zypressen, die Brunnen murmelten, und während lautlos die Rosenblätter fielen, tönten aus dem grauen Tor des Säulenhofes die zärtlichen Klänge der Barkarole.

## 17

Im Süden blühten die Rosen – auf den Bergen um Hubertus kämpfte der Föhn seinen brausenden Frühlingskampf gegen den letzten Schnee, der noch schwer auf den Zinnen der Felsen lag.

Im tieferen Bergwald, in dem nur vereinzelte Schneeflecke noch als verlorene Posten des besiegten Winters zwischen Felsblöcken und in schattigen Mulden lagen, brach schon das lichtgrüne Laub aus allen Buchenknospen.

»Buchlaub raus,

Hahnfalz aus!«

So sagt ein alter Jägerspruch. Und Franzl, der an jedem Morgen die Balzplätze abwanderte, gewahrte mit Sorge, daß ein Auerhahn um den anderen sein Liebeslied verstummen ließ.

»Wenn er kommt, der Graf, wird's schlecht ausschauen mit die Hahnen!«

Tag um Tag verging. Graf Egge erschien nicht in der Dippelhütte.

Während er mit dem Bund um die Augen in der verdunkelten Kruckenstube saß, dachte er wohl in Zorn und Ungeduld an seine Auerhähne. Aber der »Leinwandriegel«, der ihn am Bergsteigen hinderte, hatte dauerhaften Halt. An jedem Morgen empfing Graf Egge den Doktor mit einem Ungewitter. Diesem maßlosen Zorn gegenüber verhielt sich der alte Arzt sehr wortkarg und hatte nur immer den einen Trost: »Geduld, liebe Erlaucht! Geduld!« Zuerst mit scheuem Zögern, dann immer eindringlicher machte der Doktor den Vorschlag, einen Spezialisten aus München zum Konsilium zu berufen.

»Unsinn!« murrte Graf Egge. »Lassen Sie mich mit dem städtischen Quacksalber in Ruhe! Ich habe Vertrauen zu Ihnen. Sie werden mir meine Lichter schon wieder sauber putzen.«

Eine ähnliche Abfertigung wurde Fritz zuteil, als er fragte: »Soll man nicht der gnädigen Konteß von Erlauchts Unpäßlichkeit Mitteilung machen?«

»Daß du dich nicht unterstehst!« lautete die Antwort. »Die arme Geiß soll die schöne Zeit da drunten ungestört genießen, damit sie mir gesund an Leib und Seele nach Hubertus heimkehrt! Sonst braucht sich niemand um mich zu kümmern. Wenn du die Frechheit hast, eine Zeile nach München zu schreiben, werf' ich dich aus dem Haus.«

Die Pflege des Kranken hatte der alte Moser übernommen, die »Weibsbilder« vertrug Graf Egge nicht in seiner Nähe. Mit Moser konnte er auch von der Jagd schwatzen, von dem »verwünschten Horst« in der Hangenden Wand und von den Auerhähnen. Diese Gespräche füllten fast den ganzen Tag. Wurde Graf Egge des platonischen Jagens müde, so ließ er sich eines der an der Wand hängenden Gemsgehörne reichen, befühlte die Schale und das gekrümmte Horn mit pedantischer Aufmerksamkeit, maß mit der Handspanne die Länge und Weite der Haken und riet, in welchem Jahr und auf welchem Berg der Bock geschossen wäre. Fast immer traf er das Richtige. Oder er schickte Moser aus der Stube und öffnete, im Lehnstuhl ruhend den eisernen Schrank. Eine Lade um die andere zog er auf, legte die Samttabletten vor sich aus und ließ die tastenden Finger über die Steine gleiten. Bevor er den Schrank nicht geschlossen und den Schlüssel abgezogen hatte, durfte Moser die Stube nicht betreten.

So saß er wieder einmal vor dem offenen Schrank und zählte die Steine. Da hörte er das Geläut der Kirchenglocken, und die Klänge schienen ihn unbehaglich zu berühren.

»Moser!«

Der alte Büchsenspanner erschien.

»Bleib bei der Tür stehen! Ich will nur fragen – wem wird denn da geläutet?«

»A Kindl tragen s' aussi.«

»Wem hat das Kind gehört?«

»Dem Bruckner-Lenzi. Jetzt hat der arm Teufel schon 's zweite verloren. An der Halsbräune. Jaaa, ich sag's allweil: der Hals und d' Augen, dös sind zwei heiklige Sachen. Der Hals bei die Kinder und d' Augen bei uns alte Leut!«

»Rindvieh!« brummte Graf Egge und griff an seine Binde. »Der Bruckner-Lenzi? Von dem du immer sagtest, daß er gegangen wäre?«

»Ja, Herr Graf! Ich hab mich auch net täuscht seinerzeit. Aber jetzt, mein' ich, is er sauber. Jetzt geht er nimmer.«

»So? – Setz' dich wieder hinaus und mach' die Tür zu! Fest, daß ich es höre! – Mich geniert die Zugluft.«

Graf Egge tastete an den Steinen umher und begann zu zählen.

Nach einer Weile verstummte das Geläut.

An diesem Abend wurde in der Schifferschwemme des Seehofes wieder ein »Gsturitrunk« gehalten. Und wieder blieb, während die Gäste laut durcheinander schwatzten, der Bruckner-Lenzi stumm und mit gläsernen Augen hinter der Flasche sitzen. Mali mahnte ihn nicht mehr an den Heimweg. Als zum Ave-Maria geläutet wurde, erhob sie sich wortlos und ging.

Schon wollte sie den stillen Hof des Bruders betreten, als über den Zaun die Stimme der Nachbarin klang: »Mali? Bist du's?«

»Ja, Nachbarin!«

»Geh, komm a bißl eini! 's Netterl verlangt soviel nach dir.«

Kein Wunder, daß Mali erschrak. »Um Gotts willen! 's Kindl wird doch frisch sein?«

»Aber freilich! Schaut aus wie 's Leben! Aber allweil verlangt's nach dir.«

Mali empfand die Anhänglichkeit des Kindes wie einen warmen Trost. Dennoch zögerte sie mit der Antwort. »Ich trau mich net recht, ich könnt vom Halsgift was im Gwand haben.«

»Ich gib dir von mir an Rock und an Janker.«

Diesen Vorschlag nahm Mali an. Und dann saß sie in der Kammer bei dem Kinde, das mit seinen glänzenden Augen aussah, als hätte ihm die Verbannung aus dem Vaterhause so wohl getan wie einem Stadtkind die Sommerfrische.

Es ging auf die neunte Abendstunde, als Mali das Kind in Schlaf gesungen hatte und von der Nachbarin Abschied nahm. Immer wieder drückte sie die Hände des Weibleins. »Tausendmal Vergelts Gott! Meiner Seel, Nachberin, was dem guten Kind z'lieb tan hast, vergiß ich dir meiner Lebtag net!«

»Geh, was redst denn! Mach lieber, daß d' heimkommst! Den Schlaf kannst brauchen!«

»Ja, Nachberin, heut brauch ich d' Ruh. Aber morgen in aller Fruh wird 's Haus aufgwaschen, Türen und Fenster aufgrissen und alles ausgräuchert. Ehnder trag ich 's Kindl net heim. Und unser Herrgott wird mithelfen. Es m u ß doch wieder amal Tag werden bei uns!«

Als Mali den Hof des Bruders betrat, sah sie Lichtschein an den Stubenfenstern.

»Gott sei Dank, er is schon daheim! Da kann er doch kein Rausch net haben.«

Sie bekreuzte sich aus Freude über das gute Anzeichen. Doch als sie die Stubentür öffnete, erschrak sie, daß ihr das Blut wie zu Eis wurde. Der Bauer stand am Tisch, hatte den Hut auf dem Kopf, einen Bergsack hinter den Schultern und wischte mit einem schmutzigen Lappen den Rost von einer alten Büchse.

»Lenzi!«

Er wandte das verwüstete Gesicht. »Der Schnaps will nimmer helfen. Probier ich halt 's ander wieder.«

»Lenzi! Um Gotts willen!« Eine namenlose Angst schrie aus dem erstickten Wort.

Er zuckte die Achseln. »Ich muß für d' Leichenkosten sorgen. Der Doktor tät warten. Der Pfarr pressiert.« Er schleuderte den Lappen in einen Winkel.

Wie eine Verzweifelte stürzte Mali auf ihn zu und umklammerte seinen Arm. »Lenzi! Hat dich denn unser Herrgott g a n z verlassen?«

»Ah na! Er hat sich bsonders um mich kümmert. Fleißig treibt er 's Engelmachen. Respekt!« Heiser lachend schüttelte Bruckner die Schwester von sich ab.

Sie versuchte ihm das Gewehr zu entreißen.

Bruckner lachte. »Tu dich net sorgen! Ich geh dem deinigen net ins Gäu. Ich such mein' alten Spezi wieder auf. Der laßt mit ihm reden, hat er gsagt.« Er stieß die Schwester von sich und riß die Tür auf. Ein rauschender Luftstrom fuhr in die Stube und löschte die Kerze.

»Lenzi!« keuchte das Mädel. Im finsteren Flur, in den der Föhn durch die offene Haustür brauste, holte sie den Bruder ein, klammerte sich an ihn und ließ sich schleifen. »Lenzi! Denk, was deiner armen Resi gschworen hast! Um aller Heiligen willen – Lenzi –« Von der Faust des Bauern zurückgeschleudert, taumelte sie gegen die Wand. Stöhnend raffte sie sich auf, rannte in die Finsternis hinaus und schrie den Namen des Bruders. Der rauschende Föhn verschlang den gellenden Laut.

Hinter eine Hecke geduckt, mit der Büchse in der Hand, eilte Bruckner über die Wiesen, erreichte den Steg, der die Seebachklamm überbrückte, und gewann den Wald. Im schwarzen Schatten der Bäume schöpfe er Atem und lud das Gewehr. Dann stieg er bergwärts durch die Finsternis.

Je höher er kam, desto schwächer wurde das Wehen, das durch die Wipfel ging. Zwei Stunden war er gestiegen, als er mitten im Hochwald eine Blöße erreichte. Es war eine Kohlenstätte. Drei Meiler dampften, und vor einer Rindenhütte lag ein Gluthaufen, der die Stätte mit rotem Schein überstrahlte. Bruckner lehnte die Büchse an einen Stamm, ging auf den Meiler zu, griff mit beiden Händen in den auf der Erde liegenden Kohlenstaub und schwärzte das Gesicht. Dann stieg er weiter.

Es ging auf die zweite Morgenstunde, als er das Steinfeld erreichte, in dessen Mitte, wie ein schwarzer Klumpen, die Diensthütte Schippers lag. Roter Herdschein blinkte aus dem kleinen Fenster.

»Schau, zeitlich is er auf! Leicht geht er aufs Hahnverlusen?«

Die aus dem Fenster fallende Helle beleuchtete den Rauch, der über das Schindeldach niederwallte und sich zu Boden schlug – ein Zeichen, daß der Morgen schweren Nebel bringen würde.

Neben dem flackernden Feuer saß Schipper auf dem Herd, schon angekleidet, aber noch mit nackten Füßen. Während der fertige Schmarren in der vom Feuer genommenen Pfanne dampfte, überwachte der Jäger die blecherne Kaffeemaschine, aus der sich ein dünnes Rieseln vernehmen ließ; als es verstummte, erhob sich Schipper, streckte gähnend die Arme, nahm eine irdene Schale vom Geschirrahmen und füllte sie mit schwarzem Kaffee. Nun setzte er sich, schlug die Beine übereinander, blies die rauchende Brühe und kostete.

Da wurde, ohne daß sich ein Schritt vor der Hütte hatte hören lassen, die Tür aufgestoßen, und auf der Schwelle stand eine Mannsgestalt mit geschwärztem Gesicht, die Büchse in der Hand. Im ersten Schreck ließ Schipper die Blechschale fallen, daß ihm die heiße Brühe die Lederhose übergoß. Und sein graues Gesicht wurde so weiß wie Kalk.

Langsam näherte sich der Wildschütz und sagte mit lachendem Hohn: »Wenn's jetzt an andere wär als ich? Der hätt dir bei deiner Kuraschi den Vortl gschwind abgwonnen.«

Von seinem Schreck sich erholend, riß Schipper die Augen auf. »Aaah! Da schau! Der Lenzi!« Er hob die Blechschale von der Erde. »Schad um mein' Kaffee!« Trotz der Ruhe, mit der er diese Bemerkung machte, schien er sich doch nicht sonderlich behaglich zu fühlen. »Magst mithalten? Grad hab ich kocht.«

Bruckner stand wortlos und hing mit heiß funkelnden Augen an dem Jäger.

Der fuhr mit dem Löffel in die Pfanne. »Was stehst denn wie der Hackstock? An was denkst denn?«

»An alles, was ich d i r verdank! Und wieder frag ich mich, wie schon hundertmal: ob ich denn alles, was mich druckt, mit R e c h t am Buckl trag?«

»Mach's wie ich! Nimm's leichter!«

»Ob ich 's Recht net h ä t t dazu?« Bruckner streckte sich. »Zwei Büchsen haben kracht, zwei Kugeln sind gflogen am selbigen Johannistag. E i n e bloß hat troffen. Ob's die deinig war? Oder die meinig?«

»Troffen hat ihn d u ! « erklärte Schipper mit Seelenruhe, während ihm der Schmarren, an dem er kaute, zwischen den Zähnen krachte. »Mir is der Schuß in d' Luft auffigfahren. Da kann ich schwören drauf. Dös hab ich auch deiner Schwester gsagt, wie s' mich im

Herbst mit ihrem Bsuch beehrt hat.« Ein häßliches Lächeln verzerrte seine grauen Lippen. »Lenzi, dös war a dumms Stückl, daß deiner Schwester alles verzählt hast. Die macht dir Unglegenheiten. Wie sich 's Madl für'n Franzl ins Zeug glegt hat! Ui jegerl! Und ich wär noch der gute Kerl gwesen und hätt's gheirat – daß die dumme Gschicht in der Familli bleibt.« Schipper griff fleißig in die Pfanne. »Aber lassen wir die alten Gschichten! Reden wir lieber vom Allerneuesten.« Er deutete mit dem Löffel auf Bruckners Büchse. »Is dös noch allweil die alte Spritzen?« Er lachte. »Hat's dich wieder grissen? Mußt dir Geld machen?«

Der Bauer atmete schwer. »Könnt schon sein, daß ich Geld brauch. Der Wasen im Kirchhof hat sein Preis.«

»Ah ja, richtig, ich hab ghört, was für a Kreuz mit deine Kinder hast.« Schipper wischte mit dem Ärmel den Mund ab. »Ja, so was is traurig!«

Diese Äußerung des Mitleids wirkte auf Bruckner, als hätte ihn ein Peitschenhieb ins Gesicht getroffen. Mit grober Faust packte er die Schulter des Jägers. Dann wandte er sich ab, spie in das Feuer und ging zur Tür.

Schmunzelnd sah Schipper ihm nach.

Bruckner faßte die Klinke und drehte das schwarze Gesicht. »Daß ich mir Geld mach mit d e i n e r Hilf? Ah na! Ich hab zwei Küh im Stall und hab noch allweil a Hemmed am Leib! Hörst an Schuß in der Fruh, so kannst suchen untertags. 's Wildbret laß ich dir liegen. Es hat mich heut in der Nacht aus'm Haus trieben, weil ich was haben muß fürs Blut. Wie Feuer hab ich's in mir. Und kühl muß ich's machen. Drum rat ich dir im guten: Steig mir net nach! Du!« Dem Bauer brach die Stimme mit heiserm Laut.

»Aber Lenzi! Geh, geh, geh! Du hast z'viel Vaterunser gnottelt in die letzten Täg. So was macht ein' wirblet!«

Bruckner antwortete nicht gleich. »Ja! Kunnt schon wahr sein! Hast d u noch a richtigs Vaterunser, so bet, Schipper, daß mir 's Netterl bleibt! Müßt ich 's letzte auch noch verlieren, so weiß ich, was ich tu. Da mach ich saubern Tisch in mir, und geh zum Gricht. Den Weg mach ich net allein.« Der Bauer öffnete die Tür. Rauschend flackerte das Herdfeuer. »Bet, Schipper, daß mich 's Netterl anlacht, wann ich heimkomm aus 'm Berg!«

Der Jäger saß auf dem Herd, als wäre ein Sturz eiskalten Wassers über ihn niedergegangen. Als vor der Hütte der schwere Tritt verhallte, sprang Schipper auf und lauschte in die Nacht hinaus. Mit beiden Händen griff er an seinen Kopf und kehrte zum Herd zurück. Es zuckte und wühlte in seinem Gesicht. Nun stülpte er den Hut über den grauen Kopf, stopfte mit zitternden Händen die Bergschuhe in den Rucksack und nahm die Büchse. Scheit um Scheit warf er in die Herdflamme und öffnete die Tür. Der Feuerschein sollte hinausleuchten über das Steinfeld und den anderen glauben machen, daß die Hütte nicht verlassen stünde.

Dicht an den Pfosten gedrückt – damit sein Schatten in der auf dem Steinfeld liegenden Feuerhelle nicht bemerkbar würde – schlich Schipper zur Tür hinaus und huschte, jeden Felsblock als Deckung nützend, durch die lautlose Nacht einer tiefer liegenden Mulde zu. Im Schutz der Bodensenke rannte er dem Latschental entgegen, das zur Hangenden Wand führte. Als er die Felswand erreichte, warf er sich zu Boden, um Atem zu schöpfen und die Schuhe anzulegen. Es war die Stelle, an der Graf Egge die Leiter hatte aufziehen lassen; unsichtbar und still hing der Horst in der finsteren Höhe; der Wind, der mit leisem Geraschel über die Felsen niederstrich, hatte matten Aasgeruch.

Schipper nahm die Büchse in die Hand und begann wieder zu rennen; nun brauchte er den Hall seiner Schritte nimmer zu scheuen.

Am östlichen Himmel wollten schon die Sterne erlöschen, als er das Latschenfeld vor der Dippelhütte erreichte. Er sah das rot leuchtende Fensterchen der Herdstube und atmete auf. »Gott sei Dank!«

Da erlosch die Fensterhelle, und in der stillen Nacht klang das leise Geräusch der Hüttentür, die geöffnet und wieder geschlossen wurde. Franzl wollte zu den Balzplätzen der Spielhähne hinaufsteigen. Jetzt sah er zwischen dem finsteren Gezweig die schwarze Gestalt vor sich auftauchen. »Halt!« Mit jähem Ruck hatte Franzl die Büchse an die Wange gerissen. »Wer bist?«

»Öha! Langsam!« Schipper lachte heiser. »Schnell bist fertig mit der Büchs!«

461

Franzl ließ die Waffe sinken. »Unsereiner muß auf der Hut sein!« Das klang nicht freundlich. »Was suchst denn d u in meim Bezirk? Und was schnaufst denn so?«

»Grennt bin ich wie der Teufel. Heut gibt's Arbeit. Ich hab zwei Lumpen in meim Revier.«

Franzl bohrte den Blick in das vom Dunkel verschleierte Gesicht des anderen. Die Sache wollte ihm nicht einleuchten – weil er selbst in einem solchen Fall nicht um Hilfe gerannt wäre.

»Aber Mensch! Hast denn net verstanden? Zwei Lumpen hab ich im Revier!«

Franzl warf die Büchse hinter den Rücken und nahm die Richtung gegen die Hangende Wand. Schipper hielt sich wortlos hinter ihm. Der Himmel wurde bleich; halb verhüllte ihn der schwere Nebel, der aus allen Gründen rauchte, um zu kreisendem Gewölk ineinanderzufließen. Und Gedanken, so grau wie der Nebel, wirbelten durch Franzls Kopf. Immer stand ihm das Gesicht Patscheiders vor den Augen. Und immer flüsterte eine Mädchenstimme: »Nimm dich vor'm Schipper in acht!«

Da lachte der andere. »Ein merkwürdiger Jager bist. Fragt mit keiner Silben, wo ich d' Lumpen gmerkt hab!«

»Was ich wissen muß, wirst mir schon sagen.«

»Um eins in der Fruh bin ich fort, weil ich am Schneelahner den Spielhahn gern verlust hätt. Wie ich auffisteig über d' Lahneralm und komm zur Sennhütten, merk ich Licht hinterm Fensterladen, schleich mich auf d' Hütten zu und guck durch d' Ladenklums in d' Almstuben eini. Was sagst! Sitzen zwei so gottverfluchte Lumpen drin, jeder mit der Büchs über die Knie! Einer a bißl junger, und der ander a Mordstrumm Lackel mit kohlschwarzem Bart, a bißl angrawelet. Und da hocken s' am Fuier und reden in aller Gmütlichkeit den Pirschgang übern Schneelahner aus!«

»Und da bist davongrennt?« Alle Gedanken der letzten Minuten waren in Franzl ausgelöscht, und nur noch der Jäger war in ihm lebendig. »Statt daß die Büchs in d' Hand nimmst und einispringst zur Tür! Die hättst alle zwei im Sack ghabt.«

»Mit 'm Maul is bald einer gfangt. Und daß ich d' Wahrheit sag – ich hab die zwei was reden hören. Und da war mein einzigs Denken: da mußt den Franzl holen! Meiner Seel, ich trau mir's gar net sagen –«

Franzl blieb wie angewurzelt stehen. Seine Lippen bewegten sich ohne Laut. Was hatte er? Furcht war ihm fremd. Dennoch schnürte ihm jetzt ein beklemmendes Gefühl den Hals zusammen.

»Was ich dir sagen muß, is hart für dich.« Das klang wie kameradschaftliches Erbarmen. »Aber es muß sein!« Unter Schippers Hutrand funkelten die Augen. »Wie ich so einilus in d' Hütten, hör ich, wie der jüngere meint: ob net hinter der Dippelhütten der bessere Pirschgang wär? Da beutelt der ander den Kopf und sagt kein Wörtl und schaut ins Fuier eini. Und der jünger lacht so gspaßig, stupft den andern mit'm Ellbogen an und sagt: ›Gelt, du, dem Franzl gehst lieber aus'm Weg – der Alte u n d der Junge – so was wär a bißl z'viel auf e i n Gwissen auffi!‹«

Mit ersticktem Laut riß Franzl die Büchse von der Schulter, stürzte auf Schipper zu und faßte ihn an der Brust. »Auf Ehr und Seligkeit, Schipper? Is dös wahr?«

»Auf Ehr und Seligkeit!«

Da löste sich Franzls Faust von der Brust des anderen. »Jetzt sag ich dir Vergelts Gott, daß d' mich gholt hast! Komm!«

Schipper blieb noch ein paar Augenblicke stehen; ein Frösteln, das ihn plötzlich befiel, zog ihm den Kopf in den Nacken.

Sie sprachen kein Wort mehr. Als sie mit schweißüberronnenen Gesichtern aus dem Latschental hervortraten, lag der Nebel so dicht, daß sie im Schutze des grauen Schleiers ungedeckt gegen die Höhe steigen konnten; sie hatten die Schuhe abgelegt und sprangen mit nackten Füßen. Kaum auf dreißig Schritt vermochten sie zu sehen. Doch immer näher klang, wie ein wegweisender Ruf, vom Grat des Schneelahners der lustige Balzgesang des Spielhahns.

Da fiel in der von Dunst umwobenen Höhe ein Schuß, dessen Echo im Nebel erstickte. Der Spielhahn schwieg.

»Dem Hahn hat's gegolten!« zischelte Schipper. »Franzl, jetzt ghört er uns!« In seinem gierigen Eifer merkte Schipper nicht, daß er nur von e i n e m sprach. »Jetzt m u ß er uns in d' Händ laufen! Nimm du die linke Seit, Franzl, ich nimm die rechte. So haben wir ihn in der Mitt! Und sei gscheit, Franzl! Wenn's drauf ankommt, wart net lang! Lieber der ander als du!«

Franzl antwortete nicht; sein brennender Blick bohrte sich in den grauen Dunst, der die Höhe verschleiert hielt. Sich zur Linken wendend, stieg er lautlos in die Felsen ein.

Schipper huschte nach der anderen Seite. Als er um die Ecke war, öffnete er die Büchse, zog die beiden Patronen hervor, musterte sie genau und schob sie wieder in den Doppellauf. »Für alle Fäll! Ich will mei' Ruh haben!«

Auch Franzl hatte, als er den Einstieg des Wechsels erreichte, den Schritt verhalten, um seinen Atem zur Ruhe kommen zu lassen. Dabei nahm er den Hut ab und drückte ihn an die Brust. Er wußte, daß der Weg, den er betrat, ein Gang auf Leben und Tod war.

Ein Windstoß fuhr über das Gehänge herunter und jagte die Nebelfetzen, während die Dämmerung der Frühe sich in hellen Tag zu verwandeln begann.

## 18

Immer schärfer zog der Morgenwind über die Berge gegen das Seetal. Immer dichter trieb er die Nebel zusammen und ballte sie zu schweren Wolken, die sich von den Almen gegen die Wälder senkten. Schwerfällig lösten sie sich aus den Wipfeln, schwammen über das Tal und schlossen sich über ihm zu einer grauen Decke.

Im Seedorf regte sich noch kaum das Geräusch des erwachenden Tages.

Vor dem Brucknerhause saß Mali auf der Bank mit übernächtigem, von Angst entstelltem Gesicht, den Kopf an die Mauer gelehnt, die Hände wie gebrochen im Schoß.

Ihre Sinne schienen taub für das Leben, das sich immer lauter in den Nachbarhäusern regte; doch jeden Bauer, der hinter den Hecken auftauchte, verschlang ihr Blick mit banger Erwartung.

Jetzt kam der Doktor Eisler mit zwei fremden Herren über die Straße her; ihnen folgte ein Diener, der eine mit Leder bezogene Kassette trug. Sie gingen am Brucknerhaus vorüber und nahmen den Weg nach Schloß Hubertus. In der Ulmenallee blieben sie eine Weile vor dem Käfig stehen, in dem die vier Adler unruhig von einer Stange zur anderen hüpften.

Fritz, der von dem Besuche schon zu wissen schien, empfing die Gäste auf der Veranda, flüsterte mit dem Dorfarzt und führte die Herren ins Billardzimmer.

Doktor Eisler ging allein zur Kruckenstube. Vor der Tür zögerte er. Dann drückte er die Klinke nieder.

Nur ein mattes Zwielicht fiel, während die Tür sich öffnete und wieder schloß, in die verfinsterte Stube. Moser erhob sich von seinem Sessel, und Graf Egge bewegte sich im Lehnstuhl.

»Doktor? Sie?«

»Ja, Erlaucht! Guten Morgen!«

»Na also! Endlich!« Graf Egge wollte sich aufrichten, ließ sich aber wieder auf die Kissen zurücksinken, die seinen Rücken stützten. »Es geht aufwärts, Doktor! Jede Spur von Schmerz ist wie weggeblasen. Jetzt machen Sie aber vorwärts, daß ich bald hinaufkomme. Die Auerhähne sind versäumt, ich muß mich heuer mit den Spielhähnen begnügen! – Verwünschtes Nest!«

Der Arzt hatte dem Büchsenspanner ein paar Worte zugeflüstert und ging, während Moser auf den Zehen zum Fenster schlich, auf Graf Egge zu. »Der Schmerz hat also nachgelassen?«

»Er ist weg, vollständig!«

»Das wird die Untersuchung sehr erleichtern. Und um mit der Tür gleich ins Haus zu fallen – gestern abend bekam ich unerwartet den Besuch zweier Kollegen. Es wäre mir lieb, wenn Erlaucht gestatten wollten, daß ich meine Freunde zur Untersuchung beiziehe.«

Graf Egge wurde unruhig. Dann sagte er trocken: »Reden wir ehrlich miteinander! Zwei so alte Hasen wie wir brauchen sich keine Kindereien vorzumachen. Diese sogenannten Freunde? Da ist wohl ihr Münchener Wundertier dabei, von dem sie neulich sprachen? Sie haben da ein bißchen auf eigene Faust bestellt? Stimmt das?«

»Ja, Erlaucht! Zu Ihrem Besten, wie ich hoffe,« die Stimme des Doktors schwankte, »und zu meiner Beruhigung!«

»Na also! Auch d a s noch! Ich beginne mürb zu werden. Wenn Ihre zwei Kathederbonzen dazu beitragen, mich flinker aus dem langweiligen Blindekuhspielen zu erlösen, will ich ihnen dankbar sein. In Gottes Namen, man soll sie holen lassen!«

»Die Herren befinden sich bereits im Schloß.«

»Hui!« Graf Egge lachte müd. »Das klappt wie der Montag auf den Sonntag. Also her mit ihnen. Hoffentlich braucht die Geschichte keine weiteren Vorbereitungen?«

»Erlaucht können im Lehnstuhl bleiben, ich werde nur die Binde abnehmen.«

Geräuschlos hatte Moser während dieses Gespräches die Bretterverschalung von der Fensternische entfernt, den dicken Teppich beseitigt, mit dem die Scheiben verhängt waren, und die Läden geöffnet.

Hell brach der Tag in die Stube und umflutete mit seinem Licht den Kranken, der regungslos im Lehnstuhl ruhte, während der Arzt ihm die Binde löste.

Graf Egges Rücken war gekrümmt, seine Gestalt in sich versunken, Haar und Bart wirr durcheinandergezaust. Die gefurchten Züge hatten eine welke, gelbliche Farbe; über die halbe Stirn und die Hälfte der Wangen zog sich, soweit der Verband das Gesicht bedeckt hatte, ein bläulichweißer Streif.

Als die Binde fiel, bewegte Graf Egge blinzelnd die noch etwas geröteten, leicht verschwollenen Lider; dann hob er langsam die Hände, strich mit den Fingern über die Augen und atmete auf. »Endlich!«

Doktor Eisler fragte hastig: »Haben Sie einen Schimmer vor dem Blick? Können Sie sehen, Erlaucht?«

»Aber Menschenkind!« Graf Egge drehte das Gesicht hin und her; dabei blieben die Augen unbewegt – sie waren trocken, ohne Glanz und grau umflort. »Wie soll ich denn sehen können in dieser ägyptischen Finsternis? Machen Sie doch erst die Fenster hell!«

Moser stand wie versteinert vor Entsetzen. Und Doktor Eisler sagte mit gepreßter Stimme: »Wenn Erlaucht gestatten, werde ich die Kollegen rufen.« Er verließ die Stube.

Graf Egge hörte die Tür gehen. »Das ist komisch!« murmelte er, während er das Gesicht mit den starren Augen nach allen Seiten drehte. »Wie hat er denn das gemacht? Mit der Tür? Oder habt ihr den Flur da draußen a u c h verhängt? – Moser! So nimm doch endlich das schwarze Zeug vom Fenster weg!«

Dem Alten kugelten die Tränen über den Schnurrbart.

Graf Egge wurde ungeduldig. »Das Fenster auf! Die Quacksalber können mich doch nicht in der Finsternis untersuchen. Mach' das Fenster hell!«

»Aber ich bitt, Herr Graf,« stammelte Moser, »ich hab ja d' Läden schon lang aufgmacht, es ist ja hellichter Tag in der Stub!«

»Du bist wohl verrückt?« lallte Graf Egge tonlos. »Oder betrunken?« Mit zitternden Fingern fühlte er an seine Augen. »Das ist doch Unsinn! – Das ist doch Unsinn!« Ein dutzendmal wiederholte er dieses Wort. Da hörte er Schritte im Flur und gedämpftes Gespräch; die Züge vor Erregung wie gelähmt, wandte er die Augen nach der Richtung dieses Geräusches. Er vernahm, daß die Tür geöffnet wurde – und mit grauenhaftem Schreck zuckte es über sein Gesicht.

Kaum hatte Doktor Eisler die Namen der beiden Herren genannt, als Graf Egge heiser fragte: »Sagen Sie mir bitte, Sie sind doch durch die Tür hereingetreten? Da muß doch Licht in die Stube gefallen sein? Und das Kamel hinter meinem Sessel behauptet, das Fenster wäre hell? Ist das wahr?«

Man suchte ihn zu beruhigen. Aus den freundlichen Worten hörte er als Antwort auf seine Frage das Ja heraus.

»Wahr!« Keuchend sprang er auf, krampfte die Hände in seine Brust und schrie mit der Qual eines Gemarterten: »Ich sehe nichts! Ich sehe nichts!« Er taumelte. Vier Hände griffen nach ihm. Zitternd an allen Gliedern, fiel er in den Stuhl zurück.

Er sprach kein Wort mehr; schwer atmend saß er zwischen den Kissen und ließ alles mit sich geschehen; er netzte nur manchmal mit der Zunge die heißen, ausgetrockneten Lippen, und immer wieder rann ihm ein heftiges Zittern durch die Hände, die auf den Armlehnen des Sessels lagen.

Über eine Stunde währte die Untersuchung. Man wollte das grausame Votum in schonende Worte kleiden. Graf Egge schnitt alle tröstenden Umschweife mit der scharfen Frage ab: »Wollen Sie mir kurz die Wahrheit sagen? – Blind?«

»Blind!«

»Und keine Rettung mehr?«

»Keine!«

Graf Egges Arme streckten sich, und langsam schlossen sich die Fäuste. Dann fragte er: »Wäre eine Heilung möglich gewesen, wenn ich früher der Berufung eines Konsiliums zugestimmt hätte?«

»Nein, Herr Graf! Unser Collega stand, als er Ihre Behandlung übernahm, bereits einem vollendeten Prozeß gegenüber. Die mit gärenden Aasteilchen vermischten Exkremente der Raubvögel enthielten eine ätzende Säure, die innerhalb weniger Stunden die Augen zerstört haben muß.«

»Ist noch weitere Behandlung nötig?«

»Nein, Herr Graf! Die Entzündung der Lider ist zurückgegangen. Etwas anderes war nicht zu erreichen.«

»Moser! Stütze mich!« Graf Egge richtete sich auf und verneigte sich. »Ich danke den Herren! Mein Hausarzt wird alles weitere ordnen!« Er streckte die zitternde Hand. »Ich danke Ihnen!«

Wortlos empfing er die Händedrücke der Herren und blieb aufrecht stehen, bis er hörte, daß die Tür geschlossen wurde; dann fiel er stöhnend in den Sessel zurück und schlug die Hände vor das Gesicht.

Moser stand hinter dem Lehnstuhl und wagte sich nicht zu rühren.

Vom Dorfe scholl das Geläut der Glocken. Graf Egge ließ schwer die Hände fallen. »Warum läutet man?«

»Die Kirch muß aus sein. Man läutet zum Wettersegen.«

»Also Morgen? Und draußen scheint die Sonne?«

»Nein, Herr Graf! Der Tag is trüb, alles hängt voll Wolken.« Dem Alten versagte die Stimme. »Es wird bald schütten, mein' ich.«

Wieder Stille in der Stube. Nur die fernen Glocken sangen.

Plötzlich hob Graf Egge das Gesicht und stammelte: »Moser! Reiß mich am Bart!«

»Aber um Gotts willen, Herr Graf –«

»Tu es!« befahl Graf Egge mit gereizter Schärfe.

Moser gehorchte.

»Richtig! Ich spür' es. Alles ist wahr. Ich wache. Und vor meinen Augen bleibt's schwarz. Moser! Moser!« Das klang wie Schluchzen; doch keine Träne netzte die starren, glanzlosen Augen. »Moser! Meine Lichter sind hin! Jetzt hat's ein Ende mit der Jagd!«

Da war es auch mit Mosers Selbstbeherrschung vorüber. »Mar' und Joseph! Mar' und Joseph! So an Unglück!«

»Was tu ich jetzt? Wofür leb' ich noch? Ich soll keinen Berg mehr sehen? Keinen Wald und keinen Baum! Keinen Hirsch in der Brunft! Keinen Gamsbock im Gewänd! Keinen balzenden Hahn auf seinem Ast, wenn er den schönen Morgen ansingt, und wenn ihm die Rosen leuchten! Nichts mehr! Nichts, Moser! Daran sterb' ich!

Das ertrag' ich keine Woche. Keinen Tag! Lieber eine Kugel in den Kopf!« Graf Egge wankte keuchend gegen die Mauer und tastete mit den Händen.

Stotternd suchte Moser ihn zu beruhigen und zog ihn wieder auf den Lehnstuhl zurück.

Mit gebeugtem Rücken, zitternd an allen Gliedern, saß Graf Egge zwischen den Kissen und bohrte die Nägel in das mürbe Leder der Armlehne. Mühsam atmend, mit erloschener Stimme, begann er zu sprechen: »Alles schwarz vor den Augen! Und das immer so! Einen Tag um den andern! Das vermag ich nicht auszudenken. Es ist unmöglich! Es m u ß noch Hilfe geben! Es m u ß ! Die gelehrten Pfuscher haben in hundert Fällen schon einen Menschen aufgegeben. Und dann hat ihm ein Hausmittel geholfen, ein altes Weib. Moser! Moser! Es muß auch für mich noch eine Hilfe geben! Ich will meinen Engel haben, wie der alte Tobias! Moser!« Mit beiden Händen umklammerte Graf Egge den Arm des Büchsenspanners. »Moser! Da fällt mir was ein! Bei Schloß Eggeberg – mein ganzes Leben hab' ich an den Menschen nimmer gedacht, und jetzt auf einmal weiß ich seinen Namen – Haneeter hat er geheißen – und ich seh' ihn vor mir, ganz deutlich, mit dem blauen Kittel und der langen Schippe. Moser! Bei Schloß Eggeberg hat in meiner Jugend ein Schäfer gelebt. Der war berühmt in der ganzen Gegend. Der hatte für alles ein Mittel!« Lallend schlug er die Hände ineinander und hob das Gesicht mit den starren Augen gegen die Stubendecke. »Herrgott im Himmel, gib mir, daß mein Haneeter noch lebt!« Wieder tappte er nach dem Arm des Büchsenspanners. »Moser! Man muß hinaufschicken zur Hütte. Schipper soll kommen. Nein! Der nicht! Der hat den verfluchten Horst gefunden. Und damals im Herbst den abnormen Bock! Der hat meine Augen auf dem Gewissen. Und meinen lieben Buben! – Nein! – Den Hornegger laß kommen! Meinen braven Franzl! Der soll mir den Haneeter herschaffen. Auf den Franzl kann ich mich verlassen. Der spart noch am Reisegeld und läuft sich für mich die Füße krumm. Er soll nach Eggeberg fahren. Er soll mir den Haneeter schaffen – oder einen anderen, der mir hilft! Hörst du, Moser?«

»Ja, Herr Graf, ja, ja!«

»Der Franzl, das weiß ich, der Franzl findet einen, der mir helfen kann! Sieh nur, Moser, ich bin bescheiden, ich verlange nicht das g a n z e Licht meiner Augen wieder! Nur auf fünfzig Schritt will ich sehen können, nur auf hundert, nur so weit, als die Kugel trägt! Ich lebe nimmer, wenn ich nicht jagen kann! Ich lebe nimmer –«

Mit zuckenden Händen griff er in seinen Bart, zerrte und wühlte an seiner Brust und versank immer tiefer in die Kissen. Der Schweiß, der ihm aus der Stirn gebrochen war, sickerte ihm über die starren Augen.

»Moser! Das Fenster auf! Ich brauche Luft!«

Als die Scheiben klirrten und der frische Hauch des Morgens in die Stube strich, atmete Graf Egge tief; dann saß er still, mit brütenden Gedanken unter der gefurchten Stirn, manchmal in raunendem Selbstgespräch die trockenen Lippen bewegend.

Ein gellender Vogelschrei klang durch die Bäume her.

Graf Egge hob das Gesicht; ein irres Lächeln glitt um seine welken Lippen, und die schlaffen Züge spannten sich. Klatschend schlug er die Hände auf die Armlehnen, stemmte sich mit jähem Ruck aus dem Sessel und rief: »Moser! Wir halten Jagd. Bring' mir die Büchse!«

Der Alte schlug vor Schreck die Hände über dem Kopf zusammen. »Aber um Gotts willen! Herr Graf! Wo denken S' denn hin?«

»Bring' mir die Büchse! Ich will vor der langen Nacht meine letzte Jagd noch haben. A d l e r j a g d !« In bebender Erregung schrie er das Wort vor sich hin. »Dieser verwünschten Brut hab' ich mein Unglück zu verdanken! Ich will nicht, daß sie mir Tag um Tag ihren Spott in die Ohren schreien, während ich mit blinden Augen sitze. Sie sollen nicht leben in meiner Nähe – diesen Tag nicht überleben! Meine Augen sind hin. Aber man schießt nicht mit den Augen allein, ich habe noch meine Hand. Bring' mir die Büchse! Die Büchse!«

Dem maßlosen Ausbruch gegenüber wagte Moser keine Widerrede; bestürzt den Kopf schüttelnd, eilte er davon und brachte das Gewehr und die Ledertasche mit den Patronen. Als ihn Graf Egge in die Stube zurückkehren hörte, streckte er schon die Arme; es zuckte in seinem Gesicht, während er die Hände um Schaft und Lauf der Büchse klammerte.

»Herr Graf!« stotterte Moser in ratloser Sorge. »Ich bitt Ihnen ums Himmelswillen, nehmen S' doch Vernunft an!«

»Führe mich!« befahl Graf Egge. »Und Fritz soll den Sessel zum Käfig tragen, nach der Straßenseite, damit die Kugeln gegen die Berge fliegen, nicht ins Dorf. Vorwärts! Führe mich!«

Fritz, der im Flur von Moser schon gehört hatte, auf welchen »Einfall« der »arme blinde Narr« geraten wäre, erschien auf der Schwelle. Sie machten einen Versuch, ihrem Herrn diese »Jagd« noch in Güte auszureden. An Graf Egges Schläfen begannen die Adern zu schwellen – und da taten sie ihm den Willen.

Langsam führte Moser seinen Herrn durch den Flur, über die Veranda, an der plätschernden Fontäne vorüber.

In der Ulmenallee, zwischen Käfig und Parktor, wartete der Sessel. Graf Egge ließ sich nieder und legte die Büchse über den Schoß.

»Moser? Hab' ich hier freien Ausschuß bis zu den Adlern?«

»Ja, Herr Graf!«

»Hängt kein Ast in die Schußbahn?«

»Nein, Herr Graf!«

»Wie weit?«

»Gute hundert Schritt!«

Graf Egge nickte. Stell dich hinter mich und hilf mir zielen. Er suchte die Patronen, die ihm Moser in die Joppentasche gesteckt hatte, und lud die Büchse. Das alles tat er stumm, mit jenen bedächtigen, zögernden Bewegungen, wie sie den Blinden eigen sind. Dabei glühte die Erregung auf seinem zerfallenen Gesicht.

Seitwärts zwischen den Bäumen stand Fritz mit der Beschließerin und der Köchin; die Leute waren blaß und verstört, flüsterten miteinander und redeten durch Zeichen mit Moser, in dem der Zorn und das Mitleid miteinander rauften; bei allem Erbarmen, das er mit seinem Herrn empfand, ging ihm doch die »Jagd«, zu welcher er da helfen mußt, wider das alte Jägerherz.

Atem schöpfend hob Graf Egge die Büchse und preßte den Kolben an die Wange. »Hab' ich die Richtung?«

»Mehr nach rechts, Herr Graf!« Moser visierte über die Schultern seines Herrn. »A bißl höher! Noch a bißl! Jetzt, mein' ich, könnt's recht sein.«

Der Schuß krachte. Sich vorbeugend, lauschte Graf Egge.

Die Adler saßen ruhig auf ihrer Stange und streckten nur die Hälse.

»Z' kurz haben S' gschossen!«

Der zweite Schuß ging über die Köpfe der Vögel weg. Der dritte traf. Ein Adler stürzte von der Stange und wälzte sich mit schlagenden Schwingen auf dem Boden des Käfigs. Als Graf Egge das Geflatter hörte, lachte er heiser. »Liegt einer?«

Moser schwieg.

Immer rascher folgten die Schüsse, immer heißer brannte Graf Egges Gesicht, und rote Äderchen erschienen im glanzlosen Weiß seiner starren Augäpfel. Rasselnd ging sein Atem, und immer unsicherer hielt er die Büchse. Noch einundzwanzig Kugeln mußte er durch das Gitter jagen, bis es im Käfig still wurde.

»Fertig?«

»Ja, Herr Graf! Und Gott sei Dank, daß alles vorbei is!« murrte Moser. »Jetzt muß ich's ehrlich raussagen: dös is a Stückl Arbeit gwesen, bei dem mir graust hat!«

Langsam nahm Graf Egge die leeren Patronen der beiden letzten Schüsse aus der Büchse, klappte den Lauf wieder zu und stellte die Waffe zwischen die Knie. »Ich will die Strecke sehen. Bring' mir die Adler und gib mir einen nach dem andern in die Hand.«

Moser ging zum Käfig, und weil er den Schlüssel nicht zur Hand hatte, drückte er mit der Schulter das Türchen des Käfigs ein. Er hatte an den vier riesigen Vögeln schwer zu schleppen; einer der Adler bewegte noch matt die Zunge im offenen Schnabel, während sein Kopf und die Schwingen auf der Erde schleiften; hinter Mosers Schritten blieb eine rote Fährte.

Graf Egge verzog den Mund, als ihm Moser den ersten Adler reichte. »Sie riechen wie das verwünschte Nest da droben!« Seine Erschöpfung gewaltsam überwindend, wog er den Vogel mit freier Hand und nannte die Zahl der Pfunde, auf die er ihn schätzte. So tat er beim zweiten und beim dritten. Als er den vierten Adler faßte, regte sich in dem Tier ein letzter Funke der noch nicht völlig erloschenen Lebensgeister; es streckte den hängenden Fuß und krampfte die Klauen ein. Mit leisem Schmerzenslaut schüttelte Graf Egge die Hand und ließ den Adler fallen. »Willst du noch greifen?« Er lächelte müd.

Moser, der die leeren Patronen von der Erde auflas, hatte dieses Vorfalles nicht geachtet. Als er sich aufrichtete, sah er seinen Herrn regungslos im Lehnstuhl sitzen, die zitternden Hände um den Lauf der Büchse gelegt.

Starr waren die umflorten Augen gegen das Gewölk der Berge gerichtet, und die welken Lippen raunten: »Meine letzte Jagd!« Wankend erhob sich Graf Egge. »Moser! Führ' mich ins Haus!«

Während der Büchsenspanner seinen Herrn am linken Arm faßte und ihn Schritt für Schritt gegen die Veranda führte, sickerte an Graf Egges rechter Hand ein roter Tropfen vom Gelenk über den Daumen.

Als sie zur Fontäne kamen, verhielt Graf Egge den Fuß, und in seinem erschöpften Gesicht zeigte sich der Ausdruck eines quälenden Gefühls. »Her du mein Gott im Himmel! Moser! Was mir jetzt einfällt!« Seine Stimme schwankte. »Mein Kind da drunten – die arme liebe Geiß!«

Das Wort hatte einen Klang, daß dem alten Jäger die Zähren in die Augen schossen.

Als sie in die Kruckenstube kamen, mußte Fritz, der den Lehnstuhl brachte, um das Schreibzeug laufen, und Graf Egge diktierte ihm eine Depesche: »Bitte Rückreise anzutreten, bin leidend.« Er besann sich und schüttelte den Kopf. »Nein, nicht so! Das muß ihr Sorge machen. Sie erfährt es noch früh genug. Nimm ein anderes Blatt und schreibe: Komm heim, liebe Geiß, habe Sehnsucht nach Dir!« Er lauschte dem Gekritzel der Feder. »Hast du?«

»Ja, Erlaucht!«

»So schreib es noch zweimal ab. Das eine nach Capri, Hotel Quisisana, das andere nach Sorrent, Hotel Tramontano, das dritte nach Amalfi. Und dann lauf zur Post! Tummel dich, Fritz! Tummel dich!«

Seufzend ließ Graf Egge sich in die Kissen des Lehnstuhls fallen und schloß die geröteten Lider.

Einige Minuten später trat Fritz den Weg in das Dorf an, um die Depeschen aufzugeben. Er fand den Schalter geschlossen und mußte die Telegramme dem Seewirt übergeben, der in Ärger zu schelten begann:

»Was? Der Schalter schon wieder zu? Da hört sich doch alles auf! Es tut kein gut nimmer mit'm Praktikanten! Den Dienst versäumt er, den ganzen Ghalt verjuxt er, im halben Monat laßt er sich Vorschuß geben, und da wird ein Ringerl und Ketterl und Banderl ums ander kauft! Mich geht die Sach nix an. Aber sein Dienst soll er in der Ordnung machen! Und wenn's net anders wird, laß ich an gsalzenen Bericht ans Oberpostamt abmarschieren. Oder ich red mit'm Pointner-Andres, daß er amal an End macht! – Ich laß den Praktikanten gleich suchen, Herr Fritz, daß die Telegrammer fortkommen. Aber sagen S', was macht denn der gnädig Herr Graf? Geht's besser mit'm Gschau?«

Fritz, der aus dem Unglück seines Herrn keine Neuigkeit für das Dorf herausschlagen wollte, zuckte die Achseln und ging davon. Als er die Lände überschritten hatte, gewahrte er auf der Straße vor dem Brucknerhaus eine erregte Menschengruppe. Zwischen wirr durcheinanderschreienden Burschen und Weibern stand ein junger Jäger mit erschöpftem Gesicht. Unter Flüchen suchte er sich aus den Händen loszureißen, die ihn an der Joppe und an den Armen gefaßt hielten. »Herr Fritz! Herr Fritz!« keuchte er, als er den Diener gewahrte. Gewaltsam wand er sich aus dem Knäuel der Leute hervor und schleuderte ein Mädel zurück, das wie eine Verzweifelte an seinem Arm geklammert hing und nicht von ihm lassen wollte.

»Um Gottes willen!« stammelte Fritz. »Was ist denn?«

Der Jäger zog den Diener im Sturmschritt mit sich fort. Da krampften sich wieder zwei Mädchenhände um seinen Arm, und eine tonlose Stimme lallte ein Wort, das unter Tränen erstickte. Der Jäger geriet in Wut. »Was will denn das narrische Weibsbild allweil?« Ein zorniger Schwung seines Armes befreite ihn und machte das Mädel taumeln.

Schreiend kamen die Leute gelaufen, allen voran eine alte Bäuerin. Sie trug das weinende Netterl auf dem Arm und jammerte: »Mali! Aber Mali! Was treibst denn?«

Mali hörte nicht. Sie war in die Knie gebrochen, raffte sich wieder auf, wankte hinter dem Jäger her und streckte die Hände nach ihm.

»Aber so reden Sie doch!« stotterte Fritz. »Was ist denn geschehen?«

»Die Lumpen, die gottverfluchten! Von unsere Jager haben s' ein erschossen! Am Schneelahner droben liegt er, mit der Kugel in der Brust.«

Ein gellender Aufschrei; dann stand das Mädel wie gelähmt, die Augen weit aufgerissen.

»Mali! Jesus Maria!« kreischte die Nachbarin. Und erschrocken umringten die Leute das Mädel, das wie in ausbrechendem Irrsinn mit den Armen nach allen Seiten zu schlagen begann. »Johannistag!« Die schrille Stimme war von Schluchzen zerbrochen. »Johannistag!« Und verfolgt von den kreischenden Weibern und Burschen, die Schultern umringelt von den gelösten Zöpfen, rannte Mali den Weg entlang, der gegen die Berge führte.

Als sie den Wald erreichte, war der schreiende Trupp noch dicht hinter ihr. Doch als der steinige Bergpfad begann, über den sie hinaufrannte, als wäre der steile Weg die ebene Straße, da blieben die anderen immer weiter hinter ihr zurück. Immer schwächer klangen in der Tiefe des Waldes die lärmenden Stimmen, bis sie untergingen im Rauschen des Wildbaches.

Wie ein gehetztes Wild, ringend um jeden Atemzug, eilte Mali durch den Bergwald empor und den Almen zu. Zwischen Schluchzen lallte sie die abgerissenen Worte des Gebetes, mit dem ihre Seele zum Himmel schrie. Sie stürzte, raffte sich wieder auf, trat in ihre Kleider und riß den Rocksaum in Fetzen. Ehe sie zu den Almen kam, geriet sie in den Nebel, der alle Bäume grau verschleierte.

Um das offene Almfeld brodelten die weißen Dämpfe, wie der Rauch um eine Brandstatt wirbelt. Immer heftiger setzte Windstoß um Windstoß ein. Und wenn das Brausen durch die wogenden

Massen des Gewölkes ging, bekam zuweilen das Grau der Höhe einen so verlorenen Schimmer, als wäre irgendwo dort oben das Licht, der schöne Tag.

Ein dumpfes Dröhnen. In den höchsten Wänden hatte sich eine Lawine gelöst, die den letzten Schnee des Winters von den steilen Felsen hinunterwarf in die Schluchten. Und als hätte den kämpfenden Lenz in der Freude seines Sieges die Lust zu jauchzen überkommen, so setzte der Frühlingssturm mit tosendem Rauschen ein, peitschte die grauen Nebel und riß über den Latschenfeldern das treibende Gewölk entzwei. Ein Stück des blauen Himmels erschien, eine leuchtende, von finsteren Wolken umflatterte Felswand, und ihr zu Füßen das Steinfeld mit der Jägerhütte, deren Schindeldach im Glanz der Sonne wie Silber funkelte.

Nur wenige Augenblicke währte das schimmernde Bild. Dann flossen die Wirbel des Gewölkes wieder ineinander. Es rauschte und brauste der Föhn. Und ein erstickter Laut, wie ein kraftloser Schrei um Hilfe, scholl durch die grauen Nebel, die der Wind an der Jägerhütte vorüberpeitschte.

Die Tür der Hütte stand offen, und an der Blockwand lehnte eine Büchse mit kotigem Schaft. In der Herdstube kein Feuerschein, kein Laut.

Hinter der Hütte das Geplätscher des Brunnens. Auf dem hölzernen Trog, über dessen Wand das Wasser niedertroff, saß ein Jäger; sein Gesicht war bleich, das Hemd an der Brust und die nackten Knie mit Blut besudelt.

Ein Laut, der aus den grau verschleierten Latschen tönte, machte ihn aufblicken. War's der Wehlaut eines zu Tode verwundeten Tieres? Oder die Stimme eines Menschen?

Mühsam, als wären ihm alle Glieder gebrochen, erhob sich der Jäger und spähte in den treibenden Nebel.

Von dem Steig, der aus den Latschen gegen die Hütte führte, ließ sich Geräusch vernehmen. Im wirbelnden Grau erschien eine verschwommene Gestalt. Sie schien zu taumeln. Nun stürzte sie und raffte sich stöhnend wieder auf.

Der Jäger sprang ihr entgegen. »Jesus Maria!« Das klang wie Schreck und dennoch wie heiße Freude. »Mali! Mali!«

Zitternd stand sie, atemlos, bis zur Ohnmacht entkräftet, mit entstelltem Gesicht, und starrte ihn an wie ein Wunder, das vor ihren Augen den Tod in Leben verwandelte. Seinen Namen lallend, taumelte sie auf den Jäger zu. Mit beiden Händen griff sie ihm ins Gesicht, als ginge vor ihren Augen alles unter. Wieder wollte sie seinen Namen nennen und schrie nur einen heiseren Laut – wollte ihn küssen und biß ihn in die Wange, in den Bart, in das Kinn.

»Mali!« Franzl fühlte daß die Arme sich lösten, die seinen Hals umklammert hielten. Er wollte sie umschlingen. Da glitt sie schon an ihm nieder und stürzte wie entseelt zu Boden.

Keuchend warf er sich auf die Knie, riß die Ohnmächtige an seine Brust, schrie ihren Namen und rüttelte den regungslosen Körper.

Sie wollte nicht erwachen.

Schreiend trug er sie zum Brunnen, schöpfte Wasser mit der Hand und wusch ihr das Gesicht, immer wieder ihren Namen kreischend.

Sie wollte nicht hören, nicht erwachen.

Ein brausender Windstoß teilte das Gewölk. Breit leuchtete ein Sonnenstrahl über das Felsgehäng, über die Hütte und über die beiden Menschen hin. Dann schlossen sich die jagenden Nebel wieder, und alle Höhe war grau verschleiert.

Aus der Tiefe des Latschenfeldes tönte ein langgezogener Ruf. Franzl gab Antwort mit gellendem Schrei.

Zwischen den Latschen klirrte der Stachel eines Bergstockes im Geröll, und lärmende Stimmen kamen näher.

## 19

Am gleichen Morgen, an dem der Draht Graf Egges spät erwachte Sehnsucht nach Amalfi, Sorrent und Capri meldete, trafen Kitty und Gundi Kleesberg mit Hans Forbeck und Professor Werner in München ein.

Bei der Einfahrt in den Bahnhof beugte Kitty sich aus dem Kupee und stammelte in Freude: »Tas und Anna sind da, sie erwarten uns!« Mit beiden Händen winkend, rief sie, die Stimme erstickt von Tränen: »Anna! Tas!«

Sie standen Seite an Seite, ein schönes, stolzes Paar – wer die beiden sah, mußte fühlen: das sind glückliche Menschen.

Der Zug war noch im Gang, als Kitty schon die Klappe der Kupeetür öffnete. Vor Freude schluchzend, flog sie dem Bruder an den Hals. Er nahm ihr zuckendes Gesichtchen zwischen die Hände und sagte lächelnd: »Sieh mir in die Augen und lies die Antwort auf deinen Brief aus Ravello! Ich wünsche dir Glück, mein lieber Spatz! Du hast gut gewählt.« Er wandte sich an Forbeck, umschlang ihn und küßte ihn auf die Wange.

»Tas! Mein guter, guter Tas! Wie lieb du bist! Wie herzensgut!« Und vom Bruder flog Kitty in seligem Sturm auf Anna zu.

Tassilo begrüßte die Kleesberg. Und es war ein seltsamer Blick, mit dem er sich von Gundi zu Werner wandte. Wortlos bot er ihm die beiden Hände. Auch Werner schwieg, während er Tassilos Händedruck erwiderte.

Vor dem Bahnhof wartete die Equipage, in der die Damen Platz nahmen. Die Herren folgten in einem Mietwagen; wohl gab sich der Kutscher alle Mühe, hinter dem voraneilenden Gefährt zu bleiben, doch als er vor dem Ziel die Pferde parierte, hatten Kitty und Gräfin Anna schon die im ersten Stock gelegene Wohnung betreten; nur Tante Gundi stand noch auf der Treppe und kämpfte mit ihrem versagenden Atem.

Forbeck sprang über die Stufen hinauf und reichte der Kleesberg den Arm.

Diesen Augenblick benützte Werner, um an Tassilo die flüsternde Frage zu richten: »Wann haben Sie meinen Brief erhalten?«

»Zugleich mit dem Brief meiner Schwester. Wie tief sein Inhalt mich bewegte, vermag ich Ihnen nicht zu sagen. Ich kann Ihnen auch die Gründe nachfühlen, die Sie veranlaßten, diesen verhüllten Wert Ihres Lebens vor mir zu öffnen. Ich danke Ihnen für diesen Beweis Ihres Vertrauens. Dennoch kann ich Ihnen einen Vorwurf nicht ersparen. Werner? Lieber Freund?« Tassilo legte die Hand auf Werners Schulter. »Haben Sie mich so wenig kennengelernt, um in mir einen Menschen von törichtem Vorurteil vermuten zu dürfen?«

»Aber Doktor!« stammelte Werner. »Wie können Sie nur auf einen solchen Gedanken kommen?«

»Sie haben ihn mir aufgezwungen durch Ihre Sorge. Soll mir der Bräutigam meiner Schwester minder willkommen sein, weil sein Vater nicht der im Elend untergegangene Trunkenbold ist, dessen Namen er trägt und zu Glanz erhebt, sondern ein Mann, den ich als Künstler verehre und als seltenen Menschen liebe? Blut von I h r e m  Blut, Werner! Das ist mir eine neue Sicherheit für das Glück meiner Schwester.«

Werner faßte Tassilos Hand. »Ich danke Ihnen für dieses Wort. Und billigen Sie auch mein Verhalten gegen Hans? Daß ich mein Schweigen i h m  gegenüber für i m m e r  bewahren will?«

»Ja, Werner! Sie bringen Ihrem Sohn ein Opfer, wie es nur die tiefe, uneigennützige Liebe eines Vaters bringen kann. Hans liebt Sie als seinen geistigen Vater. Er dankt Ihnen alles, Charakter, Bildung und Können. Soll er das Recht eines Wortes mit dem Umsturz seines ganzen Innern bezahlen, mit einer schiefen Stellung vor der Welt? Nein! Sie müssen schweigen, nicht nur ihm zuliebe, auch aus Barmherzigkeit für eine andere! Wie stünde sie vor ihrem Sohn? Bedrückt von Scham, belastet mit einer Tragik, die hart ans Lächerliche streift!«

Während dieses Gespräches waren sie über die Treppe hinaufgestiegen. Aus dem offenen Korridor klang die Stimme der Kleesberg, die sich bei ihrem »lieben Hans« für den »freundlichen Ritterdienst« bedankte.

Tassilo fragte leis: »Sie hat keine Ahnung?«

»Keine! Daß er m e i n Sohn ist, erriet sie auf den ersten Blick. Mehr kann sie nicht ahnen. Wie soll sie denken, daß der eigene Vater sie belog? Daß er, um sie von dem ›obskuren Tagdieb‹ loszureißen, der mit dem Fieber kämpfenden Tochter das herzlose Märchen vom Tod ihres Kindes vorgaukelte? Ich habe doch auch an diese Lüge geglaubt! Noch heute wär' ich ein einsamer Mensch, wenn ich nicht die Sehnsucht empfunden hätte, das einzige zu suchen, was hinter meinem vernichteten Glück noch übrig war: dieses kleine Grab! Es wollte sich nicht finden lassen. Dennoch hab' ich jahrelang gebraucht, bis der erste Zweifel in mir erwachte, und bis die halb erloschene Spur, der ich hartnäckig folgte, mich meinen Jungen finden ließ. Und wie hab' ich ihn gefunden! Ich wollte, daß ich dieses Bild vergessen könnte!«

Da klangen heitere Stimmen, rasche Tritte, das Rauschen eines Kleides. Arm in Arm erschienen Kitty und Forbeck unter der Tür. Während Werner das junge Paar betrachtete, streifte Tassilo zärtlich die Hand über das Haar der Schwester. Im Speisezimmer, dessen Tisch zum Frühstück gedeckt und mit Blumen geschmückt war, fanden sie Gräfin Anna und die Kleesberg. Und da wollte nun Kitty, die das Heim ihres Bruders an diesem Morgen zum erstenmal betrat, vor allem sehen, »wie das Glück wohnt!«

Es wohnte schön – in Räumen, welche Zeugnis gaben von vornehmem Kunstsinn und erlesenem Geschmack. Kitty faßte ihr Entzücken in das Urteil: »Das ist keine Wohnung, die man eingerichtet hat. Das kommt mir vor, als wäre das gewachsen, ganz von selbst, wie ein Baum, wie eine Blume. Ihr beide müßt so wohnen! Ich kann es mir gar nicht anders denken.« Nur im Zimmer der Gräfin vermißte sie etwas – das Allerwichtigste. »Anna? Wo ist dein Flügel?«

»Der steht, wo sein Platz ist,« fiel Tassilo lächelnd ein, »in meinem Zimmer! Komm! Da sollst du auch noch was anderes sehen.« Er öffnete die Tür des anstoßenden Raumes.

Ein leiser Schrei glücklichster Überraschung.

An der Wand, im vollen Licht der beiden Fenster, hing ein großes Gemälde: aus dem schimmernden Farbenzauber der Leinwand leuchtet eine weiße Mädchengestalt heraus; die Schatten des nahenden Sturmes umdrohen sie, doch sicher und lächelnd, von Sonne umschmeichelt, ruht sie auf den starken Mannesarmen, die sie fahrlos hinübertragen über den Steg des tobenden Wildbaches.

»Hans!« stammelte Kitty. »Und das hast du mir verschwiegen! Oder hast du selbst nicht gewußt –« Ihre Augen suchten den Bruder. »Tas? Wie kamst du zu diesem Bild?«

»Durch gütige Vermittlung der Post. Und dann kam aus Capri ein Brief, in dem ein gewisser Hans Forbeck sich entschuldigte, daß sein Hochzeitsgeschenk den Umweg über Berlin genommen hätte.«

»Hans!« jubelte Kitty. Und dann stand sie stumm an seine Schulter gelehnt und trank mit glänzenden Augen den Zauber dieser Farben. Immer heißer glühten ihre Wangen. »Hans!« Sie schlang die Arme um seinen Hals. »Ich bin stolz auf den Namen, den ich tragen werde!« Dann flog sie auf die Gräfin zu. »Eine Bitte, Anna! Die mußt du mir erfüllen! Sing mir das Lied vom Jasminstrauch!«

Gräfin Anna öffnete den Flügel. Eine Flut von Tönen rauschte durch den Raum, und die herrliche Stimme klang.

Grün ist der Jasminenstrauch

Abends eingeschlafen.

Als ihn mit des Morgens Hauch

Sonnenlichter trafen,

Ist er schneeweiß aufgewacht.

Was geschah nur über Nacht?

Seht, so geht es Bäumen,

Die im Frühling träumen.

Als Gräfin Anna die schlanken weißen Hände in den Schoß sinken ließ, war es lange still im Zimmer. –

Und einige Stunden später das wirre Getriebe des Bahnhofes, das Pfeifen der Lokomotive, das dumpfe Schlagen der Räder, die sich unter dem gleitenden Wagen drehten, immer schneller und schneller.

Kitty und Gundi Kleesberg reisten nach Hubertus. Wohl hatte Tante Gundi, die »das Äußerste« gern noch verschoben hätte, eine »Ruhepause« von einigen Tagen gewünscht. Aber Kitty wußte die Weiterreise durchzusetzen – sie wollte ihr Glück entschieden wissen, und Tassilo hatte ihr beigestimmt. Eine Depesche meldete nach Hubertus, daß die Damen mit dem letzten Zug eintreffen würden, und daß der Wagen sie bei der Station erwarten sollte.

Für Kitty wurde die Reise zu einem fliegenden Traum. Sie kam sich vor wie ein Kind, dem eine Flüsterstimme zärtliche Märchen erzählt. Und immer sah sie farbig schimmernde Bilder vor den geschlossenen Augen. Wie sonderbar! Daß sie an Märchen denken konnte! Jetzt, vor dieser Begegnung mit dem Vater! Aber war nicht alles, was sie in diesen Tagen erlebt hatte, das echte, rechte Märchen? Der Flug dieser Heimreise? Das blühende Wunder von Ravello? Ihre Liebe und ihr Glück?

Immer spähte sie nach den von Wolken umlagerten Bergen, die näher und näher rückten und mit jeder Minute wuchsen. Diese Wolken, die sich dunkel herwälzten über die noch mit Schnee gesprenkelten Gipfel, trugen schweren Regen in sich, vielleicht ein Ungewitter.

Im Bahnwagen brannte die Lampe schon, und draußen sank die Dämmerung. Die schwermütigen Dorfmoore hatten gelblichen Schein; in tiefer Schwärze stiegen die Bergwälder auf, und durch das blaugraue Gewölk, wenn die treibenden Massen sich zuweilen klüfteten, leuchtete ein Fetzen Himmel gleich einer rot brennenden Fackel.

In Kitty erwachte eine beklemmende Erinnerung. Ein ähnlicher Abend war es gewesen, als sie von der versäumten Hochzeit ihres Bruders nach Hause fuhr!

Tiefer und tiefer sank die Dämmerung; dann ein Pfiff der Lokomotive, und das Ziel war erreicht. Vor dem Bahnhof stand die Kalesche. Der Kutscher war einsilbig und musterte die Damen mit scheuem Blick.

Es wurde finster, bis der Wagen durch das Parktor von Hubertus lenkte. In der Tiefe der Allee stand eine funkelnde Säule: die von den Laternen der Veranda beleuchtete Fontäne. Im Adlerkäfig kein Laut, nicht das leiseste Geflatter. »Seltsam!« murmelte Kitty. »Wie still sie heute sind!«

Der Wagen hielt, und Fritz, mit der Lampe in der Hand, trat zum Schlag. Er sprach nicht, sein Gesicht war blaß, und die Lampe klirrte. Verwundert sah ihn Kitty an und wollte sprechen. Da gewahrte sie noch einen anderen. Auf den Stufen der Veranda stand der Pfarrer.

»Hochwürden?« stammelte Kitty.

»Man hat mich gerufen, um Sie zu empfangen, gnädiges Fräulein!«

Der Ton dieser Worte nahm ihr die Sprache.

»Kommen Sie, mein gutes Kind! Ich will Ihnen Stütze sein beim Eintritt in das väterliche Haus, auf das der Herr in unerforschlichem Ratschluß seine schwere Hand gelegt hat.«

Kitty zitterte, als der Pfarrer sie führte. Im Billardzimmer hatte sie ein Gefühl, als versänken die Wände. Dazu hörte sie immer Worte, Worte. Es war schon ausgesprochen, das Furchtbare – und sie konnte es nicht fassen. Dann streckte sie unter schluchzendem Laut die Hände und stürzte aus dem Zimmer, durch den Flur – zur Kruckenstube.

Eine Hängelampe erleuchtete die getünchten Mauern, auf denen sich die Gemsgehörne durch ihre Schatten verdoppelten. Die Beine von einer Wildschur umwickelt, saß Graf Egge im Lehnstuhl, das graue Haupt mit dem steinernen Gesicht und den toten Augen ein wenig zurückgeneigt.

Kein Laut kam über Kittys Lippen. Einen Schritt nur tat sie und stand wieder wie gelähmt.

Kaum merklich bewegte sich Graf Egge; seine Finger zogen sich ein, und zwischen den schmal geöffneten Lippen blinkten die Zähne.

»Geißlein?« Das klang wie aus weiter Ferne.

Da schrie sie, als hätte man ihr einen glühenden Stahl ins Herz gebohrt, stürzte auf den Vater zu, umschlang ihn, brach in die Knie und drückte schluchzend das Gesicht in seinen Schoß.

Ein Schüttern ging durch den Körper des Blinden. Mit beiden Händen tappte er, bis er das zuckende Haupt seines Kindes fand.

»Sei gut, Geißlein! Mach' keinen Unsinn! Es ist nun einmal so. Ich hab' ausgejagt. Das ist nimmer zu ändern. Hoffentlich hat dir's der Pfarrer löffelweis eingegeben.«

Sie schluchzte.

Er streichelte ihr das weiche Haar und befühlte ihre kleinen Ohren. »Eine harte Sache, Geißlein! Die Lichter hin. Alles schwarz vor den Augen. Kein Berg und kein Wald. Nimmer Grün und nimmer Blau. Nur Schwarz! Und d i c h lieb' ich a u c h . Und soll dich nimmer sehen. Und es sehnt mich nach deinem Anblick. Hat dir die Sonne da drunten wohlgetan? Bist du gesund geworden? Hast du rote Wangen? Laß mir die Kleesberg kommen! Die soll mir sagen –« Er verstummte. Wie in Schmerz verzog er den Mund, während er den rechten Arm streckte und die Finger bewegte, als empfände er eine Spannung an der Hand.

Kitty fuhr auf. Sie konnte den Anblick nicht ertragen – die welken Züge, die starren, vorgequollenen Augen mit dem roten Kreis um jeden Apfel. Stöhnend barg sie wieder das Gesicht. Alles zu Ende. Auch ihr Glück, ihre Liebe! Alles vernichtet, versunken! Sie war gekommen, mit dem Vater zu ringen um ihr Glück – wenn es sein müßte, ihn zu verlassen! Und da lag sie zu seinen Füßen, an ihn geschmiedet mit allen Banden einer Kindersdeele! Nur noch die Liebe zu i h m , aller Jammer, der sie erschütterte, alles Erbarmen, das ihr das Herz zerriß! Und das andere zu Ende – das schöne, selige Märchen, verklungen, versunken! Nur dieser Blinde noch, nur diese starren, toten Augen, die trocken waren, ohne Glanz und ohne Tränen – – –

Es pochte an die Fenster; schwere Tropfen schlugen gegen die Scheiben. Dann ein Sausen, das von weit her tönte und im nächsten Augenblick schon alle Mauern von Hubertus umringte, ein helles Geprassel, wachsend zu einem dröhnenden Geknatter. Die Fenster wurden weiß, es trommelte auf dem Dach und brauste durch alle Wipfel des Parkes nieder auf die Erde. Der echte, wilde, zügellose Frühlingsregen der Berge, der alle faulen Zweige von den Bäumen schlägt, die Täler und Höhen säubert, den letzten Schnee ersäuft und die Felsen befruchtet!

Ein fahler Blitz, ein matt verrollender Donner, dann wieder Finsternis und Ströme über Ströme.

Bäche rannen auf allen Straßen des Dorfes, der See überstieg die Ufer, und in das Geprassel des Regens mischte sich immer mächtiger das Rauschen der Ache und der schwellenden Wildbäche.

An allen Häusern waren die Fenster hell. Über die roten Scheiben huschten die schwarzen Schatten der Weiber, die mit Lumpen alle Lücken der Fensterrahmen verstopften. Und hinter den Flurtüren das Geschrei der Mägde, die das eingedrungene Wasser von den Dielen schöpften.

Ein einziges Haus war öd und finster. Das Brucknerhaus. Und doch belebt: die beiden Kühe brüllten im Stall und zerrten an den Ketten. Sie hungerten.

Im Seehof kreischender Stimmenlärm; die Schifferschwemme mit Gästen angefüllt; kein Lied, kein Zitherklang; nur das Gewirr der lauten, erregten Stimmen; und die erleuchteten Fenster von Qualm verschleiert.

Auf der gedeckten Terrasse stand der Seewirt; die Fensterhelle warf seinen Schatten lang auf die überschwemmte Lände hinaus.

Jetzt Stimmen vom Waldsaum her, und das Geplätscher watender Schritte. Vier Holzknechte betraten die Terrasse, schüttelten die triefenden Wettermäntel und schleuderten das Wasser von den schwammigen Hüten.

»Was is?« fragte der Seewirt. »Gschieht in der Nacht noch was?«

»Nix mehr! Die Bescherung droben muß liegenbleiben, hat der Schandari gsagt, bis morgen die Grichtsleut alles gesehen haben. Aber dös arme Madl werden s' in der Nacht noch runterbringen. Wie der Regen anfangt hat, sind s' mit der Tragbahr in der Almhütt untergstanden.«

Die Holzknechte suchten ins Trockene zu kommen. Als die Tür der Schwemme geöffnet wurde, quoll der dicke Pfeifenqualm heraus.

Der Seewirt faßte einen der Knechte am Lodenzipfel. »Geh, Steffel, mach den Sprung zur Förstnerin aussi! Sie weiß schon, daß ihrem Buben nix gschehen is, aber dös arme Weibl tut wie verruckt. Geh, mach dös Katzensprüngl! Ich zahl dir a paar Maß Bier.«

»Meinetwegen!« Der Knecht stapfte durch die Pfützen und verschwand im Grau des strömenden Regens.

Stunde um Stunde verrann. Um Mitternacht machte der Seewirt Kehraus in der Schwemme. Laut schwatzend torkelten die Letzten nach Hause.

Der Regen war dünner geworden und ging in feines Gerjesel über; das hatte keinen Laut mehr; und das Rauschen der Bäche wurde eintönig.

Droben im Bergwald gaukelten die Lichter zweier Fackeln; sie verschwanden, um auf dem tieferen Gehäng wieder aufzublitzen.

Durch die hängende Wolkendecke stahl sich das erste Grau; aus den Wäldern dampften bleiche Nebel und schwebten unruhig hin und her, jedem Wechsel des Windes folgend. Ein starker Geruch von zerriebenem Laub und aufgewühlter Erde füllte die Luft. Es tropfte von den Bäumen; die hatten ihre Blättchen in dieser Nacht zu Blättern ausgeschoben. Ein junger Apfelbaum, der hinter dem Zaun eines stillen, öden Gehöftes stand, hatte weißen Blütenschimmer. Und eine Drossel schlug. Das war der erste Laut dieses Morgens. Dann klirrende Schritte auf dem Steig, der vom Waldhang gegen die Lände führte.

Zwei Holzknechte erschienen unter den triefenden Bäumen; der eine schob mit dem Bergstock das Fallholz und die Steine aus dem Weg, der andere trug die Büchse und den Hüttensack eines Jägers; ihnen folgten zwei Männer mit einer Reisigbahre: die Stangen am Fußende trug ein alter Bauer, während die Traghölzer zu Häupten der Bahre in Franzls Händen lagen. Sein Gang war mühsam, seine Arme zitterten. Die drei anderen hatten sich von Stunde zu Stunde abgelöst; nur Franzl hatte immer den Kopf geschüttelt, wenn einer der Knechte ihm die Stangen aus den Händen nehmen wollte. Das nasse Gewand klatschte an seinem Körper. Tastend suchte sein Schritt den Weg, während seine Augen an dem Mädchen hingen, das auf dem Reisig der Bahre gebettet lag, mit Franzls Wettermantel unter dem Kopf, mit zerschnittenem Mieder und gelöstem Haar. Malis Augen standen offen und hatten flackernden Glanz; bald schrie sie mit heiseren Lauten, bald wieder raunte sie ein Gewirr sinnloser Worte vor sich hin; dabei zupften ihre Finger ruhelos an den Haaren der triefenden Lodendecke, die den Körper der Fieberkranken bis zur Brust umhüllte.

Die Bahrenträger schritten am Brucknerhaus vorüber und den Wiesen zu.

Auf dem Sträßlein stand die alte Horneggerin. »Franzl!« schrie sie. Und rannte.

Nun war es mit Franzls Beherrschung zu Ende. »Da schau, Mutter! Gibt's an Unglück mit'm Madl, so kannst mich gleich mit eingraben!«

Alle Freude der Horneggerin, daß sie ihren Buben heil nach Hause kommen sah, verwandelte sich in Jammer. »Jesus Maria!« Sie eilte den Trägern voraus, um Zaun und Tür vor ihnen zu öffnen. »Nur eini, Leut! Mein Bett soll s' haben, und wenn ich am Boden liegen müßt!«

Als Franzl die Fiebernde in die Kammer trug, schlug sie mit den Händen um sich und schrie.

Der Doktor kam, und die Horneggerin schob ihren Buben zur Tür hinaus. In der Stube fiel er auf die Ofenbank, und seine Knie begannen zu zittern, daß die genagelten Absätze laut auf den Dielen trommelten.

Mit verweintem Gesicht kam die Horneggerin aus der Kammer geschlichen und legte den Arm um den Hals ihres Buben. »Sei gscheit Franzl! Solang eins am Leben is, darf man d' Hoffnung net verlieren!«

Franzl umklammerte die Mutter. »Dös Madl is mir alles! Mein Glück und Leben! Wenn unser Herrgott dem Madl nimmer helfen mag – da wär's mir lieber, dem Bruckner sei' Kugel hätt net den andern troffen, sondern mich!«

»Jesus! Bub!« stotterte die Försterin. »Wie kannst dich denn so versündigen!«

»Recht hast! Ich hab an dich vergessen. Gott verzeih mir's!« Franzl hob das bleiche Gesicht; seine Augen brannten. »Mutter! Jetzt hat der Vater d' Ruh im Grab. Der ihm die Kugel durchs Herz gjagt hat am blutigen Johannistag – jetzt liegt er droben in die Latschen, mit der Kugel am gleichen Fleck.«

Jähe Blässe rann über das Furchengesicht der alten Frau. »Der Bruckner?«

Der Jäger schüttelte den Kopf. Leis begann er zu erzählen, während seine verstörten Augen immer wieder die Kammertür suchten. Die ganze Leidensgeschichte seines Herzens sprudelte aus ihm heraus, von der ersten Begegnung mit Mali bis zu ihrem warnenden Wort vor der Dippelhütte: »Nimm dich vorm Schipper in acht!« Er schilderte jedes Erlebnis mit dem grauen Kameraden, bis zum letzten Morgen unter der Hangenden Wand.

»Gleich hat mir die Gschicht mit seine zwei Lumpen net taugt. Aber mit dem Wörtl vom Schwarzbartigen, der den Vater am Gwissen hätt, hat er mir Fuier ins Blut gossen. Und wie ich einisteig übern Schneelahner, sitzt er schon da vor mir, der Schwarzbartig, mit'm Gsicht voll Ruß! Siedheiß geht's mir in Kopf, und ich fahr gleich auf mit der Büchs. Allweil sitzt er und rühr sich net. Der Spielhahn is ihm vor die Füß glegen, 's Gwehr hat er zwischen die Knie ghabt, und allweil schaut er in Boden eini. Und gahlings schlagt er d' Händ vors Gsicht und fangt zum heulen an wie a wehleidigs Kindl. Dös hat mich packt, ich weiß net wie. Die Büchs hab ich aus'm Anschlag gnommen, bin auf ihn zu in aller Ruh und sag: ›Gib dich, Lump!‹ Da schaut er mich an. Nachher schnauft er und sagt: ›Da hast mich!‹ Eiskalt geht's mir übern Buckel. Gleich fallt mir d' Schwester ein. ›Jesus! Bruckner? Du!‹ Mehr hab ich net aussibracht. ›Ja,‹ sagt er, ›ich!‹ Und steht auf, will mir 's Gwehr hinbieten und sagt: ›Gegen dich gibt's für mich kein Wehren net!‹ Da kracht's übern Lahner her. Und jetzt erst fallt mir wieder der zweite ein, von dem der Schipper verzählt hat. Ich mach an Sprung auf d' Seiten. Drüben fliegt 's Pulverwölkl auf, und zwischen die Latschen blitzt der Lauf kerzengrad gegen mich her –«

»Jesus!« keuchte die Horneggerin und bedeckte die Augen.

»Aber ich war mit der Büchs noch net im Gsicht, da fallt neben meiner der zweite Schuß. In die Latschen drin überschlagt sich einer, sei' Büchs kugelt aussi über d' Wand, und neben meiner sagt der Bruckner: ›Für dein' Vater, Franzl! Heut is Zahltag gwesen!‹ Da greift er mit der Hand an d' Seiten, und 's Blut rinnt ihm übern Schenkel. Sei' Büchs, die noch graucht hat, fallt ihm aus der Faust. Und wie der Baum im letzten Hieb, so schlagt er auf d' Steiner nieder. Ich spring ihm z' Hilf. ›Fehlt's weit?‹ frag ich. ›Ja,‹ sagt er, ›wird wohl Zeit sein, daß ich beicht – 's Heutige druckt mich net, aber 's

Alte möcht ich mir vom Gwissen laden!‹ – Mutter, Mutter, was hab ich hören müssen!«

Mit langsamen, hölzernen Worten wiederholte Franzl, was ihm der Sterbende gebeichtet hatte.

»Schier hat er nimmer reden können. ›Verzeihst mir?‹ hat er noch gfragt. ›Ja,‹ sag ich, ›derbarmen tust mich!‹ Da schaut er mich an und hat sich gstreckt. Und ›Netterl, mein Netterl!‹ Und aus und gar is gwesen. Und beten hab ich müssen. Und hab net glauben können, daß er der Schuldig is! Zwei Kugeln sind geflogen am Johannistag, eine bloß hat troffen. Mutter, da leg ich d' Hand ins Fuier: es war dem Schipper die seinig! Die ganzen Jahr her hab ich's gspürt in mir und hab's net verstanden. Es war sein Gwissen, dös sich gwehrt hat gegen mich! Und die letzte Lug am gestrigen Weg? Und wie er mich ghetzt hat, daß ihn mei' Kugel vom andern erlösen sollt! Und wie sich der Bruckner gutwillig geben will, schießt er ihm hinterrucks die Kugel auffi. Warum denn? Weil er gforchten hat, der Bruckner könnt reden. Und die ander Kugel hätt er m i r durch'n Schädel gjagt, daß ich kein Zeugen mach. Er hat sich verrechnet. Und der Bruckner hat zahlt für mich. Wie ich eingstiegn bin in d' Latschen, und der Schipper is daglegen, mit die Fäust in der Luft und im käsigen Gsicht noch allweil sein giftiges Lachen – Mutter, da hat's bei mir kei Frag nimmer braucht. Jetzt leg ich d' Hand ins Fuier: der Schipper war's!«

Von Grauen geschüttelt, bekreuzte sich die Försterin. »Unser Herrgott soll ihm gnädig sein! Ich hab verziehen.« Sie umklammerte den Sohn. »Sie christlich, Bub! Vergib!«

Franzl schüttelte den Kopf, und seine Stimme war hart wie Eisen. »Ich bin a guter Christ. Aber da drin liegt d' Mali. Ich hab bloß an einzigs Denken: daß mich unser Herrgott die Stund erleben laßt, in der ich dem Madl sagen kann: ›Tu dich trösten, der Schipper war's, und deim Bruder verdank ich mein Leben‹.«

Der Doktor kam aus der Kammer. »Kopf hoch, lieber Hornegger!« Er winkte der Försterin und trat mit ihr vor das Haus. »Ihnen muß ich die Wahrheit sagen. Nervenfieber und schwere Lungenentzündung. Das kann Bäume werfen.«

Die Horneggerin mußte sich erst in der Küche ausweinen, ehe sie die Kammer wieder betreten konnte.

Franzl saß zu Füßen des Bettes und hielt die glühenden Hände der Kranken umklammert, die regungslos in den geblumten Kissen lag, mit dunklen Rosen auf den Wangen.

»Mutter?« Das klang wie ein Hauch. »Meinst net, sie schaut schon besser aus?«

»Aber ja! Gwiß! V i e l  besser!«

Franzl atmete auf und erhob sich. »Es kommt mich hart an – aber ich muß Rapport machen. Bleibst bei ihr?«

»Tag und Nacht!«

»Und tust alles, was der Doktor gsagt hat?«

»Alles! Verlaß dich auf mich! Aber zieh dich um, tropfst ja am ganzen Leib!«

»Dös kühlt mich grad.« Scheu rührte er mit den Fingerspitzen an Malis glühende Wange; dann schlich er zur Tür. »Was ich sagen will – am Heimweg könnt ich 's Brucknerhaus absperren und 's Netterl mit heimbringen? Is dir's recht?«

Die Horneggerin zögerte mit der Antwort.

»Mutter! Weißt es nimmer? ›Netterl!‹ hat er gsagt und hat mich angschaut im letzten Schnaufer.«

»Aber Franzl! Ich hab ja nix dagegen. Freilich! Freilich! Aber wenn ich nur wüßt – d' Mali wird mich brauchen, Franzl – ganz!«

»Ganz und doppelt! Da mußt a tüchtigs Weibsbild zur Hilf haben! Die könnt mit'm Netterl in mein Stübl auffiziehen. Ich leg mich auf'n Heuboden, 's Heu bin ich gwohnt.«

Er wartete die Antwort nimmer ab. Als er den Hof betrat, läutete man zur Messe. Ein blauer Streif des Himmels schimmerte durch die Wolken. Noch war die Sonne nicht zusehen, doch fern im See war ein funkelndes Glanzband hingegossen über den grünen Spiegel.

## 20

In der Kruckenstube stand das Fenster offen. Die Frische des Morgens hauchte herein in den kleinen Raum, in dem die Stimme Kittys klang, eintönig und müde.

Sie saß neben dem Lehnstuhl und las ihrem Vater aus seinem Lieblingsbuche vor – aus Kobells Wildanger:

»In der Falzzeit ist der Auerhahn zuweilen sehr zerstreut, welches einige auch verrückt nennen, und manchmal kann man sich ihm am hellen Tage nähern und ihn mit aller Bequemlichkeit vom Baum schießen; ob aber die Zerstreutheit so weit geht, daß er, wie Fälle erzählt werden, auch ohne zu falzen, nach einem Fehlschuß aushalte und gleichsam auch sich ›fleckeln‹ lasse, darüber kann ich nicht urteilen; bei den bayerischen Auerhähnen ist dergleichen meines Wissens nicht gebräuchlich.«

Graf Egge lachte mit verzerrtem Mund. »Recht hat er! Solchen Unsinn haben die Sonntagsjäger aufgebracht, die man hinauskarwatschen sollte aus Wald und Bergen.« Er scheuerte die rechte Hand an der Kante der Armlehne und spannte die Finger auseinander. Die ganze Zeit über, seit Kitty zu lesen begonnen, hatte Graf Egge immer mit dieser Hand zu schaffen; bald befühlte er mit der Linken das Gelenk und kratzte; bald schüttelte er die Hand, als wäre sie von Fliegen belästigt; bald schob er sie unter die Wildschur, um sie gleich wieder hervorzuziehen, als wäre ihm die Wärme unbehaglich.

»Was hast du, Papa? Fühlst du Schmerzen an deiner Hand?«

»Schmerzen? Ach, Unsinn! Nur so ein komisches Jucken. Lies weiter!«

Kitty nahm das Buch wieder auf. Immer matter klang ihre Stimme, und die Buchstaben schwammen ihr vor den Augen, so daß sie häufig stockte.

»Bist du müde, Geißlein?« fragte Graf Egge endlich.

»Nein, Papa!«

»Doch! Ich hör' es! Lege das Buch weg und geh ein bißchen in die Luft hinaus.«

»Laß mich bei dir bleiben!«

Graf Egge fühlte ihr Haupt an seiner Schulter, und wie ein Schimmer von Behagen ging es über seine zerfallenen Züge. »So bleibe! Es ist mir auch lieber, ich hab' dich bei mir. Aber das Buch leg' weg! Erzähl' mir ein bißchen von deiner Reise! Habt ihr Bekannte getroffen?«

Glühend flog es über Kittys bleiche Wangen. Durfte sie lügen? Ihre Stimme zitterte. »In Ravello trafen wir mit Professor Werner zusammen.«

»Wer ist das?«

»Ein Jugendfreund Tante Gundis.«

»Was soll mich der interessieren? Sonst habt ihr niemand gesehen?«

»Ja, Papa. In Professor Werners Begleitung war ein junger Künstler, der heuer in Berlin die goldene Medaille bekam. – Hans Forbeck –« Den Atem verhaltend, sah Kitty zu ihrem Vater auf.

»Forbeck? Forbeck?« Graf Egge runzelte die Stirn, als hätte er Mühe sich zu besinnen. »Den Namen muß ich doch schon gehört haben?«

»Du kennst ihn auch!« stammelte Kitty. »Im vergangenen Sommer trafst du ihn auf der Hochalm. Er hat dich gezeichnet.«

»Ach so? Der? Ein schlanker, netter Kerl mit gescheiten Augen? Den kenn' ich freilich!« Graf Egge nickte lächelnd vor sich hin. »Die Geschichte macht mir heut noch Vergnügen. Weiß er jetzt, wen er zeichnete? Damals hielt er mich für einen richtigen Jäger und hat den Nagel auf den Kopf getroffen. Ja, Geiß, in dem steckt was! Der hat einen Blick für das Echte. Und jetzt hat er die goldene Medaille bekommen? Das bedeutet wohl für einen Künstler soviel wie für einen Jäger der Blattschuß auf den Tiger? Was? Na, das gönn' ich ihm! Er war damals Feuer und Flamme für meine Joppe, für mein ganzes Gestell und für meinen ›wuchtigen Raßkopf‹, wie er sagte!« Graf Egge lachte. »Er ließ mir keine Ruh', ich mußte ihm sitzen. Und ich hab's auch gern getan. Ich sag' dir, Geiß, er hat meinen Kopf aufs Blatt geschmissen, daß ich dachte: Herrgott, der zeichnet, wie ich schieße. Und denk' dir: nach der Sitzung hat er mir einen Taler gegeben. Für so echt hat er mich genommen. Den Taler hab' ich heut noch. Da drin liegt er im Kasten. Und er freut mich doppelt:

493

weil er das einzige Geld ist, das ich verdiente in meinem Leben, und weil er mich an diesen prächtigen Jungen erinnert. Ja, Geißlein, dem hab' ich gefallen. Und er mir auch!«

Kittys Atem flog. Wie ein Rausch der Hoffnung hatte es ihr Herz befallen. Das war die Stunde, in der sie sprechen durfte, sprechen mußte! »Vater – Vater –«

Betroffen hob Graf Egge das Gesicht und machte eine Wendung im Lehnstuhl; dabei stieß er mit der rechten Hand an den Knauf der Lehne. Unter stöhnendem Laut zog er den Arm zurück. »Herrgott! Das ist mir durch die Schulter bis ins Herz gegangen! Was ist denn nur das mit dieser verwünschten Pranke?« Er rieb an der Hand. »Sieh doch einmal her, Geißlein – hier am Gelenk muß es sein! Gestern hat mich das halb verendete Biest noch gekratzt. Die Klaue muß tiefer gegangen sein, als ich dachte.«

Aus allem Taumel ihrer Hoffnung gerissen, beugte Kitty das erblaßte Gesicht über die Hand des Vaters.

Alle Gelenke waren geschwollen. Auf der von der Spannung schimmernden Haut zeigten sich kleine blasige Flecken. Zwischen dem Knöchel und der Pulsader sickerte ein dunkler Tropfen, und als ihn Kitty mit ihrem Tuche sacht entfernt hatte, gewahrte sie eine winzige, schwärzlich geränderte Wunde, wie vom Stich einer tintigen Feder.

Kitty war über das Aussehen der Hand erschrocken; doch die Entdeckung dieser unscheinbaren Verletzung beruhigte sie wieder. Das sagte sie dem Vater und erhob sich. »Ich will zu Doktor Eisler schicken.«

Als sie in den Flur hinaustrat, hatte sie einen Anfall von Schwindel und mußte sich an die Mauer stützen. Fritz brachte ihr frisches Wasser, und sie leerte mit dürstenden Zügen das Glas. Dann schickte sie den Diener ins Dorf: er sollte sich eilen und dem Arzte sagen, daß es sich um eine Rißwunde handle – Doktor Eisler möchte mitbringen, was zum Verbande nötig wäre.

Schon wollte sie wieder zum Vater zurückkehren, als der Postbote eine Depesche brachte – die Antwort auf das Telegramm, das Kitty in der Nacht ohne Wissen des Vaters an den Bruder geschickt hatte.

Mit zitternden Händen öffnete sie das Blatt. »Komme elf Uhr zwanzig – Tas.«

Eine Viertelstunde später betrat Doktor Eisler die Kruckenstube. Graf Egge hob sich ein wenig aus den Polstern und versuchte einen scherzenden Ton: »Na also, Dokterl, da hätten wir wieder miteinander zu schaffen! Die kleine, ängstliche Geiß will's nicht anders. Aber diesmal wird' o h n e Konsilium gehen. Also los! Sehen Sie meine Hand an, und dann sagen Sie vor allem der armen Geiß da, daß sie sich beruhigen soll. Und schicken Sie das Mädel in die frische Luft hinaus!«

Mit besorgtem Blick musterte der Doktor Kittys erschöpftes Gesicht. »Ja, Komtesse, Ihr Herr Vater hat recht. Soweit mir Fritz die Verletzung schildern konnte, scheint die Sache ja wirklich ganz unbedeutend. Sie aber scheinen dringend einer Erholung bedürftig. Machen Sie eine kleine Spazierfahrt!«

»Eine ausgiebige!« fiel Graf Egge ein. »Komme mir unter drei Stunden nicht nach Hause!«

Kitty zögerte; es widerstrebte ihr, den Kranken zu verlassen; aber bei dem Gedanken an Tassilo war es ihr doch willkommen, daß der Vater auf seinem Willen bestand – zwei Stunden schon genügten ihr, um den Bruder von der Bahn zu holen, ihn auf alles vorzubereiten, was seiner in Hubertus wartete. Zärtlich küßte sie den Vater auf die Stirn und streichelte ihm das graue Haar; ihre Augen schwammen, als sie die Stube verließ.

Der Doktor atmete auf; schon der erste flüchtige Blick, den er auf die verletzte Hand geworfen, hatte ihn wünschen lassen, mit Graf Egge allein zu sein. Nun sollte ihm Moser helfen, den Oberkörper des Kranken zu entblößen.

»Wozu das?« murrte Graf Egge.

»Es ist nötig, Erlaucht.«

Der rechte Ärmel der Joppe umspannte die Schwellung des Ellbogens so fest, daß er sich nicht mehr abstreifen ließ; man mußte ihn der Länge nach entzweischneiden.

Vor dem Fenster rollte der Wagen vorüber und fuhr in jagendem Trab durch die Ulmenallee. Kitty saß in ihren Mantel gewickelt und trieb zuweilen mit einem stammelnden Wort den Kutscher zur Eile an. Was ihr Herz erfüllte mit zehrender Sorge, redete aus ihren verstörten und erschöpften Zügen. Doch wie die strahlende Frühlingssonne immer wieder durch die grau ziehenden Wolken brach, wie in den klatschenden Tropfenfall der Bäume sich das süße Gezwitscher der Vögel mischte, so klang in allen Sorgensturm ihrer Seele immer wieder das Wort des Vaters: »Geißlein! Dem hab' ich gefallen. Und er mir auch!«

Der frische Lufthauch, der bei der raschen Fahrt ihre Wangen umfächelte, linderte ihre Erschöpfung und betäubte sie zugleich; das Gerüttel und Gerassel des Wagens lullte ihre Sinne ein; die warme Sonne, die immer seltener hinter den sich zerteilenden Nebeln verschwand, umkoste sie und legte sich wie mit linder Hand auf ihre müden Lider. –

Als Kitty aus dem Schlummer aufschreckte, der sie wider Willen befallen hatte, hielt der Wagen vor der Station. Da fuhr auch der Zug schon in den Bahnhof ein. Ein paar Dutzend Leute stiegen aus. Mit angstvollem Blick überflog Kitty die Menschen, die an ihr vorübergingen. Den einen, den sie suchte, wollten ihre Augen nicht finden.

Schon standen alle Wagen leer, und die Lokomotive dampfte in die Remise.

Tassilo war nicht gekommen. Hatte er den Zug versäumt, oder –? Neuer Schreck umklammerte Kittys Herz. Und was sollte sie tun? Den nächsten Zug erwarten? Drei Stunden? Die Sorge um den Bruder hielt sie fest, die Sorge um den Vater trieb sie nach Hause. In der Amtsstube des Stationsvorstehers warf sie mit zitternder Hand einige Zeilen nieder und bat den Beamten, das Blatt ihrem Bruder zu übergeben, wenn er mit dem nächsten Zuge käme. Den Wagen ließ Kitty warten und fuhr mit einem gemieteten Einspänner nach Hubertus zurück.

Der Beamte konnte sich seines Auftrages entledigen: Graf Tassilo traf um zwei Uhr nachmittags ein. Sein ernstes Gesicht wurde, als er Kittys Zeilen las, noch um einen Schatten blässer. Er reichte dem Beamten die Hand, und seine Stimme schwankte: »Ich danke Ihnen!« Dann eilte er zum Wagen und mahnte den Kutscher: »Treiben Sie die Pferde!«

Und während er bei jagender Fahrt an das Unglück des Vaters dachte, an die Begegnung mit ihm, an den Kummer der Schwester und an ihre Zukunft, stand vor seinen Augen noch immer das Erlebnis, das ihn den Frühzug hatte versäumen lassen.

Um vier Uhr morgens hatte er Kittys Depesche erhalten. Diese halbe, in ihrer hilflosen Fassung doch so deutlich redende Nachricht legte sich mit eisiger Hand um sein Herz. Und neben der erschütternden Sorge quälte ihn die Frage: ob der Vater um diese Mitteilung wußte, um diesen verzweifelten Hilfeschrei, mit dem die Schwester den Bruder rief? Aber durfte er noch überlegen? Er mußte reisen. Auch auf die Gefahr, daß er vor dem Parktor von Hubertus wieder einen wehrenden Arm finden und eine Beleidigung erfahren würde, wie damals an jenem schwarzen Morgen! Der Vater in seinem Unglück und die Schwester in ihrem Kummer bedurften seiner. Er m u ß t e reisen. Wann ging der erste Zug? In einer Stunde. Noch genügende Zeit! Und Anna? Durfte er sie mit dieser Sorge belasten? Mußte in ihr – deren schlummerloser Wunsch die Aussöhnung ihres Gatten mit dem Vater war – durch diese Reise nicht auch eine Hoffnung erweckt werden, die mit Enttäuschung enden konnte? Nein, Anna durfte den Grund dieser Reise nicht erfahren, ehe nicht alles geklärt, nicht jeder Schatten zerstreut wäre. Ein Telegramm hätte ihn in dienstlicher Angelegenheit unerwartet abgerufen – so instruierte er den Diener und traf in Hast die Vorbereitungen für die Reise.

Der Morgen graute, als er auf die stille Straße trat; dünner Regen rieselte, und fahl brannten die Laternenflammen in der trüben Dämmerung. Schon wollte Tassilo in den Wagen steigen. Da hörte er das Klirren eines Schleppsäbels. Ein Offizier kam auf ihn zugegangen.

»Graf Egge?«

»Baron Dörwall?«

»Ich wollte Sie soeben in Ihrer Morgenruhe stören. Eine mehr als peinliche Sache –«

»Verzeihen Sie, Baron! Eine Reise, die keinen Aufschub duldet – ich bitte Sie herzlich, zu entschuldigen –«

»So muß ich Ihnen hier auf der Straße sagen, um was es sich handelt. Um Ehre und Leben Ihres Bruders.«

Tassilo erbleichte. »Ich bitte –« Er ging zur Tür und ließ Baron Dörwall eintreten.

Schweigend stiegen sie die Treppe hinauf. In Tassilos Zimmer brannte noch die Lampe, und ihre rötliche Helle kämpfte mit dem grauen Frühlicht, das durch die Fenster quoll.

Baron Dörwall warf den nassen Mantel ab, setzte sich und legte die Mütze über den Säbelkorb. »Da Ihre Minuten kostbar sind, und Umschweife den Vorfall nicht mildern, vermeide ich jedes überflüssige Wort. Ihr Bruder hat heute nacht gespielt, mit zäherem Pech als je. Er wollte eine günstige Chance erzwingen und steigerte die Einsätze in einer Weise, daß die Kameraden sich vom Spiel zurückzogen. Sein einziger Gegner blieb Marchese d'Alanto, der die Bank hielt und jeden Einsatz annahm. Robert doublierte Karte um Karte, aber die Blätter sprachen mit einer Hartnäckigkeit gegen den armen Jungen, daß er sich schließlich in seiner Erregung zu einer mehr als unvorsichtigen Äußerung hinreißen ließ. Marchese d'Alanto warf ihm die Karten ins Gesicht. Und jetzt –« Baron Dörwall verstummte; er schien auf ein entgegenkommendes Wort zu hoffen.

Tassilo schwieg.

»Die Sache ist leider von einer Art, daß ihre Ordnung keinen Aufschub duldet. Vor jedem anderen Schritt muß diese Spielschuld aus der Welt geschafft werden. Der arme Junge ist in böser Klemme. Wir können ihm nicht helfen, die Summe geht über unsere Kräfte. Das Arrangement der Sache durch ein Geschäft würde Zeit verlangen. So bleiben nur zwei Wege: eine offene Depesche an seinen Vater –«

»Unmöglich!« Tassilos Stimme bebte. »Mein Vater ist leidend, und ich möchte ihm diese Erregung um jeden Preis erspart wissen!«

»Also der andere Weg: I h r e  Hilfe!«

Tassilo erhob sich. »Mein Bruder weiß um Ihren Besuch?«

Dörwall wurde verlegen. »Dieser Weg war m e i n  Vorschlag. Ihr Bruder wies ihn allerdings energisch zurück, aber – er hinderte mich nicht, zu gehen.«

»Und die nötige Summe?«

Baron Dörwall zögerte. »Vierhundertzwanzigtausend.«

Tassilo ging zum Schreibtisch und nahm das Scheckbuch aus einer Lade. Mit ruhiger Hand füllte er das Blatt aus und unterschrieb. Er verfügte mit diesem Federstrich fast über alles, was er besaß, über sein mütterliches Erbe und über die Hälfte dessen, was er im Laufe der vergangenen Jahre durch Arbeit erworben hatte.

Als Tassilo die Feder niederlegte, sagte Dörwall: »Ich danke Ihnen, Graf, im Namen Ihres Bruders.«

»Ich kann auf Dank keinen Anspruch erheben, da ich an meine Hilfe eine Bedingung knüpfen muß. Ich ermächtige Sie, Baron, diesen Scheck meinem Bruder auszufolgen – gegen einen Revers, in dem sich Robert verpflichtet, sofort nach Ordnung dieser Sache um seinen Abschied einzukommen.«

»Graf Egge! Diese Bedingung ist hart.«

»Diese Bedingung ist geboten durch die Rücksicht auf meinen Vater und ist eine Forderung des Degens, den Robert bisher getragen. Oder wollen S i e , Baron Dörwall, die Garantie übernehmen, daß mein Bruder mit dem heutigen Tag von seiner unglückseligen Leidenschaft geheilt ist? Und daß er sich für die Zukunft von Konflikten fernzuhalten weiß, die unverträglich sind mit der keinen Makel duldenden Ehre eines Offiziers?«

Dörwall schwieg.

»So bedaure ich, in Würdigung des Rockes, den auch Sie tragen, Baron, diese Bedingung aufrechterhalten zu müssen.«

»Er ist gezwungen, sie anzunehmen. Und ehrlich gesprochen, ich muß Ihnen recht geben. Nun verzeihen Sie mir die unbehagliche Stunde –«

»Sie war nicht unbehaglich, nur ernst.«

Baron Dörwall warf den Mantel um die Schultern.

Tassilos Stimme verlor ihren ruhigen Klang. »Ich darf Sie wohl bitten, mir über den Verlauf dieses Tages Nachricht zu geben?«

»Wohin?«

»Nach Hubertus.«

»Hoffentlich kann ich Ihnen Gutes melden, die Sache wird ja wohl glimpflich verlaufen.«

»Das gebe der Himmel! Und wenn alles erledigt ist, n i c h t  früher, bitte ich, Robert mitzuteilen, daß sein Vater schwer leidend ist.«

Als Tassilo allein war, zog er die Uhr. »Noch zwölf Minuten. Es wäre noch möglich!« Sein Blick haftete an dem Bild seiner Frau, das auf dem Schreibtisch stand. Er hatte sie arm gemacht, aber er wußte, sie würde lächeln dazu! Diese Stunde hatte das häßliche Wort beglichen, das Robert gegen Anna ausgesprochen – nun hatte sie ihm geholfen!

Durch die Fenster brach der helle Tag. Das Frühlicht hatte roten Schein.

Tassilos Pferde jagten zum Bahnhof. Der Zug hatte die Halle schon verlassen. Drei volle Stunden bis zum nächsten Zug.

Um die Zeit zu verbringen und mit sich allein zu sein, fuhr Tassilo mit dem Wagen bis zur zweiten Station.

Und nun lag das Ziel vor ihm! Was sollte ihn in Hubertus erwarten? Welche Nachricht sollte der Abend aus München bringen? Drei Uhr schon! Vielleicht waren in jenem häßlichen Spiel die bleiernen Würfel bereits gefallen? Wie hatten sie entschieden? Eine dumpfe Angst wühlte in ihm – sie galt dem Vater und galt dem Bruder.

In der Tiefe der Waldstraße tauchte die Parkmauer von Hubertus auf, und eine gellende Stimme klang: »Tas! Tas!« Umflattert von den Falten des schwarzen Kleides, eilte Kitty dem Bruder entgegen. Ehe die Pferde halten konnten, sprang sie in den Wagen und hing an Tassilos Hals. Sie fand nicht viel Worte, um ihn vorzubereiten. Ihr Schmerz redete eine kurze, deutliche Sprache. Stumm hielte Tassilo die Weinende umschlungen, während der Wagen in der Ulmenallee am leeren Adlerkäfig vorüberrollte. Als zwischen den Bäumen das Schloß erschien, fragte Tassilo: »Weiß er, daß ich komme?«

»Nein. Ich habe versucht, die Rede auf dich zu bringen. Er ließ mich nicht weitersprechen. Dann wurde er unruhig – ich glaube, er fürchtet, daß ich dir Nachricht schickte.«

Der Wagen hielt, Doktor Eisler erwartete ihn.

»Ihr Vater verlangt nach Ihnen,« sagte der Arzt zu Kitty, »aber bitte, beherrschen Sie sich! Jede Äußerung Ihres Schmerzes bedrückt ihn. Seine Augen sehen nicht, aber sein Gehör empfindet doppelt scharf.«

Kitty trocknete die Wangen. »Er soll keinen Laut von mir hören.« Sie sah zu ihrem Bruder auf. »Und du?«

»Ich komme.«

Während Kitty zum Vater ging, wanderte Tassilo mit Doktor Eisler in den Park hinaus. Er las es schon aus dem Blick des Arztes, daß er Schweres hören sollte.

»Was sagte Ihnen Ihre Schwester?« fragte der Doktor.

»Daß das Leben meines Vaters in Gefahr steht.«

»Das mußte ich ihr sagen. Aber verschwiegen hab' ich ihr, wie nah diese Gefahr ist. Ihnen gegenüber, und wenn ich Ihnen auch Kummer verursache, muß ich wahr sein. Machen Sie sich auf das Schlimmste gefaßt! Ihr Vater ist verloren. Blutvergiftung. Das Wort ist unerbittlich.«

Bleich fiel Tassilo auf eine Gartenbank und bedeckte das Gesicht. Es währte lange, bis er zu sprechen vermochte.

»Blind? Und jetzt der Tod? Unerbittlich?«

»Der Prozeß nimmt einen rapiden Verlauf. Bei der ersten Untersuchung, vormittags zehn Uhr, hoffte ich, daß eine Ablösung der Hand noch Rettung bringen könnte. Ich lief nach Hause, um alles vorzubereiten. Als ich kam, um Ihrem Vater die Wahrheit zu sagen und seine Einwilligung zu erwirken, sah ich, daß auch eine Wegnahme des ganzen Armes nicht mehr gefruchtet hätte. Nun schweig ich. Hätt' ich den Kranken nutzlos quälen sollen? Ich linderte seine Schmerzen. Nun ist sein Zustand ein erträglicher.«

»Und ahnt mein Vater –?«

»Das kann ich nicht sicher beantworten. Er beherrscht sich, seiner Tochter zuliebe. Aber er macht sich wohl seine Gedanken – wenigstens hat er selbst die Frage gefunden: Gift im Blut? Ich habe natürlich verneint.«

»Und wie lange –« Tassilos Stimme versagte, »wie lange geben Sie ihm noch Frist?«

»Bis morgen. Mit dem Abend, fürchte ich, werden die stillen Delirien und die Schlafsucht beginnen. Das ist der Vorbote des Äußersten.«

Tassilo schwieg.

Doktor Eisler sagte: »Es ist mir schwer geworden, Ihnen das mitzuteilen. Es geht mir auch selbst zu Herzen. Gerade jetzt. Ich habe böse Zeiten. Der To schlägt um sich wie zur Faschingszeit der Hanswurst mit seiner Peitsche. Und überall versagt mein Bröselchen Wissen. Ihr Vater ist ein Greis, dessen Zeit gemessen war. Ihm kommt die letzte Stunde wie eine Erlösung aus dunkler Qual. Aber andere! Liebe Kinder und blühende Jugend! Ich habe harte Zeiten.« Die Augen des alten Mannes wurden feucht. »Darf ich gehen, Herr Graf? Auf mich wartet ein gutes, liebes Mädel, das mit dem Tode ringt. Ein freundliches Menschenglück droht mit diesem Leben zu versinken. Dort bin ich nötig. Hier kann ich nichts mehr helfen. Darf ich gehen? In einer Stunde könnte ich wiederkommen.«

»Gehen Sie!« stammelte Tassilo und drückte die Hand des Arztes. Sie schieden, und während Doktor Eisler sich rasch entfernte, trat Tassilo in das Schloß. Im Flur schrieb er eine Depesche an Forbeck: »Kommen Sie morgen mit dem ersten Zug. Kitty bedarf eines Trostes. Mein Vater der Auflösung nahe. Bitte Sie, Anna schonend vorzubereiten.«

Nun kam für ihn das Schwere – d i e s e s Wiedersehen mit dem Vater!

Moser trug eine Flasche mit frischem Wasser in die Kruckenstube, aus welcher Kittys eintönige Stimme klang. Hinter dem alten Jäger trat Tassilo lautlos über die Schwelle.

Kitty saß neben dem Bett des Vaters in einem niederen Fauteuil, Kobells »Wildanger« auf dem Schoß. Als sie den Bruder eintreten sah, stockte ihre Stimme für einen Augenblick. Dann las sie weiter: »Wer den lustigen Spielhahn in seiner hochzeitlichen Freude kennenlernen will, muß ihn auf dem Platz belauschen, wo er am frühen Tag seinen Tanz beginnt. Das ist ein Springen und Laufen im Reigen und ein Blasen und Gurgeln in munterem Wechsel. Während der Auerhahn nur der verschwiegenen Nacht seine Klagen vertrauen will und zeitweise in überschwenglicher Liebesphantasie den Kopf verliert, zeigt sich der Spielhahn aufgeweckt, fröhlich und herausfordernd. Kommt ihm ein anderer Hahn zu nahe, so geht es gerne an ein heftiges, erbostes Raufen; sie schreiten mit halb gehobenen Flügeln und gesträubten Federn aufeinander los, wobei sie sich oft beim Angriff gegenseitig umwerfen und auf dem Rücken liegen, daß man über dem komischen Anblick das Schießen vergißt –« –«

Ein mattes Lachen brach von Graf Egges bläulichen Lippen.

Erschüttert bis ins Innerste, stand Tassilo neben der Tür. Was war aus diesem Riesen an wilder Kraft und eiserner Gesundheit geworden, wie er seit jener letzten Szene vor der Dippelhütte in Tassilos Erinnerung lebte: starr und unbeugsam, mit dem zornflammenden Gesicht und den blitzenden Falkenaugen! Was hatte sein Dämon aus ihm gemacht! War das noch der gleiche Mensch? Dieser welke, gebrochene Greis, der in den zerwühlten Kissen des Bettes lag, die Züge entstellt, die Augen glanzlos und erblindet, die Glieder abgezehrt, den Arm, in dessen Adern der Tod schon nach dem Sitz des Lebens rollte, von dicken Leinwandbändern umschlungen? Und das sein V a t e r ? An dem das Herz des Sohnes, obwohl es den Stoß dieser knöchernen Faust empfunden, mit allen Fibern hing! Das hatte Tassilo in keiner Stunde seines Lebens tiefer empfunden als in dieser Stunde des Wiedersehens, die das Scheiden für immer brachte.

Eine Schwäche fiel ihm in die Knie, und während Moser die Stube verließ, ging Tassilo auf den Lehnstuhl zu und ließ sich niedersinken.

Hastig erhob Graf Egge den Kopf, und seine Züge spannten sich. Er machte mit der Linken eine Bewegung gegen Kitty, daß sie schweigen sollte.

»Wer ist hier gegangen?«

Keine Antwort kam.

»Wer ist hier gegangen, frag' ich?«

»Moser!« stammelte Kitty. »Moser war hier. Er brachte Wasser und hat in diesem Augenblick das Zimmer verlassen.«

»Moser? So? Moser? Wirklich?« Graf Egge ließ den Kopf zurücksinken. »Mir war, als hätt' ich noch einen anderen gehört. Einen anderen –« Seine Stimme versank.

»Was meinst du, Papa?«

»Schon gut! Ich will mich geirrt haben.«

Kitty tauschte einen bekümmerten Blick mit dem Bruder und fragte lispelnd: »Soll ich weiterlesen, Papa?«

»Nein Geißlein! Ruh' dich aus! Ich danke dir. Bist ein guter Kerl!«

Schweigen war im Zimmer; die Tränen rollten über Kittys Wangen, während Tassilos Augen am Vater hingen, der regungslos in den Kissen lag und zuweilen den Atem anhielt, als lauschte er.

So verging eine Stunde.

»Geißlein?«

»Ja, Papa?«

»Lies mir wieder! Deine Stimme tut mir wohl. Willst du?«

»Gerne, Papa.«

Während Kitty las, wurde Graf Egge unruhig; dann plötzlich griff er mit der Linken unter stöhnendem Laut nach seiner kranken Schulter. »Herrrr, da fängt es schon wieder an! Das ist nicht mehr auszuhalten. Den Doktor! Er soll mir wieder eine Ration verabreichen wie vorhin. Das hat geholfen.«

Erschrocken eilte Kitty aus der Stube. Tassilo war aufgesprungen.

Als Graf Egge hörte, daß die Tür geschlossen wurde, hob er sich aus den Kissen und tastete mit der Linken an sich herum. Dann saß er regungslos, das zitternde Kinn auf der Brust, und starrte mit den toten Augen vor sich hin. Und raunte: »Pfui! – Pfui! – In mir fliegen die Raben – scheint mir! – Raben?« Sein Mund verzerrte sich. »Unsinn! Raben? Ich bin Adlerfraß! Zuerst die Augen. Dann alles andere. Das ist so ihre Art. Ich kenne sie.«

Tassilo griff nach der Lehne des Sessels, und das alte Möbel ächzte.

Lauschend hob Graf Egge das Gesicht. »Ist jemand da?«

Kitty erschien in der Tür. »Doktor Eisler ist hier, Papa! Da kommt er schon –«

Der Arzt trat in die Stube und zum Bett. »Guten Abend, Erlaucht! Wie fühlen Sie sich?«

Graf Egge schwieg eine Weile. Dann sagte er mit umflorter Stimme: »Geißlein, laß mich allein mit ihm!«

»Ja, Papa.« Sie ging aus der Stube.

»Doktor? S i n d wir jetzt allein?«

Ein flehender Blick Tassilos traf den Arzt.

»Ja, Erlaucht.«

»Dann wollen wir offen sein. Unter uns. Doktor, ich spür's – zu mir will einer kommen, der Mangel an Fleisch und Überfluß an Knochen hat. Rücken Sie ehrlich heraus mit der Sprache! Diese drei Buchstaben werde ich auch noch verdauen können! Tod? Es hört sich übel an. Aber einmal muß es kommen hinter allem Leben, wie hinter jedem Schuß der Brand. Und besser die große Nacht als diese kleine vor meinen Lichtern. Ehrlich, Doktor? Das Biest mit seiner Aasklaue hat mir den Rest gegeben? Auch ein Jägertod. Aber kein schöner! – So reden Sie doch!«

»Aber liebe Erlaucht –« stammelte der Arzt.

»Ach so, Sie werden zärtlich? Na, dann weiß ich, daß es um die letzte Patrone geht. Dann bestellen Sie mir den Pfarrer! Ich will rechtzeitig mit dem Himmel auf gleich kommen, oder ich gerate da drüben in schlechtes Revier. Und sagen Sie –« Graf Egge unterbrach sich, und seine Stimme bekam anderen Klang. »Wer atmet hier? Ich hör' ihn. Ganz deutlich. Und der hat ein schweres Herz!« Graf Egge lauschte. Er hörte den Schritt des Doktors, der die Stube verließ. Als die Tür geschlossen war, tastete Graf Egge mit der Linken ins Leere und murmelte: »Komm her, Tas! Ich weiß, du bist es.«

»Vater!«

Tassilo stürzte vor dem Bett auf die Knie und bedeckte die welke Hand mit Küssen. Graf Egge hob ihn auf und rückte an die Wand.

»Zu mir! Komm! Setz' dich zu mir! Wir wollen kurze Rechnung machen. Einen Strich unter alles! Sag' mir eines: Bist du glücklich?«

»Ja, Vater! Und was mir noch fehlte, halt' ich jetzt in meiner Hand.«

»Hast du deine Frau bei dir? Nicht? So laß sie kommen! Oder nein! Lieber nicht! Ich hörte, sie ist eine Dame von Geschmack. Ich würde ihr übel gefallen.« Graf Egge sank in die Kissen zurück, und seine Stimme wurde matt. »Bös hat die Jagd mich zugerichtet. Es kam, wie du sagtest, Tas! Meine Kinder hat sie mir genommen, meine Kraft, meine Augen, meine Hand, und jetzt frißt sie mich auf mit Haut und Haaren. Aber schadet nichts. Ich liebe sie doch. Und glaube mir, Tas, sie ist eine edle Freude. Es gab eine Zeit, in der ich sie so genossen habe. Aber ich war ein Nimmersatt und hab' ihr schönes Bild zum Scheusal gemacht. Laß dich nicht abschrecken durch mein Beispiel! Du bist wohl ein Jäger, daß Gott erbarm'. Aber du bist auch ein Mann, der kann, was er will. Wenn du dir Mühe geben möchtest, könnte aus dir noch ein prächtiger Jäger werden Tu es mir zuliebe, Tas! Ich könnte mich nicht ruhig zum letzten Schnapper hinlegen, wenn ich denken müßte, daß mein schönes Revier zerfällt und verwüstet wird. Versprich mir, Tas, daß du meine Jagd in gutem Stand erhalten willst.«

»Ja, Vater!«

»Dein Wort?«

»Mein adeliges Wort!«

»Jetzt verlang', was du willst, jetzt kannst du alles von mir haben!« Die Worte klangen schleppend, kaum noch verständlich. »Was – willst – du?«

»Nichts für mich. Daß ich Friede habe mit dir, ist alles, was ich mir wünsche. Aber eine weiß ich, Vater, die hätte eine große Bitte an dich auf dem Herzen. Die Bitte um das Glück ihres Lebens!«

»Meinst du – die kleine – Schmalgeiß?« Graf Egge nickte mühsam. »Was – will sie?«

In Hast, tief und schmerzvoll bewegt, redete Tassilo dem Glück seiner Schwester das Wort. Während er schilderte, wie Kitty und Forbeck sich kennenlernten, während er von dem redlichen Charakter des jungen Künstlers sprach, von seiner reichen Begabung, von seiner schönen Zukunft, hatten Graf Egges Züge einen Ausdruck, der verriet, daß er lauschte und verstand. Allmählich aber fühlte Tassilo, wie der Druck der dürren, heißen Finger, die er mit beiden Händen umschlossen hielt, sich linderte und löste. Erschrocken verstummte er und spähte in das Gesicht des Vaters. Graf Egge lag ruhig, mit schweren Atemzügen; die geröteten Lider waren halb über die starren Augen gesunken, und wie ein versteinertes Lächeln lag es um den welken Mund.

»Vater?«

Keine Miene zuckte in dem müden Antlitz. Graf Egge schlief.

Es rieselte kalt durch Tassilos Herz. Er wußte, was dieser Schlaf bedeutete. Er wußte, daß das Ende begann, und in den Schmerz, der ihn um den Vater erfüllte, mischte sich die bedrückende Erkenntnis, daß keine Stunde mehr kommen würde, in der Graf Egge mit klaren Sinnen über die Zukunft seiner Tochter entscheiden könnte. Tassilo preßte die zitternden Hände an seine Stirn. Sollte über den Lebensweg seiner Schwester der Schatten des Gedankens fallen, daß sie ein Glück genoß, das die Zustimmung des Vaters nicht gefunden? Tassilo erhob sich. Er fand die Schwester im Flur. Leise weinend saß sie neben der Tür. Moser stand bei ihr und tröstete sie mit stotternden Worten. Als sie den Bruder sah, taumelte sie in seine Arme. »Tas? Ich habe deine Stimme gehört – und die seine?«

Er umschlang sie und flüsterte ihr ins Ohr: »Wir sind versöhnt. Und ich habe mit ihm gesprochen von dir und deinem Hans! Der Vater nickte und lächelte. Sprechen konnte er nimmer.«

Aufschluchzend streckte Kitty die Arme nach der Tür. Tassilo hielt sie zurück. »Er schläft. Weck' ihn nicht! Der Schlummer lindert seine Schmerzen.«

Lautlos traten sie ein. Unter Tränen, zärtlich drückte Kitty ihre Lippen auf die regungslose, glühende Hand des Vaters. Tassilo zog die Schwester auf seinen Schoß. So saßen sie zu Füßen des Lagers.

Schweigende Stunden verrannen. Manchmal murmelte Graf Egge im Schlaf. Das Licht des Abends leuchtete rot in die Stube und wurde grau. Moser brachte die Lampe, und Gundi Kleesberg kam, mit dem nassen Bund um die Stirn; vor Migräne vermochte sie kaum die Augen zu öffnen, aber sie ließ sich nicht wieder fortschicken.

Immer lauter klangen die Worte, die Graf Egge im Schlummer lallte. Er redete wirr. Von Jagd und Jagd. Ärgerlich zankte er mit einem Jäger, staunte über das abnorme Gehörn eines Bockes, wähnte unter dem Adlerhorst zu stehen und befahl, die Leiter aufzuziehen. Dann wollte er mit mattem Stöhnen mit beiden Händen nach seinen Augen greifen. Der kranke Arm versagte. Ein schmerzliches Zucken fuhr durch seinen Körper, und Graf Egge richtete sich auf. »Tas? Was wollt' ich sagen? – Richtig, ja, daß du heuer den Abschuß beschränken mußt! Im letzten Jahr hab' ich toll gewirtschaftet. Das mußt du wieder einholen, oder die Jagd leidet! – Wer kommt?«

Moser hatte die Stube betreten, deutete mit dem Daumen hinter sich und machte ein Kreuz in die Luft.

»Vater! Der hochwürdige Herr ist hier,« sagte Tassilo, »bist du bereit, ihn zu empfangen?«

»Ja!« Graf Egges Stimme klang ruhig und klar. »Aber nicht so, wie ich hier liege. Moser! Ruf den Fritz, er soll dir helfen, mich anzukleiden. Und bring' mir von meinem Jagdzeug das Allerbeste: die gute Sommerjoppe – sie hat weite Ärmel – meine neue Lederhose und die grüne Weste mit den schwarzen Hirschgranen! Den lieben Herrgott muß man in Gala empfangen. Und man darf ihn nicht warten lassen. Flink!«

»Vater!« stammelte Tassilo. »Ich bitte dich, deine Kräfte zu schonen! Dein frommer Wille hat Feiertagsgewand –«

»Widersprich nicht, Tas! Ich will es.« Das war ein Ton, der an vergangene Zeiten erinnerte. »Gundi? Sind Sie hier? Führen Sie die kleine Geiß hinüber! Oder ich steige vor euch beiden aus dem Bett. Das dürfte kein vergnüglicher Anblick sein. Flink, Moser!«

Sie mußten ihm den Willen tun.

Als der Geistliche die Kruckenstube betrat, im Chorhemd und mit dem Ziborium, saß Graf Egge völlig angekleidet und mit starrer Haltung im Lehnstuhl und bekreuzte sich mit der Linken.

Kitty und Gundi Kleesberg knieten vor der Tür im Flur.

Tassilo war abgerufen worden. Die gerichtliche Kommission, die im »Fall Bruckner-Schipper« amtierte und den Tatort in Augenschein genommen hatte, war in Hubertus erschienen, um den Jagdherrn zu vernehmen. Erschrocken hörte Tassilo von der blutigen Tragödie, die sich auf den Bergen abgespielt hatte. Als die Beamten erfuhren, in welchem Zustand Graf Egge sich befände, verzichteten sie auf die Einvernahme und entfernten sich. Am Ausgang der Ulmenallee begegnete ihnen der Postbote und grüßte: »Recht guten Abend!«

Tassilo, der in das Schloß zurückkehren wollte, hörte die Stimme und rief in das sinkende Dunkel hinaus: »Bringen Sie eine Depesche?«

»Ja, Herr Graf!«

Tassilos Hände zitterten, als er auf der Veranda im Schein der Laterne das Blatt öffnete. Er las – und Blässe rann ihm über das Gesicht. »Sie spielen – und beschimpfen sich – und der eine streicht den Gewinn ein und jagt dem andern das Blei durchs Herz! Und das heißt ›Ehre‹ bei ihnen!« Da tönten Schritte aus dem Flur, wirres Geräusch und ein schluchzender Schrei. Die Depesche verbergend, stürzte Tassilo ins Haus.

Graf Egge war ohnmächtig geworden, kaum daß er die heilige Wegzehrung empfangen hatte. Mühsam entkleidete man den Bewußtlosen und brachte ihn zu Bett. Seine Ohnmacht ging in Schlummer über, in stille Delirien. Das währte die ganze Nacht. Gegen Morgen kam er zur Besinnung und wischte sich mit der Linken den Schweiß vom Gesicht.

»Wer ist bei mir?«

Tassilo faßte seine Hand. »Ich, Vater, deine kleine Geiß und die Gundi Kleesberg.«

»Einer fehlt. Und ich weiß, er kommt nicht mehr. Tas! Nimm d u dich seiner an! Aber ich fürchte, daß ihm nicht mehr zu helfen ist.« Ein schwerer Seufzer löste sich aus der Brust des Kranken. »Ist das deine Hand, Tas, die ich halte?«

»Ja, Vater!« Tassilos Stimme war tonlos.

»Und du, Geißlein? Komm! Leg' deine Hand dazu! Tas wird dir den Vater ersetzen, und die Kleesberg wird dir eine Mutter sein – freilich eine etwas rapplige –, nichts für ungut, Sie guter alter Haubenstock! Die beiden, liebe Schmalgeiß, werden sorgen für dein Glück – «

»Vater! Vater!« Schluchzend schmiegte Kitty ihre Wange an die Schulter des Vaters.

»Was machst du da für Geschichten, kleine Geiß! Nimm dich zusammen! Sei m e i n e Tochter! Stark! – Gundi! Nehmen Sie das Kind! – Und du, Tas, laß unsere Leute kommen! Und die Jäger! Meinen braven Franzl! Der hat fest zu mir gehalten. Jetzt soll er mir auch Waidmanns Heil wünschen zur Pirsch über alle Berge. Den halte dir warm, Tas! Das ist ein feiner Kerl. Sei auch den anderen ein guter Jagdherr! Sie verdienen es. Nur einer nicht!« Graf Egges Stimme klang heiser, und zwischen den verzerrten Lippen blinkten die Zähne. »Tas! Ich warne dich vor ihm. Der Schuft hat Aasgeruch an sich wie der Horst in der Hangenden Wand. Und Fänge hat er wie mein letzter Adler. Das zuckt nur ein bißchen – du merkst es nicht – und bist vergiftet! Setz' ihn hinter Schloß und Riegel! In den Käfig! Nein, Tas – den Käfig – reiß den verfluchten Käfig nieder – er stinkt! Ich hab' den Geruch in der Nase – zum Henker auch, so macht doch das Fenster zu! Der Käfig stinkt! Das Fenster zu!«

»Aber es ist ja geschlossen!« stammelte Gundi Kleesberg.

Graf Egge schien nicht zu hören; immer wirrer wurden seine Reden, und seine Stimme versank in neubeginnendem Taumel. Eine Stunde lag er still, in dumpfem Schlaf. Als die Dämmerung des erwachenden Tages durch die Fenster graute, wurde er unruhig, und wieder begann das Raunen und Gemurmel: Jagd, Jagd, immer Jagd – und Willys Name. Während die Kirchenglocke ihren Morgensegen in die wachsende Helle sang, hob Graf Egge sich ächzend auf und griff mit der Linken unter die Kissen. Er zog einen Schlüssel hervor und drückte ihn in Tassilos Hand. »Nimm, mein guter Junge, nimm! Sperr' den Schrank auf! D e i n e Hand ist sicher. Sperr' auf und bring' mir die Rubinen! Links in der Lade liegen sie obenauf. So tu es doch! Hörst du nicht, was ich sage? Die Rubinen bring' mir!«

Tassilo erfüllte den Willen des Vaters, obwohl er sah, daß das Fieber aus ihm redete.

Graf Egge, als die Tablette mit den blutrot funkelnden Juwelen auf seinem Schoße lag, tastete mit zuckenden Fingern von Stein zu Stein und raunte: »Stimmt! Stimmt! Alle. Nur einer fehlt. Den hab' ich d i r geschenkt. Komm, mein guter Junge, nimm den da auch noch! Es ist mein schönster. Ich schenk' ihn dir. Aber zeig' mir nicht dieses weiße, wächserne Gesicht. Oder willst du jagen? Komm, ich weiß für dich einen Kapitalhirsch. Meinen besten. Komm, ich führe dich. Und meine Büchse laß ich daheim. – Ich kenne mich. Du sollst ihn haben! Du! Hast du Patronen? Gut! Alles gut. Aber dreh' den blauen Rock um – die goldenen Knöpfe blinken – und wirf diese dummen Blumen weg, sie verpesten mir den Wald. Leiser! Leiser! Nimm die Schuhe besser in acht –« Graf Egges Züge verschärften sich, seine Nase wurde spitz und veränderte die Farbe; sein Oberkörper schrumpfte in sich zusammen, und die starren Augäpfel quollen aus den Lidern. »Siehst du ihn? Dort, im Lager! Flink! Er verhofft schon –« Keuchend ging der Atem des Sterbenden. »Her mit der Büchse! Du fehlst ihn ja doch!« Eine zuckende Bewegung des Armes, ein Laut wie ein Jauchzer, der in mattem Stöhnen erlosch – und Graf Egge fiel schwer zurück. »Die Kugel sitzt. Da liegt er –« Seine Glieder streckten sich.

Die Tablette mit den Rubinen glitt zu Boden, und kollernd hüpften die funkelnden Steine nach allen Seiten über die Dielen.

Von Jammer und Grauen erfüllt und den Ernst des Augenblickes ahnend, starrte Kitty zu ihrem Bruder auf. Als er die Arme nach ihr streckte, verstand sie, daß sie den Vater verloren hatte.

Jetzt, in diesem fassungslosen Schmerz der ersten Trauerstunde, konnte sie leichter hören, was ihr Tassilo nicht länger verschweigen durfte: daß der Tod mit diesem Tage zwiefach in Schloß Hubertus eingezogen war.

Die Lampe, die noch im Zimmer brannte, warf ihren trüben Schein über den Toten und über die Geschwister, die sich umschlungen hielten.

Und draußen erwachte der Frühlingsmorgen mit reinem Blau, mit Duft und leuchtenden Farben. Strahlend ging die Sonne über die Berge, alle Zinnen in Feuer tauchend.

Immer schöner wuchs der Tag, während vom Kirchturm das Zügenglöcklein mit seinen dünnen, abgehackten Klängen über alle Dächer rief: »Betet, Leut – betet, Leut – betet, Leut –«

Einer der erste, den die im Dorf umlaufende Kunde von Graf Egges Ableben erreichte, war Franzl. Atemlos kam er ins Schloß gerannt und stand erschüttert vor seinem still gewordenen Herrn. Als er hörte, mit welchen Worten Graf Egge in der letzten Stunde seiner noch gedacht hatte, fuhr ihm vor weher Freude das Blut ins Gesicht. »Moser, schau, er hat seine Mucken und Marotten ghabt, aber 's Herz, ganz einwendig, 's Herz is gut gwesen. Und a Jager! Moser, so a Jager kommt nimmer! Dös is noch einer gwesen aus der alten, guten Zeit. Oft hat er über d' Schnur ghaut – 's Jagerblut hat halt seine gachen Hitzen. Aber wenn's golten hat, is er gstanden wie a Baum. Und kein Unrecht hat er leiden können, gar keins! Dös weiß ich, dös hab ich erlebt. Moser, Moser, so einer kommt so bald nimmer! Weinen könnt ich um ihn, grad weinen!« Franzl sagte das in der Bedingungsform – er schien nicht zu wissen, daß ihm der Bart von den Zähren tropfte.

Die Veranda begann sich mit Leuten zu füllen. Das halbe Dorf kam gelaufen – die einen aus Pflicht oder Teilnahme, die andern aus Neugier.

Zu Mittag kehrte der Wagen von der Bahn zurück. Gräfin Anna kam mit Hans Forbeck und Professor Werner. In wortloser Bewegung zog Tassilo die geliebte Frau in seine Arme, und Kitty klammerte sich schluchzend an ihren Verlobten: »Hans! Wir dürfen glücklich werden! Tas hat ihm alles gesagt. Und er hat genickt und gelächelt – sprechen konnte er nimmer. Er war dir gut, Hans! Du hast ihm gefallen. Das hat er mir selbst gesagt. Und daß er deinen Taler noch immer hätte – als Erinnerung an dich!«

Während die beiden Paare im Sterbezimmer vor dem schlummernden Vater standen, fiel die Sonne durch das offene Fenster. Draußen im Frühlingslaub der Bäume pisperten die Meisen und Finken.

Bevor es Abend wurde, fingen die Glocken zu läuten an. Zwei Schläfer wurden in e i n e m Grab zur Ruhe bestattet, der Jäger neben dem Wildschützen – Jochl Schipper neben dem Bruckner-Lenzi. Jener Pirschgang vor vielen Jahren, am Morgen des Johannistages, hatte sie zu Kameraden für die Ewigkeit gemacht. Nach dieser stillen Feier im Kirchhof gab es keinen »Gsturitrunk« beim Seewirt. Die Leute, die der Bestattung beigewohnt hatten, zechten wohl bis spät in die Nacht, aber auf eigene Kosten. Die Ereignisse der letzten Tage wurden auf der Bierbank unter endlosem Disput erörtert, man erinnerte sich der »Grafenleich« vom vergangenen Herbst und sah der Wiederholung des Schauspiels mit Spannung entgegen. Diese Neugier blieb ungestillt.

In der folgenden Nacht verließ ein stiller Kondukt den Park von Hubertus und nahm den Weg zur Bahn. Der Sarg wurde nach München gebracht, um in der Familiengruft der Egge seinen Platz zu finden, Seite an Seite mit einem anderen.

Ein ruhiger Tag kam über Schloß Hubertus. Gräfin Anna, Kitty und die Kleesberg waren mit Hans und Werner schon am Morgen nach München abgereist. Tassilo blieb noch bis zum Abend, um alles Nötige zu ordnen. Für den Nachmittag waren die Jäger bestellt, um sich mit Handschlag ihrem neuen Jagdherrn zu verpflichten; es stand auf ihren gebräunten, wetterharten Gesichtern zu lesen, daß sie unter dem neuen Herrn sich gute Zeiten versprachen; ein ausgiebiges Teil ihrer Hoffnungen erfüllte sich schon beim ersten Rapport; Tassilo erhöhte ihre Bezüge, und um den strengen Dienst zu erleichtern, den sie bisher zu leisten hatten, sollten zwei neue Jäger aufgenommen werden.

»Der eine wird in den nächsten Tagen aus München kommen. Er ist ein abgestrafter Wilddieb, aber ich weiß, er wird ein braver Mensch und verläßlicher Jäger werden. Und ich erwarte, daß ihm keiner von euch aus seiner Vergangenheit einen Vorwurf machen wird. Nehmt ihn als guten Kameraden auf, er hat aus Leidenschaft gefehlt, und das ist verzeihlich. In diesem milderen Sinne will ich in meinen Revieren auch den Schutz geführt wissen. Tretet jedem ungesetzlichen Eingriff mit Strenge entgegen, aber erspart euch und mir die Folgen jähzorniger Übereilung. Ich will edles Weidwerk pflegen und in meinen Revieren den Boden g r ü n erhalten. Und was den zweiten Jäger betrifft – Hornegger? Glauben Sie, daß mit Patscheider zu reden wäre? Der Mann war tüchtig, ich möcht' ihn gerne wiedergewinnen.«

»Mar' und Joseph, Herr Graf,« stotterte Franzl in Freude, »an einzigs Wörtl, und der Michl springt wie narrisch. Ich weiß, er hat Heimweh.«

»Gut, sprechen Sie mit ihm, Sie haben freie Hand, Hornegger! Und nicht nur in dieser Frage. Sie sind von heut an mein Förster, der Leiter meiner Jagd. Es war der letzte Wille meines Vaters, seine Jagd im besten Stand zu erhalten. Für die streng weidmännische Erfüllung dieses Wunsches weiß ich mir keinen Besseren als Sie, lieber Hornegger! Sie haben mein volles Vertrauen, und Ihr Wort hat den Jägern zu gelten wie das meine. Auf Wiedersehen im nächsten Jahr!«

Tassilo empfing den festen Druck dieser braunen Fäuste; dann gingen die Jäger; nur Franzl blieb noch; er stand wie angewurzelt, drehte den Hut zwischen den Händen und rang nach Worten. »Herr Graf – Herr Graf –« Mehr brachte er nicht heraus.

»Schon gut, Franzl!« Tassilo legte ihm die Hand auf die Schulter. »Und wie steht's daheim?«

In Franzls Augen wurde die Freude zu Wasser. »Allweil im gleichen. Noch allweil net besser. Der Herr Doktor macht schieche Augen an dös gute Madl hin!«

»Jetzt n i c h t mehr!« klang eine Stimme von der Tür. Doktor Eisler war eingetreten. »Ich komme gerade zu gutem Trost, wie mir scheint! Munter, lieber Hornegger! Das Mädel hat's überklettert, das Fieber sinkt!« Er fügte bei, daß es noch ein paar Tage dauern könnte, bis die Kranke aus der Bewußtlosigkeit erwachen würde. Aber das hörte Franzl nimmer. Mit stammelndem Laut hatte er einen Sprung zur Tür gemacht; den Abschied von seinem Herrn und den schicklichen Dank für die gute Botschaft des Doktors vergessend, stürzte er in den Flur hinaus, stieß mit der Schulter an eine Säule der Veranda, daß er taumelte, sprang über die Stufen hinunter und rannte – und rannte – –

Doktor Eisler blieb bis zu Tassilos Abfahrt. Was sie miteinander zu reden hatten, betraf den »guten Jungen«, der nicht einsam und getrennt vom Vater im Friedhof des Dorfes schlummern sollte. Auch e r sollte die Heimkehr finden in die Erbgruft seines Geschlechtes.

Der Abend war lau, und sanftes Geflüster ging durch das Laub der Ulmen, als Tassilo sich von Doktor Eisler verabschiedete und in den Wagen stieg. Seine Augen glitten über die stillen Fenster des Schlosses, über den weiten Park und zu den Bergen hinauf, deren Höhen vom Goldglanz des Abends so klar beleuchtet waren, daß man jeden Baum und jeden einzelnen Felsblock unterscheiden konnte. In reiner Schönheit zeichneten sich die schimmernden Grate vom tiefen Blau des Himmels ab, und ihre Schatten milderten sich im Duft der farbigen Lüfte.

\* \* \*

Zwei Tage später wurde im Friedhof ein grün überwachsenes Grab geöffnet. Und während hier die Tragödie des Schlosses ihre letzte Szene fand, nahm an anderer Stelle ein Satyrspiel der Bauernstube seinen Anfang.

Im Steinbruch stand der Pointner-Andres vor dem mit Quadern beladenen Wagen; er wollte mit der Ladung zur Bahn fahren, hatte die Pferde zur Deichsel geführt und entwirrte gerade den ledernen Leitstrang, um den Riemen in die Zäume einzuschnallen. Da ging eine junge Dirn vorüber; sie lächelte ganz merkwürdig, als sie den Pointner gewahrte, der mit verdrossenem Gesicht an den Schlingen des Riemens nestelte; ein paarmal guckte sie kichernd über die Schulter, und an der Waldecke blieb sie stehen und rief dem Pointner lachend zu: »Du, Andresl, mir scheint, du hast was Schöns mit der Post kriegt. Ja! Grad hab ich den Biamtn bei dir daheim einkehren sehen – der hat a blaus Röckerl an!« Kichernd verschwand sie.

Eine Weile stand der Pointner regungslos, den Kopf mit dem Stiernacken vorgestreckt, die Augen funkelnd; dann drehte er dem Gespann den Rücken, und mit dem verschlungenen Riemen in der zitternden Faust ging er langen Schrittes dem Dorfe zu. Als er sich seinem Gehöfte durch die Gärten näherte, gewahrte er, daß eine Magd sein Kommen bemerkt hatte und erschrocken in das Haus rannte. Er änderte die Richtung seines Weges, und statt die Haustür zu suchen, lief er um den Stall herum zu dem Hintertürchen, das aus der Küche ins Freie führte. Da hörte er schon das Gewisper einer Stimme und das Klirren des Riegels. Die Tür wurde aufgerissen, und einer im »blauen Röckerl« wollte das Weite suchen. Aber der Pointner hatte schon die Faust geschwungen. Die Riemen pfiffen. Und auf dem Gesicht des Herrn Postpraktikanten, der halb bewußtlos gegen den Düngerhaufen taumelte, brannten drei dunkelrote Striemen. Was weiter mit dem Gezeichneten geschah, schien den Pointner-Andres nicht zu kümmern. Er hatte in der dunklen Küche einen kreischenden Laut gehört und war mit einem Sprung über der Schwelle.

Zwei Türen krachten ins Schloß, ein Gepolter und Geklirr ließ sich vernehmen, als wäre ein Tisch umgefallen und ein Haufen Geschirr zu Boden gestürzt. Und trotz der geschlossenen Fenster klangen aus der Stube des Pointnerhofes zeternde Schmerzensschreie so laut in den Hofraum und auf die Straße, daß die Dienstboten zusammenliefen und die Nachbarsleute aus den Häusern sprangen. Nach einer Weile wurde es in der Stube des Pointners still, ganz still. Mit rotem Gesicht trat der Bauer aus der Haustür. Er schien die Dienstboten nicht zu sehen, die sich in Stall und Scheune verzogen. Schmunzelnd hob er die Faust, betrachtete den Riemen und atmete erleichtert auf: »Mein lieber Herrgott, ich dank dir, daß ich bloß den Riem in der Hand ghabt hab! Und net die Brechstang! Jetzt hätte ich nimmer gfragt, mit was ich zuschlag.« Er blies die Backen auf und ging zur Straße.

Vor dem Zaun des Försterhofes stand die Horneggerin, mit dem Netterl auf den Armen. »Aber Andres! Andres!« rief sie den Bauer an. »Du wirst doch um Gottes willen dein Weib net prügelt haben?«

»Und ghörig auch noch!« lautete die ruhige Antwort. »Sie hat's verdient. Und gsunde Schläg, dös is noch 's einzige, was ihr Mores beibringt. Ihr Vater hat's versäumt. Jetzt hab ich's wieder eingholt. Heut hat s' Respekt vor mir! Heut hat s' betteln können: Verzeih mir's, Andres, verzeih mir, lieber Andres! Jaaa, › l i e b e r ‹ hat s' gsagt! Paß auf, Nachbarin, aus der mach ich noch die Brävste. Jetzt weiß ich, was hilft bei ihr. Paß auf, die kriegt mich noch gern!«

Der Pointner ging seiner Wege und lachte. Dieses Lachen kam ihm freilich nicht ganz von Herzen. Es war aber doch ein Lachen, aus dem es wie Hoffnung klang.

Kopfschüttelnd sah die Horneggerin dem Bauern nach und kehrte zur Haustür zurück, das kraushaarige Köpfchen des Kindes streichelnd, das im Halbschlaf an ihrer Schulter lag, mit roten Pausbacken und rund gepolsterten Händchen. Noch hatte die Försterin die

Tür nicht erreicht, als Franzl mit brennendem Gesicht aus dem Flur geschossen kam.

»Mutter! Gib mir 's Kind her! D' Mali wacht auf. Sie muß uns alle gleich im ersten Augenblick sehen, uns alle miteinander! Komm, Mutter, komm!«

Er hatte der Mutter das Netterl vom Arm gerissen und rannte ins Haus zurück. Vor der Kammertür blieb er stehen und atmete tief. Lautlos trat er ein, und das Kind umschlungen haltend, ließ er sich auf den Sessel nieder, der zu Füßen des Bettes stand.

Ruhig schlummerte Mali in den geblumten Kissen; die schmal gewordenen Wangen waren überhaucht von einer matten Röte, die noch die letzte Glut des weichenden Fiebers und schon der erste Schimmer der wiederkehrenden Gesundheit war. Fast glich das Gesicht der Kranken einem schmächtigen Knabengesicht, umrahmt von kurzgeschnittenem Haar – auf den Rat des Arztes waren die dicken, schweren Flechten der Schere zum Opfer gefallen.

Manchmal regten sich die weißen Finger auf der roten Decke, und unter einem tieferen Atemzug bewegte die Schlummernde den Kopf.

Jetzt schlug sie die Augen auf.

Es war ein freundliches Bild, das ihr erster Blick umfaßte: Franzl mit lachendem Gesicht, auf seinen Armen das Netterl, das große Augen machte, und hinter den beiden die vergnügte Försterin.

Ein Lächeln – und Mali schloß unter tiefem Seufzer die Augen wieder.

»'s Madl meint, sie träumt!« lispelte die Horneggerin ihrem Buben zu.

So flüsternd das gesprochen war – es hatte doch den Weg zum Ohr der Erwachenden gefunden.

Ihre Lider hoben sich, die Augen schienen zu wachsen, und ein Zittern rann durch ihre Arme.

Mit zärtlicher Scheu legte Franzl seine braune Hand auf diese blassen Finger; da fuhr die Erwachte aus den Kissen auf, ein feiner, wunderlicher Laut erschütterte ihre Brust, und wie in Bangen, daß zu Luft zerrinnen könnte, was ihre Blicke schauten, umklammerte sie die Hand des Jägers.

Durch die kleine weiße Stube ging auf leisen Sohlen der Engel eines großen Glückes.

## Über tredition

**Eigenes Buch veröffentlichen**

tredition wurde 2006 in Hamburg gegründet und hat seither mehrere tausend Buchtitel veröffentlicht. Autoren veröffentlichen in wenigen leichten Schritten gedruckte Bücher, e-Books und audio-Books. tredition hat das Ziel, die beste und fairste Veröffentlichungsmöglichkeit für Autoren zu bieten.

tredition wurde mit der Erkenntnis gegründet, dass nur etwa jedes 200. bei Verlagen eingereichte Manuskript veröffentlicht wird. Dabei hat jedes Buch seinen Markt, also seine Leser. tredition sorgt dafür, dass für jedes Buch die Leserschaft auch erreicht wird.

Im einzigartigen Literatur-Netzwerk von tredition bieten zahlreiche Literatur-Partner (das sind Lektoren, Übersetzer, Hörbuchsprecher und Illustratoren) ihre Dienstleistung an, um Manuskripte zu verbessern oder die Vielfalt zu erhöhen. Autoren vereinbaren direkt mit den Literatur-Partnern die Konditionen ihrer Zusammenarbeit und partizipieren gemeinsam am Erfolg des Buches.

Das gesamte Verlagsprogramm von tredition ist bei allen stationären Buchhandlungen und Online-Buchhändlern wie z. B. Amazon erhältlich. e-Books stehen bei den führenden Online-Portalen (z. B. iBookstore von Apple oder Kindle von Amazon) zum Verkauf.

Einfach leicht ein Buch veröffentlichen: **www.tredition.de**

**Eigene Buchreihe oder eigenen Verlag gründen**

Seit 2009 bietet tredition sein Verlagskonzept auch als sogenanntes "White-Label" an. Das bedeutet, dass andere Unternehmen, Institutionen und Personen risikofrei und unkompliziert selbst zum Herausgeber von Büchern und Buchreihen unter eigener Marke werden können. tredition übernimmt dabei das komplette Herstellungs- und Distributionsrisiko.

Zahlreiche Zeitschriften-, Zeitungs- und Buchverlage, Universitäten, Forschungseinrichtungen, u.v.m. nutzen diese Dienstleistung von tredition, um unter eigener Marke ohne Risiko Bücher zu verlegen.

Alle Informationen im Internet: **www.tredition.de/fuer-verlage**

tredition wurde mit mehreren Innovationspreisen ausgezeichnet, u. a. mit dem Webfuture Award und dem Innovationspreis der Buch-Digitale.

tredition ist Mitglied im Börsenverein des Deutschen Buchhandels.